国家社科基金
GUOJIA SHEKE JIJIN HOUQI ZIZHU XIANGMU
后期资助项目

尤袤本《文選》文獻研究

（上册）

王瑋 著

文選卷第一

梁昭明太子撰

文林郎守太子右內率府錄事參軍事崇賢館直學士臣李善注

賦甲　賦甲者舊題甲乙所以紀卷先後今卷既改故甲乙並除存其首題以明舊式

京都上

班孟堅兩都賦二首京都者自光武至和帝都洛陽西京父老有怨班固恐帝去洛陽故上此詞以諫和帝大悅也

兩都賦序

班孟堅范曄後漢書曰班固字孟堅此地入地年九歲能屬文長遂博貫載籍顯宗時

社會科學文獻出版社
SOCIAL SCIENCES ACADEMIC PRESS (CHINA)

圖書在版編目（CIP）數據

尤袤本《文選》文獻研究：全二冊 / 王瑋著 .
北京：社會科學文獻出版社，2024.6. -- ISBN 978-7
-5228-3880-9

Ⅰ. I206.2

中國國家版本館 CIP 數據核字第 2024S5H662 號

國家社科基金後期資助項目

尤袤本《文選》文獻研究（全二冊）

著　　者 / 王　瑋

出 版 人 / 冀祥德
責任編輯 / 李建廷　王霄蛟
責任印製 / 王京美

出　　版 / 社會科學文獻出版社·人文分社（010）59367215
　　　　　 地址：北京市北三環中路甲 29 號院華龍大廈　郵編：100029
　　　　　 網址：www.ssap.com.cn
發　　行 / 社會科學文獻出版社（010）59367028
印　　裝 / 三河市龍林印務有限公司

規　　格 / 開　本：787mm × 1092mm　1/16
　　　　　 印　張：53　字　數：750 千字
版　　次 / 2024 年 6 月第 1 版　2024 年 6 月第 1 次印刷
書　　號 / ISBN 978-7-5228-3880-9
定　　價 / 198.00 圓（全二冊）

讀者服務電話：4008918866

國家社科基金後期資助項目
出版説明

　　後期資助項目是國家社科基金設立的一類重要項目，旨在鼓勵廣大社科研究者潛心治學，支持基礎研究多出優秀成果。它是經過嚴格評審，從接近完成的科研成果中遴選立項的。爲擴大後期資助項目的影響，更好地推動學術發展，促進成果轉化，全國哲學社會科學工作辦公室按照"統一設計、統一標識、統一版式、形成系列"的總體要求，組織出版國家社科基金後期資助項目成果。

全國哲學社會科學工作辦公室

序

　　現藏於中國國家圖書館的南宋淳熙八年（1181）尤袤刻李善注本《文選》，是現存最早、最完整的《文選》刻本，亦爲後世單行李善注《文選》刻本的祖本。元、明、清三代所刻印的李注《文選》，大都以尤袤本爲底本。曾最通行的清代嘉慶十四年（1809）胡克家（1756—1817）翻刻本，底本就是尤刻。胡本八易其稿，改正尤袤本明顯的錯誤達七百多條，並附有顧廣圻、彭兆蓀所撰《文選考異》十卷。在中華書局1974年影印本出版之前，人們多以爲胡克家翻刻本最接近尤袤本原貌，有很高的學術價值。因而，大家都對胡刻深信不疑。

　　問題是，尤袤本刊刻過程比較複雜，圍繞其底本問題學界多有爭議，尤其是其正文夾音注、增注等現象，被評價爲"以五臣亂善"。中華書局影印本出版後，程毅中、白化文、屈守元、岡村繁等學者注意到，胡刻本所用尤刻底本很可能是一個屢經修補的後期印本，與國家圖書館所藏的早期印本有所不同。第一，國圖本較胡刻本多袁説友的兩篇跋（其中一篇是《昭明文集》的跋，因與《文選》同時刻印而誤附在後）和一卷《李善與五臣同異》。第二，兩本文字也有所不同，有些地方可以確知是胡刻底本的錯誤，而顧廣圻《文選考異》中認爲是尤袤所改。顧氏在《重刻宋淳熙本〈文選〉序》中説："宋代大都盛行五臣，又並善爲六臣，而善注反微矣。淳熙中，尤延之在貴池倉使，取善注讎校鋟木，厥後單行之本，咸從之出。"言下之意，李注單行本是尤袤始從六臣注析出。這與《四庫全書總目提要》評汲古閣本李注《文選》的看法類似："其書自南宋以來，皆與五臣注合刊，名曰《六臣注〈文選〉》，而善注單行之本世遂罕傳。此本爲毛晉所刻，雖稱從宋本校正，今考其第二十五卷陸雲《答兄機》詩注中有

'向曰'一條、'濟曰'一條，又《答張士然》詩注中有'翰曰''銑曰''向曰''濟曰'各一條，殆因六臣之本，削去五臣，獨留善注。故刊除不盡，未必眞見單行本也。"對於四庫館臣及胡克家的説法，學者多信而不疑，以爲今傳李善注本均係從六臣本中摘出重編而成。問題是，如果僅就汲古閣本李注《文選》而言，稱之從六臣本中輯出，或言而有據，但不能據以推而廣之，認爲現存李注本，包括尤袤本都是從六臣注本中輯出。這是因爲，第一，根據《崇文總目》《郡齋讀書志》《遂初堂書目》等書的著録，北宋初年國子監刻李注《文選》一直與五臣注本並行不悖。第二，上述幾部書目未載六臣注本，李注當然不可能從所謂六臣注本中輯出。《直齋書録解題》未載五臣注本，在卷十五著録了"六臣《文選》六十卷"，稱後人並五臣與李善原注爲一書，名曰六臣注。據朱彝尊《曝書亭集》卷五十二《宋本六家注〈文選〉跋》考證："六家注《文選》六十卷，宋崇寧五年鏤版，至政和元年畢工。墨光如漆，紙堅緻，全書完好。序尾識云：'見在廣都縣北門裴宅印賣。'蓋宋時蜀牋若是也。每本有吳門徐賁私印，又有太倉王氏賜書堂印記。是書袁氏褧曾仿宋本雕刻以行，故傳世特多，然無鏤版畢工年月，以此可辨僞眞也。"由此來看，六臣注刻本要比李注刻本晚好幾十年。第三，這部六臣注合刻本轉録了國子監本的"准敕雕印"公文，更足以説明六臣本的流行是在李注本刻印之後。第四，將《文選集注》與現存諸本比勘，也可以説明李注本單獨行世已久。第五，《宋會要輯稿》載天聖七年（1029）刻李善注本，今仍存殘本，亦爲胡克家所未見。如此等等，都可以證明，《四庫全書總目提要》以來的傳統看法值得商榷。

基於上述認識，王瑋將尤袤本《文選》作爲研究對象，潛心多年，完成了《尤袤本〈文選〉文獻研究》。作者不滿於以往抽樣式的個案調查，而是通過對尤袤本、北宋國子監本、贛州本等衆多版本的正文異文、正文斷句、正文音注、注文音注、義注、附録、修版痕跡等内容進行全面校勘，發現每卷正文音注情況不甚相同，大致可分三類。第一，全卷無一處正文音注，共計十九卷。第二，有正文音注，但數量不多，共計三十五卷。第三，正文音注數量較多，幾乎與五臣注本系統數量相當，共計六卷。這説明，尤袤本確有受五臣影響者，但應非尤袤主動"以五臣亂善"所致；且六十卷尤袤本，每卷的正文音注情況不甚一致，有些甚至與五臣音差異較大，故不能簡單地說"五臣亂善"。幸運的是，王瑋在現存三十四卷的北宋國子監本《文選》卷二和卷五十七中各發現一條正文音注，且並與尤袤本同。雖僅有兩條，但十分重要，或許爲北宋本刪削音注未淨所致，也可能本來就存在一種有正文音注的李善注本《文選》。至少說明，尤袤本正文夾音注恐非尤袤所加，很有可能是其所依據的底本即如此。又如顧廣圻認爲《文選》卷四注文"于公先王"之"于公"爲尤袤校改，因袁本、茶陵本並作"祭于"。然考尤袤本此處正作"祭于"，非尤袤改明矣。之所以有此誤判，乃因顧氏所見並非南宋尤袤本，而是一個屢經修改的清代遞修本。故以往對尤袤本類似"失善舊""五臣亂善"等武斷批判現今都應重新加以審視。

根據這樣的細緻比勘，作者發現，尤袤本中確實存在明顯的修版痕跡，如單字剜改、字詞段落增刪挖改和局部版面修改等現象。這些現象的存在說明尤袤確實對所據《文選》底本做過某些整理工作，因此在討論尤袤本底本問題時要充分考慮到這些因素。將有修版痕跡之處與現存各《文選》版本對校，可以部分還原尤袤本底本的面貌，並且找到部分修改依據，如卷二《西京賦》"掩長楊而聯五柞"下，尤袤本注作"云有五株柞樹"，且"云有五株"四字擠在一處，較正常行款多一字。考北宋本、奎章閣本、贛州本、明州本並作"云有株柞樹"，恰少一字。據此，尤袤本底本原應作"云有株柞樹"，後據其他版本進行了校改。考敦煌本正作"云有五株柞樹"，雖不能說敦煌本一定是尤袤校勘時依據的本子，但可說明尤袤有其修版依據。這就涉及尤袤刊刻《文選》所依據底本的問題了。

作者採用文本細讀、全面對校、資料統計等方法，對尤袤本、北宋本、贛州本的正文用字、正文斷句、正文音注、注文音注、義注等進行整理，發現這樣幾種現象。

一是正文用字方面，尤袤本與北宋本的相同率更高，現存 34 卷內容中相同率在 90% 以上的有 27 卷，而贛州本僅有 16 卷，且卷五異文率高達 48.8%。

二是正文斷句方面，尤袤本幾乎全同於北宋本，而與贛州本則無一卷相同。

三是正文音注方面，尤袤本 60 卷中有 41 卷存在正文音注，其中卷四最多，有 387 條，卷十和卷三十最少，僅 1 條，而剩餘 19 卷則無正文音注。至於北宋本，其正文中並非完全沒有正文音注，在卷二和卷五十七中便各發現 1 條，且並與尤袤本正文音注同。尤袤本與贛州本的正文音注相同率雖較北宋本高，但仍有不少異文，且數量上差異頗大，如卷一，贛州本有 191 條正文音注，尤袤本僅 7 條，又如卷八，贛州本有 438 條正文音注，尤袤本無。

四是注文音注方面，尤袤本與北宋本、贛州本的注文音注數量差異均較大，但就三個版本並有的注文音注部分而言，尤袤本與北宋本的相同率普遍較高，相同率在 80% 以上的卷目共計 21 卷（總共 33 卷，卷四十六模糊較重，未統計），而贛州本僅有 5 卷。

五是義注方面，除卷三、卷十七以外，尤袤本與北宋本的義注異文率普遍低於與贛州本的義注異文率，且異文率在 20% 以上的卷目，北宋本有 13 卷，贛州本高達 27 卷。

綜上所述，尤袤本與北宋本關係更爲密切，應屬同一版本系統；而贛州本雖與尤袤本存在某些特殊的相同之處，但通盤考慮，贛州本並非尤袤本底本，而是參校本之一。作者推測：尤袤手中確有一個《文選》版本作爲刊刻底本，此本既非北宋本亦非贛州本，而是未能流傳至今的一個《文選》版本，這個版本屬單李善注刻本系統，與北宋本爲同一系統，但因某些原因，如部分殘缺等，尤袤便參考了五臣注本、六家六臣注本以及其他《文選》版本系統及相關內容等。與此同時，尤袤本《文選》本身的修版痕跡説明尤袤在校勘時或因版面模糊等原因對底本進行了改動，因此增加了尤袤本的複雜性，加大了尋找其底本、還原其刊刻過程的難度。

我認爲，這是迄今爲止關於尤袤本《文選》底本的最爲通達的看法。這個看法，源於全面細緻的文本細讀，源於不同版本的比勘校對，因而具有很強的説服力。由此出發，我們可以進一步探索《文選》李善注、五臣注乃至六臣注等不同版本源流演變的軌跡，更有助於我們研讀《文選》，充實"《文選》學"的內容。

這些年來，王瑋在《文選》研究資料的收集、整理方面，下了很大

工夫。她編纂的《現當代〈文選〉研究論著分類目録索引》已在 2020
年由鳳凰出版社出版。而今,《尤袤本〈文選〉文獻研究》又出版在
即,我爲她取得的成績而高興,願意爲之推薦如上。野叟獻曝,僅供讀
者參考。

劉躍進
2024 年 6 月

目　録

上　册

下　冊

緒　論

　　《文選》是我國現存最早的詩文總集，由梁代昭明太子蕭統組織其門下賓客編纂而成，全書共三十卷，收録先秦至齊梁間一百三十位作家，共七百餘篇作品。全書按文體分類，每類之下又按時代先後編次。《文選》的重要價值不僅在於提供了豐富、優秀的文學作品，而且其分類也有助於研究文體觀念的形成與演變。在中國文學史上，能够單獨作爲一門學問供後人廣泛深入研究的典籍並不多，《文選》便是其中之一。研究《文選》的學問，被稱爲"文選學"或"選學"。據現有資料可知，最早研究《文選》者是隋代蕭該與曹憲，二人選學著作皆名爲《文選音義》。蕭該與曹憲，一北一南，遥相呼應，共同開闢了文選學。繼二人之後，治選學者有許淹、李善、公孫羅、魏模等，他們並有選學著作問世，然唯有李善《文選注》完整保存下來。李善注詳於典章制度和名物訓詁，於釋義方面有所欠缺，故在唐代開元六年（718），吕延祚上表唐玄宗，召集吕向、吕延濟、劉良、張銑、李周翰重新爲《文選》作注，偏重釋義，世稱"五臣注"。此後一直到十一、十二世紀，五臣注較李善注更爲流行。目前可知的最早《文選》刻本是五代孟蜀毋昭裔刻本，學者普遍認爲其是五臣注本，可見當時五臣注受歡迎的程度。直至北宋國子監刊刻李善注《文選》，此現象纔有所改觀，蘇軾曾稱贊李善注"本末詳備，極可喜"[①]，此後，李善注的地位逐漸提高。南宋淳熙八年（1181），尤袤認爲"李善淹貫該洽，號爲精詳"，但世傳皆五臣注本，尤袤本《文選》因此誕生。

　　文選學一直是學界研究的重點，有關《文選》的研究主要包括編者

---

① （宋）蘇軾撰，孔凡禮點校《蘇軾文集》卷六七，中華書局，1986，第 2093 頁。

歸屬、編選年代、編纂過程、選錄標準、文體、版本、注釋、引書、具體的作家作品研究等問題。除了《文選》本身的研究之外，許多學者還展開了關聯研究，如《文選》與《文心雕龍》《詩品》的比較研究等。迄今爲止，經過學者們的不懈努力，在以上各個方面都取得了顯著的成績。然而由於資料的限制，如編者、編纂過程、具體作家作品等問題的研究多已進入停滯期，版本研究則因來自日本、韓國等地新資料的不斷出現而得以持續推進，加上版本問題本身的複雜性，使得《文選》版本研究始終存在值得深入挖掘和反復探討的問題。《文選》現存版本主要分爲四大系統，分別是白文無注本、李善注本、五臣注本、六家六臣注本。其中李善注本又可分爲抄本和刻本兩大系統。抄本現多保存於日本，經羅振玉、楊守敬、周勛初與饒宗頤等學者的努力，許多《文選》古抄本得以在國內傳播，其中以《唐鈔文選集注彙存》與《敦煌吐魯番本文選》最爲集中。刻本分作兩大系統。一是北宋國子監刻本，現分藏於中國國家圖書館和臺北故宮博物院圖書館，此本是現存第一個單李善注刻本，係國家刊刻，但因戰亂等原因，社會上幾無流傳，雖然現在有幸得見，但並非全帙，亦非初刻，後世六家本系統中的李善注部分即出自北宋國子監本。另一個便是尤袤本，此本包括完本、殘本共計七種，分藏於中國國家圖書館、北京大學圖書館、上海圖書館、臺灣“國家”圖書館、臺北故宮博物院等地，宋代之後的單李善注本並以尤袤本爲祖本。

　　尤袤本在《文選》版本中占據重要地位。首先，尤袤本《文選》保存完整。尤袤本的完整性不僅體現於卷目的完整，還體現在它完整保存了蕭統《文選序》、李善《上文選注表》、總目、附錄《李善與五臣同異》、尤袤跋、袁説友跋等諸多內容。其次，尤袤本版刻清晰、幾無重刊。中國國家圖書館所藏宋淳熙八年池陽郡齋刻本《文選》的目錄與附錄部分多爲重刊，正文第四十五卷第二十一葉亦爲重刊，除此之外的內容並爲初刻。中華書局影印出版時將第四十五卷第二十一葉換成北京大學圖書館藏本中的初版，然目錄與附錄仍多係重刊。值得慶幸的是，在廣泛搜集、考察《文選》版本時發現臺灣“國家”圖書館藏宋淳熙辛丑（八年，1181）尤延之貴池刊本的目錄部分版刻清晰，無一重刊；臺北故宮博物院藏宋淳熙八年尤延之貴池刊理宗間遞修本的附錄《李善與五臣同異》亦版本清晰，無一重刊。如此，便可通過現存的幾種尤袤本，組合出一部完整、版刻清晰、無一重刊的尤袤本。再次，尤袤本是現存單李善注刻本中保存完整的最早刻本。單李善注刻本現僅存北宋國子監本與尤袤本兩種。北宋國子監本雖然刊刻時間比尤袤本早，但是不完整，且爲遞修本。最後，尤袤本是後世單李善注刻本的祖本，如元張伯顏刻本、清胡克家本等都以尤袤本爲祖本。由此可見尤袤本《文選》的學術價值。

目前學界關於尤袤本《文選》的研究成果主要集中在論文方面，尚未見到研究專著，具體來看，大家探討的内容主要集中在以下四個方面。

（一）尤袤本的底本來源問題

尤袤本的底本來源問題一直是學界研究的重點，也是爭議的焦點。關於此問題，學界主要有以下四種觀點：

1. 六臣本析出説，以四庫館臣、胡克家、斯波六郎等爲代表。

2. 單李善注本説，此類包括兩種情況，一種是單李善注本説，還有一種是以單李善注本爲主，又參校其他版本説。他們都認爲尤袤本來自於李善注系統，但是具體來自於哪個版本還存在不同意見。以陸心源、程毅中、白化文、岡村繁、傅剛、王立群等先生爲代表。

3. 集注本析出説，以森野繁夫先生爲代表。

4. 北宋國子監本、六臣注本之外的另一版本系統説，以劉躍進師爲代表。

（二）尤袤本的價值問題

有關尤袤本價值問題的探討多散見在《文選》版本的研究論著中，專論的論文不多。絶大多數學者都認爲尤袤本在《文選》版本史上具有十分重要的價值。如王書才《論尤刻本〈文選〉的集大成性質及其成因》一文明確探討了尤袤本的價值所在，該文從正文、注文、音注三方面對尤袤本與集注本進行比勘，認爲尤袤本是彙聚衆家之長的集大成的版本。但也有學者對尤袤本提出了批評。如王立群先生《尤刻本〈文選〉增注研究——以〈吳都賦〉爲例的一個考察》一文則否定了尤袤本的價值，該文以《吳都賦》爲例，將尤袤本、北宋本、奎章閣本、明州本、贛州本的李善注部分進行比較，發現尤袤本增加了許多李善注，且其中大部分找不到來源，由此推測，"尤延之手中存在一個增加了大量旁注的李善注本，而這個本子旁注的內容則是習《文選》者（也有可能是尤袤本人）的筆記之本。在其研習《文選》的過程中，可能採納了諸如贛州本等本的內容，更多的是自己或他人對《文選》及其注釋的疏解。這樣的一個本子，成了尤袤刊刻新的李善注的底本"①。王先生因而進一步提出尤袤本是一個很不值得信賴的本子，甚至可以說是李善注最不值得信賴的本子。"利用這個本子對李善注研究得越深入，離《文選》李注之學就 '漸行漸遠漸無窮'"②，可謂徹底否定了尤袤本的文獻價值。

（三）《李善與五臣同異》研究

《李善與五臣同異》是尤袤本《文選》的附錄，歷來關注者不多，目前僅見三篇研究論文。程毅中、白化文兩位先生在《略談李善注〈文選〉的尤刻本》一文中認爲中華書局出版的尤袤本後所附《同異》是一個"遞修本，而且字跡模糊，還經人用墨筆描改，已非原貌"③，且"錯誤累累，使人完全不能信賴"④。這是從版本價值角度對《李善與五臣同異》進行分析。范志新先生《余蕭客的生卒年——選學著作考（二）》一文則首次提出《李善與五臣同異》的作者並非尤袤的觀點，可謂振聾發聵，但並未引起學界普遍關注與認可。郭寶軍在《宋代文選學研究》中除贊同范先生觀點之外，又對其底本進行分析，提出"《同異》的編纂者是以監本李善注與平昌孟氏的五臣注爲底本所作"⑤的觀點。

---

① 王立群：《尤刻本〈文選〉增注研究——以〈吳都賦〉爲例的一個考察》，《河南大學學報（社會科學版）》2011 年第 5 期，第 30 頁。

② 王立群：《尤刻本〈文選〉增注研究——以〈吳都賦〉爲例的一個考察》，《河南大學學報（社會科學版）》2011 年第 5 期，第 31 頁。

③ 程毅中、白化文：《略談李善注〈文選〉的尤刻本》，《文物》1976 年第 11 期，第 81 頁。

④ 程毅中、白化文：《略談李善注〈文選〉的尤刻本》，《文物》1976 年第 11 期，第 81 頁。

⑤ 郭寶軍：《宋代文選學研究》，中國社會科學出版社，2010，第 319 頁。

（四）尤袤本的版刻問題

　　長期以來，關於尤袤本的版刻問題，學界一直贊同程毅中、白化文兩位先生的觀點。兩位先生根據刻工以及版面情況，判斷 1974 年中華書局出版的尤袤本"是一個初版的早期印本"[①]。但之後森野繁夫先生提出了不同觀點，他認爲"尤本附有《李善與五臣同異》表，記錄的是尤本初刻本和五臣本對校的結果"[②]，在這種認識前提下，他發現尤袤本多有與《同異》中李善本不符、卻與五臣本相符的地方，故認爲是尤袤以後的人根據五臣本改易了初刻尤本文字；再加之中華書局本中有補刻改易痕跡，所以認爲"中華書局本是在尤氏初刻本之後，經後人修改過的本子……也就是説中華書局本成了尤本初刻本以後幾度補刻的版本了"[③]。換言之，森野繁夫先生認爲現今所見之尤袤本並非初刻本。但這一觀點並未引起學界的普遍關注與認可，唯有江慶柏在《關於宋代的幾種〈文選〉刻本》中表示贊同。

　　綜上，目前學界關於尤袤本的研究取得了許多成績，不僅中外學者都參與其中，而且經過"你立我駁"的交流、探討，學者們思路開闊，有利於研究的繼續深入。與此同時也存在三點不足。第一，研究程度與版本的重要性尚不匹配。尤袤本作爲單李善注刻本中保存完整的最早刻本和宋代之後單李善注刻本的祖本，其重要性不言自明，但是目前學界僅有十幾篇論文對其進行專門研究，明顯與其在文學史上的地位不成正比。第二，缺乏全面、系統、深入、專注的研究。通過上文分析可知，現在無一本以尤袤本爲研究對象的專著，關於尤袤本的介紹與研究都是以專著中某一章或某一節的形式存在，缺乏全面性和系統性；此外，目前的研究普遍採用個案分析的方式，即以某卷爲例展開研究，從而將該卷的結論放大至整本尤袤本《文選》，《文選》版本十分複雜，個案分析並不具有全書普適性。第三，研究的角度還有進一步拓展的空間。

[①]　程毅中、白化文:《略談李善注〈文選〉的尤刻本》,《文物》1976 年第 11 期, 第78 頁。

[②]　〔日〕森野繁夫:《宋代的李善注〈文選〉》, 李心純、林合生譯,《山西師大學報（社會科學版）》1986 年第 4 期, 第 69 頁。

[③]　〔日〕森野繁夫:《宋代的李善注〈文選〉》, 李心純、林合生譯,《山西師大學報（社會科學版）》1986 年第 4 期, 第 70 頁。

目前的研究多集中於對尤袤本底本的探討，尤袤本底本問題固然重要，但這是一個十分複雜的問題，可以說在目前的條件下無法得出完全令人信服的結論，祇能努力推測，儘可能使其接近歷史真相。既然如此，不妨從多種角度對尤袤本進行審視和研究，如尤袤本的刊刻過程、尤袤本的流傳與遞藏情況、尤袤本與現存其他版本的真實關係、尤袤本的遞修與翻刻情況、尤袤對《文選》做了哪些整理工作、尤袤本後所附《李善與五臣同異》的作者與底本等，從而儘可能全面、客觀地將尤袤本的面貌、特徵、問題呈示出來。

尤袤本《文選》文獻研究是《文選》研究中的一個重要課題，對尤袤本《文選》進行全面的校勘與整理，具有重要意義。它不僅有助於探尋李善注原貌，也有助於梳理單李善注本系統的發展脈絡與演變情況，更直接的是可以對尤袤本《文選》本身有一個更加清晰、準確的定位與評價。

第一章　尤袤本《文選》的刊刻背景

第一節　兩宋文選學發展概況

隋代蕭該與曹憲是最早研究《文選》者，二人選學著作皆名爲《文選音義》。二人一北一南，遙相呼應，共同開闢了文選學。進入唐朝，文選學進入上升期。一方面，注釋者增多，蕭、曹之後，治選學者有許淹、李善、公孫羅、魏模等，均有選學著作問世，然唯有李善《文選》注完整保存下來。李善注詳於典章制度和名物訓詁，而於釋義方面有所欠缺，故在唐代開元六年（718），工部侍郎呂延祚上表唐玄宗，召集呂向、呂延濟、劉良、張銑、李周翰五人重新爲《文選》作注，旨在疏通文意，世稱“五臣注”。另一方面，唐代文人們普遍精熟《文選》。宋葛立方《韻語陽秋》卷三曾載“杜子美詩喜用《文選》語，故宗武亦習之不置，所謂‘熟精《文選》理，休覓綵衣輕’。又云‘呼婢取酒壺，續兒誦《文選》’是也。唐朝有《文選》學，而時君尤見欽重，分別本以賜金城，書絹素以屬裴行儉是也”[1]。從初唐的陳子昂、張若虛到盛唐的李白、杜甫，再到中唐的韓愈、柳宗元、白居易，甚至晚唐的李商隱、陸龜蒙等人的創作，無一不受《文選》影響。除此之外，《文選》還是唐代科舉的重要參考資料。唐代科舉以進士、明經二科爲主，雖科目內容時有變化，但整體而言，進士重詩賦，明經重帖經、墨義。帖經與墨義祇要熟讀經傳和注釋即可，主要考察個人的記憶能力，而詩賦更需具備真才實學，相比之下，進士科更難，所以有“三十老明經，

---

① （宋）葛立方：《韻語陽秋》，上海古籍出版社，1979，第39–40頁。

五十少進士"的説法。因此，通過進士得第者，往往受人尊敬，地位也更高，後來唐代科舉更偏重進士一科。《文選》收録了先秦至六朝的優秀作品，成爲此時進士考試的主要參考資料，隨著進士科地位的不斷提高，《文選》的地位也逐步提升，杜甫曾教育兒子要"熟讀文選理"，便是很好的證明。由此看來，隋唐時期，《文選》一直具有較强的影響力和較高的地位。

李善注雖産生時間早，但在唐五代時期却不及五臣注流行。據現有資料記載，最早的《文選》刻本當是五代孟蜀（934—965）毋昭裔刻本，學界普遍認爲此本是五臣注刻本，從此便可窺見五臣注與李善注的地位之差。此後一直到十二世紀前後，五臣注較之李善注更爲流行。究其原因，首先與唐代科舉制度有關。因五臣注較李善注更通俗易懂，且偏重於句意串講，相比於重訓詁的李善注，更符合士子學習詩賦創作的考試需求。其次，與統治者的偏好亦有較大關係。五臣注完成後，唐玄宗對其很滿意，曾云"朕近留心此書，比見注本，唯只引事，不説意義。略看數卷，此書甚好。賜絹及綵一百段，即宜領取"。最後，李善與五臣注中音注的位置可能也是影響因素之一。鄒德文先生曾提出"李善的音注出現在注文中，這種注音方法不利於讀者閱讀，遇到生僻的字，往往還需要到注文中去查找，給閱讀者增加了麻煩，所以這可能是五臣注在唐代比李善注受歡迎的原因之一。"[1]

從五代以後，受益於雕版印刷的普及，官刻、坊刻、家刻的《文選》版本紛紛出現，推動了《文選》更爲廣泛地傳播。又加之宋時李善注本與五臣注本的合體（六家本），進一步增强了《文選》的影響力和受歡迎程度。但文選學的發展走向發生了一些改變，主要表現在以下兩個方面。

一　文選學的重心由學習詩賦創作轉向學術研究

北宋建國伊始承襲了前朝對《文選》的熱衷。陸游《老學庵筆記》卷八記載："國初尚《文選》，當時文人專意此書，故草必稱'王孫'，

---

[1]　鄒德文：《〈昭明文選〉五臣音注與李善音注對比分析》，載王立群主編《第十届文選學國際學術研究會論文集》，河南大學出版社，2014，第592頁。

梅必稱'驛使'，月必稱'望舒'，山水必稱'清暉'。"① 王應麟《困學
紀聞》卷十七亦云："江南進士試《天雞弄和風詩》，以《爾雅》'天雞'
有二，問之主司。其精如此。故曰：'《文選》爛，秀才半。'"② 這些都可
説明《文選》在北宋初年仍具重要影響力，且在科舉考試中發揮作用。
至慶曆後，儒學復興，文人對《文選》的態度則變爲"惡其陳腐，諸
作者始一洗之"。③ "宋初三先生"之一的孫復因主張太學應專學六經，
指責"唐李善以梁昭明太子《文選》五臣注未盡，別爲注釋。且《文
選》者，多晉、宋、齊、梁間文人靡薄之作，雖李善注之，何足貴
也！國家尚命鏤版，置諸太學，況我聖人之經乎，安可使其鬱而不章
者哉？"④ 這其實是慶曆新政背景下經史派與文學派對立的表現。孫復
出於對六經的"衷心"，並未認真瞭解、閱讀過《文選》，以致搞不清
李善、五臣注的先後順序，那他所謂的"多晉、宋、齊、梁間文人靡
薄之作"的結論想必也衹能是道聽途説，而非肺腑之言。其實，唐時
亦有批判《文選》者，中唐詩人李德裕曾批評進士浮薄，"臣無名第，
不當非進士。然臣祖天寶末以仕進無他岐，勉彊隨計，一舉登第。自
後家不置《文選》，蓋惡其不根藝實。"⑤ 但李德裕本人對《文選》十分
熟悉，此語也並非完全針對《文選》，而是表達對庶族通過進士科參
與政權的不滿。且唐朝處於文選學發展的上升期，文人普遍對其用功
頗深，反面聲音極少。《韻語陽秋》曾記："外史《攟抯》載鄭奕嘗以
《文選》教其子，其兄曰：'何不教讀《論語》，免學沈、謝嘲風弄月，
污人行止。'鄭兄之言，蓋欲先德行而後文藝，亦不爲無理也。"⑥ 案：
鄭奕，孟蜀時人。

但慶曆新政、王安石變法之後，對《文選》的批評逐日增加，《文
選》發展呈現出不同態勢。北宋的科舉政策較唐時發生重大變革。蘇頌
《蘇魏公文集》卷十五《奏議·議貢舉法》載："景祐以前，學者平居必
課試雜文、古律詩、賦，以備秋卷，頗有用心於著述者。自慶曆初罷去

① （宋）陸游：《老學庵筆記》，中華書局，1979，第 100 頁。
② （宋）王應麟：《困學紀聞》，上海古籍出版社，2008，第 1861 頁。
③ （宋）陸游：《老學庵筆記》，中華書局，1979，第 100 頁。
④ 曾棗莊、劉琳主編《全宋文》卷四〇一，上海辭書出版社，2006，第 292 頁。
⑤ 《新唐書》卷四四，中華書局，1975，第 1169 頁。
⑥ （宋）葛立方：《韻語陽秋》，上海古籍出版社，1979，第 40 頁。

公卷，舉人惟習舉業外，以雜文、古律詩、賦爲無用之言，而不留心者多矣。"①　王應麟亦稱："熙、豐之後，士以穿鑿談經，而選學廢矣。"②熙、豐，即指王安石變法時期。宋神宗熙寧年間（1068—1077），王安石任參知政事，實行變法，對科舉制度進行了重大改革，罷詩賦、帖經、墨義，專以經義、論、策取士，目的在於通經致用。後變法因損害百姓利益，尤其是觸動了大地主階級的利益，宋神宗死後，王安石變法也宣告失敗。之後司馬光執政，雖廢除了王安石變法的許多內容，但在科舉制度上，仍繼承了王安石用經義取士代替詩賦取士的方針。宋哲宗親政後，更是使"進士罷詩賦，專習經義"。如此一來，《文選》不再是科考的內容，士子也紛紛從詩賦轉向經義。除科舉制度外，宋代古文運動的發展也對《文選》傳播產生了很大影響。陸游《老學庵筆記》中曾提及：

　　　　建炎以來，尚蘇氏文章，學者翕然從之，而蜀士尤盛。亦有語曰："蘇文熟，喫羊肉。蘇文生，喫菜羹。"③

南宋趙彥衛《雲麓漫鈔》卷八記載：

　　　　本朝之文，循五代之舊，多駢儷之詞；楊文公始爲西崑體，穆伯長、六一先生以古文唱，學者宗之。王荊公爲《新經說文》，推明義理之學，兼莊老之説。洎至崇觀黜史學，中興悉有禁，專以孔孟爲師。淳熙中，尚蘇氏，文多宏放；紹熙尚程氏，曰洛學。④

　　南宋時以王安石、蘇軾等爲代表的古文派廣受追捧，王、蘇等人提倡平易自然、"惟陳言之務去"、"辭必己出"，反對聲律、辭藻、對偶、典故以及綺靡的文風。加之蘇軾曾多次批評《文選》：

---

① （宋）蘇頌：《蘇魏公文集》，中華書局，2004，第 215 頁。
② （宋）王應麟：《困學紀聞》，上海古籍出版社，2008，第 1861 頁。
③ （宋）陸游：《老學庵筆記》，中華書局，1979，第 100 頁。
④ （宋）趙彥衛撰，傅根清點校《雲麓漫鈔》，中華書局，1996，第 135 頁。

識真者少，蓋從古所病。梁蕭統集《文選》，世以爲工。以軾觀之，拙於文而陋於識者，莫統若也。宋玉賦《高唐》、《神女》，其初略陳所夢之因，如子虛、亡是公相與問答，皆賦矣。而統謂之叙，此與兒童之見何異。李陵、蘇武贈別長安，而詩有"江漢"之語。及陵與武書，詞句儇淺，正齊梁間小兒所擬作，決非西漢文。而統不悟。劉子玄獨知之。①

又，

舟中讀《文選》，恨其編次無法，去取失當。齊、梁文章衰陋，而蕭統尤爲卑弱，《文選引》，斯可見矣。如李陵、蘇武五言，皆僞而不能去。觀淵明集，可喜者甚多，而獨取數首。以知其餘人忽遺者甚多矣。淵明《閑情賦》，正所謂《國風》好色而不淫，正使不及《周南》，與屈、宋所陳何異，而統乃譏之，此乃小兒强作解事者！②

暫且不論蘇軾對《文選》的批評是否允當，作爲宋代文壇的領軍人物，其對《文選》的批評確給《文選》帶來了不小的負面影響。

綜上所述，《文選》在宋代處境不佳。但並非一蹶不振，屈守元先生曾説："熙豐之後《文選》學廢之説，蓋詆訶王安石變法之詞……然修亦非不重《文選》者，觀其《集古録跋尾》卷七，謂顏真卿書《東方朔畫贊》有二字與《文選》不同，可知其校讀亦不魯莽……宋景文（祁）則自言手鈔《文選》三過矣。"③歐陽修雖然提倡古文，然亦重視《文選》。蘇軾雖批評蕭統淺陋，但也稱贊"李善注《文選》，本末詳備，極可喜"④。兩宋時期的士子雖不如前代那般熟習《文選》，但堪稱文學大家者皆諳熟於心。不僅如此，此時還有諸多《文選》版本問世，如北宋國子監本、平昌孟氏本、秀州州學本、廣都裴氏本、杭州貓兒橋

---

① （宋）蘇軾撰，孔凡禮點校《蘇軾文集》卷四九，中華書局，1986，第1429頁。
② （宋）蘇軾撰，孔凡禮點校《蘇軾文集》卷六七，中華書局，1986，第2092–2093頁。
③ 屈守元：《昭明文選雜述及選講》，天津古籍出版社，1988，第24頁。
④ （宋）蘇軾撰，孔凡禮點校《蘇軾文集》卷六七，中華書局，1986，第2093頁。

河東岸開箋紙馬鋪鍾家刊本、明州本、陳八郎本、贛州本、尤袤本、建州本等。由此並能見出《文選》在兩宋爲時人所重的事實，祇是關注的角度與唐五代時有所不同。

宋代選學專書雖不多見，然宋人筆記中却常常有關於《文選》的記載，如北宋蘇軾《東坡集》與《志林》、唐庚《子西語録》、葉夢得《石林燕語》、王銍《默記》、黃朝英《靖康緗素雜記》、沈括《夢溪筆談》及南宋洪邁《容齋隨筆》、劉克莊《後村詩話》、吳子良《林下偶談》、王應麟《困學紀聞》、葛立方《韻語陽秋》、莊綽《雞肋編》、曾季貍《艇齋詩話》、吳聿《觀林詩話》、吳曾《能改齋漫録》、周密《齊東野語》、王楙《野客叢書》、王觀國《學林》、姚寬《西溪叢語》、樓昉《崇古文訣》、胡仔《苕溪漁隱叢話》、朱翌《猗覺寮雜記》、張戒《歲寒堂詩話》、羅大經《鶴林玉露》、袁文《甕牖閑評》、張世南《游宦紀聞》、程大昌《演繁露》等。這些筆記中有些是對《文選》的整體評價，如南宋張戒《歲寒堂詩話》卷上：

> 近時士大夫以蘇子瞻譏《文選》去取之謬，遂不復留意。殊不知《文選》雖昭明所集，非昭明所作，秦、漢、魏、晉奇麗之文盡在，所失雖多，所得不少。作詩賦四六，此其大法，安可以昭明去取一失而忽之？子瞻文章，從《戰國策》《陸宣公奏議》中來，長于議論，而欠宏麗。故雖揚雄亦薄之，云好爲艱深之詞，以文淺易之説。雄之説淺易則有矣，其文詞安可以爲艱深而非之也？韓退之文章，豈減子瞻，而獨推揚雄，云雄死後，作者不復生。雄文章豈可非哉！《文選》中求議論則無，求奇麗之文則多矣。子美不獨教子，其作詩乃自《文選》中來，大抵宏麗語也。[①]

又《瑤溪集》云：

> 子美教其子曰：“熟茲《文選》理。”《文選》之尚，不愛奇乎！

---

① （宋）張戒：《歲寒堂詩話》，《叢書集成初編》第二五二冊，商務印書館，1939，第6頁。

今人不爲詩則已，苟爲詩，則《文選》不可不熟也。《文選》是文章祖宗，自兩漢而下，至魏、晉、宋、齊，精者斯採，萃而成編，則爲文章者，焉得不尚《文選》也。唐時文弊，尚《文選》太甚，李衛公德裕云："家不蓄《文選》。"此蓋有激而説也。老杜於詩學，世以謂前無古人，後無來者。然觀其詩大率宗法《文選》，撅其華髓，旁羅曲探，咀嚼爲我語。至老杜體格，無所不備，斯周詩以來，老杜所以爲獨步也。①

有些是記録《文選》相關軼事的，如南宋吴曾《能改齋漫録》卷四"誤認黄華作菊華"：

　　袁州自國初時，解額以十三人爲率。仁宗時，查拱之郎中知郡日，因秋試進士，以黄華如散金爲詩題。蓋取《文選》詩"青條若總翠，黄華如散金"，是也。舉子多以秋景賦之，惟六人不失詩意。由是只解六人，後遂爲額。無名子嘲之曰："誤認黄華作菊華。"②

有些則是對《文選》正文、注文等相關内容的研究、考辨等，如王應麟《困學紀聞》卷六：

　　《文選·補亡詩》："蕩蕩夷庚。"李善注："夷，常也。"《辯亡論》："旋皇輿於夷庚。"注引繁欽《辨惑》："吴人以船檣爲輿馬，以巨海爲夷庚。庚者，藏車之所。"愚按《左傳》成十八年"披其地以塞夷庚"，《正義》謂"平道也"。二字出於此，《選》注誤。③

又如：

　　吕向注《雪賦》曰："隱公之時，大雪平地一尺，是歲大熟，爲豐年。桓公之時，平地廣一丈，以爲陽傷陰盛之證。"按《左氏》

---

① （宋）胡仔：《苕溪漁隱叢話》卷九，人民文學出版社，1962，第56頁。
② （宋）吴曾：《能改齋漫録》，中華書局，1960，第112頁。
③ （宋）王應麟：《困學紀聞》，上海古籍出版社，2008，第820頁。

於隱公云"平地尺爲大雪"，不言是歲大熟；桓公事無所據，其説安矣。桓八年冬十月，雨雪。建酉之月而雪，未聞其廣一丈也。①

再如《能改齋漫録》卷五"揚雄作《甘泉賦》明日遂卒"條云：

> 唐李善注揚子雄《甘泉賦》引桓譚《新論》曰："雄作《甘泉賦》一首，始成，夢腸出，收而内之，明日遂卒。"此説非也。予按，孝成帝行幸甘泉，據《漢紀》及賦序，並是正月行幸甘泉。揚雄死於王莽天鳳五年，經歷哀、平兩帝，年代甚遠，安有賦成明日遂卒之説？李善竟不排之，而反以爲證，何耶？②

還有對《文選》編纂等相關問題的考證，如王觀國《學林》卷七"古賦序"條：

> 傅武仲《舞賦》，宋玉《高唐賦》、《神女賦》、《登徒子好色賦》，本皆無序。梁昭明太子編《文選》。各析其賦首一段爲序。此四賦皆託楚襄王答問之語，蓋借意也，故皆有唯唯之文，昭明誤認唯唯之文爲賦序，遂析其辭。觀國按：司馬長卿《子虛賦》託烏有先生、亡是公爲言，揚子雲《長楊賦》託翰林主人、子墨客卿爲言，二賦皆有唯唯之文，是以知傅武仲、宋玉四賦本皆無序，昭明太子因其賦皆有唯唯之文，遂誤析爲序也。揚子雲《羽獵賦》首有二序，五臣注《文選》曰："賦有兩序，一者史臣，一者雄序。"詳其文，第一序乃雄序也，第二序非序，乃雄賦也。賦中用"頌曰"二字，不害于義，昭明析"頌曰"爲一段，乃見其有二序，蓋誤析之也。……昭明摘史辭以爲序，誤也。③

又洪邁《容齋隨筆》卷十四"李陵詩"條：

---

① （宋）王應麟：《困學紀聞》，上海古籍出版社，2008，第833頁。
② （宋）吳曾：《能改齋漫録》，中華書局，1960，第102頁。
③ （宋）王觀國撰，田瑞娟點校《學林》，中華書局，1988，第220—221頁。

　　《文選》編李陵、蘇武詩，凡七篇，人多疑"俯觀江漢流"之語，以爲蘇武在長安所作，何爲乃及江漢？東坡云"皆後人所擬也"。予觀李詩云"獨有盈觴酒，與子結綢繆"，"盈"字正惠帝諱，漢法觸諱者有罪，不應陵敢用之，益知坡公之言爲可信也。[①]

又《蔡寬夫詩話》云：

　　五言起於蘇武、李陵，自唐以來有此説，雖韓退之亦云然。蘇、李詩世不多見，惟《文選》中七篇耳。世以蘇武詩云："寒冬十二月，晨起踐凝霜，俯觀江漢流，仰視浮雲翔"，以爲不當有江漢之言，或疑其僞。予嘗考之，此詩若答李陵，則稱江漢決非是；然題本不云答陵，而詩中且言"結髮爲夫婦"之類，自非在虜中所作，則安知武未嘗至江漢邪？但注者淺陋，直指爲使匈奴時，故人多惑之，其實無據也。《古詩十九首》，或云枚乘作，而昭明不言，李善復以其有"驅車上東門"與"游戲宛與洛"之句，爲辭兼東都。然徐陵《玉臺》分"西北有浮雲"以下九篇爲乘作，兩語皆不在其中。而"凛凛歲云暮""冉冉孤生竹"等別列爲古詩，則此十九首，蓋非一人之辭，陵或得其實。且乘死在蘇、李先，若爾，則五言未必始二人也。[②]

　　還有涉及《文選》版本等問題的探討，如吳子良《林下偶談》卷一"文選《君子行》"條云：

　　《文選·樂府四首》稱古辭，不知作者姓氏，然《君子行》李善本無之，此篇載於《曹子建集》，意即子建作也。[③]

　　通過對宋代筆記的多方分析可以發現，宋代文選學依舊廣受關注，所謂的"選學廢矣"，更多的是指其在科舉領域的衰退，此時的文選學

---

①　（宋）洪邁撰，孔凡禮點校《容齋隨筆》，中華書局，2005，第186頁。
②　（宋）胡仔：《苕溪漁隱叢話》卷一，人民文學出版社，1962，第3頁。
③　（宋）吳子良：《林下偶談》，《叢書集成初編》第三二四冊，商務印書館，1936，第4頁。

發展已由最初的學習詩賦創作、汲取文學養料、應對科舉考試轉向更深層的學術考證研究層面。

二　李善注地位不斷提升，反超五臣注

北宋慶曆元年（1041），王堯臣等人編成《崇文總目》，將五臣注本《文選》置於李善注本之前。後黃伯思發現了這一錯誤，認爲《文選》"李善注在五臣前，此云因五臣而自爲注，非是" [①]。其實，不僅王堯臣等誤以爲李善注是在五臣注基礎上完成的，孫復亦持此説，前已論及。無論王堯臣還是孫復，由於他們對經史的看重，對文學的輕視，故而並未認真研讀李善注與五臣注《文選》，因此致誤。但從另一個側面也説明五臣注在文人間影響深廣，而李善注在當時並没有流傳開來。然而在此之後，隨著文選學發展方向的轉變，李善注地位不斷提升，甚至超過五臣注的受關注程度，主要表現爲以下三方面。

第一，對五臣注的批評逐漸增多。早在唐代，李匡文便批評過五臣注，"世人多謂李氏立意注《文選》，過爲迂繁，徒自驕學，且不解文意，遂相尚習五臣者，大誤也" [②]。然此説在當時並未引起廣泛認同，五臣注的影響仍大於李善注。五代時，丘光庭《兼明書》卷四亦云："五臣者，不知何許人也，所注《文選》，頗謂乖疏，蓋以時有王張，遂乃盛行於代。將欲從首至末搴其蕭根（稂），則必溢帙盈箱，徒費牋翰，苟蔑而不語，則誤後學習，是用略舉綱條，餘可三隅反也。" [③] 到了北宋，對五臣注的批評和對李善注的贊賞日漸增多。北宋名臣田況《儒林公議》記載經學家孫奭 "敦守儒學，務去浮薄。判國子監積年，討論經術，必詣精緻。監庫舊有五臣注《文選》鏤板，奭建白内於三館，其崇本抑末，多此類也" [④]。相較於經學，五臣注《文選》被孫奭視爲 "崇本抑末"，而其對李善注的態度則有所緩和。大文豪蘇軾雖曾批判《文選》，但在李善注與五臣注之間，明顯傾向於前者，他曾説："李善注《文選》，本末詳備，極可喜。所謂五臣者，真俚儒之荒陋者也。而世

---

① （宋）黃伯思：《東觀餘論》，人民美術出版社，2010，第 173 頁。

② （唐）李匡文：《資暇集》，中華書局，2012，第 167 頁。

③ （五代）丘光庭：《兼明書》，中華書局，1985，第 35 頁。

④ （宋）田況撰，張其凡點校《儒林公議》，中華書局，2017，第 28 頁。

以爲勝善,亦謬矣。"①南宋文學家洪邁的《容齋隨筆》卷一"五臣注文選"條則在蘇語基礎上舉例言之:

> 東坡詆五臣注《文選》,以爲荒陋。予觀《選》中謝玄暉和王融詩云:"阽危賴宗袞,微管寄明牧。"正謂謝安、謝玄。安石於玄暉爲遠祖,以其爲相,故曰宗袞。而李周翰注云:"宗袞謂王導,導與融同宗,言晉國臨危,賴王導而破苻堅。牧謂謝玄,亦同破堅者。"夫以宗袞爲王導,固可笑,然猶以和王融之故,微爲有説。至以導爲與謝玄同破苻堅,乃是全不知有史策,而狂妄注書,所謂小兒強解事也。唯李善注得之。②

北宋黃朝英《靖康緗素雜記》卷七中亦批評五臣注:

> 唐李濟翁嘗論《文選》:"曹植《樂府》云:'寒鼈炙熊蹯'。李氏云:'今之清肉謂之寒,蓋韓國事饌尚此法。'復引《鹽鐵論》'羊淹雞寒',劉熙《釋名》'韓羊韓雞'爲證,'寒'與'韓'同。又李以上句云'膾鯉臇胎鰕',因注《詩》曰'炰鼈膾鯉'。五臣兼見上句云'膾',遂改'寒鼈'爲'炰鼈',以就《毛詩》之句。又子建《七啓》云:'寒芳蓮之巢龜,膾西海之飛鱗',五臣亦改'寒'爲'搴'。搴,取也,何以對下句之'膾'邪?況此篇全説修事之意,獨入此'搴'字,于理未安。上句既改'寒'爲'搴',即下句亦宜改'膾'爲'取',縱一聯稍通,亦與諸句不相承接。以此言之,明子建故用'寒'字,豈可改爲'炰''搴'邪?斯類篇篇有之,學者幸留意。"所載此而已。余觀《荊楚歲時記》云:"雞寒狗熱,歷茲承久。"乃引《釋名》云:"韓國之食。"又云"崔植薄徙",見史篇,則作寒字,語言錯亂,竟未詳其旨意。然以此考之,益信其使寒字,而五臣注解,乃妄有改易明矣。③

---

① (宋)蘇軾撰,孔凡禮點校《蘇軾文集》卷六七,中華書局,1986,第2093頁。
② (宋)洪邁撰,孔凡禮點校《容齋隨筆》,中華書局,2005,第7頁。
③ (宋)黃朝英:《靖康緗素雜記》,《叢書集成初編》第二九九册,商務印書館,1939,第42—43頁。

由此可見兩宋之時的文人學者多對五臣注持批判態度，認爲其無法與李善注比肩。

第二，北宋國子監刊刻李善注《文選》。《宋會要輯稿·崇儒四》載"（景德）四年八月，詔三館秘閣直館校理分校《文苑英華》、李善《文選》，摹印頒行……未幾宮城火，二書皆燼。至天聖中，監三館書籍劉崇超上言：'李善《文選》援引該贍，典故分明，欲集國子監官校定浄本，送三館雕印。'從之，天聖七年十一月，板成。"① 彭元瑞《知聖道齋讀書跋》卷二載："有國子監准敕序文云：五臣注《文選》，傳行已久，竊見李善《文選》援引該贍，典故分明。若許雕印，必大段流布。欲乞差國子監説書官員，校定浄本後，鈔寫版本，更切對讀後，上版就三館雕造。候敕旨。"② 北宋國子監決定刊刻李善注《文選》，在一定程度上亦説明李善注地位呈現出提升的跡象。

第三，南宋淳熙八年（1181）池陽郡齋刊刻李善注《文選》。尤袤感於世傳皆五臣注本，而其認爲"五臣特訓釋旨意，多不原用事所出，獨李善淹貫該洽，號爲精詳"，因此刊刻了李善注刻本《文選》的祖本——尤袤本。

綜上所述，兩宋時期的文選學並未衰退，而是向新的方向發展，即由最初的學習詩賦創作、汲取文學養料、應對科舉考試轉向更深層的學術考證研究層面，兩宋時期的《文選》仍是文人學子們關注的熱點。

第二節　尤袤本《文選》刊刻的文獻學基礎與條件

尤袤是南宋著名的文學家、政治家、藏書家。他酷愛藏書，其藏書量在當時首屈一指，陳振孫評價其"家有遂初堂，藏書爲近世冠"③。尤袤將其所藏書目編爲《遂初堂書目》，該書目被視爲第一個著録版本的

---

① （清）徐松輯《宋會要輯稿》，中華書局，1957，第2231—2232頁。
② （清）彭元瑞：《知聖道齋讀書跋》，《叢書集成初編》第五十册，商務印書館，1936，第26頁。
③ （宋）陳振孫：《直齋書録解題》卷十八，《叢書集成初編》第四十八册，商務印書館，1937，第512頁。

目録學著作，開啓了版本目録學的先河。尤袤對文學、圖書的鍾愛及其文獻學思想、理念當對尤袤本《文選》的刊刻有著重要影響。

一　尤袤本《文選》的刊刻基礎

（一）尤袤文獻學思想的學術基礎

尤袤（1127—1202），字延之，小字季長，號遂初居士，常州無錫人。祖輩原姓沈，後因避禍，自福建舉家遷至江蘇無錫，改姓尤。“少穎異，蔣偕、施坰呼爲奇童。”[①]紹興十八年（1148），擢進士第。曾做過國史院編修官、秘書丞、太子侍讀等職，故有機會閲讀大量的皇家藏書。宋孝宗曾稱贊其云：“如卿才識，近世罕有。”宋葉寘《坦齋筆衡》記載：“尤延之袤自號錫山，胸中甚富本朝典故，討論尤博，凡朝廷議論，多所裁定。其與人談，貫穿今古，每一事引證數十，悉存根據，年月姓名，一字不差。士大夫目之曰‘尤書橱’，言其該洽也。”[②]又舉例云：“楊廷秀因舉河魨所原起，古書未見有載叙者，以問尤延之，曰：‘左太沖《吴都賦》叙“王鮪鯸鮐”，劉淵林注：“鯸鮐魚，狀如科斗，大者尺餘，腹下白，脰微，背上青黑有斑文。性有毒，雖水獺、大魚不敢啖之，蒸煮食之肥美。”以是考之，河魨本原莫明白于此。’廷秀檢視之，言無殊，因歎曰：‘延之真書府也。人目爲厨，何以胸中著數萬卷書乎？予不及，予不及！’”[③]尤袤之所以選擇刻印李善注《文選》，想必與其對書籍的酷愛、對典故的熟識脱不了關係，一個是“尤書橱”，一個是“李書簏”，同道中人自然惺惺相惜。尤袤建有遂初堂、萬卷樓等專供藏書之用。陸游曾云“異書名刻堆滿屋，欠伸欲起遭書圍”[④]，可見其藏書之多。《遂初堂書目跋》稱：“延之于書靡不觀，觀之靡不記。每公退，則閉户謝客，日計手抄若干古書，其子弟及諸女亦抄書。”[⑤]其借官職之便，亦手抄不少秘閣藏書。除此之外，尤袤還喜收藏金石字

① 《宋史》卷三八九，中華書局，1977，第 11923 頁。

② （宋）葉寘：《坦齋筆衡》，《全宋筆記・第十編・十二》，大象出版社，2018，第 221 頁。

③ （宋）葉寘：《坦齋筆衡》，《全宋筆記・第十編・十二》，大象出版社，2018，第 225 頁。

④ （宋）陸游撰，錢仲聯校注《劍南詩稿校注》卷二一，上海古籍出版社，1985，第 1587 頁。

⑤ （宋）尤袤：《遂初堂書目》，《叢書集成初編》第三二册，商務印書館，1935，第 35 頁。

畫，有較高鑒賞能力。周必大《文忠集》卷十五《題修禊帖》云：“朝士喜藏金石刻，且殫見洽聞者，莫如沈虞卿、尤延之、王順伯，予每咨問焉。”①《研北雜志》卷上記載：“淳熙紹熙間，尤常伯延之、王左曾順伯兩公，酷好古刻，以收儲之富相角，皆能辨別真贋”②。尤袤這一愛好無疑有益其版本、校勘等知識的增長。以上便是尤袤具有豐富文獻學思想的學術基礎。

不無遺憾的是，尤袤的藏書閣於理宗寶慶元年（1225）毀於大火，他的收藏與著作焚燒殆盡。這加大了研究其人及其學術思想的難度，但仍可從流傳至今的少部分資料中進行挖掘，這些資料主要有三。一，《遂初堂書目》。這是研究尤袤目錄學思想的主要來源，又因尤目的特點是著錄版本，故而亦是瞭解尤袤版本學思想的途徑。二，據現有資料記載，尤袤一生至少刊刻過《文選》《隸續》《山海經》《申鑒》《玉堂集》《河南集》《昭明文集》《文選雙字類要》等八部書，其有意識地刊刻、保護文獻典籍，也是他文獻學思想中尤爲重要的一部分。三，通過輯佚可掌握尤袤的幾篇序跋、題辭，其中若干篇直接記錄了他本人對文獻的認知。雖然尤袤並未撰寫文獻學相關的專書，但通過對以上三方面內容的分析與研究，亦可以對尤袤的文獻學思想加以總結。

（二）尤袤的目錄學思想

《遂初堂書目》作爲一部私家藏書目錄，雖內容簡單，不著錄解題，但却在目錄學史上占據重要地位，它開創了目錄著錄版本的先河。通過對《遂初堂書目》的仔細研究，可見尤袤在目錄學思想方面有以下三個特點。

首先，注意目錄與版本的有效結合。

目錄著錄版本是《遂初堂書目》最爲後世稱道的原因。宋代是雕版印刷發展的高峰期，同書異本逐漸增多，若不記錄版本，不利於後世“辨章學術，考鏡源流”。查尤目所記版本，有舊監本、舊杭本、杭本、舊本、京本、江西本、高麗本、川本大字、川本小字、吉州本、嚴州

---

① （宋）周必大：《文忠集》，《文淵閣四庫全書》第一一四七册，臺灣商務印書館，1986，第146頁。
② （元）陸友仁：《研北雜志》，中華書局，1991，第38頁。

本、越本、越州本、湖北本、池州本、秘閣本等。雖著録版本者不足全書百分之二，且集中於經總類與正史類，但其開創了目録著録版本的先河，對後世影響深遠。葉德輝《書林清話·古今藏書家紀板本》云："自鏤板興，於是兼言板本，其例創於宋尤袤《遂初堂書目》。"[①] 葉氏所言一方面指出雕版印刷發展對版本的影響，另一方面也指出《遂初堂書目》是首個記版本的目録學著作。尤袤之後，明清書目多記版本。如明代晁瑮編《寶文堂書目》，偶記版本於書名下；毛扆《汲古閣珍藏秘本書目》，"注有宋本、元本、舊鈔、影宋、校宋本等字"[②]；清代更加注重版本，尤其重宋元版，錢謙益《絳雲樓書目》偶注版本，季振宜《季滄葦藏書目》、錢曾《述古堂藏書目》"卷首均別爲宋板書目"[③]，徐乾學《傳是樓宋元本書目》更直接以版本命名。尤袤可謂開辨別版本之風。

其次，注重廣羅異本，尤其重視善本。

《遂初堂書目》中同一本書會記録多種版本，如《史記》有川本、嚴州本；《前漢書》有川本、吉州本、越州本、湖北本；《戰國策》有舊杭本、遂初先生手校本、姚氏本等；《山海經》有秘閣本、池州本等。考察其所記版本，以浙江所刻最多。葉夢得曾説"今天下印書，以杭州爲上，蜀本次之，福建最下"[④]。葉德輝《書林清話》亦云："宋尤袤《遂初堂書目》，臚載舊監本、秘閣本、杭本、舊杭本、越本、越州本、江西本、吉州本、嚴州本、湖北本、川本、池州本、京本、高麗本，而南宋中盛行之建本、婺州本，絶不一載，豈非以當時恒見之本，而遂不入於目歟。"[⑤] 由此可見，尤袤在收藏版本時亦有所取捨，杭州本品質高，故而收藏較多，福建本品質差，所以不予收藏（或不記録在案），其強烈的版本意識從中可以窺見。

最後，重視史學，尤其是當代史學文獻的收集。

北宋滅亡後，圖籍被擄掠一空。南宋建立後，開始致力於文獻的收集。當時"南宋館閣活動的重心，已由北宋時期的文獻整理與史書編纂

---

① （清）葉德輝:《書林清話》，中華書局，1957，第5頁。
② （清）葉德輝:《書林清話》，中華書局，1957，第5頁。
③ （清）葉德輝:《書林清話》，中華書局，1957，第6頁。
④ （宋）葉夢得撰，宇文紹奕考異，侯忠義點校《石林燕語》，中華書局，1984，第116頁。
⑤ （清）葉德輝:《書林清話》，中華書局，1957，第291—292頁。

同時並舉,轉變爲以主要精力加强對當代史料的收集與編纂"①。南宋館閣藏書多爲本朝史籍，尤袤長期在南宋三館及秘書閣供職，曾兼任國史院編修官，尤氏的書，尤其是史書，許多當是從皇家館閣中抄出，故在其藏書中，本朝書籍占有很大比重。這在一定程度上有利於保存宋代史料，爲後世研究相關史學提供便利。該書雖未明確標明經史子集，然觀其内容，仍遵循四部分類法，其中經部九類，史部十八類，子部十二類，集部五類，僅從數量方面便可看出史部在該書目中的重要地位。史部分類中有四處較爲特殊，爲尤袤首創，分别是：國史類、本朝雜史、本朝故事、本朝雜傳。尤目中史部之書共 980 部左右，本朝大約 280 部，占史部總數的三分之一左右。"這從一個側面反映了當時由於雕版印刷術發達，使著書、刻書蔚然成風，而南宋館閣當時又以主要精力加强對當代史料的收集和編纂，這就爲本朝史的編撰與研究提供了便利，使研究當代國史一時成爲熱門。本朝史籍的迅速增加，使史部中許多類目的當代書籍數量超過前代。"②綜上，尤袤重視史學，一方面與他的官職有關，另一方面也是時代學術思潮在他身上的體現。

（三）尤袤的版本學思想

《遂初堂書目》著録版本並非偶然，有其歷史原因，是"雕版印刷的發展在歷史文獻學上的反映，或者説，因雕版印刷而隨之産生的文獻版本問題已引起了學者足夠的重視。事實上，版本的優劣，對科學研究，尤其對文獻的校勘具有重要價值"③。關於雕版印刷的起源，學界莫衷一是，然而可以肯定的是兩宋時期是雕版印刷發展的高峰期，隨之而來的是刻書成爲一種風尚，不僅國家有權利刊刻，書坊、私人都可以參與其中。但每個人刊刻書籍的標準、要求不同，品質自然也有差距。朱熹曾經感慨"平日每見朋友輕出其未成之書，使人摹印流傳，而不之禁者，未嘗不病其自任之不重，而自期之不遠也"④。可見當時濫刻之風。不僅如此，刊刻時以意改書的情況也屢見不鮮。蘇軾云："近世人輕以

---

① 張富祥：《〈南宋館閣録〉及其〈續録〉》,《史學史研究》1987 年第 4 期，第 57 頁。
② 張家璠、閻崇東：《中國古代文獻學家研究》，廣西師範大學出版社，1996，第 206 頁。
③ 曾貽芬、崔文印：《宋代著名私人藏書目》,《史學史研究》1991 年第 4 期，第 68 頁。
④ （宋）朱熹：《晦庵先生朱文公文集》卷二六,《四部叢刊初編：集部》，商務印書館，1919。

意改書，鄙淺之人，好惡多同，故從而和之者衆，遂使古書日就訛舛，深可忿疾。"①

尤袤亦刻書，但其刻書態度端正，品質較高。據現存史料可知，尤袤一生至少刊刻過八種古籍，分別是《文選》《山海經》《隸續》《申鑒》《玉堂集》《昭明文集》《文選雙字類要》《河南集》。尤袤《文選跋》云"逾年，乃克成……淳熙辛丑上巳日晉陵尤袤題"。袁説友《文選跋》亦云："閲一歲有半而後成，則所以敬事於神者厚矣。"由此可知，尤袤當在淳熙六年（1179）下半年始刻《文選》，於淳熙辛丑（1181）上巳日完工。又，袁説友《文選跋》謂："池陽郡齋既刊《文選》與《雙字》二書於以示敬昭明之意。今又得《昭明文集》五卷而併刊焉……淳熙八年歲在辛丑八月望日。"故同年還刻有《文選雙字類要》與《昭明文集》。又，《梁溪遺稿》文抄補編中存有一篇《山海經跋》，跋文後寫"淳熙庚子仲春八日，梁溪尤袤題"。尤袤當於淳熙七年（1180）農曆二月時刻《山海經》。又，《四庫全書·史部十四·目錄類二（金石之屬）》提要記其於淳熙七年刊刻過《隸續》二卷：

> 《隸續》二十一卷，宋洪适撰。适既爲《隸釋》，又輯録《續》，得諸碑依前例釋之，以成是編。乾道戊子始刻十卷于越，淳熙丁酉范成大又爲刻四卷于蜀，其後二年己亥德清李彦頴又爲增刻五卷，明年庚子尤袤又爲刻二卷于江東倉臺，輂其板歸之越。前後合爲二十一卷。②

洪适《盤洲文集》卷六十三《池州隸續跋》載："明年（淳熙七年）錫山尤延之刻二卷于江東倉臺，而輂其板歸之越，延之與我同志，故鄭重如此。"③亦可證。《梁溪遺稿》文抄補編《申鑒題辭》載其於淳熙九年刊刻過《申鑒》④。《郡齋讀書志》卷五下《附志·張文定玉堂集二十卷》記：

---

① （宋）蘇軾撰，孔凡禮點校《蘇軾文集》卷六七，中華書局，1986，第 2099 頁。
② （宋）洪适：《隸續》，《文淵閣四庫全書》第六八一册，臺灣商務印書館，1986，第759 頁。
③ （宋）洪适：《盤洲文集》，《四部叢刊初編：集部》，商務印書館，1919。
④ 轉引自趙維平《尤袤年譜》，上海三聯書店，2012，第 117 頁。

　　右張文定公方平之文也。公字安道，宋城人。明道二年以茂材異等擢爲校書郎。神廟時參大政，元祐六年終於太子少師致仕，贈司空，謚文定公。出入兩禁垂二十年，一時大典多出其手。劉忠肅嘗序其《玉堂集》二十卷，乃在東坡所序《樂全集》四十卷之外。淳熙九年，錫山尤袤重刻于江西漕臺。①

　　是知淳熙九年（1182）還刊刻了張方平《玉堂集》二十卷。從淳熙六年至淳熙九年，尤袤連續四年致力於刊刻事業，至少有五部成果問世。晚年仍堅持刻書，據《河南集》附錄《雜見事實·河南集跋》載：

　　《師魯集》二十七卷，承旨姚公手録本。予往嘗刻師魯文百篇于會稽行臺，今迺得閱其全集，甚慰，因復梓行之。我朝古文之盛，倡自師魯，一再傳而後有歐陽氏、王氏、曾氏，然則師魯其師資云。淳熙庚戌，錫山尤袤延之跋。②

　　淳熙庚戌應即紹熙元年（1190），尤袤大約在 1189 年前後刻印尹洙《河南集》，那時他已年過花甲。
　　以上八部古籍的刊刻，一方面與時代背景有關，另一方面也緣於尤袤對書籍的熱愛與官職的便利，同時也與他的文獻學思想密切相關，可以説，這八部古籍的刊刻正是他文獻學思想的真實反映，總結而言，可以概括爲以下四點。

　　1. 堅守學術，擇優而刊
　　《文選》主要分李善注與五臣注兩種，從五臣注誕生之後，直至宋朝初期，一直爲世人所重，李善注則居於五臣注之下。其中雖不乏支援李善注者③，亦無法扭轉整體趨勢。北宋天聖中（1023—1032），劉

①　（宋）晁公武：《昭德先生郡齋讀書志》，《四部叢刊三編·史部》，商務印書館，1935。
②　（宋）尹洙：《河南先生文集》，《宋集珍本叢刊》第三冊，綫裝書局，2004，第 505 頁。
③　（唐）李匡文謂："世人多謂李氏立意注《文選》，過爲迂繁，徒自騁學，且不解文意，遂相尚習五臣者，大誤也。……因此而量五臣者，方悟所注盡從李氏注中出。"（唐）李匡文：《資暇集》，中華書局，2012，第 167 頁。

崇超上言："李善《文選》援引該贍，典故分明，欲集國子監官校定凈本，送三館雕印。"這說明李善注的價值重新被世人發現。在劉崇超的建議下，北宋國子監刊刻了首部李善注《文選》。自此之後，李善注的地位逐漸上升。蘇軾亦贊賞"李善注《文選》，本末詳備，極可喜"[①]，批評五臣注"真俚儒之荒陋者"[②]。像蘇軾這樣的大文豪，在學術領域的號召力與影響力非同凡響，甚至可以改變一個時代的學術走向。在這樣的時代背景下，尤袤通過其敏銳的學術眼光在諸多《文選》系統中選擇李善注《文選》進行刊刻，他曾說："貴池在蕭梁時寔爲昭明太子封邑，血食千載，威靈赫然。水旱疾疫，無禱不應。廟有文選閣，宏麗壯偉，而獨無是書之板，蓋缺典也。今是書流傳於世，皆是五臣注本。五臣特訓釋旨意，多不原用事所出。獨李善淹貫該洽，號爲精詳。雖四明贛上各嘗刊勒，往往裁節語句，可恨！"這便體現出他堅守學術，擇優而刊的文獻理念。從歷史發展的角度看，李善注確較五臣注更經得起推敲。

2. 彙集衆本，謹慎校勘

清人講究版本，尤其珍視宋元本，而在翻刻時則存在究竟是保留原貌還是校改的爭議，這源於不同的文獻學理念。宋代（包括五代）是刻本產生的初期，在刊刻時自然與清人想法不同，宋人刊刻一本書不容易，在上版前定要仔細選擇版本、認真校勘，儘可能呈現出一個價值較高、錯誤較少的可供後人依賴的版本。《册府元龜》卷六〇八記載："先是，後唐宰相馮道、李愚重經學，因言漢時崇儒，有三字石經，唐朝亦于國學刊刻。今朝廷日不暇給，無能別有刊立。常見吳蜀之人鬻印板文字，色類絕多，終不及經典。如經典校定，雕摹流行，深益於文教矣。乃奏聞。敕下儒官田敏等考校經注。敏於經注長於《詩傳》，孜孜刊正，援引證據，聯爲篇卷，先經奏定，而後雕刻。"[③] 又如洪興祖在撰寫《楚辭補注》時，參考二十餘種版本進行校勘。類似之例，數不勝數。由於宋代的校讎學家學識淵博、態度認真，故而校勘出來的版本往

---

① （宋）蘇軾撰，孔凡禮點校《蘇軾文集》卷六七，中華書局，1986，第 2093 頁。
② （宋）蘇軾撰，孔凡禮點校《蘇軾文集》卷六七，中華書局，1986，第 2093 頁。
③ （宋）王欽若等編，周勛初等校訂《册府元龜：校訂本》，鳳凰出版社，2006，第 7018 頁。

往可信度很高，這也是後世看重宋本的一個重要原因。

尤袤也繼承了這種校勘傳統。徐鍇《説文解字繫傳》卷四十載尤袤《説文解字繫傳題跋》：

> 余暇日整比三館亂書，得南唐徐楚金《説文繫傳》，愛其博洽有根據，而一半斷爛不可讀。會江西漕劉文潛以書來，言李仁甫託訪此書，乃從葉石林氏借得之。方傳録未竟，而余有補外之命，遂令小子概於舟中補足。此本得於蘇魏公家，而訛舛尚多，當是未經校理也。乾道癸巳十月廿四日，尤袤題。①

通過"此本得於蘇魏公家，而訛舛尚多，當是未經校理也"一句可以隱約看出尤袤贊成在校勘過程中改正舛訛之處，而非保留錯誤原貌，這樣有利於促成善本的産生，但前提是有校改依據。可以進一步證明此觀點的證據便是淳熙七年池州本《山海經》的刊刻。尤袤在跋文中説："予自紹興辛未至今，垂三十年，所見無慮十數本，參校得失，於是稍無舛訛，可繕寫。"尤袤輾轉三十年，通過參校十餘個版本，終於校勘出一個基本没有舛訛的本子，然後纔加以繕寫、刊刻。通過校勘，他還得出了《山海經》是先秦古籍，並非時人所言爲後人所作的論斷。可見其並非單純校勘，還進行了一番深入研究。《直齋書録解題》卷八地理類"山海經十八卷"云："今本錫山尤袤延之校定。"② 尤袤之後，《山海經》纔成定本，這不可不説是尤袤的一大貢獻。由此可見，尤袤的校勘理念是：在有多種版本可以參校的情況下，並非完全依照底本刊刻，而是廣校衆本，儘可能校出一個錯誤率低的善本。另外，《遂初堂書目》記有"遂初先生手校《戰國策》"一書，應是他拿"舊杭本"與"姚氏本"對校後得出的一個品質較高的版本。

《宋史》云："袤少從喻樗、汪應辰游。"③ 汪應辰《文定集》卷十《跋貞觀政要》記載：

---

① （南唐）徐鍇：《説文解字繫傳》，中華書局，1987，第 335 頁。
② （宋）陳振孫：《直齋書録解題》，《叢書集成初編》第四五册，商務印書館，1937，第 231 頁。
③ 《宋史》卷三八九，中華書局，1977，第 11929 頁。

此書婺州公庫所刻板也。予頃守婺，患此書脱誤頗多，而無他本可以參校。紹興三十二年八月，偶訪劉子駒于西湖僧舍，出其五世所藏之本，乃後唐天成二年國子監板本也，互有得失，然所是正亦不少，疑則闕之，以俟他日間暇尋訪善本，且參以實録史書，庶幾可讀也。[①]

汪應辰實爲尤袤之師，從上段跋文可見尤袤與汪氏的校勘思想十分接近，這既是個性化的傳承，也是時代的共性。因此尤袤的學術思想也可視作宋代學術思潮的一個縮影。

3. 疑則闕之，以俟知之

《梁溪遺稿》文抄補編存尤袤《申鑒題辭》，云："荀悦書五卷，觀其言，蓋有志於經世者。其自著《漢紀》嘗載其略。而范曄《東漢書》亦摘其篇首數百言，見之悦傳。今《漢紀》會稽郡已版行，而此書則世罕見全本。余家有之，因刻置江西漕臺。但簡編脱繆、字畫差舛者不一，不敢以意增損，疑則闕之，以俟知者。淳熙九年冬十月己亥，錫山尤袤。"[②]《申鑒》與《山海經》情況不同。《山海經》有多種版本存世，故而尤袤歷經三十年，廣校衆本，目的是儘可能校勘出一個"稍無舛訛"的本子。而《申鑒》版本世所罕見，尤袤家藏一本，並無其他版本可資參校，但又惜其傳之未廣，故而將家藏本刊刻出來以惠學林。在缺乏版本依據的情況下，尤袤即使發現"簡編脱繆、字畫差舛者不一"處，仍不敢輕易校改，而是採取"疑則闕之，以俟知之"的處理辦法。這種做法無疑是謹慎的，是校勘古籍的正確之道。

4. 資源分享，大家精神

尤袤刊刻《申鑒》主要因其世所罕見，故他將家藏本刊刻以供更多人使用，古人著述，賴此傳世，居功至偉，這種文獻共享精神值得尊敬與學習。一些學者憑藉毛平仲在《遂初堂書目序》中對尤袤"重之不以借人，新若未嘗觸手"的評價，判斷尤袤有保守的自我中心思想，是其

①　（宋）汪應辰：《文定集》（二）卷十，《叢書集成初編》第一九八七册，商務印書館，1935，第111頁。
②　轉引自趙維平《尤袤年譜》，上海三聯書店，2012，第117頁。

文獻學思想局限性的體現，但這種評判是片面的，《申鑒》的刊刻便是反駁的有力證據。藏書家一般都嗜書如命，珍品更是不輕易示人，這是人之常情，可以理解。然尤袤"不以借人"的原因應該不僅如此，正如前文所説，他的藏書中許多是從皇家秘閣中手抄得來的珍貴文獻，其中不乏機密内容，尤其是本朝雜史、本朝故事、本朝雜傳等。早在北宋時出於國家安全的考慮，對雕版洩密者便有明文禁令，《宋會要輯稿》册一六五《刑法》二"刑法禁約"條記載："康定元年五月二日，詔訪聞在京無圖之輩及書肆之家，多將諸色人所進邊機文字鏤板鬻賣，流布於外，委開封府密切根捉，許人陳告，勘鞫聞奏。"① 又，"（元祐五年）凡議時政得失、邊事軍機文字，不得寫録傳布。本朝會要實録不得雕印。違者徒二年，告者賞緡錢十萬。《内國史》《實録》仍不得傳寫。"② 身居要職的尤袤，自然不能知法犯法。故而不能因"重之不以借人，新若未嘗觸手"一語而判定尤袤保守，而應通過尤袤的實際行動分析他的真實思想。

　　總之，尤袤的校勘學思想符合文獻學發展方向。清代著名校勘學家顧廣圻亦提倡不輕改古書，而他在刻書時也祇做到不輕改而已，遇有明顯錯誤，又有底本爲據，他還是會改。"他翻刻明吴元恭本《爾雅》，刻成後又得到宋刻八行十六字本，據以校改多處。他爲吴鼒翻刻宋乾道本《韓非子》，改正底本之誤字達近百處。"③ 近代校勘學家章鈺在《影刻洪武本程雪樓集跋》中説道："老輩校勘之學略分兩例。一在存古，如覆雕經典古本，稍涉異同，則别撰札記，以備考證。一在求是，如唐宋以下著述，根據舊本，既灼知其脱誤之處，獲有佐證，亦不敢依樣壺盧，爲全書復留瘢疿。"④ 這些爲後世文獻學家普遍遵循的法則早在尤袤時便已貫徹執行。

　　尤袤雖無文獻學專著，然無論是《遂初堂書目》還是尤袤本《文選》《山海經》等，都體現出他在目録學、版本學以及校勘學等方面的

---

① （清）徐松輯《宋會要輯稿》，中華書局，1957，第 6507 頁。

② （清）徐松輯《宋會要輯稿》，中華書局，1957，第 6514 頁。

③ 郭立暄：《中國古籍原刻翻刻與初印後印研究》，中西書局，2015，第 29 頁。

④ 章鈺：《影刻洪武本程雪樓集跋》，載（元）程鉅夫著，張文澍校點《程鉅夫集》，吉林文史出版社，2009，第 514 頁。

努力與貢獻。儘管相關材料有限，但仍能通過斷簡殘編找出綫索，順藤摸瓜，抽絲剝繭，挖掘出隱藏著的尤袤文獻學思想。正是在此種文獻學思想的指導下，纔産生了在《文選》雕版史上舉足輕重的尤袤本《文選》。

二　尤袤本《文選》刊刻的諸種條件

（一）南宋雕版印刷的不斷發展

"宋代，是我國歷史上雕版印刷事業發展的黃金時代。南北兩宋刻書之多，雕鏤之廣，規模之大，版印之精，流通之寬，都是空前未有的"。[①] 兩宋刻書事業的發達與宋代的政治制度、社會經濟、文化風尚密切相關。第一，北宋"重文輕武"的政治主張。宋太祖趙匡胤通過發動兵變建立了宋王朝，因此他深知藩鎮割據的危害，登基伊始便削弱地方節度使的大權，收歸中央，"重文輕武"一直是兩宋的基本國策。第二，宋朝是中國古代經濟最爲發達的時期，經濟的迅速發展，尤其是手工業的發展，爲雕版印刷提供了人力、物力保證。第三，科舉制度的改革。宋代科舉制度與唐時大不相同，科舉不再是門閥士族的專屬品，祇要文章合格，不論門第高低，出身貴賤，均可録取。從宋太祖起，每次取士的人數逐年增加。宋代官員地位很高，且待遇優厚。這種科舉制度的改變以及重文輕武的政策，大大刺激了社會各階層讀書應考的熱情。崇尚文化的濃重氣氛，是宋代刻書事業發達的重要社會原因之一。第四，宋仁宗年間畢昇發明活字印刷，進一步促進了雕版事業的向前發展。

南渡以後，雕版印刷繼續向前推進。從現存大量的南宋刻本書籍和版畫中可以看出，雕版印刷業在南宋進入全面發展的時期。"中央和地方官府、學宮、寺院、私家和書坊都從事雕版印刷，雕版數量多，技藝高，印本流傳範圍廣，不僅是空前的，甚至有些方面明清兩代也很難與之相比。"[②]

---

① 李致忠：《宋代刻書述略》（上），《圖書館理論與實踐》1981 年第 2 期，第 36 頁。
② 宿白：《唐宋時期的雕版印刷》，文物出版社，1999，第 84 頁。

　　據《三朝北盟會編》卷七七記載：“（靖康二年正月）二十五日乙
卯……金人求索諸色人……雕刻圖畫工匠三百餘人……令開封府押
赴軍前……二十六日丙辰……金人來索什物儀仗等。《宣和録》曰：
自帝蒙塵，金人館於齋宫……日遣蕭慶須索城中物，脅帝傳旨取之。
從正月初十日以後，節次取……秘閣三館書籍、監本印板……宋人
文集、陰陽醫卜之書……般赴南薰門、朝天門交割，不得住滯……
鴻臚卿康執權、少卿元當可、寺丞鄧肅押道、釋經印板，校書郎劉
才邵、傅宿，國子監主簿葉將，博士熊彦詩、上官悟等五人，押書
印板並館中圖籍往營中交割。”① 又卷九七引《宣和録》略記圖書毀棄
情況：“（靖康二年）四月一日，金人去盡，營中遺物甚多……秘閣圖
書狼籍泥土中。”② 由此可以想見北宋滅亡時圖書的毀壞情況。因此，
自宋高宗趙構建國伊始，便從民間廣泛搜集古籍，能買則買，不能
買則抄寫、雕印，民間之書慢慢聚集，這便促進了南宋雕版印刷事
業的發展。另外，“宋代官吏的待遇特别優厚，除正式俸錢禄米外，
有‘公用錢’等各種巧立名目的補助費，又可動用地方公款，這對
於地方官的刻書具備了良好的經濟條件”。③ 宋王明清曾説“近年所
至郡府多刊文籍”，④ 陸游亦云“近世士大夫所至，喜刻書版，而略不
校讎”。⑤ 尤袤、陸游、朱熹等人並在爲官時刻過書，他們刻書的目
的單純，與利益無關。然而亦有利用此便利條件大發横財者，如唐
仲友，他於淳熙初知台州時刊書頗多，所刊之書係用公庫公款，除
送人外，並發歸婺州本家書坊售賣。以上種種，並可説明刻書已成
爲兩宋流行的風尚。

　　南宋時期，雕版印刷持續向前發展，主要表現在四個方面。

　　第一，刻書地域的擴展。宋代早期的刻書業以四川爲中心，這是延
續晚唐、五代刻書而來。北宋中期，汴京、杭州、福建的刻書業也逐漸
發展起來。除此之外，北宋可考的刻書地區還有北方的應天府、太原

　　① （宋）徐夢莘：《三朝北盟會編》，上海古籍出版社，1987，第583—585頁。
　　② （宋）徐夢莘：《三朝北盟會編》，上海古籍出版社，1987，第718頁。
　　③ 張秀民：《南宋（1127—1279年）刻書地域考》，《圖書館》1961年第3期，第52頁。
　　④ （宋）王明清：《揮麈録》卷一，上海書店出版社，2001，第8頁。
　　⑤ （宋）陸游：《跋歷代陵名》，《陸游全集校注》第十册，浙江教育出版社，2011，第
　　　153頁。

府、滄州、信陽、絳州，南方的越州、明州、秀州、蘇州、餘杭、鹽官、吳江、江陰、江寧府、歙縣、洪州、吉州、臨川、虔州、高郵軍、春陵、丹州、潮州等地。[①] 張秀民先生在《宋孝宗時代刻書述略》中對宋孝宗時刻書地域的分佈有詳盡考述，"孝宗時刻書，有地域可考者，約一百四十餘種：屬於兩浙路者，約四十五種，幾等於江東西，湖南北，廣南東西，兩淮，西蜀諸路所刻之總和，可謂盛矣!"[②] 當時南宋共分十五路，路路都刻書。

第二，產業格局的演變。南宋時期，"官刻中國子監刻書逐漸衰落，地方官刻後來居上，州郡一級刻書尤多"[③]；文人普遍參與刻書活動，如洪适、洪邁、周必大、尤袤、朱熹、陸游等都是其中的傑出代表。他們的積極參與，正是南宋雕版印刷事業發展迅速的寫照，同時，他們所刊刻的書籍較坊刻產品品質高、刻印精良，大大提高了刻書的品質，推動了文化事業的發展。

第三，刻工隊伍的不斷壯大。經過前代的經驗積累，發展到南宋時期，幾大刻書中心並已產生了一批專業的刻工隊伍，他們往往是一個較爲固定的團隊，甚至可能是一個家族，有寫工、刻工、雕工、裝裱工等，大家各司其職，在有雕版印刷工作時，集中起來工作，待工作結束後，又恢復個體身份，直至下一個工作的到來。有的刻工，由於經驗豐富，刊刻技術精良，成爲一代名刻。刻工的數量與技術是保證刻書順利完成的關鍵因素。

第四，目錄始著版本。南宋私家藏書目錄現存四種，分別是尤袤《遂初堂書目》、晁公武《郡齋讀書志》、趙希弁《郡齋讀書志·附志》、陳振孫《直齋書錄解題》。這些私家藏書目錄的存在，説明南宋時期私家藏書之盛。其中，尤袤首創目錄著錄版本之風，陳振孫《直齋書錄解題》中亦記錄版本。目錄書中一書記載多個版本的現象，反映了南宋雕版印刷事業發達的事實。

具體到尤袤本《文選》刊刻的宋孝宗時代，"刻書事業，與一國之

①　詳情可參看胡小鵬《中國手工業經濟通史》（宋元卷），福建人民出版社，2004，第470頁。
②　張秀民：《宋孝宗時代刻書述略》，《圖書館學季刊》1936年第3期，第390頁。
③　朱迎平：《宋代刻書產業與文學》，上海古籍出版社，2008，第41頁。

政治，經濟，文化，相爲表裏，苟其國之秩序安定，公私饒足，文化發達，則刻書自多，而孝宗時此種條件皆具，故其刻書亦特盛也。"① 據張秀民先生統計，自隆興元年至淳熙十六年，二十七年間共刻書二百零八種，可謂是宋代刻書的興隆期。正是在此大背景下，尤袤本《文選》應運而生。

（二）貴池一地刊刻《文選》的原因及條件

貴池，位於安徽省池州市，在兩宋時屬池州池陽郡。淳熙八年前後，尤袤在此地爲官，尤袤本《文選》便是刊刻於此時此地。貴池一地之所以能够誕生尤袤本《文選》主要有三方面原因。

1. 池州爲蕭統封邑

《宋史·孝宗本紀》記載："是歲（淳熙八年），江、浙、兩淮、京西、湖北、潼川、夔州等路水旱相繼，發廩蠲租，遣使按視。"② 池州亦受干旱困擾。作爲蕭統封邑，池州人多信奉蕭統，尤袤在《文選跋》曾云："昭明太子封邑，血食千載，威靈赫然，水旱疾疫，無禱不應。"袁説友《文選跋》亦稱："江東歲比旱，説友日與池人禱之神焉。蓋有禱輒應，歲既弗登，獨池之歉猶什四也。"直至清代仍有此俗。郎遂《杏花村志》卷三"梁昭明廟"條載："池人以八月十五日爲昭明誕辰，先期十二日，知府率寮屬迎神像入祝聖寺，十五日躬致祭，十八日送還廟所。蓋貴池里社無不祀昭明爲土神者……水旱必禱，靈響異常，誠福主也。"③《李審言文集》"蔗菩薩"條謂："池州崇祀梁昭明太子，自宋已然。尤延之謂水旱災疫，禱無不應者也。今池州奉之不衰，村里賽會，舁神像，敲鉦擊鼓，導之出入，名之曰'蔗菩薩'。詢以'蔗'字何義，人不能答。神作藍面，貌極獰惡。然事之必謹，如婦人孺子有匿笑指顧者，往往中惡，口喎目瞤身痛諸病，如家人自投首則已。神之威靈亦赫矣哉！昔顧敏恒在池州撰《昭明廟碑》，不知此事，文中遂少一波瀾。余擬賦七古一首張之，尚未暇也。"④ 直至今天，池州一地仍保有

---

① 張秀民：《宋孝宗時代刻書述略》，《圖書館學季刊》1936 年第 3 期，第 385 頁。
② 《宋史》卷三五，中華書局，1977，第 677 頁。
③ （清）郎遂：《杏花村志》，《叢書集成續編》第五二册，上海書店，1994，第 38 頁。
④ 李詳：《李審言文集》，江蘇古籍出版社，1989，第 712 頁。

祭祀蕭統之傳統。由此可見蕭統在池州一地的影響力。尤袤有感於池州
一地僅有文選閣，"而獨無是書之板，蓋缺典也"，故"摹本藏之閣上，
以其板置之學宫，以慰邦人所以尊事昭明之意"。由此可知，尤袤刊刻
《文選》與池州一地有祭祀蕭統的活動關係密切。蓋因當時干旱嚴重，
所以周之綱、袁説友等人都願出錢出力，助尤袤一臂之力，爲的是能够
早日完成《文選》的刊刻，以顯示對昭明太子虔誠的態度，祈求昭明顯
靈，助他們早日渡過旱災。

　2. 池州發展文化事業的客觀需要

　　劉明先生認爲尤袤本《文選》的刊刻是出於"推動當地文化教育發
展的考慮"①，這個觀點有其合理性。北宋紹聖年間（1094—1098），詔
進士罷詩賦，專習經義。直至南宋高宗建炎二年（1128）後，"定詩賦、
經義取士……自紹聖後，舉人不習詩賦，至是始復。"②但又矯枉過正，
以致發展到了重詩賦、輕經義的地步。《宋會要輯稿·崇儒》載："（紹
興十三年）今爲士人，多習詩賦，解通經義。"③爲了平衡經賦二科，紹
興三十一年（1161）禮部侍郎金安節云："熙寧、元豐以來，經義詩賦，
廢興離合，隨時更革，初無定制。近合科以來，通經者苦賦體雕刻，習
賦者病經旨淵微，心有弗精，智難兼濟……請復立兩科，永爲成憲。"④
此後科舉考試始有規範，士人也能够專於所習。《杏花村志》記載南宋
紹興初年池州方設立科試。又《貴池縣志·選舉志》載，自北宋開寶八
年（975）至南宋淳熙十一年（1184）共兩百餘年間，貴池及進士第者
僅六人。可見池州的科舉教育事業並不發達，難怪文選閣中没有《文
選》刻板。因而，尤袤刊刻《文選》在一定程度上推動了池州一地的文
化事業發展，亦符合當地文化事業發展的需要。

　3. 池州地區具備雕版印刷《文選》的客觀條件

　　《宋史·地理志》載池州"貢紙"，説明此地盛産紙張。這是雕版印
刷的基本保證。

---

①　劉明:《文學文獻·文化背景·版本研究》，載朱崇先編《古典文獻學理論探索與古籍
　　整理方法研究》，民族出版社，2013，第 30 頁。
②　《宋史》卷一五六，中華書局，1977，第 3625 頁。
③　（清）徐松輯《宋會要輯稿》，中華書局，1957，第 2179 頁。
④　《宋史》卷一五六，中華書局，1977，第 3631 頁。

　　池州州學，又名池陽郡齋、池陽郡學、秋浦郡齋，池陽郡齋在安徽較爲有名，存世刻書也較多。現存而較爲有名的池州刻版書籍如下：

　　淳熙七年（1180）尤袤刻晉郭璞撰《山海經》十八卷，此爲本書傳世最早刻本，今藏中國國家圖書館。

　　淳熙八年（1181）尤袤刻《文選》李善注六十卷，此本今藏中國國家圖書館。

　　淳熙八年（1181）池陽郡齋刻紹熙三年重修本題宋蘇易簡撰《文選雙字類要》三卷。

　　淳熙八年（1181）池陽郡齋刻《昭明太子集》五卷。

　　紹熙二年（1191）池州知州張釜刻其祖父張綱撰《華陽集》四十卷。

　　慶元五年（1199）池陽郡齋刻宋胡銓撰《忠簡先生文選》九卷。

　　嘉泰四年（1204）至開禧元年（1205）知州陳謨刻唐房玄齡等撰《晉書》一百三十卷。

　　嘉定九年（1216）刻宋李道傳輯《晦庵先生朱文公語録》四十三卷，今臺北故宮博物院殘存七卷，中國國家圖書館藏膠片。

　　寶慶（1225—1227）中刻宋胡銓撰《澹庵文集》六卷。

　　寶慶三年（1227）知州王伯大刻宋朱熹原著、王伯大重編《別本韓文考異》四十卷、《外集》十卷、《遺文》一卷，爲歷代《韓文考異》刊本中最早、最精善之版本。

　　紹定二年（1229）池州通判張洽刻《昌黎先生考異》十卷，爲該書傳世的最早刻本。

　　端平三年（1236）江東倉使兼知池州王伯大纂修《秋浦新志》十六卷。

　　宿白先生曾經在研究南宋安徽一帶的雕版印刷情況時説道："皖南的雕印發展略遲，當塗姑孰郡齋乾道間（1165—1173）所刊醫書和淳熙三年（1176）廣德桐川郡齋覆雕蜀本《史記集解索隱》，主要依賴浙工，但池歙（今貴池）興起後，情況有了很大的變化。我們初步統計了淳熙七年迄嘉泰四年（1180—1204）池歙刊刻的幾部書，發現兩浙的刊工已極稀少，絕大部分都是本地刊工和皖南其他地點的刊工如'新安（今歙縣）夏義''寧國府（今宣城）潘輝'。而這些本地刊工中有許多又出現在較晚的江西甚至廣州的印本中，這有力地表明了皖南一帶的雕版印刷，在南宋中期曾一度急劇發展，這個發展不僅奠定了皖南雕印的基礎，而且還有餘力支援外地。"[①] 由此可知，池州一地在南宋時亦是雕版印刷的重地。

綜合以上分析，尤袤本《文選》之所以能在池州一地誕生，與蕭統封邑以及池州一地盛產紙張、刻工眾多、經濟與文化事業的發展等密切相關。

---

① 宿白：《唐宋時期的雕版印刷》，文物出版社，1999，第99–100頁。

第二章　尤袤本《文選》的著録與遞藏

第一節　歷代書目題跋、藏書志中有關
尤袤本《文選》的著録

歷朝歷代藏書目録、書志、題跋中均不乏《文選》的記載，但尤袤本《文選》的記録却不多見，下面將歷代書目題跋、藏書志中[①]的尤袤本《文選》記録臚列如下。

一　尤袤（1127—1193）《遂初堂書目》

《李善注文選》

案：尤袤《遂初堂書目》在目録學史上具有重要地位，開目録記録版本的先河。但因記録簡單，不能判定此《李善注文選》是否爲尤袤自己所刻之本，但存在這種可能性，故列於此。

二　錢謙益（1582—1664）《絳雲樓書目》

《李善注文選》六十卷

[①] 筆者所檢書目題跋、藏書志主要有：《宋元明清書目題跋叢刊》《清代私家藏書目録題跋叢刊》《海王邨古籍書目題跋叢刊》《中國歷代書目題跋叢書》《清末民國古籍書目題跋七種》及多種散見書目。

案：錢謙益，字受之，號牧齋，學者稱爲虞山先生，江蘇人，明末清初詩壇盟主、藏書家。錢謙益雖記録不詳，然因其書大部分捐贈於其族孫錢曾，而錢曾藏本中有尤袤本《文選》，故推測錢謙益所藏應爲尤袤本，故列於此。

三　錢曾（1629—1701）《述古堂書目》、《也是園書目》及《讀書敏求記》

《述古堂書目》："《文選李善注》六十卷六十本宋板。"

《也是園書目》："《李善注文選》六十卷。"

《讀書敏求記校證》："《李善注文選》六十卷。古人注詩，類有體例。漢唐諸大儒依經疏解，析理精妙，此注經之體然也。史家如裴松之注《三國》，劉孝標之注《世説》，旁搜曲引，巧聚異同，使後之覽者知史筆有如料揀，非闕漏不書耳。若夫郭象注《莊》，晉人謂離《莊》自可成一子，是亦一説也。至於集、選，宜詮釋字句所自出，以明作者之原委，如善注《文選》，其嚆矢焉。善注有張伯顏重刻元板，不及宋本遠甚。予所藏乃宋刻佳者，中有元人跋語，古香馥薆，閲之不免以書簏自笑。"[1]

案：錢曾，字遵王，明末清初藏書家、文獻學家，江蘇人。據錢曾所云推斷，其所藏本應爲尤袤本。後馮寶伯與陸敕先曾據此本校勘。

四　季振宜（1630—1674？）《季滄葦藏書目》

宋板《李善文選》六十卷三十一本

案：季振宜，字詵兮，號滄葦，江蘇泰興人，家豪富，嗜藏書，明末清初藏書家、文獻學家。季氏藏書多來自錢曾述古堂和毛晉汲古閣，此宋本《文選》不知是否即錢曾所藏尤袤本，但從現存《文選》版本的

---

[1]　（清）錢曾撰，（清）管庭芬、章鈺校證《讀書敏求記校證》卷四下，載《宋元明清書目題跋叢刊》第十一冊，中華書局，2006，第214頁。

藏書印中可知，季振宜至少藏有兩種尤袤本《文選》，一種爲中國國家圖書館藏宋淳熙八年池陽郡齋刻遞修本（存十卷）；一種爲臺北故宮博物院藏宋淳熙八年尤延之貴池刊理宗間遞修本六十卷。故此目所記李善《文選》有可能正是尤袤本《文選》。季振宜卒後，部分藏書歸徐乾學所有。

五　徐乾學（1631—1694）《傳是樓宋元本書目》

宋本《文選》六十卷六十本；又三十本；又三十一本

案：徐乾學，字原一，號健庵，江蘇昆山人，明末清初學者、藏書家，顧炎武外甥。"黃丕烈《士禮居彙抄書目三種》於《傳是樓宋元本書目》所記《文選》三十本之上注曰：'案，此李善本今歸士禮居。'"①故三十本者當爲李善注本，有可能即是尤袤本。又，徐乾學所藏三十一本，卷數與季振宜所藏相同，或爲同一本。

六　黃丕烈（1763—1825）《求古居宋本書目》

《文選》（李注本）四十九册
李注《文選》（殘本）二十三册②

案：黃丕烈，字紹武，號蕘圃，江蘇人，清代著名藏書家、文獻學家，有藏書室士禮居、百宋一廛、陶陶室等，與顧廣圻齊名。黃丕烈此處雖未明記版本，但楊守敬謂"國朝嘉慶間，吳中黃蕘圃始得尤氏宋本聞于世"③，故黃氏當有尤袤本藏本，然檢黃丕烈衆書目，僅發現《求古居宋本書目》中有相關記載，故列於此。至於徐乾學所藏三十卷本的李善本《文選》也未見士禮居記載。黃丕烈卒後，其書多爲汪士鐘藝芸書

---

① 傅剛：《〈文選〉版本研究》，北京大學出版社，2023，第 52 頁。
② （清）黃丕烈：《求古居宋本書目》，載（清）黃丕烈著，屠友祥校注《蕘圃藏書題識》，上海遠東出版社，1999，第 1020、1022 頁。
③ （清）楊守敬：《日本訪書志》，載《宋元明清書目題跋叢刊》第十九册，中華書局，2006，第 221 頁。

舍所有。

七　阮元（1764—1849）《南宋淳熙貴池尤氏本文選序》

元幼爲文選學，而壯未能精熟其理，然訛文脱字，時時校及之。昔但得元張伯顏、明晉府諸本，即以爲秘册。嘉慶丁卯，始從昭文吳氏易得南宋尤延之本，爲無上古册矣。按是册宋孝宗淳熙八月辛丑無錫尤延之在貴池學宮所刻，世謂之淳熙本。每半葉十行，每行大字廿一、二，小字廿一、二、三、四不一。惜原板間有漫漶，其修板至理宗景定間止，卷二八葉及卷九十九葉書口並有景定壬戌重刊木記可見。其中佳處，即以脱文而論，如《東京賦》"上下通情"注（宋本卷三，十五下），毛本脱"言君情通於下臣情達於上故能國家安而君臣歡樂也"廿二字。又"重舌之人九譯"注（宋本卷三，廿八下），毛本脱"韓詩外傳"至"獻白雉于周公"廿三字。《秋興賦》"天晃朗以彌高兮"注（宋本卷十三，六上），毛本脱"杜篤"至"高明"廿字（以上毛初刻本脱，後得宋本改）。《思玄賦》"行頗僻而獲志兮"注（宋本卷十五，三下），毛本脱"蕭該音"至"廣雅曰陂邪也"卅五字。陸士衡《答賈長淵詩》"我求明德"注下（宋本卷廿四，十七上），毛本脱正文"魯侯戾止"八字，注文卅二字。《七發》"客見太子有悦色"下（宋本卷卅四，九下），毛本脱數百字。諸如此類，不勝枚舉。其中異文，如《蜀都賦》"千廡萬室"（宋本卷四，二十下），晉府本，毛本"室"改"屋"，則與上下文"出""術"等字不韻矣。《羽獵賦》"群娭乎其中"（宋本卷八，廿三上），翻張本、晉府本、毛本"娭"改"嬉"，則與《漢書·楊子雲傳》不合矣。《宋書·謝靈運傳論》"莫不寄言上德"注引老子《德經》（宋本卷五十，十四上），翻張本、晉府本、毛本並作《道德經》，不知《德經》二字見陸氏《經典釋文》及《禮記正義》也。《吳都賦》"趫材悍肚"注引《胡非子》（宋本卷五，十五上），毛本"胡"改"韓"，不知胡非乃墨子弟子，見漢、隋史志也。《騷》下《山鬼篇》"采三秀兮于山間"（宋本卷卅三，三上），注文"三秀"上晉府本、毛本增"逸曰"二字，此沿六臣本之舊，崇賢本不當有也。《永明九年策秀才文》"自萌俗澆弛"（宋本卷卅六，十上）及《齊故安樂昭王碑文》"緝熙萌庶"（宋本卷五十九，十八下），翻張本、晉府本、毛本"萌"改"氓"，然古書多作"萌"也。亦非他本之所可及。元人張正卿翻刻是書，行款一切頗得其模範，第書中字句同異未能及此。若翻張本及晉府諸刻改其行款，更同自鄶矣。惜是冊缺第四十一、四十二兩卷，近人即以正卿本補入，雖非完書，實亦希世珍也。此冊在明曾藏吳縣王氏，長洲文氏、常熟毛氏，本朝則句容笪氏、泰興季氏、昭文潘氏，以至吳氏。獨怪冊中皆有汲古閣印，而毛板訛脫甚多，豈刊板後始獲此本，未及校改耶？元家居揚州舊城文樓巷，即隋曹憲故里，李崇賢所由傳文選學而爲選注者也。元既構文選樓于家廟旁，繼得此冊，藏之樓中，別爲校勘記，以貽學者。裝訂既成，因序于卷首。①

案：阮元，字伯元，號雲臺（或作芸臺），江蘇人，清代著名學者。據阮元所記，其所藏之本當爲南宋理宗景定壬戌（1262）年刻本。臺北故宮博物院（下簡稱"臺故"）現藏有一帙《文選》，題爲"宋淳熙八年尤延之貴池刊理宗間遞修本六十卷"，然此本卷四十一、四十二並不缺，且卷二八葉版心僅標"壬戌"，無"景定"二字，卷九十九葉模糊難認。故臺故所藏與阮元所藏當非同一本。不知阮元所云"景定壬戌重刊木記"是親眼見到"景定"二字，還是由"壬戌"推測而來。臺故專家判定爲"理宗間遞修本"之原因現也未知。據筆者翻閱，並未在臺故藏本中發現"景定"字樣，且按該本慣例，版心所標重刊字樣並記干支，未見記年號者。另外，臺故所藏理宗本《文選》中有一標"壬戌重刊"葉爲徐升所刻。徐升，南宋著名刻工，主要生活於宋高宗趙構年間（1127—1162），徐升所刻之"壬戌"絕不會是"景定壬戌（1262）"。關於臺故所藏"宋淳熙八年尤延之貴池刊理宗間遞修本六十卷"的具體情況及相關研究見本書第二章第三節"臺北故宮博物院藏尤延之貴池刊理宗間遞修本《文選》論略"。據阮元所記，此本在

① （清）阮元撰，鄧經元點校《揅經室集》，中華書局，1993，第665—666頁。

明代時曾爲吳縣王氏（王寵）、長洲文氏（文徵明）、常熟毛氏（毛晉）收藏，入清後先後爲句容笪氏（笪重光）、泰興季氏（季振宜）、昭文潘氏（不知何人）、昭文吳氏（或爲吳蔚光）收藏。據沈芳畦説："民國初年，常熟通河橋弄楊氏（瑋案：不知何人），塔弄歸氏（瑋案：或爲歸曾禧），亦藏有宋本《文選》二部，後不知歸於何處。"[1] "據曹大鐵考證，傳世的尤延之（袤）本衹有一種，阮雲臺所得昭文吳氏本後來由楊碩甫在北京買回，物歸故土，就是通河橋弄楊氏的那一部。此本極爲珍貴，爲海上大藏家必争之物。1941 年春，曹大鐵與通河橋弄楊氏後裔、尤刻《文選》的主人在上海静安寺路飛達茶室見面，葱玉經由曹大鐵介紹與楊氏相識，談及尤本，葱玉向楊氏借閲，因有曹大鐵居間，楊氏慨然允諾。"[2] 張葱玉向曹大鐵表達了收購此本的想法，後楊氏因做洋股虧錢欲出售尤本，但要價較高，曹大鐵便替張葱玉做主收購了，張葱玉得知後，因當時資金出現問題，略有嫌價高之意，曹大鐵心性剛烈，便毅然決然收爲己有。曹大鐵與沈芳畦爲同鄉，曹認爲沈應知此事，但却説"不知歸於何處"，是"故弄玄虚"。據此可知，阮元藏本後歸常熟楊氏，又輾轉至北京，後被楊碩甫購回，又爲曹大鐵收購。曹大鐵，名鼎，齋名"菱花館""雙昭堂"，江蘇常熟人。其《臨江仙·記北宋本〈昭明文選〉》中也曾説他藏有南宋尤刻池州本："會中新近收進北宋本文選殘存一册，杭州貓兒橋書坊本，爲歷代藏書志所未見。考杭州一地，南宋時稱'臨安'，稱'杭州'者，必爲北宋，是則此槧尚在余所藏南宋尤刻池州本文選之前，誠一新發現也。"[3] 其子爲著名收藏家、鑒定家曹公度先生，不知公度先生是否知曉此尤袤本的所在。張葱玉，名珩，張鈞衡之孫，張乃熊之侄，浙江湖州人，著名書畫鑒定專家，與曹大鐵相交甚好。

八　顧廣圻（1766—1835）《思適齋書跋》卷四

《文選》六十卷校宋本。此《文選》硃校出汲古主人同時馮寶

① 沈芳畦：《百年來常熟藏書的聚散》，《常熟文史資料選輯》（《常熟文史》第四十輯下册），上海社會科學院出版社，2009，第 748 頁。
② 藍弧、曹公度：《曹大鐵傳》，上海文化出版社，2016，第 129 頁。
③ 曹大鐵：《梓人韻語》，南京出版社，1993，第 465 頁。

伯手，其前二十卷又有藍筆，則陸敕先所覆校也。今年秋八月，余屬菟圃以重價購之，復借𧜵嚴周氏所藏殘宋尤袤槧本①，即馮、陸所據者，重爲細勘，閱時之久，幾倍馮、陸，補其漏略，正其傳譌，頗有裨益，惜宋槧之尚非全豹也。竊思選學盛於唐，至王深寧時已謂不及前人之熟，降逮前明幾乎絶矣。唯詞章之士，掇其字句以供藻悦，至其爲經史之鼓吹，聲音訓詁之鍵鑰，諸子百家之檢度，遺文墜簡之淵藪，莫或及也。其間字經淺人改易，文爲妄子刊削，五臣混淆善本，音注牴牾正文，又烏能知之。因譌致舛，其來久遠，承襲輾轉，日滋一日，卷帙鴻富，徵引繁多，詞意奧隱，不容臆測，義例深密，未易推尋，雖以陳文道之精心銳志，既博且勤，而又淵源多助，然舉正一書猶時時有失，況余仲林記問以下，撫華遺實宜同自鄶矣。廣圻由宋本而知近本之謬，兼由勘宋本而即知宋本亦不能無謬，意欲準古今通借以指歸文字，參累代聲韻以區別句逗，經史互載者考其異，專集尚存者

---

① 馮寶伯，即馮武，字寶伯，號簡緣，江蘇人，明末清初藏書家、文獻學家。陸敕先，即陸貽典，字敕先，江蘇人，明末清初藏書家、文獻學家，入錢謙益門下，與毛晉爲親家。周香嚴，即周錫瓚，字仲漣，號香嚴，又號漪塘，江蘇吳縣人，藏書處有漱六樓、水月亭、琴清閣、香嚴書屋等，與黃丕烈、袁廷檮、顧之逵並稱乾嘉四大藏書家。據段玉裁《周漪塘七十壽序》載："乾隆、嘉慶以來，吳中之能聚書者，未有過於周子也。……自余於壬子居吳，借書以讀，所恃惟周子。周子以篤好聚物，自明季諸君以及何氏、朱氏之善本，每儲偫焉。"見（清）段玉裁撰，鍾敬華校點《經韻樓集》，上海古籍出版社，2008，第199頁。又《跋白氏六帖三十卷宋本》云："漪塘藏書最富，其於古板今刻，源流變易，剖析娓娓可聽"。見第195頁。且周氏十分開明，即使是宋刻，亦假手於人，顧廣圻、錢大昕、段玉裁等並借過其書。周香嚴有《琴清閣書目》，現藏於復旦大學圖書館、北京大學圖書館、哈佛大學圖書館等；又有《漱六樓書目》，現藏於上海圖書館。見羅鷺《稿本〈漱六樓書目〉作者考實》，《文獻》2015年第2期，第55頁。檢《琴清閣書目》發現，其中並未記載宋尤袤本，僅有宋板《六臣注文選》四十冊的記錄。據羅鷺研究，"《漱六樓書目》與《琴清閣書目》著錄的書籍存在大量雷同。《漱六樓書目》按經、史、子、集四部排，著錄圖書1115部；《琴清閣書目》分元、亨、利、貞、甲、乙、丙、丁、戊、己、庚、辛、壬、癸十四號，著錄圖書672部。……由此可見，《漱六樓書目》是周錫瓚的藏書分類目錄，而《琴清閣書目》則是按櫃號或箱號編排的。兩部書目著錄圖書數量不同的原因，應當是《漱六樓書目》成書較早，著錄的書較多，其後逐漸散出，到周錫瓚晚年親手鈐印、標價出售，已經所剩不多了。"周氏卒後，其子周世敬謹守藏書，撰有《群書綴述》《研六齋筆記》等，"晚年家境漸落，藏書陸續散出，宋元槧本及精抄秘本，道光末多歸於上海郁松年宜稼堂。"見李峰主編《蘇州通史·人物卷·明清時期》，蘇州大學出版社，2019，第283頁。

證其同，而又旁綜四部，雜涉九流。援引者沿流而溯源，已佚者借彼以訂此，未必非此學之功臣也。體用博大，自慚譾陋，懼弗克任，姑識其願於此，並期與菟圃交勖之焉。嘉慶元年十二月二十日顧廣圻書於士禮居。①

案：顧廣圻，字千里，號澗𧅓，別號思適居士，清代著名藏書家、文獻學家。據此段提要可知，顧廣圻託黃丕烈用重金購買了先後經馮寶伯、陸敕先校對過的尤袤本《文選》，後借周錫瓚嚴所藏殘宋尤袤槧本細加校勘，得幾倍於馮、陸之異文。據顧氏所言，馮、陸校勘時使用的也是周錫嚴藏本。但張金吾《愛日精廬藏書續志》却記載爲“馮氏寶伯、陸氏敕先據錢遵王家宋本校，元和顧澗𧅓先生據周香嚴家殘宋本覆校”②，二人記錄有所出入，據馮寶伯校語“借遵王宋刻本校”，張金吾所言當是，故顧氏得“幾倍馮、陸”異文，則怪不得馮、陸二人校勘不精，乃是所據版本不同所致。而異文數量較多，則兩本恐非同一系統之尤袤本。當時傳世尤袤本至少有三種：一是周錫嚴所藏殘宋尤袤本，一是錢曾家藏宋尤袤本，一是馮寶伯、陸敕先、顧廣圻所校尤袤本。

九　汪士鐘（1786—？）《藝芸書舍宋元本書目》之宋板書目

《李善注文選》（抄補）六十卷；又存三十三卷（內抄三卷）

案：汪士鐘，號閬源，清代藏書家，江蘇蘇州人，藏書樓名“藝芸書舍”。《同治蘇州府志》云“黃丕烈藏書歸長洲汪士鐘”③。潘祖蔭《藝芸書舍宋元本書目序》稱“嘉慶時，以黃菟圃百宋一廛、周（錫瓚）香嚴書屋、袁壽階五硯樓、顧抱沖小讀書堆爲最，所謂四藏書家也，後

---

① （清）顧廣圻：《思適齋書跋》，載《宋元明清書目題跋叢刊》第十三冊，中華書局，2006，第655頁。

② （清）張金吾：《愛日精廬藏書續志》，載《宋元明清書目題跋叢刊》第十一冊，中華書局，2006，第697—698頁。

③ 轉引自（清）葉昌熾著，王鍔、伏亞鵬點校《藏書紀事詩》卷六，北京燕山出版社，1999，第477頁。

盡歸汪閬源觀察"①。此處雖未詳記此《李善注文選》的版本,但張乃熊《菦圃善本書目》載"《文選》六十卷,梁蕭統選,唐李善注,宋尤袤刊,十行廿一字本,六十冊,汪閬源舊藏"②,故可知此本爲尤袤本。汪氏藏書後多歸瞿鏞所有。

十 張金吾(1787—1829)《愛日精廬藏書續志》

《文選》六十卷 馮氏寳伯、陸氏敕先校宋本

梁昭明太子撰。文林郎守太子右内率府録事參軍事崇賢館直學士臣李善注上。馮氏寳伯、陸氏敕先據錢遵王家宋本校,元和顧澗薲先生據周香嚴家殘宋本覆校,殘宋本存卷一至六,十三至十五,十八至二十一,二十八至三十九,四十九至末,凡三十七卷。

文選序

上文選注表(顯慶三年)

卷一後馮氏手跋曰:己亥歲校過一次,重檢後漢班傳對勘本文同異甚多,注亦略同,疑善仍用舊注耳。范史蕭選各自成書,文字無容參改,標諸卷首,聊以志異也。上郇武識。

又陸氏手識曰:庚子正月二十四日,借遵王宋刻本校,其有宋本誤字亦略標識以便參考。貽典。

卷二十六後馮氏手跋曰:二十二日對此卷,先有對者與錢氏宋本不同,今一依錢本改竄,亦有明知宋版之誤而不必從者,亦依樣改之,蓋校書甚難,不可以一知半解而斟酌去取,姑俟之博物者裁定之。上郇武。

顧氏手識曰:此《文選》硃校出汲古主人同時馮寳伯手,其前二十卷又有藍筆,則陸敕先所覆校也……③

---

① (清)汪士鐘:《藝芸書舍宋元本書目》,《叢書集成初編》第四一册,商務印書館,1939,第2頁。

② 張乃熊:《菦圃善本書目》,廣文書局,1969,第14頁。

③ (清)張金吾:《愛日精廬藏書續志》,載《宋元明清書目題跋叢刊》第十一册,中華書局,2006,第697—698頁。

案：張金吾，清代著名藏書家、文獻學家，江蘇常熟人，張家世代藏書，張金吾在先人藏書基礎上，兼收並蓄，取曾子"愛日以學"名其藏書樓爲"愛日精廬"。他所藏《李善注文選》即顧廣圻所藏之本。張金吾《愛日精廬文稿·陳子準別傳》："君（陳揆）藏書先金吾十餘年，彼時郡中若周香嚴錫瓚、袁壽階廷檮、顧抱沖之逵、黃蕘圃丕烈四先生輩以藏書相競①，珍函秘笈，流及吾邑者蓋寡。及金吾有志儲藏，袁氏書早散不及見，而三家之宋元舊槧及秘不經見者陸續四出，嘉湖書賈往往捆載而來，閱之如入龍宮寶藏，璀璨陸離，目眩五色，君與金吾各擇其尤者互相誇示，而要必以書賈先至家爲快。五六年中，兩家所得蓋不下三四萬卷。"②如此看來周薌嚴、顧之逵、黃丕烈之書多爲張金吾收藏。然潘祖蔭又謂周、袁、顧、黃四家書盡歸汪士鐘，或此書先歸張、陳，後張金吾祖侄張承煥以抵債爲名，將張氏藏書掠去，後又轉入汪士鐘之手。據張氏所記，其所藏尤袤本當爲顧廣圻舊藏。而周薌嚴所藏殘宋本和錢曾藏宋本並未見於張氏書目，或未歸張氏。

十一　陳揆（1780—1825）《稽瑞樓書目》

《文選》二十册，又《考異》四册

《文選》六十卷，十册③

案：陳揆，字子準，清代著名藏書家、文獻學家，江蘇常熟人，與同邑張金吾友善，合稱"藏書二友"，其妻爲張金吾胞妹。後因購得唐劉賡《稽瑞》一書，遂名其藏書樓爲"稽瑞樓"。據上文可知，陳揆亦收有周、顧、黃不少藏書，故以上兩種《文選》不排除有尤袤本的可能性，故列於此。傅剛先生認爲"《文選》二十册，當爲尤刻

---

① 顧之逵（1752—1797），字抱沖，江蘇人，清代藏書家、文獻學家。袁廷檮（1764—1810），字又愷，又字綬階，江蘇人，清代藏書家、文獻學家，與黃丕烈爲親家。

② （清）張金吾著，鄭永曉整理《愛日精廬文稿》，鳳凰出版社，2015，第92—93頁。

③ （清）陳揆：《稽瑞樓書目》，《叢書集成初編》第三九册，商務印書館，1939，第61、144頁。

本"①。不知陳揆藏本是否爲錢曾舊藏。陳揆卒後，其藏書漸散，部分爲瞿鏞所得。

十二　瞿鏞（1794—1846）《鐵琴銅劍樓藏書目録》卷第二十三

《文選》二十九卷附《李善與五臣同異》一卷（宋刊殘本）。

題梁昭明太子撰，又題文林郎守太子右内率府録事參軍崇賢館直學士臣李善注上，原書六十卷，今存卷一至六，卷二十三、二十四，卷三十一至三十九，卷四十九至六十卷。每半葉十行，行十八至二十一字不等，注字十九字至二十二字不等，書中匡、朗、眩、殷、讓、煦、貞、徵、驚、樹、恒、桓、構、遘，俱有闕筆，行款字體與淳熙辛丑尤文簡刻本無異，惟尤刻板心中分注大字若干數，小字若干數，此本作總數若干字。②其卷五十五《演連珠》注"日月發揮"以上及"下愚由性"以上，尤本有"善曰"二字。案：下文既有"善曰"，則此處爲劉孝標注甚明，實不當有"善曰"。是本皆無之而空二字。又卷五十九《頭陀寺碑文》注"劉虬曰：菩薩員淨"以上，此本有"《法華經》曰：慧日大聖尊久乃説是法"十四字，尤本無之，是此本刻在尤本之後，重加校正矣。後附影鈔宋本一帙，題曰：李善與五臣同異附見於後，以大字標李本，小字注云五臣作某字，今鄱陽胡氏重刻淳熙本所無。後有分隷跋云"池陽郡齋既刊《文選》與《雙字》二書於以敬事昭明之意，今又得《昭明文集》五卷而并刊焉。嗚呼！所以事於神者至矣。夫神與人相依而行也。吏既惟神之恭，神必惟吏之相，則神血食，吏禄食，斯兩無愧。淳熙八年歲在辛丑八月望日郡刺史建袁説友書"，亦胡刻所無。又説友復有一跋，胡刻據陸貽典校本附録《考異》後，惟"補"字下闕損"學者是所謂成民而致力於神者與淳熙辛丑三月望日建袁説友題"二十七字。③

---

①　傅剛：《〈文選〉版本研究》，北京大學出版社，2023，第59頁。

②　實際此本版心上時記總數，時分記大小字數。

③　（清）瞿鏞：《鐵琴銅劍樓藏書目録》，載《宋元明清書目題跋叢刊》第十册，中華書局，2006，第353頁。

　　案：瞿鏞，字子雍，江蘇常熟人，清代著名藏書家。他繼承父親瞿紹基之志，致力於搜集宋元善本，爲道光、咸豐間全國四大藏書家之一。後因獲古鐵琴與古銅劍，遂將藏書樓名爲"鐵琴銅劍樓"。瞿鏞藏書來源較廣，張金吾、陳揆、汪士鐘藏書多歸瞿氏，但瞿鏞僅著録一種尤袤本，且與張、陳、汪所記卷目不符，不知瞿氏所藏尤袤本來於何處，亦不知張、陳、汪所藏本去向何處。後瞿鏞之子瞿啓甲將藏書獻給北京圖書館，故此本現藏於中國國家圖書館，本章第二節中有詳細介紹。

十三　邵懿辰（1810—1861）《增訂四庫簡明目録標注》

　　《文選注》六十卷，梁昭明太子蕭統編，唐李善注。

　　常熟張芙川有北宋刊本，宋淳熙辛丑尤延之刊於貴池，世有二本，一即胡果泉重雕所據，一在阮氏文選樓。阮相國云"較晉府汲古本多異"。按元張伯顔本，即翻刻尤本，前有廉訪使余踵序。明嘉靖癸未金臺汪諒又翻張伯顔本，前有李廷相序。明唐府翻元張伯顔刊本。明晉藩養德書院刊本。汲古閣刊本。真汲古閣刊本，字小，翻刻本甚多。其字較大，且字句又與原刻本大不相同，未知何故。翻板中以有錢士謐校一行者稍勝。嘉慶十四年胡氏仿宋淳熙刊本，附考異十卷。萬曆辛丑閩人鄧原岳校刊本。又翻刻汲古閣本，附硃印義門評點。乾隆三十七年葉樹藩校刊本。又有翻刻葉本。[①]

十四　楊守敬（1839—1915）《日本訪書志》

　　《李善注文選》六十卷（宋槧本）。

　　宋尤延之校刊本，缺第一至第十二卷，即鄱陽胡刻祖本也。唐代《文選》李善注及五臣注並各自單行，故所據蕭選正本亦有異同。至五代孟蜀毋昭裔始以《文選》刊板，傳記雖未言以何本上

---

① （清）邵懿辰撰，邵章續録《增訂四庫簡明目録標注》，上海古籍出版社，1959，第876頁。

木，然可知爲五臣本。按：今行袁刻六臣本於李善表後有國子監准敕節文，云："五臣注《文選》傳行已久，竊見李善《文選》援引賅贍，典故分明，若許雕印，必大段流布。欲乞差國子監説書官員校定浄本後鈔寫板本，更切對讀後上板，就三館雕造"云云。據此可見，善注初無刊本，此云"校定浄本後鈔寫板本"是浄寫善注，又鈔寫五臣板本合刊之證。唯不箸年月，故自來箸録家有北宋六臣《文選》（即袁氏所原之裴本是也）、北宋五臣《文選》（即錢遵王所收之三十卷本是也，見《讀書敏求記》），而絶無有北宋善注《文選》者。良由善注自合五臣本後，人間鈔寫卷軸本盡亡，故四明、贛上雖有刊本（當在南宋之初），皆從六臣本抽出善注，故尤氏病其有裁節語句之弊，然以五臣混善注之弊亦未能盡除（詳見胡刻《文選考異》）。元時張伯顏刊善注，則更多增入五臣注本。明代弘治間唐藩刊本、嘉靖間汪諒刊本、崇禎間毛氏汲古閣刊本，又皆以張本爲原，而遞多謬誤（各本余皆有之）。國朝嘉慶間，吳中黃蕘圃始得尤氏宋本聞于世，鄱陽胡氏倩元和顧澗薲影摹重刻，論者謂與原本豪髮不爽，余從日本訪得尤氏原本照之，乃知原書筆力峻拔，胡刻雖佳，未能似之也。此本後有尤延之、袁説友、計衡三跋，胡刻本只有尤跋，袁跋則從陸敕先校本載于《考異》後，然亦損末二十餘字，此則袁跋全存，計跋稍有缺爛，猶爲可讀。余嘗擬以胡刻本通校一過，顧卒，卒未暇。會章君碩卿酷愛此書，欲見推讓，乃隨手抽第十三卷對勘。如《風賦》"激颺熛怒"，"熛"誤作"漂"；又"喑嚄嗽獲"注"中風口動之貌"，胡本"口"上擠一"人"字，《考異》亦以爲誤，此本並無"人"字，不知胡本何以誤增。以斯而例，則胡本亦未可盡據。又原本俗字，胡本多改刊，原本中縫下有刻工人姓名，胡氏本則盡刊削，是皆足資考證者。余在日本時見楓山官庫藏宋贛州刊本，又見足利所藏宋本，又得日本慶長活字重刊紹興本及朝鮮活字本，皆六臣本。余以諸本校胡氏本，彼此互節善注，即四明、贛上所由出，乃知延之當日刻此書兼收衆本之長，各本皆誤，始以書傳校改。胡氏勘尤本僅據袁本、茶陵本，凡二本與尤本不同者，皆以爲尤氏校改，此亦臆度之辭。如《西都賦》"除太常掌故"，袁本、茶陵本並作"固"，尤作

"故"。《考異》謂尤氏校改。不知紹興本、朝鮮本及翻刻茶陵本並作"故"，非尤氏馮臆也。①

案：楊守敬，字惺吾，又作星吾，晚號鄰蘇老人，清末民初藏書家、文獻學家、地理學家，湖北人。光緒六年至十年，隨何如璋、黎庶昌出使日本時，潛心搜集我國流落在日本的善本古籍三萬餘卷，並撰成《日本訪書志》《留真譜》等書。《留真譜初編》所云李善注《文選》後有計衡跋與寶勝院印，與《日本訪書志》所言爲同一本，應即《藏園訂補郘亭知見傳本書目》所謂"李木齋藏本"，本章第二節中有詳細介紹。

十五　李盛鐸（1859—1934）《木樨軒藏書題記及書錄》"書錄之總集類"

《文選》六十卷（存卷一三至六十，梁蕭統輯，唐李善注）宋刊本（宋淳熙貴池尤袤刻紹熙計衡修補本，楊守敬、袁克文跋，有抄配）

半葉十行，行二十一字，注雙行同。白口，左右雙邊。標題次行低一格"梁昭明太子撰"，三行低三格"文林郎守太子右内率府錄事參軍事崇賢館直學士臣李善注上"。以下本卷總目標類低一格，題低二格；又標類低二格，本篇標題低四格。板心上有字數，下有刊工名。刊工名上有題戊申、壬子、乙卯重刊四字者。前有昭明序及李崇賢上文選注表。末有淳熙辛丑尤袤跋、袁說友跋，又紹熙壬子計衡修板跋。有"寶勝院"楷書長方朱文記，"楊印守敬"白文方印，"星吾海外訪得秘籍"朱文方印。後有星吾手跋。

計衡跋云："池頻《文選》歲久多漫滅不可讀，衡到□，屬校官胡君思誠率諸生校讎董工□而新之，亡慮三百二十二板、廿萬□□九十二字，閱三時始訖工，今遂爲全書。書成，以其板移置郡齋，而以新本藏昭文廟文選閣云。紹熙壬子十一月□旦，假守番陽

---

① （清）楊守敬：《日本訪書志》，載《宋元明清書目題跋叢刊》第十九冊，中華書局，2006，第221—222頁。

計衡書。"

　　楊守敬跋云："唐代《文選》李善注及五臣注各自單行，所據蕭選正本亦有異同。至五代孟蜀母昭裔始以《文選》刊板傳，記雖未言以何本上木，然可知爲五臣本。按今行袁刻六臣本於李善表後有國子監准敕節文：'五臣注《文選》傳行已久，竊見李善注《文選》援引賅贍，典故分明，若許雕印必大段流布，欲乞差國子監説書官員校定淨本後抄寫板本，更切對讀後上板，就三館雕造。候敕旨。奉敕，宜依所奉施行。'據此可見善注初無刊本。此云'淨本後抄寫板本'，是淨寫善注又抄寫五臣板本合刊之證；唯不著年月，當是北宋。故自來著錄家有北宋六臣《文選》（即袁氏所原之裴本是也）、北宋五臣《文選》（即錢遵王所收之三十卷本是也，見《讀書敏求記》），而絶無有北宋善注《文選》者。良由善注自合五臣本後，人間之抄寫卷軸本盡亡。故四明、贛上雖有刊本，想在南宋之初僅從六臣本抽出善注，故往往有裁節語句之弊（見尤氏跋語。今存宋本六臣注所載善注往往不全，緣善注多在五臣之後，凡善注、五臣同者往往刪善注。四明、贛本不合諸本參校，故有裁節語句而不知者。此善本從六臣本出切證）。至尤氏始病其陋，重爲校刊。當時六臣本雕印甚多，（今著錄尚存四五種，余嘗合校之，有彼此互節善注者，故知其詳也。）故袁氏採輟該備。然舊本以五臣混善注之弊亦未能盡除（詳見胡刻《文選考異》）。元時張伯顔刊善本則又不以尤本翻雕，又多增入五臣注本。明代弘治間唐藩刊本、嘉靖間汪諒刊本、崇禎間毛氏汲古閣刊本又皆以張本爲原，而遞多謬誤（見《東湖叢記》陳仲魚跋）。國朝嘉慶間，吳中黃蕘圃始得尤氏宋本，聞於世，潘陽胡氏倩元和顧澗薲影摹重刊，論者謂與原本豪[①]髮不爽。余從日本訪得尤氏原本，照之，乃知原書筆力峻拔，其精者如觀歐陽率更宋拓化度寺碑，胡刻雖佳，未能似之也。此本後有尤延之、袁説友、計衡三跋，胡刻本只有尤跋，袁跋則從陸敕先校本載於《考異》，然亦損失末二十餘字。此則袁跋全存，計跋稍有缺爛，猶

---

① "豪"當爲"毫"字之訛。

爲可讀；唯缺第一至第十二卷，未稱完璧。然黄氏本孤行天地，兵燹以來未卜存佚，此雖有殘缺，固亦應球圖視之也。余嘗擬以胡刻本通校一過，顧卒，卒未暇，會碩卿大令酷愛此書，欲見推讓，重違其意，許之。乃隨手抽第十三卷對勘。如《風賦》'激颺熛怒'，注'如熛之聲'；胡本'熛'誤作'漂'，（余所據胡本是湖北書局重刊，其中訛字甚多，恐非胡氏之舊。）又'嗋齘〔嗽〕獲'，注'中風口動之貌'；胡本'口'上擠一個'人'字，《考異》亦以爲誤。今按此本並無'人'字，不知胡本何以誤增（此非翻刻胡本之誤）。以斯而例，則胡本亦未可盡據。又原本俗字胡本多改刊，原本中縫下有刻工人姓名，胡本則盡刊削，是皆足資考證者。碩卿專足取書，匆匆作跋，但詳善刻本原委，或亦足補胡氏《考異》之所不及。至精校全書，此又託之碩卿，慎勿謂胡氏已刊忽之也。光緒丁亥（1887）正月二十八日，宜都楊守敬記。

"余在日本時，見楓山庫所藏宋贛州刊本，卷後題'贛州州學教授張之綱覆校'，又見足利學所藏宋本，又得日本慶長活字重印紹興本及朝鮮活字本，皆六臣。曾以互校明[1]刻，乃知延之當日刻此書兼收衆本之長，各本皆誤，始以書傳校改。胡氏勘尤本僅據袁本、茶陵本，凡二本，與尤本不同者皆以爲尤氏校改，此亦臆度之辭。如《西都賦》'除太常掌故'，袁本、茶陵本並作'固'，尤作'故'，《考異》遂謂尤氏校改，不知紹興本、朝鮮本及翻刻茶陵本並作'故'，非尤氏馮臆也。又嘗校贛州張本，於善注時有删節，頗疑即延之所云裁節字句者。觀延之上文云傳世皆五臣注本，豈似贛本六臣注中有善本故云然與？是則別善注於五臣即自延之始。然裴氏明言刊於廣都，何得僅舉四明、贛州兩本？仍疑贛州、四明別有善注單行本。俟他日再核之。守敬又記。"

袁克文跋云："紹熙尤刻善注《文選》殘帙四十八卷，楊惺吾

---

[1]　"明"當爲"胡"字之訛。

獲自倭島，展轉歸於木齋。克①子、克文趨承教誨之暇，屢瞻秘
藏。比知克文求《文選》於南中而未得，復出此帙見示，雖不能朝
夕披賞，亦聊解積渴耳！洪憲丙辰（1916）花朝，克文。"②

案：李盛鐸，字椒微，號木齋，近代藏書家。李氏藏本當來自於楊
守敬。其部分藏書後售於北京大學，此計衡本現即藏於北京大學，詳見
下文。

十六　莫友芝（1811—1871）撰，傅增湘（1872—1949）補《藏園訂補郘亭知見傳本書目》卷十六上集部八總集類

宋淳熙八年池陽郡齋刊本，十行二十一字，注雙行同，白口，
左右雙闌，即世傳所謂尤延之本。楊氏寶選樓藏一帙，最全。李木
齋有一帙，有紹熙補版，缺卷一至十二，為楊守敬舊藏。常熟瞿氏
有一帙，存三十卷，有揆叙謙牧堂藏印。南皮張氏舊藏殘本，存卷
十一至二十，多補版。③

案：莫友芝，字子偲，號郘亭，貴州人，晚清藏書家、文獻學
家。傅增湘，字潤沅，號沅叔，別署藏園居士，中國近代著名藏書
家、文獻學家，四川人。楊氏寶選樓本現藏於中國國家圖書館，1974
年中華書局據此本影印出版，《中華再造善本》亦據此本影印，學界
所稱尤袤本者即指此本而言。李木齋（李盛鐸）藏本即北京大學圖書
館藏宋淳熙八年尤袤池陽郡齋刻計衡修補本，有楊守敬跋，存四十八
卷二十六冊。瞿氏本即上條所言之本，現藏於中國國家圖書館。張氏
當指張之洞，據其卷數推測，當指現藏於中國國家圖書館的宋淳熙八
年池陽郡齋刻遞修本五冊，存十卷，卷十一至二十，下文有詳細介
紹，可參看。

---

① "克"當為"夫"字之訛，"夫子"當上屬。
② 李盛鐸著，張玉范整理《木樨軒藏書題記及書錄》，北京大學出版社，1985，第341—342頁。
③ （清）莫友芝撰，傅增湘訂補，傅熹年整理《藏園訂補郘亭知見傳本書目》，中華書局，2009，第1505頁。

十七　江標（1860—1899）《宋元本書行格表》

宋殘本《文選》（存廿九卷）附《李善與五臣同異》（一卷），行十八字至二十一字不等，注字十九字至二十二字不等。[後有分隸淳熙八年袁説友書跋，説友後有一跋，版心標總數若干字（《瞿氏書目》）。]

宋本李善注《文選》行廿一字（三十卷）（《留真譜》）[①]

十八　傅增湘（1872—1949）《藏園群書經眼録》

《文選》注六十卷（唐李善注。存卷一至六、十三、十四、三十一至三十九、四十九至六十，計三十卷）附《李善與五臣同異》一卷。

宋淳熙八年池陽郡齋刊本，半葉十行，行二十一字，注雙行同，白口，左右雙欄，版心上記字數，下記刊工姓名。字體長方，結構嚴謹。鈐有揆叙謙牧堂藏書記。後附《李善與五臣同異》，舊抄本。（瞿氏藏書。乙卯）

《文選》注六十卷（唐李善注。存卷十一至二十）

宋淳熙八年池陽郡齋刊遞修本，半葉十行，行二十一字。補版多。（南皮張氏藏書，壬戌春見于日知報館。）

《文選》注六十卷（唐李善注）

南宋刊本，半葉十行，行二十至二十一字不等，注雙行二十至二十四字不等，白口，左右雙闌，版心上記字數，下記刊工姓名。字體謹嚴，筆有鋒穎，皮紙初印精美，完整如新。（癸丑）[②]

十九　〔日〕島田翰（1879—1915）《古文舊書考》卷第三

《李善注文選》六十卷（應安刻本）

昔李善注盛行，而蕭該、道淹、公孫羅、曹憲、許淹、康國安

---

① （清）江標：《宋元本行格表》卷二葉 53a、卷六葉 33a，江蘇古籍出版社，2003。
② 傅增湘：《藏園群書經眼録》，中華書局，1983，第 1463—1464 頁。

諸注亡。六臣薈本出，而李氏單注又微。孟蜀時，毋昭裔嘗爲之鏤版。其版宋大中祥符尚存，惟其所刻今不可考。然以予觀之，其殆五臣注本乎。宋淳熙辛丑，無錫尤延之在貴池學官刻善本，厥後單行之本咸從之出，而其實由六臣注本所錄出也。斯篇則應安辛亥就尤刊本所傳鈔上梓也。唐時《選》學極熾，昔在皇國，亦頗傳誦茲書。應安之傳刻，何以不據舊本而附棗梓，即求之於宋時尤刻？蓋雖當日崇尚，就新好異所致，亦由其流傳稀少也。李氏之被厄於後世，嗟嗟亦甚矣。其所筆錄，結構道麗，神彩渾淪，間交以六朝俗體奇文，元元本本，居然如出於唐時遺卷。而卷末則載有淳熙尤跋，且應安刻行識語，明言其依尤本上梓，又校諸尤本，雖有小異，同略相似。嗚呼，觀尤刻《文選》之可以變而爲應安刻本，北宋闕“民”字本之可以變而爲正中刊本《左氏傳》，宋槧本之可以變而爲正平本《論語集解》，則知天下無不可變之書也。學者負一世之名，而一言轉移天下之耳目者，視正中、正平、應安三刻之爲原於宋槧本，其思之哉。不可以皇國舊刊本字畫之似六朝碑版，妄稱爲出於隋唐也。末卷尾云：“《文選》之版世鮮流布，童蒙不便之。福建道興化路莆田縣仁德里人俞良甫①，頃得大宋尤袤先生之書於日本嵯峨，自辛亥四月起刀，至今苦難始成矣。甲寅十月謹題。”辛亥甲寅指應安四年與七年，《傳法正宗記》《月江語錄》《柳文》等可證也。四周單邊，半頁八行，行十九字、二十字，注雙行二十一二三字，界長七寸五分，幅五寸八分。嘗校諸胡氏覆尤刻本，間有異同。蓋胡氏所原，有補刊，至理宗景定間。而茲則恐原於淳熙原刻，故有相異，非入梓時有私改也。是書書既俊英，刻亦絕倫，真雙絕也。卷首有“傳經廬圖書記”印，即知係於漁邨翁舊收，其《待老日記》稱爲古刻《文選》者，或謂茲本也。嗟吁，方李氏之注是書，勞精運思，博引旁證，以淑其時而待後之學者。

① 《福建名人詞典》“俞良甫”條記：“俞良甫，明刻書家，莆田人。曾與閩籍30多名刻書藝人，東渡日本，在京都臨近的嵯峨等地，僑居20餘年。爲臨川寺翻印中國佛經和古典文學作品。計有《春秋經傳集解》《碧山堂集》《李善注文選》《唐柳先生文集》《白雲詩集》《昌黎文集》等數十種。在日所刻之書，均署‘中華大唐俞良甫’‘大明國俞良甫’等。他傳授技藝給日雕版新手，爲中日文化交流作出貢獻。”見《福建名人詞典》，福建人民出版社，1995，第82頁。

而其真本皆散佚不傳，此何辜于天而厄之爾極也！使予觀兹書，茫然低徊而傷心也夫。[①]

案：島田翰，日本漢學家。漁邨翁，即日本人海保元備，字春農，通稱章之助，號漁邨，傳經廬爲其家塾名。與森立之（1807—1885）相友善，亦是島田翰父親的老師。海保元備去世之後，藏書全部留給島田翰父親。應安本的底本現在何處，是否爲尤袤本原本亦無可知。

二十　張鈞衡（1872—1927）《適園藏書志》卷第十五

《文選六十卷》宋刊本

梁昭明太子撰，唐李善注，此本每半葉十行，行二十一字，大小字同，高七寸，廣四寸五分，黑綫口，單邊，上字數，下刻工姓名。宋尤延之刊於貴池，書後有淳熙辛丑上巳延之跋，言池陽袁史君助其費，郡文學周之綱督其役，摹本藏之文選閣，最爲盛舉。清胡果泉中丞摹刻於江寧，惟妙惟肖，惜板已毀。今劉君楚園又重刻之，仍置之昭明閣以存邑中故事。此書乃宋印祖本，尤爲可寶，惜袁跋已失，《同異》一卷亦不存收藏，有謙牧堂藏書記陰文，後有陽文方印，揆愷功藏書也。[②]

案：張鈞衡，字石銘，號適園主人，浙江湖州人，清末商人，自幼篤嗜典籍，後財力雄厚，便大量收購圖書，《適園藏書志》爲其家藏書目，由繆荃孫代筆，質量頗高，收録不少善本。卒後，藏書由其子張乃熊繼承。納蘭揆叙，字愷功，清康熙時期大臣納蘭明珠之子，著名詞人納蘭性德三弟，清代著名藏書家。家有謙牧堂，藏書數萬卷，其中宋元刊本數十種。檢現存各尤袤本發現，揆叙藏有兩種，一是宋淳熙八年池陽郡齋刻遞修本，中國國家圖書館藏，三十卷，即瞿鏞所

---

①〔日〕島田翰：《古文舊書考》，載《宋元明清書目題跋叢刊》第十九册，中華書局，2006，第 589 頁。

②（清）張鈞衡：《適園藏書志》，《海王村古籍書目題跋叢刊》第六册，中國書店，2008，第 428 頁。

藏本；一是臺灣"國家"圖書館藏宋淳熙辛丑（八年）尤延之貴池刊本，三十卷。因張鈞衡云此本後無附錄《李善與五臣同異》，故知張氏所藏尤袤本或即臺灣"國家"圖書館藏本，本章第二節有詳細介紹，可參看。

二十一　張乃熊（1891—1942）《菦圃善本書目》

　　《文選》六十卷，梁蕭統選，唐李善注，宋尤袤刊，十行廿一字本，六十冊，汪閬源舊藏。[①]

　　案：張乃熊，字芹伯，一字菦圃，爲張鈞衡之子，古籍收藏、鑒別專家。張鈞衡卒後，張乃熊進一步豐富家藏，但適逢戰亂之際，不得已將大部分藏書賣給重慶中央圖書館，僅存少量清刊本與吳興鄉邦文獻，後重慶中央圖書館所藏張氏書一部分運至臺灣"中央"圖書館，一部分存於南京圖書館。汪閬源，即汪士鐘。通過張乃熊所記可知張氏所藏尤袤本當來自於汪氏。

二十二　王文進（1894—1960）《文祿堂訪書記》卷五

　　《文選》六十卷。
　　又宋紹熙尤延之刻本。存卷十三至六十。半葉十行，行十八字至二十一字，注雙行。白口。板心上記字數，下記刊工姓名（王政、王亨、王大亨、王辰、李彥、李全、劉用、劉仲、劉文、劉彥龍、陳卞、陳森、陳新、張成、張宗、張拱、葉正、葉友、葉平、葉必先、金大有、金大受、蔡洪、蔡勝、唐才、唐恭、黃金、黃寶、黃生、夏旺、新安夏義、蔣正、蔣乙、蔣永、馬弼、馬才刊、寧國府）。板心有"乙卯重刊"，下記刊名（李椿、王明、劉瑞、仲甫），"壬子重刊"（劉昭、劉昇、劉彥中、湯仲、湯盛、夏應、陳亮、昌彥），"戊申重刊"（王才、唐彬、曹佾、吳志、楊珍、余致遠），"乙丑重刊"（吳甫、呂嘉祥、劉邁、王元壽、熊才、定刀），"辛巳重

---

① 張乃熊：《菦圃善本書目》，廣文書局，1969，第14頁。

刊"（從元龍、曹義）。淳熙辛丑尤袤序。宋避諱至"慎"字。

袁氏刊跋曰："説友到郡之初，倉使尤公方議鏝《文選》板以實故事。念費羗廣而力未給，説友言曰：'是故此邦缺文也，願略它費以佐其用可乎？'迺相與規度費出，閱一歲有半而後成，則所以敬事於神者厚矣。江東歲比旱，説友日與他人禱之神焉。蓋有禱輒應，歲既弗登，獨池之歉什四也，顧神既昭答如此，亦有以哉！《文選》以李善本爲勝，尤公博極群書，今親爲讎校，有補學者，是所謂成民而致力於神者與！淳熙辛丑三月望日，建袁説友題。"

計氏刊跋曰："池頻《文選》，歲久多漫滅不可讀。衡到□，屬校官胡君思誠率諸生校讎，董工□而新之，亡慮三百二十二板、二十萬□□九十二字，閱三時始訖工，今遂爲全書。書成，以其板移置郡齋，而以新本藏昭文廟文選閣云。紹熙壬子十一月□□旦，假守番陽計衡書。"

楊氏手跋曰："唐代《文選》李善注及五臣注並各自單行，故所據蕭《選》正本亦有異同。至五代孟蜀毋昭裔始以《文選》刊板，傳記雖未言以何本上木，然可知爲五臣本。按今行袁刻六臣本於李善表後有：'國子監准敕節文五臣注《文選》傳行已久，竊見李善《文選》援引賅贍，典故分明，若許雕印，必大段流布。欲乞差國子監説書官員校定净本後鈔寫板本，更切對讀後上板，就三館雕造，候敕旨。奉敕，宜依所奉施行。'據此可見善注初無刻本。此云'净本後鈔寫板本'，是净寫善注，又鈔寫五臣板本合刊之證。唯不著年月，當是北宋，故自來著録家有北宋六臣之《文選》（即袁氏所原之裴本是也），北宋五臣《文選》（即錢遵王所收之三十卷本是也。見《讀書敏求記》），而絶無有北宋善注《文選》者，良由善注自合五臣本後，人間之鈔寫卷軸本盡亡，故四明、贛上雖有刊本，想在南宋之初，僅從六臣本抽出善本，故往往有裁節語句之弊（見尤氏跋語。今存宋本六臣注所載善注往往不全，緣善注多在五臣之後。如善注五臣同者，往往刪善注。四明、贛本不合，諸本參校，故有裁節語句而不知者，此善注六臣本出切證）。至尤氏始病其陋，重爲校刊。當時六臣本雕印甚多（今著録尚有四五種，余嘗合校之，有彼此互節善注者，故知其詳也），故袁氏採綴該備。然舊本以五臣混善注之弊，亦未能盡除（注見胡刻《文選考異》）。元時張伯顏刊善本，則又不以尤本翻雕，又多增入五臣注本。明代弘治間唐藩刊本、嘉靖間汪諒刊本、崇禎毛氏汲古閣刊本，又皆以張本爲原，而遞多謬誤（見《東湖叢記》陳仲魚跋）。國朝嘉慶間，吳中黃蕘圃始得尤氏宋本聞于世，鄱陽胡氏倩元和顧澗蘋影摹重刊，論者謂與原本毫髮不爽。余從日本訪得尤氏原本照之，乃知原書筆力峻拔，其精者如覩歐陽率更宋拓《化度寺碑》。胡刻雖佳，未能似之也。此本後有尤延之、袁說友、計衡三跋，胡刊本只有尤跋，袁跋則從陸敕先校本載於《考異》，然亦損失末二十餘字。此則袁跋全存，計跋稍有缺爛，猶爲可讀。唯缺第一至十二卷，未稱完整。然黃氏本孤行天地，兵燹以來，未卜存佚，此雖殘缺，固亦應球圖視之也。余嘗擬以胡刊本通校一過，顧卒卒未暇。會碩卿大令酷愛此書，欲見推讓，重違其意許之。乃隨手抽第十三卷對勘，如《風賦》'激颺熛怒'，注'如熛之聲'，胡本'熛'誤作'漂'（余所據胡本是湖北書局重刊，其中訛字甚多，恐非胡氏之舊）。又'喑醷嗽獲'注'中風口動之貌'。胡本口上擠一'人'字，《考異》亦以爲誤。今按此本並無'人'字，不知胡本何以誤增（此非翻刻胡本之誤）。以斯而例，則胡本亦未可盡據。又原本俗字，胡本多改刊原本。中縫下有刻工人姓名，胡氏本則盡刊削，是皆足資考證者。碩卿專足取書，匆匆作跋，但詳善刻本原委，或亦足補胡氏《考異》之所不及。至精校全書，此又託之碩卿，慎勿謂胡氏已刊忽之也。光緒丁亥正月二十八日，宜都楊守敬記。"

"余在日本時，見楓山庫所藏宋贛州刊本，卷後題'贛州州學教授張之綱覆校'。又見足利學所藏宋本，又得日本慶長活字重印紹興本及朝鮮活字本，皆六臣本。曾以互校胡刊，乃知延之當日刊此書，兼收衆本之長，各本皆誤，始以書傳校改。胡氏勘尤本，僅據袁本、茶陵本凡二本，與尤本不同者，皆以爲尤氏校改，此亦臆度之辭。如《西都賦》'除太常掌故'，袁本、茶陵本並作'固'，尤作'故'，《考異》遂謂尤氏校改，不知紹興本、朝鮮本及翻刻茶陵本並作'故'，非尤氏憑臆也。又嘗校贛州張本，於善注時有刪節，頗疑即延之所云'裁節字句者'。觀延之上文云'傳世皆五臣注本'，豈似贛本六臣注中有善本故云然與？是則別善注於五臣，即自延之始。然裴氏明言刊於廣都，何得僅舉四明、贛州兩本？仍疑贛州、四明別有善注單行本，俟他日再核之。守敬記。"

袁氏手跋曰："紹熙尤刻善注《文選》殘帙四十八卷，楊星吾獲自日本，展轉歸於木齋夫子。克文趨承教誨之暇，屢瞻秘藏。比之克文求《文選》於南中而未得，復出此帙見示，雖不能朝夕披賞，亦聊解積渴耳。洪憲丙辰花朝，克文。"

有"寶勝院""龍溪書屋""楊守敬""星吾海外訪得秘笈""寒雲主人"印。①

案：王文進，字晉卿，別號夢莊居士，河北人，民國十四年設文禄堂書店。王文進雖云此本爲"尤延之刻本"，但據其所存卷數及重刊字樣、刻工姓名等判斷，此本當爲宋淳熙八年池陽郡齋刻計衡修補本，曾爲楊守敬、李盛鐸舊藏，現藏於北京大學。

二十三　蔣鏡寰（1896—1981）《文選書録述要》

《文選》李善注六十卷，梁蕭統撰，唐李善注，宋淳熙辛丑無錫尤延之貴池刊本（見《邵亭知見傳本書目》）。宋淳熙本有二，一胡果泉本，一阮芸臺本，阮云與晉府及汲古本多異。

俞良甫辛亥甲寅間覆刻尤袤本（見《古文舊書考》）。福建莆田人俞良甫得尤刻《文選》于日本嵯峨，自辛亥始刻，甲寅竣工，時適日本應安四年至七年，故一稱應安本。半頁八行，行十九字、二十字，注雙行，二十一二三字，界長七寸五分，幅五寸八分，與胡氏覆刻尤本間有異同。

《文選》李善注二十九卷附《李善與五臣同異》一卷，梁蕭統選，唐李善注，宋淳熙八年刊殘本（見《鐵琴銅劍樓藏書目》《宋元本書行格表》）。②

---

① （清）王文進著，柳向春標點《文禄堂訪書記》，上海古籍出版社，2007，第361—364頁。
② 蔣鏡寰：《〈文選〉書録述要》，載南江濤選編《文選學研究》（上），國家圖書館出版社，2010，第97—99頁。

二十四　趙萬里編《中國版刻圖錄》

《文選》注，唐李善撰，宋淳熙八年池陽郡齋刻本，貴池。

匡高二〇·七厘米，廣一三·五厘米。十行，行十八字至二十一字不等。注文雙行，行十九字至二十二字不等。白口，左右雙邊。淳熙八年袁説友知池州時刻《文選》與《文選雙字類要》於郡齋。宋諱缺筆至構字。刻工與秋浦郡齋本《晉書》多合，卷後有袁説友刻書跋，知爲池陽郡齋刻本。後有尤袁跋尾，袁字延之，故世又稱尤延之本。清嘉慶十四年顧廣圻爲胡克家校刻本，即據此本影刻。惟胡本多淳熙以後補版，注文有改易處。此書原爲楊氏寶選樓藏書，初印精湛，字字如新硎，無一補版，可稱《文選》李注惟一善本。[①]

二十五　《北京圖書館古籍善本書目》

《文選》六十卷，梁蕭統輯，唐李善注，《李善與五臣同異》一卷，宋淳熙八年池陽郡齋刻本，丁鈞跋，六十册，十行，二十一字，小字雙行同，白口，左右雙邊。

《文選》六十卷，梁蕭統輯，唐李善注，宋淳熙八年池陽郡齋刻遞修本。《李善與五臣同異》一卷，清抄本。十五册，十行，二十一字，小字雙行同，白口，左右雙邊，存三十卷（《文選》一至六、十三至十四、三十一至三十九、四十九至六十，《李善與五臣同異》全）。

《文選》六十卷，梁蕭統輯，唐李善注，宋淳熙八年池陽郡齋刻遞修本，五册，存十卷（十一至二十）。

二十六　顧廷龍編《中國古籍善本書目》

《文選》六十卷，梁蕭統輯，唐李善注，宋淳熙八年池陽郡齋刻本，丁鈞跋。

《文選》六十卷，梁蕭統輯，唐李善注，宋淳熙八年池陽郡齋

---

① 趙萬里等編《中國版刻圖錄》，文物出版社，1990，第29頁。

刻遞修本，楊守敬跋，存四十八卷（十三至六十）。

《文選》六十卷，梁蕭統輯，唐李善注，宋淳熙八年池陽郡齋刻遞修本，存三十七卷（一至六、十一至二十、三十一至三十九、四十九至六十）。

《文選》六十卷，梁蕭統輯，唐李善注，宋淳熙八年池陽郡齋刻遞修本，存十卷（十一至二十）。

《文選》六十卷，梁蕭統輯，唐李善注，宋淳熙八年池陽郡齋刻本，存三卷（二十五至二十七）。[①]

案：據顧廷龍所記，上述諸本中三十七卷本應藏於北京圖書館（今中國國家圖書館），但《北京圖書館古籍善本書目》中並無此本記錄。考現存各書目，僅發現張金吾《愛日精廬藏書續志》中記錄過一個存三十七卷本的《文選》，即馮寶伯、陸敉先據錢遵王家校宋本，元和顧澗薲先生據周鄰嚴家殘宋本覆校過。但此本所存卷目爲卷一至六，十三至十五，十八至二十一，二十八至三十九，四十九至末，與《中國古籍善本書目》所記不符。仔細對照《中國古籍善本書目》和《北京圖書館古籍善本書目》中的相關記載發現《中國古籍善本書目》中未有三十卷本（附《李善與五臣同異》一卷）的記錄，因此懷疑所謂的三十七卷本並不存在，而是在編目時誤將三十卷本的"十三至十四"卷抄成十卷本的"十一至二十"卷造成的。

二十七　《中華再造善本總目提要·唐宋編》

《文選》六十卷，南朝梁蕭統輯，唐李善注，宋淳熙八年（一一八一）池陽郡齋刻本，丁鈞跋。框高二十一釐米，寬十四·一釐米。每半葉十行，行二十一字，小字雙行同，白口，左右雙邊。

此本爲尤袤所刻，故通稱尤刻本。尤袤（一一二四——一一九三），字延之，號遂初。常州無錫（今屬江蘇）人。紹興

十八年（一一四八）進士，官終禮部尚書。以詩名世，與陸游、楊萬里、范成大並稱"中興四大家"，其詩文集今存清人所輯《梁溪遺稿》二卷。尤氏又長於目録、版本之學，著有《遂初堂書目》，開啓書目兼録版本之先河。《中國版刻圖録》稱此本"原爲楊氏寶選樓藏書，初印精湛，字字如新硎，無一補版，可稱《文選》李注惟一善本"。一九七四年七月，中華書局曾據此本按原大影印，《影印説明》説："北京圖書館所藏南宋淳熙八年尤袤刻本，是現存完整的最早刻本。這個本子，目録和《李善與五臣同異》中有重刻補版，正文六十卷中除第四十五卷二十一葉記明爲'乙丑重刊'外（在影印本這一葉巳改用北京大學圖書館藏本中的初刻），其餘部分還是尤刻初版。"

據《誠齋集》卷七十八《益齋藏書目序》，淳熙五年（一一七八），尤袤提舉淮南東路常平，改江南東路。淮南東路之池州，亦稱池陽郡，治貴池（今屬安徽），尤袤以"貴池在蕭梁時寔爲昭明太子封邑"，其地有昭明廟，"廟有文選閣，宏麗壯偉，而獨無是書之版，蓋缺典也"，於是"以俸餘鋟木，會池陽袁史君助其費，郡文學周之綱督其役，逾年，乃克成。既摹本藏之閣上，以其版置之學宮，以慰邦人所以尊事昭明之意"。其事見尤袤淳熙辛丑上巳日跋語。其中"袁史君"指袁説友（一一四〇——一二〇四）。袁於淳熙六年知池州，下車伊始，得聞"倉使尤公方議鋟《文選》版以實故事"，以爲"尤公博極群書，今親爲讎校，有補學者"，遂勉力襄助，"閱一歲有半而後成"。事見袁説友淳熙辛丑三月望日跋語。以上即尤刻本刊刻始末。

毋庸置疑，尤刻本是現存最完整的李善注本，但尤刻所據之底本，究爲原有之李善單注本，抑"從六臣本中摘出"之重編本，今則兩説並存，莫衷一是。清乾隆間纂修《四庫全書》，館臣未曾見到宋刻《文選》諸本，故其《四庫提要》僅能依據内府所藏明末汲古閣刻本遽下結論，臆斷李善注本乃"從六臣本中摘出"者。其實尤袤《遂初堂書目》著録的《文選》版本，祇有李善本和五臣本兩種，未見有六臣本。此點應能證明尤袤當年似無意"從六臣本中摘出"李善注而另謀新編。

以尤刻本與今存北宋天聖明道遞修本相校，異文甚多，證明二者並非同出一源，尤刻顯非北宋監本的翻版。再以尤刻本與五臣注本相校，尤刻的確有合於五臣或攙入五臣的地方。故可以認爲尤刻本及其底本乃是一個以李善本爲主要依據，又旁參五臣、六臣而合成的本子。故其大體上合於李善單注本，或稱國子監本，卻又有不少注文遵從五臣注本。此説見於傅剛《〈昭明文選〉研究》，頗中肯綮。

尤刻雖非出自北宋監本系統，但仍是南宋以來一切李善注單刻本的祖本。其覆刻、重刻本有元池州路張伯顏刻本（據尤刻本重刻）、明成化二十三年（一四八七）唐藩朱芝址刻本（據張本重刻）、明嘉靖元年（一五二二）汪諒刻本（據張本覆刻）、明嘉靖四年（一五二五）晉藩養德書院刻本（據成化唐藩本重刻）、明隆慶五年（一五七一）唐藩朱碩熿刻本（據張本覆刻）、明萬曆二十九年（一六〇一）鄧原岳刻本（據元張氏本重刻）、明末毛氏汲古閣刻本（據元張氏本重刻）、清嘉慶十四年（一八〇九）胡克家刻本（據尤刻本覆刻）等。所舉八種翻刻本中，以清嘉慶胡刻本最爲通行。惟胡氏所據尤刻底本，並非宋淳熙八年的初印本，而是一個屢經後人修補的印本。故胡刻有異於尤刻亦不足怪。

尤刻本末附《李善與五臣同異》，乃現存惟一的宋刻本，彌足珍貴。有學者指出現存宋刻《同異》是遞修本，且字跡模糊，還經人用墨筆描改，已非原貌。此本現藏中國國家圖書館。（許逸民）[1]

二十八 范志新《文選版本擷英》

尤袤刻李善注《文選》六十卷（尤刻本）

尤袤，字延之，號遂初居士，無錫人。紹興十八年進士，官至禮部尚書兼侍讀，卒謚文簡。

此本尤氏刻於池陽郡齋。目錄前有蕭統《文選序》、李善《上文選注表》，書末附《李善與五臣同異》一卷、淳熙辛丑尤袤跋、

---

[1] 《中華再造善本總目提要·唐宋編》，國家圖書館出版社，2013，第723—725頁。

袁説友跋二篇。尤本是現存李注《文選》的全帙刻本之最早者，自淳熙以後，遞有修補。此本係初版早期印本，明王延喆、清楊氏寶選樓舊藏，較胡克家據以覆刻的黄丕烈舊藏本、書口有"景定壬戌重刊"的阮元藏本，摹印爲早，其文獻校勘價值，自較諸遞修版爲鉅。尤本之失，最大處在改易原文，顧千里《考異》，多有指正。此本摹印精湛，字如新硎，筆力峻拔，如睹歐陽率更宋拓《化度寺碑》。許翰屏影寫之胡刻本雖惟妙惟肖，究不能得其神髓焉。後世名刻如元張伯顔本、清胡克家本皆從此出。然皆無《李善與五臣同異》一卷及袁《文選跋》。近中華書局綫裝影印此本，正文第四十五卷原補板一葉已改用别部初版，錦上添花，益臻完美。[①]

案：范志新所記尤袤本即中國國家圖書館所藏宋淳熙八年池陽郡齋刻本，附丁鈞跋。

第二節　尤袤本《文選》現存版本叙録

包括尤袤本及尤袤本遞修本（宋代之後的翻刻本除外）在内，尤袤本《文選》現共存七種，分别藏於中國國家圖書館（三種）、北京大學圖書館（一種）、上海圖書館（一種）、臺北故宮博物院（一種）以及臺灣"國家"圖書館（一種）。詳細介紹如下。

一　中國國家圖書館藏宋淳熙八年池陽郡齋刻本六十卷

此書共六十册，中華書局（1974）與國家圖書館出版社（2004、2017）並曾據以影印。此本每半葉十行，行二十一字左右，注雙行同，白口，左右雙邊。部分葉的版心上方記總數，下方記刻工姓名，其中目録部分的刻工有：張宗、李、曹仲、曹伸、曹旦（旦）、劉八、劉

---

① 范志新：《文選版本擷英》，貴州人民出版社，2005，第8頁。

仲、甯羽（以上爲初刻刻工）、劉彦中、吳志、昌彦、楊琛、王明（以上爲重刊刻工），其他部分可辨認的刻工有：曹仲、張宗、李、曹伸（伸）、曹旦（旦）、羽、劉仲、王明（明）、唐彬（彬）、盛彦（彦）、潘憲（憲）、唐才、金大受（大受）、金大有（有）、黄寶（黄、寶）、毛用（用）、陳卞（卞）、李彦、寧（宥）羽、張拱、劉彦中（彦中、中）、申、陳祥（祥）、劉升（升）、永、柯文（文）、湯執中、曹侃、陳三、陳森、湯、王才、湯盛、陳、杜俊（杜、俊）、葉正（正）、曹佾（佾）、才、金。書中依次爲蕭統《文選序》、李善上表、目録、正文、附録（《李善與五臣同異》一卷）、尤袤跋一則、袁説友跋二則、丁鈞跋一則。此本並非全部初刻，重刊内容主要集中在目録與附録《李善與五臣同異》中。《目録》中有“戊申重刊”（1188年）、“壬子重刊”（1192年）、“乙卯重刊”（1195年）。其中，“戊申重刊”刻工有劉彦中，“壬子重刊”中可辨認的刻工有吳志、昌彦、楊琛，“乙卯重刊”刻工有王明。附録的版心模糊特甚，可以確定的是多爲“壬戌重刊”（1202年），至於刻工姓名則較難辨認。除目録與附録外，正文中僅卷四十五第二十一葉爲“乙丑重刊”（1205年），刻工爲王才，其餘葉均無重刊字樣，當爲初刻。1974年中華書局據此本影印出版時，將卷四十五標有“乙丑重刊”的第二十一葉换成了北京大學圖書館所藏計衡修補本中的初刻葉（刻工爲李彦）。臺北故宫博物院藏一帙四十五卷元大德間茶陵陳氏古迂書院刊增補六臣注《文選》，其中第六十卷是以宋尤袤刊李善注本配補而成，經校對可知，正是以此尤袤本第六十卷配補。該本有“郇齋”“祁陽陳澄中藏書記”“鳳陽”“陳氏家藏”“碩甫過眼”（僅見於《文選序》首葉）、“王延喆”（僅見於《目録》末葉）、“虞山丁秉衡讀過”（僅見於卷六十末葉，見圖一）、“順德堂”（僅見於《李善與五臣同異》首葉，見圖二）、“將官子孫”（僅見於尤袤跋）、“玉虹山人”（僅見於袁説友跋一）、“陳氏澄中藏書”（僅見於袁説友跋二）、“周子點易臺”（僅見於袁説友跋二，見圖三）、“陳清華印”（見於袁説友兩篇跋文中）諸印。王延喆（1483—1541），明代藏書家、刻書家，江蘇蘇州人。其父王鏊藏書甚富，延喆繼承後，多有增益，喜藏宋元善本書。陳奐（1786—1863），字碩甫，江蘇蘇州人，清代經學家、藏書家。此處的“碩甫過眼”不知是否即爲陳奐之印。據《中國室名大辭典》可知，曾以“順德堂”爲室名者至少有三人：元熊仲章、明曹鏞、明謝以敬，不知此“順德堂”爲誰。陶珽，字屛士，浙江會稽人，清代藏書家，有玉虹山人之稱。[①]丁鈞（1860—1919），即丁國鈞，字秉衡，號秉衡居士，清末藏書家、目錄學家，江蘇常熟人，瞿啓甲的外甥，繆荃孫門人，不知此本是否爲瞿氏或繆氏舊藏。丁鈞跋文係 1914 年（甲寅）寫於一張印有張熊（子祥）朱筆題詩的箋紙上（見圖四）。張熊（1803—1886），字子祥，號鴛湖外史，浙江嘉興人，晚清著名畫家。點易臺爲明邵寶所建，在今浙江無錫。至於“周子”則不知何許人。陳清華（1894–1978），字澄中，號郇齋，湖南祁陽人。家資鉅富，酷嗜古籍，於古本舊槧愛不釋手，所藏宋元刻本既精且富，與北方著名藏書家周叔弢齊名，有“南陳北周”之稱，號稱江南藏書第一。因曾以萬金獲得宋版《荀子》一書，遂名其藏書處爲“荀齋”。新中國成立前夕，移居香港。1950 年代中期，因生計問題，將藏書售出，鄭振鐸親自報請周恩來總理，經周總理批示，從香港收購其古籍善本共 102 種，現藏中國國家圖書館。其藏書印有“陳清華印”“陳氏家藏”“郇齋”“祁陽陳澄中藏書記”“陳氏澄中藏書”等。另外，“陳氏家藏”“鳳陽”“將官子孫”諸印亦見於臺北故宮博物院藏尤延之貴池刊理宗間遞修本《文選》，可知陳清華也收藏過理宗本《文選》。遺憾的是，並未查出“鳳陽”“將官子孫”兩枚印章的主人。《藏園訂補邵亭知見傳本書目》中有此本記錄。書中匡、筐、朗、㫰、慎、殷、讓、煦、貞、槙、徵、完、敬、驚、樹、曙、恒、桓、構、遘、玄、豎、頊、愍、弘等字俱缺筆。

有一個特殊情況需指出。1974 年中華書局曾影印此尤袤本，在很長一段時間內成爲學界研究尤袤本的核心文獻，後中華再造善本亦據此尤袤本影印，但二本之間竟存在異文，這是出乎意料的事。仔細對校研究後發現，這些異文並是中華書局影印時臆改所致，故在此將所見異文詳細列出，以提醒廣大讀者，以免誤讀。

1. 卷二十一何劭《遊仙詩》“吉士懷貞心”句李善注“七啓曰”，中華書局本將“七”改作“士”。

---

① 楊廷福、楊同甫編《清人室名別稱字號索引：增補本》下冊，上海古籍出版社，2001，第 600 頁。

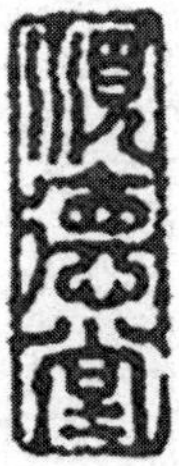

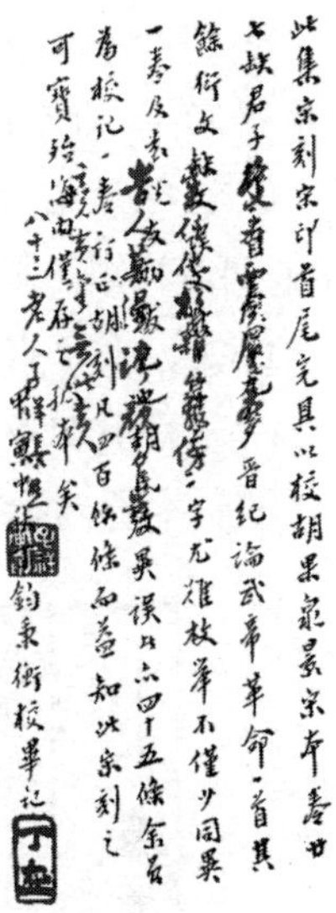

圖一　圖二　圖三　圖四

2. 卷二十四潘岳《爲賈謐作贈陸機》"綿綿瓜瓞"句李善注，再造善本和奎章閣本並作"自土沮"，中華書局本則改"土"爲"主"。

3. 卷三十鮑照《數詩》"九族共瞻遲"，再造善本"族"字模糊，中華書局本則描改成"旌"。

4. 卷四十二《爲曹公作書與孫權》"實爲佞人所構會也"，再造善本"佞"字略有不清，中華書局本則妄改作"安"，應爲形近而訛。

5. 卷四十二《答東阿王書》"耳嘈嘈於無聞"句下李善注"有隼集庭"，隼，中華書局本改作"集"。

6. 卷四十二《與侍郎曹長思書》"汲黯樂在郎署，何武耻爲宰相，千載揆之，知其有由也"句下李善注，再造善本多處文字模糊，無法辨認（見圖五），考胡克家本作"《漢書》：汲黯，字長孺，拜淮陽太守，黯伏地謝，不受印綬，臣願爲中郎。出入禁闥，臣之願也。又曰：何武，字君公，爲御史、司空，多所舉奏，號爲煩碎，不稱賢公。耻，義未詳"（見圖六）。然中華書局本，則將"不受印綬"徑改爲"不受曰綬"，"臣願爲中郎"與"司空"之"願"與"空"則徑改爲不成字形（見圖七）。

7. 卷四十二《與從弟君苗君胄書》"按轡清路，周望山野"，再造善本"望"字有些模糊，中華書局本改作"聖"。

8. 卷四十二《與從弟君苗君冑書》"思樂汶上，發於寤寐"，寤寐，中華書局本徑改作"寤寤"。

9. 卷四十九干寶《晉紀總論》"名實反錯，天網解紐"，中華書局本改"紐"作"細"。

綜上，中華書局本的臆改均發生在底本模糊之處，其在處理文字模糊之處時，竟不加考證，僅採用照葫蘆畫瓢的方式，依樣強認，著實不負責任。因底本卷四十二的模糊之處較多，故該卷的臆改情況也較爲嚴重。

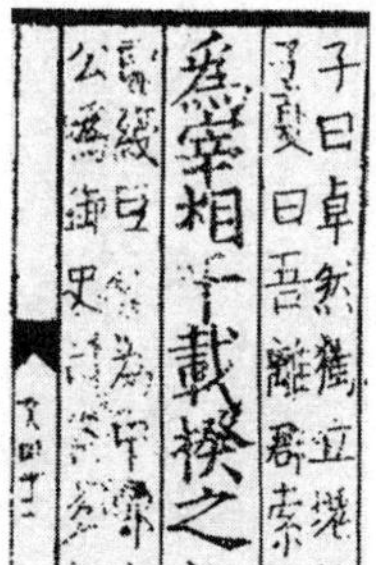

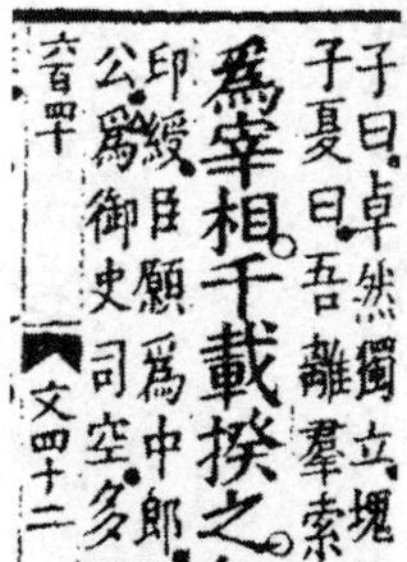

圖五　　　　　　圖六　　　　　　圖七

二　中國國家圖書館藏宋淳熙八年池陽郡齋刻遞修本三十卷

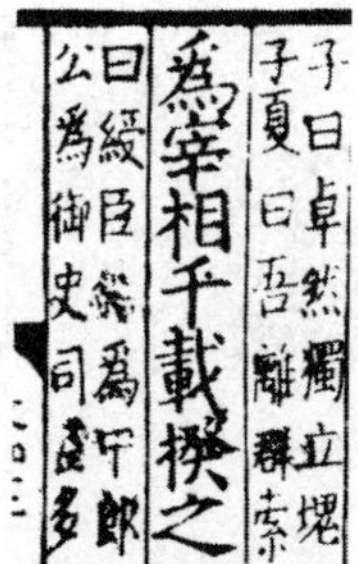

此本下文簡稱爲三十卷本。每半葉十行，行二十至二十四字不等（瞿鏞《鐵琴銅劍樓藏書目録》所記爲行十八字至二十一字不等，注字

十九字至二十二字不等），小字雙行同，白口，單黑魚尾、左右雙邊。
存卷一至六，十三，十四，三十一至三十九，四十九至六十，後附《李善
與五臣同異》一卷。書中匡、朗、勗、慎、殷、讓、煦、貞、徵、驚、
樹、恒、桓、構、遘、玄等字俱缺筆。版心上記字數，多記總數，偶
分記大小字數，下記刻工，其中可辨認的初刻刻工有：劉仲、張宗、
劉升、曹佾、蔣永（永）、申、曹但（但）、劉用、用、陳祥、陳卞
（卞）、唐才（才）、王明、唐彬（彬）、毛用、柯文（文）、盛彦、湯執
中（湯、執中）、曹侃、李彦、金大有、張拱、金大受、王辰、王亨、
王大亨、劉文、陳森、劉彦中（彦中）、葉正、葉必先、黄、黄寶、劉
正、馬弼。此外，刻工上方多見重刊字樣，其中可以辨認的有“壬子
重刊”（1192 年），刻工有：劉用、陳亮、王明、劉升；“乙卯重刊”
（1195 年），刻工有：王明、曹佾、李椿、劉升、劉用、王才；“壬戌重
刊”（1202 年），刻工姓名模糊難辨；“乙丑重刊”（1205 年），刻工有：
曹佾、唐恭、夏義。據長澤規矩也《宋元刊工表》記載：此本刻工有
“毛用、王明、李彦、金大有、金大受、唐彬、張宗、陳松、盛彦、劉
仲、潘憲、朱諒、王元壽、王才、王辰、夏乂、張成、李椿、葉正、曹
侃、曹佾、劉文、劉彦龍、劉彦仲、劉邁、劉用、丘全”。[①]長澤規矩
也所記刻工不知是否完整，但與筆者所見存在差異，然大致相符。此本
前無蕭統序、李善上表和目録，直接從卷一始。後有尤袤跋一則、袁説
友跋兩則，並爲“壬戌重刊”（1202 年）。書中有“謙牧堂藏書印”“瞿
啓科印”“古里瞿氏記”“鐵琴銅劍樓”“良士眼福”等印章，可知此
本曾爲納蘭揆叙、瞿鏞、瞿啓科、瞿啓甲等舊藏。納蘭揆叙（1674—
1717），葉赫那拉氏，字容德，滿洲正黄旗人，清大臣，康熙重臣納蘭
明珠之子。家有謙牧堂，收藏宋元刊本數十種，又有家藏書目《謙牧堂
藏書總目》二卷。瞿鏞（1794—1846），字子雍，江蘇常熟人，清代著
名藏書家，鐵琴銅劍樓第二代主人，家中藏書多爲宋元善本，數世所
積，至十餘萬卷。瞿啓科，字肄卿，瞿鏞之孫，瞿秉清之二子。瞿啓
甲（1873—1940），字良士，别號鐵琴道人，民國著名藏書家，瞿鏞之
孫，瞿秉清之三子，鐵琴銅劍樓第四代樓主。後瞿啓甲將藏書獻給北京

---

① 轉引自王肇文《古籍宋元刊工姓名索引》，上海古籍出版社，2012，第 395 頁。

圖書館。下文簡稱此本爲瞿本。然《鐵琴銅劍樓藏書目録》謂此本"存卷一至六，卷二十三、二十四，卷三十一至三十九，卷四十九至六十卷"，與中國國家圖書館所存卷目不符，或爲瞿氏誤將卷十三、十四記爲卷二十三、二十四。該本部分葉面字跡較模糊，存在破損、空白等情況，如卷三第一、二葉，卷五十七第二十一、二十二葉等。《鐵琴銅劍樓藏書目録》卷第二三《集部五·總集類》"《文選》二十九卷附《李善與五臣同異》一卷（宋刊殘本）"條云："其卷五十五《演連珠》注'日月發揮'以上及'下愚由性'以上，尤本有'善曰'二字。案：下文既有'善曰'，則此處爲劉孝標注甚明，實不當有'善曰'。是本皆無之而空二字。"[①] 經核驗，尤袤本、瞿本此處並空兩格，胡克家本有"善曰"二字。又"卷五十九《頭陀寺碑文》注'劉虯曰：菩薩員浄'以上，此本有'《法華經》曰：慧日大聖尊久乃説是法'十四字，尤本無之，是此本刻在尤本之後，重加校正矣"。經核驗，尤袤本、瞿本有此十四字，胡克家本無。由此可知，瞿氏所言"尤本"並非指中國國家圖書館藏宋淳熙八年池陽郡齋刻本，而是指胡克家本。瞿本後附《李善與五臣同異》字跡清晰，除有若干重刊葉外，並無描改痕跡。《鐵琴銅劍樓藏書目録》卷二十三稱其爲"影鈔宋本"，而《北京圖書館古籍善本書目》將其定爲清抄本。檢其内容、款式，與尤袤本後附《同異》存在較多差異，如卷五十七，尤袤本《同異》作《陽給事誄》，而瞿本《同異》誤作《陶給事誄》；又尤袤本《同異》作"區外：五臣作外區"，瞿本《同異》誤作"區別：五臣作外區"等，故定爲清抄本更妥。

經與尤袤本細緻對校後，發現兩本間主要在異文與版式兩方面存在差異。

（一）異文

又可分爲以下四種情況。

1. 正文異文

如尤袤本卷三第十葉有"玄泉冽清"，且"玄"字缺末筆。玄，瞿

---

① （清）瞿鏞：《鐵琴銅劍樓藏書目録》，《宋元明清書目題跋叢刊》第十册，中華書局，2006，第 353 頁。

本作"空"。考其他現存版本並作"玄"。尤袤本該葉爲李彦初刻，瞿本爲壬子重刊。

如尤袤本卷四第七葉有"接歡讌於日夜"，讌，瞿本作"宴"。尤袤本該葉爲初刻，刻工姓名疑爲"申"，瞿本則爲劉彦中重刊，重刊時間模糊難辨。考九條本、陳八郎本、朝鮮正德本、奎章閣本等並作"宴"，北宋本作"讌"。

2. 音注異文

此種情況多集中在瞿本的重刊葉中。如尤袤本卷三第二十一葉有六處正文音注，瞿本全無，如尤袤本作"設三乏，厞（翡）^①司旌""羣（柴）於東階"，瞿本並無正文音注"翡""柴"二字，但兩句李善注末分别有"音翡""羣音柴"。尤袤本該葉爲宥羽初刻，瞿本爲重刊。考北宋本與瞿本全同，且瞿本該葉無一處正文音注也符合北宋本《文選》系統的特徵，故瞿本此葉應據北宋本系統改。

如尤袤本卷四第七葉有十六處正文音注，瞿本全無，如尤袤本作"琢瑂狎（胡甲）獵（士甲）""被（皮義）服雜錯""儇（呼緣）才齊（在雞）敏"等，瞿本並無，而是將音注放在李善注中。

如尤袤本卷四《南都賦》"湯谷涌其後，淯（育）水盪其胷"句李善注有"今淯水在淯陽縣南"，"縣南"下空五格，瞿本"縣南"下有"盪，他浪切"四字。北宋本此處闕，考奎章閣本"縣南"下無文字，亦無空格，而明州本、贛州本"縣南"下有"淯音育也"四字。尤袤本蓋因正文已有音注"育"，爲避免重複，故删去了注文中的"淯音育也"。而瞿本中的"盪，他浪切"不知所據爲何，或遞修時爲填補空字處所增，但音注位置在李善注末符合北宋本注文特徵，故存在瞿本所據底本即有此音注的可能。可惜北宋本此處闕文，無法考證，雖奎章閣本以北宋本爲底本，但現存北宋本並非奎章閣本李善注部分的底本，而是北宋國子監遞修本。尤袤本和瞿本該葉並爲初刻，但尤袤本無刻工姓名，瞿本刻工爲蔣永。

另外，還有一種音注異文。如尤袤本卷三《東京賦》作"芙蓉覆

---

① 括弧内爲該字的音注，由於此條音注直接放至正文該字之下，故稱之爲正文音注，以便與注文中的音注區別，下同，若遇非音注，將另作説明。

水，秋蘭被涯（宜）"。宜，瞿本作"音宜"，多一"音"字。

3. 義注異文

如尤袤本卷三第二十一葉《東京賦》"宮懸金鏞"句李善注有"《毛詩》曰：鏞鼓有斁。毛萇《詩傳》曰：大曰鏞"，瞿本此句作"鏞，已見上文"。考北宋本正作"鏞，已見上文"。

如尤袤本卷三《東京賦》"薄狩于敖，既璪璪（一作璅）①焉"句薛綜注有"《毛詩》曰"。毛詩，瞿本作"詩"。尤袤本該葉爲宥羽初刻，瞿本爲王明壬子重刊。

如尤袤本卷三《東京賦》"尊卑以班，璧羔皮帛之贄既奠"句李善注作"大夫執鴈，雉士各有次第"（圖八），瞿本則作"大夫執鴈，士雉，各有次第"，不僅"雉士"二字顛倒，且每列五字，版式亦有修改（圖九）。《周禮·大宗伯》曰："以禽作六摯，以等諸臣：孤執皮帛，卿執羔，大夫執雁，士執雉，庶人執鶩，工商執雞。"②考北宋本作"大夫執鴈，立各有次第"，奎章閣本作"大夫執鴈，言各有次第"。尤袤本該葉爲曹但初刻，瞿本爲陳亮壬子重刊。綜合以上信息，尤袤本在修版時應誤認"立"爲"士"，又結合《周禮》原文，誤添"雉"字，且順序顛倒，因此造成了較正常行款多字擁擠的情況，而瞿本在遞修時據"士執雉"將"雉""士"二字乙正，殊不知原本應作"言各有次第"。

如尤袤本卷四第七葉"禴（樂）祠蒸嘗"句李善注有"祭于先王"，瞿本此句注文作"于公先王"，但北宋本與尤袤本同。又同葉"以速遠朋，嘉賓是將"句李善注有"鼓瑟鼓簧"，瞿本此句注文作"鼓瑟吹笙，吹笙鼓簧"，考北宋本與尤袤本同。又同葉"彈琴撅（烏牒）籥（藥）"句李善注作"如遂三孔。遂，音敵"，遂，瞿本作"篴"。北宋本此處與瞿本同。不知瞿本此葉據何本改。

如尤袤本卷四《南都賦》"銅錫鈆鍇"句李善注有"《説文》曰：鈆，青金也"，瞿本無"也"字（見圖十）。尤袤本該葉爲刻工"旦"初刻，瞿本爲蔣永初刻。尤袤本此處有明顯修版痕跡，該句注文擠在

---

① 此括弧內爲注記，非音注。

② （漢）鄭玄注，（唐）賈公彥疏，彭林整理《周禮注疏》，上海古籍出版社，2010，第681頁。

一處，顯有後增之字，見圖十一。北宋本闕，考奎章閣本此句無“曰”字。據李善作注習慣，“曰”字不應無。尤袤本與瞿本此葉雖並無重刊字樣，但據實際情況考察，兩本並非初刻。

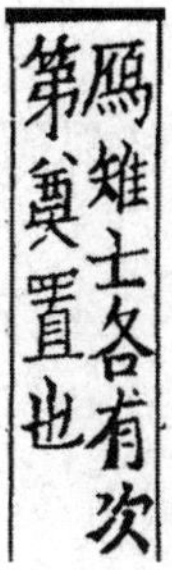
鴈雉士各有次第奠置也

圖八

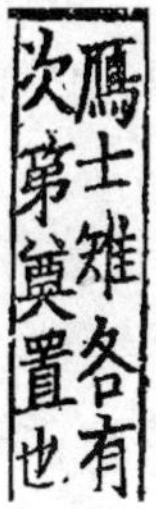
鴈士雉各有次第奠置也

卷九

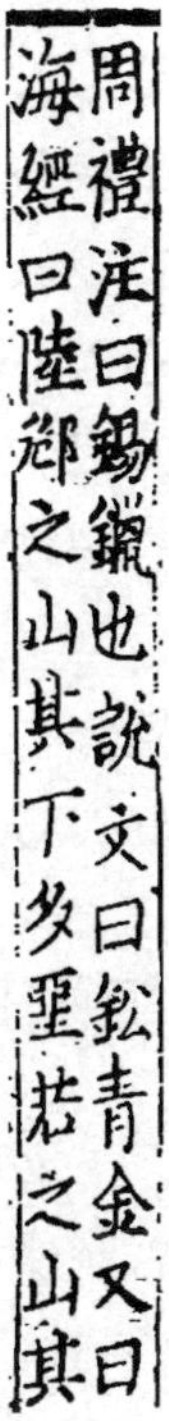
周禮注曰錫鑞也說文曰鈆青金又曰海經曰陸郈之山其下多堊若之山其

圖十

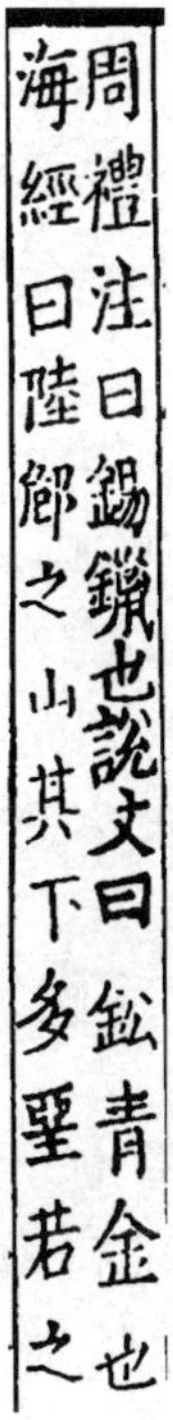
周禮注曰錫鑞也說文曰鈆青金也海經曰陸郈之山其下多堊若之

圖十一

如尤袤本卷五十二《典論·論文》“徐幹時有齊氣，然粲之匹也”句李善注有“《齊詩》曰：子之營兮，遭我乎嶩之間兮”，營，瞿本作“還”。嶩，作“猱”。考北宋本作“子之□兮，□我□嶩之間兮”[①]，奎章閣本與尤袤本同。尤袤本與瞿本該葉並爲王明初刻，但却有此兩處異文，瞿本修改的可能性較高。胡克家本與瞿本同，胡本底本當更接近於瞿本系統。

4. 避諱字

尤袤本中避諱之字，瞿本有些避諱，有些未避。如卷四《蜀都賦》注文“屈完”之“完”，兩本並缺末筆；而同篇“弘農”之“弘”字，

① □代表原書此處爲空格，下同。

尤袤本缺末筆，瞿本不缺。而尤袤本中本應避諱却未避之字，瞿本有些也未避，但有些則避，如卷五十二《典論·論文》李善注"上詔讓漢曰"之"讓"字，尤袤本不缺筆，瞿本缺末筆。

（二）版式

版式差異主要體現爲兩個版本無異文，但版式略有不同。

如尤袤本卷二第四葉"婁敬委輅，幹非其議"句李善注作"謂以其議非而正之"，尤袤本"謂以其"密縮在一處，較正常行款多一字，注文末空一格。瞿本"謂以其"三字正常排版，注文末無空格。尤袤本該葉爲王明初刻，瞿本版心處模糊，無法辨識刻工姓名，但未發現重刊字樣。

綜上，作爲尤袤本的遞修本，瞿本的版本質量較高，雖與尤袤本間存有異文，但多爲版本差異，幾乎未見因人爲原因造成的訛誤。

三　中國國家圖書館藏宋淳熙八年池陽郡齋刻遞修本十卷

此本存卷十一至二十，下文簡稱爲十卷本。每半葉十行，行二十一字，注雙行同，白口，左右雙邊，有單黑魚尾、雙黑逆魚尾、雙黑順魚尾等多種版式。版心上記字數，時記總數，時記大小字數，下記刻工姓名，可辨認初刻刻工有：吳、卞、王才、潘暉（暉）、金、余仁、蔣永、王亨、王大亨、葉必先、馬弼、王元壽、蔡洪（洪）、曹佾（佾）、從元龍、曹儀、彥中、毛用、盛彥、李彥、蔣永。書中多有補版，如"戊申重刊"（1188 年）、"壬子重刊"（1192 年）、"乙卯重刊"（1195年）、"乙丑重刊"（1205 年）、"辛巳重刊"（1221 年），其中可辨認的"戊申重刊"刻工有盛彥中；"壬子重刊"刻工有陳亮、王明、吳志、唐彬、湯仲、夏義；"乙卯重刊"刻工有王明、曹佾、升、劉用、劉端、李椿；"乙丑重刊"刻工有王明、定、劉用、吕、吕嘉祥、劉邁、成、夏義、曹佾、王才、亮、陳、賈林；"辛巳重刊"刻工有王允壽。此本有"伯寅經眼""教育部北平購書委員會之章""國立北平圖書館收藏"等印，可知曾爲潘祖蔭（號伯寅）收藏。又據傅增湘《藏園群書經眼録》記，此本曾爲南皮張氏舊藏。然丁延峰在《海內外現存宋刻本〈文選〉略述》一文中稱此本曾爲"楊慈湖、文徵明、毛晉、季振宜、清内府、盛昱、袁克文、李盛鐸舊藏"[①]，却未説明依據，也未提及曾爲潘祖蔭舊藏，考李盛鐸《木樨軒藏書題記及書録》中也無此本著録，恐此遞藏名録有張冠李戴之可能。

經與尤袤本對校，發現二本之間主要存在七類差異。

（一）十卷本訛誤

如尤袤本卷十一《登樓賦》"聊暇日以銷憂"句李善注作"銷憂者莫若酒"，若，十卷本作"告"。尤袤本"若"字略有不清，十卷本在遞修時辨認不謹錯認所致。

如尤袤本卷十一《登樓賦》"畏井渫之莫食"句李善注作"謂已浚渫也"，已，十卷本作"曰"，應是形近而訛。

如尤袤本卷十三《鸚鵡賦》"懼名實之不副，恥才能之無奇"句李善注作"名者實之賓"，名，十卷本作"各"，顯爲形近之誤。

如尤袤本卷十四《赭白馬賦》"有惻上仁"句李善注作"仁者不爲也"，者，十卷本作"老"，"老"爲"者"字之訛。

如尤袤本卷十四《赭白馬賦》"鑒武穆，憲文光"句李善注作"有獻名馬"，獻，十卷本作"歲"。

如尤袤本卷十四《赭白馬賦》"秘寶盈於玉府，文駟列乎華廐"句李善注作"《漢舊儀》有承華廐"，漢舊儀，十卷本作"漢舊義"。

如尤袤本卷十四《赭白馬賦》"既剛且淑，服鑣驤兮"句李善注作"《楚詞》曰：余雖好修姱以鞿羈兮。王逸曰：韁在口曰鑣，絡在頭曰羈"，十卷本作"《楚詞》曰：余雖好修幾以鞿羈兮。王逸曰：輕在口曰鑣，絡在頭曰羈"。十卷本"幾""輕"顯誤。尤袤本該葉爲（金）大受初刻，十卷本爲"乙卯"重刊。

（二）尤袤本訛誤

如尤袤本卷十一《遊天台山賦》"太虛遼廓而無閡"句李善注作"《鵩鳥賦》曰：寥廓忽荒"，廓，十卷本作"廓"。此處尤袤本

① 丁延峰：《海内外現存宋刻本〈文選〉略述》，《聊城大學學報（社會科學版）》2012年第 3 期，第 31—32 頁。

顯誤。

如尤袤本卷十三《雪賦》"沸潭無湧，炎風不興"句李善注作"何謂之風，東北曰炎風"，之風，十卷本作"八風"。考奎章閣本、明州本、贛州本並作"八風"。

（三）異文

如尤袤本卷十一《魯靈光殿賦》"上紀開闢，遂古之初"句李善注作"耀滿舒光"，耀，十卷本作"曜"。

如尤袤本卷十一《遊天台山賦》"赤城霞起而建標（卑遥）"句李善注作"舉標甚高。標，卑遥切"，十卷本作"舉標甚高"，無"標，卑遥切"四字。案：尤袤本此處有明顯的修版痕跡（見圖十二），正文"標"字下已有音注"卑遥"，"標，卑遥切"四字當非初刻所有，而是修版時所加，但該葉顯示爲王明初刻，又查十卷本該葉未見重刊字樣和刻工姓名。由此可知十卷本的底本應非尤袤本。

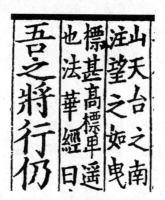

圖十二

如尤袤本卷十一《遊天台山賦》"落五界而迅征"句李善注作"五界，五縣之界也"，十卷本無"也"字。案：尤袤本此處有修版痕跡，較正常行款多一字，由十卷本推知"也"字爲尤袤本所補的可能性較大。

如尤袤本卷十一《遊天台山賦》"釋二名之同出"句李善注作"此兩者同出而異名"，"此"字處，十卷本爲墨釘。

如尤袤本卷十一《魯靈光殿賦》"圓淵方井，反植荷蕖""綠房紫葤，窈咤垂珠"李善注下並作"扶藟"，十卷本則並作"芙藟"。

如尤袤本卷十三《雪賦》"紈袖惹冶，玉顏掩姱"句李善注作"《説文》曰：紈，素也。冶，妖也。《范子》：紈素出齊。《古詩》曰：燕趙多佳人，美者顏如玉。《楚辭》曰：美人皓齒姱以姱。姱，好貌"，"《楚辭》"下，十卷本作"《楚辭》曰：美人皓齒。姱與姱同，好貌"。北宋本闕，考奎章閣本此句作"《説文》曰：紈，素也。冶，妖也。《古詩》曰：燕趙多佳人，美者顏如玉。《楚辭》曰：美人皓齒。姱與姱同。姱，好貌"。《楚辭》句，十卷本與奎章閣本更爲接近，但奎章閣本無《范子》句，故結合其他條目，祇能説十卷本的底本及修版依據更接近北宋本系統。尤袤本該葉爲張拱初刻，十卷本無重刊字樣，也未見刻工姓名。

（四）簡化字

如尤袤本卷十一《登樓賦》"有歸歟之歟音"句李善注作"歸歟歸歟"，歟，十卷本作"與"。

如尤袤本卷十一《登樓賦》"白日忽其將匿"句李善注作"《楚辭》曰"，辭，十卷本作"辝"。

（五）避諱字

尤袤本中避諱之字，十卷本有些避諱，有些未避。如尤袤本卷十一《登樓賦》"鍾儀幽而楚奏兮，莊舄顯而越吟"句李善注"有頃而病"之"頃"字缺末筆，而十卷本不缺。又如尤袤本卷十一《魯靈光殿賦》"胡人遥集於上楹"句李善注中"敬""驚"之"敬"字並缺末筆，但十卷本並不缺。尤袤本中本應避諱却未避之字，十卷本有些亦未避，但有些則避，如卷十一《景福殿賦》"樹以嘉木"，尤袤本"樹"字未避諱，然十卷本缺末筆。

（六）版式

如圖十三（尤袤本）、圖十四（十卷本）所示，兩本注文内容一致，但版式不同，尤袤本"南臨江"下空一格，十卷本不空。考奎章閣本作"南臨一江"，明州本、贛州本作"南臨二江"。如圖十五（尤袤本）、圖十六（十卷本）所示，兩本注文内容一致，但版式不同，尤袤本一行十一字，一行十三字，十卷本改爲每行各十二字。

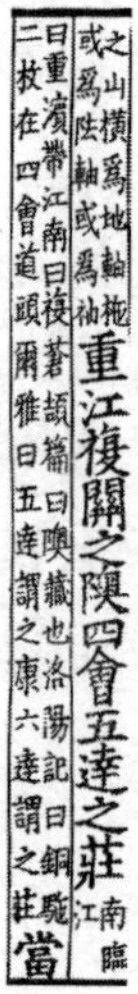
重江複關之隩四會五達之莊
當

圖十三

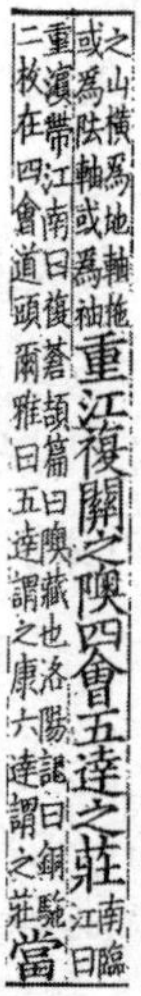
重江複關之隩四會五達之莊
當

圖十四

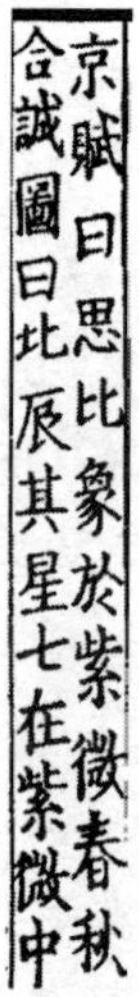
京賦曰思比象於紫微春秋
合誠圖曰北辰其星七在紫微中

圖十五

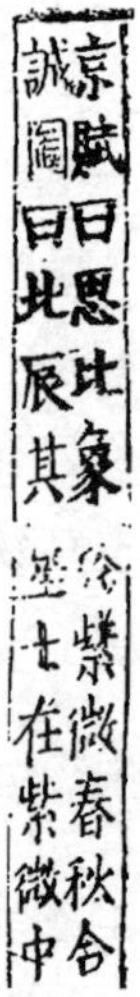
京賦曰思比象紫微春秋合
誠圖曰北辰其星七在紫微中

圖十六

如圖十七（尤袤本）、圖十八（十卷本）所示，兩本注文内容一致，但版式不同。

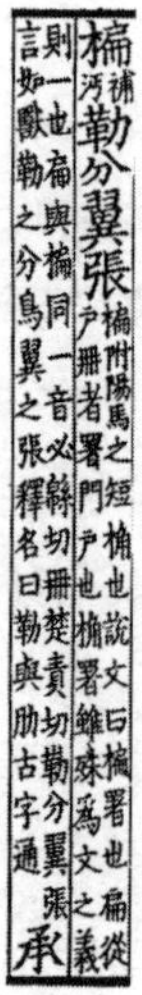
榣勒分翼張
承

圖十七

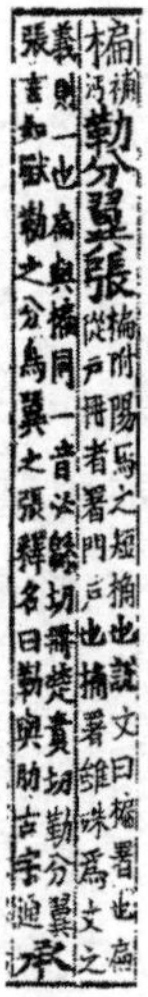
榣勒分翼張
承

圖十八

（七）同爲初刻，但刻工姓名並不一致

如卷十四葉十一，兩本並無重刊字樣，但尤袤本刻工爲劉仲，十卷本爲王元壽。又如卷十五葉三，兩本並無重刊字樣，但尤袤本刻工爲彦中，十卷本爲蔡洪。

綜上所述，相較於瞿本，十卷本有兩個突出的特點，一是多簡化字，一是訛誤較多。

四　北京大學圖書館藏宋淳熙八年池陽郡齋刻計衡修補本四十八卷

此本存四十八卷二十六册（卷十三至六十存），下簡稱爲計衡本。每半葉十行，行二十一字，注雙行同，白口，左右雙邊。版心上有字數，下記刻工。初刻刻工有王才、劉用、劉升、曹佾。丁未重刊（1187年）刻工有昌彦。戊申重刊（1188年）刻工有劉彦龍、劉彦中、王明、劉用。壬子重刊（1192年）刻工有劉文、楊珍、黄寶、陳亮、盛彦、吳志、王明、劉昭、唐彬、李椿。據李盛鐸《木樨軒藏書題記及書録》稱"刊工名上有題戊申、壬子、乙卯重刊四字者"[1]，"乙卯"當爲1195年，但這與李盛鐸稱此本爲"宋淳熙貴池尤袤刻紹熙計衡修補本"相矛盾。計衡修板跋作於紹熙壬子（1192年），因此李氏纔有此判斷，若有乙卯重刊，那應稱爲慶元計衡修補本了。又，丁延峰稱"北大圖書館藏宋淳熙八年（1181）尤袤池陽郡齋刻計衡修補本，《北大圖書館藏古籍善本書目》著録曰'宋淳熙八年晉陵尤袤刻紹熙計衡修補本'，但據重刊年號乙卯者，已至寧宗慶元元年（1195），再據辛巳重刊者，則最晚已至寧宗嘉定十四年（1221）。而又據'戊申重刊'者，則早在淳熙十五年（1188）時亦有重刻。因此是本從初刻到修補已歷三朝，應著録爲宋淳熙八年（1181）尤袤池陽郡齋刻光宗紹熙間至寧宗嘉定間計衡修補本"[2]。但筆者在翻閱時僅見"丁未""戊申""壬子"重刊字樣，並未發現"乙卯""辛巳"者，或許是有所遺漏。但據"丁未重刊"可

---

① 李盛鐸著，張玉范整理《木樨軒藏書題記及書録》，北京大學出版社，1985，第342頁。

② 丁延峰：《古籍文獻叢考》，黄山書社，2012，第50頁。

知此本最初修補至少應在淳熙十四年（1187）。計衡本前有昭明《文選序》及李善《上文選注表》，末有淳熙辛丑尤袤跋、袁説友跋，又有紹熙壬子計衡修板跋、星吾（楊守敬）與袁克文手跋。該本爲楊守敬從日本訪得，書中有“寶勝院”楷書長方朱文記、“楊守敬印”白文方印、“星吾海外訪得秘笈”朱文方印，知其曾爲日本寶勝院、楊守敬舊藏。據《木樨軒藏書題記及書録》記載其後又爲李盛鐸（木齋）所藏。卷三十八、三十九、四十、五十七、五十八係用元張伯顔刊本抄配，抄配部分有日語旁記。

　　經與尤袤本對校，發現二者主要有以下三種異文。

（一）計衡本訛誤

　　尤袤本卷五十二《六代論》“故漢祖奮三尺之劒”句李善注作“烏合之衆，初雖相歡，後必相咋也”。咋，計衡本作“作”，考北宋本、奎章閣本、明州本、贛州本並作“吐”。“咋”字應爲“吐”字之訛，“作”字應爲“咋”字之訛。尤袤本該葉爲刻工“才”初刻，計衡本爲黃寶壬子重刊。

（二）版式修改

　　如尤袤本卷五十二第七葉《典論·論文》“徐幹時有齊氣”句李善注“此亦其舒緩之體也”一句密縮在一處，較正常行款多一字，考計衡本無“其”字，但不知據何本删。尤袤本該葉爲王明初刻，計衡本則是湯仲壬子重刊。

　　如尤袤本卷五十二《六代論》“二霸之後，寖以陵遲”句李善注“《漢書》曰：二霸□① 後，寖以陵遲”。尤袤本空格處，計衡本作“之”，與北宋本一致。尤袤本該葉爲刻工“但”（蓋爲曹但）初刻，計衡本則是曹佾戊申重刊。

　　如尤袤本卷五十二《六代論》“譬猶芟（所咸）刈股肱，獨任智腹”。計衡本無正文音注“所咸”二字，奎章閣本、贛州本、明州本並有。

---

① □表示此處空一格。

如尤袤本卷五十二《六代論》"漢鑒秦之失"句李善注作"《漢書》曰：太后崩"，尤袤本"《漢書》曰"密縮在一處，考北宋本、奎章閣本並作"《漢書》曰"，然計衡本無"曰"字，不知所據爲何，或爲保持版面正常而删。尤袤本該葉爲刻工"才"初刻，計衡本爲湯仲壬子重刊。

（三）避諱

如卷十三潘岳《秋興賦》"天晃朗以彌高兮"，尤袤本"朗"字缺筆，計衡本不缺。

五　上海圖書館藏宋淳熙八年池陽郡齋刻本三卷

此本存卷二十五至二十七，每半葉十行，行二十一字，白口，單黑魚尾，左右雙邊。經校勘，此本與國圖所藏宋淳熙八年池陽郡齋刻本内容、行款均同。卷二十五末有"李寅""經腴眼福"等三枚朱方印（其中一印未能辨識，見圖十九）。"經腴眼福"爲魏經腴之印。魏經腴，文友堂主人，民國間以售賣古籍爲業。卷二十六首葉有"許珩""蒼王堪""金菊子"等四枚朱方印（其中一印未能辨識，見圖二十）。蒼王堪，不知何人，劉明先生認爲是"元劉堪舊藏"[1]，似證據不足。許珩，字楚生，清末民國間江蘇儀徵人，善治經。中國國家圖書館藏宋《切韻指掌圖》一卷中亦有"蒼王堪""許珩藏書""經腴眼福""祁陽陳澄中藏書記"諸印。劉鵬據印章及跋文考證，"民國間，書（《切韻指掌圖》）自清宮流出，經文友堂魏經腴作緣，歸於許珩（1925 年）。不知何故復流入文友堂，壬申（1932）正月，傅增湘自魏經腴處寓目。後爲陳清華所藏，乙未歲（1955）自港購歸北京圖書館"[2]。蓋此本《文選》的流傳軌跡與該書大致相同。卷二十七末有"孫氏家藏"一枚朱方印。"李寅"、"金菊子"及"孫氏"，均未查明。

---

[1]　劉明：《文學文獻·文化背景·版本研究》，載朱崇先編《古典文獻學理論探索與古籍整理方法研究》，民族出版社，2013，第 43 頁。

[2]　劉鵬：《清代藏書史論稿》，知識産權出版社，2018，第 198 頁。

圖十九　　　　　圖二十

六　臺灣"國家"圖書館藏宋淳熙八年尤延之貴池刊本三十卷

此本每半葉十行，行二十一字，注雙行同，下簡稱此本爲臺灣本。該本首載蕭統《文選序》，下接目録，卷末僅有尤袤跋一則。此本有"謙牧堂藏書印""閬源眞賞""汪士鐘印""菦圃收藏"，知爲揆叙、汪士鐘、張乃熊舊藏，張鈞衡《適園藏書志》與張乃熊《菦圃善本書目》中並有此本記載。此外，丁延峰先生謂此本還曾被吳雲收藏[①]。該本卷八（一至九葉、十四葉）、卷十五至十七、二十二至二十七係影清抄本配補。配補部分可辨認的初刻刻工有：金大有、黄、元、劉仲、劉用、王辰（辰）、陳亮、曹佾、劉文（文）、劉升、王、王大亨、王才、周、金、彦中、辛、陳卞（卞）、仝、李、葉平、葉正、馬弼、蔡洪（洪）、從元龍、暉、曹儀、潘、曹、毛用、盛彦、勝、余仁（余）。配補部分多爲重刊，可辨認的有"丁未重刊"（1187年），刻工有曹佾、劉升、王明、昌彦；"戊申重刊"（1188年），刻工劉升、王才、劉彦中、劉彦、王明、劉用、曹佾；"壬子重刊"（1192年），刻工有陳亮、昌彦、楊珫、王明、劉彦中、夏應、唐彬、盛彦、湯仲、李椿、劉昭；"乙卯重刊"（1195年），刻工有劉用、王才、劉升、劉邁、蔣永、王明、曹佾、李椿、劉端；"乙丑重刊"（1205年），刻工有才、昌嘉祥、夏義、王明、仲甫、曹佾、陳亮、李春、大全、定、劉用、王元壽、吳甫；"辛巳刊"（1221年），刻工有曹儀。除版心外，抄配部分與尤袤本在内容

---

①　丁延峰：《海内外現存宋刻本〈文選〉略述》，《聊城大學學報（社會科學版）》2012年第 3 期，第 32 頁。

和版式上也多有差異，如尤袤本卷八"鮦鰡鰫鮓"句李善注作"一名黃頰"，臺灣本作"一名黃曰頰"，衍"曰"字。又如尤袤本卷八"覽觀《春秋》之林"句李善注作"《春秋》義禮繁茂"，禮，臺灣本作"理"，應是。又如尤袤本卷十七"騰觚爵之斟酌兮"句李善注作"馬融《論語注》曰：凡觴，一升曰爵"，臺灣本作"《禮記·禮器篇》注曰：凡觴，一升曰爵"，考奎章閣本作"《禮記》注曰：凡觴，一升曰爵"，尤袤本當誤。又如尤袤本卷八"東注太湖"句李善注"太湖在"三字占兩字格，注末空一格，臺灣本雖無文字增減，但版式有所改動，注末無空格。以上四處，臺灣本並與胡克家本同。配補葉中除"貞""匡""徵"等常見宋諱字外，還有三個特殊的避諱字："曄"字缺末筆，"丘"字作"𠀃"，"曆"字作"厤"，並爲清諱。綜合以上信息判斷此本當據胡克家本抄配。

除抄配外，臺灣本其他卷目基本與尤袤本一致，然亦偶見不同。卷十三第十葉二本並爲張拱初刻，但臺灣本"紈袖憁冶，玉顏掩姱"句注文作"《楚辭》曰：美人皓齒娉□姱□好貌"，尤袤本則作"《楚辭》曰：美人皓齒娉以姱。姱，好貌"。臺灣本此處與計衡本同。又如臺灣本卷十四第十二葉李善注作"日月倏忽"，而尤袤本"日"字模糊不清。又如卷二十五第二葉，臺灣本爲曹俌初刻，尤袤本爲刻工"寶"初刻，兩葉版式存有差異，臺灣本將"云爾"之"爾"字下移另起一行，使得每行保持二十一字的正常行款，見圖二一。按照尤袤本的慣例，"日月光太清"應該另起一行，以區分序和正文，而尤袤本此句却未另起一行，用了一個分章符（"○"），見圖二二。但遞修本却未予保存。

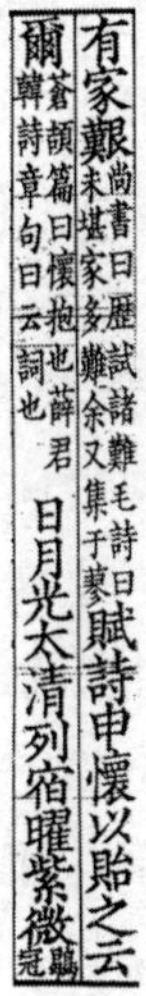

與尤袤本相比，臺灣本的目録部分價值更高。尤袤本的目録多爲重刊，包括戊申重刊、壬子重刊、乙卯重刊等，而臺灣本的目録無一葉重刊，當是初刻。若用臺灣本的目録部分替換尤袤本的目録，這將提高整部尤袤本《文選》的版本價值。

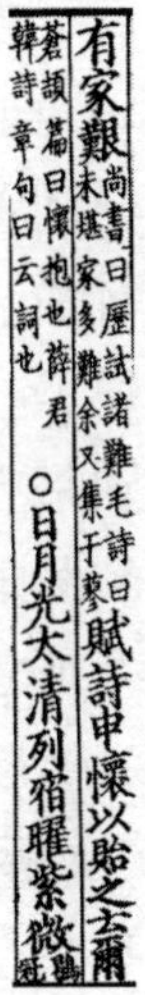

圖二一　　　　圖二二

七　臺北故宮博物院藏宋淳熙八年尤延之貴池刊理宗間遞修本六十卷

此本大陸較難得見，故下文專列一節做詳細介紹。

第三節　臺北故宮博物院藏尤延之貴池刊理宗間遞修本《文選》論略

中國國家圖書館藏宋淳熙八年尤袤池陽郡齋刻本《文選》是現存李善注《文選》刻本中保存最爲完整的一個本子，自 1974 年中華書局影印出版後，一直爲學界所重。"這個本子，目録和《李善與五臣同異》中有重刻補版，正文六十卷中除第四十五卷第二十一頁記明爲'乙丑重刊'外（在影印本中這一頁已改用北京大學圖書館藏本中的初版），其餘部分還是尤刻初版。"[①]故該版本被認作是尤袤本的早期印本，版本價值高。雖然出版時已將正文中的重刊葉替換，然此本的目録與附録《李善與五臣同異》中仍存有不少重刻補版葉，其中附録《李善與五臣同異》較爲模糊，多處難以辨認，且有明顯描改痕跡，這在一定程度上降低了該版本的整體價值。

正如前文所言，尤袤本《文選》，包括遞修本在內，現共存七種，分別藏於中國國家圖書館（三種）、北京大學圖書館（一種）、上海圖書館（一種）、臺北故宮博物院（一種）、臺灣"國家"圖書館（一種）。此七種尤袤本《文選》，有三種存有附録《李善與五臣同異》，分別是中國國家圖書館藏宋淳熙八年尤袤池陽郡齋刻本、中國國家圖書館藏宋淳熙八年池陽郡齋刻遞修本以及臺北故宮博物院藏宋淳熙八年尤延之貴池刊理宗間遞修本。通過對現存各種《李善與五臣同異》版本的比勘，發現臺北故宮博物院藏宋淳熙八年尤延之貴池刊理宗間遞修本《文選》（下簡稱"理宗本《文選》"）的《李善與五臣同異》全無重刊字樣，且字跡清晰、版刻工整，無描改痕跡，應是現存最好的《同異》

---

① （梁）蕭統編，（唐）李善注《文選》，中華書局，1974。

版本。由此可見，理宗本《文選》是尤袤本《文選》系統中一個重要版本，值得引起學界關注，下文將對理宗本《文選》的版本特徵、遞藏源流、刊刻時間以及文獻價值略作論述。

一　理宗本《文選》的版本特徵及遞藏源流

理宗本《文選》，白口，單魚尾（間有雙魚尾者），左右雙邊。版心上記大小字數，中記"文幾"，下記刻工。修版版心下標重刊干支。每半葉十行，行二十一字左右，小字雙行同。該本依次爲蕭統《文選》序、李善上表、目録、正文六十卷、附録《李善與五臣同異》、淳熙辛丑上巳日晉陵尤袤跋、淳熙辛丑三月望日建袁説友跋一則。較尤袤本少一篇袁説友跋。此本首卷目録、卷五至九、卷二四全係抄配，卷三葉三十五，卷十五葉十八，卷二十葉十四，卷二十二葉六，卷二十三葉六以後，卷三十四葉十九，卷四十五葉二十一，卷四十六末葉，卷四十七葉二、四、六、七、十六，卷五十二葉一、二，卷五十三末二葉，卷五十五葉二、三，皆依原式抄配。抄配部分字跡清晰、工整，與尤袤本相比，除版框較高之外，其餘包括内容、版心字數、刻工姓名等並同，應據尤袤本抄配。但有一個問題需要指出，即抄配内容不完全，尤袤本的目録部分存在重刊情況，如第一葉爲"湯仲"乙丑重刊，然理宗本《文選》此葉僅抄刻工姓名"湯仲"，未抄"乙丑重刊"，目録其他葉情況均同此，乍一看無重刊，似原刻，實際應爲抄配者省略。除抄配之外，理宗本《文選》的大部分内容是重刊而來，刊刻欠工整，版面多模糊，有些葉面甚至無法辨識。

該版本在宋明兩代的遞藏情況不甚清晰，僅知爲周臣、祁彪佳所藏，因此本有"東村""幼文"兩印章。周臣（1460—1535），字舜卿，號東村，江蘇吳縣人，明代成化嘉靖年間著名畫家。祁彪佳（1603—1645），字虎子，一字幼文，號世培，別號遠山堂主人，浙江山陰人，明代著名藏書家。清代以後的遞藏情況較爲明朗。可以明確知曉的首位清代收藏者爲愛新覺羅·弘曉（1722—1778），因書中有"安樂堂藏書記"印。怡府藏書始於弘曉之父胤祥，胤祥爲康熙十三子，雍正繼位後封怡親王，嗜好典籍，廣爲收藏，徐乾學、季振宜藏書經何焯介紹，全歸怡府。得益於其特殊身份，所藏多爲秘笈精槧。徐乾學、季振宜都藏有《文選》版本，不知此本來自誰家。怡府之後，此本當被梁章鉅所收，書中有"可園梁氏珍藏"朱長印一枚。梁章鉅（1775—1849），字閎中，號茝鄰，晚號退庵，福建福州人，清代經學家。可園建於清代乾隆三十二年（1767），梁章鉅重修，後改學古堂，此"可園梁氏珍藏"當指梁章鉅。後又爲潘祖蔭收購，該本中存有多枚潘氏印章，如"伯寅藏書""吳縣潘伯寅平生真賞""潘祖蔭藏書記"等。潘祖蔭（1830—1890），字東鏞，號伯寅，又號鄭盦，江蘇吳縣人，清代藏書家，然其《滂喜齋藏書記》中並未記錄任何一部《文選》，而在其死後，北京廠肆書賈檢點遺書時編成的《滂喜齋宋元本書目》却記有"宋版昭明文選四匣"，不知是否即爲此本。此本後又流入王價藩之手，因書中有"知退軒"一印。王價藩（1865—1934），字藎臣，又字建屏，號退軒，民國學者、藏書家。此外還發現了一枚"陳氏家藏"印，當爲陳清華（1894—1978）所藏。陳清華前文已有介紹，不再贅述。此本的最後一位私家收藏者是沈仲濤（1892—1980），書中有"山陰沈仲濤珍藏秘笈"印。沈仲濤，號研易樓主人，浙江山陰人，近代易學家、藏書家。他"酷嗜書籍，購藏善本書不遺餘力。民國期間，楊紹和'海源閣'、傅增湘'雙鑒樓'、李盛鐸'木犀軒'、潘祖蔭'滂喜齋'等藏書大家的書相繼流散，他先後購得百餘種，數千册，還有宋版書三十二種，元、明版書五十种……大多爲孤本秘籍"[1]，後來並捐入臺北故宮博物院。除以上收藏家之外，還發現幾枚印章，但不知爲何人印，亦列於下，以供專家學者研究，分別是："順德堂"朱長、"精漪釣叟"朱方、"將官子孫"朱方、"古逸生"白方、"鳳陽"朱長、"僊嶕"朱方。其中"順德堂""將官子孫""鳳陽"三枚印章亦見於中國國家圖書館藏宋淳熙八年池陽郡齋刻本（丁鈞跋）。

二　關於理宗本《文選》刊刻時間的幾點疑問

臺北故宮博物院著録此本爲宋淳熙八年尤延之貴池刊理宗間遞修

---

① 白卓然、張漫凌編《中國歷代易學家與哲學家》，黑龍江人民出版社，2018，第273—274頁。

本，理宗指宋理宗趙昀，1224 年至 1264 年在位。關於理宗本，歷代目録、藏書志中記載較少，目前僅發現阮元在《南宋淳熙貴池尤氏本文選序》中有一段記載："元幼爲文選學，而壯未能精熟其理，然訛文脱字，時時校及之。昔但得元張伯顏、明晉府諸本，即以爲秘册。嘉慶丁卯，始從昭文吳氏易得南宋尤延之本，爲無上古册矣。按是册宋孝宗淳熙八月辛丑無錫尤延之在貴池學官所刻，世謂之淳熙本。每半葉十行，每行大字廿一、二，小字廿一、二、三、四不一。惜原板間有漫漶，其修板至理宗景定間止，卷二八葉及卷九十九葉書口並有景定壬戌重刊木記可見。"又云"惜是册缺第四十一、四十二兩卷，近人即以正卿本補入，雖非完書，實亦希世珍也。此册在明曾藏吳縣王氏、長洲文氏、常熟毛氏，本朝則句容笪氏、泰興季氏、昭文潘氏，以至吳氏"。[①] 據阮元介紹可知，其所藏並非尤袤本，而是理宗年間的一個遞修本。但阮元所藏本與臺北故宮博物院所藏又非同一本，理由如下。第一，臺灣藏本卷四十一、四十二並不缺。第二，卷二第八葉僅檢得"壬戌"重刊，未見"景定"二字，而卷九第十九葉版面模糊，無法辨認版心刻字。第三，臺灣藏本中也未檢得明代吳縣王氏、長洲文氏、常熟毛氏與清代句容笪氏、泰興季氏、昭文吳氏之印章。通過以上三點，臺灣所藏理宗本與阮元所記理宗本當非一本。既然並非一本，那麼，臺北故宮博物院如何斷定其爲理宗間遞修本呢？筆者在臺北故宮博物院電腦上檢索此本資料時發現，臺故對此本修補版的版心標注有："丙午（淳熙十三年）、丁未（淳熙十四年）、戊申（淳熙十五年）、壬子（紹熙三年）、乙卯（慶元元年）、乙丑（開禧元年）、丙寅（開禧二年）、壬戌（景定三年）重刊等字樣。"據此可知，其判定此本爲理宗本當與"壬戌（景定三年）重刊"有密切關係，景定即爲理宗年號，三年即 1262 年。但對臺故所記有兩點疑問。首先，括號中的年代，如淳熙、紹熙、慶元、開禧、景定，不知是相關專家學者確在版心所見，還是專家學者結合自己的判斷與考察所加的備注。其次，根據臺故所記修補版心年代看，從"丙午"至"壬戌"，是有意識地按照年代先後順序進行排列。丙午（淳熙十三年）是 1186 年，壬子（紹熙三年）是 1192 年，乙卯（慶元元年）是 1195 年，乙丑（開禧

---

① （清）阮元撰，鄧經元點校《揅經室集》，中華書局，1993，第 665—666 頁。

元年）是 1205 年，這些年份時間跨度較小，年代接近。然而最後直接從丙寅（開禧二年即 1206 年）跨越至壬戌（景定三年即 1262 年），時間間隔了一個甲子，是否符合遞修的實際情況？爲何此"壬戌"不是嘉泰二年（1202）而是景定三年（1262）呢？是否有相關刻工作爲證據支持？據筆者所見，此本中的重刊葉均用干支記錄，有：丁未重刊、戊申重刊、壬子重刊、乙卯重刊、辛酉重刊、辛巳重刊、乙丑重刊、丙寅重刊、壬戌重刊，其中以壬戌重刊最多，但並未發現以年號記錄重刊者。因此本爲珍貴文物，僅能看到縮微膠片，無法見到原物，又加之此本模糊情況較重，在臺灣的查閱時間又有限，不能一一過目等諸多原因，故而有遺漏的可能，然概率不大，除非存在極個別重刊葉標年號的情況。但僅就筆者所見內容，確與臺故記載有出入，如"辛酉""辛巳"重刊便不見於臺故記載，不知爲何遺漏。不僅重刊時間如此，刻工姓名亦如此。如，戊申重刊刻工，筆者所見有王明，然臺故"戊申"下僅記曹俏一人；壬子重刊刻工，筆者所見有唐彬、劉用、盛彦，臺故"壬子"下僅記王才、劉唐中二人；乙卯重刊刻工所見有王辰，臺故"乙卯"下未記此人；等等。蓋臺故在檢核記錄時並不全面。綜上，臺故括號中所記淳熙、紹熙、慶元、開禧、景定應是學者的推測，而非實際所見。其實，判斷此本遞修年代最關鍵的內容是"壬戌重刊"。"壬戌重刊"雖然數量最多，但絕大部分的刻工部分都模糊特甚，難以辨認，筆者可清晰辨識者僅徐升一人。據《古籍宋元刊工姓名索引》記錄：徐升刊刻過南宋初期杭州刊《廣韻》五卷、宋紹興十六年（1146）兩浙東路茶鹽司刊《事類賦注》三十卷。又《中國古籍版刻辭典》"徐升"條下有兩人：南宋初期刻字工人和明嘉靖間刻字工人。而 1262 年已是南宋末年。因此"壬戌"指南宋寧宗嘉泰二年（1202）的可能性更大。臺故"壬戌"下所記刻工有：王明、王辰、王元壽、夏義、大全、仲甫、熊才、立全、邁、曹。王明，據《古籍刻工名錄》記載，刊刻過宋淳熙八年（1181）池陽郡齋刻本《文選》，景定壬午（1262）時不可能還在刊刻；又記其在宋嘉泰四年（1204）至開禧元年（1205）刊秋浦郡齋《晉書》，故此"壬戌"爲嘉泰壬戌（1202）的可能性更大。王辰、王元壽、夏義，亦參加過宋嘉泰四年（1204）至開禧元年（1205）秋浦郡齋刊《晉書》，《中國古籍版刻辭典》載夏義爲南宋淳熙間新安人，故此三人於景定三年仍在刊刻的可能性也很小。仲甫，據《古籍刻工名録》記宋刊元修本《宋文鑑》補刊部分的刻工有仲甫，亦有夏義，仲甫應與夏義爲同時之人。其餘刻工或未見於記載或因單字無法確認所指究係何人，故不能作爲判斷版本年代的可靠證據。

除刻工信息之外，避諱亦是判斷刊刻時間的重要因素。理宗本《文選》中世、玄、弘、桓、敬、貞、完、構、徵、殷、朗、慎、匡、敦等字避諱，然避諱不嚴格，有時亦不避諱。其中"敦"字，尤袤本不避諱。考"敦"字當爲宋光宗趙惇諱。缺末筆之"敦"字所在葉爲昌彥壬子重刊，據《古籍宋元刊工姓名索引》記録，昌彥曾刊刻過宋淳熙三年張杅桐川郡齋刊淳熙八年耿秉補刊本《史記集解索隱》一百三十卷，故"壬子"當爲宋光宗趙惇紹熙三年（1192），説明此本確在光宗時期修補過。光宗之後爲宋寧宗趙擴，應避"擴"字，又避嫌名"曠"，據陳垣《史諱舉例》可知，"廓郭鞟韕等十七字"亦需避諱。然並未在此本相關重刊葉中發現相關避諱字。寧宗後是宋理宗趙昀，應避"昀"字，又避嫌名"筠"，"勻昀馴巡等七字"亦需避諱。檢理宗本《文選》，發現卷十七第三葉有"馴"字，然不避諱，該葉爲"壬戌重刊"，刻工姓名模糊不清。其他字也未發現缺筆。

結合刻工與避諱，很難判定此本爲理宗間遞修本，據重刊字樣推斷，或爲寧宗間遞修的可能性較大。

近期又發現了一條有力證據，臺北故宮博物院已將原《故宮博物院善本舊籍總目》書中有關此本的信息"宋淳熙八年尤延之貴池刊理宗間遞修本"在官方網頁上更改爲"宋淳熙八年尤袤貴池刊宋遞修本"，或即是發現"理宗"不妥而作出的修改。本書爲方便讀者明確各版本所指，仍以"理宗本《文選》"命名此本，但要知曉此本應非理宗間遞修。

三　理宗本《文選》的文獻價值

臺北故宮博物院所藏理宗本雖爲遞修本，但與尤袤本《文選》相比，亦有其文獻價值。首先，理宗本《文選》附録《李善與五臣同異》較尤袤本更加清晰，無描改痕跡，此其版本價值。其次，抄配部分以尤袤本爲底本，故抄配部分可起到校勘尤袤本的作用，此其校勘價值。

（一）版本價值

尤袤本《文選》後附《李善與五臣同異》一直爲學者所詬病，模糊是其硬傷，而且還存在明顯的描改痕跡。然理宗本後附《李善與五臣同異》字跡工整、版面清晰，無一葉補版，亦無描改，可以説是該版本的最大價值所在。

《李善與五臣同異》（下簡稱《同異》）附於尤袤本《文選》之後，是尤袤本特有的内容，後世李善注刻本，如元張伯顔刻本、明毛晉汲古閣刻本、清胡克家刻本等，雖從尤袤本出，但無一有此附録。關於此書，前人關注、研究並不多，但普遍認爲價值不高。1974 年中華書局影印出版時説道："書中有一部分頁子不够清晰，尤其是附録《李善與五臣同異》，模糊特甚，而且曾經人用墨筆描改，好像已非原貌。但較之《同異》的其他版本，錯誤還少一些。"程毅中、白化文兩位先生亦持相同觀點。他們並未見到理宗本《文選》，故有此論。因此他們的觀點僅是針對所見到的《同異》版本而言，並不適用於所有《同異》版本。

目前所能見到的完整《同異》主要有國圖藏宋淳熙八年池陽郡齋刻本《文選》所附《同異》（下簡稱尤袤本《同異》）、國圖藏宋淳熙八年池陽郡齋刻遞修本所附《同異》、臺北故宮博物院所藏理宗本所附《同異》（下簡稱理宗本《同異》）、陸心源《群書校補》本（下簡稱陸本）、盛宣懷《常州先哲遺書》本（下簡稱常州本）、尤桐《錫山尤氏叢刊甲集》本、《叢書集成續編》本以及清咸豐精抄本等。常州本據陸心源皕宋樓本影印，尤桐本與《叢書集成續編》本又是據常州本重印，清抄本與常州本内容完全一致，祇是行款不同。這些版本並是尤袤本《同異》的抄本與翻版，其價值在尤袤本《同異》之下，略舉幾例以示説明。

尤袤本《同異》卷一"修其營表：五臣作 ※※[①]"。※※，陸本等翻刻本作"擇其"，而陳八郎本、朝鮮正德本並作"理其"。陸本等翻

---

① 　※代表模糊之處，下同。

刻本並未核實五臣注，僅根據自己對模糊之處的大概辨認，即認定作"擇其"，殊不知實作"理其"，理宗本《同異》即作"理其"。再如尤袤本《同異》卷二"窮身：五臣作窮※"，陸本等翻刻本作"五臣作窮敬"，而理宗本《同異》作"窮歡"，陳八郎本、朝鮮正德本即作"窮歡"。諸如此類，還有若干條，詳情參見第五章第二節"現存《李善與五臣同異》善本考"。陸氏等不負責任地盲改，不僅降低了版本的價值，也影響了個人的學術聲譽。程毅中、白化文先生就曾批評道："陸心源（《群書校補》的編印者）、繆荃孫（《常州先哲遺書》的實際編校者）都是精於校勘的藏書家，可是刻《同異》時却吹噓所謂影宋鈔本，不作認真的比較核對，以訛傳訛，寥寥四十一頁的《李善與五臣同異》，却錯誤累累，使人完全不能信賴。"[1] 尤袤本《同異》雖有模糊之處，但與後世翻刻本《同異》相比更優，原因在於尤袤本《同異》保留了更多版本原貌，不像翻刻本徑改了許多原本正確衹是模糊的地方，引發了誤導。

　　然尤袤本《同異》亦存在問題，版面模糊是其硬傷，重刊時間與刻工無法辨識，就連原刻刻工姓名亦看不清，且有描改痕跡。而理宗本《同異》無一葉有重刊字樣（亦無刻工姓名），版面清晰、字跡工整，無一描改，詳考其内容，還可校正尤袤本《同異》錯誤、或者因模糊而被後世翻刻本徑改錯誤之處，如尤袤本卷六"馴風：五臣作馴※"，陸本等作"五臣作馴政"，而理宗本《同異》作"馴致"，與陳八郎本、朝鮮正德本同。再如尤袤本卷七"新雉：五臣作新※"，陸本等作"五臣作新莫"，而理宗本《同異》作"新黃"，與陳八郎本、朝鮮正德本同。又如尤袤本卷四十二"哀無由緣：五臣作良久無緣"，陸本等翻刻本與尤袤本同，然理宗本《同異》"哀"作"良"，尤袤本正文此處即作"良久無緣"，且現存各本無有作"哀"者，故尤袤本《同異》之"哀"字當爲誤寫，理宗本改正了尤袤本之誤。

　　尤袤本《同異》模糊難認或存在錯誤之處，現可通過理宗本《同異》找到答案。由此可見理宗本《文選》的版本價值。

---

[1]　程毅中、白化文：《略談李善注〈文選〉的尤刻本》，《文物》1976 年第 11 期，第 81 頁。

（二）校勘價值

理宗本《文選》除抄配之外，多爲重刊，將此本重刊部分與尤袤本相比，差異不大，僅存在個別字的異文，多爲遞修本在重刊時不認真所致，如卷十葉五注《毛詩》曰：考卜惟王。卜，理宗本《文選》作“十”，“十”字當爲“卜”字形近之訛。再如卷十四葉十一注《呂氏春秋》曰：古之得道者。呂，理宗本《文選》作“昌”，顯誤。當然也存在改正尤袤本錯誤之處，如卷十四葉七注“曹植《與陳林書》曰”。陳林，理宗本《文選》作“陳琳”。再如卷十四葉七注“《楚詞》曰：余雖好修姱以鞿羈兮。王逸曰：韁在口曰鞿，絡在頭曰羈”。尤袤本此句注文版式存在問題，“好”字占了兩個字格，理宗本《文選》將“修”字上提，改變尤袤本原來此處一字占兩個字格的情況。然整體觀之，理宗本該部分的校勘價值不大。

理宗本《文選》的校勘價值主要體現在抄配部分。通過將理宗本抄配部分與尤袤本進行對校，發現其抄配內容應據尤袤本而來，且刊刻十分認真，錯誤率極低，故理宗本《文選》的抄配部分可以對尤袤本中部分模糊難辨之字起到校勘作用。此類情況較多，列舉幾例以作説明。

1.尤袤本卷八葉四“煩鶩庸渠”句注文“庸渠，……，一名※渠”。

案：尤袤本“※”字應爲重刻字，墨跡厚而不清，考奎章閣本、贛州本作“帝”，然尤袤本雖模糊，但可確定非“帝”字，似“章”字，理宗本《文選》正作“章”。

2.卷九首葉“張羅罔罝罘，捕……麋、鹿”句注文“《山海經》曰：……以毛射※名豪”。

案：尤袤本※字墨跡較周圍明顯深，看似“拗”字，然奎章閣本、贛州本作“物”，北宋本此字亦不清晰，似“物”又似“拗”，然理宗本《文選》作“拗”，故知尤袤本應作“拗”。

3.卷二十四葉六“奈何念同生，一往形不歸”句注文“《漢書》武帝詔曰：……願以※※※”。

案：※※※處，尤袤本模糊不清，應是人爲抹掉，現依稀可見殘留字跡，理宗本《文選》作“願以兄□弟”，考奎章閣本、明州本、贛州本作“願以邑分弟”。

以上所列並可視作理宗本《文選》之校勘價值。

　　黄丕烈曾説"書必備諸本，凡一本即有一本佳處，即如此，固多訛舛矣，而亦有一二處爲他本所不及"[①]，亦云"書必對勘，乃知何本之佳，佳處又不致有遺漏"。[②]臺北故宫博物院藏宋淳熙八年尤延之貴池刊理宗間遞修本的存在不僅是多了一個《文選》版本，還對《文選》研究有重要意義。但由於館藏地等原因，其價值長時間被淹没。現通過對理宗本《文選》的版本特徵、遞藏源流、刊刻時間以及文獻價值等問題的梳理，及與尤袤本的比勘，可以較清晰地認識到此本的"佳處"，尤其是附録《李善與五臣同異》，更是此本極具價值的地方。

---

① （清）黄丕烈著，潘祖蔭輯，周少川點校《士禮居藏書題跋記》卷四，書目文獻出版社，1989，第157頁。

② （宋）王闢之撰，吕友仁點校《澠水燕談録》，中華書局，1981，第139頁。

第三章　尤袤本《文選》在後世的刊刻

第一節　元明清單李善注《文選》刻本述略

　　尤袤本是單李善注本《文選》的祖本，其在後世有著廣泛的影響力。斯波六郎先生在《文選諸本研究》中對尤袤本的後世流傳情況進行過梳理，他認爲主要分爲元張伯顏本和清胡克家本兩大系統。其中，"元張伯顏本，又可分爲明覆張伯顏本和明翻張伯顏本兩類。據覆張氏本者，有汪諒本、朱純臣本；據翻張氏本者，有唐藩本、鄧原岳本、明汲古閣本。"[①] 明唐藩本後又有明養正書院本、明晉藩養德書院本、明文思堂本。明汲古閣本後又有素位堂本、懷德堂本、錢士謐本、文盛堂本、光霽堂本等。如下圖所示：

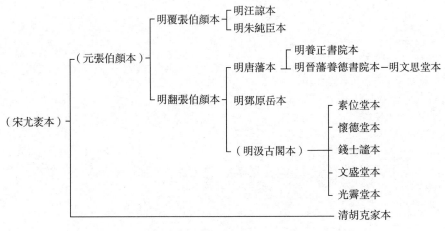

圖二三　斯波六郎製尤袤本的後世流傳情況圖

---

① 〔日〕斯波六郎：《文選索引》，李慶譯，上海古籍出版社，1997，第8—9頁。

斯波先生將元張伯顏本分爲明覆本和明翻本兩類，這與現今多數文獻學家對覆刻本與翻刻本的認知不同。瞿冕良《中國古籍版刻辭典》謂："原刻書版循至字跡不清，或版中斷裂損壞，不能再印，又據原刻影摹，然後上版開雕，這種重刻印刷的書稱爲翻刻本，一稱覆刻本。"① 翻刻本與覆刻本名異實同。郭立暄對翻刻本有更詳細的論述："傳統的版本目録對原、翻刻概念的理解不盡相同，使用未能統一。所指的'翻刻'，實際包含兩方面的含義：一是文字之翻。假設某版本（乙本）的文字是從某個更早版本（甲本）繼承下來的，乙本就可被認爲是甲本的翻刻本。至於行款是否保持一致，就不作要求了。一是形式之翻。假設某版本（乙本）是從某個更早版本（甲本）繼承下來，且乙本與甲本的形式保持一致。這种含義下的翻刻本，最低標準是該本的行款與原刻本一致。原、翻刻本可以有白口黑口、單邊雙邊的差異，版匡尺寸可以大小懸殊，長寬的比例可以變化，甚至卷數也可以重新編次，但行款不應有別。"② 故站在現今文獻學角度上，有必要對斯波先生的説法以及元明清時期的各《文選》單李善注本進行重新梳理。

一　尤袤本系統的元代《文選》刻本

元代尤袤本系統的《文選》刻本僅見池州路張伯顏刻本一種，中國國家圖書館、臺北故宮博物院、臺灣"國家"圖書館等地並有藏本：

1.中國國家圖書館藏《文選》六十卷，梁蕭統輯，唐李善注，元池州路張伯顏刻本（卷四十一配明嘉靖元年汪諒刻本）清黃丕烈校。

2.臺北故宮博物院圖書館藏元池州路同知張伯顏刊本，存三十卷，即卷三至八，卷十七，卷十八，卷二十一至二十四，卷二十七，卷二十八，卷三十一至三十八，卷四十五至四十八，卷五十三至五十六。

3.臺灣"國家"圖書館藏元中期池州路同知張伯顏刊本，存三十五卷。

關於元代池州路張伯顏刻本的詳細情況，見本章第二節"元張伯顏

① 瞿冕良：《中國古籍版刻辭典》，齊魯書社，1999，第656頁。
② 郭立暄：《中國古籍原刻翻刻與初印後印研究》，中西書局，2015，第19頁。

本《文選》論略"。

二　尤袤本系統的明代《文選》刻本

明代尤袤本系統《文選》刻本主要以藩王刻本、書商刻本爲主，主要從元張伯顔本出。潘承弼、顧廷龍在《明代版本圖録初編》卷四中指出："明時藩邸王孫襲祖宗餘蔭，優游文史，雕槧之業，邁軼前朝，今可溯者殆十數家。蜀府最先，自洪武迄萬曆，傳本不絕；寧藩自號臞仙，所刊多道家養性保命諸籍；他如唐藩之《文選》、吉府之《賈子》，於今傳誦；餘則代、崇、蕭三府，各有垂典，並爲世覯。此成化以前藩邸之概略也。嘉靖以下，晉府最著淹雅，奕世載美，光啓前業。其所署有寶賢堂、志道堂、虛益堂、養德書院諸稱，循名可覘其實，其所刊有《文選注》《唐文粹》《宋文鑑》《元文類》《初學記》諸書，浩瀚卷帙，爲諸藩之冠……"[1]因藩王多遠離政治，加之家財雄厚，故藏書豐富，喜刻書，因而藩刻本中頗多佳品。

現可知的明代尤袤本系統《文選》刻本主要有成化二十三年（1487）唐藩朱芝址刻本、明嘉靖元年（1522）汪諒覆刊張伯顔本、明嘉靖四年（1525）晉藩養德書院刻本、明隆慶五年（1571）唐藩朱碩熿刻本（養正書院本）、明萬曆二十九年（1601）鄧原岳刻本、明末毛氏汲古閣刻本、朱純臣刻本、文思堂校正本等，現分説於下。

（一）明成化二十三年（1487）唐藩朱芝址刻本

朱芝址，河南南陽人，唐憲王朱瓊炟之子。《明史》卷一〇二《諸王世表三》載："莊王芝址，憲嫡二子，初封舞陽王，成化十三年襲封。二十一年薨。"[2]謚號唐莊王。但《明史》所記朱芝址卒年與成化二十三年唐藩朱芝址刻本記録不符。查考其他資料，均沿襲《明史》説法，斯波先生也受此影響。唯王世貞《弇山堂別集》卷三二《同姓諸王表》記載："莊王芝址，以成化十三年自舞陽王嗣，在位十一年，以二十三年

---

[1]　潘承弼、顧廷龍編《明代版本圖録初編》卷四，《民國叢書》第五編，上海書店出版社，1996。

[2]　《明史》卷一〇二，中華書局，1980，第 2805、2806 頁。

薨，壽五十四。"①王世貞是明代人，距離朱芝址生活的年代更近，此説較《明史》更加可信。且唐藩朱芝址本前有希古《重刊文選序》、後有唐世子《跋重刊文選後》，亦可提供佐證，分録於下。

希古序：

　　蓋聞天地間萬事皆有弊，惟道理爲無弊；萬形皆必朽，惟文章爲不朽。道出於天而散於事物，萬世之下，知斯道之所以久而無弊者，託斯文以爲不朽之傳也。昔人謂文章爲不朽之盛事，豈不然哉！夫文始於六經，戰國以前之文統於代，秦漢以後之文繫諸人。統於代，故其文雖以體異而不以人别。繫諸人，故人自爲説，家各爲集，著作於是乎始衆，體製於是乎愈多，卷帙於是乎日繁，非夫有識鑒者精擇而彙聚之，學者曷由得以徧觀而盡見之哉？此梁昭明太子《文選》之書，世所以不可無也。夫自漢王逸集屈原以下迄劉向之文，晉摯虞繼爲《文章流别》，昭明祖述之，以爲總集，名曰《文選》，唐李善爲之注，吕延祚者又集吕延濟之説，以爲五臣注，其後合善與五家爲一，今板本藏在南廱者，歲久刓缺不完。近得善本，止存李善注，間有增注者，頗簡要明白，因命儒臣校讎訂正，刻梓以傳，其於五臣之注，皆在删除，而獨留善注者，蓋以蘇子瞻謂五臣乃俚儒之荒陋者，反不如善故爾。嗟夫！文章乃天地間元氣，今世賴之以知古，後世賴之以知今，豈可一日無哉？故自舉業盛行，而士子工古文辭者日鮮，間有從事乎此者，多取法於唐宋，而於秦漢魏晉之文，時或得一二於簡編之中，而能得其全、考其詳者，蓋無幾矣。幸有是書之存，學者猶得以見夫近古之文。然其板藏於南廱而日益殘闕，學者雖知有其書而目不及見者，十人而八九也。予不自揆，特表章之，梓行以流布於天下。學者從事於經書史鑑之學，本於道以修辭，資其識於精華之表，廣其趣於麗則之餘，成一代不朽之文，載萬世無弊之道，文質彬彬，越魏晉而上，以復唐虞三代之盛，其於國家右文之化，豈曰小補之哉？成化丁未嘉平吉旦。希古。

---

① （明）王世貞撰，魏連科點校《弇山堂别集》，中華書局，1985，第578頁。

唐世子跋：

　　嘗觀先正論文爲載道之器，蓋以其辭理根據夫六經之旨然耳。向使文不以道，百世而下，論者奚取焉？仰惟我王考莊王，嗣承藩服有年，知爲治必本於道，然而道在六經，散寓群籍，乃務旁搜博覽，深造而自得之。厥後始得梁昭明太子所選秦漢魏晉以來諸名公之文，玩其辭旨，揆之經，與道脗合無間，遂因善本，筆而錄之，芟其附注之繁，正其傳寫之謬，復躬序諸卷端，爰命鋟梓，將欲嘉惠後學，以廣其傳。奈何功方告成，而吾親適已仙逝，可勝痛哉！雖然，吾親不可復見矣，僅可見者，幸有所遺辭翰載在是編之首，手澤尚新，每一披閱，惕然思予親，傷予心，悲泣哽咽，卒莫能成誦。謹稽首頓首申其詞于卷末云。時弘治元年歲在戊申春二月吉旦，唐世子謹跋。

　　唐世子在跋文中稱其父莊王“躬序諸卷端”，可知希古即爲朱芝址，《重刊文選序》即爲朱芝址寫於成化丁未（1487）。唐世子則指成王朱彌鍗。跋文寫於弘治元年（1488）戊申春二月，又謂“奈何功方告成，而吾親適已仙逝”，則可知朱芝址應是成化二十三年（1487）去世，與王世貞所記吻合，故《明史》關於朱芝址卒年的記載是錯誤的，朱芝址刻《文選》確在成化二十三年。

　　據《中國古籍善本書目》可知，此本中國國家圖書館、北京大學圖書館、北京師範大學圖書館、上海圖書館、浙江圖書館、吉林省圖書館等並有藏本。現以中國國家圖書館所藏《文選》六十卷，梁蕭統輯，唐李善注，明成化二十三年唐藩朱芝址刻本（善本書號09893）爲研究對象展開介紹。該本每半葉十行，行二十二字，小字雙行同，黑口，雙黑順魚尾，四周雙邊。前有希古《重刊文選序》（序後有“唐國圖書”印）、《唐李崇賢上文選注表》《呂延祚進五臣集注文選表》、蕭統《文選序》、余璠序、文選目錄。每卷首列題“文選卷第一”，第二列下低一字格題“梁昭明太子選”，第三、四列下低八字格題“唐文林郎守太子右內率府錄事參 / 軍事崇賢館直學士臣李善注上”，第五、六列題

"奉政大夫同知池州路總管府事張/伯顔助率重刊"。六十卷後有弘治元年（1488）唐世子《跋重刊文選後》一則。

與張伯顔本相比，成化唐藩本的版式已發生改變，且文字多有差異，甚至有五臣注混入的情況。

首先，成化唐藩本較張伯顔本産生了一些新的訛誤。如張伯顔本卷三十七葉三注"我之帝所，甚樂，與百神遊夫鈞天，廣樂九奏万舞"，成化唐藩本作"我之帝所，廣樂，與百神遊夫鈞天，廣樂九奏萬物"，上"廣"字與"物"字顯誤。再如張伯顔本卷二十五《答兄機》注文作"故云南北以報之。《楚辭》曰：江河廣而無梁"，成化唐藩本作"酸者不能不苦於言。漢董仲《對策》曰：天地之常經，古今之通義"，成化唐藩本此句注釋顯係誤串至此處，原爲下一篇《答盧諶》"備心酸之苦言"句的李善注。又張伯顔本同篇"神往同逝"句注文作"季曰實沉，居於曠林，不相能也，日尋干戈，以相征討。后帝不臧，……唐人是因，以服事夏、商，其季世曰唐叔虞……"，成化唐藩本作"季曰實沉，不相能也。后帝不臧，……唐人是因，其季世曰唐叔虞……"，脱漏了數句注文。不僅如此，成化唐藩本卷二十五《答兄機》"神往同逝感""衡軌若殊迹"兩句下李善注末分別有"向曰"一條，"濟曰"一條；《答張士然》（除"靡靡日夜遠"外）一首下李善注末分別有"翰曰""銑曰""向曰""濟曰"各一條，張伯顔本無此情況，而毛晉汲古閣本無論是李善注脱漏還是五臣注添入全同於成化唐藩本，二本之間應有某種聯繫，詳情見下文"明末毛氏汲古閣刻本"一節，此不贅述。

其次，成化唐藩本也改正了張伯顔本的部分錯誤。如張伯顔本卷二十五葉五注"生辰"，成化唐藩本作"主辰"，考尤袤本亦作"主辰"，"生"爲"主"字之訛。又如張伯顔本卷三十七葉四注"郭璞曰：非薄也"，成化唐藩本"非"作"微"，與尤袤本同，是；又如同卷葉五張伯顔作"闟竪"，成化唐藩本作"闟豎"，與尤袤本同，是。

除此之外，還有一些版本異文。如卷十五《思玄賦》"舊注"下注文張伯顔本作"疑非衡"，成化唐藩本作"疑辝非衡"，且"疑辝"二字擠在一處，應爲後添，考奎章閣本亦有"辝"字，成化唐藩本應是據其他《文選》版本添改。又如卷三十七葉四張伯顔本作"崩徂"，成化唐藩本作"崩殂"，考尤袤本作"徂"，北宋本、陳八郎本、朝鮮正德本作"殂";張伯顔本作"平明之理",成化唐藩本作"平明之治",考尤袤本作"理",陳八郎本、朝鮮正德本等作"治"。

斯波六郎定其爲翻張本,認爲其據張伯顔本重刊,主要是從版式與内容發生改變的角度進行判斷。范志新也提出底本"不是張伯顔延祐原刻,而是翻張本"[①],他注意到希古序言"近得善本,止存李善注,間有增注者,頗簡要明白。自命儒臣校讎訂正刻梓以傳,其於五臣之注皆在删除,而獨留善注者,蓋以蘇子瞻謂五臣乃俚儒之荒陋者,及不如善故爾",如此可知希古所得善本應爲六臣(家)注本删去五臣注之本,但删除未净,偶有五臣注殘餘。故世子跋云其父親的工作即"芟其附注之繁,正其傳寫之誤","芟其附注之繁"或即指將殘存的五臣注删去,但從卷二十五存的若干條五臣注看,仍未將五臣注删净。但范先生又謂"唐藩序明言此底本已祇留李善注,爲李注單行本"。兩種説法頗顯矛盾,李注單行本與六臣(家)注本删去五臣之本絶不能等同。若按照范先生的分析,成化唐藩本的底本當爲六臣(家)注本删去五臣注之本,而非張伯顔本、翻張本之類。若成化唐藩本的底本爲六臣(家)注本删去五臣注,那正文斷句、正文用字及注文理應與六臣(家)注本相同,但事實上兩者相差甚遠,成化唐藩本與張伯顔本更爲接近,其底本爲張本或翻張本的可能性更大,如在正文方面,成化唐藩本確實呈現出脱胎於張伯顔本的特徵,兩者甚至有一些相同的訛誤,如張伯顔本卷三十七葉三注將《典略》訛作《興略》,成化唐藩本亦誤作《興略》等。

(二)明嘉靖元年(1522)汪諒刻本

汪諒,明嘉靖間浙江金臺人,設書鋪於北京正陽門内,多翻刻宋元善本。中國國家圖書館藏有四種汪諒刻本:

1.《文選》六十卷,梁蕭統輯,唐李善注,明嘉靖元年汪諒刻本,四十册(善本書號02336)。每半葉十行,行二十、二十一字不等,小字雙行,行二十一字,白口,雙黑逆魚尾,四周單邊或左右雙邊,卷五至七、卷四十九至五十二係清抄本配補。此本前有《雕文選引》,次接《文選序》、《唐李崇賢上文選注表》、《吕延祚進五臣集注文選表》、目

---

① 范志新:《文選版本論稿》,江西人民出版社,2003,第168頁。

録、"嘉靖元年十二月望日金臺汪諒古板校正新刊"廣告一則[①]。每卷首列題"文選卷第幾"，第二列下低兩字格題"梁昭明太子選"，第三列又低半字格題"唐文林郎守太子右内率府録事參軍事崇賢館直學士臣李善注上"，第四列題"奉政大夫同知池州路總管府事張伯顔助率重刊"。六十卷末有"監造路史劉晉英　郡人葉誠"一行。

2.《文選》六十卷，梁蕭統輯，唐李善注，明嘉靖元年汪諒刻本，六十一册（善本書號 10355）。此本前僅有《文選序》、《唐李崇賢上文選注表》、《吕延祚進五臣集注文選表》、目録。行款與 02336 本同。

3.《文選》六十卷，梁蕭統輯，唐李善注，明嘉靖元年汪諒刻本，楊紹和、高均儒跋，六十册（善本書號 02451）。該本前有清楊紹和、孫星衍跋文各一則，次接昭明太子《文選序》、《唐李崇賢上文選注表》、《吕延祚進五臣集注文選表》、目録。六十卷末有"監造路史劉晉英　郡人葉誠"一行。後附清高均儒録陳鱣《元本李善注文選跋》和高均儒自跋。行款與 02336 本同。

4.《文選》六十卷，梁蕭統輯，唐李善注，明嘉靖元年汪諒刻本，二十册（善本書號 10354）。此本前有《雕文選引》，次接《文選序》、《唐李崇賢上文選注表》、《吕延祚進五臣集注文選表》、目録、"嘉靖元年十二月望日金臺汪諒古板校正新刊"廣告一則。六十卷末有"監造路史劉晉英　郡人葉誠"一行。行款與 02336 本同。

另外，中國國家圖書館還藏有一帙《文選》，六十卷，梁蕭統輯，唐李善注，明嘉靖元年汪諒刻本，三十二册（善本書號 16333），但檢其書，發現内容實爲《增補六臣注文選》。

《增訂四庫簡明目録標注》[②]《藏園訂補邵亭知見傳本書目》[③]並記有一帙明嘉靖癸未金臺汪諒翻張伯顔本，前有李廷相序，言據宋刻鋟梓。此本不知現存何處。

---

① 　廣告提示内容爲："金臺書鋪汪諒，見居正陽門内西第一巡警更鋪對門。今將所刻古書目録列于左，及家藏今古書籍，不能悉載，願市者覽焉！"後附所刻圖書簡目，共十四種，其中翻刻宋元板七種，重刻古板七種。

② （清）邵懿辰撰，邵章續録《增訂四庫簡明目録標注》，上海古籍出版社，1979，第876頁。

③ （清）莫友芝撰，傅增湘訂補，傅熹年整理《藏園訂補邵亭知見傳本書目》，中華書局，2009，第1505頁。

　　清末學者沈曾植《海日樓題跋》卷一有《明汪刻〈文選〉跋》，對汪諒本頗多褒贊："汪氏重覆張伯顏本，寔尤氏再傳嫡裔也。摹印皆精，當爲明刻甲觀，比肩《史記》。世間傳本，往以挈去篇葉序記，用充元本。此獨未經挈損，汪氏書目一葉，尤爲罕見也。壬子五月，得諸滬市。遽叟識。"①

　　汪諒本的行款與張伯顏本同，且張伯顏本中一些特殊的排版，汪諒本亦同，如兩本卷四"湯谷涌其後"句李善注末並空了五個字格；又如卷四"紫梨津潤"句下李善注"郭璞□《上林賦》注"，兩本"郭璞"下並空一格；又如卷二十三"慷慨復何歡"下，兩本"歡"字下並有小字音注"平聲"二字，然尤袤本無此音注；又如卷五十三"是由桓侯抱將死之疾，而怒扁鵲之先見"句下李善注"鵲鵲逃之"四字，二本並占三字格等，故斯波六郎定其爲覆張本。但二者在正文上仍存在差異。如卷十四目録，張伯顏本作"鳥獸"，汪諒本作"鳥獸下"，改正了張伯顏本之誤。又如張伯顏本卷十四葉二注"武義勳於南郊"，汪諒本作"武義勳於南鄰"，考尤袤本作"武義動於南郊"，"動"字改正了張伯顏本之誤，但"鄰"字反添新誤。又如張伯顏本卷十四葉七注"祭公言父"，汪諒本作"祭公謀父"，是。又如張伯顏本同葉注"余雖好修姱以鞿羈兮"，汪諒本作"余雖小子修姱以鞿羈兮"，顯誤。又如張伯顏本卷十六葉二十九注文"《左氏傳》趙盾曰：括，■②趙氏之愛子"，■趙，汪諒本作"君趙"，考尤袤本作"君姬"。綜上，汪諒本既有改正張伯顏本訛誤之處，亦產生了新的訛誤，二者各有優劣。

　　（三）明嘉靖四年（1525）晉藩養德書院刻本

　　此本爲晉藩端王朱知烊所刊。朱知烊（1489—1533），山西太原人，晉莊王朱鍾鉉曾孫，繼晉王爵位，死後加封端王，明世宗書賜養德書院。中國國家圖書館藏有兩種明嘉靖四年（1525）晉藩養德書院刻本：一爲二十四册本（善本書號02338），一爲二十册本（善本書

---

① （清）沈曾植撰，錢仲聯輯《海日樓札叢·海日樓題跋》，遼寧教育出版社，1998，第363頁。

② "■"標記爲原書墨釘，下同。

號 09201）。二十四册本爲每半葉十行，行二十二字，小字雙行同，黑口，四周雙邊，該本前依次爲嘉靖八年皇帝敕書、嘉靖八年晉王朱知烊謝表、嘉靖四年晉藩志道堂《重刊漢文選序》、嘉靖四年山西提刑按察司提學副使莆田周宣《晉藩重刻文選序》、《李善上表》、《吕延祚進五臣集注文選表》、蕭統《文選序》、余瓛序、文選目録，後接正文。書首行頂格題“文選卷第”，次行下空一格題“梁昭明太子選”，“唐文林郎守太子右内率府録事參 / 軍事崇賢館直學士臣李善注上”分列三、四行，第五行空一格題“晉府”，第六行頂格題“敕賜養德書院校正重刊”，第七行空一格題“賦甲”。二十册本爲每半葉十行，行二十二字，小字雙行同，黑口，雙黑順魚尾，四周雙邊，該本前有目録，後即正文。

關於此本的刊刻緣由，周宣在《晉藩重刻文選序》中有所説明：

> 板舊刻于南畿國學，歲久漫漶，繼刻于唐藩，禁幕深秘，學者鮮窺焉。嘉靖壬午春，宣以廷命來督山西學事，間詢諸學徒，以是編或莫知所對，方欲遍購善本，以布諸學宮，而力未逮也。晉王殿下聞之，爲刻置于養德書院。兹以宣將應東廣按察使之命，特令爲言以引其端。

關於此本底本，斯波六郎、范志新等並認爲是明成化二十三年唐藩朱芝址刻本，范志新云“周序言刻板之緣由，並不及張伯顔及其他本子，惟涉南監本、唐藩本，則張伯顔原刻及他本可以排除，底本所據，必出南監、唐藩兩本可知。惟南監本今已不存，南監有無《文選》之刻，是何種本子？查明周弘祖《古今書刻》上編‘南京國子監’，知南監確實刻過《文選》，又據《汪氏珊瑚網法書題跋》卷十六《錢孔周藏北宋文選跋》知道，明弘治時，蘇州楊循吉所見南監本《文選》已‘率多漏缺，不可讀’。兩家之説，可印證周序，然兩家亦不言南監本是何種《文選》。今按：成化唐藩本有唐希古序，云‘六臣注本藏在南廱，刓缺不完’，則南監所刻是六臣本（詳見下文），與張伯顔系統李善注本不相干。南監本既已排除，則此晉藩養德書院本，必出唐藩本矣。斯波氏嘗説‘據行款字體推之，殆爲重刊成化唐藩本’，得此可視爲定論。"①除行款字體與周宣序之外,考察養德書院本文本本身不失爲一種更可靠的辦法。經對校養德書院本與成化唐藩本,發現養德書院本除將成化唐藩本每卷首葉第五、六行的"奉政大夫同知池州路總管府事張／伯顏助率重刊"換成"晉府""敕賜養德書院校正重刊"外,二本在内容上幾乎是一致的。成化唐藩本與張伯顏本不同之處,養德書院本並與成化唐藩本同。如張伯顏本卷三十七葉三注"我之帝所,甚樂,與百神遊夫鈞天,廣樂九奏万舞",成化唐藩本、養德書院本作"我之帝所,廣樂,與百神遊夫鈞天,廣樂九奏萬物"。又如成化唐藩本、養德書院本卷二十五《答兄機》"神往同逝感""衡軌若殊迹"兩句下李善注末分別有"向曰"一條,"濟曰"一條;《答張士然》(除"靡靡日夜遠"外)一首下李善注末分別有"翰曰""銑曰""向曰""濟曰"各一條,而張伯顏本無。但也偶見異文,如成化唐藩本卷二十五《答兄機》"神往同逝"句注文作"季曰實沉,不相能也。后帝不臧,……唐人是因,其季世曰唐叔虞……",較張伯顏本脱漏了數句,而養德書院本幾與成化唐藩本同,作"季曰實沉,不相能。后帝不臧,……唐人是因,其季世曰唐叔虞……"。又如卷六十《祭屈原文》,成化唐藩本作"物忌堅芳",養德書院本"芳"作"方"。綜上所述,判定成化唐藩本爲養德書院本的底本應無問題。

又《北京師範大學圖書館古籍善本書目》和《山西省圖書館古籍善本書目》並藏有嘉靖六年(1527)晉藩養德書院本②。葉啓發《華鄂堂讀書小識》卷四載有一帙《文選》李善注六十卷(明嘉靖四年晉藩刻本),據其所記,該本卷末有嘉靖六年晉藩養德書院刻漢《文選》後序,其餘内容與嘉靖四年本未見區别。此本筆者未見,故將葉氏小識摘録於下:

　　　　明嘉靖四年晉藩養德書院刻本李善注《文選》六十卷,每半頁

①　范志新:《文選版本論稿》,江西人民出版社,2003,第 140 頁。

②　據《北京師範大學圖書館古籍善本書目》記載此本共三十二册,十行二十二字,小字雙行同,黑口,四周雙邊,鈐"李培之印"、"南飛"印。善本書號爲 830/514—013。見《北京師範大學圖書館古籍善本書目》,北京圖書館出版社,2002,第 188頁。山西省圖書館著録較簡,僅記二十册。

十行，行二十二字。三黑口，下黑口上有白文刻工姓名，前有嘉靖八年御書，及晉王知烊書奏。又有嘉靖四年晉藩志道堂重刊漢《文選》序、莆曰（當爲"田"字之誤）周宣序、唐李崇賢上《文選》注、呂延祚進五臣集注《文選》兩表，昭明太子撰《文選》序、余璸序。卷末有嘉靖六年晉藩養德書院刻漢《文選》後序。目錄首行大題"文選"，目錄次行題"梁昭明太子選"，三行題"李善注本"。書首行題"文選卷第幾"，次行題"梁昭明太子選"。三四行題"唐文林郎守太子右内率府錄事參軍崇賢館直學士臣李善注上"。五六行題"晉府敕賜養德書院校正重刊"。按明時藩王就國皆喜刻書，而晉藩所刻尤夥，此特其一也。

《文選》世行有李善注及六臣注兩本，善注有宋淳熙辛丑尤延之貴池刊本、元池州路張伯顏刊本，均每半頁十行，行二十一二字不等。明成化二十三年，唐藩重刊元本，則半頁十行，行二十二字。蓋重刊時已經整齊一番矣。六臣注有北宋明州刊本，亦半頁十行，行二十二字，注雙行二十九至三十一字不等。崇寧五年，蜀大字本則半頁九行，行十八字。元大德乙亥茶陵陳仁子古迂書院刊本則半頁十行，行二十八字。前附輯《編儒議論》一卷。蜀本五臣注在前，善注在後。明州茶陵兩本則善注在前，五臣在後。而明代翻刻者尤多，以呂延祚進集注《文選》表按之，善注本在五臣之前，宋時偶與善注合刻，以致混淆。《崇文總目》以五臣置於善注之前，遂爲黄伯思《東觀餘論》、高似孫《緯略》所譏評。後來傳刻者遂輾轉沿誤矣。

《四庫全書總目》著錄善注爲明毛晉汲古閣刊本，六臣注爲明袁聚仿宋蜀大字本。《提要》云："善注單行之本，世遂罕傳"，"毛晉所刻，雖稱從宋本校正。今考其第二十五卷《陸雲答兄機詩注》中有'向曰'一條，'濟曰'一條；又《答張士然詩注》中有'翰曰''銑曰''向曰''濟曰'各一條，殆因六臣之本削去五臣，獨留善注。故刊除不盡，未及真見單行本也。他如班固《兩都賦》，誤以注列目錄下。左思《三都賦》，善明稱劉逵注《蜀都》、《吳都》，張載注《魏都》，乃三篇俱題劉淵林字。又如《楚辭》用王逸注，《子虛》、《上林賦》用郭璞注，《兩京賦》用薛綜注，《思玄賦》用舊注,《魯殿靈光賦》用張載注,《詠懷詩》用顏延年、沈約注,《射雉賦》用徐爰注,皆題本名。而補注別稱'善曰',於薛綜條下發例甚明。乃於揚雄《羽獵賦》用顏師古注之類,則竟漏本名。於班固《幽通賦》用曹大家注之類,則散標句下。又《文選》之例,於作者皆書其字。而杜預《春秋傳序》則獨題名,豈非從六臣本摘出善注,以意排纂,故體例互殊歟?至二十七卷末附載《樂府君子行》一篇,注曰李善本古詞止三首,無此一篇。五臣本有,今附於後,其非善原書,尤為顯證"。

檢此本第二十五卷陸雲兩詩及各賦注,均與毛本相同。知此亦係取六臣注本刪存善注而刊行之,固非善注單行本也。又檢陽湖孫氏《平津館鑒藏書籍記》,元板《文選》六十卷,題"梁昭明太子選"。唐文林郎守太子右内率府録事參軍事崇賢館直學士臣李善注。上奉政大夫同知池州路總管府事張伯顏助率重刊。前有唐李崇賢上《文選注》表,又載呂延祚進《五臣集注文選》表,開元六年口敕梁昭明太子《文選》序、廉訪使余謙序。據余序此本為元池州學所刊,黑口板。每頁廿行,行廿二字。又檢常熟瞿鋪《鐵琴銅劍樓藏書目録》,《文選李善注》六十卷,明成化廿三年唐藩刊本,云:"《文選》善注宋淳熙辛丑尤延之刻本外,即推張本為善。汲古閣本多脱誤,如左太沖《吴都賦》'趫材悍壯'注引胡非子,'胡'誤改'韓',不知胡非子為墨子弟子,此本不訛。又張平子《思玄賦》脱'爛漫麗靡''蓻以迭遏'二句並注。陸士衡《答賈長淵詩》脱'魯侯戾止''袞服委蛇'二句並注。曹子建《箜篌引》脱'百年忽我遺''生存華屋處'二句。鮑明遠《放歌行》脱'今君有何疾''臨路獨遲回'二句。曹子建《求通親親表》脱'有蒙不施之物'一句,枚叔《七發》脱自'太子有悦色'至'然而有起色矣'二段並注,有數百字之多。此本皆不闕,雖翻本亦足珍也"。"有余謙序、唐藩希古序、唐世子跋"。再檢歸安陸心源《皕宋樓藏書志》所載亦同,其《儀顧堂續跋》云:"張刻仍尤本之舊,此刻又仍張刻之舊。在《文選》諸刻中不失為善本"云云。核之此本,各處均不如毛本之多脱誤,其行款又與唐藩本相同,知其源出張本固可貴也。

宋淳熙尤本，嘉慶己巳胡果泉中丞克家得黃蕘圃主政丕烈士禮居所藏者，據以付刊。顧千里徵君廣圻爲撰《考異》，與大德張刻頗多異同，卷中並無五臣注羼入在內。則大德張刻蓋以宋明州刻六臣注本刪去五臣，獨存善注。陸氏謂張仍尤本之舊，殆不然矣。晉藩所刻《唐文粹》不及嘉靖徐焴刻本，《宋文鑑》不及天順張邵齡刻本。藏書家謂所刻諸書雖在嘉靖初元，僅爲饋羊之告朔。而此本源出宋元舊槧，較汲古閣本爲少舛誤，則諸家之語亦不足爲此書定評矣。

己卯立夏後五日，東明記。[1]

又據《南開大學圖書館藏古籍善本書目》載有"明嘉靖八年（1529）晉府養德書院刊本"，三十六冊，每半葉十行，行二十二字，黑口，四周雙邊。封面貼有"徐鶴橋先生捐贈"浮籤。此本前有嘉靖八年皇帝敕書、嘉靖四年朱知烊謝表、《重刊漢文選序》、周宣序、李善上表、呂延祚進五臣集注文選表、《文選序》、余璉序、目錄。此本後有《刻漢文選後序》："漢文選之刻類多長篇大論，取其成章可誦而已，然就《漢書》觀之，如申公顧力行何如、汲長儒論禮樂仁義之類，雖寂寥數言，予當以爲又漢文之尤粹者也，事漢文者儻因今編又進求之於上，則其所以治身輔世者，豈獨漢人物而已哉！嘉靖六年歲在丁亥秋八月上旬五日，晉藩養德書院識。"

（四）明隆慶五年（1571）唐藩朱碩熿刻本

朱碩熿（？—1632），河南南陽人，唐順王朱宙栐之子，隆慶三年（1569）封爲世子，隆慶五年（1571）襲封唐王。

中國國家圖書館藏《文選》六十卷，梁蕭統輯，唐李善注，明隆慶五年唐藩朱碩熿刻本（卷三十五至三十八配明成化二十三年唐藩朱芝址刻本）二十冊，善本書號10356，每半葉十行，行二十二字，小字雙行同，黑口，雙黑順魚尾，四周雙邊，存五十九卷，缺第五十七卷。此本係重刊明成化二十三年（1487）唐藩朱芝址刻本，格式行款與內容，

① 葉啓發：《華鄂堂讀書小識》，載《湖南近現代藏書家題跋選》第二冊，岳麓書社，2011，第285—288頁。

一仍其舊，唯希古《重刊文選序》後多一篇南陽府知府懷寧雷鳴春的《重刊文選序》：

> 三代無文人，六經無文法。三代而下，文章之近古者，莫如漢魏。漢魏文章，其精且美者，大略具《昭明文選》中，而《文選注》則唐李善備矣。昔云："文章與時高下。"難言哉！難言哉！然世之議者猶謂子雲《美新》、元茂《九錫》，辭害于理；長卿盧橘、孟堅①玉木，華溢于實。心竊疑焉，豈漢魏之文尚不足觀，抑統之所選果未精耶？及後觀相如賦，劉勰既稱其繁類成艷，爲詞賦之英特，而李白序《大獵》，又深議其窮壯極麗，齷齪之甚，然後知文章之在天下，誠難言哉！君子亦惟其文而已，猶之萬卉千葩，麗于名園，雖淺深濃淡不一，莫非花也。造物者固不以其類之異而靳發榮，觀物者亦不以其色之殊而易賞鑒，是故昭明之選亦取其文也，非盡求其本也。若求其本，則六經中固自有聖人之道在，曷事於文又奚屑病焉？

> 唐藩世稱賢，自莊王嗜學好古，久刻《李善注文選》于藩邸，以嘉惠後學。但舊板浸蠹，觀覽弗便。今殿下方爲世子時，即銳意斯文，崇儒重道，甫就講筵，首命再梓，冊封既成，益篤學不倦，日以是編置左右，兼以重修欽賜養正書院，使諸士子樂有所造。就一時睿聞籍籍，如衡陽、淮南，不多讓云。《文選》刻竣，左史楊君屬余叙，故爲叙之。嗣是由《文選》而求諸六經，由六經而求諸吾心，以還三代之文，尚有望于賢王哉，容拭目以觀其盛。時隆慶辛未歲十月既望。

據此序可知，此本即養正書院重刊成化唐藩朱芝址刻本。

（五）明萬曆二十九年（1601）鄧原岳刻本

鄧原岳（1555—1604），字汝高，號翠屏，明代福建閩縣人。此本前有鄧原岳《刻李善文選注序》、蕭統《文選序》、李善上表，卷末

---

① 孟堅當爲揚雄之誤記。揚雄《甘泉賦》有"翠玉樹之青蔥"，宋人避"樹"諱，改"玉樹"爲"玉木"。

有萬曆三十年薛夢雷《重刻李善文選後語》。卷一第四行題"明雲南提督學校按察司僉事鄧原岳校刊"。每半葉十行，行二十字，小字雙行同。

鄧原岳序：

> 余雅欲爲李氏恢復舊業，示好古者。久之，行部過哀牢，得朱邸故刻，既多魯魚，又苦漫漶，蓋以分合屢更，或非其質矣。迺求別本，參互訂之，擇工鋟板，頒之學官。

又薛夢雷後語：

> 學使鄧先生校刻《文選李注》，以惠滇人士，功垂成，遷參楚藩。不佞纘其緒，又十浹辰，殺青始竟。

經檢此本內容，斯波六郎認爲其"多與廣島大學藏翻張本合，蓋鄧氏所據乃翻張本耶？"[1]然范志新"考其卷首首葉，題識多與彼所舉九行本不同，而略近晉府本，文字亦同，故余以爲出晉府本。"[2]而《中華再造善本總目提要》則認爲其"據元張氏本重刻"[3]。

北京師範大學圖書館、華東師範大學圖書館等並有藏本。

（六）明末毛氏汲古閣刻本

毛晉（1599—1659），原名鳳苞，字子久，號潛在，晚年改名晉，字子晉，江蘇常熟人，明末著名藏書家、刻書家，建有汲古閣以供藏書、出版之用。中國國家圖書館、上海圖書館、遼寧省圖書館、甘肅省圖書館、南京圖書館、福建師範大學圖書館等並有此藏本。現以中國國家圖書館藏"文選六十卷，梁蕭統輯，唐李善注，明末毛氏汲古閣刻本，十二冊"（善本書號 17293）爲對象展開論述。此本首葉中間題"梁昭明文選六臣全注"，右上方鎸"汲古閣新鎸"，左下方

---

① 〔日〕斯波六郎:《文選索引》，李慶譯，上海古籍出版社，1997，第 46 頁。
② 范志新:《文選版本擷英》，貴州人民出版社，2005，第 68 頁。
③ 《中華再造善本總目提要·唐宋編》，國家圖書館出版社，2013，第 725 頁。

題 "本衙藏板"。下接蕭統《文選序》、李善上表。書內有鄧傳密跋並錄俞正爕批校、佚名錄何焯批校題識，如卷一首行中有鄧傳密跋語、卷四十四末有俞正爕批校 "道光乙未四月二日辛卯正爕從十九卷校至此，不能校矣，以還守之。時同寓杭州清河坊，因記歲月及行止如此" 等。每半葉十二行，行二十五字，小字雙行，行三十七字，白口，單黑魚尾，左右雙邊。每卷首葉第一行下有 "琴川毛鳳苞氏審定宋本" 印，又每卷首葉和末葉的魚尾下多標 "汲古閣（毛氏正本）" 印記。

　　汲古閣本《文選》向被視作明本，原因主要有二。一是因毛晉以明代著名藏書家聞名，其汲古閣建於明末；二是因楊守敬稱其爲 "崇禎間毛氏汲古閣刊"，故後世多從此說，《中國古籍善本書目》亦著錄爲明末毛氏汲古閣刻本。然 2001 年劉奉文提出了汲古閣本《文選》刊於清順治年間的說法，"據避諱字，此本《文選序》‘由是文籍生焉’之‘由’字，《西都賦》‘校理秘文’之‘校’字均不避明諱。又此本之字體、版式有順治朝刻書風格，可與毛刊《列朝詩集》等相印證。……後檢得曹釗《延祐本文選跋》，稱‘國初毛氏本，稱從宋本校刊’"①。曹釗應爲曾釗之誤。曾釗，清代學者，其《面城樓集鈔》卷三中有以上論述。但此說並未引起學界的普遍關注與認可。

　　然圍繞此本討論更多的還是其底本問題。汲古閣本每卷首葉第一行並有 "琴川毛鳳苞氏審定宋本" 印，故按毛氏說法，其底本當爲宋本，但學者普遍不信此說。汲古閣本作爲單李善注本，却題作 "梁昭明文選六臣全注"，且四庫館臣發現："第二十五卷陸雲《答兄機詩》注中有向曰一條、濟曰一條；又《答張士然》詩注中，有翰曰、銑曰、向曰、濟曰各一條。殆因六臣之本，削去五臣，獨留善注，故刊除不盡，未必真見單行本也。"② 不僅卷二十五，斯波先生發現卷四十六、卷四十七也各有一條五臣注殘存。③ 因此懷疑汲古閣本爲六臣本摘出善注

---

① 劉奉文：《毛晉汲古閣刊本〈文選李善注〉的評價問題》，載趙福海主編《〈昭明文選〉與中國傳統文化：第四屆文選學國際學術研討會》，吉林文史出版社，2001，第 23—24 頁。

② （清）永瑢等：《四庫全書總目提要》卷一八六，中華書局，1965，第 1685 頁。

③ 卷四十六顏延年《曲水詩序》"增類帝之宮" 句下有 "翰曰" 一條，卷四十七《三國名臣序贊》"運用無方" 句下有 "向曰" 一條。

而來。後陳鱣《簡莊文鈔》卷三《元本李善注文選跋》云："爰繙閱一
過，始知汲古閣本所脱者。如司馬長卿《上林賦》脱標郭璞注；張平
子《思玄賦》脱'爛漫麗靡，藐以迭逷'二句並注；陸士衡《答賈長淵
詩》脱'魯侯戾止，衮服委蛇'二句並注；曹子建《箜篌引》脱'百
年忽我遒，生在華屋處'二句；鮑明遠《放歌行》脱'今君有何疾，臨
路獨遲迴'二句；枚叔《七發》脱自'太子有悦色'至'然而有起色
矣'二段，共十九行並注；《宣德皇后令》脱標'任彦升'三字；曹子
建《求通親親表》脱'有不蒙施之物'一句。若斯之類，遽數難終，惟
司馬長卿《封禪文》脱'上帝垂恩儲祉，將以慶成'二句，元刊已脱。
又如《西都賦》注引'三倉'之作'王倉'。《閒居賦》注引'韋孟詩'
之作'安革猛詩'，元刊亦然。汲古本蓋仍其誤，而義門亦未之校正
也。"[1] 由此可以看出陳鱣認爲汲古閣本出於元刊張伯顏本。楊守敬也持
此説，"崇禎間毛氏汲古閣刊本，又皆以張本爲原而遞多謬誤"[2]。斯波
六郎並未見到汲古閣本《文選》，而是據清懷德堂重雕汲古閣本來推測
汲古閣本的情況，經過對懷德堂本與覆張本、翻張本的文本校勘，他進
一步得出"所據者並非元張伯顏本或其覆刻本，而肯定屬於翻張氏本系
統者無疑"[3] 的結論，但未説明是何種翻張本。范志新在此基礎之上進
一步明確爲唐藩本。[4]

　　屈敬慈則對尤本説、張本説提出了質疑，理由有二。一是"檢
《四庫提要》所指毛氏本卷二十五中有五臣注文一節，實爲毛氏本採
《六臣注》本補其所據底本一缺葉，審其起訖處是顯而易見的（明清
人翻印古籍，採他本以配所據本之殘缺的例子頗多）"，且"毛氏本注
文頗多不見於《六臣注》本之李善注"[5]，故六臣本摘出説不可信。二

---

① （清）陳鱣：《簡莊文鈔》，載《清代詩文集彙編》第四三六册，上海古籍出版社，
2010，第30—31頁。
② （清）楊守敬：《日本訪書志》，載《宋元明清書目題跋叢刊》第十九册，中華書局，
2006，第221頁。
③ 〔日〕斯波六郎：《文選索引》，李慶譯，上海古籍出版社，1997，第47頁。
④ 范志新：《文選版本論稿》，江西人民出版社，2003，第84頁。
⑤ 屈敬慈：《校〈文選李善注〉應當重視汲古閣毛氏刻本》，《中華文化論壇》2000年第
4期，第120頁。但毛氏本之前的唐藩本的卷二十五即如此，且未在同一頁內，不符
合缺葉補刻之説；又卷四十六、卷四十七中亦各有一條五臣注，顯非缺葉補刻可以
解釋。

是毛氏本每兩卷列目録，胡刻本、張本各卷列當卷目録，又毛氏本蕭統序中無一條注音，而尤本、胡刻本中有三十多條注音，且毛氏本正文、注文與胡刻、張刻、尤刻不乏相異文句，故尤刻、張本説不能成立。屈敬慈通過版本對校，發現"毛氏本與尤刻本、胡刻本相歧異的文句，毛氏本十之八九同於天聖國子監本殘卷及《六臣注》本的韓國奎章閣本、袁氏嘉趣堂本、明州本"①，從而認爲"毛氏本所據底本確出宋刻，而且是早於尤本的宋刻。由尤本注文毛氏本皆具推之，尤本所據之本當是毛氏本所據宋本的遞修本"②。但他繼續分析，因毛本正文中多有音注不見於天聖國子監本，而多同於六臣注本；且毛本注文中多有以明州本"善同某注"中五臣"某注"充善注的條目，因而認爲"毛本所據底本之祖本確爲從有删削李善注的《六臣注》本摘出李善本"③。雖考證方式與四庫館臣不同，但最終結論却出奇的一致，屈先生也感慨"毛氏本爲從《六臣注》本摘出之説，本屬荒謬，今考毛本、尤本源頭，所得結論却與《提要》謬説巧合，真是文獻學史上的一件奇事，頗爲有趣"④。傅剛先生也不同意尤本、張本説，原因有四：一是李善注中插入了五臣注；二是汲古閣本所標類目與張本不合；三是較張本脱文太多；四是正文、注文多與李善異而與五臣同。傅剛提出，"毛晉刊印李善注，却主要參以五臣注、六臣注校改……所以刻出的書與哪一系統也挨不上"⑤。前人衆説紛紜，可見毛氏汲古閣本《文選》確爲一個十分複雜的版本，就整體而言，其雖與翻張本中的成化唐藩本較爲接近，但也存在據他本修改的現象，這或許與汲古閣藏有多種《文選》版本有關。

毛氏汲古閣藏書甚富，李善注本、五臣注本、六家六臣注本《文選》均有收藏，但《文選》刻本僅此一本。汲古閣本《文選》在胡克

---

① 屈敬慈：《校〈文選李善注〉應當重視汲古閣毛氏刻本》，《中華文化論壇》2000年第4期，第121頁。
② 屈敬慈：《校〈文選李善注〉應當重視汲古閣毛氏刻本》，《中華文化論壇》2000年第4期，第122頁。
③ 屈敬慈：《校〈文選李善注〉應當重視汲古閣毛氏刻本》，《中華文化論壇》2000年第4期，第122頁。
④ 屈敬慈：《校〈文選李善注〉應當重視汲古閣毛氏刻本》，《中華文化論壇》2000年第4期，第122頁。
⑤ 傅剛：《〈文選〉版本研究》，北京大學出版社，2023，第193—194頁。

家本《文選》問世前是當時李善注本《文選》最通行的版本，四庫館臣雖指出汲古閣本混有五臣注等缺點，但仍以汲古閣本为底本，校勘出《四庫全書》本李善《文選注》六十卷，謄入《四庫全書》中，足見其在當時的地位。此外，汲古閣本之後，其翻刻本層出，如清康熙二十五年錢士諡重修本、清乾隆二十七年楊氏儒緩堂重修本、清素位堂重修本、清懷德堂重雕汲古閣本、清文盛堂重雕汲古閣本、清乾隆三十三年周氏光霽堂重刻汲古閣本等十餘家，可見其影響力。加之清代著名學者何焯、陳景云等均提倡讀李善注《文選》，且使用汲古閣本進行批校，更增加了其影響力。因此在《文選》的版刻史上，汲古閣本是至關重要的一環，不應忽視。但此本並非沒有問題，這也是爲何胡克家本《文選》問世後，此本逐漸失去影響力的原因。胡克家在刊刻《文選》時，並未選擇單李善注本的汲古閣本而是選擇了兩個六家本（茶陵本、袁本）作爲參校本，這在一定程度上便可説明汲古閣本的問題。孫志祖《文選考異序》云："毛氏汲古閣所刻《文選》，世稱善本，然李善與五臣所據本各不同。今注既載李善一家，而本文又間從五臣，未免踳駁，且字句譌誤脱衍不可枚舉。"[1] 可以説孫氏的觀點在當時是一種共識。

（七）明崇禎間（1628—1644）懷遠朱純臣重印嘉靖元年汪諒刻本

朱純臣，安徽懷遠人，成國公朱能八世孫，明萬曆三十九年襲封祖爵，後爲李自成所殺。

山東大學圖書館藏《文選》六十卷，梁蕭統輯，唐李善注，明崇禎間懷遠朱純臣重印嘉靖元年汪諒刻本，三十二冊，每半葉十行，行二十一字，小字雙行同，白口，對魚尾，左右雙邊。據《山東大學圖書館古籍善本書目》載，此本有馮雄手跋"文選李注六十卷，嘉靖元年金臺汪諒覆刻元張伯顔本，原板歸朱氏後所印，雖朱序未明言，又將汪刻題記削去，然取與汪氏印本對勘即可知之。楊氏海源閣舊藏一部定爲元板者，與此相同，緣失去朱序故誤認耳。馮雄記。"下鈐"馮雄印信"白文方印；收藏復有"南陵徐乃昌校勘經籍記"朱文長方印、"積學齋

---

①　（清）孫志祖：《文選考異》，載《〈文選〉研究文獻輯刊》第四一冊，國家圖書館出版社，2013，第53頁。

徐乃昌藏書”朱文長方印、“朱氏藏書”白文方印、“希瞻”朱文方印、“南通馮氏景岫樓藏書”朱文長方印。①

斯波六郎謂京都大學人文科學研究所藏 20 册朱純臣本，此本前有朱純臣《文選小序》、次爲李善表、吕延祚上表、昭明太子《文選序》，後接目録。朱純臣《小序》：“余先世舊有《文選》藏板，歲久漫漶，暇中稍補葺爲完書，寓内故不乏善本，而欲使昭明之業，益廣其傳，則余補葺意也。”②

（八）明文思堂校正本

此本爲重刊養德書院本。北京師範大學藏有一帙文思堂本《文選》（善 830/514–012），《北京師範大學圖書館古籍善本書目》記：“何焯批校，四十八册，十行，二十二字，白口，四周單邊。每卷五、六行署‘晉藩文思堂訂正重刊’。鈐‘宗室盛昱審定真蹟’印。未見著録。”③盛昱（1850—1899），愛新覺羅氏，字伯熙，肅武親王豪格七世孫，光緒二年進士，性喜藏書，講求版本，著有《意園藏書目》一册，後其書多爲劉承幹、袁克文所購。

斯波六郎於京都臨川書店見過一帙文思堂本，前無璽書、晉王謝文和周宣序等，在正卷首葉第五、六行間題作“晉藩文思堂大麓主人校正重刊”，將晉藩本的四周雙欄、黑口、雙魚尾變爲四周單邊、白口、單魚尾。范志新《文選版本擷英》亦載有一帙文思堂本，該本每卷首葉第五、六行題“晉藩文思堂訂正重刊”。大麓主人，不知何許人，范先生推測可能爲簡王新典，朱知烊侄子。由此推測“文思堂初印當在隆慶萬曆間”④，大麓主人本爲後印本。

此本與晉藩本相比，有改正晉藩本訛誤者，亦有延襲舊訛誤者，還有產生新訛誤者。總之，斯波先生校勘後認爲“此本雖是校正養德書院本而重刊者，實似較刻本爲劣”⑤。

---

① 《山東大學圖書館古籍善本書目》，齊魯書社，2007，第 259 頁。
② 〔日〕斯波六郎：《文選索引》，李慶譯，上海古籍出版社，1997，第 37 頁。
③ 《北京師範大學圖書館古籍善本書目》，北京圖書館出版社，2002，第 189 頁。
④ 范志新：《文選版本擷英》，貴州人民出版社，2005，第 66 頁。
⑤ 〔日〕斯波六郎：《文選索引》，李慶譯，上海古籍出版社，1997，第 45 頁。

三　尤袤本系統的清代《文選》刻本

清代尤袤本系統《文選》刻本主要分爲兩種：一種是毛氏汲古閣本重修本，一種是胡克家本。胡克家本問世以前，《文選》通行本主要以毛氏汲古閣本及其重修本爲主，如康熙二十五年錢士謐重修本、乾隆年間周氏懷德堂多次重刻本、乾隆二十七年楊氏儒纓堂重刻本、乾隆三十七年葉氏海録軒重刻本等。胡刻本問世以後，便逐漸取而代之。

（一）明末毛氏汲古閣刻清康熙二十五年錢士謐重修本

《中國古籍善本書目》記有四種錢士謐重修本，其中國圖所藏者爲明末毛氏汲古閣刻清康熙二十五年錢士謐重修本，畢懷圖校跋，共八册，善本書號 19079。此書版式與汲古閣本同，每半葉十二行，行二十五字，小字雙行，三十七字，白口，單黑魚尾，左右雙邊。首葉亦與汲古閣本同，中間題“梁昭明文選六臣全注”，右上方鎸“汲古閣新鎸”，左下方題“本衙藏板”。下接蕭統《文選序》、李善上表。除卷一首行下有“康熙丙寅孟夏上元錢士謐重校”外，其餘每卷首行下並有“琴川毛鳳苞氏審定宋本”印，與汲古閣本同。且每卷首葉和末葉的魚尾下多標“汲古閣（毛氏正本）”印記，另有“畢懷圖印”“翁斌孫印”“舊史官”“研卿鑑定”“西清舊館藏書”“北京圖書館藏”等印。此本行款雖與汲古閣本同，但細校文本會發現二本間仍有不少異文，斯波先生已舉例説明，此不贅述。唯有兩點需要説明。首先，因斯波先生並未見毛氏汲古閣本，其所用本以懷德堂重刻汲古閣本作爲代替，經核實，斯波先生所舉諸例中僅“金釭玉璧”條有誤，汲古閣本、錢士謐本亦作“璧”。其次，汲古閣本卷二作“臺蘭金馬”（見圖二四），錢士謐本已乙正爲“蘭臺金馬”並增“外有”二字（見圖二五），考錢士謐本行款，此處明顯有增注痕跡，且爲增補此二字，導致上句注文由《左氏傳》改爲《左傳》。由此可知，錢士謐本確以汲古閣本爲底本，但據其他版本校改，在保持汲古閣本原貌方面有所欠缺。

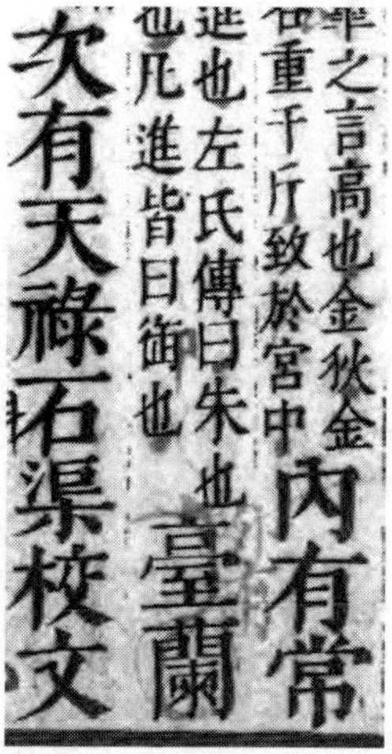

圖二四 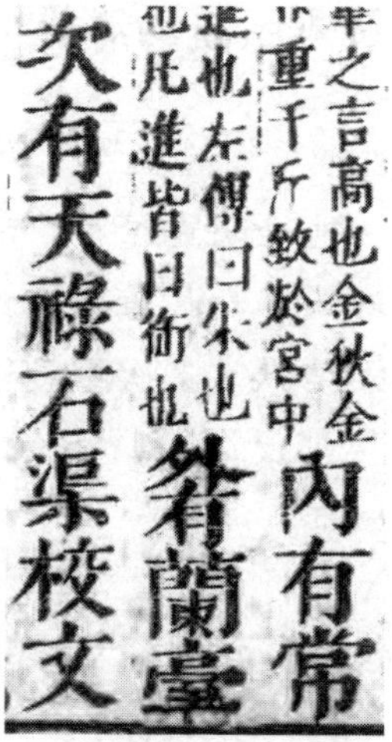　　　　　　　　圖二五

（二）清乾隆年間周氏懷德堂刻本

　　周氏懷德堂乾隆年間至少四次刊刻汲古閣本《文選》，《中國古籍善本書目》中記有兩種乾隆十一年周氏懷德堂刻本（分別爲遼寧省圖書館藏清劉鵬振録明陳與郊、孫鑛及清錢陸燦批校並跋本和山西省圖書館藏清蔣錦和録清何焯、盧文弨批並跋本）、三種乾隆二十三年周氏懷德堂刻本（分別是中共中央黨校圖書館藏清許巽行校本、復旦大學圖書館藏清錢鈺校並録清何焯評點本和中山大學圖書館藏清陳澧批校本）。據范志新介紹，乾隆二十四年亦有重刻，其中有佚名過録孫鑛評語。又北京師範大學圖書館藏有乾隆四十七年周氏懷德堂重刻汲古閣本，中有佚名朱筆過録何焯、錢湘靈批點，鈐“孫爾周印”。

　　中山大學圖書館藏《文選》六十卷，梁蕭統輯，唐李善注，清乾隆二十三年周氏懷德堂刻本，清陳澧批校。此本前有昭明太子《文選序》，下接正文。每半葉十二行，行二十五字，小字雙行，行三十七字，白口，單黑魚尾，左右雙邊。首行題“文選卷一”，次行低兩格題“唐文林郎守太子右内率府録事參軍事崇賢館直學士臣李善注上”，次行空一格題“賦甲”。此本行款、内容與毛氏汲古閣本幾乎全同，係汲古閣本的覆刻本，是衆多重刻本中最接近汲古閣本者。

（三）明末毛氏汲古閣刻清乾隆二十七年楊氏儒纓堂重修本

《中國古籍善本書目》記有一種儒纓堂本《文選》，即中國國家圖書館藏明末毛氏汲古閣刻清乾隆二十七年楊氏儒纓堂重修本，阮元跋並録馮武、陸貽典、顧廣圻校跋，共二十册，善本書號 10357。每半葉十二行，行二十五字，小字雙行，行三十七字，白口，單黑魚尾，左右雙邊。卷一末行鐫“大清乾隆壬午春正月雲林楊氏儒纓堂鐫”，據范志新先生介紹，懷德堂本卷一末行題“大清乾隆戊寅春正月雲林周氏懷德堂鐫”，儒纓堂本僅改動個別字，故“此本乃是懷德堂二刻的覆刻本”[①]。北京師範大學圖書館亦藏有一帙十册，行款與國圖藏本同，有佚名朱筆過録顧廣圻批點，鈐“餘姚謝氏永耀樓藏書”印。

（四）清乾隆三十七年葉氏海録軒刻朱墨套印重刊汲古閣本

葉樹藩，字星衛，號涵峰，江蘇長洲人，乾隆時人，有海録軒藏書室。關於此人事跡可參看范志新《清代選學家葉樹藩考》一文。

《中國古籍善本書目》記四種海録軒本，分别爲清曾國藩批校本、嚴復批校本、周貞亮跋本、黃侃批校本。華東師範大學圖書館、南開大學圖書館、北京師範大學圖書館等並有藏本。現以南開大學藏本爲對象，略作説明。該本首葉中間題名“重刻昭明文選李善注”，上有“何義門先生評點”，右側爲“長洲葉涵峰參訂”，左下側題“海録軒藏板”。此本前有《重刻文選序》、蕭統序、李善上表及凡例一篇。每半葉十二行，行二十五字，小字雙行，行三十七字，白口，單黑魚尾，左右雙邊，版心下方偶有“海録軒”字樣。每卷首行題“文選卷幾”，次行題“梁昭明太子撰　文林郎守太子右内率府録事參軍事崇賢館直學士臣李善注”，第三行題“長洲葉樹藩星衛氏參訂”。每卷末並無“文選卷第末（終）”字樣，僅六十卷末題“文選卷六十終”。

《重刻文選序》：

> 余自入家塾，先大夫授經之餘，即課以《昭明文選》。嘗以注多訛雜，絶少善本，欲訂定其書，而未之暇。竊惟《文選》一書，

---

① 范志新：《文選版本擷英》，貴州人民出版社，2005，第 192 頁。

注者不一家，唐江都曹憲撰《音義》，同郡公孫羅與江夏李善並作注。曹氏、公孫氏之書，不見於鄭樵《藝文略》、馬端臨《經籍考》，其失傳已久。而李善注獨盛行於世。開元中，工部侍郎呂延祚集呂延濟、劉良、張銑、呂向、李周翰等注《文選》，是爲五臣注。後人合李善注爲一書，更名六臣注。五臣本之荒陋，六臣本之舛謬，前人已有定論。近世惟汲古閣本，一復江夏之舊，較諸刻爲完善。然既獨存李注，而雜入五臣之説數條，殊失體裁。且其書疏於讎校，帝虎陶陰，棼然謎目，談藝家往往有遺憾焉。吾吳何義門先生手評是書，於李注多所考正，士論服其精覈。余弱冠後，不敢忘先大夫之言，輒不自揆，手自勘輯。削五臣之紕繆，存李氏之訓詁，卷帙則仍毛氏，而正其脱誤。評點則遵義門，而詳爲釐訂。至管窺所及，有可補李注、何評所未備者，竊附列於後。顧藩少失怙，不能仰承先大夫庭訓，復以習舉子業，頻年北上，於是書多作輟。戊子秋南旋，閉戶却掃，披陳舊篋，越三歲辛卯，始獲卒業。回憶屬稿時，已十餘年於兹矣。昔王逸居南郡作《楚辭章句》，李邕承父命爲《選注》補釋文義，蓋皆以述古訓、紹前徽爲職志。若余之譾劣，實滋愧也已。乾隆三十七年歲次壬辰二月八日長洲葉樹藩題於海録軒。

此本的特色主要在於以汲古閣本爲底本的基礎上，以朱墨套印的方式，"旁引諸籍，參校字句，糾補李注何（焯）評。間附新注百餘條。"[①] 故其在衆多重刊毛氏汲古閣本中頗具特色，翻刻本已頗多。

（五）清胡克家本

胡克家（1756—1817），字果泉，清代學者、官員，乾隆年間進士。嘉慶十四年時，於江蘇巡撫任上主持刊刻了胡克家本《文選》，實際校勘工作乃由著名文獻學家顧廣圻、彭兆蓀操刀。胡刻本問世後，便取代了毛氏汲古閣本，成爲新一版通行的李善注《文選》。直至尤袤本重新被世人發現，胡刻本的地位纔逐漸動搖。關於胡刻本的研究主要集

---

① 范志新：《文選版本擷英》，貴州人民出版社，2005，第204頁。

中在三個方面：第一，胡刻本的底本問題；第二，胡刻本的價值問題；第三，《文選考異》的相關研究。因郭寶軍《胡克家本〈文選〉研究》一書對此本進行過詳細研究，故此處從略。

（六）明末毛氏汲古閣刻清素位堂重修本

鄒翼順（1832—1919），字允哲，號致中，清代著名書商，素位堂創立於光緒年間，舊址在漳州府口街。素位堂本《文選》作爲書商刻本，理應以利益爲首要因素，但在胡克家本《文選》流行的時期，鄒氏卻選擇重修毛氏汲古閣本，頗爲蹊蹺。

《中國古籍善本書目》記一種，爲上海圖書館藏清蔣德馨批注本。北京師範大學圖書館也藏有一帙，十二冊，有佚名朱筆過錄何焯等批校，每半葉十二行，行二十五字，小字雙行，行三十七字，白口，左右雙邊。封面鐫“素位堂藏板”，鈐“餘姚謝氏永耀樓藏書”印。

第二節　元張伯顔本《文選》論略

一　張伯顔及張伯顔本《文選》的刊刻

張伯顔，原名世昌，字正卿，元長洲縣相城謝澤人（今蘇州市相城區），後得元成宗賜名“伯顔”。目前有關張氏生平可參考者唯有元代鄭元祐（1292—1364）所編《僑吳集》一書，該書卷九《白鶴觀祠堂記》和卷十二《平江路總館致仕張伯顔壙誌》中並有相關記載，現分錄於下：

> 《白鶴觀祠堂記》：國家混一之初，世祖蒐羅海內才俊用之，惟恐其或遺。於是，魁奇磊落之士，往往顯功名於當世，若嘉議大夫、平江路總管致仕、郡人張公正卿是也。公初未冠，即北上臙仕，儤直殿延，出入禁衛。久之，成宗愛其小心謹飭，賜名巴延（瑋案：即伯顔）。大德間，出官江南，累陞漳州路總管。原公自齎柄用，四貳郡政，一留鹽運同知，將老而再牧名州，至以

清白謹願見稱，恂恂有古循吏風。朝廷推恩累世，於是公大父海贈中順大夫、清河郡伯，大母何夫人贈清河郡夫人，父憲江淮財賦副總管，累贈廣德路總管，母酈氏封清河郡夫人，室人沈氏封同於姑。公父子自念臣子所以報其君親，雖瀝肝膽未足以罄萬分之一，矧人之生起滅在呼吸間哉？審以別業之在郡城鶴舞橋之東者，舊爲宋信安郡王之藏春園也，基頗宏敞，近爲建構雄麗而敬歸之太上教法大道，上以祝釐以報君，下則立祀以報親，初名之曰報恩道院。舊植古松一株於井傍，大已合抱，高逾數尋，二百年物也。道士張應玄始廬其下，遂有群鶴自東南來，盤旋于空，久之，一鶴下峙於松，弗去，經歲作巢，其顛大如百斗盎，每晨長鳴，屢獲其驗。張既羽化，復倩括蒼趙真士知微、番陽蕭鍊師玄中，皆克修虛凈玄妙之學而行之，爲人所推重，而公益厚禮之，俾相繼主席，仍割腴田若干畝餼其徒。趙與蕭狀其事于朝，乞更道院爲白鶴觀。當宁可之請，降璽書護焉，由是白鶴觀之名著於吳中矣。未幾，公捐館舍，趙與蕭亦以次委蛻。張弟子席應真博通玄典，兼讀儒書，踵構觀宇，輪奐一新。仍即觀東爲祠堂，以祀公及清河伯以下凡幾主，每遇諱日、節序，用玄教薦享之。夫公歷敭中外，爲時名臣，其卒也，史有傳、家有廟、祭有主，然而公之神靈無不之。所以屬厭其施心者，自非揭虔祠宇，晨香夕燈，則何以妥公之靈也哉？觀之始末，故學士揭公已爲之記，故於基宇所設、道流所聚，則蓋略焉。席羽士懼更久，而張氏之厚施、祠禮之報享，併所以自列於道家者，非勒之金石，則何以章示永久？此《祠堂記》所由請作也。張氏世居吳長洲之相城，公之嗣子都中以蔭任黃巖州同知，克世家業云。[①]

此記又見施兆麟《相城小志》卷六《白鶴觀張伯顔祠堂記》[②]。
《平江路總館致仕張伯顔壙誌》（代其子都中作）：

---

① （元）鄭元祐：《僑吳集》，載《文淵閣四庫全書》第一二一六册，臺灣商務印書館，1986年，第538—539頁。
② 陶惟坻修，施兆麟纂《相城小志》，民國十九年本。

　　張氏世占吳都籍，而爲長洲之相城人。至先公，始以謹飭小心入仕于朝，儤直殿廬。久之，成皇以先公忠勤愛之，賜名伯顏。大德五年，宣授將作院判官。十年冬，出爲泉州路總管府治中。至大初，陞授同知邵武路府事。明年，改兩浙都運鹽使司同知。丁内艱，服闋，延祐元年，除慶元路同知。七年，陞授奉政大夫、池州路同知。泰定三年，進階朝散大夫、福寧州尹。至順二年，超遷大中大夫、漳州路總管。至元二年丙子，先公年六十有五，是夏代歸。先公素有止足意，即告老于朝。于是以正議大夫、平江路總管致仕，歸卧吳下，春容丘園。而以三年夏六月十四日，卒于相城之私第。不肖孤忍死用是冬蜡月七日函骨葬同邑益地鄉謝澤原清河侯之兆。嗚呼！先公自元貞初入見闕廷，繼拜恩寵，一爲中朝官，四貳郡政，一佐鹽運司。晚年一再典牧藩翰，而引退之志亟矣。漳州代乞，懸車未匝歲而天奪之，痛哉！先公諱世昌，字正卿。先大父諱顯，江淮等處財賦副總管，累贈亞中大夫、廣德路總管、輕車都尉，追封清河郡伯。祖母鄳氏，封清河郡君。配沈氏，子男二人，長不肖孤都中，次好禮，早夭。女一人，適羅烈。嗚呼！先公歷政清操，善著之民心，傳之士論，後來太常議之，國史傳之，非玄堂所得識也。于是不肖孤謹扐淚，摭世緒、官封、生卒葬歲月，納諸幽云。[1]

此志又見施兆麟《相城小志》卷六《張伯顏壙誌》[2]。

案：《祠堂記》云"史有傳"、《壙誌》云"國史傳之"，但並未詳説何史所載，遍檢《元史》並未發現張氏傳記。而據《壙誌》所記，《文選》當爲張伯顏在延祐七年（1320）授奉政大夫、池州路同知任上所刻，故世稱此本爲延祐本。後錢大昕（1728—1804）《十駕齋養新録》卷二十中也列有"張伯顏"一條，云：

　　《文選》李善注六十卷，元同知池州路事張伯顏所刊，伯顏未

①　（元）鄭元祐：《僑吳集》，載《文淵閣四庫全書》第一二一六册，臺灣商務印書館，1986年，第603—604頁。
②　陶惟坻修，施兆麟纂《相城小志》，民國十九年本。

詳其籍貫。頃讀鄭元祐《僑吳集》，有《平江路總管致仕張公壙誌》，蓋代其子都中作。文稱張氏長洲之相城人，公諱世昌，字正卿。以謹飭小心仕於朝，僝直殿廬，成宗賜名伯顏。大德五年，授將作院判官。十年冬，出爲泉州路治中。至太初，陞邵武路同知。明年，改兩浙都運鹽使司同知。丁內艱，服闋，延祐元年，除慶元路同知。七年，陞奉政大夫池州路同知。泰定五年，進階朝散大夫福寧州尹。至順二年，超遷大中大夫漳州路總管。至元二年，年六十有五，告老於朝，乃以正議大夫平江路總管致仕。三年六月十四日，卒於相城私第，葬同邑益地鄉謝澤原清河侯之兆。乃知伯顏爲吾吳人。宜其文雅好事，異於俗吏也。伯顏父顯，官至江淮財賦副總管，追封清河郡伯。伯顏所授平江路總管，乃是致仕所加虛銜，不當列於郡守題名表。至其父子葬地，當見於冢墓門，而府志俱闕之。①

葉廷琯（1791—?）《吹網錄》卷三也記有《張伯顏壙誌》條，云：

韓君履卿得元平江路總管張公壙誌並篆蓋，拓以見貽，復錄示所題跋語曰：張伯顏壙誌，鄭元祐代其子大中作，文載《僑吳集》，楷書，字大半寸許，二十行，行二十字，王都中填諱。張氏世居長洲之相城，原名世昌，字正卿，元成宗賜名伯顏。由將作監判官洊升漳州路總管。至元二年，年六十有五，告老於朝，以正議大夫平江路總管致仕。三年六月終於里第，葬謝澤原清河侯之兆。父名顯，官江淮財賦副總管，追封清河郡侯。盧公武《府志》列於郡守題名表，其實虛銜，乃致仕所加。父子葬地，《府志》亦闕載。此石不知何時出土，被謝澤士人築爲水步，顧文學諟向余述之，乃以石易歸，將置之郡庠，以乘永久。伯顏曾刊《文選李善注》六十卷，爲世寶貴，其文雅異乎俗吏，宜乎五百年後片碣發露，不使姓氏歸於冥漠耳。填諱之王都中，字邦翰，福寧州人，以恩蔭爲平江路總管治中，累拜河南行省參知政事，卒

---

① （清）錢大昕:《十駕齋養新錄》，上海書店出版社，1983，第467—468頁。

謚清獻，有《本齋詩集》三卷。余按蓋石篆書兩行"平江路總管致仕張公壙誌"十一字，字長三寸，"平仕"二字已全泐，"江路張"三字亦僅存其半。錢氏大昕《十駕齋養新録》亦載此志大略。志中泰定三年，《養新録》板本誤作五年，此或沿《僑吳集》舊誤^①，由錢氏當時未見此碑，無從校正也。後來續修《府志》，自當據此拓本，列其父子葬地入家墓門。^②

至於張伯顏刊刻《文選》的緣由，可從余璉序中找到答案：

> 梁昭明享池祀，夫豈徒哉？如有所爲者，知其有《文選》也。必人永其傳，則神壽其享矣！惟大德九祀，予以二郡是承，以墜典是詢，父老具曰：伯都司憲新《文選》之梓於爐，告厥成，因相與樂之。越十有三載，予時備遣皇華，諮諏炎服，還，有以梓蹈災轍而告厥廢者，乃相與欸之。再明年，即池故處，吾歸老焉。聿感逮兹，徒念罔濟，吾既不果憲斯道，又不復政斯郡，末如之何矣？幾將來者，豈不有我心之同然者乎？未幾，同知府事張正卿來，思惠而爲政，將桓復斯集，俾邑學吳梓校補遺繆，遂命金五十以自率，群屬靡不從化。心之身之，度之成之，播之揚之，歌之詠之，四方則之，多士德之，伊誰爲之，何日忘之，宜有以識之。嘉議大夫前海北海南道肅政廉訪使余璉序。

案：朱少河（朱錫庚）在《李善注〈文選〉諸家刊本源流考》中云："元初知池州路總管府事張伯顏重刊于池，旋亦毀於火，傳之者絶罕，是爲張伯顏本。越十三載，同知府事張正卿俾邑學吳梓校補遺謬，復刊于池，海北海南道肅政廉訪使余璉爲之序，是爲三黑口本。……世人但以余璉序刻本即張伯顏本，不知別有伯顏真本在也。"^③朱錫庚認爲張伯顏曾於大德、延祐兩次刊刻《文選》，且延祐

---

① 《僑吳集》不誤，作"泰定三年"。

② （清）葉廷琯撰，黃永年校點《吹網録》，遼寧教育出版社，1998，第67頁。

③ （清）朱少河：《李善注〈文選〉諸家刊本源流考》，載賈貴榮、耿素麗選編《善本書題記》，國家圖書館出版社，2010，第465—466頁。

本不如大德本。此或受清郎遂《杏花村志》影響，《杏花村志》卷三《文選閣》載"近得里人吳彥《文選》本，乃大德九年池州同知張伯顏所刊"①。但從余璉序中可知元大德九年（1305）之《文選》爲伯都司憲所刻，且張伯顏於延祐七年方知池州。伯都司憲當指泰安王博羅歡之子伯都，他曾歷任御史中丞、平章政事、御史大夫等職，大德五年（1301）擢江東道廉訪副使，拜江南行臺侍御史，《文選》當爲此時所刻。後大德本毀於火，直至十四年後，即延祐七年（1320），張伯顏任池州路同知時，爲有益於邑學，遂校補遺謬，重刊《文選》，此即爲張伯顏本，又稱延祐本，大德本或爲張伯顏刻本之所祖，然大德本現已無蹤跡可考。

二　張伯顏本《文選》的著録與遞藏

張伯顏本《文選》多見載於清代官私目録之中，詳情如下：

于敏中（1714—1780）《天禄琳琅書目》卷六："（元版）《文選》，六函，六十一册。梁昭明太子蕭統撰，唐李善注。六十卷。前蕭統序，李善《上文選注表》，唐吕延祚《進五臣集注文選表》。書中每卷標題下，於李善注次行刊‘奉政大夫同知池州路總管府事張伯顏助率重刊’，張伯顏無考。其橅刻此書，頗得宋槧模範，第書中祇收李善一人之注，而又録吕延祚《進五臣注表》，未免自淆其例矣。"②

錢大昕（1728—1804）《十駕齋養新録》卷十四《文選元槧本》："文選李善注元槧本，每卷首題‘奉政大夫同知池州路總管府事張伯顏助率重刊’，有前海北海南道肅政廉訪使余璉序，稱伯顏字曰正卿，而未詳其籍貫。頃讀鄭元祐《僑吳集》，有《平江路總管致仕張公壙誌》，蓋代其子都中作。文稱張氏長洲之相城人，公諱世昌，字正卿。以謹飭小心仕于朝，儤直殿廬，成宗賜名伯顏。由將作院判官，累任慶元路同知。延祐七年，陞奉政大夫池州路同知。泰定五年，改福寧州尹，後遷漳州路總館。告老，以平江路總管致仕。乃知伯顏爲吾吳人，宜其文雅

---

① （清）郎遂：《杏花村志》，《叢書集成續編》第五二册，上海書店出版社，1994，第40頁。
② （清）于敏中著，徐德明標點《天禄琳琅書目》，上海古籍出版社，2007，第201頁。

好事，異於俗吏矣。"①

　　彭元瑞（1731—1803）《天禄琳琅書目後編》卷第十一："（元版）《文選》，六函，六十册……是書每卷首刻'奉政大夫同知池州路總管府事張伯顔助率重刻'，書末刻'監造路吏劉晉英、郡人葉城'。版式與諸本不同。"②

　　陳鱣（1753—1817）《簡莊文鈔》卷三《元本李善注文選跋》："余十二歲時誦《文選》，乃汲古閣所刊李善注本，在近時讀本中爲最善，猶恨其脱誤良多。即何義門學士評校，尚有未盡，疑莫能明。聞吾鄉馬氏道古樓曾藏宋本，已爲書肆購去，不知所歸。三十年來，舟車南北，恒以自隨者，惟汲古閣本而已。今歲寓吳于吾友黄君蕘圃處，見有持宋本六臣注《文選》出售者，價直太昂，且以其六臣注也而忽之，以爲安得有舊本李注乎？蕘圃曰：'數年前曾見元重刊宋本，今聞尚在。'余欣然屬其轉購，越數日，方盛暑，蕘圃遣蒼頭持札負書而來，閲之，則李注《文選》也，云託書賈從角直嚴氏得來者，遂如其價而購之。書凡六十卷，目一卷。每葉二十行，行二十一字。每卷首題'奉政大夫同知池州路總管府事張伯顔助率重刊'。按錢詹事《養新録》稱是書有前海北海南道蕭政廉訪使余璉序，今此本缺焉。又不列年月，然余定爲延祐本。考鄭元祐《僑吳集》有《平江路總管致仕張公壙誌》云：張氏，長洲之相城人。公諱世昌，字正卿，成宗賜名伯顔。由將作院判官累仕慶元路同知，延祐七年，陞奉政大夫池州路同知，泰定五年，改福寧州尹，後遷漳州路總管，告老，以平江路總管致仕。今合諸卷首結銜，知刊于延祐時矣。錢遵王《讀書敏求記》云：'善注有張伯顔重刊元版，不及宋版遠甚。'以余所聞，中吳藏書家所有宋本已多不全，似未若斯之完善。復借鈕君非石所藏元本校之，惟末卷後鈕本有'監造路吏劉晉英郡人葉誠'十一字，此已剥蝕。其行款字畫纖毫畢合。或云明萬曆間金臺汪諒所刊，未必然也。爰繙閲一過，始知汲古閣本所脱者。如司馬長卿《上林賦》脱標郭璞注；張平子《思玄賦》脱'爛漫麗靡，藐以迭遏'二句並注；陸士衡《答賈長淵詩》脱'魯侯戾止，袞服委

　　① （清）錢大昕：《十駕齋養新録》，上海書店出版社，1983，第337頁。
　　② （清）彭元瑞著，徐德明標點《天禄琳琅書目後編》，上海古籍出版社，2007，第635頁。

蛇'二句並注；曹子建《箜篌引》脱'百年忽我遒，生在華屋處'二句；鮑明遠《放歌行》脱'今君有何疾，臨路獨遲迴'二句；枚叔《七發》脱'自太子有悦色'至'然而有起色矣'二段，共十九行並注；《宣德皇后令》脱標'任彦升'三字；曹子建《求通親親表》脱'有不蒙施之物'一句。若斯之類，遽數難終。惟司馬長卿《封禪文》脱'上帝垂恩儲祉，將以慶成'二句，元刊已脱。又如《西都賦》注引'三倉'之作'王倉'。《閒居賦》注引'韋孟詩'之作'安革猛詩'，元刊亦然。汲古本蓋仍其誤，而義門亦未之校正也。余好書無力，未敢貪多。惟童而習之者，每思善本是正文字，邇來隨有所獲。今更得此，不勝狂喜。他日擬築選樓以儲之，非特賀兹書之遭，且以銘良友之德云爾。嘉慶十年六月既望識。"①

　　孫星衍（1753—1818）《平津館鑒藏記書籍》著録《文選》六十卷："題'梁昭明太子選，唐文林郎守太子右内率府録事參軍事崇賢館直學士臣李善注，上奉政大夫同知池州路總管府事張伯顔助率重刊'。前有唐李崇賢《上文選注表》，又載吕延祚《進五臣集注文選表》，開元六年口敕《梁昭明太子文選序》，廉訪使余璸序。據余序，此本爲元池州學所刊。黑口版。每葉廿行，行廿二字。收藏有'吴煒彤文氏字赤岸之印'朱文方印、'高氏一青'朱文方印、'勃海詩宗'朱文方印。"②

　　孫星衍《孫氏祠堂書目》内編卷四："文選注六十卷。唐李善注。一元張伯顔刊本。"③

　　孫星衍《廉石居藏書記・内編》著録《昭明文選李善注》六十卷："右《文選李善注》六十卷。元奉政大夫同知池州路總管府事張伯顔刊本。前有元大德時海北海南道肅政廉訪使余璸序，稱'梁昭明享池祀'。又云：'即池故處，吾歸老焉。同知府事張正卿來，俾邑學吴梓校補遺謬。遂命金五十以自率，群屬靡不從化'云云。此書蓋刊於池州。元明當道到官後，每訪求邑之文獻古迹，興廢繼絶，多刊古書，存貯公

---

① （清）陳鱣：《簡莊文鈔》，載《清代詩文集彙編》第四三六册，上海古籍出版社，2010，第30—31頁。

② （清）孫星衍撰，焦桂美、沙莎標點《平津館鑒藏記書籍》，上海古籍出版社，2008，第42—43頁。

③ （清）孫星衍撰，焦桂美、沙莎標點《孫氏祠堂書目》，上海古籍出版社，2008，第578頁。

府。想見古人聲名文物之盛。今無其比，並前人存板亦皆墜失不修，可慨也。"①

朱少河（朱錫庚）《李善注文選諸家刊本源流考》："唐工部侍郎呂延祚以李善注猶未善，乃求得衢州常山縣尉呂延濟、都水使者劉承祖男良、處士張銑、呂向、李周翰等，是爲五臣集注文選。上表進之，時在開元六年也。後益以善注，是爲六臣注，今所見者元刻大字本也。（唐人謂五臣之與李善有虎狗鳳雞之喻，蓋詮釋字句所自出，明作者之源委，善注爲最詳。）五代時選學盛行，士人每苦傳寫不易，毋昭裔開雕於蜀，是爲蜀本，今不可得見矣。南宋時尤延之（袤），獨取李善注專刻之，是爲遂初堂本。（注內間有'臣呂向曰''臣張銑曰'等處，蓋于五臣注本采取未能盡者。）尤延之本未幾燬于兵燹之中。元初知池州路總管府事張伯顏重刊于池，旋亦毀於火，傳之者絕罕，是爲張伯顏本。越十三載，同知府事張正卿俾邑學吳梓校補遺謬，復刊于池，海北海南道肅政廉訪使余瑲爲之序，是爲三黑口本，亦稱余瑲本。三黑口者，謂卷帙中縫流水上下之間，皆未鋟淨，故三處其口皆黑也。三黑口本明初其版猶存，其張伯顏銜名相沿未改。嘉靖間晉藩某得之，遂鑱去伯顏銜名，而易以'晉藩文思堂訂正重刊'九字。其余瑲序猶存卷首，復冠以序云：'嘉靖四年歲在乙酉孟春吉旦，晉藩志道堂書於敕賜養德書院。'序文寥寥，殊無足采，是爲晉藩本。（嗣後尚有汪刻本，余所未見。）今之所行明毛晉汲古閣本章句多脫落，注且不全。（如枚乘《七發》'遺太子有悅色也，然而有起色矣'一節，司馬長卿《上林賦》不標郭注，《宣德皇后令》失載任彦昇，至一篇中脫遺數句，不可殫述。）至海錄軒本仍原毛氏之本，加以何義門點評，以便詞章讀誦而已。（葉氏序例云：'李善注孤行最久，明代張鳳翼作纂注，妄肆芟削，卷帙盡紊其舊。今悉仍汲古閣本，第繁蕪之病，善注誠所不免，茲于龐雜太甚者，略爲翦截。'據此，則葉氏本固無足取也。）非學者所尚，固無關于資證也。余家所藏爲張伯顏初刻本，雖在延之之後，實爲余瑲序刻之所祖，其鏤版工緻，筆畫遒勁，紙光墨色，純似宋刻之精者，絕

---

① （清）孫星衍撰，焦桂美、沙莎標點《廉石居藏書記》，上海古籍出版社，2008，第206頁。

非三黑口之所能方擬。第三黑口本當余璉序刻時張伯顏銜名相沿未改，故世人但以余璉序刻本即張伯顏本，不知別有伯顏真本在也。近來胡果泉中丞假得長洲周漪塘所藏本，仿照刻之，謂即尤延之本，以是本相較，其格式長短，字數多寡，竟與無二，而卷首張伯顏銜名胡刻獨少此一行，其下頁行款字數，仍與此本毫無差別，殊未能明，豈胡中丞所刊，或即是本耶？聞之周漪塘藏本，多所缺佚，影抄以補之者半，固又未若是本完好，隻字片頁無缺，尤足寶貴耳。且延之在南宋之末，伯顏在元之初，相去未及百年，延之刻甫成，遭于兵燹，伯顏刻方就，旋毀於火，其爲世所罕覯，則一也。今余璉序刻本已不可多得矣，矧延之與伯顏曷辨爲在元，曷辨爲在宋哉？又伯顏本每卷首題‘奉政大夫同知池州路總管府事張伯顏助率重刊’，其余璉序中稱伯顏字正卿，而未詳其爲何處人。今據錢少詹事《養新錄》云：鄭元祐《僑吳集》有《平江路總管致仕張公壙誌》稱張氏長洲之相城人，公諱世昌，字正卿，以謹節小心仕于朝，儤直殿廬，成宗賜名伯顏。由將作院判官累仕慶元路同知，延祐七年，陞奉政大夫池州路同知，泰定五年，改福寧州尹，後遷漳州路總管，告老以平江路總管致仕。乃知伯顏初名世昌，自係淹雅君子也，並識於是。甲戌六月十九日維揚旅次從江鄭堂假得余璉序刻本，秦敦夫假得晉藩本校勘，因書數則如右。”①

　　汪士鐘（1786—？）《藝芸書舍宋元本書目》：“（元板書目）《李善注文選》六十卷，又六十卷。”

　　瞿鏞（1794—1846）《鐵琴銅劍樓藏書目》卷二十三“《文選》六十卷（明刊本）”條下有對張伯顏的介紹和對張伯顏本的評價：“伯顏，長洲相城人，原名世昌，字正卿……見鄭元祐《僑吳集》。《文選》善注，淳熙辛丑尤延之刻本外，即推張本爲善。”

　　蔣光煦（1813—1860）《東湖叢記》卷五《元本李善注〈文選〉跋》：“……右見《簡莊綴文》。案：元張伯顏本十行、廿六字，明汪諒本十行、廿一字。”

　　瑋案：廿六字當誤。

---

①　（清）朱少河：《李善注〈文選〉諸家刊本源流考》，載《善本書題記》，國家圖書館出　　　版社，2010，第465—467頁。

方功惠（1829—1897）《碧琳琅館書目》："元本，元刻《昭明文選注》六十卷，三十本，二函。"

楊紹和（1830—1875）《楹書隅錄》卷五"元本《文選》六十卷六十一冊六函"："《文選》善本行世最少。此爲元初知池州路總管府事張伯顏刊板，字畫工緻，讎校精審，與宋紹熙間尤延之遂初堂原刻無異，較明人翻刻已不啻霄壤；況汲古閣之脱誤，更何足論耶。近胡果泉中丞亦取尤本重刊，然此視之，尚在其前五百年，良可寶貴矣。大興朱少河家多藏書，因得假觀，展玩賞歎，爲識其後。時嘉慶庚午初夏，陽湖孫星衍記。【略】（瑋案：此處略去陳鱣《元本李善注文選跋》。）是書乃荼花吟舫朱氏藏本，癸卯，先大夫展觀時購於都門。舊册殘敝，卷首孫淵如先生題語亦多漫漶。丁未，先大夫移撫關中，倩良工重加裝池，屬幕中顧君（淳慶）照錄如左。頃讀陳仲魚先生《綴文》，亦有是書跋語一則，因並錄之，以資考證。時同治改元之冬月，東郡楊紹和謹識。"①

陸心源（1834—1894）《儀顧堂續跋》卷十三云："《文選》六十卷，次行題曰'梁昭明太子選'，三行題曰'唐文林郎守太子右内率府錄事參軍事崇賢館直學士李善注上'。前有李善序進書表，呂延祚進書表，元宗詔旨，元余璉序。元槧本。每頁二十行，每行大字二十，注雙行，行二十一字。每卷有目，連屬篇目。版心間有刻工姓名。卷一首葉有'九華吳清床刀筆'七字，六十卷末有'監造路吏劉晉英、郡人葉誠'一行。行款與宋尤延之刊本同。其與尤本不同者，每卷首葉之第四行有'奉政大夫同知池州府路總管府事張伯顏助率重刊'廿一字……其行款、起訖，皆與尤延之本同。惟尤本《兩都賦序》注'亦皆依違尊者都舉朝廷以言之'，六臣本'都'上有'所'字，'舉'上有'連'字，此本有此二字，與尤本不同，似是既刻成而挖改者。當是伯顏據六臣本所改，以掩其襲取尤本之跡耳。池州爲昭明封國，有昭明廟，廟有文選閣。文簡始刻善注，置版學宫，見淳熙辛丑文簡序。元初毀于火。大德中，司憲伯都嘗新之，延祐中復毀，伯顏重刻之，見余璉序。獨怪淳熙

---

① （清）楊紹和撰，傅增湘批注，朱振華整理《藏園批注楹書隅錄》，中華書局，2017，第 240—242 頁。

距大德不過百餘年，版雖毀，印本必非難得。伯顏不以原刻重雕，而必改寫重刻。既改寫重刻矣，又惟恐失尤本之真，于每卷首葉縮小排密以就之，何也？宋人刻書，皆于卷末列校刊銜名，從無與著書人並列者。隆、萬以後刻本，此風乃甚行，伯顏其作俑者也。伯顏原名世昌，文宗賜名伯顏。蘇州相城人。至順中知福寧州，置田造士，人多稱之。見《僑吳集》及《福建通志》。尤本無呂延祚序及元宗詔，伯顏據五臣本增之，不免畫蛇添足。余璉序文理澀謬，殆學姚牧菴而失之不及者歟。元之路，宋之州軍，明之府，卷末路吏二字亦元刻之一證也。"①

瑋案：傅增湘《藏園群書經眼錄》認爲此本爲"明嘉靖元年金臺汪諒本"②，陸心源誤題爲元刻。陸氏所藏此本，今已歸日本靜嘉堂文庫。

沈德壽（1854—1925）《抱經樓藏書志》卷六十二"《文選》六十卷，元刊元印，汲古閣舊藏"："案，元刊元印，每葉二十行，行二十字，小字注雙行，版心間有字數及刊工姓名。卷中有'汲古主人'朱文方印、'甲'字朱文方印、'吳越王孫'白文方印、'張鍾穎印'白文方印、'稼逮'朱文方印、'惟書是寶'朱文方印。"③

葉德輝（1864—1927）《觀古堂藏書目》卷四《文選注六十卷》："梁昭明太子撰，元大德九年池州路總管張伯顏刻本。"

葉德輝（1864—1927）《書林清話》卷七有《元刻書之勝於宋本》條："元張伯顏刻《文選李善注》，勝於南宋尤袤本也。"④

清李希聖（1864—1905）《雁影齋題跋》卷三"文選六十卷（元本）"："每半葉十行，行二十二字。前有昭明太子序，及李善《進文選表》，呂延祚《進五臣集注表》。每卷標題於李善注上，次行有'奉政大夫同知池州路總管府事張伯顏助率重刊'。皆與《天祿琳琅書目》所言脗合。惟《書目》謂張伯顏無考。按錢竹汀《養新錄》引鄭元祐《僑吳集》有《平江路總管致仕張公壙誌》云：'公諱世昌，字正卿，成宗賜名伯顏。由將作院判官，累任慶元路同知。延祐七年，陞奉政大夫池

---

① （清）陸心源：《儀顧堂續跋》，載《宋元明清書目題跋叢刊》第九册，中華書局，2006，第350—352頁。
② 傅增湘：《藏園群書經眼錄》，中華書局，2009，第1466頁。
③ （清）沈德壽：《抱經樓藏書志》，中華書局，1990，第731頁。
④ （清）葉德輝：《書林清話》，中華書局，1957，第172頁。

州路同知。泰定五年，改福寧州尹。後遷漳州路總管，告老以平江路總管致仕’即其人也。（按《伯顏壙誌》原石尚存，已破。）據卷首余璉序稱張正卿，證之竹汀之言，爲不謬。當時館臣如彭元瑞，號爲淵博，何以疏略至此？又考蔣生沐《東湖叢記》載陳仲魚《元本文選跋》云：‘凡六十卷。目一卷，每葉二十行，行二十一字。每卷首題“奉政大夫同知池州路總管府事張伯顏助率重刊”，惟不列年月，然余定爲延祐本。錢遵王《讀書敏求記》云：“善注有張伯顏重刊元版，不及宋版遠甚。”以余所聞，中吳藏書家所有宋版，已多不全，似未若斯之完善。復借鈕君非石所藏元版校之，惟末卷後鈕本無“監造路吏劉晉英郡人葉誠”十一字，此已剝蝕，其行款字畫纖毫畢合。或云明萬曆間金臺汪諒所刊，未必然也。爰繙一過，始知汲古本所脫者。如《上林賦》脫標郭璞注……汲古本蓋仍其誤，而何義門亦不能校正’云云。以陳氏所言考之，此本惟《上林賦》脫標郭璞注，餘皆不脫。《封禪文》所脫及《西都賦》《閑居賦》誤字亦同。據卷首余璉序‘大德九祀越十有三載，再明年，又未幾’計之，當刻於英宗至治初。陳本行二十一字，故數《七發》所脫爲十九行，此本則十八行。陳本有卷末監造一行，即《天禄琳琅後目》所載之本，與此截然爲二。明弘治元年唐藩重繙此本，行款、字數纖悉皆同，但紙墨略新耳。”[1]

徐乃昌（1869—1943）《積學齋藏書記》著録《文選》六十卷：“元張伯顏重槧尤本。每半葉十行，行大二十字，注雙行二十一字。高六寸三分，廣四寸五分。白口，單邊。首有昭明太子序、李善《上文選注表》、高力士宣口敕。大德余璉序已佚。每卷有目，連屬篇目。版心間有刻工姓名。卷一首葉有‘九華吳清床刀筆’七字，六十卷末有‘監造路吏劉晉英、郡人葉誠’一行。行隸與宋尤延之刊本同。其與尤本不同者，每卷首葉之第四行有‘奉政大夫同知池州路總管府事張伯顏助率重刊’二十字，而以尤本第十行“班孟堅”下小注六行排密縮爲四行以就之。伯顏爲池州路總管時，宋版毀失，伯顏重刻以爲昭明祠故實，意非不厚。然宋人刻書，皆於卷末列校刊銜名，從無與著書並立者。隆、

---

① （清）李希聖：《雁影齋題跋》，載《中國歷代書目題跋叢書》第三輯，上海古籍出版社，2009，第360—362頁。

萬以後刻本，此風乃甚行，伯顏其作俑者。又惟恐失尤本之真，每卷首葉縮少排密以就之，殊不可解。明金臺汪諒翻刻，昔年猶及見之，首有‘金臺書鋪翻刻書目’一紙。丁氏《善本書室書目》則收汪本，雖行款相同，然筆畫清勁似遜此本，不能不辨。”①

傅增湘（1872—1949）《邠亭知見傳本書目》卷十六著錄《文選注》六十卷：“梁昭明太子蕭統編，唐李善注。宋尤本、元張本並十行，行二十一字，或多少不等。明唐藩本亦十行，行改二十二字，皆均齊如一，而古色減矣。明唐藩成化丁未重刊元張伯顏本者莊王芝址，其元孫端王碩熿襲封，又以隆慶辛亥重刊於養正書院。汲古閣本字小，翻汲古閣本字稍大，且字句不同，亦不止一本，以錢士謐校爲差勝。明唐府本。晉藩養正書院本。嘉靖癸未金臺汪諒翻元本。萬曆辛丑閩鄧元岳刊。乾隆三十七年葉樹藩刊朱墨本，用何義門評點，注多不完，復數有翻刊。宋淳熙本有二：一胡果泉本，一阮相國本。阮云與晉府及汲古本多異。胡果泉彷宋重刊，顧千里爲《考異》十卷附之，即依淳熙辛丑尤延之貴池刊本。近世通行以此本爲最善，刊以嘉慶十四年。近萬氏翻刊胡本。元張伯顏貴池重刊即翻元本，然遠不及。明晉藩及汪諒並翻刊張本。”②

蔣鏡寰（1896–1981）《文選書録述要》：“元延祐間張伯顏刻本（見《邠亭知見傳本書目》《楹書隅録》《儀顧堂續跋》《平津館記》）：伯顏原名世昌，文宗賜名伯顏，蘇州相城人，淳熙本版元初毀于火，大德中司憲伯都嘗新之，延祐中復毀，伯顏乃據宋本重刻之，有余溓序。錢氏《讀書敏求記》稱張氏元版不及宋版遠甚，而《鐵琴銅劍樓書目》云淳熙尤本外即推張本云。《楹書隅録》《平津館記》均作行二十一字，《東湖叢記》同《麗樓藏書記》亦有此本，每行二十二字，小注雙行同，《儀顧堂續跋》則稱行大字二十，注雙行，行二十一字，版心間有刻工姓名。”③

范志新《文選版本擷英》著錄張伯顏刻《文選》六十卷（延祐本、

① （清）徐乃昌：《積學齋藏書記》，載《清代私家藏書目録題跋叢刊》第十八冊，國家圖書館出版社，2010，第632—633頁。

② （清）莫友芝撰，傅增湘訂補，傅熹年整理《藏園訂補邠亭知見傳本書目》，中華書局，2009，第1504—1505頁。

③ 蔣鏡寰：《文選書録述要》，載南江濤選編《文選學研究》（上），國家圖書館出版社，2010，第97頁。

張本）：“伯顏原名世昌，蘇州人，元成宗賜今名。延祐七年，官奉政大夫池州路同知，刻《文選》於任上。目録前有蕭序、李表、吕表和前廉訪使余璸序。此本祖尤本。每卷首葉，標題、蕭衔、李善各占一行，伯顏衔一行，不從宋人列名卷末之例。明隆萬以後盛行此式，始作俑者伯顏也。首葉縮小排密或删注字數以就尤本。末卷後有‘監造路吏劉晉英郡人葉誠’一行。紙爲黄色細筋紙，字作趙松雪體，而含鍾繇筆意，流動之中，而有沈厚之氣溢於行間。[1]瞿鏞云，《文選》李善注本，尤本外即推張本爲善。注中無孱入‘向曰’‘濟曰’明顯五臣注，脱文少，校勘精審，爲汲古閣本不及。蔣光煦、葉德輝甚至以爲勝於尤本。第既李善一人注，而録吕表，不免自亂其例。有‘汪士鐘字春霆號朗園書畫印’長方印。存卷十一至卷二十[2]，中卷四十一配汪諒本。有黄丕烈校，今藏中國國家圖書館。元明當道地方官，每求訪州邑文獻古跡，刊刻古書，存貯公府，興廢繼絶，可以想見故人聲名文物之盛。”[3]

三　張伯顏本《文選》的現存情況

王重民《中國善本書提要》記載北京圖書館（現中國國家圖書館）藏元刻本《文選》殘卷，存三十二卷，十五册，十行二十一字，“原題‘梁昭明太子選，唐文林郎守太子右内率府録事参軍事崇賢館直學士臣李善注上，奉政大夫同知池州路總管府事張伯顏助率重刊。’陳鱣有是書跋，載《簡莊綴文》卷三，謂此本刻於元延祐間，當是也。此本凡存卷三至八、十三、十四、十七、十八、二十一至二十四、二十七、二十八、三十一至三十八、四十五至四十八、五十三至五十六。”[4]案：今中國國家圖書館無此本《文選》記載，而是另外一四十九册本，見下。

---

① 范先生所説應出於葉德輝，葉德輝《書林清話》卷七有《元刻書多用趙松雪體字》：“吾藏元張伯顏刻《文選》、大德本繪圖《列女傳》，字體流動，而沈厚之氣溢於行間。《列女傳》繪圖尤精，確爲松雪家法，字含鍾繇筆意，當是五十以後所書。”但“鍾繇筆意”似爲對《烈女傳》之評價，而非針對張本《文選》。見《書林清話》，中華書局，1957，第174頁。

② “二十”當爲“六十”之訛。

③ 范志新：《文選版本擷英》，貴州人民出版社，2005，第40頁。

④ 王重民：《中國善本書提要》，上海古籍出版社，1983，第429頁。

　　《中國古籍善本書目》載中國國家圖書館藏有一帙元池州路張伯顏刻本《文選》，存五十卷，即卷十一至六十，其中卷四十一配明嘉靖元年汪諒刻本，清黃丕烈校。查《北京圖書館古籍善本書目》可知此本現存四十九冊，每半葉十行，行二十一字，小字雙行同，白口，左右雙邊，善本書號爲01107。

　　臺北故宮博物院圖書館亦藏"元池州路同知張伯顏刊本《文選》"一帙，著錄爲：存三十卷，分別是卷三至卷八、卷十七、卷十八、卷二十一至卷二十四、卷二十七、卷二十八、卷三十一至卷三十八、卷四十五至卷四十八、卷五十三至卷五十六。又，《原國立北平圖書館甲庫善本叢書》（國家圖書館出版社，2013）中所收書，均是中國國家圖書館前身國立北平圖書館所藏甲庫善本之精華，現存於臺北故宮博物院。該叢書共收《文選》八種，其一爲元池州路張伯顏刻本，存三十三卷，即卷三至八、十三、十四、十七、十八、二十一至二十四、二十七、二十八、三十一至三十八、四十五至四十八、五十三至五十六、六十。案：此兩本所存卷目與王重民《中國善本書提要》所記均十分相似，三十卷本者唯缺十三、十四兩卷，三十三卷本者唯多卷六十。詳考三十三卷本發現卷六十並非完卷，乃爲殘篇，僅存葉十至葉十八，二者又並原藏於北圖，疑王重民所見本的卷六十爲工作人員所漏記，此兩本當爲同一本。

　　臺灣"國家"圖書館也藏有"元中期池州路同知張伯顏刊本《文選》"一帙，存三十五卷。

四　張伯顏本與尤袤本的異文考辨

　　錢曾於《讀書敏求記》云"善注有張伯顏重刻元板，不及宋本遠甚"[①]，楊守敬亦云"元時張伯顏刊善注則更多增入五臣注本"[②]，而葉德輝《書林清話》則認爲"元張伯顏刻《文選李善注》，勝於南宋尤袤本

[①]　（清）錢曾撰，（清）管庭芬、章鈺校證《讀書敏求記校證》，載《宋元明清書目題跋叢刊》第十一冊，中華書局，2006，第214頁。

[②]　（清）楊守敬：《日本訪書志》，載《宋元明清書目題跋叢刊》第十九冊，中華書局，2006，第221頁。

也”①，孫星衍亦謂“《文選》善本行世最少。此爲元初知池州路總管府事張伯顏刊板，字畫工緻，讎校精審，與宋紹熙間尤延之遂初堂原刻無異，較明人翻刻已不啻霄壤”②，那麼張伯顏本與尤袤本究竟孰優孰劣？經對校後發現此兩本在避諱、版式、用字等方面均存在差異，下文將結合此二本③的異文對此問題加以分析。

（一）避諱字

尤袤本中“弘”“樹”“敬”“驚”“朗”“恒”“曙”“桓”“遘”“構”“楨”“完”“殷”“玄”“讓”“徵”“貞”“朂”“煦”“竪”“項”“愻”“慎”“匡”等字並避諱，然張伯顏本基本不避諱，如“恒”“慎”“桓”“匡”“構”“遘”等字張伯顏本有缺末筆者，但有時也不避諱。舉例如下：

卷十四第十一葉“考遘愻以行謠”，“遘”，尤袤本、張伯顏本並缺末筆。

卷十九第十六葉“悵盤桓而不能去”，“桓”，兩本並缺末筆。然卷二十二第六葉“南州桓公九井作一首”，“桓”，尤袤本缺末筆，張伯顏本不缺。

卷二十三第二十七葉“慎爾所主”，“慎”，兩本並缺末筆。然第二十八葉“既慎爾主”之“慎”，尤袤本缺末筆，張伯顏本不缺。

卷三十六第十三葉“如傷之念恒軫”，“恒”，兩本並缺末筆。

卷三十六第十四葉“罔弗同心，以匡厥辟”，“匡”，兩本並缺末筆。

卷五十六第二十六葉“克構堂基”，“構”，兩本並缺末筆。然卷六十第十葉“乃依林構宇”之“構”字，尤袤本缺末筆，張伯顏本不缺。

（二）版面調整

雖然張伯顏本在版式方面儘可能做到與尤袤本一致，但仍存在版面調整的情況。具體而言，主要包括三種類型。

---

① （清）葉德輝：《書林清話》，中華書局，1957，第172頁。
② （清）楊紹和撰，傅增湘批注，朱振華整理《藏園批注楹書隅錄》，中華書局，2017，第240頁。
③ 尤袤本即指本書之研究對象：中國國家圖書館藏宋淳熙八年池陽郡齋刻本。張伯顏本即用中國國家圖書館藏元池州路張伯顏刻本（卷四十一配明嘉靖元年汪諒刻本），清黃丕烈校。

　　第一，每卷首葉第四行較尤袤本多"奉政大夫同知池州路總管府事張伯顏助率重刊"一行，爲保證後文版面與尤袤本一致，故需將其他行微調以就之，如卷二十四首葉，尤袤本"又贈弟士龍一首""潘安仁爲賈謐贈陸機一首"分列兩行，但張伯顏本將其合爲一行。徐乃昌《積學齋藏書記》已有提及，"行隸與宋尤延之刊本同。其與尤本不同者，每卷首葉之第四行有'奉政大夫同知池州路總管府事張伯顏助率重刊'二十字，而以尤本第十行'班孟堅'下小注六行排密縮爲四行以就之"①，即指此而言。

　　第二，因尤袤本存在修版問題，部分版面或密縮或疏張，張伯顏本則將此類情況中的一部分進行了修版，而修版的方式主要有兩種，一種是修改文本內容，一種是調整前後行的版式。依次舉例如下：

　　尤袤本卷三葉二十五"薄狩于敖"句下李善注"《毛詩》曰：建旐設旄，薄獸于敖"句密縮在一處，較正常行款多一字，考張伯顏本改"毛詩"作"詩"。

　　尤袤本卷二十三葉十八"庶幾有時衰"句下李善注"郭璞《爾雅注》曰：庶幾，微幸也。《莊子》曰：莊子妻死，惠子吊之，則方箕踞鼓盆而歌。惠子曰……"。"幸也莊子曰莊子"與"踞鼓盆而歌惠子"密縮在一處，考張伯顏本無"莊子曰""則"四字。

　　尤袤本卷二十三葉二十七李善注"《荊州圖副》曰"密縮在一處，較正常行款多一字，查奎章閣本作"《荊州圖》曰"，張伯顏本與奎章閣本同，無"副"字。

　　尤袤本卷四十七葉二注文"服虔曰：恭，敬也。善曰：《漢官解故》胡廣曰：五始……"密縮在一處，張伯顏本無"善曰漢官解故"六字，此六字或爲張伯顏所刪，或張本所據底本即如此。

　　以上諸例屬於修改文本內容造成的修版。

　　尤袤本卷三《東京賦》"建象魏之兩觀"句注文"象魏，闕也，一名觀也。旌，表也。言所以立兩觀者，欲表明六典舊章之法。謂懸書于象魏，浹日而歛之。善曰：《周禮》曰：太宰掌建邦之六典：一曰治典，

①　（清）徐乃昌：《積學齋藏書記》，載《清代私家藏書目錄題跋叢刊》第十八冊，國家圖書館出版社，2010，第632—633頁。

二曰教典，三曰禮典，四曰政典，五曰刑典，六曰事典。舊章，法令條章也。《左傳》曰：舊章不可忘”。案：尤袤本“典二曰教典……舊章不可忘”所在行每行十八字，正常行款此處應爲十五字，故共多六字。考北宋本無“舊章法令條章也”七字。然張伯顏本有此七字，但版面有所改變，每行由十八字調整成十六字，因而上一行也發生改變，由二十一字增至二十三字，如此改來乍一看不似尤袤本那樣緊密、顯眼。

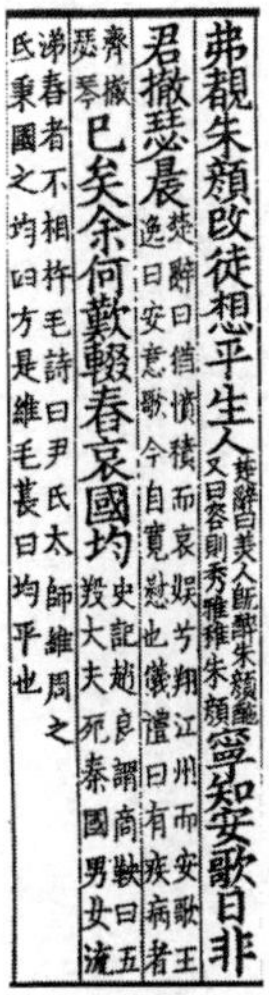
弗覩朱顏改徒想平生人楚辭曰美人旣醉朱顏酡又曰容則秀雅稺朱顏寧知安歌日非
君撤瑟晨楚辭曰猶憤積而哀娛兮翔江州而安歌王逸曰安意歌兮自寬慰也儀禮曰有疾病者
齊撤瑟琴巳矣余何歎輟舂哀國均史記趙良謂商鞅曰五羖大夫死秦國男女流
涕舂者不相杵毛詩曰尹氏太師維周之氏秉國之均曰方是維毛萇曰均平也

圖二六

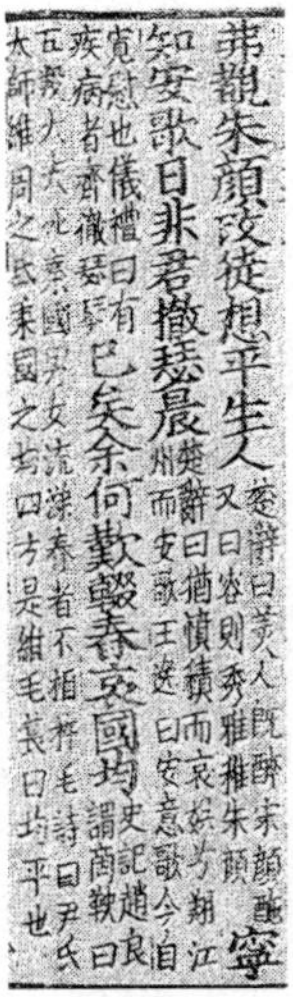
弗覩朱顏改徒想平生人楚辭曰美人既醉朱顏酡又曰容則秀雅稺朱顏寧
知安歌日非君撤瑟晨楚辭曰猶憤積而哀娛兮翔江州而安歌王逸曰安意歌兮自
寬慰也儀禮曰有疾病者齊撤琴瑟巳矣余何歎輟舂哀國均史記趙良謂商鞅曰
五羖大夫死秦國男女流涕舂者不相杵毛詩曰尹氏
太師維周之氏秉國之均曰方是維毛萇曰均平也

圖二七

尤袤本卷二十三葉二十五李善注“《楚辭》曰：美人既醉朱顏酡。又曰：容則秀雅稚朱顏”密縮在一處，每行由二十一字增至二十五、二十六字（見圖二六），張伯顏本則仍按每行二十一字排版，故該句下四行並發生改版（見圖二七），如此改版，使得版面更加規範、美觀。

尤袤本卷二十四葉五《贈白馬王彪》“顧瞻戀城闕”句下李善注“其一毛詩曰”密縮在一處，五字占三個字格，顯有兩字爲後補，然該句注末竟空兩字格（見圖二八）。類似情況，還有同詩其二、其三、其四、其五、其六。查張伯顏本，内容並與尤袤本同，但稍有改版（見圖二九），版式更合規範、美觀。

尤袤本卷三十六葉十四“登爾於朝”句李善注“《漢書》詔策晁錯曰……”，注末空一格，然“詔策晁”三字密縮在一處，占兩個字格。

張伯顏本將"詔策晁"三字恢復爲三字格，注末無空格。

　　尤袤本卷三十七葉十一李善注"毛遂前自讚於平原君，平原君曰：先生處勝之門下……"，其中"平原君曰先生處"密縮在一處，考北宋本，無"平原"二字，然集注本有此二字。張伯顏本亦有此二字，但版式稍有改動，將尤袤本上行二十一字、下行二十三字改成每行二十二字。

　　尤袤本卷三十七葉二十五李善注"謝承後漢書"密縮在一處，五字占四個字格，句末空一格，張伯顏本稍作改版，句末無空格。

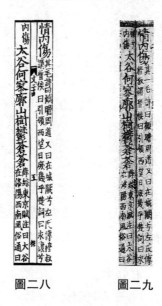

　　　　　　圖二八　　　　　圖二九

　　以上諸例並屬於調整上下行版式造成的修版。

　　第三，尤袤本版面正常，但因張伯顏本或增字或減字或移動注文位置而造成了版面改變，舉例如下：

　　卷二十三葉十一尤袤本作"慷慨復何歎"，考張伯顏本，"歎"字下增加音注"平聲"二字，陳八郎本等五臣注本此字音"平聲"，張伯顏本此處或據五臣注本添加，誤甚。

　　卷二十三葉三十尤袤本注文"四節，已見上文"，張伯顏本作"四節，已見潘安仁《悼亡詩》"，故造成此葉部分行的版面發生改變。考奎章閣本此處亦作"已見上文"，贛州本作"潘安仁《悼亡詩》曰：曜靈運天機，四節代遷逝"，不知張伯顏本據何本改。

尤袤本卷四十八葉七"權輿天地未袪，睢睢（許惟）盱（吁）盱"，該句下李善注爲"言混沌之始，……睢盱，已見《景福賦》"，張伯顔本無正文音注，而是把音注移到了注文末，且改《景福賦》爲《景福殿賦》。類似的例子還有同卷"至于參（三）五華夏"，張伯顔本直接將音注"三"删掉，且未補於注末。尤袤本的正文音注不符合李善注本系統特徵，是後人詬病尤袤本的原因之一，張伯顔本將音注移至注文，或出於更貼近李善注系統的考慮，或因所據底本、參校本既已如此的原因。然其他卷目仍有保留正文音注的情況，未免體例不一。

尤袤本卷四十八葉十四《典引》"沈浮交錯"句注作"地體沉而氣昇，天道浮而氣降，升降交錯，則衆類同矣。《國語》曰：夏禹能平水土，以品處庶類者也。《老子》曰：有物混成，先天地生。"張伯顔本在"《國語》"上，添"善曰"二字，故造成下文版面發生變化。考奎章閣本此處亦有"善曰"，"《國語》"上當爲蔡邕注，如若不加"善曰"，無法區別蔡邕注和李善注。張伯顔本對整篇《典引》都做了此般修補，改正了尤袤本的疏漏。

（三）改字

張伯顔本存在改字情況，這種情況多集中在注文中，舉例如下：

尤袤本卷三葉六"西阻九河"句注文"善曰：《穆天子傳》曰：天子西升九阿"。注文"九阿"，張伯顔本作"九河"，蓋因正文而改注。然考九條本、陳八郎本、朝鮮正德本、奎章閣本等正文並作"西阻九阿"。九阿，古地名，以山坡多曲折而得名。故尤袤本正文中的"九河"應爲"九阿"之誤，而張伯顔本不僅未改正此誤，反添一誤。

尤袤本卷十六葉二十九注文"言當盛春之時，而分別不忍也。《左氏傳》趙盾曰：括，君姬氏之愛子。杜預曰：括，趙盾異母弟。趙姬，文公女也。"（見圖三十）當，張伯顔本改作"嘗"；君姬，張伯顔本改作"■趙"（見圖三一）。

尤袤本卷二十三葉二十注文"以報朱方之役"。役，張伯顔本作"投"，應爲形近而訛。

　　尤袤本卷二十三葉二十二注文"敕躬未濟"。未，張伯顏本作"夫"，奎章閣本作"來"，明州本、贛州本並作"未"，"夫"字應爲"未"字之訛。

圖三十　　　　圖三一

　　尤袤本卷二十三葉二十三注文有"計終收遐致"。終，張伯顏本作"發"，蓋受旁列"發軌"影響而誤。

　　尤袤本卷二十三葉二十四"待時屬興運"。待，張伯顏本作"持"，應爲形近而訛。

　　尤袤本卷二十三葉二十五注文"美人既醉朱顏酡"。朱，張伯顏本作"宋"，應爲形近而訛。

　　尤袤本卷二十三葉二十七注文"時不我已"。已，張伯顏本作"以"。

　　尤袤本卷三十七葉十八注文"密上疏"。疏，張伯顏本作"書"。

　　尤袤本卷四十六葉十八"駔（枉朗）駿函列"。枉朗，張伯顏本作"子明"。考陳八郎本、朝鮮正德本、奎章閣本音"祖朗"，"子明"不知據何而改，顯誤。

（四）補空

　　張伯顏本將尤袤本中的部分空白處予以補充，但其所補內容的來源有些可考，有些無法考證，有些甚至明顯錯誤，舉例如下：

卷十四葉六"覿王母於崑墟"句注文，尤袤本作"《山海經》曰：
□鼓鐘之山，帝臺之所"。尤袤本"鼓"字前空一格，不知是缺刻還
是後來挖掉。北宋本闕，考奎章閣本、明州本、九條本旁記此處並作
"經"，然贛州本與尤袤本同，也空了一格，而張伯顏本却作"一"，語
句不通，不知有何依據。

卷二十四葉二十八"徒美天姿茂"句注文"《孟子》曰：有天爵，
有人爵。仁義□□，樂善不倦，此天爵也"。尤袤本兩空格處可見明顯
剜改痕跡，原應有字。集注本、奎章閣本此處並作"忠信"，張伯顏本
亦作"忠信"。

卷三十六葉二"文擅彫龍"句注文"《七略》曰：鄒赫子□□齊人
爲之語曰……"。兩個空格處，集注本、北宋本、奎章閣本、明州本、
贛州本並作"齊人"，張伯顏本則作"□擅"，不知所據爲何。

卷五十五葉二十"臣聞託闇藏形"句下，尤袤本作："□□日月
發揮，既尋虛而捕影，欲藏形而託暗，豈得施其巧密乎？以喻聖人正
見，既探心而明惑，欲隱情而倚智，豈足自匿其事乎？善曰:《鄧析
子》曰：藏形匿影……"。尤袤本開頭空兩格，且"善曰"二字與前
後文字擠在一處（見圖三二），按照尤袤本注文格式，"善曰"二字前
當爲劉孝標注，然考北宋本、奎章閣本、明州本、贛州本此段全爲李
善注，並無劉孝標注，作："善曰：日月發揮，既尋虛而捕影……。"
尤袤本兩個空格處原應與北宋本、奎章閣本、明州本、贛州本同作
"善曰"，後不知爲何將開頭"善曰"二字挖掉，而在"《鄧析子》"前
添上"善曰"，造成"善曰"二字與前後文字密縮在一處。張伯顏本
將空格處補充爲"善曰"，但下文的"善曰"却依然保留，造成了同
一句話下出現了兩次"善曰"，顯誤。相同情況，此卷還有兩處，分
別在"臣聞目無嘗音之察"和"臣聞達之所服"句下。類似情況，在
該卷第二十一葉也有出現，"臣聞出乎身者"句下，尤袤本作"□□
下愚由性，非假物所移……善曰：漢劉向上疏曰……"（見圖三三）。
考北宋本等此處作"善曰：下愚由性……漢劉向上疏曰……"。張伯
顏本此處依舊將空格處補充爲"善曰"，但下一個"善曰"改作"按"
字（見圖三四）。

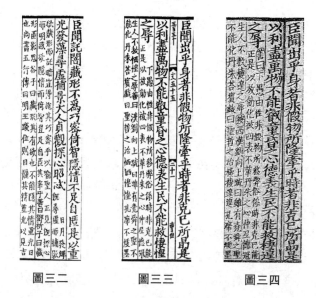

　　圖三二　　　　　圖三三　　　　　圖三四

（五）簡化字

　　張伯顏本多有將繁體字改爲簡化字的情況，且多集中出現在注文中。舉例如下：

　　卷二十四葉二注文"爾雅"，爾，張伯顏本作"尔"。

　　卷三十六葉十二"斷大刑"，斷，張伯顏本作"断"。

　　卷三十六葉十五"蕭何爲相國"，國，張伯顏本作"国"。

　　卷三十六葉十六"不循其禮"，禮，張伯顏本作"礼"。

　　卷三十六葉十九"有數術略"，數，張伯顏本作"数"。

　　卷三十八葉二十二注文"以夜繼日"，繼，張伯顏本作"继"。

　　除以上五種異文之外，還發現一處較爲特殊的異文，卷二十三葉二十"盧陵王墓下作"題下注，張伯顏本不知何故，竟全用五臣注，作"宋武帝子義真封盧陵王，未之藩而高祖崩。盧陵聰敏好文，常與靈運周旋。屬帝失德，朝廷謀廢立之事，次在盧陵，言盧陵輕脁，不任社稷，與少帝不協。徐羨之等奏廢盧陵爲庶人，徙新安郡，羨之等使使殺盧陵也。後有讒靈運欲立盧陵王，遂遷出之，後知其無罪，追還。至曲阿，過丹陽，文帝問曰：自南行來，何所制作？對曰：過盧陵王墓下作一篇"。

　　張伯顏本刊刻時所據底本現已無從確考，可能是伯都所刻之大德本的殘卷，亦可能是尤袤本的某個遞修本，但可以確定的是，張伯顏對底本有所改動，余璉在序中曾説張伯顏命邑學"校補遺謬"，可見其底本應有殘缺，之所以呈現出多種版本的特徵，蓋即對殘缺部分校補所致。另外，從以上所舉諸例亦可見出此本存在明顯改字、訛字、以五臣亂善等情況，故就版本價值而言，張伯顏本當在尤袤本之下，但它在一定程度上的確也修正了尤袤本的謬誤和因修版造成的版面問題，且作爲元代刻本，本身也有其文物價值，明代之後的李善注《文選》版本多以張伯顏本爲底本，如汪諒本、唐藩朱芝址本等，足以證明其文獻價值。

第四章　圍繞尤袤本《文選》底本問題的探討

第一節　尤袤本《文選》底本來源的四種説法

學界關於尤袤本《文選》的底本來源主要有四種觀點，分別是六臣本析出説、單李善注本説、集注本析出説以及北宋本、六臣本外的其他版本系統説。

一　六臣本析出説

六臣本析出説是關於尤袤本底本來源的最早説法，而最早提出此觀點的是四庫館臣。之後，胡克家（實際是顧廣圻、彭兆蓀）、阮元、日本學者斯波六郎等均表示贊同，因此這一觀點在很長時間内被學者們普遍接受。但隨著北宋國子監本與南宋淳熙辛丑尤袤刻本的重新被發現，這個看似已成定論的結論却遭到了質疑。下面將自清代以來贊同六臣本析出説的主要學者及理由分列如下。

其一，《四庫全書總目提要》云：

> 其書自南宋以來，皆與五臣注合刊，名曰《六臣注文選》，而善注單行之本，世遂罕傳。此本爲毛晉所刻，雖稱從宋本校正，今考其第二十五卷陸雲《答兄機詩》注中有向曰一條、濟曰一條；又《答張士然》詩注中，有翰曰、銑曰、向曰、濟曰各一條。殆因六臣之本，削去五臣，獨留善注，故刊除不盡，未必真

見單行本也。①

　　李善注本中出現五臣注確實與李善注本體例不符，然而還值得深究的是爲何這六條五臣注如此集中地出現在同一卷的同一葉中呢？常思春先生研究後認爲："《提要》所舉第二十五卷注中有向曰、濟曰、翰曰、銑曰一節，由其起訖可知當是毛刻所據宋本原脱一葉，其前收藏家取六臣注贛州本之葉補足，毛氏照翻所致（毛氏刻書多照翻原本，不輕作校改）"。②屈敬慈在《校〈文選李善注〉應當重視汲古閣毛氏刻本》一文中也有相同説法。乍看上去，很有道理，但仔細分析，貌似仍有疑問未解。首先，在毛氏汲古閣本之前，明成化唐藩本、晉藩本等翻張本的卷二十五中亦有此問題，而考察成化唐藩本、晉藩本，這些注文並未在同一葉中，應非缺葉補足所致。其次，汲古閣本中並非祇有卷二十五混入了五臣注，斯波先生校勘發現卷四十六顔延年《曲水詩序》"增類帝之宮"句下有"翰曰"一條，卷四十七《三國名臣序贊》"運用無方"句下有"向曰"一條，這兩條絶非脱葉補足可以解釋。故常先生的觀點還有待商榷。然最爲重要的是四庫館臣所見並非南宋淳熙辛丑尤袤刻本，而是毛氏汲古閣本，這兩種是相對獨立且有很多差異的版本，故此觀點並不能真實反映尤袤本的底本問題。

　　其二，胡克家《文選考異序》：

　　　　《文選》之異起於五臣，然使有五臣而不與善注合并，若合并矣，而未經合并者具在，即任其異而勿考，當無不可也。今世間所存，僅有袁本，有茶陵本，及此次重刻之淳熙辛丑尤延之本。夫袁本、茶陵本固合并者，而尤本仍非未經合并也。何以言之？觀其正文，則善與五臣已相屛雜，或沿前而有譌，或改舊而成誤，悉心推究，莫不顯然也。觀其注，則題下篇中，各嘗闌入呂向、劉良，頗得指名，非特意主增加，他多誤取也。觀其音，則當句每未刊五臣，注內間兩存善讀，割裂既時有之，删削殊復不少，崇賢舊觀，

①　（清）永瑢等：《四庫全書總目提要》卷一八六，中華書局，1965，第 1685 頁。
②　常思春：《尤刻本李善注〈文選〉闌入五臣注的緣由及尤刻本的來歷探索》，《四川師範大學學報（社會科學版）》2003 年第 1 期，第 74 頁。

失之彌遠也。①

　　此《〈文選考異〉序》實爲顧廣圻捉刀之作，而顧氏之"尤本仍非未經合并"一句，影響甚至超出四庫館臣之上，使六臣本析出説幾成定論。顧氏所言袁本、茶陵本分別指明代嘉趣堂袁裘翻宋廣都裴氏六家《文選》和元代陳仁子刻增補六臣注《文選》。六家本是指五臣注在前，李善注在後的合併本；六臣本是指李善注在前，五臣注在後的合併本。"夫袁本、茶陵本固合并者，而尤本仍非未經合并也"，"非未"即説明顧氏認爲尤袤本與袁本、茶陵本一樣都是將李善注與五臣注合併的本子。雖然他的確指出了尤袤本存在的諸多問題，但他所見之尤本仍非南宋淳熙辛丑尤袤刻本，而是一個屢經後世修補的尤袤本遞修本，其內容多有與尤袤本相異者。如尤袤本《兩都賦》"帶河泝洛，圖書之泉"，泉，胡克家本作"淵"；又如尤袤本《西京賦》"礔礰激而增響，磅礚象乎天威"下李善注"增響，重聲也"，胡克家本作"增響，委聲也"；再如尤袤本《東京賦》"設業設虡，宮懸金鏞"下李善注"毛詩曰：鏞鼓有斁。毛萇詩傳曰：大曰鏞"，胡克家本此句作"鏞，已見上文"；等等。故顧氏之言實際上也不能反映尤袤本底本的真實來源。

　　其三，阮元在《〈文選旁證〉序》中亦有相同的説法，這或是直接承襲四庫館臣，或説明六臣析出説已成爲當時普遍認可的觀點。阮元説："《文選》刻板最早，初刻必是六臣注本，而李注單本幾於失傳。宋人刻單李注本，似從六臣本提掇而出。是以五臣之名尚有刪除未盡之處。"②

　　其四，楊守敬也認爲尤袤本出自六臣本，但並非出自某一本，而是兼採衆本之長而成。"自來著録家有北宋六臣《文選》（即袁氏所原之裴本是也），北宋五臣《文選》（即錢遵王所收之三十卷本是也，見《讀書敏求記》），而絕無有北宋善注《文選》者，良由善注自合五臣本後，人間鈔寫卷軸本盡亡，故四明、贛上雖有刊本（當在南宋之初），

---

① （清）胡克家：《文選考異》，載《〈文選〉研究文獻輯刊》第四四冊，國家圖書館出版社，2013，第3—4頁。
② （清）阮元：《〈文選旁證〉序》，見（清）梁章鉅《文選旁證》卷首，載《〈文選〉研究文獻輯刊》第五一冊，國家圖書館出版社，2013，第3頁。

皆從六臣本抽出善注,故尤氏病其有裁節語句之弊。"① 楊氏又云:"余在
日本時,見楓山官庫藏宋贛州刊本,又見足利所藏宋本,又得日本慶長
活字重刊紹興本及朝鮮活字本,皆六臣本。余以諸本校胡氏本,彼此互
節善注,即四明、贛上所由出,乃知延之當日刻此書,兼收衆本之長,
各本皆誤,始以書傳校改。"②

其五,1977 年中華書局影印胡克家本《文選》時,在出版説明
中説:

> 清朝人大多認爲自六臣注盛行之後,李注原帙被埋没,又有人
> 將集注本中的李注輯録出來,就是今天所能見到的李注《文選》。
> 用敦煌石室發現的一些舊抄《文選》殘卷與現在的通行本相校,或
> 細讀清人的校記,可證上述説法是可信的。但是輯録者的目的並未
> 完全達到,也不可能完全達到,因爲《文選》的本子在唐以前祇有
> 抄本流傳,在傳抄過程中,無意抄錯和有意删節都在所難免,史書
> 所引作品更難免經過剪裁。在注釋中,情況比正文更複雜,李注經
> 過多次易稿,傳抄本所據不一定是定本;李注和五臣注經過合而又
> 分,以致輯録出來的李注,有的地方雜入了其他注釋,有的又被誤
> 認爲其他注釋而删去了。③

出版説明中提到的"集注本"並非指周勛初先生從日本找回的《唐
鈔文選集注彙存》,而是指前文提到的六臣注本。此説明總結了清朝至
此書出版之時,學界關於此問題的普遍看法,即贊同六臣注析出説。如
清代著名藏書家朱少河(朱錫庚)在其《李善注〈文選〉諸家刊本源
流考》中亦云:"宋時尤延之(袤)獨取李善注專刻之,是爲遂初堂本
(注内間有臣吕向曰、臣張銑曰等處,蓋于五臣注本採取未能盡者)。"④

---

① (清)楊守敬:《日本訪書志》,載《宋元明清書目題跋叢刊》第十九册,中華書局,
2006,第 221 頁。
② (清)楊守敬:《日本訪書志》,載《宋元明清書目題跋叢刊》第十九册,中華書局,
2006,第 222 頁。
③ (梁)蕭統編,(唐)李善注《文選》(全三册),中華書局,1977,第 2—3 頁。
④ (清)朱少河:《李善注〈文選〉諸家刊本源流考》,載《善本書題記》,國家圖書館出
版社,2010,第 465 頁。

其六，日本島田翰在其《古文舊書考》亦持此種觀點："宋淳熙辛丑，無錫尤延之在貴池學官刻善本，厥後單行之本咸從之出，而其實由六臣注本所録出也。"①

其七，日本是研究《文選》尤其是《文選》版本的重地，斯波六郎先生可謂是日本《文選》版本研究領域的開山之人，他的代表作《文選諸本研究》，對三十餘種《文選》版本進行了仔細的調查、研究。因當時未見尤袤本，僅見到胡克家本，故其對"尤袤本"（實際是胡克家本）作出了如下判斷：

> 以影寫重刊的胡刻本推斷，是本原來所據，並非唐代李善的單注本，而是把李善注和五臣注的合併而成。該本的正文部分依據的是所謂李善本的文字，注的部分衹不過把認爲係李善注者抽出而已。（而且，胡氏所據尤本，補刻似乎甚多。）因此似就存在如下的一些誤訛：正文的文字及分節俱從五臣本，注中混有五臣之文，正文中存有音釋（李善本決不在正文中夾記音釋）等。②

另外，他在《對〈文選〉各種版本的研究》一文中，明確提出"胡刻本的底本尤本所傳承的不是唐代李善單注本，實爲六臣注本，不過抽出了其中的李善注部分"③。

斯波先生的治學態度十分嚴謹，他廣泛搜集所能見到的版本，數量多達三十餘種，並對這些版本進行比勘與分析，令人十分敬佩。然因其並未見到藏於中國國家圖書館的南宋淳熙辛丑池陽郡齋尤袤刻本，以及分別藏於中國國家圖書館與臺北故宮博物院的北宋國子監本，所以他的結論亦不完全適用於尤袤本。

其八，森野繁夫先生也是日本《文選》研究專家。他在《宋代的李善注〈文選〉》一文中亦贊成此說："尤袤刻本是李善單注本，但它不是

---

① 〔日〕島田翰：《古文舊書考》，載《宋元明清書目題跋叢刊》第十九册，中華書局，2006，第589頁。

② 〔日〕斯波六郎：《文選索引》，李慶譯，上海古籍出版社，1997，第9頁。

③ 〔日〕斯波六郎：《對〈文選〉各種版本的研究》，戴燕譯，載《中外學者文選學論集》，中華書局，1998，第865頁。

唐代李善單注的繼承本，而是從六臣注本中把李善注輯録出，再加上被認爲是李善本正文的一些東西重新編纂而成的，這已成爲通説。"①

其九，在尤袤本與北宋本流傳之後，學界仍然有學者贊成六臣本析出説。屈敬慈在《校〈文選李善注〉應當重視汲古閣毛氏刻本》一文中認爲："尤本、毛本正文句中音注頗多，大都不見於天聖國子監本殘卷，而多同於《六臣注》本；又《六臣注》明州本多删李善注而標'善同某注'，實則所删善注僅爲五臣'某注'中一節（由天聖國子監本殘卷可看出）。檢尤本、毛本注文，多有明州本標'善同某注'之條，即取五臣'某注'充善注。由此觀之，尤本、毛本所據底本之祖本確爲從有删削李善注的《六臣注》本摘出李善本；然其李善注文頗多超出《六臣注》本者，正文亦頗有既不同於《六臣注》本又不同於《五臣注》本者，疑其從《六臣注》摘出之後，爲求新異，又以當時所傳他本作了校改補充，當是書棚所爲。"②

其十，除屈敬慈先生外，范志新先生在《李善注〈文選〉尤刻本傳承考辨》中提出："根據現有的資料，尚不能推翻顧廣圻、斯波氏所謂尤本出自摘六臣本李善注説，尤本可能主要以贛州初刻本爲其底本。"③他在《李善注〈文選〉尤刻本的成書——尤刻本來源的再認識》一文中進一步指出："尤本所用爲底本的，是贛州本，它也不是現今存世的諸贛州刻本，而是四庫館臣鈔録贛本時所據之祖本……以贛本爲底本，以監、永系統本之斷爛唐寫卷爲輔助參校之本之外，尤氏還參考徵引了其他的文獻資料，比如《文選》作者的別集、他本前人的注文等等。"④范志新先生雖然贊成六臣本析出説，然因所見資料較清代學者與日本幾位學者要多，所以對於尤袤本的底本來源問題探討得也較之前幾位更加豐富，他在六臣本析出説的基礎上，進一步明確了尤袤本的底本即贛州本，並參考了其他相關資料。

其十一，丁紅旗先生在《唐宋〈文選〉學史論》之《宋代〈文選〉

---

①　〔日〕森野繁夫：《宋代的李善注〈文選〉》，李心純、林合生譯，《山西師大學報（社會科學版）》1986年第4期，第68頁。

②　屈敬慈：《校〈文選李善注〉應當重視汲古閣毛氏刻本》，《中華文化論壇》2000年第4期，第122頁。

③　范志新：《文選版本論稿》，江西人民出版社，2003，第45頁。

④　范志新：《文選版本論稿》，江西人民出版社，2003，第51—52頁。

刻本的流傳》一文中亦贊同尤袤本是從六家本或六臣本中抽繹出李善注的觀點。丁先生認爲尤袤本的版本來源祇有兩種可能，一是尤袤本之前既已存在的國子監本，一是從六家本中摘録。在這種觀點的指導下，丁先生通過國子監本與尤袤本的比勘，發現兩者存在較多差異，從而判斷尤袤本當從六家本中摘出，並詳細列出其所認爲尤袤從六家本中抽繹李善注的三個步驟：1.針對明州本、贛州本中"某注同"類的删削、合併，特別是合併李善注的地方，要復原。2.對李善僅保留舊注、不加"具釋"的，即可能失却"善曰"的地方，費一番思量，斟酌取捨。3.對五臣注、李善注比較明確没有混淆的地方，直接顛倒過來，或照録即行。[1] 丁先生的觀點存在兩個問題。首先，尤袤本的底本來源並不一定祇有兩種可能，現存《文選》版本畢竟有限，如此説難免武斷，不能説底本不是國子監本，就一定是六家本。其次，北宋國子監本與尤袤本確實存在較多差異，這是事實。但不能因此否定北宋國子監本就一定不是尤袤本的底本來源。因爲尤袤本的底本來源是十分複雜的，尤袤在刊刻時根據其他《文選》版本及相關資料做過校勘工作，但並非完全照搬底本原貌，因而北宋國子監本與尤袤本雖存在差異，亦不能完全排除兩者之間存在某種聯繫的可能。而且，北宋國子監本也是一個問題頗多的本子，現在所見並非北宋國子監原刊本，而是北宋天聖明道間的遞修本，原刊本早於北宋大中祥符八年時被火燒毀。據《玉海》卷五十二"淳化秘閣群書"條記載："（大中祥符）八年，館閣火，移寓右掖門外，謂之崇文外院，借太清樓本補寫，既多損蠹，更命繕還。"[2] 由此可知，現在保存下來的北宋本的底本應是一個"損蠹"的斷爛之本，故不可能完全反映出北宋國子監本的原貌。尤袤是否見過北宋國子監原刊本現無法確知，但存在見過且以其爲底本或參校本的可能。

其十二，李華斌先生通過對尤袤本、陳八郎本、秀州本（奎章閣本）的正文音注進行統計與分析，發現這三個版本正文中的音注絶大多數相同，從而"推測尤刻本、陳八郎本的底本是秀州本之類的六家

---

① 丁紅旗：《唐宋〈文選〉學史論》，上海人民出版社，2015，第326頁。
② （宋）王應麟編《玉海》，廣陵書社，2003，第993頁。

本"。① 通過音注的角度分析尤袤本《文選》的底本問題確實是一個較爲獨特的角度，然音注祇是尤袤本《文選》中的一部分，僅能作爲參考，況且尤袤本《文選》正文中的音注問題亦很複雜，經筆者統計發現，每卷的正文音注情況不同，有些卷的正文中一處音注也沒有，如果說底本爲六家本，那麼這種情況該如何解釋呢？關於尤袤本正文中的音注問題詳見本章第三節、第四節的相關内容。

二 單李善注本説

單李善注本説也是尤袤本底本來源的一個主要説法，且學界認可度較高。但贊同此説的學者所提出的具體觀點並不完全相同，有的認爲尤袤本的底本是單李善注本的抄本，有的認爲是北宋國子監本，有的認爲是九條本，有的認爲是其他單李善注本，還有的認爲是以單李善注本爲底本，參校其他《文選》版本或資料而成。雖説法衆多，然而他們的核心意見是一致的，即反對從六臣本析出説，認可尤袤本底本是李善注本系統。下面對幾種代表性的觀點略作介紹。

其一，清代著名藏書家陸心源在其《影宋抄本尤本文選考異跋》中云："第二十葉有云：'自《齊謳行》至《塘上行》，五臣與善本倫次不同。'是文簡所據，必有善注單行本，非從六臣本摘出。至尤序所云衢州本（瑋案：當爲贛州本之誤），余家有其書，四明本亦尚有存者，皆六臣注，非單行善注。由是觀之，善注單行，文簡以前無刻本矣。"②

陸心源應該是最早反對六臣注本析出説者，他根據尤袤本後附《李善與五臣同異》判斷尤袤本出自單李善注本，而非六臣本，但論證不足，故在清代沒有引起學界的普遍認可。他又通過尤袤《文選》跋文中稱引的《文選》版本並爲六家、六臣本，而對李善注本未置一詞，從而判斷尤袤本之前沒有單李善注刻本，言外之意，他認爲尤袤本當來自單李善注抄本。雖然北宋本的重新發現推翻了陸心源"善注單行，文簡以前無刻本"的觀點。但是他提供了一個思考方向，即尤袤本的底本有可

① 李華斌:《〈文選〉正文中的音注的來歷兼及尤刻本的來歷》,《長江學術》2013 年第 1 期，第 151 頁。
② （清）陸心源:《儀顧堂續跋》，載《宋元明清書目題跋叢刊》第九册，中華書局，2006，第 352 頁。

能是單李善注抄本，而非刻本。

其二，程毅中、白化文先生於 1976 年在《文物》發表《略談李善注〈文選〉的尤刻本》一文，二位先生對中國國家圖書館藏南宋淳熙辛丑池陽郡齋尤袤刻本進行了研究，對六臣本析出說提出了反對意見，並作出四點說明。1. 四庫館臣見到的是一個錯誤極多的汲古閣本，他們舉出的例子在尤袤本中並不存在。2. 北宋國子監本的真實存在打破了尤袤本之前沒有單李善注本的錯誤觀點，因此沒有單李善注本所以纔從六臣本中析出之說也不能成立。3. "尤袤的《遂初堂書目》中明明祇有李善本和五臣本兩種，唯獨沒有六臣本，當然更不能說他是從六臣注本中摘出來的"[1]，且"根據現在所見到的材料，最早的六臣本是所謂廣都裴氏刻本，於崇寧五年（1106）開始刻版，政和元年（1111）刻成（見朱彝尊《曝書亭集》卷五二《宋本六家注文選跋》）。比起北宋刻李注本來，還要晚好幾十年。而且它轉錄了國子監本的'准敕雕印'公文，更足以說明六臣本的流行在李注本刻印之後"[2]。4. 古書在傳抄、傳刻過程中難免有些改動，《文選》確實存在李善本與五臣本相混的某些跡象，但不能根據一兩點現象就說李善本已經失傳。

程、白兩位先生雖然沒有提出尤袤本底本來源的新觀點，但是他們對於六臣本析出說存在的問題提出了大膽質疑，打破了長期以來學界對這一問題的習慣性認可，促進更多學者投入此問題的思考與研究中。然而二位先生的部分觀點亦存在問題。首先，並不能因爲《遂初堂書目》中沒有六臣本記載，就斷定不可能從六臣本中摘出。況且，尤袤在《文選》跋文中明確提到過"四明贛上，各嘗刊勒"，說明他確實見過六家、六臣本，雖然對這兩個版本"裁節語句"表示了不滿，但依然有據其參校的可能。另外，還有一個問題需要指出，尤袤《遂初堂書目》有多種版本流傳，如盛宣懷《常州先哲遺書》本、尤桐《錫山尤氏叢刊甲集》本、潘仕成《海山仙館叢書》本等。諸本"總集類"並記錄"李善注文選、五臣注文選"，然南京圖書館藏有一部明抄本《遂初堂書目》，其"總集類"則記錄爲"李善注文選、李善五注文選"。"李善

---

① 程毅中、白化文：《略談李善注〈文選〉的尤刻本》，《文物》1976 年第 11 期，第 80 頁。
② 程毅中、白化文：《略談李善注〈文選〉的尤刻本》，《文物》1976 年第 11 期，第 80 頁。

五注文選"不知是否脱一"臣"字，若是，則《遂初堂書目》中記載的就是六臣本了。其次，六臣本是指李善注在前，五臣注在後的合併本；六家本則指五臣注在前，李善注在後的合併本。廣都裴氏本屬六家本系統。據傅剛先生研究，現存最早的六家本不是廣都裴氏本，而是廣都裴氏本的祖本北宋哲宗元祐九年（1094）的秀州州學本。

其三，張月雲先生是最早發現臺北故宮博物院藏北宋本之人，1985年他撰寫《宋刊〈文選〉李善單注本考》，文中對北宋本的概況以及尤袤本之淵源進行了分析。張先生經過比勘發現尤袤本的正文有獨合於永隆本[①]、北宋本，而異於其他宋刊本，如贛州本、明州本等的情況，就永隆本、北宋本、尤袤本一脈相承的實際情況，再結合尤袤本正文與北宋本不合之處，認爲"尤氏極可能真有見北宋本，並取之與宋刊他本兼併參校，取捨後方付梓矣"[②]，"尤本梓行之初，必是兼取北宋本與贛州本一併參校、取捨而來，故其一方面能較六臣注本多保存了善注本之舊貌，然一方面亦因未能將兼採六臣注本之痕跡戡除淨盡，故多已失北宋本所存善注原貌之舊觀。此外，尤氏復於二本注文自覺未盡滿意處，擅作增補，其所增注是否另據其它抄本而來？抑全憑己意引書增之，已不能考知，然尤氏之過，則在未能詳注來源，故實已難脱'譌託前人'之名"[③]。簡而言之，張先生認爲尤袤本的底本爲北宋本和贛州本，並在此二本基礎上有所增補。

其四，臺灣學者游志誠先生據尤袤跋文"逾年，乃克成，既摹本藏之閣上，以其板置之學宮"，認爲既然"謂摹本藏之閣上，則必有一祖本，此祖本即尤所據之善注單注本原貌。因此可推測，未經改易增删，保留原貌的李善單注文選，至少到南宋初尚可見到"[④]。

游先生認爲尤袤本的底本是一個單李善注本，但並未給出理由，其

---

① 永隆本即法藏敦煌寫卷 P.2528，係單李善注抄本，現僅存《西京賦》"井幹疊而百增"至賦末李善注止，共三百五十三行，因卷末有"永隆年二月十九日弘濟寺寫"一行，故稱永隆本，今藏法國國家圖書館。饒宗頤先生的《敦煌吐魯番本〈文選〉》收入此篇。

② 張月雲：《宋刊〈文選〉李善單注本考》，載《中外學者文選學論集》，中華書局，1998，第 796 頁。

③ 張月雲：《宋刊〈文選〉李善單注本考》，載《中外學者文選學論集》，中華書局，1998，第 804 頁。

④ 游志誠：《昭明文選斠讀（上）》，駱駝出版社，1995，第 19 頁。

實這也説明一個現象，即在六臣本析出説之後，單李善注本説開始流行
於學界。然此段論述存在兩點疑問：1.“藏之閣上”的摹本，是尤袤刊
刻的尤袤本《文選》，還是尤袤據以刊刻尤袤本《文選》的底本？游先
生認爲是後者，筆者持保留意見。2.假如是指尤袤本《文選》的底本，
如何斷定該底本一定保留了單李善注本的原貌？按游先生所言，他認爲
尤袤當時見到了保留李善單注原貌的《文選》，而刊刻時却對底本進行
了改易增删，改變了李善單注本的面貌。這種觀點貌似説不通，假若手
中握有保留原貌的李善單注《文選》，尤袤爲何還要多此一舉，進行一
番改易增删的工作呢？或許有兩種可能，一是尤袤没有修改，衹是依據
底本刊刻；二是他所見的底本没有完整保留李善單注《文選》原貌，需
通過其他途徑進行修補。據尤袤跋文可知，池州之前確有未完工的《文
選》刻版存世，但此版的系統歸屬、完工情况等均不明。

　　其五，岡村繁先生亦是日本研究《文選》的代表人物。他在《宋刊
〈李善文選注〉對〈五臣注〉的“盜用”》一文中指出：“尤本絶非如舊
説那樣是誤將五臣注之文混入李善注所致，而是最初就有意識地摒棄原
有之李善注，換上更爲詳備的五臣注而弄成。”[1]岡村繁先生的觀點較爲
與衆不同，他認爲尤袤本的底本是一個李善注本，其中的五臣注痕跡並
不是從六臣本中析出時造成，而是爲豐富李善注文故意取五臣注而成。
然這也僅是一家之言。

　　其六，常思春先生通過版本比勘發現“尤刻本闌入的五臣注之條皆
在六臣注明州本删李善注標‘善注同’‘善同某注’‘餘同某注’範圍
内”[2]，因此提出“尤刻本底本是出於南宋紹興年間的一個校刻本，這個
校刻本又是由一個有斷爛的較北宋天聖國子監本之注更詳的李善注本
而以六臣注明州本李善注補其斷爛而來”[3]。換言之，即認爲尤袤本的底
本是現在見不到的一種李善注本，其中的部分内容有缺失，以明州本
配補。

---

[1]　〔日〕岡村繁：《岡村繁全集·第貳卷·文選之研究》，陸曉光譯，上海古籍出版社，
　　　2002，第390頁。

[2]　常思春：《尤刻本李善注〈文選〉闌入五臣注的緣由及尤刻本的來歷探索》，《四川師
　　　範大學學報（社會科學版）》2003年第1期，第81頁。

[3]　常思春：《尤刻本李善注〈文選〉闌入五臣注的緣由及尤刻本的來歷探索》，《四川師
　　　範大學學報（社會科學版）》2003年第1期，第73頁。

其七，屈守元先生《〈文選六臣注〉跋》對尤袤本是否從六臣注本摘出的問題做了簡單説明。他認爲："世傳《六臣注》本删削太甚，李善注被全部删去之處不少。既已删去，何從摘録？"[①]屈先生所言有理。六臣本自六家本而來，六家本以五臣注爲底本，遇李善注文與五臣注文相同或相似時，往往以"善注同"的形式省略李善注，然仔細檢核李善注本與五臣注本可以發現，標"善注同"者，往往李善注與五臣注不完全相同，故事實上，六家本删削了許多李善注。因而尤袤本若從六臣本中摘出，那麼六家本中那些被删削了的李善注是如何復原的呢？故六臣本析出説不能成立。"今檢毛刻，其已見尤本，固可確定，至於天聖本毛氏曾見與否，則不可知。而尤刻出於天聖，無須辯解。至於曾參校四明贛上諸本，尤跋已有明言，謂其遭《六臣注》竄亂則可，謂其出於《六臣注》本，删去五臣，獨留善注，則殊爲武斷！"[②]屈守元先生十分堅定地認爲尤袤本出自北宋本，然"無須辯解"四字並不能使人瞭解這種判斷的原因，較爲可惜。

其八，王立群先生對尤袤本《文選》的底本問題也進行了推測，王先生發現北宋本與尤袤本都將集注本《三都賦序》中記載的綦毋邃的五條注釋置於劉逵名下，且"在文字的細部處理、條目的合併上又都做得毫無差異"[③]，從而説明北宋本與尤袤本之間存在明顯的傳承關係。之後又通過對尤袤本《吳都賦》的增注研究，王先生進一步提出了如下猜想：

尤延之手中存在一個增加了大量旁注的李善注本，而這個本子旁注的内容則是習《文選》者（也有可能是尤袤本人）的筆記之本。在其研習《文選》的過程中，可能採納了像如贛州本等本的内容，更多的是自己或他人對《文選》及其注釋的疏解。這樣的一個本子，成了尤袤刊刻新的李善注的底本。正因爲如此，我們看到的增注内容，有來自經傳的，有來自史注的，有來自字書的，還有來

---

① 屈守元：《〈文選六臣注〉跋》，《文學遺産》2000 年第 1 期，第 43 頁。
② 屈守元：《〈文選六臣注〉跋》，《文學遺産》2000 年第 1 期，第 43 頁。
③ 王立群：《北宋監本〈文選〉與尤刻本〈文選〉的承傳》，《文學遺産》2007 年第 1 期，第 129 頁。

源不明的（個人疏解内容）。尤本與贛州本的關係似乎更加密切，可能是尤袤在校勘中利用了贛州本作爲參校本。[①]

　　王立群先生十分關注尤袤本的注文，尤其是增注，通過對尤袤本增注的研究，他認爲尤袤本的底本是一個李善注本，但參考了許多其他資料，尤其是與尤袤本有密切關係的贛州本。2014 年，王先生出版《〈文選〉版本注釋綜合研究》一書，書中更詳細地對尤袤本的底本來源進行了説明："尤刻本《文選》的來源遠比想象的要複雜，它是以北宋監本殘卷與贛州本爲主要底本，監本殘卷有問題處則旁參六臣注本的贛州本而來，監本不存者則以贛州本爲依據，同時，尤袤的刊刻具有彙校的性質，是對監本《文選》的進一步整理。尤袤的根本意圖並不在於恢復李善注的原貌，而是企圖通過豐富李善注的内容來提高李善注的地位。"[②]

　　其九，俞紹初先生通過對奎章閣本的仔細研究後發現，其中一些明顯的錯誤主要集中在李善注部分，如類目、篇題、注文等，這些錯誤是北宋本、尤袤本並有的，而奎章閣本李善注部分的底本是北宋本，北宋本在尤袤本之前，故他認爲尤袤本的這些錯誤皆始於北宋本，因此判斷"尤本在總體上應出自北宋本系統，這大概不會成什麼問題"[③]。此處的北宋本是指北宋國子監的原刊本，即毀於大中祥符八年大火之本，而非現在所見之北宋國子監遞修本。俞先生的這個觀點很有啓發性。通過尤袤本與北宋本的比勘可以發現，二者確實存在很多差異，很多學者因此直接排除了北宋本爲尤袤本底本的可能，但他們忽略了一個問題，即現在所見的北宋本是一個根據"損蠹"本重修而來的本子，它並不能反映北宋本的原貌，至少不能反映全貌。在仔細比較、研究尤袤本與北宋本之後，發現兩者之間，除俞先生所説的相同處之外，還存在某些關聯，這部分將在本章第三節中作詳細分析。

---

① 王立群：《尤刻本〈文選〉增注研究——以〈吴都賦〉爲例的一個考察》，《河南大學學報（社會科學版）》2011 年第 5 期，第 30 頁。

② 王立群：《〈文選〉版本注釋綜合研究》，大象出版社，2014，第 190 頁。

③ （梁）蕭統選編，（唐）吕延濟等注，俞紹初、劉群棟、王翠紅點校《新校訂六家注文選》，鄭州大學出版社，2013，第 5 頁。

其十，傅剛先生是國內研究《文選》版本的專家，他對六臣本析出説提出了反對意見，並説明理由。第一，尤袤本之前已有單李善注本行世，"尤刻或尤刻底本完全没有必要去在六臣注本中摘鈔李善注，這樣所費的工作量及所需財力更大。"[①]第二，傅剛先生通過尤袤編寫的《李善與五臣同異》以及袁説友跋文中提到的"《文選》以李善本爲勝，尤公博極群書，今親爲讎校，有補學者"，判斷他手中一定握有單李善注底本。繼而又對這個單李善注底本的情況進行了推測："尤刻本並非從六臣注本摘出，而是以李善本爲底本，又參據了五臣、六臣等版本而成。"[②]他認爲這與書商刻書有關，"意者北宋末南宋初，其時容或有李善注寫本在，而五臣注本（若平昌孟氏刻本，詳見後）、六家本（北宋元祐九年秀州州學本，詳見後）也都已問世，都可供書商參校勘刻。於是便出現了一個既不同於監本，又不同於五臣、六臣本的李善本，這便是尤刻本的來歷。"[③]言外之意是説尤袤本的底本是一個書商校勘過的版本。又因《洛神賦》注引"感甄記"的一段文字不見於現存其他《文選》版本，却見於宋姚寬《西溪叢語》，從而進一步指出"從姚寬的《西溪叢語》記載看，尤袤之前已有非監本系統的李善單注本流傳，這很可能正是尤刻本的底本。"[④]書商校勘時所用的底本並非監本，而是其他的李善注本系統。據現存各種官私目録的著録情況看，許多關於《文選》的記載祇是簡單地記録"李善注本""五臣注本"等，没有詳細著録具體的版本。這爲研究《文選》版本帶來了困難。現存單李善注刻本祇有北宋本與尤袤本，但不能説歷史上僅存在過這兩種單李善注刻本。傅剛先生認爲除尤袤本與北宋國子監本之外，還存在其他李善注本系統的推測是有道理的。

傅剛先生在日本教學期間，有機會對九條家藏古抄本《文選》進行仔細研究，對尤袤本《文選》的底本問題提出了新的觀點，他認爲"九條家本是李善本系統，但比今傳任何一種李善本都要準確。今傳

①　傅剛:《〈文選〉版本研究》，北京大學出版社，2023，第252頁。
②　傅剛:《〈文選〉版本研究》，北京大學出版社，2023，第260頁。
③　傅剛:《〈文選〉版本研究》，北京大學出版社，2023，第253頁。
④　傅剛:《〈文選〉版本研究》，北京大學出版社，2023，第205頁。

李善本特徵，此本都具備，但今傳李善本的訛誤，此本却都不誤，説明九條家本所抄底本要早於宋刻各本。"①　"（九條本）特徵往往與李善本相合，而尤與尤袤刻本多合，是證尤袤本確有底本，非如清儒所説，是尤袤刻書時以五臣亂善所致。"②換言之，傅剛先生認爲九條本屬於李善注本，且其底本比北宋本更早，又進一步認爲九條本爲尤袤本之底本。具體理由有三。一、古抄本應有的類題，九條本無，與尤袤本同。如"臨終"類，陳八郎本與三條家本③均標有"臨終"類，而九條本無。二、有關作品順序合於善本而異於五臣本。如卷二十八陸機《挽歌》三首與陸機《樂府十七首》，李善本與五臣本順序不同，而九條本並與尤袤本同。三、通校各篇，九條本有一些獨具特徵之處與尤袤本合。如《蜀都賦》"艤輕舟"，尤袤本、九條本並作"艤"，集注本作"様"，集注本案語云："五家本様作漾。"陳八郎本、朝鮮正德本並作"漾"。

其十一，劉明先生認爲尤袤本中的增注不見於北宋國子監本，説明北宋初流傳的李善注本具有不同版本系統。又認爲《新唐書·李邕傳》④、晁公武《郡齋讀書志》⑤《中興館閣書目輯考》⑥中關於李邕補注《文選》的記載是可靠的，尤其是《郡齋讀書志》與《中興館閣書目》的撰寫時間與尤袤刻《文選》十分接近，進而判斷李邕補注本應該就是

---

① 傅剛：《〈文選〉版本研究》，北京大學出版社，2023，第 327 頁。
② 傅剛：《〈文選〉版本研究》，北京大學出版社，2023，第 475 頁。
③ 日本三條家藏《五臣注文選》第二十卷殘卷，爲今所見僅存的單五臣注鈔本，昭和十二年（1937）東方文化學院影印一軸，列在《東方文化叢書》第九。1980 年天理圖書館印入《善本叢書漢籍部》第二卷，由八木書店出版。見徐華《日三條家藏鈔本〈五臣注文選〉卷第二十考辨》，《文獻》2014 年第 4 期，第 46 頁。饒宗頤先生稱"日鈔此卷，爲現存最古之《文選》五臣注本，可以窺見未與善注合併時之原貌"。見饒宗頤《日本古鈔〈文選〉五臣注殘卷》，載《中外學者文選學論集》，中華書局，1998，第 580 頁。
④ 《新唐書·李邕傳》云："始善注《文選》，釋事而忘意。書成以問邕，邕不敢對，善詰之，邕意欲有所更，善曰：'試爲我補益之。'" 1975，第 5754 頁。
⑤ "（李善）初爲輯注，博引經史，釋事而忘其義。書成上進，問其子邕，邕無言。善曰：非邪？爾當正之。於是邕更加以義釋，解精於五臣。"見（宋）晁公武《昭德先生郡齋讀書志》，《四部叢刊三編·史部》，商務印書館，1935。
⑥ 《中興館閣書目》著錄李善注《文選》，亦云："其子邕嘗補益之，與善注並行。"見（宋）陳騤等撰，趙士煒輯考《中興館閣書目輯考》，載《宋元明清書目題跋叢刊》第一冊，中華書局，2006，第 440 頁。

不同版本系統中的一種，提出了"尤刻本的底本應該是自北宋既已廣泛流傳的李邕補注本，故其存在的大量增注當即來自此本。"① 這是一個較新的提法。然李邕究竟是否真的補注過《文選》還存在大量爭議，如四庫館臣即曾駁其虛妄，理由是唐顯慶三年（658）李善注《文選》上表之時邕還未及生；而且李善注本身也存在初注、覆注、三注、四注等，又如何判定那些增注不是李善增補呢？但劉明先生有一段話説得很有道理："前人所謂尤刻本之增注，並不能徑直視爲闌入之五臣注，甚而責備尤袤刪削未净而存在校勘問題，而是説明了李善注本存在著多種版本，其本身也是具有複雜性的。"②

三　集注本析出説

日本學者森野繁夫通過對尤袤本《文選》注文的研究，發現其中有不少注文與北宋本、集注本中的部分李善注不同，却與集注本中《文選鈔》、陸善經注等相合，因而判斷"作爲北宋刊本、尤袤刊本、胡克家刊本及其以後各刊本的李善單注本祖本，大約是在唐末，從集注本中抽出李善注，將其補充修訂，並適當引用《鈔》、《陸善經注》再編而成的"③。換言之，森野先生認爲尤袤本的底本是一個唐末時從集注本中抽出李善注的鈔本。有類似觀點的還有俞紹初先生，俞先生認爲"北宋本所據的原寫本很有可能參考過《文選集注》本，存在徑取該本中的《鈔》和陸善經注，或稍加改易以充李善注的情況，而且數量頗多"④。俞先生雖然没有明確指出尤袤本與集注本的關係，但因其認爲尤袤本出自北宋本，故而可以推測出俞先生亦認爲尤袤本也與集注本存在密切關聯。但是需要特別指出的是，兩位先生雖然都認爲尤袤本與集注本存在關聯，但是在本質上並不相同，森野先生認爲尤袤本是從集注本中析出

① 劉明：《文學文獻·文化背景·版本研究》，載朱崇先編《古典文獻學理論探索與古籍整理方法研究》，民族出版社，2013，第43頁。

② 劉明：《文學文獻·文化背景·版本研究》，載朱崇先編《古典文獻學理論探索與古籍整理方法研究》，民族出版社，2013，第36頁。

③ 〔日〕森野繁夫：《關於〈文選〉李善注——集注本李善注和刊本李善注的關係》，段書偉譯，載《中外學者文選學論集》，中華書局，1998，第1020頁。

④ （南朝梁）蕭統選編，（唐）吕延濟等注，俞紹初、劉群棟、王翠紅點校《新校訂六家注文選》，鄭州大學出版社，2013，第6頁。

李善注本，而非直接來源於一個單李善注本；而俞紹初先生則認爲尤袤本直接來源於單李善注本系統。

　　集注本也是一個十分複雜的版本。此本發現於日本，截至目前中國還未發現有關它的相關記載與殘篇斷簡，日本學者與中國學者在集注本的產生時代及來源方面存在意見分歧，有的學者認爲集注本是從中國傳到日本的，而有些學者則認爲是日本學者集衆家注而成。但限於資料原因，現仍無法解決這一問題。因此，關於宋人是否見過集注本仍是問題，況且，即使尤袤本注文中存在與《文選鈔》、陸善經注相合的情況，也不能就此斷定一定是從集注本中析出的，有可能當時還有單《文選鈔》或陸善經注存世，或者還有除集注本之外的，亦包含《文選鈔》與陸善經注的書籍存在。然而若真如森野繁夫與俞紹初兩位先生所言，那麼不僅尤袤本的來源問題可以得到解決，集注本的相關疑問也可向前推進。但就目前所有資料而言，這種觀點僅能作爲一種可能性存疑，然的確有啓發意義。

四　北宋本、六臣本外的另一版本系統説

　　劉躍進師在六臣本析出説、單李善注本説以及集注本析出説的基礎之上，提出了自己的觀點："《文選》李善注本傳世竟已有一千多年了，許多資料早已散失，無跡可尋。僅僅根據現存極有限的材料考定排比，用以確定不同版本之間的必然聯繫，比如説甲一定出於乙，事實上是相當困難的。在這種情況下，我個人認爲，與其抵牾枘鑿地爲尤袤刻本尋根探源，還不如籠統地説，尤本當別有所據。至於所據之本，至少不是現存的北宋國子監刻本，不是六臣注本，它應當是唐代以來流傳的另一版本系統。"[1] 劉躍進師的説法很有道理，現在所知的《文選》版本系統僅李善注、五臣注、六家六臣注三種，這並不代表世上無其他《文選》版本系統存在的可能性。九條本的存在即可説明該問題。九條本是日本九條家藏的一種《文選》抄本，其中少量正文旁有標注"李善本作某"或"五臣本作某"，由此可見其所據底本

---

① 劉躍進：《從〈洛神賦〉李善注看尤刻〈文選〉的版本系統》，《文學遺産》1994年第3期，第97頁。

既非李善亦非五臣，許多學者認爲九條本保留的正是蕭統《文選》的原貌，然無論是與否，至少可以説明一點，即唐代以來還流傳著其他《文選》版本系統。

通過對尤袤本《文選》底本問題衆多説法的論述，可以明顯感受到該問題的複雜程度。第一，年代久遠，資料匱乏，爲研究該問題增加了難度。第二，李善注有初注、覆注、三注、四注等，本身就十分複雜。第三，通過尤袤跋語可知，其在刊刻時曾依據其他《文選》版本及相關資料進行過校勘，並非完全遵照某一個底本進行刊刻，因而現在將其與任何一個版本比勘都不可能發現與之完全相同者。第四，尤袤在刊刻時並未對底本問題作明確説明，一切有關此問題的討論都衹能是猜測。與其花費大量時間猜測，不如將目光轉到尤袤本《文選》底本之外的其他方面，説不定會有意外收穫。當然，前人的工作十分重要且價值重大，他們的研究使我們認識到尤袤本《文選》底本的複雜性，同時，也在討論中加深了我們對尤袤本整體情況的瞭解，爲今後全面、深入研究尤袤本《文選》奠定了基礎。

第二節　尤袤本與日本九條家藏白文無注本 《文選》關係梳理

日本九條家藏白文無注本《文選》，現存二十一卷（包括殘卷），即卷一至卷四、卷七、卷八、卷十至卷二十三、卷二十九。各卷字體不同，蓋出自不同人之手。其中正文旁多附小字，主要記有李善注、五臣注、《鈔》及音注等。經與集注本比對，其中音注的大部分出自《文選音決》，也有少部分與五臣音相同。除此之外，正文旁還偶有標注"李善本作某""五臣本作某"等字樣。卷後多有鈔寫者的識語，可從中知曉此本的傳播信息。該本首爲李善《上文選注表》，次爲蕭統《文選序》，之後便是正文。根據其卷數可知，此本當爲三十卷白文無注本。

傅剛先生因九條本多有合於李善注本之處，如在全書分類、篇目順序以及一些獨特特徵上二者多相吻合，故判定九條本屬李善注本系統。

傅剛先生所謂李善注本主要指尤袤本而言。傅先生云："我認爲西園本是時代最早的寫本，《文選集注》及冷泉家本晚於西園本而早於九條本。九條本則距刻本最近，其與尤刻本關係尤近。尤刻本並非如前人所説是無來歷的刻本，實則有底本，且常有顯示其早於諸刻本，甚至早於寫本的特徵。總體而言，尤刻本的底本當與九條本的底本爲同一系統。"①

誠如傅剛先生所説，九條本的確存在一些李善注本系統特徵，但也存在不少與李善注本系統特徵不符、與尤袤本相異之處。考慮到該本國內較難得見，故單列一節，從抄寫時間、結構、正文等方面對其與尤袤本之關係展開討論。

一　九條本的抄寫時間和底本來源推測

據傅剛先生介紹，"九條本的抄寫是由藤原一家幾代人分幾個時期完成的。"②藤原式家是日本貴族，九條本屬皇家藏書，十分珍貴。除卷八、十六、二十一、二十二以外，每卷末都有識語，記載抄寫者的姓名、抄寫時間以及有關抄寫的情況。據這些識語可知，現存"最早的抄寫時間是康和元年（1099），最晚則至康永二年（1343）"③，其間經過二百餘年。康和元年是北宋元符二年，説明此本的底本當爲北宋或北宋前的某一版本。屈守元先生認爲雖然"不是隋唐寫本，並不能否定它源出於六朝隋唐"④，繼而又引用島田翰之説"所謂淵源於隋唐者……是皆當日古博士據舊本所傳抄，誤以傳誤，訛以傳訛，真本面目，絲毫不改。故雖名爲傳抄本，而實與隋唐抄本無異矣"⑤。簡言之，屈守元先生認爲九條本雖然抄寫時間可能不在隋唐，但却保留了隋唐古抄本面貌。因爲收藏地及語言（九條本有大量日語旁記）原因，九條本的研究專家集中在日本，斯波六郎先生通過對九條本、永隆本《西京賦》、三條

①　傅剛:《〈文選〉版本研究》，北京大學出版社，2023，第 465 頁。
②　傅剛:《〈文選〉版本研究》，北京大學出版社，2003，第 466 頁。
③　傅剛:《〈文選〉版本研究》，北京大學出版社，2003，第 467 頁。
④　屈守元:《跋日本古抄無注三十卷本〈文選〉》，載趙福海編《文選學論集：第二屆〈昭明文選〉國際學術研討會論文集》，時代文藝出版社，1992，第 22 頁。
⑤　屈守元:《跋日本古抄無注三十卷本〈文選〉》，載趙福海編《文選學論集：第二屆〈昭明文選〉國際學術研討會論文集》，時代文藝出版社，1992，第 22 頁。

家藏五臣注卷二十進行比勘研究，得出九條本的來源是無注三十卷本，但是"在數度的傳寫之間，不可能不受到當時新傳入刻本等的影響"①。然斯波先生認爲九條本的價值極高，應該保留了蕭統《文選》的原貌，甚至可以用其作爲標準，訂正傳世諸本的錯誤。與斯波先生觀點相似的還有山崎誠與阿部隆一，山崎誠認爲九條本的來源應是無注本，阿部隆一認爲"九條本的原本是在中國已經丟失了的無注三十卷本的唐代鈔本……保存了《文選》的最古老的原貌"②。若果如各位先生所言，則九條本所依據的底本當爲李善注本之前的本子，自然不屬於李善注本系統，但不排除李善注本系統受此本影響，因後世注本，無論是李善注本系統還是五臣注本系統，都從三十卷無注本出。但亦有學者對此持謹慎態度，如佐竹保子認爲九條本的來源還不明確，不能作爲研究其他文獻的資料。綜上，關於九條本的來源與底本，學界莫衷一是，且多推測之語，未能證實，在使用過程中應謹慎。

二　九條本不符合李善注本系統的兩點内容

首先，九條本爲三十卷本，而李善注本系統（如尤袤本）爲六十卷本，兩者在卷數上便不一致。九條本前有李善《上文選注表》，這是一個較爲奇怪的現象，一些學者因此認爲它是李善注本系統，如森立之先生便斷定九條本是李善注本省去注文，單錄正文而來。楊守敬反對他的觀點，舉出許多例子證明日本人抄書，往往載後出箋注本的序文。③其實，不能僅依據版本前有李善上表或五臣上表來斷定此版本的來源，如：建州本（即《四部叢刊》本）前僅有五臣上表，無李善上表，但它並不是五臣注本，而是六臣注本。其次，九條本卷五至卷九，分別題有"賦戊""賦己""賦庚""賦辛""賦壬"等。李善在卷一"賦甲"下曾明確說道："賦甲者，舊題甲乙，所以紀卷先後，今卷已改，故甲乙並除。存其首題，以明舊式。"據此注可知，李善注本不應再出現"戊""己""庚""辛""壬"等記卷先後的標記，但

---

① 〔日〕斯波六郎：《文選索引》三，李慶譯，上海古籍出版社，1997，第14頁。
② 轉引自傅剛《〈文選〉版本研究》，北京大學出版社，2023，第473頁。
③ 見屈守元《跋日本古抄無注三十卷本〈文選〉》，載趙福海編《文選學論集：第二屆〈昭明文選〉國際學術研討會論文集》，時代文藝出版社，1992，第21頁。

九條本却仍然存在。這應該也可視作它並非出自李善注系統的證據
之一。

三　九條本所屬《文選》系統探究

爲了更直觀、準確地探討九條本與李善注本系統、九條本與五臣注
本系統之間的關係，下文將對九條本與李善注本系統的北宋本和尤袤
本及五臣注本系統的朝鮮正德本分別進行異文統計。因九條本與北宋
本①、尤袤本卷目不同，且九條本、北宋本並爲殘卷，故此處以四本均
完整保存的部分篇目爲考察對象。

表一　九條本與北宋本、尤袤本、朝鮮正德本部分卷目的正文異文數量統計[1]

篇目	北宋本與九條本異文條數	尤袤本與九條本異文條數	朝鮮正德本與九條本異文條數
《高唐賦》	21	23	8
《神女賦》	13	14	8
《登徒子好色賦》	9	9	1
《洛神賦》	24	20	10
袁陽源《效古詩》	0	0	1
劉休玄《擬古詩》	4	4	2
《和琅邪王依古》	0	0	1
鮑明遠《擬古詩》	6	6	5
《學劉公幹體》	1	0	0
《代君子有所思》	0	0	1
范彦龍《效古》	4	4	2
江文通《雜體詩》	66	66	69

注：[1] 僅統計正文用字，異體字不計，按單字計數。

---

① 之所以將北宋本納入比較範疇，是考慮到部分學者認爲尤袤本不符合李善注系統
特徵，不能代表李善注系統，故將無爭議的北宋本一併進行校勘，以期更精準説
明問題。

據統計，九條本與李善注本、五臣注本系統幾乎均存在異文情況。與李善注本系統相較，九條本與五臣注本系統更爲接近，這在賦類部分體現得尤爲突出。

下面以集注本、北宋本、陳八郎本、朝鮮正德本、奎章閣本爲參校本，將尤袤本與九條本的正文異文分爲三類略作説明。

（一）個别字詞的異文

此類又可細分爲六種情況，詳情如下。

1.九條本與五臣注本同，亦與集注本同

（1）尤袤本卷四《三都賦序》“美物者貴依其本，讚事者宜本其實”。[①]

案：本其實，集注本、九條本、陳八郎本、朝鮮正德本、奎章閣本並作“准其實”。九條本“准”字旁記“本，善”，即旁記者所見李善本作“本”。《文選》的版本問題向來複雜。集注本實乃以李善注本系統爲底本，故其正文理應與李善注本系統相符，但集注本此處並未如九條本旁記作“本”。北宋本此處闕，無法考察。故據現有資料推測，“准”字或即蕭統原字，早期的李善注、五臣注系統亦原作“准”，“本”字當爲尤袤本或後世李善注刻本系統所改。九條本的旁記時間與正文抄寫時間並非同時，應晚於抄寫時間，且九條本旁記多有“扌”等標記，楊守敬在《日本訪書志》中有過解釋，“旁注倭文，又校其異同。其作‘扌’者，謂摺疊本，即摺字之半，指宋刻本也。”[②]因此可知九條本旁記反映的多爲宋刻本面貌。

（2）卷四《蜀都賦》“酌清酤，割芳鮮”。

案：清酤，集注本、九條本、陳八郎本、朝鮮正德本、奎章閣本並作“醪酤”。九條本旁記“清，善”。北宋本與尤袤本同，亦作“清酤”。王念孫《讀書雜志·餘編下》：“念孫案：‘醪酤’與‘芳鮮’相對爲文，則作‘醪’者是也。今作‘清酤’者，後人以李注引《詩》‘既載清酤’而改之耳。不知李注自解‘酤’字，非兼解‘清酤’二字。其

---

① 正文以尤袤本爲底本，下同，不另注。
② （清）楊守敬：《日本訪書志》，《宋元明清書目題跋叢刊》第十九册，中華書局，2006，第220頁。

'醪'字已見《南都賦》，故不重注也。《北堂書鈔·酒食部》八引此正作'酌醪酤'。"[1] 由此可知，原應作"醪"，"清"或爲李善注刻本系統後改。

2. 九條本與五臣注本同，與集注本異

卷四《蜀都賦》"鬱菈菭以翠微，崛巍巍以我我。干青霄而秀出，舒丹氣而爲霞"。

案：而爲霞，九條本、陳八郎本、朝鮮正德本、奎章閣本作"以爲霞"，集注本、北宋本與尤袤本同，作"而爲霞"。"九條本與五臣注本同，亦與集注本同"中所舉兩例僅可説明九條本與尤袤本不同，但不能説明與李善注本系統不同，因爲集注本那幾條並與九條本同。集注本屬李善注寫本系統，與尤袤本等李善注刻本系統有區別，且學界普遍認爲，集注本較諸李善注刻本更接近李善注原貌。然此處所舉例子則可證明九條本不僅與尤袤本不同，與李善注刻本系統不同，與李善注寫本系統亦有異，而是與五臣注本系統相同。

3. 九條本與五臣注本異，與集注本、北宋本同

卷四《蜀都賦》"養交都邑，結儔附黨"。

案：儔，集注本、九條本、北宋本並作"疇"，尤袤本與陳八郎本、朝鮮正德本等五臣注本同，作"儔"。

4. 九條本與集注本同，與他本並異

卷四《蜀都賦》"異物崛詭，奇於八方"。

案：崛詭，北宋本同，九條本、集注本作"譎詭"，陳八郎本、朝鮮正德本、奎章閣本作"詭譎"。九條本旁記：善本作崛詭。

5. 九條本與諸本並異

卷四《三都賦序》"考之果木，則生非其壤；校之神物，則出非其所"。

案：果，集注本作"菓"，九條本作"草"，九條本旁記作"果，善"，意即李善注本作"果"。北宋本、陳八郎本、朝鮮正德本、奎章閣本並作"果"。九條本與現存諸本並異。

---

① （清）王念孫：《讀書雜志》，江蘇古籍出版社，2000，第1047—1048頁。

6.九條本與諸本並同，唯與尤袤本不同

卷四《蜀都賦》"甘至自零，芬芬酷烈"。

案：芬芬，集注本、北宋本、九條本、陳八郎本、朝鮮正德本、奎章閣本並作"芬芳"。

（二）脫文、衍文

（1）卷四《三都賦序》"其鳥獸草木則驗之方志"。

案：九條本無"其"字，旁記云"其，五"，可見作九條本旁記之人所見五臣本有"其"，李善本無"其"。然朝鮮正德本、奎章閣本並無"其"字，而集注本有"其"。

（2）卷四《蜀都賦》"其樹則有木蘭桴桂，杞欐椅桐，櫻枒楔樅"。

案：九條本無"有"字，其他現存版本並有。

（3）卷四《蜀都賦》"外負銅梁而宕渠，内函要害於膏腴"。

案：九條本、集注本無"而""於"字。九條本旁記補兩"於"字。陳八郎本、朝鮮正德本"而"作"於"，"於"作"以"。奎章閣本並作"於"字。北宋本與尤袤本同。

（三）特殊例證

（1）卷十九《神女賦》"楚襄王與宋玉遊於雲夢之浦，使玉賦高唐之事。其夜王寢，果夢與神女遇，其狀甚麗。王異之，明日以白玉。玉曰：其夢若何？王曰：晡夕之後，精神恍忽，若有所喜。紛紛擾擾，未知何意。"

案：其夜王寢、王異之、明日以白玉、玉曰、王曰，九條本作"其夜玉寢""玉異之""明日以白王""王曰""玉對曰"。"王"與"玉"正相反。現存刻本，如北宋本、奎章閣本、明州本、贛州本等並與尤袤本同。現存抄本中僅九條本存《神女賦》。姚寬《西溪叢語》卷上第六條云："昔楚襄王與宋玉遊高唐之上，見雲氣之異，問宋玉。玉曰：'昔先王夢遊高唐，與神女遇，玉爲高唐之賦。'先王謂懷王也。宋玉是夜夢見神女，寤而白王，王令玉言其狀，使爲《神女賦》。後人遂云襄王夢神女，非也。古樂府詩有之：'本自巫山來，無人睹容色。惟有楚懷王，曾言夢相識。'李義山亦云：'襄王枕上元無夢，莫枉陽臺一片雲。'今《文選》本'玉''王'字差誤。"① 島田翰《古文舊書考》云："《西溪叢語》載宋玉《神女賦》訛誤云：'後人謂襄王夢神女，非也。今本《文選》玉、王字差誤。'姚寬在宋已以是爲當時誤傳，而宋本、今本皆以爲'王夢神女'。今觀此本所存《神女賦》，王與玉正與今本相反，蓋夢之者宋玉，問之者即襄王也，文義於是始歸於正矣。"② 然黃侃《文選平點》卷二引趙曦明曰："夢與神遇者王也，以狀告玉者亦王也。自下玉賦乃承王之命因王之辭而賦之。諸校勘之家，皆於此未能照了，故所説多誤。前一白字，此一王曰，是疑誤之由"。③ 然據九條本可知，尤袤本"玉""王"顛倒。這應該是抄本發展至刻本過程中，由於"玉""王"二字形近導致的訛誤，後被刻本固定延續而致。此條可謂是九條本與尤袤本屬不同系統的關鍵性證據。

（2）卷二《西京賦》"建玄弋，樹招搖"。

案：弋，敦煌本正文、九條本作"戈"。九條本旁附小字注曰："星名，爲矛頭，主胡兵。"陳景雲《文選舉正》云："弋當作戈。"④ 黃侃《文選平點》卷一記："何焯改'弋'爲'戈'。今見日本鈔本，竟與之同。"⑤ 敦煌本正文亦作"戈"，然其李善注却作"弋"，不知後世刻本誤"戈"爲"弋"是否與此有關，或是形近而訛亦不可知。然此條亦是九條本與尤袤本不同的明證。

綜上所述，九條本與尤袤本之間確存在諸多不同。目前，未有足够證據可以表明九條本與尤袤本屬同一系統，故在使用九條本時還需謹慎小心，不宜將其視作李善注本系統看待。

① （宋）姚寬撰，孔凡禮點校《西溪叢語》，中華書局，1993，第 26 頁。
② 〔日〕島田翰：《古文舊書考》，載《宋元明清書目題跋叢刊》第十九冊，中華書局，2006，第 528 頁。
③ 黃侃平點，黃焯編次《文選平點》，上海古籍出版社，1985，第 73 頁。
④ （清）陳景雲：《文選舉正》，載《〈文選〉研究文獻輯刊》第三六冊，國家圖書館出版社，2013，第 14 頁。
⑤ 黃侃平點，黃焯編次《文選平點》，上海古籍出版社，1985，第 12 頁。

第三節　尤袤本與北宋國子監本《文選》關係梳理

　　尤袤本與北宋本同屬單李善注《文選》刻本系統，但二者之間呈現出諸多差異，且尤袤的《文選》跋文中並未提及北宋本或其他單李善注本，故後世學者多認爲尤袤未曾見過北宋本或單李善注刻本，也就不可能取而參考，因而提出了"六臣本摘出説"。然陸心源、程毅中、白化文等提出了不同看法，他們認爲尤袤本並非摘自六臣本，而係出自單李善注本。在此之後，學者們經過版本校勘等方法，對尤袤本的底本來源提出了諸多説法。綜觀各家對尤袤本底本的説法，其中以北宋本和贛州本的呼聲最高。張月雲先生經過比勘發現尤袤本的正文有獨合於北宋本之處，認爲"尤氏極可能真有見北宋本，並取之與宋刊他本兼併參校，取捨後方付梓矣"[①]，"尤本梓行之初，必是兼取北宋本與贛州本一併參校、取捨而來，故其一方面能較六臣注本多保存了善注本之舊貌，然一方面亦因未能將兼採六臣注本之痕跡戡除淨盡，故多已失北宋本所存善注原貌之舊觀。"[②] 王立群先生發現北宋本與尤袤本都將集注本《三都賦序》中記載的綦毋邃的五條注釋置於劉逵名下，且"在文字的細部處理、條目的合併上又都做得毫無差異"[③]，從而説明北宋本與尤袤本之間存在明顯的傳承關係，此後更進一步提出"尤刻本《文選》的來源遠比想像的要複雜，它是以北宋監本殘卷與贛州本爲主要底本，監本殘卷有問題處則旁參六臣注的贛州本而來，監本不存者則以贛州本爲依據。"[④] 故下文將結合目前學界關於尤袤本底本的主要觀點，重點對尤袤本與北宋本以及尤袤本與贛州本的關係進行梳理。

　　《文選》李善注刻本本身即爲一種十分複雜的刻本，有初注成者，

---

①　張月雲:《宋刊〈文選〉李善單注本考》，載《中外學者文選學論集》，中華書局，1998，第 796 頁。

②　張月雲:《宋刊〈文選〉李善單注本考》，載《中外學者文選學論集》，中華書局，1998，第 804 頁。

③　王立群:《北宋監本〈文選〉與尤刻本〈文選〉的承傳》，《文學遺產》2007 年第 1 期，第 129 頁。

④　王立群:《〈文選〉版本注釋綜合研究》，大象出版社，2014，第 190 頁。

覆注者，有三注、四注者，頭緒紛繁，且相關資料不全，世間許多曾經存世的《文選》版本甚至未被著録過，這便加大了研究難度，而尤袤本又是公認的最爲複雜的《文選》版本之一，前輩學者已嘗試從多角度切入來探討其底本問題，但終無定論。雖然前路漫漫，困難重重，但仍有必要就目前已掌握的資料對尤袤本與北宋本以及尤袤本與贛州本的關係進行全面、系統的梳理。或許無法得到一個明確的答案，但却能更直觀、清晰、客觀地瞭解尤袤本本身及其與北宋本、贛州本之間的真實關係。張月雲、王立群兩位先生並採用文本細讀的方式，通過版本本身傳遞出的信息進行比對，以個案分析探討版本關係，這給予後人研究尤袤本底本問題以很大啓發。但因尤袤本的複雜性，個案分析缺乏足夠的説服力，結論也不具普遍性，某一卷的情況無法等同、適用於全部六十卷本尤袤本。故此次整理，採取了文本細讀、全面對校、數據統計等方法，主要圍繞正文異文、正文斷句、正文音注、注文音注、義注等多角度對尤袤本、北宋本、贛州本展開數據統計與詳細分析。故在此先對統計的凡例作以下説明，後不另出。

　　1. 凡是導致文義不同的異文，包括訛、脱、衍、倒、錯亂等多種類型，一律按異文統計。

　　2. 句中或句末助詞的有無或用字不同，祇有影響文義或有助於考辨版本關係的，纔按異文統計。

　　3. 異體字字形差别較大，並可藉以考察版本源流關係的異文，按異文統計。

　　4. 常見的異體字、通用字、混刻字等，一般不按異文統計。

　　5. 書名、篇名常用的省略稱謂和通用稱謂，不按異文統計（針對注文）。

　　6. 因避諱造成的異文，不按異文統計。

　　7. 爲配合正文斷句統計，注文部分的作者、篇名等題下注異文不予統計。

　　8. 以尤袤本《文選》的正文斷句爲準。一個斷句下若有多條異文，則按一條異文計。

一　正文異文與斷句

尤衺本與北宋本同屬李善注《文選》刻本系統，從理論上説，二本在正文方面應基本一致，通過整理、統計發現，二者之間整體較爲一致，但仍存在一定數量的正文異文，主要包括三種情況：字詞差異、尤衺本有而北宋本無者、尤衺本無而北宋本有者。

（一）字詞差異

又可分爲三种情況。

1. 訛誤異文

如尤衺本卷五"直衝濤而上瀨"，衝，北宋本作"衡"，"衡"字應爲"衝"字形近之訛，而非版本異文。又如尤衺本卷六"澤馬丁阜"，丁，北宋本作"于"，北宋本顯爲形近而訛。類似情況還有卷五十"阿旨曲求，則寵光三族"，阿，北宋本作"河"；又如卷六十"宋鎮西晉熙王、南中郎邵陵王"，邵，北宋本作"郡"等，這類情況雖按異文進行了統計，但恰可説明此二本在某種程度上關係密切，即二者底本相同，因刊刻者不嚴謹等原因造成了訛誤。

2. 避諱異文

如尤衺本卷一"沈珠於淵"，淵，北宋本作"泉"。

又如尤衺本卷六"而徒務於詭隨匪人"，人，北宋本作"民"。此類不按異文統計。

3. 版本異文

如尤衺本卷十"愬黄巷以滋童"，滋童，北宋本作"濟潼"。同卷"身刑輾以啓前"，前，北宋本作"先"。

如尤衺本卷十七"徒靡言而弗華"，北宋本作"言徒靡而弗華"。

如尤衺本卷十九"騰薄岸而相擊兮"，騰，北宋本作"勢"。

如尤衺本卷三十六"撫事懷人"，事，北宋本作"迹"。同卷"朕思念舊民"，念，北宋本作"命"。

如尤衺本卷三十七"誠在寵過"，寵過，北宋本作"過寵"。

如尤衺本卷五十六"投心魏朝"，魏，北宋本作"外"。

（二）尤袤本有而北宋本無者

如尤袤本卷二正文有"皇恩溥，洪德施"，北宋本無此六字，贛州本注記"善本無此二句"，明州本、奎章閣本有此六字但無注記，敦煌本有此六字。贛州本此條注記提示了四點綫索：贛州本與明州本等六家本之間的關係絶非顛倒李善與五臣注釋而來這般簡單；相較於尤袤本，贛州本與北宋本關係更密切；尤袤本此六字非定從五臣本來，敦煌本已有；不能簡單認爲北宋本較尤袤本更能代表李善注系統原貌。

又如尤袤本卷五"烏聞梁岷有陟方之館"，北宋本無"之"字。同卷"由克讓以立風俗，輕脱躧於千乘"，北宋本無"俗"字。

又如尤袤本卷六"雷雨窈冥而未半，曒日籠光於綺寮"，北宋本無"雨"字，應爲脱文。

又如尤袤本卷九"逍遥携手，踟跦步趾"，北宋本脱"步"字。

又如尤袤本卷九"秋，命右扶風發民入南山"，北宋本無"發民"二字。奎章閣本注記：善本無發民二字。贛州本有"發民"二字，但注記"善無發民字"，自相矛盾。尤袤本此句行款爲每行二十三字，較正常行款恰多二字，"發民"二字當爲尤袤本後補。

又如尤袤本卷三十七"竊不願於聖代，使有不蒙施之物。有不蒙施之物，必有慘毒之懷"，北宋本無下"有不蒙施之物"。

又如尤袤本卷五十三"卒散於陣，民奔于邑"，北宋本無此八字，贛州本有。

（三）尤袤本無而北宋本有者

如尤袤本卷五"水浮陸行，方舟結"，方舟結，北宋本作"方舟結駟"。

如尤袤本卷三十"管書記之任，有優渥之言"，北宋本"有"上有"故"字。

如尤袤本卷三十六"上帝溥臨，賜朕休寶"，北宋本"寶"下有"命"字。

如尤袤本卷三十七"俛首頓膝，憂愧若厲"，北宋本句末有"中謝"二字。

如尤袤本卷五十八"昭哉世族，發慶膺"，北宋本"發"上有
"祥"字。

爲了更加直觀、有效地呈現尤袤本與北宋本在正文方面的關係，筆
者以北宋本（殘本）爲核心，對北宋本、尤袤本的正文總條目進行了統
計。正文總條目按斷句[①]計算，一個斷句計一條，若某句中字有模糊或
係殘句亦計入，若一個斷句内存在多處異文僅按一條計，不分別計數。
因北宋本爲殘卷，故尤袤本祇統計了與北宋本現存部分所對應的那部分
正文的總條目。具体情況見表二。

表二　北宋本與尤袤本正文異文數量統計

卷目	北宋本正文總條目數	尤袤本對應的正文總條目數	二本正文異文條目總數	異文比例（以尤袤本對應的正文總條目數爲基準）
卷一（殘 12 面）	39	39	4	10.3%
卷二（殘 49 面）	372	375	32	8.5%
卷三（殘 58 面）	342	341	40	11.7%
卷四（殘 45 面）	196	195	21	10.8%
卷五（全）	84	84	34	40.5%
卷六（殘 40 面）	59	59	21	35.6%
卷八（殘 23 面）	188	188	8	4.3%
卷九（殘 11 面）	72	72	2	2.8%
卷十（殘 36 面）	140	145	9	6.2%
卷十一（殘 8 面）	58	58	3	5.2%
卷十五（殘 4 面）	22	22	2	9.1%
卷十六（殘 8 面）	55	55	2	3.6%
卷十七（殘 10 面）	70	70	4	5.7%
卷十八（殘 30 面）	224	229	26	11.4%
卷十九（殘 33 面）	187	190	22	11.6%

---

①　北宋本、尤袤本中大字爲正文，小字爲注文，一段大字即爲一个斷句。

續表

卷目	北宋本正文總條目數	尤袤本對應的正文總條目數	二本正文異文條目總數	異文比例（以尤袤本對應的正文總條目數爲基準）
卷三十（殘 60 面）	337	337	10	3.0%
卷三十一（殘 55 面）	345	345	5	1.4%
卷三十六（殘 38 面）	209	209	6	2.9%
卷三十七（全）	351	352	21	6.0%
卷三十八（殘 32 面）	175	175	6	3.4%
卷四十六（殘 38 面）	149	149	7	4.7%
卷四十七（殘 69 面）	393	393	6	1.5%
卷四十九（殘 37 面）	189	189	12	6.3%
卷五十（全）	218	218	7	3.2%
卷五十一（殘 30 面）	136	136	13	9.6%
卷五十二（殘 39 面）	157	157	5.1%
卷五十三（殘 58 面）	292	293[1]	14	4.8%
卷五十四（殘 35 面）	161	161	5	3.1%
卷五十五（殘 49 面）	113	113	7	6.2%
卷五十六（殘 15 面）	101	100[2]	6	6.0%
卷五十七（殘 48 面）	330	330	13	3.9%
卷五十八（殘 48 面）	315	315	6	1.9%
卷五十九（殘 6 面）	34	34	1	2.9%
卷六十（殘 32 面）	164	164	8	4.9%

注：[1] 卷五十三正文斷句與北宋本實則有三處不同。1. 尤袤本 "非張良之拙説於陳項" 上有 "以遊於群雄，其言也，如水以投石，莫之受也。及其遭漢祖，其言也，如以石投水，莫之逆也" 一句。2. 尤袤本合 "其所遊歷，諸侯莫不結駟而造門。雖造門，猶有不得賓者焉" 與 "其徒子夏……" 兩句爲一句。3. 尤袤本 "城池無蕃籬之固" 上有 "卒散於陣，民奔于邑" 一句。

　　[2] 卷五十六正文斷句與北宋本實則有兩處不同。1. 尤袤本 "嗟彼東夷" 下斷句，"憑江阻湖，騷擾邊境……輝輝王塗" 爲一句；而北宋本 "嗟彼東夷，憑江阻湖" 爲一句，"騷擾邊境……輝輝王塗" 爲另一句。2. 北宋本《楊仲武誄》"乃作誄曰" 下另起一行，尤袤本則是緊接 "伊子之先"。

　　通過上表可以看出，北宋本與尤袤本在正文用字方面的相同率很高，異文率在 20% 以上的僅有兩卷，即卷五、卷六。二本相同率在 90% 以上的共計 27 卷，占現存卷目的 80% 左右。

　　現已將北宋本與尤袤本所有卷目的異文進行了全面梳理，詳情可參見附錄二《尤袤本、北宋本正文異文詳情一覽表》。現僅以卷十爲例略作説明。北宋本卷十爲殘卷，現存 140 條正文，其中與尤袤本存在異文的共計 9 條，分列如下：

　　1. 滋潼，北宋本作“濟潼”，敦煌本、室町本、陳八郎本、朝鮮正德本、奎章閣本並作“濟潼”。尤袤本李善注作“潼”。

　　2. 甘泉後涌，北宋本作“甘泉後通”。

　　3. 入鄭都而抵掌，北宋本脱“掌”字。

　　4. 況於卿士乎，北宋本無此句。

　　5. 轠枌，北宋本作“轠枌”。

　　6. 枒侯，北宋本作“枒侯”，室町本、陳八郎本、朝鮮正德本、奎章閣本作“枒侯”。

　　7. 窺秦墟於渭城，北宋本脱“窺”字。

　　8. 啓前，北宋本作“啓先”，北宋本李善注作“啓前”。奎章閣本注記：善本作先。尤袤本後附《李善與五臣同異》作“啓先”，下記“五臣先作前”。

　　9. 隨波，北宋本作“隨流”，室町本、陳八郎本、朝鮮正德本、奎章閣本作“隨流”。

　　以上 9 條異文中，第 2、3、7 條明顯爲北宋本刊刻時不嚴謹造成的訛誤，而非嚴格意義上的版本異文。第 1 條尤袤本正文“滋潼”所在行有明顯的修版痕跡，且尤袤本注文作“潼”，故“滋潼”二字應爲尤袤本據他本校改，而尤袤本底本有作“濟潼”的可能性。第 4 條尤袤本正文“況於卿士乎”所在行有明顯增字痕跡，應爲尤袤本據他本所添，尤袤本底本應無此五字。第 6 條尤袤本或爲形近而訛。第 8 條據尤袤本附錄看，正文“前”字有很大的修改嫌疑，尤袤本底本爲“先”字的可能性較大。第 9 條尤袤本亦存在明顯修改痕跡。由此觀之，兩本所呈現出的異文多爲人爲因素的訛誤與尤袤本據其他本修改所致，如此則恰可證明尤袤本底本與北宋本之間存在極爲相近的關係。

另外，兩本在正文方面還存在特殊的相同之處。如卷三十一江文通《雜體詩》下集注本、室町本、陳八郎本、朝鮮正德本、奎章閣本、贛州本等有序一篇，集注本雖有正文，但無李善注，而是收錄了《文選音決》《文選鈔》的相應注文，可北宋本、尤袤本並未收此序。

除了正文用字，尤袤本與北宋本在正文斷句方面相同率也極高，統觀北宋本現存的三十四卷內容，二本有二十五卷的斷句全同，僅九卷斷句存在個別出入，分別是：

尤袤本卷二"抱杜含鄂""欲澧吐鎬"兩句，北宋本合爲一句；北宋本卷二無"僵禽斃獸，爛若磧礫"句與"皇恩溥，洪德施"句；

尤袤本卷三"於東則洪池清蘌，渌水澹澹。內阜川禽，外豐葭菼"句，北宋本"內阜"下另作一句；

尤袤本卷四"其鳥則有鴛鴦鵠鷺，鴻鴇駕鵝。鸘鴰鶬鶬，鷫鷞鵾鸇"句，北宋本"鸘鴰"下另作一句；

尤袤本卷十"乃有昆明池乎其中""其池則湯湯汗汗，混瀁彌漫，浩如河漢"兩句，北宋本合爲一句；"昔豫章之名宇，披玄流而特起""儀景星於天漢，列牛女以雙峙"兩句，北宋本合爲一句；"擢百尋之層觀，今數仞之餘趾""振鷺于飛，鳧躍鴻漸""乘雲頡頏，隨波澹淡""瀺灂驚波，唼喋菱茭"四句，北宋本合爲一句；

尤袤本卷十八"忽飄颻以輕邁，乍留聯而扶疏""或參譚繁促，複疊攢仄"兩句，北宋本合爲一句；"或乘險投會，邀隙趨危""譬若離鵾鳴清池，翼若游鴻翔曾崖"兩句，北宋本合爲一句；"翩緜飄邈……若衆葩敷榮曜春風""既豐贍以多姿，又善始而令終"兩句，北宋本合爲一句；"于時也，金石寢聲，匏竹屏氣""王豹輟謳，狄牙喪味"兩句，北宋本合爲一句；"勃慷慨以惝亮，顧躊躇以舒緩""輟張女之哀彈，流廣陵之名散"兩句，北宋本合爲一句；

尤袤本卷十九"王問玉曰：此何氣也……怠而晝寢""夢見一婦人，曰：妾巫山之女也"兩句，北宋本合爲一句；"上屬於天……玉曰：唯唯""惟高唐之大體兮……道互折而曾累"兩句，北宋本合爲一句；"玉曰：茂矣美矣……不可勝贊""其始來也，耀乎若白日初出照屋梁"兩句，北宋本合爲一句；"沐蘭澤，含若芳。性和適，宜侍旁。順序卑，調心腸"，北宋本"旁"下斷；"黃初三年，余朝京師，還濟洛川""古人有言，斯水之神，……其辭曰"兩句，北宋本合爲一句。

尤袤本卷三十七"拜受祇竦，不知所裁。臣機頓首頓首，死罪死罪""臣本吳人，出自敵國"兩句，北宋本合爲一句，且"臣本吳人"上有小字"中謝"二字。

與此同時，在相同的斷句之中，也不乏一些特殊例證，如卷六"劍閣雖嶸，憑之者蹶，非所以深根固蔕也"句下，北宋本與尤袤本李善注並作："善曰：劍閣，……蹶，敗也。善曰：《老子》曰：有國之母，可以長久。是謂深根固蔕，長生久視之道。《聲類》曰：蔕，果鼻也。"此段注釋中有兩個"善曰"，由此推測底本原應在"非所以深根固蔕也"上斷句，但北宋本與尤袤本並將此二句合爲一句，且漏刪下"善曰"，考明州本、奎章閣本、贛州本雖斷句一樣，但並無下"善曰"。由此可見北宋本與尤袤本在正文方面有著密切關聯。

綜上所述，雖因某些原因（可能底本有殘缺、模糊之處），尤袤本確對底本進行了部分修版，增加了該本的複雜性，也加大了梳理版本源流演變的難度。但通過全面梳理可以發現，無論是在斷句還是正文用字方面，足以見出尤袤本（更嚴謹地說應該是尤袤本的底本）與北宋本間一致性較高的事實，二者當出於同一版本系統。

二　音注異文

音注主要包括正文音注和注文音注兩部分。尤袤本幾乎三分之二的卷目有正文音注，除卷七至卷九、卷十五至卷十九、卷二十二至卷二十四、卷二十六至卷二十九、卷三十一、卷三十四、卷三十六、卷四十四等 19 卷無一處正文音注外，其餘 41 卷或多或少都存在這種情況，最少者有 1 處，最多者有 387 處。長時間以來，學界普遍認爲正文有正文音注不符合李善注本系統特徵，故而批評尤袤本"失善舊"。但經過對現存 34 卷北宋本的逐一排檢，發現北宋本正文中並非完全沒有正文音注，在卷二和卷五十七中各發現 1 條："抱杜含鄂（音戶）""罔（音的）以鐵鑕機關"，這兩條與尤袤本正文音注全同。除此兩條外，北宋本的音注並在注文中。據此推測，是否存在這樣一種可能，即北宋本、尤袤本之前有一種李善注本《文選》是有正文音注的，北宋本刊刻時以爲其不符合善注特徵而刪除，但刪削未凈，而尤袤本未刪，保留了其底本的原貌，而且據統計發現尤袤本音注體例並不統一，有時在正文中，有時在注文裏，有時正文、注文並有，且二者音注有相同者，亦有不同的。若尤袤本人對正文音注進行了修改，爲何全書音注體例如此不一？因此疑其底本的音注就是如此，尤袤照録而已。下文將結合具體文本對北宋本和尤袤本的音注情況展開分析。

（一）尤袤本正文、注文並有某字音注

包括以下兩種情況。

1. 尤袤本正文、注文音注相同，與北宋本亦同

如尤袤本卷四作"騰猨飛蠝（蠱）棲其間"，北宋本、尤袤本注文有"蠝與獵同，並音蠱"。

如尤袤本卷五十八作"痛寠褕（以招）之重晦"，北宋本、尤袤本注文有"褕與鷂，以招切"。

2. 尤袤本正文、注文音注不同，注文音注與北宋本同

如尤袤本卷二作"閈（汗）庭詭異，門千户萬"，北宋本、尤袤本注文有"閈，垣也，胡旦切"，與尤袤本正文音注異。

如尤袤本卷五十作"縮自同閈（胡旦），鎮我北疆"，北宋本、尤袤本注文有"閈音扞"，與尤袤本正文音注異。

（二）尤袤本正文無音注、注文有

包括以下三種情況。

1. 尤袤本注文音注與北宋本同

如卷八"蛭蜩蠷猱"句下，北宋本、尤袤本注中並有"蛭音質。猱，奴刀切"。

如卷三十一"影節去函谷，投珮出甘泉"句下，北宋本、尤袤本注中並有"影與摽字同，孚堯切"。

2. 尤袤本注文音注與北宋本不同

如卷八"椎蜚廉，弄獬豸"句下，北宋本注作"豸，氏爾切"，而尤袤本作"豸，文介切"。

如卷五十一"執敲扑以鞭笞天下"句下，北宋本注作"《說文》曰：敲，擊也。枯交切"，而尤袤本則作"祜交切"。

3. 北宋本無音注

如卷五"於是樂只衎而歡飫無匱，都輦殷而四奧來暨"句下，尤袤本李善注有"衎，苦旦切。飫，一據切"，北宋本無此二字音注。又如"富中之甿，貨殖之選。乘時射利，財豐巨萬"句下，尤袤本李善注句末較北宋多"射，賓亦切"。

（三）尤袤本正文有音注、注文無

包括以下三種情況。

1. 尤袤本正文音注與北宋本同

如卷三尤袤本正文"安處先生於是似不能言，憮（亡禹）然有間"句下，北宋本李善注作"憮，亡禹切"，尤袤本李善注中無此音注，贛州本、陳八郎本正文音注並作"武"。

如卷三尤袤本正文"斾以迴乎郊畛（諸鄰）"，北宋本李善注作"諸鄰切"，尤袤本李善注中無此音注，贛州本、陳八郎本正文音注作"音真，叶韻"。此處尤袤本正文中音注與北宋本注文音注同，祇是位置不同。

如卷五十七尤袤本正文"爨陳焦之麥，柿（孚廢）柏（呂）楠（角）之松"句下，北宋本李善注有"《說文》曰：柿，削柿也。孚廢切"，尤袤本李善注中無此音注。

2. 尤袤本正文音注與北宋本不同

如卷三"由余以西戎孤臣而悝（苦灰）繆（穆）公於宮室"句下，北宋本李善注作"鄭玄《禮記注》曰：凡穆或作繆。武六切。悝，猶嘲也。祜灰切"，二字音並與尤袤本正文音注不同；贛州本、陳八郎本"悝"字正文音注作"苦回"，"繆"並作"穆"，且無音注。故此條，尤袤本與北宋本、贛州本、陳八郎本並異。

如卷四"布濩（戶）漫汗，漭沆洋溢"句下，北宋本李善注作"濩，音護"，而尤袤本李善注中無此字音注，且尤袤本正文音注亦與北宋本不同，贛州本、陳八郎本正文音注亦作"護"。

3. 北宋本無音注

如卷五"簡其華質，則乩費錦繢（會）。料（遼）其虓勇，則鷃悍狼戾"，北宋本注中並無"續""料"二字音注。

如卷五十一"有悖（蒲忽）於目而佛於耳"，北宋本注中無"悖"字音注。

（四）尤袤本正文、注文並無音注，而北宋本有

如尤袤本卷四"酸甜滋味，百種千名"句下，北宋本李善注作"《説文》曰：甜，美也。徒兼切"，尤袤本正文、注文並無"甜"字音注。

如卷六十"公以高昭武穆，惟戚惟賢"句下，北宋本李善注有《漢書》韋玄成曰：父爲昭，子爲穆，孫復爲昭也。音韶"，尤袤本正文、注文並無"昭"字音注。

爲了更加直觀地呈現尤袤本與北宋本在音注方面的關係，下面對二本的正文音注與注文音注進行全面統計和對比，詳情參見表三。

表三　尤袤本與北宋本音注情況統計

卷目[1]	尤袤本正文音注總數[2]	北宋本正文音注總數	尤袤本注文音注總數[3]	北宋本注文音注總數	北宋本現存部分所對應的尤袤本注文音注總數	北宋本注文音注與尤袤本注文音注相同數	北宋本注文音注與尤袤本正文音注相同數
一（殘12面）	7	0	180	19	19	19	0
二（殘49面）	15	1	330	313	313	304[4]	0
三（殘58面）	172	0	6	60	6	6	30
四（殘45面）	387	0	27	173	18	18[5]	100
五（全）	125	0	193	175	193	167	2
六（殘40面）	100	0	117	57	71	52	2
八（殘23面）	0	0	353	109	110	104	0
九（殘11面）	0	0	129	34	37	34	0
十（殘36面）	1	0	47	32	34	32	0
十一（殘8面）	75	0	150	7	7	7	0
十五（殘4面）	0	0	82	3	5	3	0
十六（殘8面）	0	0	66	7	8	7	0
十七（殘10面）	0	0	141	15	18	14	0

續表

卷目	尤袤本正文音注總數	北宋本正文音注總數	尤袤本注文音注總數	北宋本注文音注總數	北宋本現存部分所對應的尤袤本注文音注總數	北宋本注文音注與尤袤本注文音注相同數	北宋本注文音注與尤袤本正文音注相同數
十八（殘30面）	0	0	195	53	60	50	0
十九（殘33面）	0	0	79	60	63	57	0
三十（殘60面）	1	0	21	20	20	19	0
三十一（殘55面）	0	0	18	17	17	17	0
三十六（殘38面）	0	0	6	5	5	5	0
三十七（全）	9	0	7	6	7	6	0
三十八（殘32面）	4	0	3	3	2	1	2
四十七（殘69面）	3	0	27	26	25	24	1
四十九（殘37面）	7	0	3	3	2	2	0
五十（全）	17	0	3	4	3	3	1
五十一（殘30面）	38	0	44	38	38	37	0
五十二（殘39面）	4	0	13	14	13	13	1
五十三（殘58面）	26	0	16	14	13	13	1
五十四（殘35面）	18	0	11	8	9	8	0
五十五（殘49面）	15	0	8	7	6	6	0
五十六（殘15面）	11	0	3	0	0	0	0
五十七（殘48面）	31	1	6	19	6	6	8

續表

卷目	尤袤本正文音注總數	北宋本正文音注總數	尤袤本注文音注總數	北宋本注文音注總數	北宋本現存部分所對應的尤袤本注文音注總數	北宋本注文音注與尤袤本注文音注相同數	北宋本注文音注與尤袤本正文音注相同數
五十八（殘48面）	14	0	9	20	9	9	11
五十九（殘6面）	6	0	10	2	0	0	1
六十（殘32面）	9	0	34	25	19	19	4

注：［1］北宋本卷四十六模糊較重，未予統計。

　　［2］正文音注總數按單字計算，一句正文中，若有多條正文音注，則分別計數。

　　［3］注文音注總數按單字計算，一句正文之下，若有多條注文音注，則分別計數；若同一個字有兩個音注則按兩條計。需要説明的是，此列所統計的是尤袤本某一卷中的全部注文音注數量。

　　［4］卷二"煮纍桔桀"句下北宋本注文音注作"桔音"，尤袤本作"桔音吉"，北宋本顯脱"吉"字。"朱鬚鬖鬖"句下北宋本注文音注作"鬚，亞切"，尤袤本作"鬚，莫亞切"，北宋本顯脱"莫"字。"摎蓼浡浪"句下北宋本注文作"蓼章老"，尤袤本作"蓼音老"，北宋本"章"字顯爲"音"字之訛。此三條並按相同計。

　　［5］卷四尤袤本雖有27條注文音注，但其中9條音注所屬部分北宋本闕，而北宋本與尤袤本並存的部分共有18條注文音注，音注全部相同。

通過上表可以發現尤袤本與北宋本的音注呈現出以下幾個特點：

第一，尤袤本部分卷目並無正文音注，如卷八、卷九、卷十五等。

第二，北宋本部分卷目有正文音注，但較少，現存卷目中僅卷二、卷五十七各有一條。

第三，尤袤本每卷的正文音注、注文音注數量差距均較大，而北宋本係殘卷，故無法準確分析其每卷正文音注、注文音注的數量差。

第四，北宋本注文音注與尤袤本注文音注的相同率較高，雖有差異，但整體上基本一致，由此推測，尤袤本的注文音注部分與北宋本當屬同一系統。

第五，北宋本現存完整卷目共計3卷，分別是卷五、卷三十七、卷五十，尤袤本與北宋本此3卷的正文音注、注文音注均不一致。

第六，尤袤本與北宋本的正文音注、注文音注均多寡分佈不均，無統一體例。

綜上，僅就正文音注而言，北宋本與尤袤本確有較大差異，但正如前文所說，從北宋本殘留的兩條正文音注來看，北宋本有刪節正文音注的嫌疑，加之尤袤本音注體例不一，不似尤袤後改所致，其底本既已如此的可能性更高，但因尤袤本底本或有殘缺或模糊，需參考其他版本補全，故造成了現在見到的各卷正文音注數量參差不齊的尤袤本。至於注文音注，兩本在數量上存在較大的差異，尤其是前幾卷賦類部分體現得更爲明顯；而在音注內容上，二本的相同率則普遍較高。

三　義注異文

尤袤本與北宋本的義注差異情況較爲複雜，主要包括以下五種情況。

（一）個別字詞的差異

如尤袤本卷四十七"《易》曰：飛龍在天，利見大人"句下李善注作"大人在位之日也"，日，北宋本作"目"，集注本作"曰"，奎章閣本作"臣"，明州本、贛州本作"日"。"目"字應爲"日"字形近之訛。

又如同卷"遵游自然之勢，恬淡無爲之場"句下，北宋本李善注作"此天地之平而道德之篤"，篤，尤袤本作"至"，明州本、贛州本亦作"至"，而集注本、奎章閣本並作"篤"。

又如尤袤本卷十九"聞君遊高唐，願薦枕席"句下李善注作"欲親進於枕席"，北宋本無"進"字。

又如尤袤本卷五十九"由近而被遠"句李善注作"邇可遠在兹"，兹，北宋本作"己"。

（二）北宋本無某句，而尤袤本有

此類情況頗多，幾乎每卷都存在，但多寡不一，且尤袤本行款較正常行款普遍多字。

如卷二"抱杜含鄠"句下，尤袤本有薛綜注"杜陵、鄠縣，言終南、太一含裹之"，北宋本、贛州本並無。

又如卷二"青骹摯於韝下，韓盧噬於緤末"句下，尤袤本李善注有"《禮記》曰：犬則執緤。鄭玄注曰：緤、紖、靮，皆所以繫制之者。守犬、田犬問名，畜養者當呼之名，謂若韓盧、宋鵲之屬"，北宋本、贛州本並無。

又如卷四"於其宮室，則有園廬舊宅，隆崇崔嵬"句下，北宋本李善注作"高大也"，尤袤本則作"《說文》曰：崔，高大也"。贛州本與北宋本同。尤袤本此處有明顯的增注修改痕跡，其底本應與北宋本同，後不知據何增改。

又如卷五"公孫國之而破，諸葛家之而滅"句下，尤袤本劉淵林注較北宋本多"《魏志》曰：漢末諸葛亮輔劉備而爲臣，都於蜀，終於魏將鄧艾所平。凡天下存亡唯繫乎人"。贛州本幾與北宋本同。

又如卷十五"執彫虎而試象兮，阽焦原而跟趾"句下，尤袤本李善注較北宋本多"《漢書》曰：賈誼曰：安天下阽危若是，而上不驚者。臣瓚曰：安臨危曰阽"，贛州本與尤袤本同。

又如卷十九"昔者楚襄王與宋玉遊於雲夢之臺"句下，尤袤本李善注較北宋本多"《史記》曰：楚懷王薨，太子橫立，爲頃襄王"。奎章閣本、贛州本亦無此句。尤袤本正常行款爲每行二十一字，但卷十九普遍偏多，每行多爲二十三至二十五字不等。

又如卷十九"王問玉曰：此何氣也……怠而晝寢"句下，尤袤本有李善注"鄭玄曰：寢，臥息也"，北宋本、奎章閣本、贛州本並無此條李善注。

（三）北宋本有某句，而尤袤本無

此類情況較少。

如卷三"登封降禪，則齊德乎黃軒"下，北宋本李善注作"黃帝封泰山，已見上文"，尤袤本無"已見上文"四字，但注文末卻空出四格，見圖三五。據此推測，尤袤本底本當有此四字，後不知爲何被挖去。考贛州本此處作"史記曰：黃帝封泰山禪云亭"，與北宋本、尤袤本均不同。

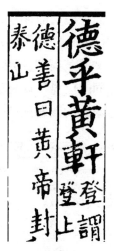

圖三五

又如卷五"危冠而出，辣劒而趨"下，北宋本劉淵林注作"《秦零陵令上書》曰：荊軻挾匕首，卒刺陛下，陛下以神武，抆揄長劒以自救。謂此也"，尤袤本無"謂此也"三字，然集注本有。

又如卷五十三"其所遊歷，諸侯莫不結駟而造門。雖造門，猶有不得賓者焉"句，北宋本李善注作"或無雖造門三字"，尤袤本無此注。敦煌本、陳八郎本、朝鮮正德本、奎章閣本正文並無"雖造門"三字。尤袤本《李善與五臣同異附見於後》："五臣無此三字。"奎章閣本注記：善本有雖造門三字。

（四）整句異文

1. "已見上文（某篇）"等相關異文

李善曾明言其注釋體例："同卷再見者，並云已見上文，務從省也，他皆類此"，"其異篇再見者，並云已見某篇，他皆類此"，"其事煩，已重見及易知者，直云已見上文，而他皆類此"，"人姓名及事易知而別卷重見者，云見某篇，亦從省也，他皆類此也"，等等。後人往往依據這些體例，對善注原貌進行推測，但《文選》卷帙浩繁，即使都是李善自己所注，前後文體例不一在所難免，況且李善注有初注、覆注、三注、四注等，究竟何者纔是善注原貌，何者一定不是善注？故不能僅據此體例便輕易得出重注者失善舊的結論。然而通過對各版本注釋中"已見"條目的整理，雖不能完全揭曉李善原貌，但有助於梳理各版本間的關係。爲了更直觀、全面地説明該問題，現以尤袤本爲核心，對北宋本、尤袤本、集注本中"已見"的相關條目進行整理，一方面統計出現存北宋本各卷中"已見上文（某篇）"的總條目^①，一方面分別統計出尤袤本與北宋本、集注本相同"已見"條目的總數，並在此基礎上，結合相關版本，對"已見"透露出的問題展開分析。

表四　尤袤本、北宋本、集注本"已見"式注釋相同條目統計

卷目[1]	北宋本"已見上文（某篇）"條目總數	尤袤本與北宋本"已見"條目相同者總數[2]	集注本與北宋本"已見"條目相同者總數	集注本與尤袤本"已見"條目相同者總數
卷一	6	6/6[3]		
卷二	34	33/34		
卷三	15	2/15		
卷四	42	26/42	3/17[4]	3/17[5]
卷五	18	18/18	0/7	1/7
卷六	2	2/2　　+1[6]		
卷八	18	18/18		
卷九	1	1/1		
卷十	33	24/33		
卷十一	2	2/2		
卷十五	0	0/0		
卷十六	1	1/1		
卷十七	1	0/1		
卷十八	16	13/16		
卷十九	17	9/17		
卷三十	56	56/56	0/9	0/9
卷三十一	29	29/29	1/22	1/22

---

① 已見某篇、已見上文、已見上等情況一併納入統計。其中，若某個版本爲"某某、某某，已見上文"，則按兩條計數。

續表

卷目	北宋本"已見上文（某篇）"條目總數	尤袤本與北宋本"已見"條目相同者總數	集注本與尤袤本"已見"條目相同者總數	集注本與北宋本"已見"條目相同者總數
卷三十六	7	6/7	0/4	0/4
卷三十七	14	3/14	0/6	1/6
卷三十八	56	23/56		
卷四十七	21	21/21	4/25	4/25
卷四十八	0	0/0		
卷四十九	7	7/7	6/10	6/10
卷五十	4	4/4		
卷五十一	3	3/3	0/1	0/1
卷五十二	4	4/4		
卷五十三	7	5/7		
卷五十四	5	5/5		
卷五十五	43	36/43		
卷五十六	8	8/8		
卷五十七	9	9/9	0/2	0/2
卷五十八	23	22/23	1/14	1/14
卷五十九	0	0/0 +1[7]		
卷六十	5	5/5		

注：[1]北宋本卷四十六模糊較重，未予統計。

　　[2]"已見上文"與"已見某篇"按不同計算。

　　[3]A/B，A代表尤袤本與北宋本相同的"已見"式注文條目，B代表尤袤本、北宋本並存部分中北宋本"已見"式注文的條目總數。另，若兩個版本一個作"已見上"，一個作"已見上文"，則按相同條目處理。

　　[4]A/B，A代表北宋本與集注本相同的"已見"式注文條目，B代表尤袤本、北宋本、集注本三本並存部分中涉及"已見"式注文的條目總數。卷四中有一處北宋本與集注本較爲接近的"已見"式注文按相同條目統計，即北宋本作"八方，已見上《三都序》"，集注本作"八方，已見《三都賦序》"；而同卷另一處差異較明顯則按不同計，即北宋本作"爽塏，已見上文"，集注本作"爽塏，已見《南都賦》"。

　　[5]A/B，A代表尤袤本與集注本相同的"已見"式注文條目，B代表尤袤本、北宋本、集注本三本並存部分中涉及"已見"式注文的條目總數。卷四中有兩處尤袤本與集注

本較爲接近的"已見"式注文未按相同計，分別是：1.北宋本作"湯谷，已見《東京賦》"，集注本作"《楚辭》曰：出自湯谷，次於濛汜。《淮南子》曰：日出湯谷"，尤袤本作"《楚辭》云：日出于陽谷，入于濛汜"。2.北宋本作"承明，已見《西都賦》"，集注本作"《漢書》：帝賜嚴助書曰：君厭承明之盧。張晏曰：承明盧在石渠門外。直宿所止曰盧"，尤袤本作"《漢書》曰：嚴助爲會稽太守，帝賜書曰：君厭承明之盧。張晏曰：承明盧在石渠門外"。

　　　[6]"+"是指尤袤本有"已見"，北宋本無。"1"是指有一條，即"而是有魏開國之日"句，尤袤本李善注末有"已見上文"，北宋本無。

　　　[7]此條爲"是惟形勝，闞外莫先"句，尤袤本李善注作"闞外，已見上文"，北宋本作"《史記》馮唐曰：上古王者遣將也，闚以内，寡人制之，闚以外，將軍制之。"

　　經過對現存北宋本、尤袤本、集注本中"已見"條目的整理可知：

　　第一，集注本中的"已見"式注釋相對較少，故不能僅據是"已見"還是注釋重出，來判定哪個版本更接近李善注原貌；

　　第二，尤袤本與北宋本在"已見"式注釋中相同的條目普遍較多，僅卷三、卷四、卷三十七、卷三十八這四卷的不同條目在十條以上，其餘三十卷完全相同或基本相同。可見兩個版本間有更爲密切的關係；

　　第三，集注本"已見"式注釋相對較少，多爲注釋重出型；

　　第四，集注本"已見"式注釋多爲"已見某篇"，而北宋本、尤袤本多爲"已見上文"。

　　北宋本、尤袤本二本"已見"式注釋的差異具體包括以下七種情況。

　　（1）北宋本作"已見上文（注）"，尤袤本爲具體注釋

　　a.卷四《南都賦》"揔括趨欲，箭馳風疾"，北宋本李善注有"鴿（欲），已見上文"，而尤袤本作"《説文》曰：欲，歠也"，與贛州本同。

　　案：《西京賦》"欱灃吐鎬"句下有善注"《説文》曰：欱，歠也"。李善的注釋體例爲"同卷再見者，並云已見上文，務從省也，他皆類此"，而《西京賦》和《南都賦》並非同卷，故不應謂"已見上文"，而應據"其異篇再見者，並云已見某篇，他皆類此"體例改爲"已見《西京賦》"，如此一來，若嚴格按照李善體例，則不知"已見上文"是後人所改，還是"《説文》曰：欱，歠也"是後人所改了。或李善作注時未能將體例貫徹始終，畢竟《文選》內容繁多，靠一人之力，確實不易。

b. 卷四"奉先帝而追孝，立唐祀乎堯山"，北宋本李善注作"堯以唐侯升爲天子，已見上文"，尤袤本則作"皇甫謐曰：堯始封於唐，今中山唐縣是也。後徙晉陽。及爲天子，都平陽，於《詩》爲唐國。是堯以唐侯升爲天子也"，與贛州本同。

案：尤袤本卷一《兩都賦》"系唐統，接漢緒"下善注有"孔安國《尚書傳》曰：堯以唐侯升爲天子"，與北宋本所注吻合。然尤袤本卷四此處李善注引皇甫謐言，前文無。故此條注文當非尤袤從前卷注文中襲來，而是重新注釋。至於此注是尤袤所改還是其底本既已如此，暫不得而知。

c. 卷四"闢二九之通門，畫方軌之廣塗。營新宮於爽塏，擬承明而起廬"。

集注本　李善曰：爽塏，已見《南都賦》。《漢書》帝賜嚴助書曰：君厭承明之廬。張晏曰：承明廬在石渠門外。直宿所止曰廬。

北宋本　善曰：爽塏，已見上文。承明，已見《西都賦》。

尤袤本　善曰：《左氏傳》曰：齊景公欲更晏子之宅，曰：請更諸爽塏者。杜預曰：就高燥也。《漢書》曰：嚴助爲會稽太守，帝賜書曰：君猒承明之廬。張晏曰：承明廬在石渠門外。

案：此句李善注中主要注釋"爽塏"和"承明"兩詞，北宋本兩條並用"已見"式，集注本"爽塏"用"已見"式，"承明"詳細注釋，尤袤本"爽塏""承明"並詳細出注。卷一已有"承明"注，按李善体例，此處當作"已見"式注文，然集注本中對"承明"的解釋説明並非"已見"式纔是善注原貌，畢竟善注經歷過多次修改。而尤袤本此處與贛州本全同，有兩種可能，一是尤袤本底本即如此，一是尤袤所據底本此處模糊或缺失，故以贛州本校補。

d. 卷五"里謠巷飲，飛觴舉白。翹關扛鼎，拚射壺博。鄱陽暴謔，中酒而作"。

集注本　李善曰：《列子》曰：孔子之勁，能招國門之關，而不肯以力聞。招與翹同。翹，舉也。《西京賦》曰：烏獲扛鼎。《漢書贊》曰：元帝時覽卞射。孟康曰：手搏爲拚。壺，投壺也。禮有投壺。《論語》子曰：不有博弈者乎。《尒雅》曰：戲，謔也。郭璞曰：謂啁戲也。

北宋本　《列子》曰：孔子勁，能招國門之關，而不肯以力聞。招與翹同。扛，舉也。扛鼎，已見《西京賦》。《漢書贊》曰：元帝時覽拚射。孟康曰：手搏爲拚。壺，投壺也。禮有投壺。《論語》曰：不有博弈者乎。

尤袤本　翹開扛鼎，皆逞壯力之勁，能招門開也。《列子》曰：孔子勁，能招國門之開，而不肯以力聞。招與翹同。扛，舉也。《漢書》曰：項羽力能扛鼎。又《漢書贊》曰：元帝時覽拚射。孟康曰：手搏爲拚。壺，投壺也。禮有投壺。《論語》曰：不有博弈者乎。

贛州本　《列子》曰：孔子勁，能招國門之關，而不肯以力聞。招與翹同。扛，舉也。《史記》曰：秦武王有力士烏獲，孟説皆大官，王與孟説舉鼎。《説文》曰：抗橫關對舉也。《漢書贊》曰：元帝時覽拚射。孟康曰：手搏爲拚。壺，投壺也。禮有投壺。《論語》曰：不有博弈者乎。

案：此條有兩點值得注意。首先，北宋本作“扛鼎，已見《西京賦》”，而早於北宋本的集注本却作“《西京賦》曰：烏獲扛鼎”，這也驗證了前文所説並非“已見”式纔是善注原貌。其次，尤袤本此處注文與其他諸本並異，不僅開頭較諸本多出“翹開扛鼎，皆逞壯力之勁，能招門開也”一句，而且雖與集注本同無“已見”，但將集注本中《西京賦》條改作《漢書》條。尤袤當時可以見到贛州本，但此條却並未使用贛州本，之所以如此應是尤袤本所據底本即如此，故尤袤沒有參考贛州本修改善注的必要。

e.卷三十八“道喪時昏，則忠貞之義彰”，北宋本李善注作“道喪，已見江淹《雜體詩》。忠貞，已見上文”，尤袤本則作“道喪，已見江淹《雜體詩》。《左氏傳》荀息曰：公家之利，知無不爲，忠也。送往事居，耦俱無猜，貞也”。

案：“道喪”條，尤袤本與北宋本同作“已見江淹《雜體詩》”，但“忠貞”條，二本不同。考贛州本，“忠貞”條與尤袤本同，而“道喪”條則作“莊子曰：世喪道矣，道喪世矣。世與道交相喪也”。若云尤袤本參校了北宋本或贛州本，那爲何“道喪”與“忠貞”兩條並非完全一致呢？類似之處還有，如卷十九“從南湘之二妃，攜漢濱之游女”，北宋本作“二妃、游女，已見上文”，尤袤本作“二妃，已見上文。《毛詩》曰：漢有游女，不可求思。注：漢上游女，無求思者"，贛州本作"《禮記》曰：舜葬蒼梧之野，蓋二妃未之從也。鄭玄曰：離騷所謂湘夫人也。舜南巡狩死於蒼梧，二妃留江湘之間。《韓詩》曰：漢有游女，不可求思。薛君曰：游女，漢神也。言漢神時見不可求而得之"。此處"二妃"條，尤袤本與北宋本相同，與贛州本不同，而"游女"條，尤袤本與贛州本較爲相近，與北宋本不同。

（2）北宋本作"已見某篇"，尤袤本爲具體注釋

a. 卷二"於是采少君之端信，庶欒大之貞固"句，敦煌本李善注作"少君、欒大，已見《西都賦》。人姓名及事易知而別卷重見者，云見某篇，亦從省也，他皆類此也"。而北宋本、尤袤本並作"《史記》曰：李少君亦以祠竈穀道却老方見上，上尊之。少君者，故深澤侯舍人主方。欒大，見《西都賦》。凡人姓名及事易知而別卷重見者，云見某篇，亦從省也，他皆類此"。

案：北宋本、尤袤本"欒大"條與敦煌本同，且符合善注體例。但"少君"條二本並重注，可見尤袤本相較於李善注寫抄本系統，與李善注刻本系統更爲接近。類似之處還有許多，如同卷"弧旌枉矢，虹旐蜺旄"句，敦煌本李善注作"虹旐，已見上注"，北宋本、尤袤本並作"《楚辭》曰：建雄虹之采旄"。

b. 卷三"人或不得其所，若已納之於隍"句，北宋本李善注作"隍，已見《西都賦》也"，尤袤本作"《説文》曰：城池無水曰隍"，與贛州本同。

案：尤袤本此句所在行的行款正常，未見明顯修版痕跡，故此處呈現出的應是尤袤本底本的原貌。李善曾在卷一中明言其注釋體例"其異篇再見者，並云已見某篇，他皆類此"。卷一"浚城隍，起苑囿"句下李善注即有"《説文》曰：城池無水曰隍"，故按李善注體例，尤袤本此處應同北宋本，作"已見《西都賦》"。但上文集注本的例子提示了並非"已見"式注文纔是唯一的李善注原貌，因爲李善注有初注、覆注、三注、四注多種版本。雖然贛州本中多有重注"已見"式注釋的情況，但不能因此就認爲尤袤本據贛州本而來。從表四中可以看出，尤袤本仍以"已見上文""已見某篇"爲主，重注情況遠比贛州本少，贛州本幾乎將所有"已見"式注文全部重注。故僅從"已見"式注文來說，

尤袤本底本應與北宋本更爲接近。

（3）北宋本作"已見上（文）"，尤袤本具體至"已見某篇"

a.卷四"爾乃撫輕舟兮浮清池，亂北渚兮揭南涯"句，北宋本李善注作"浮，已見上"，尤袤本則作"浮，已見《西都賦》"，將"上"具體至某篇。又如"揔萬乘兮徘徊，按平路兮來歸"句，北宋本李善注作"萬乘，已見上文"，尤袤本則作"萬乘，見《東京賦》"。

b.卷三十八"是以孫氏雖家失吳祚，而族蒙晉榮。子弟量才，比肩進取，懷金侯服，佩青千里"句，北宋本李善注作"懷金、佩青，已見上文"，尤袤本則作"懷金，已見上《謝平原內史表》。佩青，已見上《求通親親表》"，分別具體至篇名。

（4）尤袤本作"已見上文"，北宋本爲具體注釋

此種情況僅見一處，卷五十九"是惟形勝，閫外莫先"句下，尤袤本李善注作"閫外，已見上文"，而北宋本則作"《史記》馮唐曰：上古王者遣將也，閫以內，寡人制之，閫以外，將軍制之"。奎章閣本、贛州本並與北宋本同。考尤袤本此處無修版痕跡，其底本即作此，非據他本改。

（5）尤袤本作"已見上文"，北宋本無

此種情況僅見卷六"而是有魏開國之日，締構之初。萬邑譬焉，亦獨巒廆之與子都，培塿之與方壺也"句下，尤袤本李善注作"方壺，二山名，已見上文"，北宋本無"已見上文"四字。

（6）北宋本作"已見某篇"，尤袤本無

此種情況僅見卷五十五"蒙有猜焉，請辨其惑"句下，北宋本作"《長楊賦》曰：蒙竊惑焉。已見《七命》"，尤袤本無"已見《七命》"四字。

（7）北宋本訛誤

a.卷二"前開唐中，彌望廣潒"句下，北宋本李善注作"唐中，已見《西都賦》。《漢書》曰：五侯大治第室，連屬彌望。唐中，已見《西都賦》。《字林》曰：潒，水潒潒也，大朗切"。

案："唐中，已見《西都賦》"重複出現，顯誤。尤袤本將後面的"唐中，已見《西都賦》"改成"彌，竟也。言望之極目"。考敦煌本此句李善注作"《漢書》曰：建章宮其西則有唐中數十里。又曰：五

侯大治第室，連屬彌。《字林》：激，水潚也。大朗反。"贛州本李善注作"《漢書》曰：建章宮其西則有唐中數十里。如淳曰：唐，庭也。漢書曰：五侯大治第室，連屬彌望。《漢書》曰：建章宮其北沼太液池。《字林》曰：潚，水潚潚也。大朗切"。現存各版本中未見作"彌，竟也。言望之極目"者，故此處爲尤袤改的可能較低，或其底本既已如此。

b.卷五十五"若衡重錙銖"句下，北宋本李善注作"錙銖，已見沈約《彈曹景宗文》"，尤袤本作"錙銖，已見任彥升《彈曹景宗文》"，北宋本誤。

2.尤袤本與北宋本注文內容完全不同

此種情況僅見卷五"而吾子言蜀都之富，禹同之有。瑋其區域，美其林藪。矜巴漢之阻，則以爲襲險之右"句下的劉淵林注，兩本內容完全不同。

北宋本　越巂郡蜻蛉縣禹山有金馬、碧雞之神。巴漢之阻，巴郡義扞關也。漢中廣漢，其路由於劍閣、褒、斜也。

尤袤本　吾子，謂西蜀公子。言蜀地富饒，及禹同之所有也。瑋，美也。《蜀都賦》云：左綿、巴中，百濮所充。緣以劍閣，阻以蜀門。矜夸其險也。

下一句正文"徇蹲鴟之沃，則以爲世濟陽九"。

北宋本　劉淵林注：《易·無妄》曰：災氣有九，陽阨、陰阨，一元之中，四千六百一十七歲，有九阨。陽阨五，陰阨四，合爲九。《漢書·律曆志》具有其事。

尤袤本　劉淵林注：徇，營也。亡身從物曰徇，夸物示人亦曰徇。卓王孫曰：吾聞岷山之野，下有蹲鴟，至死不飢。三年不收，其形如蹲鴟，故號也。越巂郡蜻蛉縣禹山有金馬、碧雞之神。巴漢之阻，巴郡之扞也。漢中廣漢，其路由於劍閣、褒、斜也。《易·無妄》曰：災氣有九。陽阨、陰阨，四合爲九，一元之中，四千六百一十七歲，各以數至陽阨，故云百六之會。王孫言公子徇其土地，自生蹲鴟，可以救代飢儉，度陽九之厄。《漢書·律曆志》具有其事。

案：何焯《義門讀書記》卷四十五謂劉淵林注"此一段頗勝諸本，

未知何據"①。陳景雲《文選舉正》謂上節劉淵林注"吾子"至本節"故
號也"九十三字乃尤袤所加："今觀文義，恐是李注誤列劉注之前，若
繫於善曰下，即明順矣。"②胡克家《文選考異》則據此推斷曰："尤延之
初刻亦無，後乃添入，故修改之迹，至今尚存。凡此等語，皆五臣以
後，不知何人記在行間者，尤校此書，意主改舊，遂悉取以增多，而讀
者相沿，罕能辨正。幸袁、茶陵二本均未嘗誤，各得反覆推驗，決知其
非，特詳載之，用俟刊正。"③集注本、北宋本、奎章閣本、贛州本均無
此九十三字。觀正文可知尤袤本下句注文中"越寯郡蜻蛉縣"以下內容
當移至上句劉淵林注中，蓋尤袤所據之本此兩句正文乃合爲一句，故注
文亦合在一處，而分句之後未劃分清楚。

（五）注者不同

　　如卷二"青骹摯於韝下，韓盧噬於緤末"句下，尤袤本有李善注
"韓盧，犬，謂黑色毛也……皆謂急搏不遠而獲"，而此句北宋本歸在
薛綜注下，且"韓盧犬"作"善韓盧犬"，考敦煌本此條亦爲薛綜注，
"善韓盧犬"作"蓋韓盧犬"，故北宋本"善"乃"蓋"字之訛，而後
人又將"善"理解爲"善曰"而妄填"曰"字，造成了注者錯誤。
　　又如卷三"馭不詭遇，射不翦毛"句下，尤袤本無李善注，薛綜注
作"《孟子》曰：爲之詭遇，一朝而獲十。劉熙曰：橫而射之曰詭遇。
毛萇《詩傳》曰：面傷不獻，翦毛不獻"。北宋本此句無薛綜注，李善
注作"詭遇，已見《東都賦》。毛萇《詩傳》曰：面傷不獻，翦毛不
獻"，贛州本與北宋本同。
　　又如卷五"結輕舟而競逐，……西海失其遊鱗"句下，北宋本劉淵
林注作"繳，弋繪也。緡、綸，皆釣繳也。《詩》曰：其釣伊何，惟絲
伊緡。楚昭王渡江，得物如斗，入王舟中，王怪之，問孔子。……故
西海、北山失其鱗翼也"，而尤袤本劉淵林注僅有"繳，弋繪也。緡、

① （清）何焯著，崔高維點校《義門讀書記》，中華書局，1987，第864頁。
② （清）陳景雲：《文選舉正》，載《〈文選〉研究文獻輯刊》第三六冊，國家圖書館出版
　　社，2013，第28頁。
③ （清）胡克家：《文選考異》，載《〈文選〉研究文獻輯刊》第四四冊，國家圖書館出版
　　社，2013，第58頁。

繪，皆鈞繳也。《詩》曰：其鈞惟何，惟絲伊緡"三句，"楚昭王渡江"
以下並歸爲李善注。

北宋本與尤袤本雖存在以上諸種注文異文，但二者亦存在許多完全
一致之處。敦煌本、集注本、北宋本、尤袤本，此四本並爲李善注本系
統，但相較於李善注抄本系統，尤袤本與李善注刻本系統關係明顯更爲
密切。略舉數例如下。

（1）卷二"增昭儀於婕妤，賢既公而又侯"。

敦煌本　臣善曰:《漢書》曰：孝元帝傅婕仔有寵，乃更號曰昭儀，
在倢仔上。昭儀，尊之也。又曰：封董賢爲高安侯，後代丁明爲大司
馬，即三公之職也。

北宋本　善曰:《漢書》曰：孝成帝趙皇后有女弟，爲婕妤，絶
幸，爲昭儀。又曰:《孝元帝傳》：婕妤有寵，乃更號曰婕妤，在昭儀
上，尊之也。又曰：封董賢爲高安侯，後代丁明爲大司馬，即三公之
職也。

尤袤本　善曰:《漢書》曰：孝成帝趙皇后有女弟，爲婕妤，絶
幸，爲昭儀。又曰:《孝元帝傳》：婕妤有寵，乃更號曰婕妤，在昭儀
上，尊之也。又曰：封董賢爲高安侯，後代丁明爲大司馬，即三公之
職也。

案：昭儀當位在婕妤之上，尤袤本、北宋本並誤作婕妤在昭儀上，
敦煌本不誤。

（2）卷二"獨儉嗇以齷齪，忘《蟋蟀》之謂何"。

案：北宋本、尤袤本較敦煌本多薛綜注"《漢書注》曰：齷齪，小
節也。……何休《公羊傳注》曰：謂據疑問所不知者，曰何也。"胡克
家《文選考異》卷一謂"《漢書注》曰"以下爲李善注，故前應補"善
曰"二字。贛州本"《漢書注》曰"以下即歸李善注。此條尤可見出尤
袤本與北宋本關係密切。

（3）卷四"百藥灌叢，寒卉冬馥。異類衆夥，于何不育"。

案：集注本此句下有李善注"《廣雅》曰：灌，叢也。《字林》曰：
卉，草揔名也。《韓詩》曰：馥芬孝祀。薛君曰：馥，香皃也。《方言》
曰：凡物盛多，楚、魏之際謂之夥也。"北宋本、尤袤本並無。

（4）卷四"若乃大火流，凉風屆。白露凝，微霜結"。

案：集注本李善注作"毛萇《詩傳》曰：火，大火也。流，下。風屆，已見《南都賦》。《詩含神霧》曰：陽氣終則白露凝。《字書》曰：凝，水之堅也。《楚辭》曰：微霜兮眇眇。"北宋本、尤袤本並作"毛萇《詩傳》曰：火，大火也。流，下也。《毛詩》曰：白露爲霜。《楚辭》曰：微霜結兮眇眇"。贛州本與北宋本、尤袤本同。

尤袤本與北宋本的義注對比情況較爲複雜，上文已結合具體例證對二本的義注異文和相同情況分別作了相應分析。爲更加直觀地呈現二本各卷目的義注對比情況，現將北宋本與尤袤本的義注進行了全面整理，數據統計情況見表五；異文詳情見附錄三《尤袤本、北宋本義注異文詳情一覽表》。

表五　北宋本與尤袤本義注異文條目統計

卷目[1]	北宋本義注總條目數[2]	二本相異條目數[3]	異文比例
卷一	23	0	0.0%
卷二	350	34	9.7%
卷三	307	82	26.7%
卷四	190	51	26.8%
卷五	78	67	85.9%
卷六	58	41	70.7%
卷八	185	38	20.5%
卷九	67	9	13.4%
卷十	131	33	25.2%
卷十一	55	6	10.9%
卷十五	19	6	31.6%
卷十六	32	12	37.5%
卷十七	65	32	49.2%
卷十八	221	90	40.7%
卷十九	185	83	44.9%

續表

卷目	北宋本義注總條目數	二本相異條目數	異文比例
卷三十	331	13	3.9%
卷三十一	350	19	5.4%
卷三十六	207	27	13.0%
卷三十七	345	39	11.3%
卷三十八	179	41	22.9%
卷四十七	385	23	6.0%
卷四十九	188	11	5.9%
卷五十	214	18	8.4%
卷五十一	128	1	0.8%
卷五十二	152	4	2.6%
卷五十三	259	31	12.0%
卷五十四	143	20	14.0%
卷五十五	113	38	33.6%
卷五十六	96	6	6.3%
卷五十七	324	32	9.9%
卷五十八	300	25	8.3%
卷五十九	33	4	12.1%
卷六十	155	15	9.7%

注：[1]北宋本卷四十六模糊較重，未予統計。

　　[2]北宋本義注總條目數指北宋本該卷注文的總條數，模糊或殘句不計。

　　[3]統計義注異同是爲了更好地梳理兩個版本之間的關係，若明顯爲尤袤本或北宋本訛誤造成的個別字詞差異則視作相同條目加以統計。"也""之""的""矣"等個別虛詞差異與異體字差異亦視作相同條目。另外需説明的是，此處僅統計注文中的義注部分，音注異文可參看表三。

　　經統計可知，二本的義注異文呈現出以下幾個特點：

　　第一，從整體上看，尤袤本與北宋本在義注方面相同的比例較高，在現存 33 卷中（因卷四十六較模糊，未統計），相同率在 90% 以上的卷目有 13 卷，相同率在 80% 以上的卷目有 20 卷，其中不乏僅北宋本與尤袤本相同，與其他版本並異的地方。

第二，二本相同率在 50% 以下的僅 2 卷，其中卷五爲 14.1%，卷六爲 29.3%，這麼大且集中的差異率提示：尤袤本底本中這兩卷或有殘缺，須參考其他版本補足。

第三，大多數卷目的義注異文以個別字詞句的差異爲主，如卷二至卷四、卷六、卷八、卷九、卷十一、卷三十、卷三十一、卷三十六、卷四十七、卷四十九、卷五十、卷五十二至卷五十四、卷五十六至卷六十等。

第四，這些義注異文中不乏人爲因素導致的訛脱衍倒異文，而非真正的版本異文，如“熊”與“態”、“服虔”與“服虞”、“二六”與“二文”等，若除去這部分異文，兩本在義注方面的相同率將更高。

第五，賦類部分的異文比較多，如卷五、卷六、卷十五、卷十六、卷十七、卷十八、卷十九等，這些卷目的義注異文基本以尤袤本增注爲主，尤其是卷五，增注明顯，異文比例較高。

第六，卷十的義注異文以尤袤本增注與“已見”式重出注釋爲主。

第七，卷三十七、卷三十八的義注異文以“已見”式注釋爲主，這類異文與卷十的“已見”式重出注釋異文不同，是“已見”與“已見”的差異，如“已見《薦彌衡表》”與“已見上文”類的差異。

第八，卷五十五的義注異文多圍繞李善注與劉孝標注的歸屬問題。

綜上，在義注方面，尤袤本底本與北宋本整體上基本是一致的，儘出於同一版本系統。

第四節　尤袤本與贛州本《文選》關係梳理

在現存諸種《文選》版本中，贛州本是目前被學界普遍認定爲與尤袤本關係最密切的版本之一，故本節將繼續採取文本細讀、全面對校、數據統計等方法，圍繞正文異文、正文斷句、正文注記、正文音注、注文音注、義注等多方面對尤袤本與贛州本展開全面整理與詳細分析，儘可能客觀地呈現出二者間的真實關係。

一　正文異文與斷句

表六　贛州本與尤袤本正文異文數量統計

卷目	贛州本正文總條目數[1]	尤袤本正文總條目數	贛州本與尤袤本正文異文總條目數	異文比例（以尤袤本正文總條目數爲基準）
卷一	185	199	36	18.1%
卷二	197	395	44	11.1%
卷三	292	383	39	10.2%
卷四	200	238	35	14.7%
卷五	91	84	41	48.8%
卷六	85	95	31	32.6%
卷七	222	315	62	19.7%
卷八	210	430	51	11.9%
卷九	223	251	33	13.1%
卷十	205	222	38	17.1%
卷十一	230	418	35	8.4%
卷十二	170	260	16	6.2%
卷十三	257	311	33	10.6%
卷十四	188	214	18	8.4%
卷十五	212	232	40	17.2%
卷十六	353	414	52	12.6%
卷十七	206	294	35	11.9%
卷十八	348	411	57	13.9%
卷十九	282	323	50	15.5%
卷二十	362	443	26	5.9%

卷目	贛州本正文總條目數	尤袤本正文總條目數	贛州本與尤袤本正文異文總條目數	異文比例（以尤袤本正文總條目數爲基準）
卷二十一	231	258	18	7.0%
卷二十二	252	256	22	8.6%
卷二十三	379	385	29	7.5%
卷二十四	377	376	27	7.2%
卷二十五	270	364	36	9.9%
卷二十六	302	348	23	6.6%
卷二十七	296	291	45	15.5%
卷二十八	345	340	16	4.7%
卷二十九	442	409	19	4.6%
卷三十	398	361	27	7.5%
卷三十一	332	351	23	6.6%
卷三十二	239	419	17	4.1%
卷三十三	494	596	23	3.9%
卷三十四	299	352	11	3.1%
卷三十五	341	325	26	8.0%
卷三十六	213	221	16	7.2%
卷三十七	297	352	36	10.2%
卷三十八	263	300	29	9.7%
卷三十九	258	272	61	22.4%
卷四十	290	314	36	11.5%
卷四十一	409	265	48	18.1%
卷四十二	297	241	52	21.6%
卷四十三	269	279	29	10.4%

續表

卷目	贛州本正文總條目數	尤袤本正文總條目數	贛州本與尤袤本正文異文總條目數	異文比例（以尤袤本正文總條目數爲基準）
卷四十四	256	264	10	3.8%
卷四十五	395	276	38	13.8%
卷四十六	306	248	36	14.5%
卷四十七	427	399	23	5.8%
卷四十八	305	295	48	16.3%
卷四十九	228	228	17	7.5%
卷五十	215	218	20	9.2%
卷五十一	207	193	27	14.0%
卷五十二	193	158	18	11.4%
卷五十三	311	298	21	7.0%
卷五十四	233	231	21	9.1%
卷五十五	116	119	8	6.7%
卷五十六	345	348	22	6.3%
卷五十七	318	341	21	6.2%
卷五十八	310	342	17	5.0%
卷五十九	342	341	17	5.0%
卷六十	318	297	24	8.1%

注：[1] 贛州本正文總條目即正文斷句總數，一個斷句計一條。

由上表可總結出以下幾個特徵：

第一，尤袤本正文斷句最多的是卷三十三，有 596 句，最少的是卷五，有 84 句；贛州本正文斷句最多的也是卷三十三，有 494 句，最少的是卷六，有 85 句。

第二，尤袤本與贛州本在正文斷句方面無一相同。

第三，二本在正文用字方面存在不少異文。異文率在 20% 以上的共

4 卷（共 60 卷，占 6.7%），相同率在 90% 以上的共 32 卷（占 53.3%）。

經對贛州本與尤袤本的對校、整理，可總結出贛州本與尤袤本的正文異文主要有四種情況，更多異文詳情可參看附錄四《尤袤本、贛州本正文異文詳情一覽表》。

（一）字詞差異

如贛州本卷一"卓犖諸夏"，卓犖，尤袤本作"逴躒"。

如贛州本卷一"理其營表"，理，尤袤本作"修"，贛州本"理"字下有注記"善本作修"，可見贛州本此處受五臣影響。

如贛州本卷一"是以皇城之内"，是以，尤袤本作"於是"。

如贛州本卷二"豈稽度於往舊"，稽，尤袤本作"啓"，贛州本"稽"字下有注記"善本作啓"，可見贛州本此處亦受五臣影響。

如贛州本卷四"集乎江洲"，乎，尤袤本作"于"。

如贛州本卷六"而徒務於詭隨匪民"，民，尤袤本作"人"，此異文乃因避諱造成，類似之處，還有不少，如卷四十一"羞當代之士邪"，代，尤袤本作"世"。

如贛州本卷七"上方郊祀甘泉泰畤、汾陰后上"，上，尤袤本作"土"，贛州本"上"字當爲"土"字之訛，贛州本中訛字不少。

如贛州本卷十"匪降禍之自天"，降禍，尤袤本作"禍降"。

如贛州本卷十"愬黄巷以濟潼"，濟潼，尤袤本作"滋童"。

如贛州本卷三十"養痾亦園中"，亦，尤袤本作"丘"，贛州本"亦"字下有注記"五臣作丘"。

如贛州本卷三十一"僕以爲亦合其美，並善而已"，合其美，尤袤本作"各其美"。並善，作"兼善"。

（二）尤袤本有而贛州本無者

如贛州本卷一"蹈一聖之險易云爾"，云爾，尤袤本作"云爾哉"。

如贛州本卷一"而不知王者之無外"，尤袤本句末有"也"字。

如贛州本卷四十一"惟會稽盛孝章尚存"，尤袤本"惟"下有"有"字，贛州本"惟"下有注記"善本有有字"。

如贛州本卷四十一"若以子之功，論於朝廷"，尤袤本"功"下有"高"字，贛州本"功"字下有注記"善本有高字"。

（三）尤袤本無而贛州本有者

如贛州本卷一"前聖靡得而言焉"，尤袤本無"而"字。

如贛州本卷二"譬衆星之環北極"，尤袤本無"北"字。

如贛州本卷十"率土且猶弗遺"，尤本無"猶"字"。

如贛州本卷二十五有"不慮其敗，唯義是敦"，尤袤本無此句。

如贛州本卷三十五有"聲動響飛，形移景發"，尤袤本無此句。

如贛州本卷四十一"又不能與群僚同心并力"，尤本無"同心"二字。

（四）整句異文

如贛州本卷三十七"若無興德之言，則戮允等"，尤袤本此句作"責攸之褘允等咎"。

如贛州本卷四十一"而世俗又不能與死節者次比"，尤袤本作"而世又不與能死節者"。

贛州本屬六臣注本系統，即李善注在前，五臣注在後，故其正文斷句與用字部分應與李善注本相同。那麼從理論上說，尤袤本與贛州本在正文斷句與用字方面應一致。但統計後發現二本在正文斷句與用字方面存在較多差異。斷句方面，二者無一卷斷句完全相同；正文用字方面，二本的異文率普遍較高，尤其是"賦類"部分，其中卷五異文比例高達48.8%，卷六異文也有32.6%之多。由此可見，在斷句與正文用字方面，尤袤本並非以贛州本爲底本。

二　正文注記

贛州本屬六臣注本系統，即李善注在前，五臣注在後，故其正文部分應與李善注本相同，其正文注記應以"五臣作某"的形式進行異文標記，但統計發現幾乎在贛州本每卷的正文注記中並可見"善本作某"的情況。故下表對贛州本的正文注記進行統計，將每卷的"善本作某”“五臣作某”①分別統計，並與尤袤本的正文用字進行比較，進而探討尤袤本與贛州本在正文用字方面的關係。

表七　贛州本正文注記統計

卷目	贛州本注記總條數	贛州本“善本作某”總條數	尤袤本正文用字與“善本作某”之“某”相同條數[1]	贛州本“五臣作某”總條數	尤袤本正文用字與“五臣作某”之“某”相同條數[2]
卷一	30	4	4	26	2
卷二	78	7	6	71	1
卷三	60	11	11	49	1
卷四	81	11	10	70	1
卷五	48	13	10	33[3]	2
卷六	56	16	12	40	3
卷七	124	52[4]	45[5]	72[6]	3
卷八	172	53	44	119	1
卷九	78	14	12	64	5
卷十	108	27	23	81	2
卷十一	82	6	5	76	1
卷十二	68	6	5	63	1
卷十三	84	5	4	79	3
卷十四	38	1	1	37	1
卷十五	95	27	23	68	1
卷十六	103	44	37	59	0
卷十七	155	28	21	127	2
卷十八	123	42	33	81	6

---

① “善本作某”包括“善（本）作某”“善（本）有某”“善（本）無某”三種情況，下同，不另注。“五臣作某”包括“五臣（本）作某”“五臣（本）有某”“五臣（本）無某”三種情況，下同，不另注。另，注記一般出現于正文中，但有極個別注記出現在注文中，亦納入統計中，如卷七“塊圠，五臣本作軮軋”一條注記即出現在贛州本的李善注末。

卷目	贛州本注記總條數	贛州本"善本作某"總條數	尤袤本正文用字與"善本作某"之"某"相同條數	贛州本"五臣作某"總條數	尤袤本正文用字與"五臣作某"之"某"相同條數
卷十九	74	31	25	43	2
卷二十	73	14	11	59	0
卷二十一	36	16	16	20	0
卷二十二	40	18	18	22	0
卷二十三	112	29	25	82	0
卷二十四	63	25	20	38	2
卷二十五	55	30	27	25	0
卷二十六	81	15	14	66[7]	1
卷二十七	83	43	40	40	0
卷二十八	70	2	2	68	5
卷二十九	86	15	11	71	2
卷三十	93	23	21	70	5
卷三十一	47	13	12	34	1
卷三十二	71	0	0	71	3
卷三十三	74	0	0	74	2
卷三十四	121	0	0	121	5
卷三十五	68	6	4	62	7
卷三十六	24	8	6	16	1
卷三十七	103	18	13	85	9
卷三十八	76	26	22	50	1
卷三十九	82	60	53	22	2
卷四十	80	44	30	36	0
卷四十一	133	70	65	63	1

續表

卷目	贛州本注記總條數	贛州本"善本作某"總條數	尤袤本正文用字與"善本作某"之"某"相同條數	贛州本"五臣作某"總條數	尤袤本正文用字與"五臣作某"之"某"相同條數
卷四十二	115	62	60	53	0
卷四十三	87	23	20	64	6
卷四十四	80	9	4	71	4
卷四十五	94	56	48	38	1
卷四十六	62	33	30	29	0
卷四十七	116	4	4	112	6
卷四十八	129	60	55	69	1
卷四十九	47	27	24	20	0
卷五十	53	16	15	37	3
卷五十一	73	42	30	31	1
卷五十二	66	15	12	51	2
卷五十三	75	7	2	68	5
卷五十四	44	8	8	36	1
卷五十五	44	6	6	38	0
卷五十六	54	5	3	49	5
卷五十七	55	13	10	42	1
卷五十八	52	6	4	46	1
卷五十九	33	5	5	28	1
卷六十	59	10	10[8]	49	0

注：[1]二者不同的條目詳見表八。

　　[2]二者相同的條目詳見表八。

　　[3]其中一條注記較爲特別，位置不在正文中，而在五臣注末，即"赤須蟬蛻而附麗"句下"麗，五臣又作美"。

　　[4]其中七條注記較爲特別，位置不在正文中，而在李善注中，即"下陰潛以慘懍兮"句下"善本懍作廩"，"抗浮柱之飛榱兮"句下"抗，善作炕"，"樵蒸焜上"句下"善本作昆"，"靈棲遲兮"句下"善本棲遲作迡迡"，"靡推督而常勤兮，莫之課而自勵"句下"善本推作誰、勵作厲"，"徒望歲以自畢"句下"善本畢作必"，"有而言之，是彰君之惡"句下

"善本無有而言之是彰君之惡一句"。

[5] "池靡乎連屬"，贛州本"池""連"下分別有注記"善本作延""善本作施，"但考他本可知，此二條注記順序顛倒，故未計入不同條目。

[6] 其中兩條注記較爲特別，位置不在正文中，而在五臣注末，即"齊總總以撙撙"句下"五臣本撙作蓴""忽堁圠而無垠"句下"堁圠，五臣本作軮軋"。

[7] 日本宮內廳藏贛州本與國圖藏贛州本（07133）的卷二十六有四處注記不同，分別是：1. "崇情符遠迹，清氣溢素襟"之"符"字下07133本有注記"五臣作浮"，然日本宮內廳藏贛州本無。2. "幽衷何用慰，翰墨久謠吟"之"衷"字，07133本作"哀"，且下有注記"五臣作衷"。3. "寒榮共偃曝（五臣作暴），春醴時獻斝"之"曝"，07133本作"暴"，且下無注記。4. "結構何迢遰（五臣作遞）"，07133本無此注記。

[8] 卷六十"遵衿襬於未萌"之"遵"下，贛州本有注記"善本作導守"，"守"字爲"字"字之訛，故此條按相同處理。

表八　尤袤本正文用字與贛州本注記不符之處一覽[1]

卷目	贛州本正文	贛州本注記	尤袤本正文
卷一	磌	五臣本作瑱字	瑱
	案	五臣本作按字	按
卷二	皇恩溥，洪德施	善本無此二句	皇恩溥，洪德施
	獦	五臣本作獄字	獄
卷三	護	五臣作濩	濩
卷四	逮	善作遥	逮
	鑠	五臣作礫	礫
卷五	偉	五臣本作瑋	瑋
	爭縣接垂	五臣本作爭接縣垂	爭接縣垂
	齷	善本作握	齷
	榴	善本作劉	榴
	犴	善作狍	犴
卷六	臺	善本作高	臺
	蒲	善本作蒱	蒲
	冒六英五莖	善本無六英字	冒六莖
	曤	善本作㦎	曤
	民	五臣作人	人

續表

卷目	贛州本正文	贛州本注記	尤袤本正文
卷六	鈞	五臣本作均	均
	壚	五臣本作壚	壚
卷七	噏	五臣本作吸字	吸
	縱縱	五臣本作漎漎	漎漎
	黎	五臣本作黎	黎
	太	善本作泰	太
	迅	善本作訊	迅
	魂魄	善本去魂作魄固	魂
	崛	善本作掘	崛
	惠	善本作恩	惠
	民和	善本作人和	民和
	神仙	善本無仙	神仙
卷八	曰	善本作是	曰
	也	善本無也字	也
	明君臣	善無臣字	明君臣
	苙	善本作菈	泣
	廂	善本作箱	廂
	熟	善本作熱	熟
	犀	善無犀字	犀
	嬉	善作娛	娛
	伍	善本作五	伍
	倡	五臣作唱	唱
卷九	發民	善無發民字	發民
	悷	善作憒	悷
	敵	五臣作機	機

續表

卷目	贛州本正文	贛州本注記	尤袤本正文
卷九	離	五臣作羅字	羅
	遠逝	五臣有兮	遠逝兮
	踐路	五臣有兮	踐路兮
	蹈景	五臣有兮	蹈景兮
卷十	輼	五臣本作轀	轀
	先	五臣本作前	前
	嘉美名而在茲	善作美而	嘉美名之在茲
	而況於卿士乎	善本無而況於卿士乎六字	況於卿士乎
	拖	善本作扡	拖
	勤	善本作懃	勤
卷十一	杝	善本作弛	杝
	無此句	五臣本於此有陽榭外望，高樓飛觀二句	陽榭外望，高樓飛觀
卷十二	吐甘切	五臣作土含切	土含
	浚	善本作浸	浸
卷十三	至其將衰也	善本無此五字	至其將衰也
	烏	五臣作焉	焉
	欏	五臣作籠	籠
	自得	五臣作自樂	自樂
卷十四	明	五臣本作朋	朋
	坡	善作陂	陂
卷十五	皚皚	善作磑磑	皚皚
	于	善作於	于
	必	善無必字	必
	嶸	五臣作冢	冢

卷目	贛州本正文	贛州本注記	尤袤本正文
卷十六	煥爛爆而成光	善本作爛耀耀以成光	爛耀耀而成光
	乃	善有爲字	乃作
	寤	善作悟字	寤
	也	善無也字	也
	俜	善作伜	俜
	儻有華陰上士，服食還仙	善無此二句	儻有華陰上士，服食還仙
	闈	善作門字	闈
卷十七	無"其"	五臣有其字	其
	醹	五臣作觴	觴
	夫其放言遣辭，良多變矣	善本無此二句文	夫放言遣辭，良多變矣
	喜	善本作嘉	喜
	於	善本作之	於
	予	善本作金	余
	以	善無以字	以
	颯沓	善本作颭揭	颭揭
	莫	善作共	莫
卷十八	寒	五臣無寒字	無"寒"
	纏	五臣作繲	繲
	班	五臣作般	般
	冷	五臣本作泠	泠
	謂	五臣作愕	愕
	死	五臣作落	落
	其	善本作以	其
	掌	善作掌字	掌

續表

卷目	贛州本正文	贛州本注記	尤袤本正文
卷十八	因其	善本無其字	因其
	覽	善本作音聲者覽	覽
	露	善本作霧	露
	拊	善作持	拊
	勡	善作彯	勡
	碅	善作唧	唧
	恒曲	善無恒字，有二曲字	恒曲
卷十九	楊	五臣作陽	陽
	次	五臣作緒	緒
	楚襄王	善本作襄子	楚王
	約	善本作束字	約
	世	善本作代字	世
	愁	善本作怨字	愁
	泝	善本作遡字	遡
	在于	善本作在在字	在于
卷二十	隊	善本作墮	隊
	士女	善本作女士	士女
	道	善作阻	岨
卷二十三	爰及冠帶，憑寵自放	善無此二句	爰及冠帶，憑寵自放
	尚	善作上	尚
	存	善作在字	存
	甘	善作其字	甘
卷二十四	給	五臣作洽	洽
	成	五臣作我	我
	用	善作人	用

卷目	贛州本正文	贛州本注記	尤袤本正文
卷二十四	非	善作悲	非
	林	善作外字	林
	苟無淩風翮，徘徊守故林。	善無此二句	苟無淩風翮，徘徊守故林。
	安	善作宣	安
卷二十五	妄	善作忘也	妄
	虛滿伊何，蘭桂移植	善無此二句	虛滿伊何，蘭桂移植
	光光叚生，出幽遷喬	善脫此二句	光光叚生，出幽遷喬
卷二十六	旦	善本作明	旦
	嶮	五臣作險	險
卷二十七	衣巾	善本作布衣字	衣巾
	有	善本無此一篇（《君子行》）	有
	但爲君故，沈吟至今	善本無此二句	但爲君故，沈吟至今
卷二十八	山	五臣作川	川
	音	五臣作吟	吟
	收	五臣作牧	牧
	肥	五臣作腓	腓
	官	五臣作宦	宦
卷二十九	飄	五臣作飈	飈
	猋	五臣作飈	飈
	天一涯	善作一天涯	天一涯
	仙	善作小	仙
	可	善作何	可
	聞	善本作間	聞

續表

卷目	贛州本正文	贛州本注記	尤袤本正文
卷三十	殊	五臣作猶	猶
	亦	五臣作丘	丘
	特	五臣作持	持
	臺	五臣作壺	壺
	蘺	五臣作離字	離
	爛	五臣作闌	闌
	傲	善作憿	傲
	珠	善本作朱	珠
卷三十一	萌	五臣作旰	旰
	歡	善本作懽	歡
卷三十二	紐	五臣本作紉字	紉
	無"兮"	五臣本有兮字	兮
	志	五臣無志字	無"志"
卷三十三	嚅	五臣本作嚅	嚅
	余	五臣本有心字	余心
卷三十四	約	五臣本作豹	豹
	臑	五臣作臑	臑
	前	五臣有後字	前後
	野	五臣有獸字	野獸
	孟子籌之	五臣作孟子持籌而算之	孟子持籌而算之
卷三十五	雲	五臣作零	零
	流涕	五臣作涕流	涕流
	雲	五臣作靈	靈
	豈	五臣有能字	豈能
	度	五臣作渡	渡

卷目	贛州本正文	贛州本注記	尤袤本正文
卷三十五	所逞	五臣作逞所	逞所
	之	五臣無之字	無"之"字，但有一個空格
	涉	善無涉字	涉
	無"不敏"	善本無不敏兩字	不敏
卷三十六	卑	五臣作畢	畢
	寶	善寶下有命字	寶
	念	善作命字	念
卷三十七	叡	五臣作睿	睿
	伎	五臣作技	技
	規	五臣作損	損
	謀	五臣作課	課
	媿	五臣從忄	愧
	蕃	五臣作藩	藩
	無此六字	五臣再有有不蒙施之物六字	有不蒙施之物
	無"少"	五臣有少字	少
	溥	五臣作普	普
	若無興德之言，則戮允等，以章其慢	善本作責攸之、禕、允等咎，以彰其慢	責攸之、禕、允等咎，以章其慢
	志	善無志字	志
	親	善作見	親
	無"以"	善有以字	無"以"
	之盟	善無之盟二字	之盟
卷三十八	司	五臣無司字	無"司"字，但有一個空格
	爲	善作謂	爲

卷目	贛州本正文	贛州本注記	尤袤本正文
卷三十八	處	善作劇	處
	無此六字	善有臣諱誠惶以下六字	臣諱誠惶誠恐
	免	善作表	免
卷三十九	也	五臣本作矣字	矣
	無"以"	五臣有以字	以
	計	善本作謀字	計
	誠	善本作成有	誠有
	治	善本作政字	治
	也	善本無也字	也
	沈於	善本無沈於字	沉
	鵠	善本作鴻字	鵠
	昉	善本作君字	昉
卷四十	無"其"	善本有其字	無"其"
	隔箔	善本無隔箔字	隔薄
	共	善本無共字	共
	財	善本作賦字	財
	寅亡	善本作亡寅	寅亡
	未	善本無未字	未
	喚	善本無喚字	喚
	婢	善本無婢字	婢
	苟奴	善本無苟奴字	苟奴
	遇	善本作過字	遇
	包	善本作苞字	包
	伏惟所天	善本無伏惟所天字	伏惟所天
	言	善本作其	言

續表

卷目	贛州本正文	贛州本注記	尤袤本正文
卷四十一	岷	善本作萌字	岷
	之	五臣本無之字	無"之"
	每	善本無每字	每
	此	善本無此字	此
	而用	善本作用而	而用
	已	善本作以	已
	鑒	善本作監字	鑒
卷四十二	未之	善本作之未	未之
	墨氏	善本作翟氏	墨翟
卷四十三	無"必"	五臣本有必字	必
	以	五臣作吾字	吾
	遂	五臣本作自字	自
	無"皇"	五臣本有皇字	皇
	孝皇	王曰本作宣字[2]	孝宣
	鶴	五臣本作鵠字	鵠
	太	善本作泰	太
	也	善本無也字	也
	澗户	善本作澗石字	磵石
卷四十四	列	五臣作烈字	烈
	度	五臣作渡	渡
	芒	五臣作茫	茫
	退	五臣作避	避
	烈	善本作列	烈
	下	善本無下字	下
	鷙	善本作擊	鷙

卷目	贛州本正文	贛州本注記	尤袤本正文
卷四十四	之擊	善本無之擊字	之擊
	乎	善本無乎字	乎
卷四十五	淵	五臣作潛	潛
	邪	善作也	邪
	平均	善作均平	平均
	欲	善無欲字	欲
	而起義在	善作而義起於	而義起在
	諱辟	善作避諱	諱避
	如	善作此	如
	有	善作其	有
	者	善無者字	者
卷四十六	釁	善本作衅字	釁
	選	善本作遷字	選
	戒	善本從言	戒
卷四十七	綕	五臣作紷	紷
	狢	五臣作貉	貉
	喻	五臣作諭	諭
	齋	五臣作齊	齊
	懨	五臣作慨	慨
	俊	五臣作淪	淪
卷四十八	無"所"	五臣本有所字	所
	烈	善本作列	烈
	興	善本作與字	興
	功	善本作公字	功
	世	善本作代字	世

續表

卷目	贛州本正文	贛州本注記	尤袤本正文
卷四十八	兹	善本無兹字	兹
卷四十九	符	善本作府字	符
	排	善本作非	排
	檢	善本作儉	檢
卷五十	王	五臣本有室字	王室
	屠	五臣本作盜字	盜
	無"亦"	五臣有亦字	亦
	先	善本作生字	先
卷五十一	合	五臣本作洽	洽
	國家	善本無家字	國家
	頸	善本作頭字	頸
	鑄	善本作鑄鋘	鑄
	倩	善本作蒨字	倩
	治	善本作理字	治
	裂	善本作列字	裂
	躬	善本作親字	躬親
	寥	善本作聊字	寥
	廈	善本作夏字	廈
	肌慄	善本作飢栗二字	肌栗
	旌	善本作旂字	旌
	先生曰夫	善本作先生夫子曰	先生曰夫
卷五十二	遊	五臣本作逝字	逝
	包	五臣本作苞	苞
	不假	善本無不字	不假
	叛	善本作畔	叛

續表

卷目	贛州本正文	贛州本注記	尤袤本正文
卷五十二	於	善本無於字	於
卷五十三	内外	五臣本作外内	外内
	無"受"	五臣本有受字	受
	性	五臣本作生字	生
	誼	五臣本作議字	議
	人	五臣作乂	乂
	及其遭漢祖也，其言也，如以石投水，莫之逆也	善本無此一段	及其遭漢祖也，其言也，如以石投水，莫之逆也
	謗議	善本作誹謗字	謗議
	嘗	善本作常字	嘗
	莞	善本作莧字	莞
	卑宫菲食	善本有食字	卑宫菲食
卷五十四	軔	五臣作仞	仞
卷五十六	而	五臣本無而字	無"而"
	德	五臣本作得字	得
	知	五臣本作遁字	遁
	外	五臣本作魏字	魏
	周	五臣本作同字	同
	徂	善本作狙字	徂
	圓制	善本作員製二字	圓製
卷五十七	氣	五臣本作氛字	氛
	廢	善本作發字	廢
	綌	善本作綊字	綌
	慞惶	善本作章偟	慞惶
卷五十八	率	五臣無率字	無"率"
	泳	善作詠	泳

卷目	贛州本正文	贛州本注記	尤袤本正文
卷五十八	野	善作抒，古序字	野
卷五十九	時乘	五臣本作乘時	乘時

注：[1] 不符之處指尤袤本正文用字與贛州本注記中的李善本不同，與五臣同者。
　　[2]"王曰"應爲"五臣"之訛。

通過上文統計可見贛州本注記呈現出以下五個特點。

第一，贛州本每卷注記數量多寡不一，最少有 24 條，最多有 172 條。

第二，贛州本屬六臣本系統，其注記本應全部爲"五臣作某"，但除卷三十二、三十三、三十四外，其他卷目或多或少都有"善本作某"的情況，最多者爲卷四十一，有 70 條之多。

第三，注記雖以"五臣作某"爲主，但仍有部分卷目呈現出"善本作某"數量多於"五臣作某"數量的情況，如卷二十五、卷二十七、卷三十九、卷四十、卷四十一、卷四十二、卷四十五、卷四十六、卷四十九、卷五十一等。

第四，當贛州本注記爲"善本作某"時，尤袤本正文用字基本與"善本作某"的"某"字一致，但也呈現出部分不一致性。如卷二"皇恩溥，洪德施"下，贛州本注記"善本無此二句"，尤袤本正文有此二句，然考北宋本無。又如卷四十六"以選尚公主"，"選"字下贛州本有注記"善本作遷字"，但贛州本、尤袤本正文並作"選"，考北宋本作"遷"。更多類似情況，可參考上表八。説明贛州本及尤袤本在一定程度上受到了非李善注系統的影響。

第五，贛州本注記爲"五臣作某"時，尤袤本正文用字有與五臣用字同者。如卷五十六，贛州本分別有注記"五臣本無而字""五臣本作得字""五臣本作遁字""五臣本作魏字"，但尤袤本分別作"無'而'""得""遁""魏"，並與五臣本同。若尤袤本正文部分以贛州本爲底本或參校本，那其正文用字理應與贛州本正文相同，尤其是明知注記爲"五臣作某"時，力圖還原善本面貌的尤袤本更没有理由與五臣本用字相同，除非尤袤本的底本既已如此。若贛州本果從六家本中顛倒李善與五臣順序而來，那麼對於顛倒未净造成的 "善本作某" 注記（事實上，贛州本有 "善本作某" 的部分條目，明州本、奎章閣本等六家本並無正文注記，故六臣本的底本是不是六家本仍存在很大討論空間），尤袤本理應與贛州本注記 "善本作某" 之 "某" 字相同，但就目前統計情況來看，事實並非如此，絕大部分卷目都或多或少存在不符的條目，如卷五十一，42 條 "善本作某" 中，尤袤本竟有 12 條用字與 "善本作某" 之 "某" 不同，由此可推測尤袤本正文當非從贛州本出。

三 正文音注

正文音注是五臣注本系統和六家六臣注本系統較爲明顯的特徵之一，而尤袤本正文亦有夾音注的情況，因此長時間以來爲學界所詬病，學者多認爲尤袤本的正文音注與五臣音關係密切，從贛州本而來的可能性較大。故下表將贛州本與尤袤本的正文音注進行了統計和比較，以説明尤袤本與贛州本正文音注間的關係。

表九　贛州本與尤袤本正文音注統計

卷目	贛州本正文音注總數[1]	尤袤本正文音注總數	兩本正文音注相同者總數
卷一	191	7	7
卷二	410	15	15
卷三	233	172	147
卷四	396	387	315
卷五	455	125	112
卷六	241	100	93
卷七	291	0	0
卷八	438	0	0
卷九	155	0	0
卷十	133	1	1
卷十一	209	75	60
卷十二	393	388	343

續表

卷目	贛州本正文音注總數	尤袤本正文音注總數	兩本正文音注相同者總數
卷十三	113	18	16
卷十四	56	22	12
卷十五	163	0	0
卷十六	128	0	0
卷十七	216	0	0
卷十八	370	0	0
卷十九	180	0	0
卷二十	126	16	9
卷二十一	42	2	2
卷二十二	43	0	0
卷二十三	51	0	0
卷二十四	40	0	0
卷二十五	30	1	1
卷二十六	55	0	0
卷二十七	41	0	0
卷二十八	26	0	0
卷二十九	31	0	0
卷三十	61	1	1
卷三十一	30	0	0
卷三十二	123	13	13
卷三十三	189	7	7
卷三十四	203	0	0
卷三十五	126	1	1
卷三十六	30	0	0
卷三十七	14	9	9

續表

卷目	贛州本正文音注總數	尤袤本正文音注總數	兩本正文音注相同者總數
卷三十八	21	4	4
卷三十九	48	13	13
卷四十	58	18	17
卷四十一	116	38	38
卷四十二	80	24	24
卷四十三	27	14	11
卷四十四	59	0	0
卷四十五	115	2	2
卷四十六	71	33	33
卷四十七	60	3	2
卷四十八	95	7	6
卷四十九	9	7	6
卷五十	19	17	17
卷五十一	53	38	37
卷五十二	17	4	4
卷五十三	53	27	25
卷五十四	36	18	18
卷五十五	45	15	14
卷五十六	25	11	11
卷五十七	58	31	28
卷五十八	40	14	11
卷五十九	33	6	5
卷六十	54	9	7

注：[1] 贛州本正文注記中的五臣音不予統計。

　　由上表可知，贛州本與尤袤本的正文音注有以下幾個特點。

　　第一，贛州本六十卷每卷都有正文音注，而尤袤本僅 41 卷有正文音注。

　　第二，贛州本每卷的正文音注數量均較尤袤本多，且往往多許多，兩本差異多大的是卷八，相差 438 條之多。

　　第三，二本沒有正文音注完全相同的卷目。

　　第四，贛州本每卷的正文音注數量多寡不均，前十九卷"賦類"普遍較多，基本均在 100 條以上，而"詩歌類""文類"普遍較少，最少者僅 9 條。尤袤本除部分"賦類"正文音注較多以外，其他卷目的正文音注數量較少且平均。

　　第五，在贛州本與尤袤本並有正文音注的 41 卷中，尤袤本的正文音注並非全部與贛州本相同。如卷三，贛州本正文音注有 233 條，尤袤本有 172 條，其中二本相同的音注有 147 條。

　　第六，尤袤本與贛州本並有某字正文音注時，二本的音注多相同，但也存在些許不同，如卷二十尤袤本作"兵不素肄（以實切）"，贛州本"肄"字的正文音注則爲"異"。

　　現從以上各卷中任選一卷爲例略作分析。

　　卷十四贛州本有 56 條正文音注，尤袤本有 22 條正文音注，其中二本正文音注相同者共計 12 條，有 10 條異文，分別是：

　　1."兼飾丹臒"句，尤袤本"臒"字正文音"倚瓠切"，贛州本正文音"音汙，叶韻"，陳八郎本與贛州本同。

　　2."參差洊密"句，尤袤本"洊"字正文音"在見"，贛州本正文音"寂見"，陳八郎本與贛州本同。

　　3."將圮絶而罔階"句，尤袤本"圮"字正文音"皮義"，贛州本正文音"平鄙"，陳八郎本音"平鄙"，北宋本此處不存，考奎章閣本此句李善注有"圮，皮義切"，而尤袤本李善注中無此音注，而是出現在正文中。

　　4."眷峻谷曰勿墜"句，尤袤本"曰"字正文音"越"，贛州本、陳八郎本無此字正文音注，北宋本此處不存，考奎章閣本李善注有"曰音越"。

　　5."吻昕癙而仰思兮"句，尤袤本"吻"字正文音注作"韋昭曰音昧，又音忽"，贛州本正文音"昧"，陳八郎本與贛州本同。

6."栗取弔于逌吉兮"句，尤袤本"逌"字正文音"由"，贛州本、陳八郎本無此音注。

7."柯葉彙而零茂"句，尤袤本"彙"字正文音"胃"，贛州本正文音"謂"，陳八郎本無此音注。

8."芊彊大於南汜"句，尤袤本"芊"字正文音"亡氏"，贛州本音"弭"，陳八郎本與贛州本同。

9."震鱗漦于夏庭兮"句，尤袤本"漦"字正文音"仕緇"，贛州本音"助緇"，陳八郎本音"肋緇"，考朝鮮正德本與贛州本同，陳八郎本"肋"應爲"助"字之訛。

10."妣聆呱而劾石兮"句，尤袤本"劾"字正文音"何弋"，贛州本音"何代"，陳八郎本與贛州本同，尤袤本"弋"或爲"代"字形近之訛。

就現有資料顯示，相較其他版本，尤袤本底本的正文音注確與贛州本、陳八郎本的正文音注更爲近似。但經過全面整理後發現，尤袤本與贛州本的正文音注不僅在數量上差異較大，而且還存在諸多不同，故尤袤本正文音注當非直接出自贛州本或陳八郎本，很大可能是尤袤所見底本既已如此。

四　注文音注

表十　贛州本與尤袤本注文音注統計

卷目	贛州本注文音注總數[1]	尤袤本注文音注總數	二本注文音注相同數	二本相同率（以尤袤本注文音注總數爲基準）
卷一	170	180	170	94.4%
卷二	176	327	165	50.5%
卷三	22	6	6	27.3%
卷四	143	27	26	18.2%
卷五	62	193	58	30.1%
卷六	82	117	76	65.0%
卷七	105	251	97	38.6%

卷目	贛州本注文音注總數	尤袤本注文音注總數	二本注文音注相同數	二本相同率（以尤袤本注文音注總數爲基準）
卷八	58	353	54	15.3%
卷九	45	129	44	34.1%
卷十	23	47	21	44.7%
卷十一	79	150	66	44.0%
卷十二	86	82	50	58.1%
卷十三	21	77	19	24.7%
卷十四	12	9	6	50.0%
卷十五	49	82	43	52.4%
卷十六	55	66	54	81.8%
卷十七	44	141	41	29.1%
卷十八	56	195	53	27.2%
卷十九	24	79	24	30.4%
卷二十	17	8	7	41.2%
卷二十一	5	15	5	33.3%
卷二十二	9	14	7	50.0%
卷二十三	6	10	5	50.0%
卷二十四	9	16	9	56.3%
卷二十五	1	17	1	5.9%
卷二十六	18	28	17	60.7%
卷二十七	19	22	16	72.7%
卷二十八	11	13	11	84.6%
卷二十九	6	10	6	60.0%
卷三十	20	21	12	57.1%
卷三十一	11	18	10	55.6%
卷三十二	7	9	7	77.8%

續表

卷目	贛州本注文音注總數	尤袤本注文音注總數	二本注文音注相同數	二本相同率（以尤袤本注文音注總數爲基準）
卷三十三	16	27	16	59.3%
卷三十四	65	71	56	78.9%
卷三十五	26	41	26	63.4%
卷三十六	6	6	6	100.0%
卷三十七	4	7	4	57.1%
卷三十八	5	3	2	40.0%
卷三十九	11	23	11	47.8%
卷四十	3	9	3	33.3%
卷四十一	11	13	11	84.6%
卷四十二	6	9	6	66.7%
卷四十三	11	6	5	45.5%
卷四十四	36	44	36	81.8%
卷四十五	25	59	24	40.7%
卷四十六	6	9	6	66.7%
卷四十七	22	26	21	80.8%
卷四十八	16	27	14	51.9%
卷四十九	2	3	2	66.7%
卷五十	3	3	2	66.7%
卷五十一	31	44	28	63.6%
卷五十二	12	13	12	92.3%
卷五十三	10	16	9	56.3%
卷五十四	9	11	8	72.7%
卷五十五	12	8	8	66.7%
卷五十六	7	3	3	42.9%
卷五十七	11	6	6	54.5%

卷目	贛州本注文音注總數	尤袤本注文音注總數	二本注文音注相同數	二本相同率（以尤袤本注文音注總數爲基準）
卷五十八	13	9	7	53.8%
卷五十九	15	10	10	66.7%
卷六十	33	34	26	76.5%

注：[1] 注文音注按單字計算，若一個字有兩個音注，按兩條計算。

通過上表可知，贛州本注文音注呈現出以下幾個特點：

第一，贛州本和尤袤本每卷均有注文音注，但數量差異較大。

第二，贛州本與尤袤本的注文音注數量均呈現出明顯遞減趨勢，前十九卷“賦類”部分的注文音注較爲集中，贛州本最多者爲卷二，有176條，尤袤本最多者爲卷八，有353條；之後“詩歌類”“文類”的注文音注數量普遍較少，多爲個位數，贛州本最少者僅1條，尤袤本最少者僅3條。

第三，尤袤本每卷的注文音注數量幾乎均多於贛州本。

第四，二本並有的注文音注部分，音注的相同率較高。如卷一，贛州本有170條注文音注，尤袤本有180條，二者相同者高達170條，即二本並有的音注部分是完全相同的。

贛州本與尤袤本的注文音注異文主要包括以下幾種情況。

（一）贛州本有，尤袤本無

如贛州本卷五“隱焉礚礚”句下有注文音注“礚，苦蓋切”，尤袤本注文無此音注。

如贛州本卷十一“登茲樓以四望兮，聊暇日以銷憂”句下有李善注“假，古雅切”，尤袤本注文無此音注，但正文“暇”字下有正文音注“古雅”。

如贛州本卷十一“路逶迤而修迴兮，川既漾而濟深”句下有李善注“漾，以上切”，尤袤本注文無此音注，但正文“漾”字下有正文音注“以上”。

（二）贛州本無，尤袤本有

如贛州本卷五"葺（七入）鱗鏤甲，詭類舛錯。泝（素）洄順流，噞（牛檢）喁（魚恭）沈浮"句下注文中無"噞""喁"音注，而尤袤本注文中有"噞，牛檢切。喁，魚凶切"。

如贛州本卷十一"飢鷹厲吻，寒鴟嚇（呼亞）雛"句下李善注中無"嚇"字音注，但尤袤本注文中有"嚇，火嫁切"。

如贛州本卷十一"皓壁皜（杲）曜以月照"句下李善注無"皓"字音注，而尤袤本注文中有"古老切"。

（三）贛州本、尤袤本並有，但音注不同

如贛州本卷十二"飛潦（音勞）相磢（楚爽），激勢相洶（楚櫛反）"下有李善注"溹與磢同。楚兩切"，楚兩切，尤袤本則作"楚乙切"。

五　義注

贛州本與尤袤本在義注方面存在一些較爲特殊的相同之處，具體可分爲兩種情況。首先，二本並誤。如卷五十"苴茅分虎、南面臣民者，蓋以十數"句下，贛州本、尤袤本李善注並作《漢舊儀》曰：郡分銅虎符三"，而北宋本、奎章閣本"分"並作"國"，"國"字是。其次，二本正確，其他本錯誤。如卷三"規天矩地"句下，贛州本、尤袤本李善注並作"天者，陽也"，而北宋本、奎章閣本作"陽者，天也"，據正文及注文"地者，陰也"可知，贛州本、尤袤本當是。又如同卷"百姓不能忍，是用息肩於大漢，而欣戴高祖"句下，贛州本、尤袤本李善注並作"鄭成公疾，子駟請息肩於晉"，而北宋本、奎章閣本則訛作"鄭成公子駟曰：請息肩於晉"。但二本在義注方面也存在較多異文，詳情見表十一和附錄五《尤袤本、贛州本義注異文詳情一覽表》。

表十一　贛州本與尤袤本義注異文[1]條目統計

卷目	尤袤本義注總條目	二本義注相異總條目	異文率
卷一	197	48	24.4%

續表

卷目	尤袤本義注總條目	二本義注相異總條目	異文率
卷二	395	116	29.4%
卷三	383	65	17.0%
卷四	237	68	28.7%
卷五	84	80	95.2%
卷六	95	80	84.2%
卷七	313	101	32.3%
卷八	428	106	24.8%
卷九	250	75	30.0%
卷十	222	126	56.8%
卷十一	418	100	23.9%
卷十二	260	59	22.7%
卷十三	309	59	19.1%
卷十四	214	62	29.0%
卷十五	232	138	59.5%
卷十六	408	192	47.1%
卷十七	293	137	46.8%
卷十八	409	218	53.3%
卷十九	318	170	53.5%
卷二十	443	74	16.7%
卷二十一	258	56	21.7%
卷二十二	256	45	17.6%
卷二十三	384	60	15.6%
卷二十四	373	92	24.7%
卷二十五	363	65	17.9%
卷二十六	347	73	21.0%

續表

卷目	尤袤本義注總條目	二本義注相異總條目	異文率
卷二十七	286	34	11.9%
卷二十八	337	52	15.4%
卷二十九	396	71	17.9%
卷三十	339	93	27.4%
卷三十一	351	81	23.0%
卷三十二	419	36	8.6%
卷三十三	596	60	10.1%
卷三十四	340	39	11.5%
卷三十五	318	73	23.0%
卷三十六	220	70	31.8%
卷三十七	349	56	16.0%
卷三十八	290	109	37.6%
卷三十九	262	83	31.7%
卷四十	303	72	23.8%
卷四十一	262	33	12.6%
卷四十二	231	38	16.5%
卷四十三	274	45	16.4%
卷四十四	261	49	18.8%
卷四十五	269	40	14.9%
卷四十六	245	81	33.1%
卷四十七	393	86	21.9%
卷四十八	292	61	20.9%
卷四十九	226	28	12.4%
卷五十	216	48	22.2%
卷五十一	190	16	8.4%

卷目	尤袤本義注總條目	二本義注相異總條目	異文率
卷五十二	155	23	14.8%
卷五十三	297	72	24.2%
卷五十四	231	65	28.1%
卷五十五	119	75	63.0%
卷五十六	343	86	25.1%
卷五十七	333	72	21.6%
卷五十八	337	82	24.3%
卷五十九	339	80	23.6%
卷六十	295	58	19.7%

注：[1] 不包括注文中的音注異文，亦不包括題下注中的異文，只統計正文下義注的異文。

贛州本與尤袤本義注異文主要包括以下六種情況。

（一）個別字詞的差異

如卷一"以興廢繼絕，潤色鴻業"①下，贛州本李善注作"興廢國"，廢，尤袤本作"滅"。

又如卷一"右界褒斜、隴首之險，帶以洪河、涇渭之川。衆流之隈，汧涌其西"下，贛州本李善注作"南口曰褒，北口曰斜，□②四百七十里"，□，尤袤本作"長"。贛州本中多有空格現象。

又如卷一"三選七遷，充奉陵邑"下，贛州本李善注有"自元以上，正有十帝也"，十，尤袤本作"七"。贛州本"十"字當爲"七"字之訛。贛州本中訛字較多，又如同卷李善注"代殷紂"，"代"實爲"伐"字之訛。

又如卷五十"皆剝割萌黎"下，尤袤本李善注作"薰胥以行刑"，胥，北宋本、贛州本並作"骨"。

────────────

① 此處正文引文均引自贛州本，本節下文同，不另注。
② □表示贛州本此處空一格。

（二）贛州本無某句，而尤袤本有

如卷二"秦據雍而彊，周即豫而弱"下無薛綜注，尤袤本則有薛綜注"作，起也"。

如卷二"於前則終南太一"下，李善注作"尚書曰：'終南惇物'"，尤袤本"惇物"下尚有"至于鳥鼠"句。

如卷二"駊娑駘盪，熹冞桔桀。枌詣承光，睽罘庨豁"下，薛綜注作"熹冞、桔桀、睽罘、庨豁，皆形貌"，尤袤本"熹冞"上有"駊娑、駘盪、枌詣、承光，皆臺名"句。

如卷二"伯益不能名，隸首不能紀"下，李善注作"伯益知而名之"，尤袤本"名之"下有"夷堅聞而志之"句。

如卷三"升獻六禽，時膳四膏"下，薛綜注作"升，進也"，尤袤本"進也"下有"四膏者，《禮記》曰：'牛膏香，犬膏臊，雞膏腥，羊膏羶'"句。

如卷四十"龜玉不毀，誰之功歟"下無李善注，而尤袤本作"《論語》曰：季氏將伐顓臾，冉有季路見於孔子，孔子曰：虎兕出於柙，龜玉毀于櫝中，是誰之過歟"。

又如卷五十六"自君二祖，爲光爲龍"下，李善注作"張璠《漢紀》曰：王龔，字伯宗，有高名於天下，順帝時爲太尉。暢字叔茂，名在八俊。靈帝時爲司空。毛萇曰：龍，寵也"，尤袤本在"靈帝時爲司空"下，尚有"《魏志》曰：粲曾祖父龔、祖父暢，皆爲漢公。《毛詩》曰：既見君子，爲龍爲光"句。

（三）贛州本有某句，而尤袤本無

此類情況較上一種情況而言，數量較少。如卷一"揄文竿，出比目"下有李善注"投與揄同"四字，尤袤本無。

又如卷二十三"惟詩作贈，敢詠在舟"下，李善注句末有"言憂患同也"一句，尤袤本無。

又如卷五十五"臣聞飛轡西頓，則離朱與矇瞍收察"下，李善注句末有"張揖《漢書注》曰：武夫石之次玉者"一句，尤袤本無。

又如卷五十五"是以滛風大行，貞女蒙冶容之悔。淳化殷流，盜跖挾曾史之情"下，李善注句末有"《莊子》曰：削曾史之行，鉗楊墨之口"句，尤袤本無此句，北宋本作"並已見上文"。

又如卷五十六"行行鄙夫志，悠悠故難量"下，李善注句末有"《論語》曰：長沮、桀溺耦而耕，孔子使子路問津焉。桀溺曰：滔滔者天下皆是也，而誰與易也"句，尤袤本無，奎章閣本有。

又如卷五十六"爰命日官，草創新器"下，李善注句末有"《論語》曰：裨諶草創之"句，尤袤本無。

又如卷五十六"天監六年，太歲丁亥，十月丁亥朔，十六日壬寅，漏成，進御。以考辰正晷，測表候陰"下，李善注句末有"《周禮》曰：土圭之法，測土深、正日影，以求地中"句，尤袤本無，奎章閣本作"已見上文"。

又如卷五十六"乃置挈壺，是惟熙載。氣均衡石，晷正權概"下，李善注句首有"《尚書》曰：有能奮庸熙帝之載"句，尤袤本無。

（四）整句異文

1. "已見上文（某篇）"等相關異文

贛州本注文中幾乎無"已見"式注文，凡是李善注本系統中"已見"式的注文，在贛州本中基本都被詳細地注釋出來。

如卷一"又有承明金馬，著作之庭"下，李善注作"《史記》曰：金馬門者，宦者署門，傍有銅馬，故謂之曰金馬門"，尤袤本作"金馬，已見上文"。

如卷一"軼雲雨於太半，虹霓迴帶於棼楣"下，李善注作"《説文》曰：棼，複屋棟也"，尤袤本作"棼，已見上文"。

如卷一"故婁敬度勢而獻其説"下，李善注作"《漢書》曰：高祖西都洛陽，戍卒婁敬求見，説上曰：陛下都洛不便，不如入關據秦之固。上問張良，良因勸上。是日車駕西都長安"，尤袤本作"婁敬，已見上文。凡人姓名，皆不重見。餘皆類此"。

如卷二"珊瑚琳碧，瓀珉璘彬"下，李善注作"《廣雅》曰：珊瑚，珠也。《説文》曰：瓀，石之次玉也。郭璞《上林賦注》曰：珉，玉名也"，尤袤本則作"珊瑚、瓀珉，已見《西都賦》"。

當然"已見"式的相關條目，尤袤本也有與贛州本相同者。

如卷三"夏正三朝，庭燎晢晢"下，北宋本李善注作"三朝，已見《東都賦》"，尤袤本、贛州本則作"《東都賦》曰：春王三朝。三朝，歲首朔日也"。

如卷三"人或不得其所，若已納之於隍"下，北宋本李善注作"隍，已見《西都賦》也"，尤袤本、贛州本作"《説文》曰：城池無水曰隍"。

又如卷十五"執彫虎而試象兮，阽焦原而跟趾"下，尤袤本李善注較北宋本多"《漢書》曰：賈誼曰：安天下阽危若是，而上不驚者。臣瓚曰：安臨危曰阽"，贛州本此處與尤袤本同。

2. 贛州本與尤袤本注文內容基本或完全不同

如卷一"與乎州郡之豪傑，五都之貨殖"下，李善注作"王莽於長安及五都立五均"，尤袤本作"王莽於五都立均官，更名雒陽、邯鄲、臨淄、宛、城都，市長安皆爲五均司市師"。

如卷一"卓犖諸夏，兼其所有"下，李善注作"卓犖，或作逴躒"，尤袤本作"逴躒，猶超絶也"。

如卷二"左有崤函重險，桃林之塞"下，李善注作"《左氏傳》曰：崤有二陵"，尤袤本則作"《左氏傳》曰：以守桃林之塞。按：桃林，弘農，在閿鄉南谷中"。

如卷二"小説九百，本自虞初"下，李善注作"虞初者，洛陽人，明此醫術。武帝時乘馬，衣黃衣，號黃車使者。周説九百四十三篇。小説家者，蓋出稗官"，尤袤本作"虞初周説九百四十三篇。初，河南人也。武帝時以方士侍郎，乘馬，衣黃衣，號黃車使者。小説家者流，蓋出於稗官"。

（五）注者不同

如卷二"抱杜含鄠，欱灃吐鎬，爰有藍田珍玉，是之自出"，北宋本、尤袤本李善注有"《爾雅》曰：爰有寒泉。《范子計然》曰：玉英出藍田。是之自出，謂玉出自藍田之中也"，但贛州本此句却置於薛綜注下。

如卷二"自我高祖之始入也，五緯相汁"，贛州本薛綜注有"五緯，五星也"，而尤袤本此句却置於李善注下。

如卷七"八神奔而警蹕兮，振殷轔而軍裝"，贛州本李善注作"<u>服虔曰：自招搖遊神之屬也。張晏曰：堪輿至獝狂，八神也</u>。言上諸神各有職役，夔魖之屬又梢去之，故令八方之神奔走而警蹕，殷轔之盛而以軍裝也。《漢書·武帝紀》曰：用事八神。文穎曰：八方之神也。薛君《韓詩章句》曰：振，奮也。殷轔，言盛多也。軍裝，如軍戎之裝也"，然而在尤袤本中，上引劃綫部分並非李善注，自"言上諸神"以下纔是李善注。同卷中類似之處還有許多，又如"屬堪輿以壁壘兮，梢夔魖而抶獝狂"，贛州本李善注作"張晏曰：堪輿，天地總名也。孟康曰：木石之怪曰夔，如龍，有角，人面。魖，耗鬼也。獝狂，亦惡鬼也。今皆梢而去之。杜預《左氏傳注》曰：屬，託也。《淮南子》曰：堪輿行雄以知雌。許慎曰：堪，天道也。輿，地道也。《説文》曰：抶，擊也"，尤袤本"杜預"以下方爲李善注。

（六）"善同某注""餘同善注"式注釋

如卷二"爾乃覽秦制，跨周法。狹百堵之側陋，增九筵之迫脅"下，薛綜注作"綜曰：跨，越也。因秦制，故曰覽。比周勝，故曰跨之也。《詩曰》：築室百堵。今以爲陋。《周禮》：明堂九筵。今又增之也"，李善注作"善同綜注"。尤袤本李善注則作"以九筵爲迫脅，故增廣之。《周禮》曰：明堂度九筵，東西九筵各九尺"。

案：由上可見，此條李善注與薛綜注並不完全相同，但贛州本却作"善同綜注"，實際上影響了李善注的傳承。

又如卷五"出乎大荒之中，行乎東極之外。經扶桑之中林，包暘谷之滂沛。潮波汩起，迴復萬里。歊霧漨浡，雲蒸昏昧"下，李善注作"善同翰注"，五臣注作"翰曰：言大荒，國名。東極，言極天地之東，言廣遠也。扶桑、暘谷，皆日出之所，言水流遠至於此。滂沛，水多兒"，而尤袤本李善注却作"扶桑、湯谷，已見上文"，與李周翰注相差甚遠，或許贛州本所見李善注內容與尤袤本、北宋本等不同，否則如此大的差異，不應以"善同翰注"代之。考奎章閣本李善注與尤袤本同，然明州本與贛州本同，這或許就是贛州本此處李善注作"善同翰注"的原因。由此可見，相較於奎章閣本，贛州本與明州本或許有著某種更加密切，但又複雜的關係。

又如卷三十七"親賢臣，遠小人，此先漢所以興隆也；親小人，遠賢士，此後漢所以傾頹也。先帝在時，每與臣論此事，未嘗不歎息痛恨於桓靈也"下，李善注作"善同翰注"，五臣注作"翰曰：頹，壞也。桓靈，漢二帝。用閹豎所敗也"，尤袤本李善注作"桓靈，後漢二帝。用閹豎所敗也"。此條李善注與五臣注基本相同，但亦稍有差異，不當簡單以"善同翰注"一語帶過，即使想簡化，也應該將李善注全部呈現，然後以"翰同善注"的形式呈現五臣注，畢竟贛州本以李善注本系統爲主。按體例，贛州本中本不應該出現"善同某注"的注文。

又如卷三十七"入朝九載，歷官有六。身登三閣，官成兩宮"下，李善注作"善同向注"，五臣注作"向曰：入朝，謂入晉朝也。歷官六，爲楊駿祭酒、太子洗馬、吳王郎中、尚書郎中、殿中郎、又爲著作郎。三閣，謂秘書郎，掌內外三閣經書也。兩宮，東宮及上臺也"，然尤袤本李善注作"臧榮緒晉書曰：太熙末，太傅楊駿辟機爲祭酒。駿誅，徵爲太子洗馬，吳王出鎮淮南，以機爲郎中令，遷尚書中兵郎，轉殿中郎。又爲著作郎。晉令曰：秘書郎掌中外三閣經書。兩宮，東宮及上臺也"。李善注與呂向注差別較大。

除以上"善同某注"外，還有一種"餘同善注"式注釋。如贛州本卷三十七"絕纓盜馬之臣赦，楚趙以濟其難"下，李善注作"善曰：此秦而謂之趙者，《史記》曰：趙氏之先，與秦共祖。然則以其同祖，故曰趙焉。餘同善注"。在李善注中出現"餘同善注"顯然有誤，前人學者多認爲贛州本（六臣本）來自於六家本，明州本、奎章閣本等六家注本的五臣注中時有"餘同善注"，那此條是不是贛州本在轉換時疏漏所致？考明州本該句五臣注中並無"餘同善注"字眼，而是作"此秦而謂之趙者，《史記》曰：趙氏之先，與秦共祖。然則以其同祖，故曰趙焉"，較贛州本李善注恰少"餘同善注"四字。但考奎章閣本李善注則作"《說苑》曰：楚莊王賜群臣酒，日暮華燭滅，有引美人衣者，美人援絕冠纓，告王知之。王曰：賜人酒醉，欲顯婦人之節，吾不取也。乃命左右勿上火，與寡人飲，不絕纓者不懽也。群臣纓皆絕，盡懽而去。後與晉戰，引美人衣者五合五獲，以報莊王。《呂氏春秋》曰：昔者秦繆公乘馬右服失之，野人取之，繆公自往求之，見野人方將食之於歧山之陽。繆公笑曰：食駿馬之肉，不飲酒，余恐傷汝也。徧飲而去。韓原之戰，晉人已環繆公之車矣，晉梁靡已扣公之左驂矣，野人嘗食馬於歧山之陽者三百有餘人，畢力爲繆公疾鬭於車下，遂大克晉，及獲惠公以歸。此秦而謂之趙者，《史記》曰：趙氏之先，與秦共祖。然則以其同祖，故曰趙焉”，尤袤本與奎章閣本同。贛州本在刊刻時應參考過明州本、奎章閣本等多種六臣注版本，“餘同善注”四字或許是贛州本據奎章閣本自添，但爲何不依原樣過録全部李善注文，則不得而知，不知是否有其他版本依據？

“餘同善注”在贛州本中還出現在其他卷目中，但與這條情況不同，並非出現在李善注中，而是出現在五臣注中。如贛州本卷十一“爾乃建凌雲之層盤，浚虞淵之靈沼。清露瀼瀼，淥水浩浩”下，李善注作“善曰：凌雲，層盤名也，爲之以承甘露也。虞淵，靈沼名也。韋仲將《景福殿賦》曰：虞淵靈沼，淥水泱泱。《毛詩》曰：王在靈沼。清露，層盤之露也。《毛詩》曰：零露瀼瀼。《尚書》曰：浩浩滔天”，五臣注作“銑曰：凌雲，臺名。層，高也。上有盤以承甘露也。虞淵，沼名。靈者，美言之。餘同善注”。“餘同善注”處，陳八郎本、朝鮮正德本並作“瀼瀼，露兒。浩浩，泉兒”，與李善注並不相同。這種例子對於梳理六家本與六臣本的關係價值較大，但與本節主旨基本無涉，故暫不討論。

綜上所述，尤袤本與贛州本在義注方面雖有一些較爲特殊的相同之處，但也存在較多差異，多表現爲某一句或某一段文字的差異，尤其是“已見”式注釋，在義注異文中占比較大，故在義注方面，尤袤本參考過贛州本應是事實，但並非以贛州本爲底本也是事實。

第五節　尤袤本《文選》底本來源問題再探

尤袤本《文選》的底本來源問題一直是學界爭論的焦點，本章第三節與第四節針對目前學界呼聲最高的北宋本與贛州本，利用校勘、數據統計等方法，從正文斷句、正文用字、正文注記、正文音注、注文音注、義注以及“已見”式特殊注釋等多方面整理了北宋本與尤袤本、贛州本與尤袤本現存全部卷目的異文情況。本節在前文數據整理基礎之上，進一步對尤袤本《文選》的底本來源問題進行深究。

一　正文用字與斷句

現有版本中，北宋本、贛州本與尤袤本的關係最近，根據前文的數據統計，可以直觀地比較三個版本間的正文異文率，見表十二。

表十二　尤袤本與北宋本、贛州本正文異文率一覽

卷目	北宋本與尤袤本正文異文率(%)	贛州本與尤袤本正文異文率（%）
卷一	10.3	18.1
卷二	8.5	11.1
卷三	11.7	10.2
卷四	10.8	14.7
卷五	40.5	48.8
卷六	35.6	32.6
卷八	4.3	11.9
卷九	2.8	13.1
卷十	6.2	17.1
卷十一	5.2	8.4
卷十五	9.1	17.2
卷十六	3.6	12.6
卷十七	5.7	11.9
卷十八	11.4	13.9
卷十九	11.6	15.5
卷三十	3.0	7.5
卷三十一	1.4	6.6
卷三十六	2.9	7.2
卷三十七	6.0	10.2
卷三十八	3.4	9.7

續表

卷目	北宋本與尤袤本正文異文率（%）	贛州本與尤袤本正文異文率（%）
卷四十六	4.7	14.5
卷四十七	1.5	5.8
卷四十九	6.3	7.5
卷五十	3.2	9.2
卷五十一	9.6	14.0
卷五十二	5.1	11.4
卷五十三	4.8	7.0
卷五十四	3.1	9.1
卷五十五	6.2	6.7
卷五十六	6.0	6.3
卷五十七	3.9	6.2
卷五十八	1.9	5.0
卷五十九	2.9	5.0
卷六十	4.9	8.1

上表轉換爲折綫圖則更爲直觀，如圖三六所示。

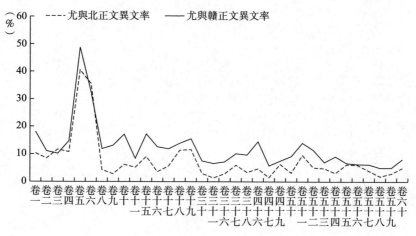

圖三六

　　通過上圖及表十二可以看出，尤袤本與北宋本、贛州本的正文異文率走向基本一致。這三個本子在卷五與卷六的異文率普遍較高，其他卷目的走勢則較爲平穩。其中，尤袤本與北宋本的正文異文率較低，現存34卷內容中僅7卷的異文率在10%以上，而尤袤本與贛州本的正文異文率則較高，34卷中，有18卷的異文率在10%以上，其中卷五異文率更是高達48.8%。此外，除卷三、卷六的尤袤本與贛州本的正文異文率低於尤袤本與北宋本的異文率之外，其他32卷並較北宋本高。故從正文角度而言，尤袤本與北宋本的關係更密切。

　　除了正文用字以外，在正文斷句方面，尤袤本也是與北宋本更近。在北宋本現存的34卷中，有25卷的斷句全同於尤袤本，僅9卷斷句存在個別出入，而尤袤本與贛州本在正文斷句方面則無一卷相同。

二　音注

　　尤袤本中的音注主要包括正文音注和注文音注兩大部分。

（一）正文音注

　　正文音注一直是尤袤本遭受詬病的重要原因之一，因爲正文音注向被視作五臣注本系統的特徵。但全面考察尤袤本、北宋本、贛州本的正文音注情況後發現尤袤本的音注情況十分複雜，並非完全來自於五臣注本。

　　通觀六十卷尤袤本《文選》，可發現每卷的正文音注情況不盡相同，大致可分三類。第一，全卷無一處正文音注。即卷七至卷九、卷十五至卷十九、卷二十二至卷二十四、卷二十六至卷二十九、卷三十一、卷三十四、卷三十六、卷四十四，共計19卷，占比32%。第二，有正文音注，但數量不多。如卷一（7條）、卷二（15條）、卷十（1條）、卷十三（18條）、卷十四（22條）、卷二十（16條）、卷二十一（2條）、卷二十五（1條）、卷三十（1條）、卷三十二（13條）、卷三十三（7條）、卷三十五（1條）、卷三十七（9條）、卷三十八（4條）、卷三十九（13條）、卷四十（18條）、卷四十一（38條）、卷四十二（24條）、卷四十三（14條）、卷四十五（2條）、卷四十六（33條）、卷四十七（3 條）、卷四十八（7 條）、卷四十九（7 條）、卷五十（17 條）、卷五十一（38 條）、卷五十二（4 條）、卷五十三（27 條）、卷五十四（18 條）、卷五十五（15 條）、卷五十六（11 條）、卷五十七（31 條）、卷五十八（14 條）、卷五十九（6 條）、卷六十（9 條），共計 35 卷，占比 58%。第三，正文音注數量較多，幾乎與五臣注本系統數量相當。如卷三（172 條）、卷四（387 條）、卷五（125 條）、卷六（100 條）、卷十一（75 條）、卷十二（388 條），共計 6 卷，占比 10%。

1. 全卷無一處正文音注

全面考察尤袤本六十卷的正文音注，發現有 19 卷正文並未出現夾音注的情況。這 19 卷並非全無音注，衹是不在正文中，而在注文中。通觀這 19 卷的尤袤本注文音注，具體又可分爲四種情況。一是與北宋本李善注中的音注完全相同，這類情況數量較多。二是尤袤本有而北宋本無的音注，這類數量較少。如卷十七《文賦》“是蓋輪扁所不得言，故亦非華説之所能精”句，北宋本李善注作“輪扁，已見上注”，而尤袤本則詳細爲輪扁出注，甚至還有非正文用字的音注“扁，言音篇，又扶緬切。斲，丁角切……魄，音普莫切”。這種注釋方式並不符合李善作注的慣例。因李善明言“同卷再見者，並云已見上文，務從省也”，同卷前文已解釋過“輪扁”，此處應省作“已見上注”。另外，注文中的三處音注“扁”“斲”“魄”，有兩處非正文用字，本不需注音。故尤袤本此處音注恐非李善原注。又卷十八《笙賦》“統大魁以爲笙”之“魁”，尤袤本李善注有“苦四切，今古怪切”，北宋本、奎章本、贛州本等並無，亦無正文音注，陳八郎本、朝鮮正德本等五臣本亦無“魁”字音注。又如卷十九宋玉《高唐賦》“飛揚伏竄”句，尤袤本李善注“《字林》曰：竄，逃也。七外切。非關協韻，一音七玩切”，北宋本、奎章閣本、贛州本等並無此句，陳八郎本、朝鮮正德本等五臣本亦無“竄”字音注。三是尤袤本無而北宋本有的音注，這類情況較爲少見。如卷十七陸機《文賦》“非余力之所戮”句，北宋本李善注“賈逵曰：勠力，併力也，力周切”，尤袤本李善注無“力周切”三字。四是尤袤本與北宋本音注不同，此類情況數量亦少。如卷十八《琴賦》“紛㽍㕌以流漫”句，北宋本李善注作“㽍，素合切”，尤袤本李善注則作“師立切”，贛州本、陳八郎本等並音“蘇合”。尤袤本音注不知據何而來，

《玉篇》音"師入切"。綜上所述，在尤袤本這 19 卷中，絕大部分注文音注都與北宋本相同，僅存在較少條目與北宋本不同，但亦與五臣注本系統不同，故所謂尤袤本"以五臣亂善"的説法至少在這 19 卷中是不成立的。其實，若僅就尤袤本的注文音注而言，不僅這 19 卷如此，60 卷內容並是如此。

2. 尤袤本有正文音注，但數量不多

其中數量最少者僅 1 條，如卷十、卷二十五、卷三十、卷三十五等。此類情況在六十卷中占比最大，但情況較爲複雜。有與五臣音相同者，如卷一，全卷共計正文音注 7 條，並與五臣音相同；卷三十七，全卷共計正文音注 9 條，並與五臣音相同；卷四十，全卷共計正文音注 18 條，其中有 1 條爲"有莘氏之媵（田證切）臣耳"，媵，陳八郎本無此字音注，朝鮮正德本、奎章閣本音"由證"，尤袤本"田"字當係"由"字之誤，故此音應亦來於五臣音，故該卷 18 條音注並與五臣音同。

但亦有與五臣音不同者，如卷四十三共有正文音注 14 條，其中 12 條與五臣音同，2 條異，詳情如下。（1）"雖瞿（音句）然自責"，瞿，陳八郎本、朝鮮正德本、奎章閣本作"懼"，朝鮮正德本、奎章閣本、贛州本並音"久具"，與尤袤本音異，考集注本《文選音決》雖音"句"，但正文用字非"瞿"，而是"懼"。（2）"撫絃登陴（婢移切）"，陴，朝鮮正德本音"脾"，亦與尤袤本音異。又如卷五十一，全卷共計正文音注 38 條，其中有 3 條與五臣音異："倚輗（玉雞）而聽之"，輗，朝鮮正德本音"五雞"，尤袤本"玉"字應爲"五"字之訛；"二客雖窒計沮（犖與）議"，沮，朝鮮正德本音"慈與"；"枹（孚一）鼓鏗鏘"，枹，朝鮮正德本音"桴"。再如卷二十，全卷共計正文音注 16 條，並非全與五臣音同。集注本、北宋本卷二十未存，無法窺探李善注本系統的面貌，但可借奎章閣本略探究竟（因奎章閣本中李善注部分以北宋本爲底本，但並非今日所見之北宋國子監遞修本）。經對校，發現這 16 條音注較爲複雜，詳列如下：

遄（市專），奎章閣本無正文音注，注文音注作"市專切"。

赧（奴簡切），奎章閣本正文音注作"女簡反"，無注文音注。

肄（以實切），奎章閣本正文音注作"音異"，無注文音注。

俘（芳于切），奎章閣本正文音注作"音孚"，無注文音注。

旰（古旦），奎章閣本無正文音注，注文音注作"古旦切"。

晶（胡皎），奎章閣本正文音注作"胡皎"，無注文音注。

湳（奴感），奎章閣本正文音注作"奴感"，無注文音注。

翅（升豉），奎章閣本無正文音注，注文音注作"升豉切"。

析（錫），奎章閣本無正文音注，注文音注作"錫"。

憬（九永），奎章閣本正文音注作"九永"，注文音注作"九永"。

麚（丘殞），奎章閣本正文作"麏"，正文音注作"俱隕切"，注文作"麚"，注文音注作"丘殞切"。

詰（去質），奎章閣本正文音注作"丘吉"，無注文音注。

荇（杏），奎章閣本正文音注、注文音注並作"杏"。

咄（丁忽），奎章閣本無正文音注，注文音注作"丁忽切"。

闉（因），奎章閣本正文音注、注文音注並作"因"。

纆（力蟄），奎章閣本無正文音注，注文音注作"力蟄切"。

以上 16 條正文音注中，有 10 條爲奎章閣本李善注文所有，且内容完全相同，而"赧""肄""浮""晶""湳""詰"六字，奎章閣本李善注中雖無音注，但有正文音注，分别是"女簡反""音異""音孚""胡皎""奴感""丘吉"，其中"晶""湳"兩字音與尤袤本正文音注相同。又與五臣注本系統相比，發現這 16 條音注爲陳八郎本、朝鮮正德本所無者有 6 條；剩下的 10 條，5 條與陳八郎本、朝鮮正德本音同，5 條異。胡克家《文選考異》卷一謂"凡合併六家之本，於正文下載五臣音，於注中載善音，而善音之同於五臣者每被節去。袁、茶陵二本，又各多寡不齊，蓋合併不一，故所節去不一耳。至尤本於正文下五臣音，往往未嘗區别刊正，而注中善音，則節去彌甚，其失善舊，亦彌甚矣"。[①] 這段話確實指出了尤袤本音注存在的問題，即多與五臣音同，但同時也犯了一個錯誤，即以偏概全。卷二十的正文音注情況即可説明：尤袤本正文所夾音注並非全部是五臣音，有部分音注與李善注本系統相同，祇是不知爲何將音注從注文中移至正文中，或爲方便閲讀亦不

---

① （清）胡克家：《文選考異》，載《〈文選〉研究文獻輯刊》第四四册，國家圖書館出版社，2013，第 38—39 頁。

可知；還有部分音注暫不知曉其來源，或是直接來源於尤袤本的底本，或是尤袤在校勘時參考了多種參校本或資料，因爲"赧""肆""浮"這三字的音注既不同於李善注本系統，亦不同於五臣注本系統，在現存各《文選》版本中均找不到依據。

3. 尤袤本正文音注數量較多，幾乎與五臣注本系統數量相當

這類情況較少，僅 6 卷，即卷三至卷六、卷十一、卷十二，全部集中於賦類，蓋因賦中多生僻字，爲方便閱讀故而在正文中增加了許多音注，又或是因爲這幾卷尤袤本的底本本就如此，尤袤祇是依底本而刻。

仔細分析這 6 卷音注，發現它們呈現出三個特徵。

（1）正文音注總數並少於五臣本的音注數量。如卷六，尤袤本正文音注共計 100 條，朝鮮正德本有 242 條。又如卷十二，尤袤本正文音注共計 388 條，朝鮮正德本有 402 條。

（2）雖總數較五臣本少，但存在尤袤本有而五臣本無的音注。如卷十二"涓流泱（烏黨）瀼"，朝鮮正德本無"泱"字音注；"若乃大明（彼苗）彎於金樞之穴"，朝鮮正德本無"明"字音注；"澗（謂）瀆淪而滀漯"，朝鮮正德本作"汾渭淪而滀漯"，正文用字不同，故無"澗"字音注等。

（3）並非全與五臣音相同。如卷十二"天綱浡（蒲没）潚（以出）"，潚，朝鮮正德本音"聿"。"長波湝（徒答）溮（杜我），池（羊氏）涎（延）八裔"，湝，朝鮮正德本音"徒合"；溮，音"徒"；池，音"戈爾"。"蕩飋（以出）島濱"，飋，朝鮮正德本音"聿"。"五嶽鼓舞而相磓（丁迴反）"，磓，朝鮮正德本音"都迴反"。"澔（頂）濘（奴冷）溧（側立）潬（女及反）"，濘，朝鮮正德本音"奴頂"；溧，音"子立"；潬，音"女立反"。

另外，有一問題需要指出。卷四第一葉"於（烏）顯樂都"句。於，尤袤本正文音注作"烏"。注文曰："毛萇《詩傳》曰：於，歎辭。"胡克家認爲"歎辭"下應當尚有"於孤切"三字。案：北宋本此處闕，考奎章閣本李善注中"歎辭"下確有"於孤切"三字，據此推測，北宋本注文中也應有此三字。然集注本李善注無"於孤切"三字。胡克家評論此句"失善舊"，那麼究竟集注本是"善舊"還是北宋本是"善舊"呢？胡氏此言差矣。《文選》版本十分複雜，李匡文《資暇集》稱李善

注"有初注成者，覆注者，有三注、四注者，當時旋被傳寫之"[①]，因此不能貿然斷言尤袤本"失善注"。

　　通過對尤袤本正文音注的全面分析可以發現，尤袤本確有受五臣影響者，但應非尤袤主動"以五臣亂善"所致，否則爲何存在 19 卷並無一處正文音注的情況呢？·而且這 60 卷的尤袤本，每卷的正文音注情況不盡一致，有些甚至與五臣音差異較大，故不能以"五臣亂善"一言以蔽之。此外，還在北宋本的卷二、卷五十七中各發現 1 條正文音注。北宋本正文音注雖然數量少，但十分重要，或許此條音注爲北宋本刪削未淨所致？抑或是本就存在一種有正文音注的李善注本《文選》？無論如何，這提示尤袤本正文中的音注恐非尤袤所加，而是其所依據的底本即如此，故以往對尤袤類似"失善舊""五臣亂善"等武斷批判，現今都應加以重新審視。

　　（二）注文音注

表十三　尤袤本與北宋本、贛州本注文音注相同率一覽

卷目（北宋本殘存情況）	尤袤本與北宋本注文音注相同率（%）	尤袤本與贛州本注文音注相同率（%）
卷一（殘 12 面）	100	94.4
卷二（殘 49 面）	97.1	50.5
卷三（殘 58 面）	10	27.3
卷四（殘 45 面）	10.4	18.2
卷五（全）	86.5	30.1
卷六（殘 40 面）	73.2	65
卷八（殘 23 面）	94.5	15.3
卷九（殘 3 面）	91.9	34.1
卷十（殘 36 面）	94.1	44.7
卷十一（殘 8 面）	100	44
卷十五（殘 4 面）	60	52.4

---

① （唐）李匡文：《資暇集》，中華書局，2012，第 168 頁。

續表

卷目（北宋本殘存情況）	尤袤本與北宋本注文音注相同率（%）	尤袤本與贛州本注文音注相同率（%）
卷十六（殘 8 面）	87.5	81.8
卷十七（殘 10 面）	77.8	29.1
卷十八（殘 30 面）	83.3	27.2
卷十九（殘 33 面）	90.5	30.4
卷三十（殘 60 面）	95	57.1
卷三十一（殘 55 面）	100	55.6
卷三十六（殘 38 面）	100	100
卷三十七（全）	85.7	57.1
卷三十八（殘 32 面）	33.3	40
卷四十七（殘 69 面）	92.3	80.8
卷四十九（殘 37 面）	66.7	66.7
卷五十（全）	75	66.7
卷五十一（殘 30 面）	97.4	63.6
卷五十二（殘 39 面）	92.9	92.3
卷五十三（殘 58 面）	92.9	56.3
卷五十四（殘 35 面）	88.9	72.7
卷五十五（殘 49 面）	85.7	66.7
卷五十六（殘 15 面）	100	42.9
卷五十七（殘 48 面）	31.6	54.5
卷五十八（殘 48 面）	45	53.8
卷五十九（殘 6 面）	0	66.7
卷六十（殘 32 面）	76	76.5

上表轉換爲折綫圖則更爲直觀，如圖三七所示。

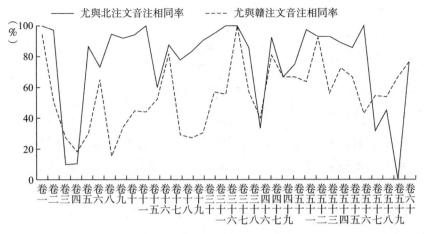

圖三七

注文音注較正文音注更複雜，由上方折綫圖即可看出三個版本之間的注文音注基本無規律可言，十分凌亂。從統計的數據觀察，尤袤本與北宋本、贛州本在注文音注的數量上均存在較大差異。然就三個版本並有的注文音注部分考察，尤袤本與北宋本的相同率普遍較高，相同率在 80% 以上的卷目共計 21 卷（共 33 卷，卷 46 模糊較重，未統計），而尤袤本與贛州本相同率在 80% 以上的卷目僅 5 卷。綜上，就注文音注而言，相較於贛州本，尤袤本與北宋本更近。

三 義注

根據奎章閣本後所附跋文可知，六家本中的李善注部分是以北宋國子監本爲底本，而六臣本與六家本之間有著緊密的關聯，故作爲六臣本的贛州本，其李善注部分也應當來自於北宋本。故從此角度分析，北宋本、贛州本、尤袤本在李善注部分本應屬同一版本系統，但在實際刊刻過程中，由於一些主客觀因素，導致了異文的産生，使問題越來越複雜。在對校三種版本時，發現確實存在一些贛州本與北宋本同，而與尤袤本異的義注，如卷八"創淫輪夷，丘累陵聚"，北宋本、贛州本李善注作"言獸被創過與輪平也"，尤袤本却作"言獸被創過大，血流與車輪平也"；又如卷十六"譬日及之在條，恒雖盡而弗悟"，北宋本、贛州本李善注作"雖至於盡而不能寤"，而尤袤本李善注"不能寤"下還有"《爾雅》曰：椴，木槿。櫬，木槿。郭璞注曰：別二名，似李樹。
棗朝生夕隕，可食，或呼爲日及，曰王蒸"；又如卷五十"史臣曰：民
稟天地之靈，含五常之德，剛柔迭用，喜愠分情"，北宋本、贛州本李
善注作"有生之最靈者也"，而尤袤本李善注"靈者也"下還有"應劭
曰：肖，類也。頭圓象天，足方象地"；再如卷五十三"樓玄、賀邵之
屬掌機事"，北宋本、贛州本李善注作"樓玄，字承光"，尤袤本"光"
作"先"。這些例子均可證明奎章閣本跋文所記不虛，亦可説明六家本
與六臣本之間確存在某種關聯。但與此同時，也存在不少贛州本與尤
袤本同而與北宋本異的異注，如尤袤本卷四"振和鸞兮京師"句下，贛
州本、尤袤本李善注作"鄭玄禮記注曰：鑾輅，有虞氏之車也。有鑾
和之節"，北宋本則作"和鸞，已見上文"。也有尤袤本與北宋本同而
與贛州本異的義注，如卷三十八"春秋貴柔服之義"句下，贛州本李
善注作"《論語》曰：繼絶世。《左氏傳》晉隨武子曰：柔服德也"，北
宋本、尤袤本則作"柔服，已見劉琨《勸進表》"；還有贛州本與尤袤
本、北宋本三本各不相同的義注，如卷三十八"懷金侯服，佩青千里"
句下，贛州本李善注作"楊子《法言》曰：使我紆朱懷金，其樂不可量
也。《漢書》曰：凡二千石以銀印青綬"，北宋本作"懷金、佩青，已
見上文"，尤袤本則作"懷金，已見上《謝平原内史表》。佩青，已見
上《求通親親表》"。綜上，三本間的義注問題較爲複雜，想要梳理清
楚三者間的版本源流與演變過程是十分困難的。通過前文對北宋本與尤
袤本、贛州本與尤袤本在義注異文方面的數據統計，可以大略看出在義
注方面，尤袤本與北宋本、贛州本二本間的親疏關係，見表十四。

表十四　尤袤本與北宋本、贛州本義注異文率一覽

卷目	尤與北義注異文率（%）	尤與贛義注異文率（%）
卷一	0	24.4
卷二	9.7	29.4
卷三	26.7	17.0
卷四	26.8	28.7
卷五	85.9	95.2

續表

卷目	尤與北義注異文率（%）	尤與贛義注異文率（%）
卷六	70.7	84.2
卷八	20.5	24.8
卷九	13.4	30.0
卷十	25.2	56.8
卷十一	10.9	23.9
卷十五	31.6	59.5
卷十六	37.5	47.1
卷十七	49.2	46.8
卷十八	40.7	53.3
卷十九	44.9	53.5
卷三十	3.9	27.4
卷三十一	5.4	23
卷三十六	13.0	31.8
卷三十七	11.3	16.0
卷三十八	22.9	37.6
卷四十七	6.0	21.9
卷四十九	5.9	12.4
卷五十	8.4	22.2
卷五十一	0.8	8.4
卷五十二	2.6	14.8
卷五十三	12.0	24.2
卷五十四	14.0	28.1
卷五十五	33.6	63.0
卷五十六	6.3	25.1
卷五十七	9.9	21.6

續表

卷目	尤與北義注異文率（％）	尤與贛義注異文率（％）
卷五十八	8.3	24.3
卷五十九	12.1	23.6
卷六十	9.7	19.7

上表轉換爲折綫圖則更爲直觀，如圖三八所示。

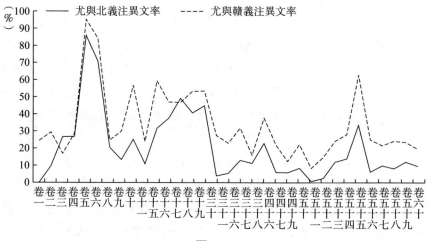

圖三八

通過上圖及表十四可知，尤袤本與北宋本、尤袤本與贛州本的義注異文率走勢基本一致，在諸多卷目中，卷五、卷六的異文率極高，這提示此二卷的刊刻過程應與其他卷目不同。除卷三、卷十七以外，尤袤本與北宋本的義注異文率普遍低於尤袤本與贛州本的義注異文率，且異文率在20％以上的卷目，北宋本有13卷，贛州本高達27卷（共33卷）。故從義注角度而言，尤袤本與北宋本的關係相對更近。尤袤本與北宋本在義注方面的差異主要以個別字詞的異文或多寡爲主，而尤袤本與贛州本在義注方面的差異則多表現爲一句或一段内容的不同或有無，其中"已見"式注釋的差異占據較高比重。

結合上文從正文用字、正文斷句、正文音注、注文音注、義注等多角度對尤袤本、北宋本、贛州本的考察結果看，尤袤本與北宋本關係更密切，整體上應與北宋本屬同一系統，而在部分內容上也與贛州本保持著較爲密切的關係，把贛州本視作尤袤本的參校本當無問題。

四　修版痕跡

中國國家圖書館所藏兩種宋淳熙八年池陽郡齋刻遞修本，北京大學圖書館所藏宋淳熙八年尤袤池陽郡齋刻光宗紹熙間至寧宗嘉定間計衡修補本，以及臺北故宮博物院藏宋淳熙八年尤延之貴池刊理宗間遞修本等，都是尤袤本《文選》的遞修本，仔細檢查這些版本的版心可以發現，絕大部分葉中都標有重刊字樣，也正是因此判定其爲遞修本。中國國家圖書館藏一帙完整的尤袤本《文選》，題作“宋淳熙八年池陽郡齋刻本”，該本除目錄與附錄外，正文中僅卷四十五第二十一葉爲乙丑重刊，其餘並是初刻。學界普遍認爲此本爲初刻本，如中國國家圖書館認定該本爲初刻本。程毅中、白化文先生判斷此本爲“初版的早期印本，但不一定是初印”，理由是“從胡刻本就可以看出，乙丑重刻的補版絕不止一頁，而且在乙丑以前已經有好幾次修補，可是在這個尤刻本中却一無所見。再從版面看，重刻的目錄、《同異》非常模糊，而初刻的正文部分却比較清晰，顯然不是後印本，而是一個初版的早期印本”[①]。《中國版刻圖錄》亦稱“原爲楊氏寶選樓藏書，初印精湛，字字如新硎，無一補版”[②]。然森野繁夫先生提出了反對意見，他認爲該本中“多處明顯地出現尤氏以後的人所做的增删，也就是説中華書局本成了尤本初刻本以後幾度補刻的版本了”[③]。森野繁夫的發現非常重要，他發現了前人未注意到的尤袤本中的修版情況，但可惜的是並未得到學者們的普遍認可和關注。仔細查閱尤袤本《文選》後發現，該本中確實存在修版痕跡，如個別字的剜改、兩字間有空格、某處文字擠在一處，或一個字占兩個字格等現象，這

---

① 程毅中、白化文：《略談李善注〈文選〉的尤刻本》，《文物》1976年第11期，第78頁。

② 趙萬里等編《中國版刻圖錄》，文物出版社，1990，第29頁。

③ 〔日〕森野繁夫：《宋代的李善注〈文選〉》，李心純、林合生譯，《山西師大學報（社會科學版）》1986年第4期，第70頁。

應該就是森野繁夫先生所説的"尤氏以後的人所做的增删"。2016 年金少華結合修版例證，提出中國國家圖書館藏尤刻本《文選》係修補本的觀點。[1] 尤袤本的確存在修版情況，但或許並非後人所爲。因爲此本正文的版心處僅有一葉爲乙丑重刊，其他葉中並未發現重刊字樣，這與計衡本、理宗本等遞修本存在明顯差異。另外，比勘尤袤本與計衡本、理宗本等遞修本發現，遞修本在行款上往往比尤袤本更符合標準，即兩字間有空格、文字的擁擠及一字占兩字格等現象減少了許多，這説明遞修本在刊刻時改善了一些尤袤本中修版的問題。換言之，行款有問題的版本或者有錯誤的版本反而有可能是更早的版本。據袁説友《文選跋》可知，尤袤本《文選》從校勘到刊刻完畢僅用時一年半。尤袤本《文選》於淳熙八年（1181）刊刻完畢，那麼在淳熙六年便已開始校勘。據現有資料可知，尤袤淳熙七年（1180）刊刻過十八卷《山海經》與兩卷《隸續》、五卷《昭明文集》及《文選雙字類要》等。檢《山海經》版心，未發現重刊字樣，當爲初刻，然版心刻工處較爲模糊，故一些刻工姓名難以辨別，其中可以辨認的有李彦、曹但、金大有、張拱、王明、劉彦中等。這些刻工並爲尤袤本《文選》的刻工。由此可知，尤袤在淳熙七年、八年時僱用同一批刻工同時校勘並刊刻了至少五部書。又據尤袤《山海經跋》可知，他校勘十八卷的《山海經》花費了三十年的時間，而六十卷《文選》從校勘到刊刻僅用時一年半。因此，我們大膽猜測，有兩種可能。一是尤袤刊刻此本時，已經有一些現成的刻版，因尤袤在跋文中曾説"往歲邦人嘗欲募衆力爲之，不成"，"不成"很有可能已做了部分，尤袤在此基礎上完善而來，否則難以在一年半時間內完成。二是尤袤可能採用了校勘與刊刻同時進行的方式，在發現錯誤時，通知刻工進行修改，但考慮到時間與成本問題，不能整版換掉，故而造成了現在所見到的修版痕跡。其實，查看尤袤本《山海經》也可發現類似現象。如《山海經·上》[2]第六葉注文"藁芰香草"四字占兩字格，明顯較周圍

----

[1]　金少華：《國家圖書館藏尤刻本〈文選〉係修補本考論》，載《在浙之濱——浙江大學古籍研究所建所三十周年紀念文集》，中華書局，2016，第 537—546 頁。

[2]　文清閣編委會編《歷代山海經文獻集成》，西安地圖出版社，2006。其中，尤袤本《山海經》是依據中國國家圖書館藏南宋淳熙七年池陽郡齋刻本影印。

擁擠。又，第十葉"滂水出焉"注文"音滂沱之滂"，其中"沱之滂"三字占兩字格，擠在一處。又，《海外北經》第八的首葉"人面蛇身、赤色，居鍾山下"注文"《淮南子》曰：龍身□足"，兩字間已有空格。但因《山海經》特殊的段落格式以及注文内容較少、較爲簡單等因素，許多内容即使修改也很難看出痕跡。結合以上分析，中國國家圖書館所藏宋淳熙八年池陽郡齋刻本《文選》是初刻本，且其中修版痕跡係尤袤所爲的可能性是存在的。尤袤本正常行款是每葉十行，行二十一字，但書中多有不符合正常行款之處，且分佈於每一卷中，衹是數量多少不一，修版最多的卷目中涉及修版的版面竟占該卷總版面的 80% 以上。通過對這些修版痕跡的研究，有利於推動尤袤本《文選》的底本問題研究。

尤袤本的修版痕跡大致可分三類，分別是單字挖改、字詞段落增删挖改和局部版面修改。下文將結合具體例子進行闡釋。在此之前，須先説明一個問題：現存的這個尤袤本已經是據某些内容修版後的面貌，按照這個面貌尋，無論如何也尋不到它的真實底本。修版前的面貌纔應是它底本的樣子，那個樣子越接近於某個版本，這個版本是尤袤本底本的可能性纔越高。所以，如果可以還原出尤袤本修版前的面貌，再據此去尋找底本，纔會更接近真實答案。之前的學者都是直接依據現在所見的這個已經參考某些内容對底本進行修改後的尤袤本去討論它的底本，這種思路本身就有問題，因爲修版之後反映出來的不再是其底本的樣貌。明白這個前提之後，再來看實例分析。

（一）單字挖改

1. 卷五《吴都賦》"異荂蓲蘛，夏曄冬蒨"句注文"南土草木通□冬生"。

案：尤袤本□處有明顯挖改痕跡，見圖三九，考北宋本作"南土草木通曰冬生"，故尤袤本底本□處應作"曰"。又考集注本作"南土草木通冬生"，雖不能説明尤袤本是參考集注本而改，但可確定其有修改依據。

圖三九

2. 卷八《上林賦》"煩鶩庸渠"句注文"郭璞曰：煩鶩，鴨屬也。庸渠，似鳧，灰色而雞脚，一名章渠。鶩音木"。

案：尤袤本"章"字明顯有校改痕跡，字跡模糊，墨跡重，考奎章閣本、贛州本作"帝"。尤袤本底本此處蓋原作"帝"，尤袤本改作"章"。然限於資料問題，其據何校改暫不得知。臺灣本[①]與尤袤本同，亦作"章"。

3. 卷八《上林賦》"振溪通谷，蹇產溝瀆"句注文"張揖曰：振，拔也"。

案：尤袤本"拔"字跡粗，明顯校改過，考奎章閣本作"收"。尤袤本底本原應作"收"，尤袤本改作"拔"。臺灣本亦作"拔"。

4. 卷九《長楊賦》"張羅罔罝罘，捕熊、羆、豪、豬、虎、豹、狖、玃、狐、兔、麋、鹿"句注文"善曰：《山海經》曰：竹山有獸，其狀如豚，白毛，毛大如笄而黑端，以毛射拗，名豪。豪，麁也"。

案：尤袤本注文"以毛射拗"之"拗"字較周圍其他字明顯墨跡深，考北宋本此字亦模糊難辨，似"拗"又似"物"，然奎章閣本、贛州本作"物"。臺灣本作"物"，蓋爲後改。

5. 卷九《長楊賦》"於是上帝眷顧高祖，高祖奉命，順斗極，運天關"句注文"《春秋元命苞》曰：命者，天之令"。

案：尤袤本"令"字明顯有描改痕跡，見圖四十，北宋本此處闕，

---

① 臺灣本指第二章第二節中介紹的臺灣"國家"圖書館藏宋淳熙辛丑（八年）尤延之貴池刊本《文選》。

考奎章閣本、贛州本並作"命"字。

圖四十

6. 卷九《長楊賦》"靡節西征，羌僰東馳"句注文"《漢書音義》曰：節，所杖信節也"。

案：尤袤本"音義"二字與衆不同，"音"字較粗，"義"字字體風格不同。北宋本此處闕，考奎章閣本，此二字處作"曰或"。

7. 卷九《射雉賦》"伊義鳥之應機，揪攬地以厲響"。

案：尤袤本"機"字有修改痕跡，與周圍字體風格略有差異。北宋本此處闕，考奎章閣本作"機"，下有校語"善本作敵"，尤袤本底本蓋作"敵"，尤袤本改作"機"。

8. 卷十四第六葉"覯王母於崑墟，要帝臺于宣嶽"句注文"《山海經》曰：□鼓鐘之山，帝臺之所"。

案：尤袤本"鼓"字前空一格。北宋本此處闕，考奎章閣本、明州本、九條本旁記此處並作"經"；然贛州本此處與尤袤本同，也空了一格。作爲六臣本的贛州本，一向被視作是將六家本的五臣注、李善注顛倒順序而來，那它理應與奎章閣本、明州本同，但此處却並不相同。更爲關鍵的是，尤袤本竟與其同。這條例子，既可還原出尤袤本修改前的面貌，即作"經鼓鐘之山"，也能找到它修改的版本依據，即贛州本。雖然尤袤曾在跋文中批評贛州本"往往裁節語句，可恨"，但在刊刻過程中，他確實參考過贛州本無疑。

9. 卷二十四"徒美天姿茂，豈謂人爵多"句注文"《孟子》曰：有天爵，有人爵。仁義□□，樂善不倦，此天爵也"。

案：尤袤本注文中兩處空格明顯可見剜改痕跡，原處應有字，後被剜掉，第一個空格處還殘留一些字跡。集注本、奎章閣本此處並作"仁義忠信"，不知尤袤本爲何要將此二字剜掉。

10. 卷二十九張景陽《雜詩》"遊思竹素圃，寄辭翰墨林"句注文"《風俗通》曰：劉向爲孝成皇帝典校書籍，皆先書竹爲易刊定，可繕寫者以上素也。今東觀書，竹素也"。

案：尤袤本"繕"字明顯與周圍字跡不同，當爲後改。北宋本此處闕，考奎章閣本此字作"善"，蓋尤袤本底本原作"善"，尤袤本改作"繕"。

11. 卷五十一《過秦論》"於是六國之士，有寧越、徐尚、蘇秦、杜赫之屬爲之謀"句注文"《呂氏春秋》曰：齊攻廩丘，趙使孔青將而救之，與齊人戰，大敗齊人，得尸三萬，以爲二京"。

案：尤袤本注文"得尸三萬"之"得"字明顯與周圍字跡不同，北宋本、奎章閣本、贛州本作"書尸三萬"。蓋尤袤本底本作"書"，尤袤改作"得"。

12. 卷五十五第二十葉"臣聞託闇藏形"句下注"□□日月發揮……善曰：《鄧析子》曰……"。

案：尤袤本注文開頭空了兩格，見圖四一。按體例，"善曰"之前爲劉孝標注。考北宋本、奎章閣本、明州本、贛州本此段全爲李善注，並無劉孝標注，作："善曰：日月發揮……《鄧析子》曰……。"尤袤本開頭兩處空格原或爲"善曰"二字，後被挖掉，改在"鄧析子"前加"善曰"。仔細考察尤袤本，發現"善曰鄧析子"五字擠在一處，這一行本應二十一字，現在卻是二十三字，恰多兩字，這裏的"善曰"二字應是後來添加無疑。相同情況，此卷還有三處，分別是"臣聞出乎身者""臣聞目無嘗音之察""臣聞達之所服"句下，且並是注文開頭空兩格，注文中間有"善曰"，"善曰"及前後諸字擠在一處。考北宋本、奎章閣本、明州本、贛州本此三處全爲李善注，且以"善曰"二字開頭。尤袤爲何如此修改，修改有何版本依據，暫不得而知。

（二）字詞、段落增刪挖改

這類情況較空字挖改略複雜些，在尤袤本中也更爲常見。

1. 卷一《兩都賦序》"而公卿大臣，御史大夫倪寬、太常孔臧、太

中大夫董仲舒、宗正劉德、太子太傅蕭望之等，時時間作"句注文
"《漢書》曰：倪寬修《尚書》，以郡選詣博士孔安國，射策爲掌固，遷
侍御史"。

案："漢書曰倪寬修"擠在一處，較正常行款[1]多一字，北宋本此處
闕，考奎章閣本此處無"曰"字。尤袤本底本蓋與北宋本同，無"曰"
字，尤袤本據他本增"曰"，然因節省成本或時間緊迫，未做大的改
動，僅在"漢書"下添一"曰"字，因而造成了現在所見的擁擠現象。
臺灣本與尤袤本完全相同。

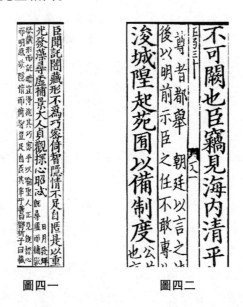

圖四一　　　　　　　圖四二

2. 卷一《兩都賦序》"臣竊見海內清平，朝廷無事"句注文"蔡邕
《獨斷》或曰：朝廷亦皆依違，尊者都舉朝廷以言之"。

案："尊者都舉"四字占六個字格，明顯少兩字，見圖四二。北宋
本此處闕，考奎章閣本"都"上有"所"字，"舉"上有"連"字，是。

3. 卷一《西都賦》"肇自高而終平，世增飾以崇麗。歷十二之延
祚，故窮泰而極侈"句注文"高，高祖。《漢書》張晏曰：爲功最高，
而爲漢帝太祖，故特起名焉"。

案：注文"功最"二字擠在一起，明顯多一字。胡克家《文選考

異》"高高祖漢書"條謂："袁本、茶陵本此五字作'漢書高祖'四字是也。案：此尤校改之，下同。"[1]北宋本此處闕，考奎章閣本作"漢書高祖"。"漢書高祖"恰比"高高祖漢書"少一字，然語句不通，不知尤袤是否因語句不通而改，或是有其他版本依據。

4.卷一《東都賦》"四夷間奏，德廣所及。僸休兜離，罔不具集"句注文"孔安國《尚書傳》曰：間，迭也，古莧切。毛萇《詩傳》曰：僸四夷之樂，大德廣所及也。《孝經鉤命決》曰：東夷之樂曰休，南夷之樂曰任，西夷之樂曰林離，北夷之樂曰僸。毛萇《詩傳》曰：東夷之樂曰靺，南夷之樂曰任，西夷之樂曰朱離，北夷之樂曰禁。然説樂是一，而字並不同，蓋古音有輕重也。僸，音禁。休，莫芥切。兜，丁侯切"。

案：尤袤本該句注文"孝經鉤命決曰東夷之樂曰休南夷之樂曰任西夷之樂曰林離北夷之樂曰僸"擠在一起，正常一行應二十一字，此行却二十七字。北宋本與尤袤本同。然考奎章閣本注文無"僸音禁""兜丁侯切"。

5.卷一《東都賦》"蹈一聖之險易云爾哉"。

案："云爾哉"三字明顯間距緊湊。胡克家"蹈一聖之險易云爾哉"條云："茶陵本無'哉'字，云五臣有'而已哉'字。袁本有'而已哉'。案：袁用五臣也。失著校語，非。《後漢書》無'而已'，有'哉'，或尤依彼添耳。"[2]奎章閣本作"蹈一聖之險易云爾而已哉"，下無校語。如此看來，此句存在三種情況。尤袤本、《後漢書》作"云爾哉"，奎章閣本、袁本作"云爾而已哉"，茶陵本、贛州本作"云爾"，且下有校語"五臣有而已字"，即作"云爾而已"。按照尤袤本"云爾哉"三字間距緊湊推測，其底本應該作"云爾"，後據史書或其他資料增"哉"字。

6.卷二《西京賦》"故帝者因天地以致化，兆人承上教以成俗"句薛綜注"言帝王必欲順陽時，居沃土，歡逸其人，使下承而化之，以成奢泰之俗"。

---

① （清）胡克家：《文選考異》，載《〈文選〉研究文獻輯刊》第四四冊，國家圖書館出版社，2013，第7頁。

② （清）胡克家：《文選考異》，載《〈文選〉研究文獻輯刊》第四四冊，國家圖書館出版社，2013，第11頁。

案：尤袤本“順陽時”三字擠在一處，應多一字。胡克家《文選考異》“注言帝王必欲順陽時”條云：“袁本、茶陵本無‘陽’字。案此尤校添也。”[①] 北宋本此處闕，考奎章閣本無“陽”字。據現有版本，不知尤袤本據何加“陽”字。

7. 卷二《西京賦》“於前則終南太一”句李善注“《尚書》曰：終南惇物，至于鳥鼠。《漢書》曰：太一山，古文以爲終南。《五經要義》曰：太一，一名終南山，在扶風武功縣。此云終南、太一，不得爲一山明矣。蓋終南，南山之總名。太一，一山之別號耳”。

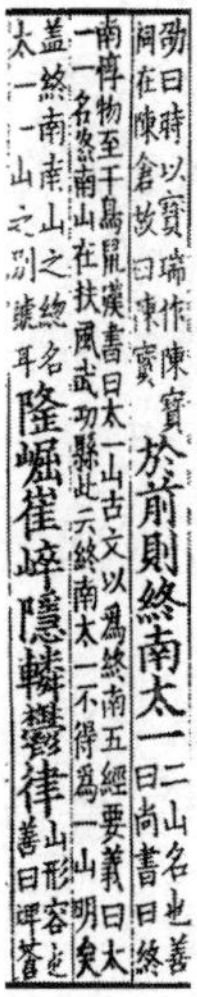
劭曰時以寶瑞作陳寶祠在陳倉故曰陳寶 於前則終南太一 二山名也善曰尚書曰終南惇物至于鳥鼠漢書曰太一山古文以爲終南五經要義曰太一一名終南山在扶風武功縣此云終南太一不得爲一山明矣蓋終南南山之總名太一一山之別號耳 隆崛崔崒隱轔鬱律 山形容也善曰埤蒼

圖四三

案：尤袤本注文“南惇物……山明矣”五十字擠在兩行内，每行二十五字，正常應二十一字，故每行多四字，見圖四三。考北宋本，恰無“至于鳥鼠”與“不得爲一”。奎章閣本與北宋本同。尤袤本底本應與北宋本同，即無“至于鳥鼠”“不得爲一”八字。胡克家《文選考異》“注至于鳥鼠”條云：“袁本、茶陵本無此四字。案無者是也。”[②] 又，“注此云終南太一不得爲一山明矣”條云：“袁本、茶陵本無‘不得爲一’四字。案二本有脱文，今無以補之。尤所校添未必闇同善舊也。”[③] 據現有資料，雖不知尤袤據何補，但應非胡氏所言“闇同善舊”，尤袤增補當確有版本依據。

8. 卷二《西京賦》“譬衆星之環極”。

案：尤袤本“譬衆星之環極”間距較疏。北宋本與尤袤本同，然檢奎章閣本“極”作“北極”。奎章閣本以北宋本爲底本，而現存北宋本爲遞修本，而非奎章閣本李善注部分的底本，故二本之差異，幾可視作北宋國子監遞修本與北宋本之間的差異，當然，其中部分差異不排除是奎章閣本刊刻時造成的。

① （清）胡克家:《文選考異》，載《〈文選〉研究文獻輯刊》第四四册，國家圖書館出版社，2013，第14頁。

② （清）胡克家:《文選考異》，載《〈文選〉研究文獻輯刊》第四四册，國家圖書館出版社，2013，第15頁。

③ （清）胡克家:《文選考異》，載《〈文選〉研究文獻輯刊》第四四册，國家圖書館出版社，2013，第15頁。

9. 卷二《西京賦》"奉命當御"句李善注"奉傳詔命而遞當進也。《左傳》子朱曰：朱也當御。蔡邕《獨斷》曰：御，進也。凡進皆曰御也"。

案：尤袤本"左傳子朱"擠在一處。"左傳子朱"，北宋本作"左氏傳"，恰多出一字。

10. 卷二《西京賦》"前開唐中，彌望廣潒"。

北宋本　善曰：唐中，已見《西都賦》。《漢書》曰：五侯大治第室，連屬彌望。唐中，已見《西都賦》。《字林》曰：潒，水潒潒也，大朗切。

尤袤本　善曰：唐中，已見《西都賦》。《漢書》曰：五侯大治弟室，連屬彌望。彌，竟也。言望之極目。《字林》曰：潒，水潒潒也，大朗切。

案：尤袤本注"屬彌望……大朗切"間距緊湊，兩行各十一字，但按正常行款，每行應作八字，共多六字。然下一句正文"顧臨太液，滄池漭沆"亦間距緊湊，較正常行款多出一個字正文，若換成注文則是兩字，故注文共多出八字。北宋本"唐中，已見《西都賦》"出現兩次，重複。第二次出現的地方，尤袤本改作"彌，竟也。言望之極目"。此八字應該就是尤袤本所添之字。蓋尤袤發現底本此處重複，據其他資料改。

11. 卷二《西京賦》"商旅聯槅，隱隱展展"。

北宋本　言賈人多，車枙相連屬。隱隱展展，重聲也。善曰：《說文》曰：槅，大車枙也，居賣切。

尤袤本　言賈人多，車枙相連屬。隱隱展展，重車聲也，丁謹切。善曰：《說文》曰：槅，大車枙也，居賣切。

案：尤袤本注文"言賈人多……善曰"，每行十一字，按正常行款，應作九字，共多四字。考北宋本可知，尤袤本多"聲""丁謹切"四字。

12. 卷二《西京賦》"掩長楊而聯五柞"。

敦煌本　長楊宮在盩厔。五柞亦館名，云有五株柞樹也。

北宋本　長楊宮在盩厔。五柞亦館名，云有株柞樹。

尤袤本　長楊宮在盩厔。五柞亦館名，云有五株柞樹。

案：尤袤本"云有五株"擠在一處，較正常行款多一字，北宋本、奎章閣本、贛州本、明州本恰少一"五"字，蓋尤袤本底本即無"五"字。此處雖不能説敦煌本就是尤袤校勘時的參校本，但可以説明尤袤本在校改時確有版本依據，而非隨意修改。

13. 卷二《西京賦》"伯益不能名，隸首不能紀"。

敦煌本　臣善曰：《列子》曰：北海有魚名鱦，有鳥名鵬，大禹行而見之，伯益知而名之。《世本》曰：隸首作數。宋衷曰：隸首，黄帝史。

北宋本　善曰：《列子》曰：北海有魚名鱦，有鳥名鵬，大禹行而見之，伯益知而名之。《世本》曰：隸首作數。宋衷曰：隸首，黄帝吏 [①] 也。

尤袤本　善曰：《列子》曰：北海有魚名鯤，有鳥名鵬，大禹行而見之，伯益知而名之，夷堅聞而志之。《世本》曰：隸首作數。宋衷曰：隸首，黄帝史也。

案：尤袤本注文"列子曰北海有魚名鯤……黄帝史也"，前行二十四字，後行二十三字，底下空一格，正常行款每行應二十一字，故多出六字。尤袤本恰較北宋本多"夷堅聞而志之"六字。尤袤本底本蓋與北宋本同。敦煌本此條與北宋本同，由此推知，敦煌本當不是尤袤本的參校本，或者説不是唯一參校本。

14. 卷二《西京賦》"林麓之饒，于何不有"。

敦煌本　臣善曰：《穀梁傳》曰：林屬於山爲麓。

北宋本　善曰：《穀梁傳》曰：林屬於山曰麓。

尤袤本　善曰：《穀梁傳》曰：林屬於山曰麓。注曰：麓，山足也。

案：尤袤本此段注文前行十二字，後行十一字，下空一格。正常應每行九字，共多五或六字。敦煌本、北宋本並無"注曰麓山足也"六字。

15. 卷二《西京賦》"弧旌枉矢，虹旃蜺旄"。

敦煌本　臣善曰：《周禮》曰：弧旌枉矢，以象弧。虹旃，已見上注。《高唐賦》曰：蜺爲旌。

---

① "吏"當"史"之訛。

北宋本　善曰：《周禮》曰：弧旌矢，以象牙飾。《楚辭》曰：建雄虹之采旄。《上林賦》曰：拖蜺旌也。

尤袤本　善曰：《周禮》曰：弧旌枉矢，以象牙飾。《楚辭》曰：建雄虹之采旄。《上林賦》曰：拖蜺旌也。

案：尤袤本注文"弧旌枉矢"擠在一處，多一字。北宋本作"弧旌矢"，少"枉"字，尤袤本底本應即無"枉"。考奎章閣本此處不少，作"弧旌枉矢"。又，敦煌本亦作"弧旌枉矢"，可知尤袤本修改底本時確有依據。

16. 卷二《西京賦》"匪唯翫好，乃有秘書。小説九百，本自虞初"。

敦煌本　小説，醫、巫、厭、劾之術，凡有九百冊篇。言九百，舉大數也。臣善曰：《漢書》曰：虞初《周説》九百冊三篇。小説家者，蓋出稗官也。

北宋本　小説，醫、巫、厭、祝之術，凡有九百四十三篇。言九百，舉大數也。善曰：《漢書》曰：虞初，洛陽人。明此醫術，武帝時乘馬，衣黃衣，號黃車使者。《周説》九百四十三篇。小説家者，蓋出稗官。應劭曰：其説以《周書》爲本。

尤袤本　小説，醫、巫、厭、祝之術，凡有九百四十三篇。言九百，舉大數也。善曰：《漢書》曰：《虞初周説》九百四十三篇。初，河南人也。武帝時以方士侍郎，乘馬，衣黃衣，號黃車使者。小説家者流，蓋出於稗官。應劭曰：其説以《周書》爲本。

案：尤袤本注"也善曰漢書曰……小説家者流蓋"，前一行二十三字，後一行二十二字，較正常行款多三字；"出於稗官應劭曰其説以周書爲本"，前一行八字，後一行六字，"出於稗官"擠在一處，應多一字。如此看來尤袤本此處注文應比尤袤本底本共多四字。北宋本注文與尤袤本注文有差異，恰多四字。

17. 卷二《西京賦》"結部曲，整行伍"句注文"善曰：司馬彪《續漢書》曰：大將軍營五部，部有校尉一人，部下有曲，曲有軍候一人。《左傳》曰：行出大難。杜預云：二十五人爲行，行亦卒之行列也。《周禮》曰：五人爲伍"。

案：尤袤本"五部部"與"軍候一"並擠在一處，考北宋本，分別作"五部"與"軍一"，奎章閣本作"五部""軍候一"。

18. 卷二《西京賦》"炙炰夥，清酤皷。皇恩溥，洪德施"句注文"《詩》有炰鱉。清酤，美酒也。善曰：《史記》曰：楚人謂多爲夥。音禍。《毛詩》曰：既載清酤。音户。《廣雅》曰：皷，日多也。音支。皇，皇帝。普，博施也"。

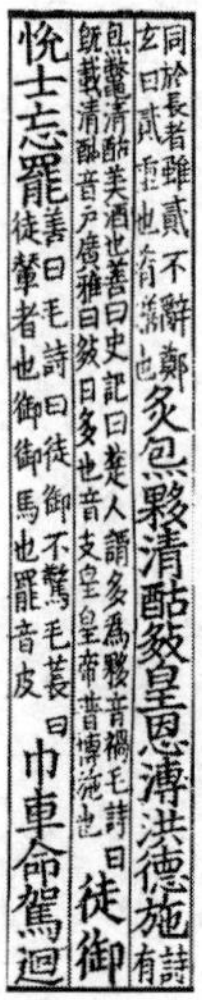

圖四四

案：尤袤本注文"炰鱉清酤……普博施也"，前一行二十三字，後一行二十二字，下空一格，按正常行款計算該行應十九字，故多出七字，見圖四四。敦煌本李善注無"皇，皇帝。普，博施也"七字，然其薛綜注作"皇，皇帝也。普，博。"北宋本脱正文"皇恩溥，洪德施"，所以不知道是否有此七字注文。考奎章閣本，有正文"皇恩溥，洪德施"，然無論是薛綜注又或是李善注中都無"皇，皇帝。普，博施也。"梁章鉅《文選旁證》卷三謂李善"注七字乃尤本所添，不知何所出"[1]。胡克家《文選考異》"皇恩溥洪德施又注皇皇帝普博施也"條云："茶陵本正文下校語云：善無此二句。袁本有，無校語。尤初亦無，後修改添入。注七字，袁、茶陵皆無。案：善《魏都賦》注引《西京賦》曰：皇恩溥。似無者但傳寫脱，其注七字未審何出也。"[2] 梁章鉅、胡克家當時未見集注本，尤袤本此句李善注與集注本薛綜注基本一致，蓋《文選》各版本在流傳過程中造成了李善注與薛綜舊注的混亂。

19. 卷二《西京賦》"華嶽峩峩，岡巒參差。神木靈草，朱實離離"。

敦煌本　華山爲西岳。峩峩，高大。參差，低仰兒也。神木，松柏靈壽之屬。靈草，芝英赤。離離，實垂之兒也。臣善曰：《西都賦》曰：靈草冬榮，神木叢生。《毛詩》曰：其桐其椅，其實離離。毛萇曰：離離，垂也。

北宋本　華山爲西嶽。峩峩，高大貌。參差，低仰貌。神木，松柏靈壽之屬。靈草，芝英朱赤也。離離，實垂之貌也。善曰：《西都賦》

① （清）梁章鉅：《文選旁證》，載《〈文選〉研究文獻輯刊》第五一册，國家圖書館出版社，2013，第149頁。

② （清）胡克家：《文選考異》，載《〈文選〉研究文獻輯刊》第四四册，國家圖書館出版社，2013，第23頁。

曰：靈草冬榮，神木叢生。《毛詩》曰：其桐其椅，其實離離。毛萇曰：離離，垂也。

尤袤本　華山爲西嶽。峩峩，高大貌。參差，低仰貌。神木，松柏靈壽之屬。靈草，芝英朱赤也。離離，實垂之貌。善曰：《西都賦》曰：靈草冬榮，神木叢生。《毛詩》曰：其桐其椅，其實離離。毛萇曰：離離，垂也。

案：尤袤本注文“赤也離離……離離垂也”，前行二十一字，後行十九字，下空兩格，正常行款下最多空一格，此處應少一字。考敦煌本、北宋本，“實垂之貌”下並有“也”字，尤袤本所缺字當即“也”字。

20.卷二《西京賦》“妖蠱豔夫夏姬，美聲暢於虞氏”句注文“善曰：《左氏傳》子産曰：在《周易》，女惑男謂之蠱。音古。又《左氏傳》曰：楚莊王欲納夏姬。杜預曰：夏姬，鄭穆公女，陳大夫御奴妻。《七略》曰：漢興，善歌者魯人虞公，發聲動梁上塵。暢，條暢也，敕亮切。蠱，媚也”。

案：尤袤本注文“納夏姬杜預”擠在一處。考北宋本無“夏”字，蓋尤袤本底本亦無“夏”字。然敦煌本有，由此可知，尤袤本增補有版本依據。

21.卷二《西京賦》“多歷年所，二百餘朞”。

敦煌本　朞，壹迊也。從高祖至于王莽，二百餘年。臣善曰：《尚書》曰：殷禮配天，多歷年所。

北宋本　朞，一帀也。從高祖至于王莽，二百餘年。善曰：殷禮配天，多歷年所。

尤袤本　朞，一帀也。從高祖至于王莽，二百餘年。善曰：《尚書》曰：殷禮配天，多歷年所。

案：尤袤本注文“朞一帀也……殷禮配”，前行十二字，後行十一字，正常行款應每行十字，故尤袤本此處共多三字。考北宋本無“尚書曰”三字，而敦煌本有。

22.卷三《東京賦》“咸用紀宗存主，饗祀不輟”句注文“善曰：《漢書·景紀》曰：高皇帝爲太祖廟，文皇帝爲太宗廟，言天子宜世世獻祖宗之廟也”。

案：“高皇帝爲太祖廟”間距較疏，應少一字。北宋本此句注文作

"《漢書·景紀》曰：高皇帝爲太祖之，文皇帝爲太宗廟，言天子宜世世獻祖宗之廟也。"雖與尤袤本有差異，但字數與尤袤本同，然仔細觀察北宋本後發現，北宋本注文當少一字，因爲兩行注文中，前行二十五字，後行二十四字。再檢奎章閣本，此句作"高皇帝爲太祖之廟"，由此看來，北宋本脱"廟"字，尤袤本少"之"字。尤袤本底本該句應作"高皇帝爲太祖之廟"，然不知據何删"之"字。

23. 卷三《東京賦》"西阻九河，東門于旋"句注文"謂東有旋門，在成皋西南十數里。阪形周屈，故曰于旋。善曰：《穆天子傳》曰：天子西升九阿。郭璞曰：旋，今新安縣十里有九阪。阻，險也。阿，曲也"。

案：尤袤本"十數里……阿曲也"，前行二十四字，後行十九字，後空一格，較正常行款多四字。北宋本此處模糊不清，考奎章閣本無"傳曰天子"，恰四字。

24. 卷三《東京賦》"迴行道乎伊闕，邪徑捷乎轘轅"。

北宋本　伊闕，山名也。轘轅，阪名也。迴，曲也。捷，邪也。謂大道迂曲，乃當伊闕之外，邪徑趣疾，當歷轘轅。善曰：賈逵《國語注》曰：道，由也。《史記》吳起曰：桀之居伊闕。王逸《楚辭注》曰：捷，疾也。《左氏傳》注曰：捷，邪出也。《漢書》曰：沛公從轘轅。臣瓚曰：在緱氏東南。

尤袤本　伊闕，山名也。轘轅，阪名也。迴，曲也。捷，邪也。謂大道迂曲，乃當伊闕之外，邪徑趣疾，當歷轘轅。善曰：賈逵《國語注》曰：道，由也。《史記》吳起曰：桀之居伊闕。王逸《楚辭注》曰：捷，疾也。《左氏傳》注曰：捷，邪出也。《漢書》曰：沛公從轘轅。薛綜曰：轘轅坂十二曲，道將去復還，故曰轘轅。臣瓚曰：在緱氏東南。

案：尤袤本"邪也……捷疾也左"，兩行各二十六字，較正常行款各多五字。"氏傳注曰……在緱氏東南也"，兩行各二十一字，正常應十七字，各超四字，總計多十八字。考北宋本，無"薛綜曰：轘轅阪十二曲，道將去復還，故曰轘轅"，共計十八字。尤袤本底本李善注中當無此句薛綜注。此處，薛綜注出現在李善注中確實較奇怪，不知尤袤本據何增補。

25. 卷三《東京賦》“建象魏之兩觀，旌六典之舊章”句注文“象魏，闕也，一名觀也。旌，表也。言所以立兩觀者，欲表明六典舊章之法。謂懸書于象魏，浹日而斂之。善曰:《周禮》曰：太宰掌建邦之六典：一曰治典，二曰教典，三曰禮典，四曰政典，五曰刑典，六曰事典。舊章，法令條章也。《左傳》曰：舊章不可忘”。

案：尤袤本“典二曰教典……舊章不可忘”，每行十八字，正常應十五字，共多六字，見圖四五。考北宋本無“舊章法令條章也”七字。

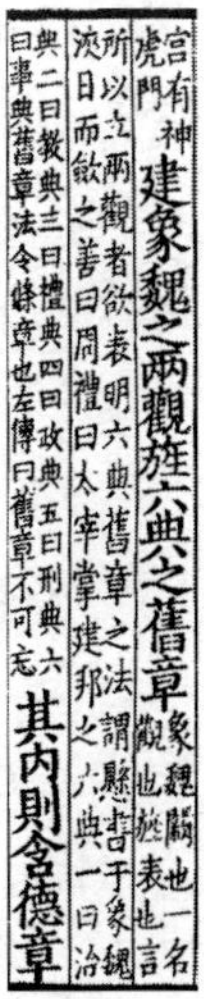
宮有神虎門建象魏之兩觀旌六典之舊章象魏闕也一名觀也旌表也言所以立兩觀者欲表明六典舊章之法謂懸書于象魏浹日而斂之善曰周禮曰太宰掌建邦之六典一曰治典二曰教典三曰禮典四曰政典五曰刑典六曰事典舊章法令條章也左傳曰舊章不可忘其内則含德章

圖四五

26. 卷三《東京賦》“清風協於玄德，淳化通於自然”句注文“協，同也。淳，厚也。玄，天也。自然，通神明也。言帝如此清惠之風，同於天德，淳厚之化，通於神明也。善曰：孔安國《尚書傳》曰：風，教也。《老子》曰：爲而不持，長而不宰，是謂玄德。王弼曰：玄德者，皆有德不知其至，出于幽冥者也。《老子》曰：天法道，道法自然。王弼曰：自然者，無稱之言，窮極之辭”。

案：尤袤本“此清惠之風……是謂玄德王”，前行二十一字，後行二十五字，多四字。考北宋本，“爲而不持，長而不宰”作“長而不宰”，恰少四字。

27. 卷三《東京賦》“建辰旒之太常，紛焱（一作飆）悠以容裔”句注文“辰，謂日、月、星也。畫之於旌旗，垂十二旒，名曰太常，上畫三辰，以象天明也。謂天子十二旒，諸侯九旒，大夫三旒。紛，盛也。悠，從風貌。容裔，高低之貌。焱，火花也。言風鼓動旌旗，紛紜盛亂如火花之飛起”。

案：尤袤本“辰謂日月星也……紛盛”，前行二十三字，後行二十一字，多兩字。“垂十二旒名曰太常上畫三辰”，北宋本作“垂十二旒也常上畫三辰”，恰多兩字。

28. 卷三《東京賦》“薄狩于敖，既璅璅（一作瑣）焉”。

北宋本　敖，鄭地，今之河南滎陽也。謂周王狩也。璅璅，小也。言鄙不足説也。善曰：建旐設旄，薄獸于敖。

尤袤本　敖，鄭地，今之河南滎陽也。謂周王狩也。璅璅，小也。言鄙陋不足説也。《毛詩》曰：建旐設旄，薄獸于敖。

案：尤袤本此條正文下無李善注。尤袤本注文"也言鄙陋……薄獸于敖"，前行十一字，後行八字，且後空一格。正常應每行九字，故多一字。北宋本薛綜注無"《毛詩》曰：建旐設旄，薄獸于敖"句，却有李善注，作"善曰：建旐設旄，薄獸于敖"。如此看來，尤袤本與北宋本在字數上的差異主要在"毛詩曰"與"善曰"上，恰多一字。奎章閣本此條與尤袤本同，可知尤袤本校勘有版本依據。

29. 卷三《東京賦》"登封降禪，則齊德乎黃軒"句注文作："登，謂上泰山封土。降，謂下禪梁父也。言光武登上泰山，下禪梁父，則與黃帝軒轅齊其功德。善曰：黃帝封泰山"。

案：尤袤本"德善曰黃帝封泰山"，前行六字，後行兩字，下空四格，明顯不符合正常行款，此處應缺四字。考北宋本，李善注末還有"已見上文"四字。

30. 卷四《南都賦》"湯谷涌其後，淯（育）水蕩其胷"句李善注"盛弘之《荆州記》曰：南陽郡城北有紫山，紫山東有一水，無所會通，冬夏常溫，因名湯谷。《山海經》曰：攻離之山，淯水出焉。南流注于漢。郭璞曰：今淯水在淯陽縣南"。

案：尤袤本"縣南"後空五格，不符合正常行款。北宋本此處闕，考奎章閣本亦與尤袤本同。又考贛州本，"縣南"後還有"淯音育也"四字。尤袤本已將此音注移至正文中。其實，贛州本正文"淯"字後亦有音注"育"字。蓋尤袤本發現重複，故删掉了注文中的音注。

31. 卷四《南都賦》"潛虙（於臘）洞出，沒滑瀵潏（決）"。

北宋本　虙，山傍穴也，於臘切。沒滑瀵潏，流貌也。滑，音骨。瀵音蘗。潏音決。

尤袤本　虙，山傍穴也，言水洞出此穴。沒滑瀵潏，疾流之貌也。

"布濩（戶）漫汗，漭沆（胡朗）洋溢。"

北宋本　言廣大也。濩，音護。漭沆，已見《西京賦》。

尤袤本　言廣大也。漭沆，已見《西京賦》。

"摠括趨欲（呼荅），箭馳風疾。"

北宋本　言江海欲受諸水，故摠括而趨之。鴿，已見上文。《慎子》曰：西河下龍門，其流駛於竹箭。《孫子》曰：其疾如風。

尤袤本　言江海欲受諸水，故摠括而超之。《説文》曰：欲，歓也。《慎子》曰：西河下龍門，其流敵於竹箭。《孫子》曰：其疾如風。

案：尤袤本"傍穴也……疾流之貌也"，兩行各九字，正常應七字，共多四字。"言江海欲受諸水……慎子曰西河"，兩行各十二字，正常應十字，共多四字。"下龍門……其疾如風"，兩行各八字，應七字，共多兩字。三句總計多十字。除去北宋本注文中的音注部分，第一句注文較尤袤本少八字。第二句不多不少。第三句少一字。此三句尤袤本較北宋本共多九字。由此可知，尤袤本底本當與北宋本基本一致。另外，注文中的音注應該不是造成尤袤本修版的原因，尤袤本的底本面貌當與除去注文中音注後的北宋本基本一致。由此推測：尤袤本正文中的音注並非尤袤所加，而是其底本既已如此。

32. 卷四《南都賦》"蘇薉（殺）紫薑，拂徹羶（尸然）腥"句注文"《爾雅》曰：蘇，桂荏。《字書》曰：薉，茅荑也。司馬彪《上林賦注》曰：紫薑，紫色之薑也。杜預《左氏傳注》曰：徹，猶去也"。

案：尤袤本"注曰紫薑紫色之薑也"擠在一處，較正常行款多兩字。考北宋本無"紫薑"二字。

33. 卷四《南都賦》"夫南陽者，真所謂漢之舊都者也。遠世則劉後甘厥龍醢（海），視魯縣而來遷"句注文"《左氏傳》曰：劉累學擾龍于豢龍氏，以事孔甲。龍一雌死，潛醢以食夏后，夏后饗之，既又使求之，懼而遷於魯縣。《漢書》曰：南陽郡魯陽縣，即御龍氏所遷"。

案：尤袤本"左氏傳曰劉累……潛醢以食夏后夏后"，前行十六字，後行十三字，前行較正常行款多三字。考北宋本無"于豢龍"三字。

34. 卷四《南都賦》"於其宮室，則有圜廬舊宅，隆崇崔嵬"句注文"《説文》曰：崔，高大也"。

案：尤袤本注文擠在一處，較正常行款多三或四字。北宋本無"説文曰崔"四字。

35. 卷四《蜀都賦》"熊羆咆（步交）其陽，鵰鶚鴟（聿）其陰"句注文"《説文》曰：咆，嗥也"。

案：尤袤本"説文曰"擠在一處，多一字。考北宋本無"曰"字，然集注本有。集注本的存在説明尤袤本修改確有版本依據。

36. 卷四《蜀都賦》"紫梨津潤，榻（側鄰）稞蟓（呼亞）發。蒲陶亂潰（胡對），若榴競裂。甘至自零，芬芬酷（苦毒）烈"。

集注本　李善曰:《西京雜記》曰:上林有紫梨。杜預《左氏傳》注曰:榛，小栗也。郭璞《上林賦注》曰:蒲陶似燕薁，可作酒。馬融《西第頌》曰:紫房潰漏。又曰:胡桃自零。《南都賦》:椅棗若榴。《上林賦》曰:芬芳漚欝，酷列淑郁。郭璞曰:香氣盛也。《方言》曰:酷，熟也。榛與楺同，側隣反。

北宋本　善曰:《西京雜記》曰:上林有紫梨。郭璞《上林賦注》曰:蒲陶似燕薁，可作酒。馬融《西第頌》曰:紫房潰漏。又曰:胡桃自零。若榴，已見《兩都賦》。《上林賦》曰:酷烈淑郁。榛與楺同，側鄰切。欝，呼亞切。

尤袤本　善曰:《西京雜記》曰:上林有紫梨。郭璞《上林賦注》曰:蒲陶似燕薁，可作酒。馬融《西第頌》曰:紫房潰漏。又曰:胡桃自零。若榴，已見《兩都賦》。《上林賦》曰:酷烈淑郁。榛與楺同。

案:尤袤本"郭璞"下空了一格，北宋本空格處作"曰"，然集注本無"曰"字。此條可以説明兩個問題:首先，尤袤本底本的李善注中應無音注。北宋本李善注文中的"側鄰切欝呼亞切"，尤袤本中並無，而通過版式看，此處並無修版痕跡，説明尤袤本底本此處應該即無此七字。其次，集注本李善注與北宋本、尤袤本的李善注明顯不同，差異較大，應該不可能是尤袤本的底本。但是集注本作"郭璞《上林賦注》"，與尤袤本同，由此可知，尤袤本改版時雖然不一定參照集注本，但集注本的存在可以説明尤袤並非隨意修改，而是有版本依據。

37. 卷四《蜀都賦》"戟食鐵之獸，射噬毒之鹿。晶（胡了切。當爲拍。拍，普格切）貜（丑于）眠於蔓（於堯）草，彈言鳥於森木"。

集注本　劉逵曰:貊獸，毛黑白臆，似熊而小，以舌舐鐵，須臾盡數十斤，出建寧郡也。有神鹿兩頭，生食毒草，名之食毒鹿，出雲南郡。此二事，魏宏《南中志》所記也。《易》曰:噬腊肉，遇毒。貜眠，謂貜人也。言鳥，鸚鵡之屬也。皆出南中。文立《蜀都賦》曰:虎變之人。李善曰:《博物志》曰:江、漢有貜人，能化爲虎。晶當爲柏。《廣邪》曰:柏，搏。晶，胡了反。柏，莫白反。《漢書音義》曰:蔓，盛皃也。《漢書》曰:南越獻能言鳥也。

　　北宋本　貊獸，毛黑白臆，似熊而小，以舌舐鐵，須臾便數十斤，出建寧郡也。有神鹿兩頭，主食毒草，名之食毒鹿，出雲南郡。此二事，魏宏《南中志》所記也。《易》曰：噬腊肉，遇毒。猵氓，謂猵人也。言鳥，鸚鵡之屬。皆出南中文。善曰：《方言》曰：噬，食也。《博物志》曰：江、漢有猵人，能化爲虎。晶，當爲拍。《説文》曰：拍，拊也。晶，胡了切。拍，普格切。猵，丑于切。《漢書音義》曰：蔓，盛貌也。於堯切。

　　尤袤本　貊獸，毛黑白臆，似熊而小，以舌舐鐵，須臾便數十斤，出建寧郡也。有□鹿兩頭，主食毒草，名之食毒鹿，出雲南郡。此二事，魏完《南中志》所記也。《易》曰：噬腊肉，遇毒。猵氓，謂猵人也。言鳥，鸚鵡之屬。皆出南中。文立《蜀都賦》：虎豹之人。善曰：《方言》曰：噬，食也。《博物志》曰：江、漢有猵人，能化爲虎。《説文》曰：拍，拊也。《漢書音義》曰：蔓，盛貌。

　　案：尤袤本注文"白臆似熊而小……魏完南中"，前行二十二字，後空一格，後行二十三字，較正常行款多四字。"志所記也……噬食也博物"，兩行各二十三字，較正常行款多四字。總計多八字。考北宋本無"立蜀都賦虎豹之人"正好八字（北宋本要除去注文中的音注字數，原因同前），而集注本有。

　　38.卷四《蜀都賦》"遠則岷山之精，上爲井絡。天帝運期而會昌，景福肨（喜筆）饗而興作"句劉淵林注"《河圖括地象》曰：岷山之地，上爲井絡，帝以會昌，神以建福。上爲天井，言岷山之地，上爲東井維絡，岷山之精，上爲天之井星也。昌，慶也。言天帝於此會慶建福也"。

　　案：尤袤本劉淵林注"絡岷山"擠在一處，應多一字。考北宋本無"絡"字，集注本有。

　　39.卷四《蜀都賦》"至乎臨谷爲塞，因山爲障。峻岨塍（繩）埒（劣）長城，豁險吞若巨防"句劉淵林注"蘇秦曰：齊南有太山，東有琅邪，北有渤海，西有清河，所謂四塞之國也。史遷述《蒙恬傳》曰：據河爲塞。大曰隄，小曰塍。云峻岨之嚴，視長城若塍埒也。豁，深貌也。《戰國策》曰：齊有長城巨防，足以爲塞也"。

　　案：尤袤本劉淵林注"西有清河所謂"擠在一處，應多一字。考北宋本無"清"字，集注本有。"塍云峻岨"亦擠在一處，也多一字。考北宋本無"云"字，集注本有。"戰國策曰"擠在一處，多一字。考北宋本無"曰"字，然集注本有。

40. 卷五《吳都賦》"綸組紫絳，食葛香茅（莫侯）"句注文"《爾雅》曰：綸似綸，組似組，東海有之"。

案：尤袤本此句注文較擁擠，較之旁行多兩字。考北宋本此句作"《爾雅》曰：綸組似組，東海有之。"恰比尤袤本少"似綸"兩字，尤袤本底本應與北宋本同。然考集注本，與尤袤本同，可知尤袤本增補有據。

41. 卷六《魏都賦》"劍閣雖嶮，憑之者蹶。非所以深根固蒂也"。

北宋本　善曰：劍閣，蜀境也。酈元《水經注》曰：小劍去大劍，飛閣懼，故謂之劍閣。《廣雅》：嶮，崽高也，力雕反。又曰：蹶，敗也。

尤袤本　善曰：劍閣，蜀境也。酈元《水經注》曰：小劍戊去大劍，飛閣通衢，故謂之劍閣。《廣雅》曰：嶮，崽高也，力雕反。又曰：蹶，敗也。

案：尤袤本注文"善曰劍閣蜀境也……故謂之劍閣"，前行十三字，後行十五字，多兩字。考北宋本無"戊""通"二字。

42. 卷六《魏都賦》"爾其疆域，則旁極齊秦，結湊冀道。開胷殷衛，跨躡燕趙"句注文"《地理志》曰：魏，觜鵑、參之分野也，自高陵以東，河東、河內，南有陳及汝南之邵陵、隱強、新汲、西華、長平、穎川舞陽、郾、許、鄢樊陵，河南之開封、中牟、陽武、酸棗、卷，皆魏分也"。

案：尤袤本注文"東河東"擠在一處，多一字，考北宋本無前一個"東"字。

43. 卷六《魏都賦》"旅楹閑列，暉鑒挾（烏浪）振。榱題黮黮，階隨嶙峋。長庭砥平，鍾簨夾陳。風無纖埃，雨無微津"句注文"《廣雅》曰：鑒，照也。《聲類》曰：黮，深黑色也，直感反"。

案：尤袤本此段注文擠在一處，較正常行款多兩字。考北宋本"深黑色也"作"黑也"，無"深""色"二字。

44. 卷八《上林賦》"煩鶩庸渠"句注文"郭璞曰：煩鶩，鴨屬也。

庸渠，似鳧，灰色而雞脚，一名章渠。鷁，音木"。

案：尤衮本"渠似鳧"三字擠在一處，北宋本此處闕，考奎章閣無"似"字。

45．卷九《長楊賦》"張羅罔置罘，捕熊、羆、豪、豬、虎、豹、狐、玃、狐、兔、麋、鹿"句注文"善曰：《山海經》曰：竹山有獸，其狀如豚，白毛，毛大如筓而黑端，以毛射拗，名豪。豪，豦也"。

案：尤衮本"以毛射拗名豪豪豦也"擠在一處，多一字。考北宋本少一"豪"字。

46．卷九《長楊賦》"翰林主人曰：吁，客何謂之茲耶"。

案：尤衮本"之茲耶"擠在一處，應多一字。北宋本此處闕，考奎章閣本無"之"字。胡克家《文選考異》謂："袁本、茶陵本無'之'字，尤本此處修改。案：今本《漢書》作：'謂之茲耶'？詳顏注云：'謂茲邪，猶言何爲如此也'，仍當有'何'字，無'之'字。蓋《漢書》傳寫譌，尤延之據添，非也。"①

47．卷九《長楊賦》"於是後宮賤瑇瑁而疏珠璣"句注文"善曰：《廣雅》曰：疏，亦賤也。《字書》曰：疏，遠也。璣，小珠也，音祈"。

案：尤衮本此段注文擠在一處，較正常行款多四字。北宋本此處闕，考奎章閣本無"疏亦賤也"四字，且"疏遠也"在"廣雅曰"後。

48．卷九《長楊賦》"是以玉衡正而太階平也"句注文"善曰：《春秋運斗樞》曰：北斗七星，第五曰玉衡。《元命苞》曰：常一不易，玉衡正，太階平。出《黃帝六符經》，已見《魏都賦》"。

案：尤衮本注文"善曰春秋運斗樞曰……玉衡正太階平"兩行注文擠在一處，較正常行款多十三字。北宋本此處闕，考奎章閣本無"運斗樞曰北斗七星第五曰玉衡"，恰十三字。

49．卷九《長楊賦》"其後熏鬻作虐，東夷橫畔"句注文"善曰：橫，自縱也，胡孟切"。

---

① （清）胡克家：《文選考異》，載《〈文選〉研究文獻輯刊》第四四册，國家圖書館出版社，2013，第126頁。

案：尤袤本注文"善曰横自"四字明顯墨跡重、筆跡粗，應爲後改。北宋本此處闕，考奎章閣本、贛州本無"自"字。但却與尤袤本修改情況不吻合，根據尤袤本的情況，應該不是缺字，而是改字。然據現有版本，無法找到尤袤本底本的面貌。

50. 卷九《長楊賦》"以禪梁甫之基，增泰山之高"句注文"《史記》管子曰：古者禪梁父。善曰：《難蜀父老》曰：增太山之封，加梁甫之事"。

案：尤袤本"史記管子曰……增太山之封加梁"擠在兩行中，較正常行款共多十字。北宋本此處闕，考奎章閣本無"史記管子曰古者禪梁父"，恰十字。

51. 卷九《射雉賦》"爾乃擘場拄翳，停僮蔥翠"句注文"擘者，開除之名也。今儈人通有此□□□聞有雉聲，便除地爲場，拄翳於草"。

案：尤袤本"此"下空三格，空格處明顯有被抹掉的痕跡，依稀可見字跡。北宋本此處闕，考奎章閣本，此三字作"語射者"。尤袤本底本應即有此三字，然不知爲何抹掉。

52. 卷十《西征賦》"而制者必割，實存操刀"句注文"言在於化也。《漢書》賈誼曰：黄帝云，操刀必割。《左氏傳》子産曰：大官大邑，而使學者制焉，猶未能操刀而使之割"。

案：尤袤本此段注文擠在一處，一行二十四字，一行二十三字，較正常行款多五字。北宋本此處闕，考奎章閣本無"言在於化也"，恰五字。

53. 卷十《西征賦》"發閿鄉而警策，愬黄巷以滋童。眺華岳之陰崖，覿高掌之遺蹤"句注文"《漢書》，湖，縣名，今虢州。閿鄉、湖城，二縣皆其地也"。

案：正常行款一行二十一字，而此句一行二十七字，小注雙行共多出十二字。考北宋本、贛州本作"漢書湖有閿鄉"，恰好少十二字。字數如此吻合當非偶然，尤袤本底本此處原作"漢書湖有閿鄉"無疑。胡克家《文選考異》卷二稱："此六字實《續漢書·郡國志》文，疑'漢'上脱'續'字，善以注正文'閿鄉'，尤延之取顏《庚太子傳》之注

'湖'者添改，不知此正文並無'湖'字，甚非。"①所言甚是。

54. 卷十一《遊天台山賦》"天台山者，蓋山嶽之神秀者也"句注文"《廣雅》曰：秀，異也"。

案：尤袤本注文擠在一處，每行三字，正常應兩字，故共多兩字注文，若正文就是多一字。北宋本此處闕，考奎章閣本注文與尤袤本同，然正文"神秀"下無"者"字。一個正文恰對應兩個注文，尤袤本底本蓋無"者"字，尤袤本據他本增"者"字，故將注文壓縮，造成了現在所見的擁擠現象。

55. 卷二十五《贈劉琨》"孰是人斯，而忍斯心"句注文"斯心，謂讒父母見害之心也。《國語》國人誦共世子曰：是人斯而有是麂也"。

案：尤袤本注文"麂"字占據兩個字格，應少一字，北宋本此處闕，然考奎章閣本、明州本、贛州本並與尤袤本同。據現有資料，無法還原尤袤本底本的面貌。

56. 卷三十七《出師表》"陛下亦宜自課，以諮諏（足俱）善道，察納雅言，深追先帝遺詔"。

案：尤袤本此句擠在一處，應多兩字。北宋本、集注本、陳八郎本、朝鮮正德本"先帝"下並無"遺詔"二字。胡克家《文選考異》謂"《蜀志》有，尤延之依以校添也"②。

57. 卷三十七《求自試表》"故啟滅有扈（戶）而夏功昭"句注文"《尚書》曰：啟與有扈戰于甘之野"。

案：尤袤本注文"書"字占兩格，當缺一字。考集注本、北宋本此處並作"書序"。

58. 卷三十七《求自試表》"雖賢不乏世，宿將舊卒，猶習戰也"。

集注本　李善曰：《史記》曰：王翦爲宿將，始皇師之。

北宋本　《史記》：王翦宿將，始皇師之。

尤袤本　《史記》曰：王翦宿將，始皇師之。

---

① （清）胡克家：《文選考異》，載《〈文選〉研究文獻輯刊》第四四冊，國家圖書館出版社，2013，第137頁。

② （清）胡克家：《文選考異》，載《〈文選〉研究文獻輯刊》第四四冊，國家圖書館出版社，2013，第397頁。

案：尤袤本"史記曰"擠在一處，考北宋本無"曰"字。蓋尤袤本底本即無"曰"。然集注本有，可知尤袤本增補有據。

59. 卷三十七《求自試表》"臣聞騏驥長鳴，伯樂昭其能"句注文"《戰國策》楚客謂春申君曰：昔騏驥駕車吳坂，遷延負轅而不能進，遭伯樂，仰而長鳴。知伯樂知已也。今僕屈厄日久，君獨無意使僕爲君長鳴也"。

案：尤袤本此段注文十分擁擠，多數字。考北宋本，無"仰而長鳴知伯樂"，而集注本與尤袤本大略相同，可知尤袤本增補有版本依據。

60. 卷三十七《求自試表》"昔毛遂，趙之陪隸，猶假錐囊之喻，以寤主立功"句注文"毛遂前自讚於平原君，平原君曰：先生處勝之門下，幾年於此矣"。

案：尤袤本"平原君曰先生處"擠在一處，考北宋本，無"平原"二字。然集注本有，可知尤袤本增補有版本依據。

61. 卷三十七《求自試表》"冀以塵露之微，補益山海。螢燭末光，增輝日月"句注文"款誠至情，猶不敢嘿也"。

案：尤袤本注文末空兩格，正常最多空一格，因而此處至少缺一字。考北宋本作"嘿嘿也"。尤袤本應少一"嘿"字，然集注本作"嘿也"，可知尤袤本增補有據。

62. 卷三十七《求通親親表》"不敢乃望交氣類，修人事，叙人倫"句注文"謝承《後漢書》曰：桓礭鄙營氣類。《毛詩序》曰：成孝敬，厚人倫"。

案：尤袤本注文擠在一處，考北宋本無"謝承後漢書曰桓礭鄙營氣類。"

63. 卷三十七《求通親親表》"竊不願於聖代，使有不蒙施之物。有不蒙施之物，必有慘毒之懷"。

案：尤袤本此句擠在一處，考北宋本無下"有不蒙施之物"六字。胡克家《文選考異》謂："茶陵本云五臣再有'有不蒙施之物'六字。袁本再有，云善無'有不蒙施之物'六字。案：此初無，尤修改添之。《魏志》再有，善亦當再有，傳寫脫去也。"[1]根據修版痕跡，胡氏所

---

① （清）胡克家：《文選考異》，載《〈文選〉研究文獻輯刊》第四四冊，國家圖書館出版社，2013，第400頁。

言“有不蒙施之物”“初無，尤修改添之”是正確的。至於胡氏認爲尤袤據史書增補此六字，暫不能確定，或有其他《文選》版本爲據亦不可知。

64. 卷三十七《求通親親表》“臣之愚蔽，固非虞伊。至於欲使陛下崇光被時雍之美，宣緝熙章明之德者”句注文“《尚書》曰：允恭克讓，光被四表，協和萬邦，黎民於變時雍。《毛詩》曰：維清緝熙，文王之典。章明，已見上文。《尚書》曰：百姓昭明”。

案：尤袤本注文擠在一處，然考北宋本除“章明”作“章”，句末有“也”字外，其餘與尤袤本同。奎章閣本無“明”字，其餘亦與尤袤本同。

65. 卷三十七《陳情事表》“李令伯”下注“《華陽國志》曰：李密，字令伯，父早亡，母何氏更適人，密見養於祖母。事祖母以孝聞，侍疾，日夜未嘗解帶”。

案：尤袤本此處行款不合標準，前部分注文略松，後部分注文擁擠。考北宋本，無“何氏”與“侍疾日夜未嘗解帶”數字。

66. 卷三十七《陳情事表》“臣少多疾病，九歲不行，零丁孤苦，至于成立”句注文“《國語》曰：晉趙文子冠，韓獻子戒之曰：此之謂成人”。

案：尤袤本該句正文擠在一處，多一字，考北宋本無“少”字。注文“趙文子”擠在一處，多一字，考北宋本作“趙氏”。

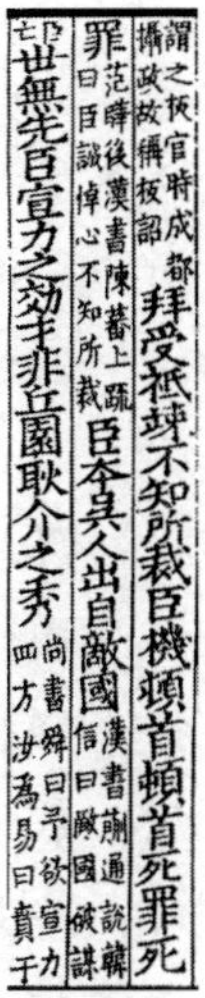
謂之拔官時成都攝政故稱拔部 拜受祗竦不知所裁臣機頓首頓首死罪死
罪 范曄後漢書陳蕃上疏曰臣誠悼心不知所裁 臣本吳人出自敵國 漢書蒯通說韓信曰敵國破謀
世無先臣宣力之效才非丘園耿介之秀 尚書舜曰予欲宣力四方汝為易曰賁于

圖四六

67. 卷三十七《謝平原内史表》“拜受祗竦，不知所裁。臣機頓首頓首，死罪死罪”句注文“范曄《後漢書》：陳蕃上疏曰：臣誠悼心，不知所裁”。

案：尤袤本此句正文與注文擠在一處，見圖四六，考北宋本無“臣機頓首頓首死罪死罪”十字。正文“不知所裁”下，北宋本有隨文注“中謝”二字。黄侃《文選平點》云：“此十字别本中謝即其省文也。”①

① 黄侃平點，黄焯編次《文選平點》，上海古籍出版社，1985，第209頁。

68. 卷三十七《勸進表》"臣等奉表使還，仍承西朝，以去年十一月不守，主上幽劫，復沈虜庭"句注文"干寶《晉愍紀》曰：賊入掠京都，劉粲寇于城下，天子蒙塵于平陽。傅暢《諸公讚》曰：葛蕃傳檄平陽，求連和迎上，上於是見害。謝承《後漢書序》曰：黃他求没，將投骸虜庭"。

案：尤袤本注文擠在一處，考北宋本無"謝承後漢書序曰黃他求没將投骸虜庭。"

69. 卷三十七《勸進表》"承問震惶，精爽飛越"句注文"謝承《後漢書》：竇武上疏曰：奉承詔命，精爽隕越"。

案：尤袤本"竇武"兩字占三格，考北宋本作"曰竇武"。

70. 卷三十七《勸進表》"晉有驪姬之難，而重耳主諸侯之盟"句注文"《左傳》曰：初，晉獻公以驪姬爲夫人，夫人譖太子，太子縊于新城。遂譖二公子，曰皆知之。重耳奔蒲，夷吾奔屈"。

案：尤袤本正文"主諸侯之盟"擠在一處，考北宋本作"以主諸侯"。注文"二公子曰"擠在一處，考北宋本無"曰"字。

71. 卷三十七《勸進表》"昔惠公虜秦，晉國震駭，呂郤之謀，欲立子圉。外以絕敵人之志，内以固疆境之情，故曰喪君有君，群臣輯穆，好我者勸，惡我者懼"句注文"《左傳》僖十五年，晉與秦戰于韓原，秦伯獲晉侯以歸，乃許晉平。晉侯使郤乞告瑕呂飴甥且召之。呂甥曰：將若君何？衆皆曰：何爲而可？對曰：征繕以輔孺子。諸侯聞之，喪君有君，群臣輯睦，甲兵益□，好我者勸，惡我者懼，庶有益乎！《莊子》曰：方二千餘里，闔四境之内"。

案：尤袤本此段注文擁擠，較正常行款共多十六字。考北宋本無"乃許晉平晉侯使郤乞告瑕呂飴甥且召之"共十七字。

72. 卷三十八《爲范始興作求立太宰碑表》"儻驗杜預山頂之言，庶存馬駿必拜之感"句注文"長老見碑，無不拜之"。

案：尤袤本"碑"字占兩個字格，北宋本此處闕，考奎章閣本作"碑者"。

73. 卷四十九《後漢書·皇后紀論》"唯秦芉太后始攝政事，故穰侯權重於昭王，家富於嬴國"。

案："芉太后始攝"五字占七個字格，應缺兩字，然考集注本、北宋本並與尤袤本同，據現存版本無法還原尤袤本底本的面貌。

74. 卷五十一《過秦論》"於是六國之士，有甯越、徐尚、蘇秦、杜赫之屬爲之謀"句注文"甯越，趙人也。徐尚，未詳。蘇秦，已見上文"。

案：尤袤本李善注"甯"字占兩字位，見圖四七，北宋本此處闕，考奎章閣本"甯"字前尚有一"然"字。

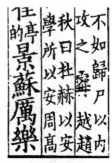

圖四七

75. 卷五十一《過秦論》"收天下之兵，聚之咸陽。銷鋒鍉，鑄以爲金人十二，以弱天下之民"。

北宋本　如淳曰：鍉，箭足也。鄧展曰：鍉是扞頭鐵也。善曰：《史記》曰：始皇收天下兵，聚之咸陽，以銷鋒鍉爲鍾鐻，金人十二，重各千石，置宮庭中。鍉音的，鍉或爲鐻，音巨。

尤袤本　如淳曰：鍉，箭足也。鄧展曰：鍉是扞頭鐵也。《史記》曰：始皇收天下兵，聚之咸陽，以銷鋒鍉爲鍾鐻，金人十二，重各千石，置宮庭中。鍉音的，鍉或爲提。鐻音巨。

案：尤袤本注文"爲提鐻音巨"擠在一處，多一字，北宋本無"提"字。另外，北宋本注文中有"善曰"二字，尤袤本無。然尤袤本"史記"附近並無修版痕跡，蓋尤袤本底本此處即無"善曰"，而非尤袤刪改。

76. 卷五十二《博弈論》："百行兼苞，文武並驁"句注文"《孝經鈎命決》曰：引興摘暴，一字管百行"。

案：尤袤本"暴一字"擠在一處，較正常行款多一個字。考北宋本、奎章閣本與尤袤本同。然贛州本、明州本作"引興摘暴，學管百行"。蓋尤袤本原據其底本刻作"引興摘暴，學管百行"，後依據其他版本改作"引興摘暴，一字管百行"。"學"改作"一字"，恰多出一個字。這條資料很重要，考察現有版本，尤袤本確與贛州本關係密切。

（三）局部版面修改

這類情況與段落增刪挖改情況相似，但區別在於此類情況有明顯的斷版拼接、補版等痕跡，下面所舉諸例並以中華書局 1974 年影印本爲底本。

1. 卷十第十二葉有兩處明顯斷版、補版痕跡。此種斷版、補版痕跡較難發現，該行上下兩端各有一道粗綫，且字與字之間較擁擠，結合這兩點可以發現該行確爲補版。尤袤本其中一處作"時有銜橜之變漢書音義張揖曰銜勒也……淮南子曰陥法刻刑許慎曰陥峻也毛詩曰徒御不驚"共五十六字，每行二十八字，較正常行款共多十四字，見圖四八。考北宋本無"淮南子曰陥法刻刑許慎曰陥峻也"，恰十四字。由此可知，尤袤本此處底本與北宋本同，無此十四字。

2. 卷十第十四葉有五行存在明顯斷版、補版痕跡。斷版從正文"吐清風之飈戾，納歸雲之鬱蓊"句注文"望谿谷兮瀹鬱"始，至"浸決鄭白之渠，漕引淮海之粟"句注文"控引淮湖與海"止。考此段注文，尤袤本與北宋本的差異主要體現在"浸決鄭白之渠，漕引淮海之粟"句的注文上。尤袤本該句注文較北宋本多"鄭玄周禮注曰浸者可以爲陂灌溉者"。尤袤本蓋因增補此句而補版。

圖四八

3. 卷十第十五葉有一行補版痕跡，與第一條相同。尤袤本此行作"況於隣里乎況於卿士乎于斯時也乃摹寫舊豐制造新邑故社"共二十五字，較正常行款多四字。考北宋本無"況於卿士乎"五字。之所以還差一個字，原因就在該行上下兩端的粗綫占了位置。

4. 卷十第二十六葉亦有一行補版痕跡，同上條相近，然該行僅上端有一道粗綫，下端無。尤袤本此行從正文"不刊"至注文"楚辭曰長無"止，較正常行款共多十四字。

北宋本　《漢書》曰：哀帝葬義陵。又曰：封董賢爲高安侯。已見《西京賦》。《論語》：不恒其德，或承之羞。《楚辭》曰：長無絶兮終古。鄭玄《禮記注》曰：刊，削也。

尤袤本　《漢書》曰：哀帝葬義陵。王莽奏曰：王者父事天，故爵稱天子。又曰：封董賢爲高安侯。已見《西京賦》。《論語》：不恒其德，或承之羞。《楚辭》曰：長無絶兮終古。鄭玄《禮記注》曰：刊，削也。

案：尤袤本較北宋本多十五字。尤袤本底本當與北宋本相近或一致，尤袤本因詳釋"高安"一詞，故進行了補版。

5. 卷十一第二十二葉中間五行有明顯斷版、補版痕跡。仔細考察這五行的内容發現，其中"大哉惟魏，世有哲聖。武創元基，文集大命"句注文尤袤本作"武，武帝。文，文帝。並見《魏都賦》。《毛詩》曰：世有哲王。《尚書》伊尹曰：天監厥德，用集大命。孔安國曰：集主命於其身"。北宋本此處闕，奎章閣本與尤袤本同。然考明州本並無"武，武帝。文，文帝。並見《魏都賦》"一句。據此推測，尤袤本蓋因補以上十一字，故將此五行重新刻版。

6. 卷十二第六葉有五行斷版、補版痕跡。這五行每行二十四或二十五字，較正常行款共多十六字。北宋本此處闕，考奎章閣本、贛州本、明州本無正文"珊瑚虎珀，群產接連。車渠馬瑙，全積如山"句，恰十六字。尤袤本底本此處應無此十六字，然考室町本（指臺北故宮博物院藏日本室町初年鈔本《文選》）正有此十六字，雖不能説室町本即爲尤袤校勘時的參校本，但可以説明尤袤修版有其版本依據，南宋時曾流傳過有這十六字的《文選》版本。

7. 卷十三第十七葉最左邊兩行有斷版、補版痕跡，尤袤本間距較密，應增補十數字。北宋本此處闕，考奎章閣本與尤袤本注文差別較多。

8. 卷二十三第十二葉有四行斷版、補版痕跡。北宋本此處闕，考奎章閣本無正文"爰及冠帶，馮寵自放"。

9. 卷二十九第三葉最左邊三行有斷版、補版痕跡。北宋本此處闕，然考奎章閣本、明州本、贛州本内容與尤袤本同，不知此處爲何補版。

10. 卷三十五第七葉最左邊六行有斷版、補版痕跡。自"爾乃列輕武，整戎剛"句注文"曰管仲之始治也"始，至"爾乃布飛羉"句注文"或云"止。北宋本此處闕，考奎章閣本，無"爾乃列輕武，整戎剛"句注文"輕、武，卒名也。戎、剛，事名也。《東京賦》：總輕武之後陳，奏嚴鼓之嘈囋。"胡克家《文選考異》謂"無者最是。此或記於旁，以駁善輕武戎剛四車名之解。尤延之不察，誤取以增多"[①]。胡氏

---

① （清）胡克家：《文選考異》，載《〈文選〉研究文獻輯刊》第四四册，國家圖書館出版社，2013，第383—384頁。

所云不知是否屬實，然據現有版本，確未發現有此二十五字的《文選》版本。

11. 卷三十五第八葉右側第一行有斷版、補版痕跡。此行自"爾乃布飛纑"句注文"飛羅盧端切"始，至"張修罠"句注文"罠麋網也然"止。此兩行注文，一行二十七字，一行二十八字，較正常行款共多十三字。尤袤本"張修罠"句注文作"《爾雅》曰：彘古謂之纙，或作罠，音旻。夫然，纙、罠一以爲對，恐斐體。《廣雅》曰：罠，兔罟也。劉逵《吳都賦注》曰：罠，麋網也。然張氏之意，蓋同劉説。纙或爲羅"。北宋本此處闕，考奎章閣本恰比尤袤本注文少"纙罠一以爲對恐斐體廣雅曰罠"十三字。

12. 卷三十七第二十五葉右側第一行有補版痕跡。該行上下兩端各有一道粗綫。内容自正文"臣等奉表使還，仍承西朝，以去年十一月不守，主上幽劫，復沈虜庭"句注文"於是見害"始，至"神器流離，再辱荒逆"句注文"爲者敗之"止。此行下兩小行注文每行二十八字，較正常行款共多十四字。考北宋本無"臣等奉表使還"句注文"謝承《後漢書序》曰：黄他求没，將投骸虜庭"。

13. 卷四十第三十葉中間兩行有斷版、補版痕跡。兩行所載内容爲"阮嗣宗"的題下注。

尤袤本　臧榮緒《晉書》曰：太尉蔣濟聞籍有才儁，而辟之。籍詣都亭奏紀。初，濟恐籍不至，得《記》欣然，遣卒迎之，而籍已去，濟大怒。於是鄉親共喻之，籍乃就吏。後謝病歸。復爲尚書郎。籍本有濟世志。屬魏晉之際，天下多故，遂酣飲爲常。文帝初欲爲武帝求婚於籍，籍醉六十日，不得言而已。

奎章閣本　濟曰：晉太尉蔣濟聞藉有俊才，而志倜儻。問王默然，後辟之。籍詣都亭奏記。初，濟恐不至，得《記》欣然，遣吏卒迎，而籍已去，濟大怒恚。王默默懼，與籍書。鄉親共喻，乃就。後謝病歸。善注同。

贛州本　臧榮緒《晉書》：太尉蔣濟聞籍有才儁，而倜儻，爲志高。問掾，王默然，後辟之。籍詣都亭奏記。初，濟恐籍不至，得《記》欣然，遣吏卒迎之，而籍已去，濟大怒。王默默懼，與籍書，勸説之。於是鄉親共喻，籍乃就吏。後謝病歸。濟同善注。

案：三個版本的李善注文不盡相同，考明州本與奎章閣本同。尤袤本此段題下注十分擁擠，應較底本增補多字。尤袤本底本蓋與奎章閣本相似。

14. 卷四十四第八葉中間五行有斷版、補版痕跡。此五行每行幾乎都是二十五、二十六字左右，尤袤本應較其底本增補多字，北宋本此處闕，然考奎章閣本與尤袤本同，據現有版本無法還原出尤袤本底本的面貌。

15. 卷四十五第二十葉最右邊四行有斷版、補版痕跡，該四行間距較疏，有的行祇有十八、十九字。北宋本此處闕，然考奎章閣本與尤袤本同。

16. 卷五十一第五葉有一行存在斷版、補版痕跡，該行作者下注文較爲擁擠，尤袤本作“班固《漢書》：東方朔，字曼倩，平原厭次人。武帝即位，言得失。又設《非有先生論》”，而北宋本作“《漢書》曰：朔又設《非有先生論》”。

17. 卷五十五第十七葉有兩行存在斷版、補版痕跡，然此兩行並非緊接在一起，中間隔了五行未補版的內容，見圖四九。第一行補版內容爲“乘馬班如，不輟太山之陰”句之注文“（《吕氏春秋》曰：審堂）[1]下之陰，而知日月

圖四九

之行。高誘曰：陰，暑影之候也”。考北宋本，此句作“（《吕氏春秋》曰：審堂）下之陰，而知日月之行。高誘曰：陰，暑影也。”另一行補版爲“繞梁之音，實繁絃所思”句注文“《（尸）子》曰：繞梁之鳴，許史鼓之，非不樂也。《墨子》以爲傷義，是弗聽也”。考北宋本，此句作“繞梁，已見張景《七命》”。尤袤本底本蓋與北宋本同，尤袤本據其他資料改。

18. 卷五十六第八葉有一行存在斷版、補版痕跡。該行自“在齊之

---

[1]　括號中內容是將該句補充完整，並不在該列內容中，下同，不另注。

季，昏虐君臨，威侮五行，怠棄三正”句注文“弟二子也高宗崩太子即位”始，至正文“暴逾膏柱”止，較正常行款共多十四字。北宋本此處闕，考奎章閣本無“威侮五行，怠棄三正”句注文“《尚書》曰：有扈氏威侮五行，怠棄三正”，恰十四字。可知尤袤本底本原無此句注文，尤袤本據其他資料補。

19. 卷五十七第三葉最右邊一行有斷版、補版痕跡。此行内容自注文“彌高者”始，至注文“《禮記》曰：人生二十曰弱冠。《吕氏春秋》”止。此行每小行各二十六字，較正常行款共多十字。集注本、北宋本並存，爲方便叙述，將三本注文詳列如下：

集注本　李善曰：《禮記》曰：人生廿曰弱冠。《周易》曰：鴻漸于陸，其羽可用爲儀。《左氏傳》陳敬仲曰：《詩》云：翹翹車乘，招我以弓。范曄《後漢書》曰：侯瑾，州郡累召，公車有道徵。

北宋本　《吕氏春秋》曰：征鳥厲疾。《周易》曰：鴻漸于陸，其羽可用爲儀。《左氏傳》陳敬仲曰：《詩》云：翹翹車乘，招我以弓。范曄《後漢書》曰：侯瑾，州郡累召，公車有道徵也。

尤袤本　《禮記》曰：人生二十曰弱冠。《吕氏春秋》曰：征鳥厲疾。《周易》曰：鴻漸于陸，其羽可用爲儀。《左氏傳》陳敬仲曰：《詩》曰：翹翹車乘，招我以弓。范曄《後漢書》曰：侯瑾，州郡累召，公車有道徵也。

案：由此推測，尤袤本底本應與北宋本同，無“《禮記》曰：人生二十曰弱冠”句，正好十字。尤袤本有增補依據。

20. 卷五十八第三葉最右邊兩行有斷版、補版痕跡。此兩行十分擁擠，主要内容爲“率禮蹈和，稱詩納順”及其注文，北宋本與尤袤本該句注文如下：

北宋本　《南都賦》曰：率禮無違。《論語》曰：禮之用，和爲貴。《史記》曰：陸賈時稱《詩》《書》。鄭玄《毛詩箋》云：婦人之行，尚柔順，自絜清。《禮記》曰：婦順者，順於舅姑，和於室人，而后當於夫也。

尤袤本　《南都賦》曰：率禮無違。《論語》曰：禮之用，和爲貴。《史記》曰：陸賈時稱《詩》《書》。《毛詩》曰：于以采蘋。又曰：于以采藻。鄭玄《毛詩箋》曰：蘋之言賓，藻之言澡。婦人之行，尚柔順，自潔清，故取名以爲戒。《禮記》曰：婦順者，順於舅姑，和於室人，而后當於夫也。

案：尤袤本底本蓋與北宋本相似。

在整理"局部版面修改"過程中發現了一個問題，即同樣以中國國家圖書館所藏淳熙八年池陽郡齋刻本《文選》爲底本影印的中華書局1974年版和中華再造善本版，在局部版面修改方面竟然不完全一致，中華書局版斷版、補版之處，中華再造善本版在相應位置幾無斷版與補版。具体情况如下。

一是中華書局版有斷版、補版之處，中華再造善本版亦有。此類情況六十卷中僅此一處。

中華書局版卷四第四葉有兩行存在明顯斷版、補版痕跡，見圖五十，中華再造善本亦有，見圖五一。

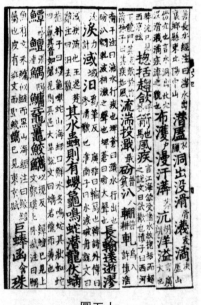

圖五十

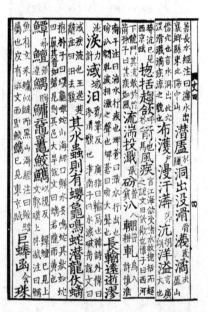

圖五一

二是中華書局版有斷版、補版之處，中華再造善本版無。

如中華書局版卷十第十四葉有五行存在明顯斷版、補版痕跡，見圖五二，但中華再造善本版却無斷版、補版痕跡，見圖五三。

又如中華書局版卷十二第六葉有五行斷版、補版痕跡，見圖五四，中華再造善本版此條下面依稀可見補版痕跡，但上面則無痕跡，見圖五五。

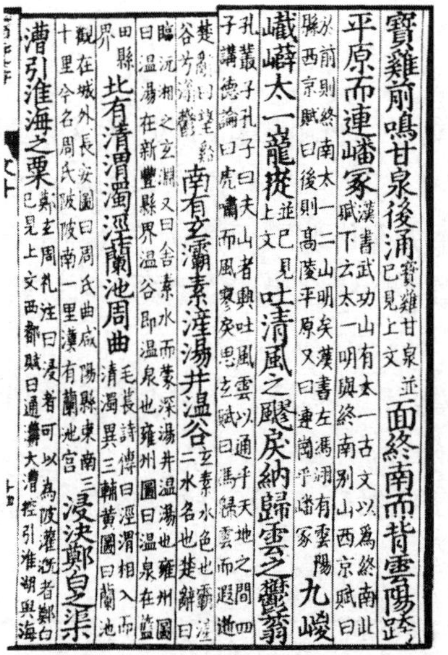

圖五二

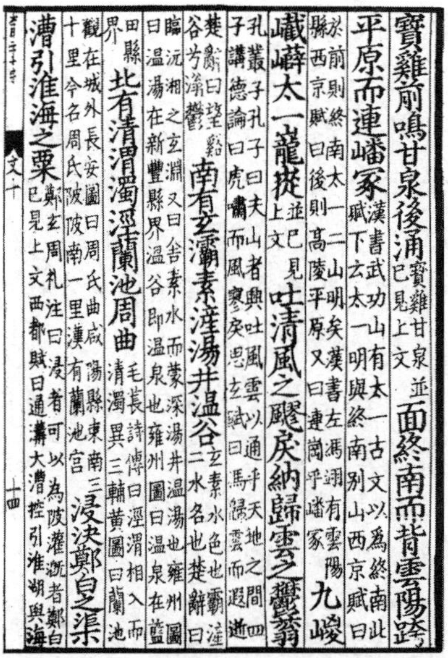

圖五三

圖五四

圖五五

　　再如中華書局版卷三十五第七葉最左邊六行有斷版、補版痕跡，見圖五六，然中華再造善本版則無斷版、補版痕跡，見圖五七。

圖五六 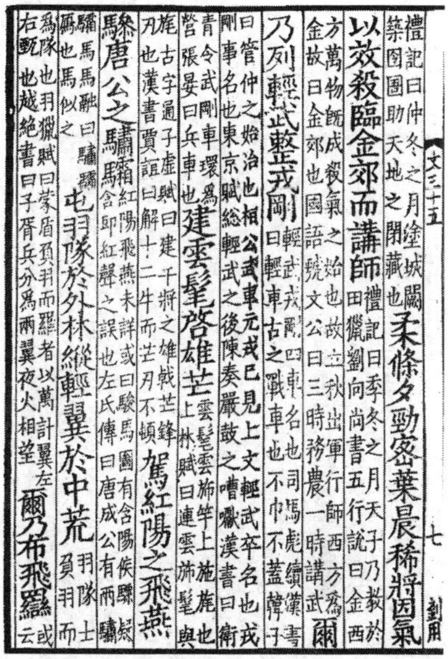　　　　　　　　　　　圖五七

　　三是某一行上下兩端各有一道粗綫及上端或下端有一道粗綫的補版，二本並有。

　　如卷十第十二葉，兩個版本第四行並有明顯斷版、補版痕跡，中華書局版見圖五八、中華再造善本版見圖五九。

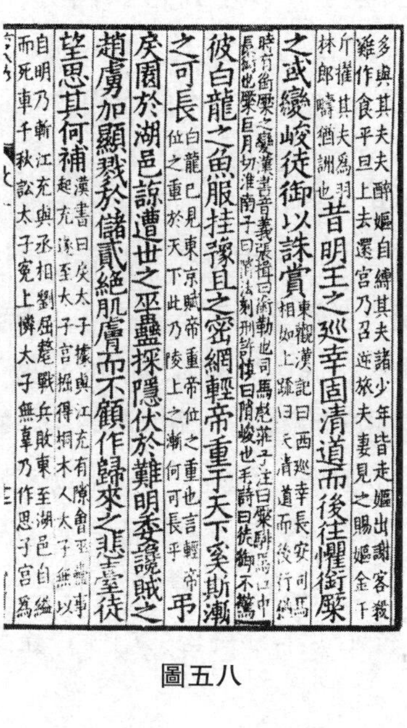

圖五八 　　　　　　　　　　　圖五九

又如卷三十七第二十五葉，二本第七行並有補版痕跡，中華書局版見圖六十、中華再造善本版見圖六一。

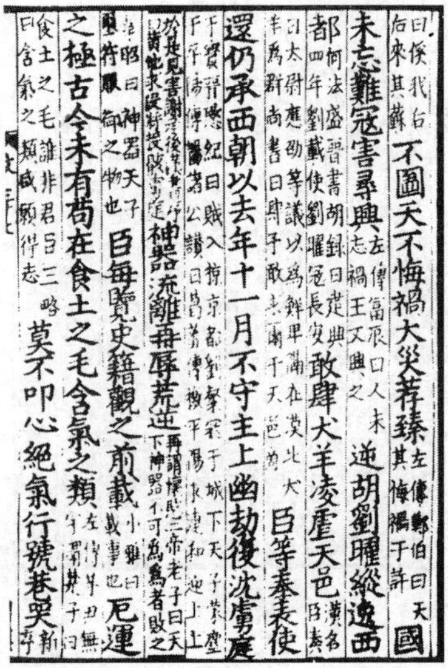
不圖天不悔禍大災荐臻國未忘難寇害尋興逆胡劉曜縱逸西都敢肆犬羊淩虐天邑臣等奉表使還仍承西朝以去年十一月不守主上幽劫復沈虜庭神器流離再辱荒逆臣每覽史籍觀之前載厄運之極古今未有苟在食土之毛含氣之類莫不叩心絕氣行號巷哭

圖六十

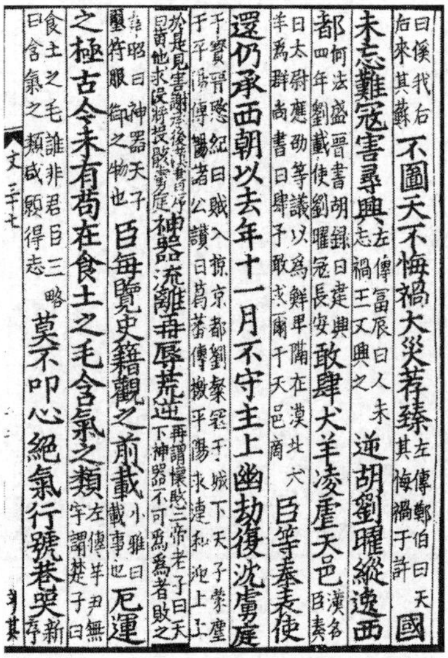
不圖天不悔禍大災荐臻國未忘難寇害尋興逆胡劉曜縱逸西都敢肆犬羊淩虐天邑臣等奉表使還仍承西朝以去年十一月不守主上幽劫復沈虜庭神器流離再辱荒逆臣每覽史籍觀之前載厄運之極古今未有苟在食土之毛含氣之類莫不叩心絕氣行號巷哭

圖六一

尤袤本《文選》中的三種修版痕跡可以總結爲四種情況。第一，據現有版本還原不出尤袤本底本的面貌，然能找到尤袤本修改的依據。第二，據現有版本還原不出尤袤本底本的面貌，也找不到尤袤本修改的依據。第三，據現有版本可以還原出尤袤本底本的面貌，然找不到尤袤本修改的依據。第四，據現有版本可以還原出尤袤本底本的面貌，也可以找到尤袤本修改的依據。

通過對尤袤本中修版痕跡的整理與分析可知：1. 探究尤袤本的底本來源不能直接依據尤袤本中的修版痕跡，因爲這些地方反映的並非是尤袤本的底本面貌，而是尤袤修改底本後的面貌，要想查找底本的綫索，需要對修版之處進行還原，方可接近答案。2. 尤袤本底本（即修改前的面貌）與北宋本相同率較高，故尤袤本的底本當與北宋本屬同一個版本系統。3. 尤袤在刊刻《文選》時曾對底本進行過校勘和修改，這些有修版痕跡之處便是他修改之處，但其修改並非任憑己意，而有其版本、資料依據。

綜上，尤袤本《文選》的版本情況十分複雜，每卷情況不盡一致，某一卷或幾卷的結論不具備普適性。故將尤袤本分爲正文用字、正文斷句、正文音注、注文音注、注文義注等若干部分，分別討論尤袤本每卷內容與其他版本，尤其是北宋本、贛州本的關係。經過系統整理與分析，發現在正文用字上，尤袤本與北宋本相同率較高，現存 34 卷內容中相同率在 90% 以上的有 27 卷，而贛州本僅有 16 卷，其中卷五異文率高達 48.8%，故正文方面，尤袤本更接近於北宋本。在斷句上，尤袤本幾乎全同於北宋本，而與贛州本則差異較大，60 卷無一卷完全一致者。在正文音注方面，尤袤本 60 卷中有 41 卷存在正文音注，其中卷四最多，有 387 條，卷十和卷三十最少，僅 1 條，而剩餘 19 卷則無正文音注。長時間以來，學界普遍認為正文夾音注不符合李善注本系統特徵，故而批評尤袤本 "失善舊"，但經過對現存 34 卷北宋本的逐一排檢，發現北宋本正文中並非完全沒有正文音注，在卷二和卷五十七中各發現 1 條，這兩條與尤袤本正文音注全同，或許尤袤本之前存在一種有正文音注的李善注本系統。尤袤本與贛州本的正文音注相同率雖較北宋本的高，但仍有不少異文，且數量上差異較大，如卷一，贛州本有 191 條正文音注，尤袤本僅 7 條，又如卷八，贛州本有 438 條正文音注，尤袤本無。注文音注方面，三個版本在數量上均存在較大差異，但就並有注文音注部分而言，尤袤本與北宋本的相同率普遍較高，相同率在 80% 以上的卷目共計 21 卷（共 33 卷，卷四十六模糊較重，未統計），而與贛州本相同率在 80% 以上的卷目僅 5 卷。在注文義注方面，尤袤本與北宋本的異文率普遍低於尤袤本與贛州本的異文率，且異文率在 20% 以上的卷目，北宋本有 13 卷，贛州本高達 27 卷（共 33 卷）。故結合正文用字和斷句數據可知，尤袤本正文屬李善注本系統無疑，但在正文音注、注文音注、注文義注等方面確實受到五臣注本及其他《文選》系統或相關資料的影響。據此，我們認為尤袤手中確有一個《文選》版本作為刊刻底本，此本既非北宋本，亦非贛州本，而是未能流傳至今的一個《文選》版本，這個版本屬單李善注刻本系統，與北宋本為同一系統，但因某些原因，如部分殘缺等，尤袤便參考了五臣注本、六家六臣注本以及其他《文選》版本系統和相關資料等，贛州本即是參校本之一。與此同時，尤袤本《文選》本身的修版痕跡說明尤袤在校勘時或因版面模糊等原因對底本進行了改動，因此增加了尤袤本的複雜性，加大了尋找其底本、還原其刊刻過程的難度。

第五章 尤袤本附録《李善與五臣同異》考釋

尤袤本《文選》後附《李善與五臣同異》一卷。關於此書，前人關注、研究不多，但却存在不少問題。如此本爲何附於尤袤本《文選》之後？爲何尤袤本《文選》的翻刻本，如元張伯顏本、明毛晉汲古閣本、清胡克家本等都没有此附録？此書的編纂目的爲何？何人編寫？此書内容爲何與尤袤本正文存在多處牴牾之處？其底本爲何？等等。想要弄清以上問題首先要釐清此本的著録與流傳情況以及作者問題，這兩點是進行深入研究的基礎。除此之外，《李善與五臣同異》一直被認爲是"字跡模糊""錯誤累累"，甚至還被認作"完全不能信賴"的本子，殊不知《同異》亦有善本。因此，本章從此書的著録與現存版本情況、該書現存的善本以及作者問題三個方面展開論述。

第一節 《李善與五臣同異》的著録與現存版本叙録

一 《李善與五臣同異》的版本著録情況

《李善與五臣同異》最初見於著録是在尤袤《遂初堂書目》"文史類"中，記作《文選同異》，未標著者及卷數。在此之後又陸續出現在一些目録書中，主要有：

（元）脱脱《宋史·藝文志·文史類》著録爲《李善五臣同異》一卷，未標著者。

（明）楊士奇《文淵閣書目》卷九《日字號第一厨書目·文集》記：《文選五臣同異》一部一册（闕）。未標著者。

（明）《内閣藏書目録》卷四《總集部》記：《五臣同異》一册全。莫詳采集姓氏，以五臣文選與李善文選校其同異。又一册全。

（明）葉盛《菉竹堂書目》卷三記：《文選五臣同異》一册。未標著者。

（明）黄虞稷《千頃堂書目》卷三十二《文史類》中著録爲《文選五臣同異》一卷，未標著者。

（清）沈德壽《抱經樓藏書志》記：《文選考異》一卷，影寫宋刊本，不著撰人名氏。後附袁説友跋和尤袤跋各一條。

（清）葉德輝《觀古堂藏書目》卷四《集部總集類》記：《文選考異》一卷，宋尤袤撰，一光緒庚辰陸心源仿宋刻本，一光緒丁酉常州先哲遺書本。

（清）瞿鏞《鐵琴銅劍樓藏書目録》卷二十三記：《文選》二十九卷附《李善與五臣同異》一卷（宋刊殘本）。未標著者。瞿氏云“後附影鈔宋本一帙，題曰：李善與五臣同異附見於後。以大字標李本，小字注云五臣作某字，今都陽胡氏重刻淳熙本所無。後有分隸跋云‘池陽郡齋既刊《文選》與《雙字》二書於以敬事昭明之意，今又得《昭明文集》五卷而併刊焉。嗚呼！所以事於神者至矣。夫神與人相依而行也。吏既惟神之恭，神必惟吏之相，則神血食，吏禄食，斯兩無愧。淳熙八年歲在辛丑八月望日郡刺史建袁説友書’，亦胡刻所無。又説友復有一跋，胡刻據陸貽典校本附録《考異》後，惟‘補’字下闕損‘學者是所謂成民而致力於神者與淳熙辛丑三月望日建袁説友題’二十七字”[①]。

（清）葉廷琯《吹網録》卷五《文選李善五臣同異》：“《文選李善五臣同異》一卷，凡四十一葉，不著作者名氏，附於淳熙辛丑尤文簡所刻《文選》後，應即是文簡所爲，其所列異同，不知是用五臣集注原書對校，抑從當時六臣本鈔出。昔胡中丞重刻淳熙本《文選》時，惜所得祖本適少此《同異》一卷，故未及附刻，而撰《考異》時亦未獲用以參校

[①] （清）瞿鏞：《鐵琴銅劍樓藏書目録》，載《宋元明清書目題跋叢刊》第十册，中華書局，2006，第353頁。

也。（勞平甫權曰：五臣集注三十卷，錢遵王有北宋本，見《敏求記》，不知今歸誰氏，胡氏作《考異》時亦未見）後有文簡與袁説友二跋，係《文選》之跋，誤訂於此。胡刻本佚袁跋，僅據陸敕先校本附録入《考異》後，末尚闕二十餘字。又有一隸書袁跋，係同時刻《昭明太子文集》之跋，集今無傳本，袁跋轉因誤訂，幸而得存。（勞平甫曰：二袁跋皆載《大典》本《東堂集》，《昭明集》宋已失傳，尤、袁所刻亦就《藝文類聚》、《初學記》、《文苑英華》、《樂府詩集》、《弘明集》諸書編輯而成，顧失收《文選序》，又《琴川志》載一文忘其目，爲從來所未經見者，向有校本頗詳，爲朱述之司馬借去，今不可復問矣）此本《文選》後有《同異》者，聞是吳中陸氏舊物，今歸海虞楊氏。余於陸氏初出時幸先影鈔《同異》一卷藏焉。"[1] 此楊氏不知是否爲擁有寶選樓之楊氏？若是，則此本或即今存於中國國家圖書館之宋淳熙八年池陽郡齋刻本（丁鈞跋）。

（清）陸心源《儀顧堂續跋》卷十三記《影宋抄尤本文選考異跋》。陸氏云："《李善與五臣同異》四十一葉，影寫宋刊本，行款與尤本《文選》同，有摹尤延之手書刻《文選》題及淳熙辛丑袁説友跋，又説友刻《昭明太子集》跋，不著撰人姓氏。袁跋有'尤公博極群書親爲校讎'語，則此四十一葉亦必文簡所爲無疑也。宋人朴實，不以校讎一二字自矜獨得，故自序不言。第二十葉有云自《齊謳行》至《塘上行》五臣與善本倫次不同，是文簡所據必有善注單行本，非從六臣本摘出。至尤序所云衢（瑋案：蓋贛字之訛）州本，余家有其書，四明本亦尚有存者，皆六臣注，非單行善注，由是觀之，善注單行，文簡以前無刻本矣。袁刻《文選跋》，胡氏克家據陸敕先校本録于《考異》後，脱'學者是所謂成民而致力于神者與淳熙辛丑三月望日建袁説友題'二十七字。《昭明集》五卷，余藏嘉靖乙卯覆宋本，袁跋在焉。葉調生《吹網録》謂今無傳者，誤也。池州昭明廟疾疫水旱，有禱輒應，淳熙中江東旱，説友與池人禱之應，見文簡題《東堂跋》中。昭明生不與侯景之難，没而血食池州千餘年不衰，天之報施文人可謂厚矣。"[2]

---

[1]　（清）葉廷琯撰，黃永年校點《吹網録》，遼寧教育出版社，1998，第108頁。

[2]　（清）陸心源：《儀顧堂續跋》，載《宋元明清書目題跋叢刊》第九册，中華書局，2006，第352頁。

　　（清）陸心源《晒宋樓藏書志》記《文選考異》一卷，影寫宋刊本。不著撰人名氏。後詳列一條袁説友跋和一條尤袤跋。

　　（清）陸心源《群書校補》卷一百記有《尤本文選》，陸氏云："尤延之刻李善注文選六十卷，有胡克家覆宋本，惟宋刻尤本後有《考異》四十一葉及袁説友跋，胡刻缺。余藏有影宋本，今摹刊如左以補胡氏覆宋本之缺。"後附一條袁説友跋與《考異》全文。

　　（清）陸心源《歸安陸氏舊藏宋元本書目》:《文選考異》一卷，影寫宋刊本。

　　（清）繆荃孫《藝風藏書記》卷六記載《文選考異》一卷，未標著者。繆氏云"影宋鈔本，即在尤本《文選》後。鄱陽胡氏所未見也。"①

　　（清）盛宣懷《常州先哲遺書》收錄一卷，題作《文選注考異》，"光緒丙申武進盛氏用晒宋樓影宋鈔本重雕"。開頭先爲袁説友跋，後接《考異》全文，末題《尤本文選考異》，最後附盛宣懷跋："右《文選考異》一卷，宋尤袤撰。按：延之爲池州倉使議刻《文選》，池守袁説友助之貲，閲一歲有半而後成，時則淳熙辛丑也。《文選》有李善注本，有五臣注本，兩本字句間有不同，延之專據善本，五臣異字別爲《考異》一卷，而不加論定，竢讀者自得之。嘉慶己巳，鄱陽胡公克家影刻宋本時，未得《考異》，頗爲憾事。今宋本原刻在常熟故家，急爲摹刊，以便學者。書中讓、敬、徵、貞均缺筆。游遊、鉤鈎、紀記均舉出，校勘之密，細於毛髮。惟江文通《雜體詩》共三十首，自'結髮'至'徙樂'均在三十首中。王徵君微乃三十首中之一題，'徙樂'則系謝光禄莊題詩中語，元刻誤將王徵君另列，又將'徙樂'列於王徵君下，似王徵君不在雜體中，而'徙樂'系王徵君詩中語矣。此刊刻之誤，今亦仍之，而著其誤於此。胡本後載陸敕先過宋本，有袁説友殘跋，今此跋全在，錄於卷首，以補胡本之缺。光緒丁酉荷花生日武進盛宣懷跋。"②臺灣新文豐《叢書集成續編》第六册收入了《常州先哲遺書》本《文選考異》。

　　此書最早見於尤袤《遂初堂書目》與尤袤本《文選》，後世著錄蓋

①　（清）繆荃孫:《藝風藏書記》，載《宋元明清書目題跋叢刊》第十四册，中華書局，2006，第211頁。

②　（清）盛宣懷輯《常州先哲遺書》，清光緒中武進盛氏刻本。

均由此出。本書題目應作《文選同異》或《李善與五臣同異》，但在後世流傳過程中，却被隨意改名。明代三本書目一致地將書名改作《文選五臣同異》，此名明顯與書中内容不符。到了清代，又一致地改作《文選考異》，"考"字需有考證内容，然而《李善與五臣同異》一書中祇羅列差異，並無考證内容，《文選考異》之題亦名不符實。事實上，"同異"二字亦不貼切，因爲文中祇有李善與五臣的差異，未見相同之處。

二　《李善與五臣同異》現存的主要版本情況

現今能見到的完整《李善與五臣同異》版本，包括抄本、翻刻本在内，共計七種，分别是國圖藏宋淳熙八年池陽郡齋刻本《文選》所附《同異》（下簡稱爲尤袤本《同異》）、國圖藏宋淳熙八年池陽郡齋刻遞修本所附《同異》（下簡稱爲遞修本《同異》）、理宗本《文選》所附《同異》（下簡稱爲理宗本《同異》）、陸心源《群書校補》本（下簡稱爲《群書校補》本）、盛宣懷《常州先哲遺書》本（下簡稱爲常州本）、尤桐《錫山尤氏叢刊甲集》本（下簡稱爲尤桐本）以及清咸豐精鈔本（下簡稱爲精鈔本）等。程毅中、白化文先生因寓目版本所限，曾云尤袤本《文選》後所附《文選同異》是"現存唯一的宋刻本。《文選》本書還有好幾個後印本，而《同異》則除此之外，祇有抄本和翻版了"①。其實不然，尤袤本《同異》和理宗本《同異》並爲宋刻。關於此兩種《同異》詳見本章第二節。

遞修本《同異》，瞿鏞《鐵琴銅劍樓藏書目録》卷二十三謂此《同異》爲"影鈔宋本"，而國圖則將其定爲"清抄本"，至於爲何如此判斷，都沒有明確指出相關依據。經過仔細辨别與全面校勘，發現此《同異》在内容與款式上與國圖藏宋淳熙八年池陽郡齋刻本《文選》後所附《同異》存在較多差異，不符合影鈔宋本的標準，如版式上，二本魚尾不盡相同，卷二十六，遞修本《同異》爲單黑魚尾，而尤袤本《同異》則爲雙黑順魚尾；内容上，卷五十七，尤袤本《同異》作《陽給事誄》，而遞修本《同異》則訛作《陶給事誄》，又尤袤本《同異》作"區外：五臣作外區"，而遞修本《同異》則作"區别：五臣作外區"。

---

① 程毅中、白化文：《略談李善注〈文選〉的尤刻本》，《文物》1976 年第 11 期，第 81 頁。

遞修本《同異》與《群書校補》本、常州本却基本一致，故而更傾向於國圖的判斷，即清抄本。

陸心源《群書校補》卷一百："尤本文選：尤延之刻李善注文選六十卷，有胡克家覆宋本，惟宋刻尤本後有考異四十一葉及袁説友跋，胡刻缺。余藏有影宋本，今摹刊如左以補胡氏覆宋本之缺。"此本前有袁説友跋一則，後接正文。四周雙欄，每半葉十行，每行二十二字，花口，單黑魚尾，版心寫有"尤本文選考異"，卷名、篇名並單列。

盛宣懷《常州先哲遺書》題此本名爲《文選注考異》，後葉題"光緒丙申武進盛氏用皕宋樓影宋鈔本重影"，後接袁説友跋一則，後爲正文。每半葉十四行，每行二十五字，黑口，單黑魚尾，版心寫有"尤本文選考異"，卷名、篇名並單列。《群書校補》本與常州本並出自陸心源所藏影宋本《李善與五臣同異》，但二者存在不一致之處，如卷二"大駕幸乎平樂，張甲乙而襲翠被"句，《群書校補》本、精鈔本作："大駕幸乎平樂：五臣有之□[①]二字"，常州本作"大駕幸乎平樂：五臣有之館二字"，將空格字補出。

尤桐《錫山尤氏叢刊甲集》："《文選考異》，據盛宣懷《常州先哲遺書》本重印。陸心源《群書校補》第一百卷亦有此書。陸有序云：尤延之刻李善注文選六十卷，有胡克家覆宋本，惟宋刻尤本後有考異四十一葉及袁説友跋，胡刻缺。余藏有影宋本，今摹刊如左以補胡氏覆宋本之缺。案：陸刻較盛刻有不同者數字，俟再板當加勘語注明。"此本前有袁（説友）題、（尤袤）自序各一則。正文上題《尤氏文選考異（李善與五臣同異）》，無錫尤袤延之，二十五世孫桐幹丞校刊。四周雙邊，黑口，單黑魚尾，版心寫有"文選考異"，每半葉十二行，每行三十四字，每卷爲一節，每篇篇目之前都用〇隔開、之後並空一格。尤桐本據盛宣懷《常州先哲遺書》本而來，通過校勘可以發現，存在多處僅此二本一致，而與其他各《同異》版本並異的地方，如卷二十"幽人肆險，遠國忘遐"句，其他各版本的《同異》並作："肆險：善注肆，弃也。五臣作肆，注，習也"，唯常州本、尤桐本作"肆險：善注肆，弃也。五臣作肆，注，習也"，再如卷二十二"靈山紀地德，地

---

① 　□代表空格。

險資嶽靈”，其他版本《同異》並作：“地險：五臣地險作險峭”，僅常州本、尤桐本作“地險：五臣作險峭”。但二者亦存在不同之處，如卷七“駢交錯而曼衍兮，峻嶀隗乎其相嬰”句，尤袤本《同異》作：“峻嶀：五臣峻嶀作崒巍”，《群書校補》本作“峻嶀：五臣峻嶀作崒巍”，常州本、尤桐本則作“峻嶀：五臣作崒巍”；再如卷三十四，“頩眺流星，仰觀八隅”句，尤袤本《同異》作：“頩眺：五臣眺作視”，常州本作“頩眺：五臣眺作裡”，尤桐本則作“頩眺：五臣眺作裹”；又如卷四十“進責寅妻范奴苟奴列孃去二月九日夜”句，尤袤本《同異》此句模糊，《群書校補》本、常州本、精鈔本等作“寅妻范奴列孃去：五臣作寅妻■有苟奴列稱娘去”，而尤桐本則作“寅妻范奴列孃去：五臣作寅妻下有苟奴列稱娘去”；再如卷四十一“老母終堂，生妻去帷”句，尤袤本、常州本《同異》等作：“生妻去帷：五臣帷作室”，尤桐本則作“生妻去帷：五臣帷作室”；又如卷四十三“鋒鉅靡加，翅翮摧屈”句，尤袤本《同異》作：“趐翮：五臣一作一”，《群書校補》本、常州本、精鈔本並作“趐翮：五臣趐作翮”，尤桐本則作“翅翮：五臣翅作翮”。再如卷五十七《陽給事誄》，常州本訛作《陶給事誄》，尤桐本不誤。

　　精鈔本《同異》無邊框，每半葉十行，每行二十二字，版心處有“考異”二字，卷名、篇名並單列。首葉有“雲輪閣”“荃孫”“哈佛燕京圖書館珍藏”“燕京大學圖書館”等朱方印，末葉有“曾經藝風勘讀”朱方印，知爲繆荃孫舊藏。經校勘發現，各《同異》版本中，精鈔本與陸心源《群書校補》本最爲接近，如卷八“德隆於三王，功羨於五帝”句，尤袤本、《群書校補》本、精鈔本《同異》作：“德隆於三王：五臣玉作皇”，而理宗本、常州本、尤桐本則作“德隆於三王：五臣王作皇”。但亦存在不同之處，如卷五十八“德猷靡嗣，儀形長遞”，尤袤本、《群書校補》本《同異》作：“長遞：五臣遞作逝”，精鈔本則作“長遞：五臣遞作□”。

　　瞿鏞《鐵琴銅劍樓藏書目錄》卷二十三記：“《文選》二十九卷附《李善與五臣同異》一卷。未標著者。瞿氏云‘後附影鈔宋本一帙，題曰：李善與五臣同異附見於後。以大字標李本，小字注云五臣作某字。’”然中國國家圖書館判定此《同異》爲清鈔本。此本行款與尤袤本同。

綜上所述，《李善與五臣同異》的祖本即尤袤本《李善與五臣同異》，之後又分成兩派，一派爲理宗本《同異》，同屬刻本；另一派爲陸心源所藏影宋寫本，陸心源《群書校補》本、盛宣懷《常州先哲遺書》本並爲此影宋寫本的重影本，而尤桐《錫山尤氏叢刊甲集》《叢書集成續編》本則又從盛宣懷《常州先哲遺書》本而來。目前存疑的是陸心源所藏影宋寫本的去向。清咸豐精鈔本《同異》爲繆荃孫所藏，繆荃孫在《藝風藏書記》卷六記載其有《文選考異》一卷，爲影宋鈔本，不知此影宋鈔本是否即爲陸心源所藏之本？亦不知清咸豐精鈔本是否即爲《藝風藏書記》所謂之影宋鈔本？盛宣懷《常州先哲遺書》亦出自繆荃孫之手，但精鈔本《同異》與常州本《同異》存在差異，如卷二十，精鈔本作“肆險：善注肆，弃也。五臣作肆，注，習也”，常州本則作“肆險：善注肆，弃也。五臣作肆，注，習也”。又如卷二十二，精鈔本作“地險：五臣地險作險峭”，常州本則作“地險：五臣作險峭”。再如卷二十三，精鈔本作“非託□：五臣託作訖”，常州本則作“非託：五臣託作訖”。正如尤桐在《錫山尤氏叢刊甲集·文選考异》中所云“陸刻較盛刻有不同者數字，俟再板當加勘語注明”，不僅精鈔本與常州本存在差異，同祖本的《群書校補》本與常州本亦有不同，如卷二，常州本作“大駕幸乎平樂：五臣有之館二字”，《群書校補》本則作“大駕幸乎平樂：五臣有之□二字”。又如卷八，常州本作“德隆於三王：五臣王作皇”，《群書校補》本則作“德隆於三玉：五臣玉作皇”。再如卷五十八，《群書校補》本作“長遞：五臣遞作逝”，常州本則作“長遞：五臣遞作■”[1]。其實，將七種《李善與五臣同異》全部對校後發現，各版本之間並存在些許差異，沒有完全一致的兩個版本，詳情見本章第五節《〈李善與五臣同異〉彙校》。

第二節　現存《李善與五臣同異》善本考

在現存的幾種《李善與五臣同異》版本中，值得注意的有兩種，

---

① 常州本“逝”字處爲墨釘。

此兩種並爲宋刻本。一是尤袤本《文選》所附本（1974 年中華書局據國圖影印宋刻本），下簡稱尤袤本《同異》。一是臺北故宮博物院藏宋淳熙八年尤延之貴池刊理宗間遞修本後所附《同異》，下簡稱理宗本《同異》。

首先看尤袤本《同異》。仔細比較其與後世翻刻本，尤袤本《同異》更優。尤袤本《同異》是一個遞修本，存在多處修改痕跡，且多有字跡模糊甚至無法辨認之處。後世翻刻本就是在這樣一個模糊的印本基礎之上而成，因此對於字跡模糊的地方祇能根據個人辨認加以補充，然而實際情況所反映出的事實是：這種辨認並未以詳細核實李善注、五臣注爲前提，而祇是停留在對模糊字句的盲目辨認上，缺乏可靠性，造成了許多尤袤本正確而翻刻本改錯的地方，這是翻刻本的缺點，也是中華書局出版説明中認爲較之其他版本，尤袤本《同異》錯誤還少一些的原因。略舉幾例如下：

尤袤本《同異》卷一 "修其營表：五臣作 ※※[①]"。陸本等作 "擇其"。而陳八郎本、朝鮮正德本並作 "理其"。陸本等翻刻本並未核實五臣注，僅根據自己對模糊之處的大概辨認，即認定作 "擇其"，殊不知作 "理"。

尤袤本《同異》卷二 "窮身：五臣作窮 ※"。陸本等作 "敬"，而陳八郎本、朝鮮正德本並作 "歡"。

尤袤本《同異》卷七 "新雉：五臣作新 ※"。陸本等作 "莫"，而陳八郎本、朝鮮正德本並作 "羮"。

尤袤本《同異》卷七 "帷弸彋" 之 "彋" 字有描改痕跡，即 "弓" 字旁上有 "才"。陸本等作 "攌"，而陳八郎本、朝鮮正德本並作 "彋"。

尤袤本《同異》卷十二 "紫菜：五臣作紫 ※"。陸本等作 "羮"，而陳八郎本、朝鮮正德本並作 "羮"。

與此同時，翻刻本也沿襲了尤袤本《同異》中的許多錯誤。如：

《同異》卷八：各版本並作 "起若自失"，"起" 字當爲 "超" 字之訛。

《同異》卷二十九：各版本並作 "殘嚴霜"，"殘" 字當爲 "踐" 字

---

① ※ 代表模糊，無法辨認出爲何字者。

之訛。

《同異》卷五十四：各版本並作"大通"，"大"字當爲"夫"字之訛。

然而翻刻本也有自己的優點。尤袤本《同異》除了模糊之外，還存在一些錯誤，翻刻本在翻刻時將其中的部分錯誤加以改正。略舉幾例如下：

尤袤本《同異》卷二十"離會誰相親"。尤袤本正文實作"雖"。"誰"蓋爲"雖"的形近之訛，常州本等作"雖"。

尤袤本《同異》卷三十四"熊獠"。尤袤本正文實作"羆"。"熊"蓋爲"羆"的形近之訛。常州本等作"羆"。

雖然尤袤本《同異》與後世翻刻本各有利弊，但相比之下，前者的確是較好的本子，最主要的原因是它保留了更多原書的面貌，或者説它不像翻刻本臆改了許多原本正確的地方，給後人帶來錯誤引導。

1974 年中華書局出版尤袤本《文選》時，在影印説明中稱："這個本子，目錄和《李善與五臣同異》中有重刻補版"，"書中有一部分頁子不够清晰，尤其是附錄《李善與五臣同異》，模糊特甚，而且曾經人用墨筆描改，好像已非原貌。但較之《同異》的其他版本，錯誤還少一些，因此仍照原書附印於後"。事實的確如此，模糊是尤袤本《文選》的致命傷。然而在與理宗本《同異》比較後發現，理宗本《同異》可謂是現存《同異》中最好的本子。原因主要有三。一、無描改痕跡。二、版刻清晰，不似尤袤本《同異》模糊特甚。三、可以校正尤袤本《同異》錯誤及因模糊而被後世翻刻本徑改錯誤之處。下文將理宗本《同異》與尤袤本《同異》的差異詳列餘下，以便學人。

尤袤本卷一"修其營表：五臣作 ※※"，陸本等作"五臣作擇其"，而理宗本《同異》作"理其"，與陳八郎本、朝鮮正德本同。

尤袤本卷二"窮身：五臣作窮 ※"，陸本等作"五臣作窮敬"，而理宗本《同異》作"窮歡"，與陳八郎本、朝鮮正德本同。

尤袤本卷六"馴風：五臣作馴 ※"，陸本等作"五臣作馴政"，而理宗本《同異》作"馴致"，與陳八郎本、朝鮮正德本同。

尤袤本卷七"新雉：五臣作新 ※"，陸本等作"五臣作新莫"，而理宗本《同異》作"新黃"，與陳八郎本、朝鮮正德本同。

　　尤袤本卷七"帷弸彋"，尤袤本《同異》"彋"字有描改痕跡，"弓"字旁與"扌"旁重合。理宗本《同異》作"彋"，陳八郎本、朝鮮正德本亦作"彋"，可見尤袤本原作"扌"，後改"弓"。但陸本等並作"扌"，判斷錯誤。

　　尤袤本卷七"樵蒸昆上：五臣作※上"，陸本等作"五臣作混上"，而理宗本《同異》作"焜上"，與陳八郎本、朝鮮正德本同。

　　尤袤本卷七"其上則有：五臣有赤猿玃猱四字"，尤袤本"猱"字略有不清，陸本等作"五臣有赤猿玃狨四字"，理宗本《同異》作"赤猿玃猱"，與陳八郎本、朝鮮正德本同。

　　尤袤本卷十一"碨瓅"，尤袤本《同異》"瓅"字略有不清，陸本等作"礌碨"，而理宗本《文選》作"碨瓅"。原文作"礌碨瓅瑋"，尤袤本與理宗本《同異》並取中間兩字，而陸本等誤取前兩字。

　　尤袤本卷十二"紫菜：五臣作紫※"，陸本等作"五臣作紫蕛"，而理宗本《同異》作"紫蕛"，與陳八郎本、朝鮮正德本同。

　　尤袤本卷十三"動沙堁：五臣作沙堛"，尤袤本"堛"略有不清，陸本等作"五臣作沙堰"，而理宗本《同異》作"沙堛"，與陳八郎本、朝鮮正德本同。

　　尤袤本卷十八"含顯媚：五臣含作※"，理宗本《同異》、陸本等並作"合"。

　　尤袤本卷十九"何節：五臣何作※"，理宗本《同異》、陸本等並作"弭"。

　　尤袤本卷十九"五是：五臣作五※"，理宗本《同異》、陸本等並作"緯"。

　　尤袤本卷二十三"非託"下空一格，理宗本《同異》未空，但此列末空出一格。兩本版式不同。

　　尤袤本卷二十五"忘作"條模糊特甚，陸本等作"五臣忘作每"，理宗本《同異》作"五臣忘作妄"，與陳八郎本、朝鮮正德本同。

　　尤袤本卷二十五"庭虛情滿"條模糊特甚，理宗本《同異》、陸本等並作"庭虛情滿：五臣情作憒"。

　　尤袤本卷二十七"羅衣何飄飄：五臣作飄飄"，理宗本《同異》、陸本等並作"五臣作飆飆"。

尤袤本卷二十九"入間：五臣間作 ※"，陸本等作"入間：五臣間作閒"，理宗本《同異》作"入間：五臣間作閒"。

尤袤本卷三十一"榮重餞兼金：五臣作承榮重兼全"，理宗本《同異》、常州本並作"榮重餞兼金：五臣作承榮重兼金"，改正了尤袤本的錯誤。然陸本、精鈔本與尤袤本同誤"金"爲"全"。

尤袤本卷三十三"文緣波些：五臣緣作緣"，理宗本《同異》、陸本等並作"五臣緣作綠"，改正了尤袤本的錯誤。

尤袤本卷三十五"晝長豁：五臣作 ※ 作壑"，陸本等作"五臣豁作壑"，理宗本《文選》作"五臣作墼作壑"。陳八郎本即作"墼"，朝鮮正德本作"壑"，蓋五臣本存在兩種寫法，故《同異》有此説。

尤袤本卷四十"寅妻范奴列娘去：五臣作寅妻 ※ 有苟奴列稱娘去"，陸本等作"五臣作寅妻■有苟奴列稱娘去"，蓋陸本等實在辨別不出 ※ 作何字，祇能用■表示，考理宗本《同異》作"下"。

尤袤本卷四十一"生妻去帷：五臣帷作室"，陸本與尤袤本同，然理宗本《同異》作"五臣帷作室"，與陳八郎本、朝鮮正德本同，改正了尤袤本之錯誤。

尤袤本卷四十二"哀無由緣：五臣作良久無緣"，陸本與尤袤本同，然理宗本《同異》"哀"作"良"。考尤袤本正文作"良久無緣"，與《同異》所云之五臣同，陳八郎本、朝鮮正德本作"良無由緣"。這是尤袤本《同異》中較爲普遍的一種現象，即《同異》云"五臣作某"，而尤袤本正文恰與五臣同，如卷八"君臣之義：五臣作明君臣"，考尤袤本正文不作"君臣之義"，而作"明君臣之義"，與五臣同；再如卷二十"女士：五臣作士女"，考尤袤本正文不作"女士"，而作"士女"，與五臣同。類似例子，還有不少。也正因此，范志新先生認爲《同異》並非尤袤所作[1]，確有道理。但是在此列舉該條的原因在於究竟是"哀"還是"良"。尤袤本與陸本等《同異》作"哀無由緣"，理宗本《同異》作"良無由緣"，遍核現有之衆本，未見有作"哀無由緣"者，故尤袤本之"哀"字當誤，此條亦爲理宗本《同異》改正尤袤本錯誤。

---

[1]　詳情可參看范志新《余蕭客的生卒年（外一篇）——文選學著作考（二）》，《晉陽學刊》2005 年第 6 期，第 115—120 頁。

　　以上便是尤袤本《同異》模糊難認或存在錯誤之處，現可通過理宗本《同異》將原貌還原。然理宗本《同異》亦非完美，存在個別空字現象，如理宗本《同異》卷一"填流泉：昭明□順故改□填五臣作順"，尤袤本前一個"□"作"諱"，後一個"□"模糊不清。卷十"網鉅：五臣網作□"，尤袤本"□"作"綱"。尤袤本卷二十六"朝列：五臣列作烈。注：烈，美也。"理宗本《同異》"注"字空白。統觀臺灣藏《李善與五臣同異》的內容與版式，筆者推測：理宗本《文選》後附《李善與五臣同異》之底本當是一個年代較早的本子，相比今天所見之尤袤本後附《李善與五臣同異》模糊較輕，空白字或許是底本模糊造成已不可知。總體言之，理宗本《同異》確是現存各《同異》版本中值得信賴、價值較高的一個版本。

第三節　《李善與五臣同異》作者考疑

　　前人學者普遍認爲此《同異》爲尤袤所作，如葉德輝《觀古堂藏書目》卷四直接署名此書作者爲尤袤；葉廷琯則因其附於尤袤本《文選》之後，認爲"應即是文簡所爲"[1]；陸心源因袁説友跋有"尤公博極群書親爲校讎"語等等，謂"則此四十一葉亦必文簡所爲無疑也"[2]。在很長一段時間內，這幾乎成爲學界共識。後章鈺提出疑義，他説"《宋史·藝文志》有其目，不著撰人，列費袞《文章正派》下，或費袞作耶？記以待考"。[3] 陳延嘉《蕭統評傳》中記"費袞《李善五臣同異》一卷。另外，《文選》尤刻本附錄《李善與五臣同異》，該書約成書於監本善注與平昌孟氏五臣注成書至秀州本成書之間，是宋《文選》校讎學的發軔之作"[4]。又在"費袞"注釋下記"著有《梁溪漫

---

① （清）葉廷琯撰，黃永年校點《吹網錄》，遼寧教育出版社，1998，第 108 頁。

② （清）陸心源：《儀顧堂續跋》，載《宋元明清書目題跋叢刊》第九冊，中華書局，2006，第 352 頁。

③ （清）錢曾撰，（清）管庭芬、章鈺校證：《讀書敏求記校證》，載《宋元明清書目題跋叢刊》第十一冊，中華書局，2006，第 214 頁。

④ 陳延嘉、王大恒、孫浩宇：《蕭統評傳》，上海古籍出版社，2018，第 234 頁。

志》一卷,《續志》三卷、《文章正派》十卷、《文選李善五臣注異同》一卷，今除《梁溪漫志》，余皆失傳"。① 由此可知，陳延嘉先生認爲費袞《李善五臣同異》與尤袤本所附《同異》並非同一書，即尤袤本所附《同異》作者並非費袞，但作者是誰，也未予説明，僅對其寫作時間進行了推測。明張萱等撰《内閣書目》卷四著録《五臣同異》一書，但"莫詳采集姓氏，以五臣《文選》與李善《文選》校其同異"，傅剛先生認爲《内閣書目》"所稱《五臣同異》不明姓氏，當爲尤袤《李善與五臣同異》一書"。②

范志新先生列出六條證據質疑尤袤的作者權③：(一) 諸家著録皆不著此書作者。(二) 根據推理，尤袤《遂初堂書目》有不登己作之例，而《李善與五臣同異》最早著録於《遂初堂書目》，可證《同異》不出尤手。(三) 根據《同異》避諱情況判斷《同異》成書於 1023—1127 年之間，實早於尤刻《文選》。(四) 尤袤在《文選跋》中提到"雖四明、贛上各嘗刊勒，往往裁節語句，可恨"，因而他應接觸過明州本、贛州本，而《同異》中李善與五臣同異的數量與明、贛相比罜漏甚多，説不通。(五) 尤袤本《文選》李善文字與《同異》不合。(六)《同異》中有許多明顯的訛誤，不應是精於校勘的尤袤所爲。

郭寶軍在范先生基礎之上，又提出了兩條補充意見④。(一) 認定爲尤袤所作的原因是尤袤本《文選》後所附袁説友跋文中的一句話"尤公博及群書，今親爲讎校，有補學者"。多數人便認爲"親爲讎校"的結果就是《同異》，但這是想當然的事，並無依據。(二)《同異》中篇目的順序與尤袤本有不合之處。

綜合二人意見，共有八條包括正反、内外的證據證明尤袤非《同異》作者。其實最直接的證據莫過於内證，經過全面校勘尤袤本正文與《同異》的用字，發現《同異》1037 條異文中，二者不一致之處達 108 條，這個數量是值得引起充分關注的。詳細説來，不一致的情況主要可

---

① 陳延嘉、王大恒、孫浩宇:《蕭統評傳》，上海古籍出版社，2018，第 234 頁。

② 傅剛:《〈文選〉版本研究》，北京大學出版社，2023，第 16 頁。

③ 范志新:《余蕭客的生卒年（外一篇）——文選學著作考（二）》,《晉陽學刊》2005 年第 6 期，第 115—120 頁。

④ 郭寶軍:《宋代文選學研究》，中國社會科學出版社，2010，第 312、315 頁。

分爲以下六種。

一　尤袤本正文用字與《同異》所見五臣本同

卷八：尤袤本正文作"明君臣之義"，《同異》作"明君之義：五臣作明君臣。"尤袤本正文用字與五臣本同。

卷九：尤袤本正文作"轀枌詣"，《同異》作"轀枌詣：五臣轀作轀"，北宋本作"轀"。此爲《同異》從北宋本，而尤袤本從五臣本之證。

卷十：尤袤本正文作"身刑轊以啓前"，《同異》作"啓先：五臣先作前"。尤袤本正文用字與五臣本同。

卷二十：尤袤本正文作"祁祁士女"，《同異》作"女士：五臣作士女"。

卷二十五：尤袤本正文作"嗣宗之爲妄作也"，尤袤本《同異》作"忘作：五臣忘作 ※"，《群書校補》本、常州本、精鈔本《同異》作"忘作：五臣忘作每"，理宗本《同異》作"五臣忘作妄"。陳八郎本、朝鮮正德本、奎章閣本等並作"妄"。由此可知理宗本不誤。妄，奎章閣本注記：善本作忘字。尤袤本正文與五臣注本同。

卷二十八：尤袤本正文作"汎舟清川渚"，《同異》作"清山渚：五臣山作川"。奎章閣本注記：善本作山字。

卷二十九：尤袤本正文作"心與迴飇俱"，《同異》作"迴飄：五臣飄作飇"。飇，九條本、室町本作"飄"，旁記：五臣本作飇。奎章閣本注記：善本作飄字。

卷二十九：尤袤本正文作"入聞鞞鼓聲"，《同異》作"入間：五臣間作 ※"。尤袤本和常州本《同異》此條模糊，遞修本、《群書校補》本、尤桐本、精鈔本《同異》作"入間：五臣間作閒"。但陳八郎本、朝鮮正德本、奎章閣本並作"聞"，"閒"字顯誤。理宗本《同異》作"入間：五臣間作聞"。

卷三十：尤袤本正文作"養痾丘園中"，《同異》作"亦園中：五臣作丘園"。九條本旁記、奎章閣本注記：李善本作亦。文選集注編者案："五家、陸善經本亦爲丘"。《文選鈔》曰："亦者，亦樵與隱也。"

據五臣吕向注："亦有養病園中者也。"則五臣本正文也當作"亦"。

卷三十五：尤袤本正文作"揮危絃則涕流"，《同異》作"流涕：五臣作涕流"。九條本旁記、奎章閣本注記：善本作流涕。則李善本作"流涕"，此已據五臣本改。

卷四十一：尤袤本正文作"重爲鄉黨所笑"，《同異》作"爲鄉里所笑：五臣爲上有重字，笑上有戮字"。尤袤本正文有"重"字，與《同異》所見五臣本同。另，除陳八郎本外，其他各本並作"鄉黨"。

卷四十二：尤袤本正文作"天路高邈，良久無緣"，尤袤本《同異》作"哀無由緣：五臣作良久無緣"。其他《同異》版本與尤袤本《同異》同，唯理宗本《同異》作"良無由緣：五臣作良久無緣"。陳八郎本、朝鮮正德本、奎章閣本作"良無由緣"，九條本作"良無由緣也"。

卷四十八：尤袤本正文作"自勒功業"，《同異》作"公業：五臣公作功"。陳八郎本、朝鮮正德本、奎章閣本作"功"。

卷五十二：尤袤本正文作"不假良史之辭"，《同異》作"假良史之謀：五臣上有不字"。北宋本無"不"字。胡克家《文選考異》據袁本云："善無'不'字。茶陵本云五臣有'不'字，案：此尤校修改添之也"。[1]奎章閣本注記：善本無不字。另，現存各本無有作"謀"者。

卷五十七：尤袤本正文作"視朔書氛"，《同異》作"書氣：五臣氣作氛"。北宋本作"氣"，陳八郎本、朝鮮正德本、奎章閣本並作"氛"。奎章閣本注記：善本作氣字。

卷六十：尤袤本正文作"如彼樹芳"，《同異》作"樹芬：五臣芬作芳"。芳，室町本、朝鮮正德本、奎章閣本作"芬"。

二　尤袤本正文用字與《同異》所見善本、五臣本並不同

卷四：尤袤本正文作"於是日將逮昏"，《同異》作"日將遥：五臣作既逮"。將逮，九條本、宫内廳本、冷泉本、陳八郎本、朝鮮正德本、奎章閣本、明州本作"既逮"。九條本旁記：善本作將遥。奎章閣本"逮"下注記：善本作將。奎章閣本注記位置有誤，應在"既"字之

---

① （清）胡克家：《文選考異》，載《〈文選〉研究文獻輯刊》第四四册，國家圖書館出版社，2013，第511頁。

下，其所見善本當作"將逮"。明州本"逮"下注記：善本作遥。則明州本所見善本作"既遥"。贛州本"將"下注記：五臣作既，"逮"下注記：善作遥。胡克家《文選考異》謂："袁本、茶陵本'逮'下校語云：善作'遥'。案：'遥'但傳寫誤，此蓋尤校改正之也。"①事實上北宋本即作"將逮"，非尤袤改。其實此處異文本應是"將""既"二字的問題，但在傳寫過程中又因訛誤産生了"遥""逮"的異文。《同異》"日"字當删，否則易引起歧義。

卷八：尤袤本正文作"娱澗間"，《同異》作"娱澗澗：五臣作嬉間間"。陳八郎本、奎章閣本作"嬉間間"，朝鮮正德本作"嬉閒閒"，九條本作"娱澗間"，《漢書》作"娱澗門"。

卷十三：尤袤本正文作"徒怨毒於一隅"，《同異》作"惋毒：五臣惋作冤"。陳八郎本、朝鮮正德本、奎章閣本作"怨毒"，九條本作"冤毒"，室町本作"惋毒"。九條本旁記：五臣本作怨。奎章閣本注記：善本作冤字。尤袤本正文用字與五臣注刻本系統相同，作"怨"，而《同異》所見善本與室町本相同，所見五臣注本與九條本相同。黄侃《文選平點》卷二："怨，或作惋。尤袤本云：惋毒，五臣'惋'作'冤'。"②

卷四十：尤袤本正文作"進責寅妻范奴苟奴列孃去二月九日夜"，尤袤本《同異》作"寅妻范奴列孃去：五臣作 ※※※ 有苟奴列稱娘※"。理宗本、尤桐本《同異》作"寅妻范奴列孃去：五臣作寅妻下有苟奴列稱娘去"，遞修本、《群書校補》本、常州本、精鈔本《同異》作"寅妻范奴列孃去：五臣作寅妻■有苟奴列稱娘去"。奎章閣本注記：善本無苟奴字。胡克家《文選考異》謂"苟奴"二字爲尤袤所加。"列孃去"之"列"字下，陳八郎本、朝鮮正德本、奎章閣本有"稱"字。孃，作"娘"。奎章閣本注記：善本無稱字。

卷五十三：尤袤本正文作"寬沖以誘俊乂之謀"，《同異》作"俊人：五臣無人字"。現存各本並作"乂"。奎章閣本注記：善本作人字。

---

① （清）胡克家：《文選考異》，載《〈文選〉研究文獻輯刊》第四四册，國家圖書館出版社，2013，第46頁。
② 黄侃平點，黄焯編次《文選平點》，上海古籍出版社，1985，第51頁。

卷五十四：尤袤本正文作“此生人之所急”，《同異》作“生民，五臣作小人”。

三　尤袤本正文或因訛誤致異

卷七：尤袤本正文作“魂眇眇而昏亂”，《同異》作“魂固：五臣作魂魄”。魂，陳八郎本、奎章閣本作“魂魄”，九條本、《漢書》作“魂固”。尤袤本正文應脱“固”字。

卷八：尤袤本正文作“洶涌彭湃”，《同異》作“澎湃：五臣作滂湃”。尤袤本正文似脱“氵”。

卷十一：尤袤本正文作“屹鏗瞑以勿罔”，《同異》作“鏗瞑：五臣作脛矓”。“瞑”字爲日落、黄昏之義，當誤。

卷十二：尤袤本正文作“群仙縹眇”，《同異》作“群仙縹眇：五臣作神仙”。“眇”字當誤。

卷三十四：尤袤本正文作“予樂恬静”，《同異》作“余樂恬静”。現存各本並作“余”，“予”蓋訛誤。

卷四十八：尤袤本正文作“敕天命也”，《同異》作“敕天命乎：五臣無命字”。“也”字當誤，現存各本無有作“也”者。

卷五十一：尤袤本正文作“寡人將覽焉”，《同異》作“寡人將聽焉：五臣作將覽于直焉”。陳八郎本、朝鮮正德本、奎章閣本“覽”下有“于直”二字。覽，《漢書》作“聽”。胡克家《文選考異》謂作“聽”字是。“尤本改上‘覽’字爲‘聽’[①]，致與《漢書》互易，益非。”

四　《同異》訛誤致異

卷八：尤袤本正文作“超若自失”，《同異》作“起若自失”。遍檢現存版本並作“超”，“起”字應是《同異》訛誤。

卷九：尤袤本正文作“拮隔鳴球”，《同異》作“拮隔鳴珠”，“珠”

[①]　上句指“寡人竦意而聽焉”，聽，觀智院本、室町本、北宋本、陳八郎本、朝鮮正德本、奎章閣本、《漢書》作“覽”。胡克家《文選考異》謂：“下文‘寡人覽焉’，《漢書》作‘聽’。尤延之欲校改彼字，而誤以當此處耳。凡宋以來刊板修改，往往有如此者。”

字當爲“球”字之訛。

卷九：尤袤本正文作“猋迅已甚”,《同異》作“焱迅：五臣焱作飈”。“焱”字當爲“猋”字之訛。古書此二字多互譌，兩字字義實不同。

卷九：尤袤本正文作“風猋發以漂遥兮”,《同異》作“風焱發：五臣作飄颻”。同上。

卷十：尤袤本正文作“赴丹爓以明節”,《同異》作“丹爛：五臣爛作焰”，爓爛兩字字義不同，“爛”字當爲“爓”字之訛。

卷十七：尤袤本正文作“粲風飛而猋豎”,《同異》作“焱豎：五臣焱作飈”。同上。

卷二十：尤袤本正文作“離會雖相親”,《同異》作“離會誰相親：五臣親作雜”。案：尤袤本、遞修本、理宗本《同異》並作“離會誰相親”,《群書校補》本、常州本、尤桐本、精鈔本《同異》等並改作“離會雖相親”。

卷二十三：尤袤本正文作“春秋非有託”,《同異》作“非託□：五臣託作訖”,《同異》脱“有”字。

卷二十八：尤袤本正文作“廣霄何寥廓”,《同異》作“廣宵：五臣廣作曠”。從字義理解,《同異》“宵”字當誤。

卷三十一：尤袤本正文作“徙樂逗江陰”，尤袤本《同異》作“徒樂：五臣樂作藥”。遞修本《同異》與尤袤本《同異》同,《群書校補》本、常州本、尤桐本、精鈔本《同異》等作“徙樂：五臣樂作藥”。尤袤本《同異》“徒”字當爲形近而訛。

卷三十二：尤袤本正文作“惟黨人之偷樂兮”,《同異》作“惟小人：五臣惟下有夫字”。各本無有作“小”者,《同異》“小”字當誤。

卷三十四：尤袤本正文作“頓綱縱網，羆獠回邁”，尤袤本《同異》作“熊獠：五臣羆作罷”。《群書校補》本、常州本、尤桐本、精鈔本《同異》作“羆獠：五臣羆作罷”。尤袤本《同異》“熊”字當爲“羆”字之訛。

卷三十五：尤袤本正文作“雲迴風烈”,《同異》作“雷迴風列：五臣下有聲動響飛，形移景發二句”。各本無有作“雷”者，應“雲”字形近之訛。又，烈，陳八郎本、朝鮮正德本、奎章閣本作“列”。《同異》“列”字與五臣注本同。

卷三十九：尤袤本正文作“今棄叩缶擊甕而就《鄭》《衛》”，《同異》作“擊甕叩缶：五臣無叩缶字”。“擊甕”上，九條本、室町本、陳八郎本、朝鮮正德本、奎章閣本並無“叩缶”二字。前文有“夫擊甕叩缶，彈箏搏髀”句，《同異》蓋因此句致誤。

卷四十：尤袤本正文作“優劣若是”，《同異》作“憂劣：五臣劣作當”。現存各本並作“優”，《同異》之“憂”當爲“優”字之訛。

卷四十一：尤袤本正文作“而世又不與能死節者”，《同異》作“世又不與能守節者：五臣作世俗又不能與守節者次比”。現存各本無有作“守節”者，“守”字應訛。

卷五十四：尤袤本正文作“夫通生萬物”，《同異》作“大通：五臣通作道”。“大”字或爲“夫”字之訛。通，陳八郎本、朝鮮正德本、奎章閣本作“道”，北宋本作“通”。奎章閣本注記：善本作通字。

卷五十四：尤袤本正文作“故亭伯死於縣長，相如卒於園令”，《同異》作“崔亭伯：五臣作崔駰”。《同異》“崔亭伯”之“崔”字當衍。

五　異體字、通用字致異

卷七：尤袤本正文作“曳紅采之流離兮”，《同異》作“曳紅彩：五臣紅作虹”。“采”“彩”爲異體字。

卷八：尤袤本正文作“德隆於三王”，尤袤本《同異》作“德隆於三玉”。案：理宗本、常州本、尤桐本《同異》作“德隆於三王：五臣王作皇”。此處“王”“玉”當爲異體字。

卷八：尤袤本正文作“然後先置乎白楊之南”，《同異》作“白揚之南：五臣作長楊”。“揚”“楊”古通用。

卷十二：尤袤本正文作“或乃萍流而浮轉”，《同異》作“蓱流而浮轉：五臣作蓬轉”。“萍”“蓱”通。

卷十四：尤袤本正文作“惟宋二十有二載”，《同異》作“維宋二十有二載：五臣作十有四載”。“惟”“維”古時多通用。

卷十五：尤袤本正文作“利飛遁”，《同異》作“利飛遯：五臣利作欲。”“遯”同“遁”。

卷十五：尤袤本正文作“僉供職而並訝”，《同異》作“並迓：五臣並作來"。"訝""迓"爲異體字。

卷二十：尤袤本正文作"簡珠墥沙石"，《同異》作"簡珠墮沙石：五臣墮作隨"。"墥""墮"爲異體字。

卷二十三：尤袤本正文作"伏軨出東堈"，《同異》作"伏軯：五臣軨作軾"。"軨""軯"通。

卷二十七：尤袤本正文作"皎絜如霜雪"，《同異》作"皎潔：五臣皎作鮮"。"絜""潔"通用。

卷四十一：尤袤本正文作"或重於太山"，《同異》作"或重於泰山：五臣或上有死字"。"太""泰"可通用。

卷四十一：尤袤本正文作"夫綠驥垂耳於林堈"，《同異》作"林堈：五臣作坰牧"。"堈""坰"通。

卷四十三：尤袤本正文作"翅翮摧屈"，《同異》作"趐翮：五臣一作一"。遞修本、《群書校補》本、常州本、精鈔本《同異》作"趐翮：五臣趐作翮"，尤桐本《同異》作"翅翮：五臣翅作翮"。集注本、九條本、陳八郎本、朝鮮正德本、奎章閣本作"六翮"。"趐""翅"爲異體字。

卷四十三：尤袤本正文作"仰蔭棲鳳之林"，《同異》作"摖鳳之林：五臣摖作游"。古時"扌"旁與"木"旁經常混用。

卷四十八：尤袤本正文作"逄涌原泉"，《同異》作"逢湧原泉：五臣逢作燹，注：燹，火也"。"涌"字亦作"湧"。

卷四十八：尤袤本正文作"炳炳麟麟"，《同異》作"燐燐：五臣作煒煒"，李善注："麟麟，光明也。麟與燐古字同用。"

卷五十一：尤袤本正文作"咸絜身脩思"，《同異》作"脩思：五臣思作德"。"脩""修"異體字。

卷五十二：尤袤本正文作"豪桀共推陳嬰而王之"，《同異》作"豪傑：五臣下有並起二字"，"傑""桀"通。

卷五十二：尤袤本正文作"貧賤則懾於飢寒"，《同異》作"懾於饑寒：五臣懾作懼"，"飢""饑"通。

卷五十八：尤袤本正文作"齊君趍車而行哭"，《同異》作"齊君趨車：五臣作齊侯超車"。"趍""趨"異體字。

六　篇名不同

卷十三：尤袤本正文作《鵩鳥賦》,《同異》作《服鳥賦》。

卷十九：尤袤本正文作《登徒子好色賦》,《同異》作《好色賦》。

卷二十：尤袤本正文作《侍五官中郎將建章臺集》,《同異》作《建章臺集詩》。

卷三十：尤袤本正文作《七月七日夜詠牛女》,《同異》作《詠牛女》。

卷三十九：尤袤本正文作《上書秦始皇》,《同異》作《上秦始皇書》。

卷三十九：尤袤本正文作《獄中上書自明》,《同異》作《於獄上書自明書》。

卷四十七：尤袤本正文作《東方朔畫贊》,《同異》作《東方朔贊》。

卷五十六：尤袤本正文作《女使箴》,《同異》作《女史箴》。

卷五十六：尤袤本正文作《新漏刻銘》,《同異》作《新刻漏銘》。

上述第三、第四種情況屬於尤袤本、《同異》二者人爲造成的失誤,並不是兩者之間本身既已存在的差異,可忽略不計,第五種情況"異體字、通用字致異"也可忽略,但前兩種情況與第六種情況中的部分條目屬於《同異》與尤袤本之間客觀存在的差異,這些差異足以説明兩者使用的底本當非同一個本子,作者也不應是同一個人,作爲想要還原李善注系統的尤袤本不可能在明知善本與五臣用字不同的情況下還在正文中使用五臣之字,不合邏輯,也不合尤袤刊刻初衷。

除此之外,還想補充兩點佐證。

一、《同異》在各目録的記載中,幾乎都没有標著作者姓名,唯有陸心源與盛宣懷明確提出爲尤袤所作,因此後世學者多信從此説,然而這其中是有問題的。陸氏共有三本書提到了《同異》,其中《皕宋樓藏書志》明確標注"不著撰人名氏",《群書校補》也未提撰人之事,唯在《儀顧堂續跋》中提出作者是尤袤之説,但係推測之辭,缺乏直接有利的證據。盛宣懷是依據皕宋樓影宋抄本重印《同異》,而《皕宋樓藏書志》明確説"不著撰人名氏",且題作《文選考異》,但盛宣懷卻直接稱爲尤袤所作,並將題目改作《文選注考異》。由此可知,盛宣懷所説的"尤袤所作"並非承襲陋宋樓，似是他自己想當然的結論。因此，陸心源、盛宣懷二人關於《同異》作者爲尤袤的説法並不可靠。

二、尤袤本之後歷朝歷代多有翻刻本，如元張伯顏本、明汲古閣本、清胡克家本等，然無一本附此《同異》，這個現象也使我們懷疑尤袤本後附《同異》與尤袤本《文選》之間的依附關係是如何產生的。

總之，種種的不符與可疑均指向尤袤應非《同異》編者，然而編者究竟是誰，編書目的爲何，依據何種底本，爲何附在尤本之後，又是否附在尤本初印本之後（現今所見尤袤本是一個有修版痕跡的早期印本，因而存在再次刻印時增加附録的可能性）等問題，還有待更多資料的出現與深入研究。

第四節　《李善與五臣同異》底本探究

若《李善與五臣同異》非尤袤所爲，那出自何人之手，底本究竟爲何，是抄本還是刻本？是單李善注本與單五臣注本的校勘結果，還是從六臣本中節略摘出部分李善與五臣差異而來？這些都值得深究。下文將《同異》與現存《文選》版本進行校勘，嘗試對此問題作一探究。

一　《李善與五臣同異》與抄本《文選》的關係考索

《同異》中列出的李善與五臣差異的數量遠少於現存六臣、六家諸本，因此首先懷疑《同異》的底本有可能是抄本。在現存的抄本系統中，明確標注出李善與五臣差異的版本即集注本，集注本與《同異》同屬李善注本系統，若《同異》的底本爲集注本，那麼《同異》中李善注部分的内容當與集注本相符，然校勘後發現情況並非如此。據統計，集注本現存内容中與《同異》重合者共計 163 條，其中集注本與《同異》李善注部分相同者共計 93 條，僅占 57% 左右。在這 163 條中，集注本編者案語裏明確説明李善與五臣異文的共計 29 條，其中 10 條與《同異》不同，詳情如下。

第一處：《同異》卷三十"乘此終蕭散：五臣作因此得蕭散"。集注本作“乘此得蕭散”。集注本編者案：五家乘爲因。如此看來，集注本正文用字與《同異》所見的李善注本不同，但集注本編者所見五臣注本與《同異》所見五臣注本同。

第二處：《同異》卷三十一“吹若莖：五臣若作枯”。集注本作“吹苦莖”。集注本編者案：五家本苦爲枯。集注本正文用字與《同異》所見李善注本不同，但集注本編者所見五臣注本與《同異》所見五臣注本同。

第三處：《同異》卷三十四“變名：五臣名作容”。集注本作“名”。集注本編者案：五家本名爲各。現存其他《文選》版本無有作“各”者，唯《文館詞林》本作“各”。集注本正文用字與《同異》所見李善注本同，但集注本編者所見五臣注本與《同異》所見五臣注本不同。

第四處：《同異》卷三十七“伏自思惟豈無錐刀之用：五臣作伏自惟省無錐刀之用”。集注本作“伏自惟省無錐刀之用”。集注本編者案：五家本伏上有臣字。集注本正文用字與《同異》所見李善注本不同，與五臣注本同。但集注本編者所見五臣注本與《同異》所見五臣注本不同。

第五處：《同異》卷四十七“神交造化：五臣交作變”。集注本作“神友”。集注本編者案：五家本友爲變。集注本正文用字與《同異》所見李善注本不同，但集注本編者所見五臣注本與《同異》所見五臣注本同。

第六處：《同異》卷四十九“險謁：五臣謁作詖”。集注本作“詖”。集注本編者案：諸本詖爲謁也。兩者所見李善注本與五臣注本正相反。

第七處：《同異》卷五十一“偃息匍匐：五臣無匍匐字”。集注本無“匍匐”。集注本編者案：五家本偃息下有匍匐二字。兩者所見李善注本與五臣注本正相反。

剩餘三處並爲卷四十《奏彈劉整》中的內容。集注本無“整及整母”至“整即主”一段，集注本編者案云五家本有。然《同異》中三處內容並出自此段，分別是“法志等”“寅妻范奴列孃去”“絓應洗之”，説明《同異》所見李善注本與五臣注本並有此段，集注本與《同異》所見李善注本不同。

另外，集注本編者案語明確説明李善與五臣不同之處，《同異》中也多未列出，如卷四《蜀都賦》"故能居然而辨八方"，集注本編者案："五家本無能字"，然《同異》無此條記録。又如：卷四十七《聖主得賢臣頌》"是以嘔喻受之"，集注本編者案："五家本以是爲是以"，然《同異》未列此條。再如卷五十七《夏侯常侍誄》"入侍帝閫，出光厥家"，集注本編者案："五家本閫爲闈也"，然《同異》未收此條，等等。由此可見集注本（包括集注本的底本）爲《同異》底本的可能性較低。

《同異》既然非從集注本抽出李善注本與五臣注本差異而來，那麼是不是將李善注本系統的抄本與五臣注本系統的抄本相對校後統計出來的結果呢？可惜存世資料有限，還不足以從此角度進行驗證。

二　《李善與五臣同異》與刻本《文選》的關係考索

再來討論《同異》與刻本《文選》的關係。尤袤本《文選》以前的宋刊諸本見於著録者主要有北宋本、秀州本、廣都裴氏本、杭州貓兒橋本、明州本、陳八郎本、贛州本。這些版本實可分作三類，分別是李善本、五臣本、六家六臣本。六家六臣本《文選》中夾有異文校語，《同異》從這些異文校語而來的可能性較大。秀州本已佚，韓國藏奎章閣本即以秀州本爲底本，故可通過奎章閣本窺知秀州本面貌。又，廣都裴氏本與明州本並以秀州本爲底本，同屬六家本（即五臣在前，李善在後），故秀州本、廣都裴氏本、明州本在一定程度上可視爲一種，奎章閣本可作爲六家本的代表。贛州本則是六臣本（即李善在前，五臣在後）的代表。北宋本爲李善本代表。杭州貓兒橋本和陳八郎本爲五臣注本，但杭州貓兒橋本僅存卷二十九、卷三十，故以陳八郎本爲五臣本代表。下文將結合具體校勘情況，對奎章閣本、贛州本、北宋本、陳八郎本與《同異》之關係進行梳理。

（一）奎章閣本應非《同異》底本

經過全面校勘，發現奎章閣本與《同異》之間存在兩百條左右的異文，具體可分爲以下兩種情況：

1.《同異》著校語，奎章閣本不著校語

（1）《同異》卷三"冠南山：五臣冠作觀"。奎章閣本作"冠南山"。

案：奎章閣本無校語，説明所見善與五臣同作"冠南山"，與《同異》所見的善本同，五臣本不同。

（2）《同異》卷十三"弦桐：五臣作絲桐"。奎章閣本作"絲桐"。

案：奎章閣本無校語，説明所見善與五臣同作"絲桐"，與《同異》所見的五臣本同，李善本不同。

（3）《同異》卷五十八"九月二十六日將遷座：五臣作二十七日將遷瘞"。奎章閣本作"九月二十七日將瘞"。

案：奎章閣本無校語，説明所見善與五臣同作"九月二十七日將瘞"，與《同異》所見的善本、五臣本均不同。

2.《同異》與奎章閣本並著校語

（1）二者所見善本不同。

如《同異》卷七"魂固：五臣作魂魄"。奎章閣本作"魂魄"，校語：善曰去魂作魄固。

案：《同異》所見善本作"魂固"，五臣作"魂魄"。奎章閣本所見善本作"魄固"，五臣作"魂魄"。二者所見善本不同。

（2）二者所見五臣本不同。

如《同異》卷二十四"大辰：五臣作太辰"。奎章閣本作"火"，校語：善本作大。

案：《同異》所見善本作"大辰"，五臣作"太辰"。奎章閣本所見善本作"大辰"，五臣作"火辰"。二者所見五臣本不同。

（3）二者所見善本、五臣本均不同。

如《同異》卷六"全模：五臣作謨"。奎章閣本作"全模"，校語：善本作令謨。

案：《同異》所見善本作"全模"，五臣作"全謨"。奎章閣本所見善本作"令謨"，五臣作"全模"。

此條還有一種特殊情況，即二者所見善與五臣正好相反。如《同異》卷二十五"歡然以喜：五臣無此一句"。奎章閣本作"歡然以喜"，校語：善本無此一句。

（4）《同異》與奎章閣本所著校語一致，但所校之外用字不同。

如《同異》卷七"薄采其茅：五臣茅作芳"。奎章閣本作"薄採其芳"，校語：善本作茅字。

案：二者所校之字善本與五臣本並同，但其他字却有所不同，《同異》作"采"，奎章閣本則作"採"。

再如《同異》卷二十四中引篇題作《答賈長淵》，而奎章閣本篇題作《答賈謐》。可見二者所見篇題名稱亦有差異。

由此觀之，《同異》底本應非奎章閣本。

（二）贛州本與《同異》的接近度較奎章閣本高

贛州本爲李善注在前，五臣注在後的六臣本，與《同異》並爲李善注本系統，因此相較於奎章閣本，與《同異》相同率更高。許多奎章閣本與《同異》不同的條目，贛州本並與《同異》相同。如《同異》卷二"奮隼：五臣作集隼"。奎章閣本作"集隼"，無校語，而贛州本作"奮隼"，校語云："五臣作集"。再如《同異》卷四"日將遙：五臣作既逮"。奎章閣本作"日既逮"，校語云："善本作將"，而贛州本作"日將逮"，校語云："五臣將作既，善本逮作遙。"贛州本應該以李善本爲底本，校語應爲五臣作某，然偶爾會出現善本作某的情況，此條若將"善本逮作遙"恢復至正文中，那贛州本就與《同異》完全一樣了。又如《同異》卷六"全模：五臣作謨"。奎章閣本作"全模"，校語云："善本作令謨"，而贛州本作"全模"，校語云："五臣本作謨。"

但贛州本與奎章閣本存在一個共同的問題，即：校語中所記李善與五臣的差異遠遠多於《同異》中的記載。

（三）北宋本爲《同異》底本的可能性較高

張月雲先生在《宋刊〈文選〉李善單注本考》一文中即説道："贛州本、四部叢刊景印本、尤刻本此三種宋刊版本，其正文皆應是從'善注本'系統方是，然與北宋本校後，顯見上述三本之正文已非'善注本'始刻之貌，斯則可知宋刊之《李善與五臣同異》一書，必僅是就北宋本以後之宋刊諸本所見而言，就鈔本與北宋本所存之善注本正文觀之，蓋善注本與五臣注本之正文同異絶不僅是《李善與五臣同異》一書所見而已。"^① 張先生認爲《同異》之底本並非北宋本，而是北宋本之後的宋刊本。其實未必，若《同異》最初問世即附録於尤袤本《文選》初印本之後^②，那麼它的産生年代應該在尤袤本《文選》之前或與之同時，據現有資料可知，在尤袤本之前的單李善注本除了寫抄本外，僅北宋本一種刻本，且尤袤本之前的六家六臣本中的李善注部分也並以北宋本爲底本^③，故其底本爲北宋本或北宋本系統的可能性應該很大。

現存北宋本指天聖明道年間的遞修本，係殘本，現分藏於中國國家圖書館和臺北故宮博物院。經過對現存卷目内容的核驗，發現其與《同異》共存條目總計 327 條，其中兩者内容一致者 321 條，相同率高達 98%，遠遠高於尤袤本正文與《同異》的相同率；兩者的異文共計 6 條，詳情如下：

卷四 "於是日將逮昏，樂者未荒"，《同異》作 "日將遙：五臣作既逮"。然北宋本作 "日將逮"。

卷四 "朱帷連網"，《同異》作 "連網：五臣作連綱"。然北宋本作 "綱"。

卷六 "授全模於梓匠"，《同異》作 "全模：五臣作謨"。然北宋本作 "令模"。

卷五十四 "若使善惡無徵"，《同異》作 "若使善惡：五臣無若使字"。然北宋本無 "使" 字。

卷五十八 "粤九月二十六日，將遷座于長寧陵，禮也"，《同異》作 "九月二十六日將遷座：五臣作二十七日將遷瘞"。然北宋本作 "二十七日"。

卷六十 "並奏疏累上"，《同異》作 "奏疏：五臣奏作表"。然北宋

---

① 張月雲：《宋刊〈文選〉李善單注本考》，載《中外學者文選學論集》，中華書局，1998，第 790—791 頁。

② 正如前文所論，《同異》産生的時代和作者目前還存在爭議，還無法確認其是否爲尤袤所作，是否在尤袤本《文選》初印之時既已附之于後，因現今所見之尤袤本並非初印本，衹是一個早期印本，存在後面刊刻時增加附録的可能。

③ 但經過北宋本、奎章閣本的對校，發現二者存在多處不一致，因此推測奎章閣本中李善注部分的底本應非現存的北宋天聖明道遞修本《文選》，而是其他北宋本（或遞修本）。

本作“表”。

除此之外，還有一處《同異》與尤袤本正文不同，但與北宋本相同的情況。卷十“輴枔詣而輮承光”，《同異》作“輴枔詣：五臣輴作輮”，北宋本亦作“輴”。

（四）陳八郎本與《同異》關係梳理

臺灣“國家”圖書館藏紹興三十一年陳八郎宅刻本屬五臣注刻本，此本爲現存唯一宋刻五臣注全本，但其中部分卷目爲抄配，且據牌記可知，此本曾參考過北宋國子監善本，故存在與善本合的情況。如《同異》卷三“東除：五臣除作塗”，陳八郎本作“東除”，朝鮮正德本、奎章閣本作“東塗”。再如《同異》卷七“瓠盧：五臣作菰蘆”，陳八郎本作“瓠盧”，朝鮮正德本、奎章閣本作“菰蘆”。朝鮮正德本爲朝鮮正德四年（1509）五臣注刻本，現藏於韓國成均館和日本東京大學東洋文化研究所，此本應是現存五臣注刻本中保存五臣本原貌最好的版本，傅剛先生認爲其底本爲杭州貓兒橋本，“甚或是杭州本的祖本，也即平昌孟氏刻本”。[1]平昌孟氏刻本即最早的五臣注刻本，後世五臣注刻本並從此本出，但現已不存。據統計，陳八郎本與《同異》相同率爲92.8%，朝鮮正德本與《同異》相同率爲99.1%。由此可見，五臣注本系統的差異化較李善注本系統小許多。

綜上所述，北宋本是目前存世諸本中與《同異》李善注部分最爲接近的版本，而之所以仍有差異，蓋因《同異》的底本爲北宋本而非遞修本的緣故。陳八郎本非抄配部分與《同異》五臣注部分最爲接近。由此，基本可以説明《同異》的底本應來自北宋國子監善本和平昌孟氏五臣本兩個系統。但數量上的差異問題暫無確解。郭寶軍先生曾在《宋代文選學研究》中説：“《同異》的編纂者是以監本李善注與平昌孟氏的五臣注爲底本所作；而且也可以推測，《同異》當作於秀州本刊刻的元祐九年（1094）之前，因爲秀州本對五臣與李善異文作了詳細的校勘，若此本出現以後，《同異》的撰寫似乎就已經没有意義了。以此推測，《同異》必須在監本善注、平昌孟氏本《文選》之後至秀州本刊

---

①　傅剛：《〈文選〉版本研究》，北京大學出版社，2023，第304頁。

刻之前，亦即天聖七年（1029，國子監刊刻善注）至元祐九年（1094）之間。《同異》是宋代《文選》研究的發軔之作，也正因爲如此，纔呈現出早期的粗糙形態。"[1] 郭先生認爲《同異》的底本是北宋國子監善本和平昌孟氏五臣本，但他證明的方式並非選擇北宋國子監本和平昌孟氏本進行對校，而是用以這兩個版本爲底本刊刻的秀州本（實際爲奎章閣本）作爲校勘的對象，前文已經論證過，奎章閣本與《同異》存在較多差異，顯非其底本。

第五節　《李善與五臣同異》彙校

彙校説明

此次彙校以中國國家圖書館藏宋淳熙八年池陽郡齋刻本後附《李善與五臣同異》爲底本，以中國國家圖書館藏宋淳熙八年池陽郡齋刻遞修本所附《同異》（下簡稱爲遞修本）、理宗本《文選》所附《同異》（下簡稱爲理宗本）、陸心源《群書校補》本（下簡稱爲《群書校補》本）、盛宣懷《常州先哲遺書》本（下簡稱爲常州本）、尤桐《錫山尤氏叢刊甲集》本（下簡稱爲尤桐本）以及清咸豐精鈔本（下簡稱爲精鈔本）、陳八郎本、朝鮮正德本、奎章閣本爲主要參校本，又結合九條本、宮內廳本、冷泉本、明州本、《後漢書》等相關內容，對《李善與五臣同異》進行彙校。此次彙校主要包括三個方面：首先是整理底本與諸種參校本的不同之處；其次是指出尤袤本《同異》與尤袤本正文的不同之處；最後是指出尤袤本《同異》有誤之處。

第一卷
《西都賦》

水衡虞人，修其營表。

尤袤本《同異》："修其營表：五臣作 ※ 其。"

案：※ 代表模糊，難以辨認。遞修本、《群書校補》本、常州本、尤桐本、精鈔本等作"修其營表：五臣作擇其"，而理宗本作"修其營

表：五臣作理其"。陳八郎本、朝鮮正德本、奎章閣本、《後漢書》並作"理其"，弘安本作"治其"。奎章閣本注記：善本作修。作"擇其"者或因底本"擇"字處模糊，遂誤認所致。

《東都賦》

外則因原野以作苑，填流泉而爲沼。

尤袤本《同異》："填流泉：昭明諱順，故改※填，五臣作順。"

案：理宗本作"填流泉：昭明□順，故改□填，五臣作順"，遞修本、《群書校補》本、常州本、尤桐本、精鈔本作"填流泉：昭明諱順，故改爲填，五臣作順"。填，陳八郎本、朝鮮正德本、奎章閣本、《後漢書》並作"順"。奎章閣本注記：善本作填字。王念孫《讀書雜志·餘編下》："昭明諱順，故改爲填。引之曰：填，當爲慎。草書之誤也。慎順古字通。故昭明改順爲慎。"[①]然下句"順時節"則未改字，且多處不改。因此，避"順"改字，未必盡然。

第二卷
《西京賦》

爾乃逞志究欲，窮身極娛。

尤袤本《同異》："窮身：五臣作窮※。"

案：遞修本、《群書校補》本、常州本、尤桐本、精鈔本等作"窮身：五臣作窮敬"，而理宗本作"窮身：五臣作窮歡"。窮身，九條本、陳八郎本、朝鮮正德本、奎章閣本作"窮歡"。九條本旁記、奎章閣本注記：李善本作身。除尤桐本外，其他諸本"敬"字並缺末筆。

第四卷
《南都賦》

於是日將逮昏，樂者未荒。

尤袤本《同異》："日將遥：五臣作既逮。"

案：尤袤本正文與《同異》所見不同。北宋本亦作"將逮"，九條本、宮內廳本、冷泉本、陳八郎本、朝鮮正德本、奎章閣本、明州本作"既逮"。九條本旁記：善本作將遥。奎章閣本"逮"下注記：善本作將。奎章閣本注記位置有誤，應在"既"字之下，其所見善本當作"將逮"。明州本"逮"下注記：善本作遥。則明州本所見善本作"既

---

① （清）王念孫：《讀書雜志》，江蘇古籍出版社，2000，第1045頁。

遥"。贛州本"將"下注記：五臣作既，"逮"下注記：善作遥。胡克家《文選考異》謂："袁本、茶陵本'逮'下校語云：善作'遥'。"[1] 此處異文本應是"將""既"二字的問題，但在傳寫過程中又因訛誤産生了"遥""逮"的異文。《同異》"日"字當删，否則易引起歧義。

《蜀都賦》

内則議殿爵堂，武義虎威。

尤袤本《同異》："虎威：五臣作虎儀。"

案：武義虎威，陳八郎本、朝鮮正德本、奎章閣本作"虎義虎威"。九條本旁記：五臣本武作虎。奎章閣本注記：善本作武義。《同異》此處當誤，應作"武義：五臣作虎儀"。

第六卷
《魏都賦》

著馴風之醇醲。

尤袤本《同異》："馴風：五臣作馴 ※ 。"

案：遞修本、《群書校補》本、常州本、尤桐本、精鈔本等作"馴風：五臣作馴政"，而理宗本作"馴風：五臣作馴致"。九條本、陳八郎本、朝鮮正德本、奎章閣本作"馴致"。九條本旁記、奎章閣本注記：善本致作風。

冠韶夏，冒六莖。

尤袤本《同異》："冒六莖：五臣多五 ※ 二字。"

案：理宗本、《群書校補》本、常州本、尤桐本、精鈔本作"冒六莖：五臣多五英二字"。陳八郎本、朝鮮正德本、奎章閣本作"冒六英、五莖"。奎章閣本注記：善本無六英二字。據李善注皆爲"六英、五莖"，蓋尤袤本正文誤。王念孫《讀書雜志·餘編下》："'冒六莖'應作'冒英莖'，與'冠韶夏'相對爲文。"[2] 陳景雲《文選舉正》亦持此説。

世業之所日用，耳目之所聞覺。

尤袤本《同異》："※ 覺：五臣作開覺。"

案：理宗本、遞修本、《群書校補》本、常州本、尤桐本、精鈔本

---

① （清）胡克家：《文選考異》，載《〈文選〉研究文獻輯刊》第四四册，國家圖書館出版社，2013，第46頁。

② （清）王念孫：《讀書雜志》，江蘇古籍出版社，2000，第1049頁。

作“聞覺：五臣作開覺”。九條本、陳八郎本、朝鮮正德本、奎章閣本作“開覺”。九條本旁記、奎章閣本注記：善本開作聞。

第七卷
《甘泉賦》

平原唐其壇曼兮，列新雉於林薄。

尤袤本《同異》：“新雉：五臣作新 ※ 。”

案：※ 處，常州本模糊，遞修本、《群書校補》本、尤桐本、精鈔本作“新雉：五臣作新莫”，理宗本作“新雉：五臣作新黃”。九條本、陳八郎本、朝鮮正德本、奎章閣本作“新黃”。九條本旁記、奎章閣本注記：善本作雉。

徒徊徊以徨徨兮，魂眇眇而昏亂。

尤袤本《同異》：“魂固：五臣作魂魄。”

案：尤袤本正文與《同異》所見不同，尤袤本正文脫“固”字。魂，陳八郎本、奎章閣本作“魂魄”，九條本、《漢書》作“魂固”。奎章閣本注記：善本去魂，作魄固。九條本旁記：善本作魄。胡克家《文選考異》：“袁本、茶陵本‘魂’下有‘魄’字，云：善本去‘魂’作‘魄固’。案：《漢書》作‘魂固’，蓋善自作‘魂固’。袁、茶陵所見‘魂’作‘魄’者，非。尤本誤涉五臣脫‘固’字，益非。”[1]

駢交錯而曼衍兮，嶐嵑陒乎其相嬰。

尤袤本《同異》：“嶐嵑：五臣嶐嵑作崒巍”。

案：遞修本、《群書校補》本、精鈔本作“嶐嵑：五臣嶐嵑作崒巍”，常州本、尤桐本作“嶐嵑：五臣作崒巍”，理宗本作“嶐嵑：五臣嶐嵑作崒巍”。嵑陒，九條本、陳八郎本、朝鮮正德本、奎章閣本作“崒巍”。九條本旁記、奎章閣本注記：善本作嵑陒。故《同異》應作“嵑陒：五臣作崒巍”。

帷弸彁其拂汨兮，稍暗暗而靚深。

尤袤本《同異》：“帷弸彁：五臣帷下有首字”，“彁”字有描改痕跡，“弓”字旁與“扌”旁重合，不知誰改誰。

案：遞修本、《群書校補》本、常州本、尤桐本、精鈔本作“帷弸

---

① （清）胡克家：《文選考異》，載《〈文選〉研究文獻輯刊》第四四冊，國家圖書館出版社，2013，第104頁。

摵：五臣帷下有首字”，理宗本作“帷弸彋”，陳八郎本、朝鮮正德本作“彋”。可見尤袤本原作“扌”，後改“弓”。但《群書校補》本等並作“扌”，判斷錯誤。另，陳八郎本作“帷幔弸彋”，顯然與尤袤本所見五臣本作“帷首弸彋”不同。朝鮮正德本、奎章閣本作“帷首”，奎章閣本注記：善本無首。九條本旁記：五臣本“帷”下有“首”字。王觀國《學林》卷七《甘泉賦》所見《文選》作“惟首弸彋其拂汨兮”①。

樵蒸焜上，配藜四施。

尤袤本《同異》：“樵蒸焜上：五臣作 ※ 上。”

案：遞修本、《群書校補》本、常州本、尤桐本、精鈔本等作“樵蒸焜上：五臣作混上”，而理宗本作“樵蒸焜上：五臣作焜上”。焜上，九條本、陳八郎本、朝鮮正德本、奎章閣本、《漢書》並作“焜上”。奎章閣本注記：善本焜作焜。顏師古曰：“樵，木薪也。蒸，麻幹也。焜，同也。言以樵及蒸燎火，炎上於天，又披離四出。”李善注曰：“《説文》曰：焜，同也。焜或爲焜。《字書》曰：焜，煌火貌。”

《子虛賦》

其北則有陰林，其樹楩枏豫章。

尤袤本《同異》：“其樹：五臣作巨樹。”

案：理宗本“樹”字缺末筆，其他諸本並未缺筆。

其上則有鵷鶵孔鸞，騰遠射干。

尤袤本《同異》：“其上則有：五臣有赤猿玃 ※ 四字。”

案：遞修本、《群書校補》本、常州本、尤桐本、精鈔本作“其上則有：五臣有赤猿玃狖四字”，而理宗本作“其上則有：五臣有赤猿玃猱四字”。陳八郎本、朝鮮正德本、奎章閣本作“其上則有赤猿玃猱，鵷鶵孔鸞，騰遠射干”。九條本旁記、奎章閣本注記：善本無赤猿玃猱四字。《史記》亦有此四字，唯“玃猱”作“蠼蝚”。

右以湯谷爲界。

尤袤本《同異》：“湯谷：五臣作 ※ 谷。”

案：理宗本、遞修本、《群書校補》本、常州本、尤桐本、精鈔本作“湯谷：五臣作暘谷”。朝鮮正德本、奎章閣本作“暘谷”。九條本

---

① （宋）王觀國撰，田瑞娟點校《學林》，中華書局，1988，第224頁。

旁記：善本作暘。奎章閣本注記：善本作湯。《漢書》顏師古注："湯谷，日所出也。許慎云：熱如湯也。"

第八卷
《上林賦》

且二君之論，不務明君臣之義。

尤袤本《同異》："明君之義：五臣作明君臣。"

案：尤袤本正文與《同異》所見善注本不同，却與《同異》所見五臣本同。九條本旁記、奎章閣本注記：善本無臣字。

洶涌彭湃。

尤袤本《同異》："澎湃：五臣作滂湃。"

案：尤袤本正文與《同異》所見不同。彭湃，陳八郎本、朝鮮正德本並作"滂湃"，《史記》作"滂濞"，九條本作"澎湃"，並旁記：善本作彭。

德隆於三王，功羨於五帝。

尤袤本《同異》："德隆於三玉：五臣玉作皇。"

案：尤袤本正文與《同異》所見不同。理宗本、常州本、尤桐本作"德隆於三王：五臣王作皇"。九條本、陳八郎本、朝鮮正德本、奎章閣本、《史記》、《漢書》並作"三皇"。

於是二子愀然改容，超若自失。

尤袤本《同異》："起若自失：五臣無此一句。"

案：尤袤本正文與《同異》所見不同，此處《同異》誤"超"爲"起"。陳八郎本、朝鮮正德本、奎章閣本無"超若自失"四字。九條本旁記：已上四字五臣無。奎章閣本注記：善本有超若自失一句。

《羽獵賦》

然後先置乎白楊之南。

尤袤本《同異》："白揚之南：五臣作長楊。"

案：尤袤本正文與《同異》所見不同。白揚，九條本、陳八郎本、朝鮮正德本、奎章閣本作"長楊"。九條本旁記、奎章閣本注記：善本作白。

踔夭蟜，娭澗間。

尤袤本《同異》："娭澗澗：五臣作嬉間間。"

案：尤袤本正文與尤袤本《同異》所見不同，理宗本作"娛澗澗：五臣作嬉閒閒"。陳八郎本、奎章閣本作"嬉間間"，朝鮮正德本作"嬉閒閒"，九條本作"娛澗間"，《漢書》作"娛澗門"。宋祁考訂説當作"娛間間"。祝文白《文選六臣注訂譌》引《莊子》"大知閑閑，小知間間。注：間間，有所分別也"。因此，作"間間"爲是。

第九卷

《長楊賦》

拮隔鳴球，掉八列之舞。

尤袤本《同異》："拮隔鳴珠：五臣作戛擊。"尤袤本"珠"字似"球"又似"珠"。

案：尤袤本正文與《同異》所見不同。理宗本、遞修本作"拮隔鳴珠：五臣作戛擊"，"珠"字應爲"球"字之訛，而《群書校補》本、常州本、尤桐本、精鈔本則作"拮隔鳴珠：五臣作戛擊"，"珠"字顯爲"珠"字之訛。尤袤本正文作"鳴球"。因此各版本的《同異》此處並誤。陳八郎本、朝鮮正德本、奎章閣本作"戛擊"。奎章閣本注記：善本作拮隔。胡克家《文選考異》卷二："袁本、茶陵本此上有'韋昭戛擊爲拮隔'，乃校語錯入注，因正文用五臣'戛擊'，故云然。案：此云古文者，韋所見之《古文尚書》也，意謂'隔者擊也''耳'。子雲用'拮隔'，《漢書》及《史記·樂書》俱有其證。楊倞注《荀子》亦極明晰。五臣乃援東晉古文改竄，荒陋甚矣。宋人校語以'拮隔'屬韋，更繆。尤本無之，是矣。"[1]

《射雉賦》

山鷩悍害，猋迅已甚。

尤袤本《同異》："猋迅：五臣猋作飆。"

案：尤袤本正文與《同異》所見不同。猋，陳八郎本、朝鮮正德本、奎章閣本作"飆"。

《北征賦》

風猋發以漂遥兮，谷水灌以揚波。

尤袤本《同異》："風猋發：五臣作飄飆。"

---

① （清）胡克家：《文選考異》，載《〈文選〉研究文獻輯刊》第四四冊，國家圖書館出版社，2013，第128頁。

案：尤袤本正文與《同異》所見不同。猋，室町本、陳八郎本、朝鮮正德本、奎章閣本作"飇"。漂遥，室町本、陳八郎本、朝鮮正德本、奎章閣本作"飄颻"。奎章閣本注記：善本作瀌遥。由此可知，《同異》有誤，應作"漂遥：五臣作飄颻"。

遊子悲其故鄉，心愴悢以傷懷。

尤袤本《同異》："心愴悢：五臣作滄悢。"

案：理宗本作"心愴悢：五臣作愴悢"。愴悢，朝鮮正德本、奎章閣本作"愴恨"。奎章閣本注記：善本作悢。由此可知，尤袤本《同異》"滄"字當誤，且應作"愴悢：五臣作滄悢"。

第十卷
《西征賦》

枝末大而本披，都偶國而禍結。

尤袤本《同異》："本披：五臣作本折披。"

案：遞修本、《群書校補》本、常州本、尤桐本、精鈔本作"本掇：五臣作本折披"。本披，陳八郎本、朝鮮正德本、奎章閣本作"本折披"。奎章閣本注記：善本無折。

縈馺娑而款駘盪，轢枍詣而轢承光。

尤袤本《同異》："轢枍詣：五臣轢作 ※。"

案：尤袤本正文與尤袤本《同異》所見不同。理宗本作"轢枍詣：五臣轢作轠"。※處，常州本模糊，遞修本、《群書校補》本、尤桐本、精鈔本"轠"沒有草字頭。尤袤本正文作"轠"。轠，北宋本作"轢"。

國滅亡以斷後，身刑轘以啓前。

尤袤本《同異》："啓先：五臣先作前。"

案：尤袤本正文與《同異》所見不同。啓前，北宋本作"啓先"。奎章閣本注記：善本作先。此句尤袤本李善注有"刑轘之辟，二人爲首，故曰啓前"。尤袤本正文或據注文而改。

激義誠而引決，赴丹爛以明節。

尤袤本《同異》："丹爛：五臣爛作焰。"

案：尤袤本正文與《同異》所見不同。陳八郎本作"丹焰"，朝鮮正德本、奎章閣本作"丹熖"。奎章閣本注記：善本作爛。

五方雜會，風流溷淆。

尤袤本《同異》："五方雜會：五臣方上有雖字。"

案：《群書校補》本、常州本、尤桐本、精鈔本作"五方雜會：五臣五方上有雖字"。尤袤本、遞修本、理宗本並脫"五"字。陳八郎本、朝鮮正德本、奎章閣本"五方雜會"上並有"雖"字。奎章閣本注記：善本無此字。

十一卷
《魯靈光殿賦》

屹鏗瞑以勿罔，屑厤翳以懿濞。

尤袤本《同異》："鏗瞑：五臣作鏗矄。"

案：尤袤本正文與《同異》所見不同。鏗瞑，陳八郎本、朝鮮正德本、奎章閣本作"鏗矄"。奎章閣本注記：善本作鏗、善本作瞑。

葱翠紫蔚，礛碯璩瑋，含光晷兮。

尤袤本《同異》："碯 ※：五臣碯作硌。"

案：遞修本作"碯□：五臣碯作硌"，理宗本作"碯璩：五臣碯作硌"，《群書校補》本、常州本、尤桐本、精鈔本等作"礛碯：五臣碯作硌"。碯，陳八郎本、朝鮮正德本、奎章閣本作"硌"。奎章閣本注記：善本作碯字。尤袤本正文作"礛碯璩瑋"，尤袤本與理宗本並取中間兩字，而常州本等誤取前兩字。

十二卷
《海賦》

若乃偏荒速告，王命急宣。

尤袤本《同異》："偏荒：五臣作邊荒。"

案：遞修本、《群書校補》本、常州本、尤桐本、精鈔本作"偏荒：五臣作遍荒"。偏荒，陳八郎本、朝鮮正德本、奎章閣本作"邊荒"。奎章閣本注記：善本作偏字。

或乃萍流而浮轉，或因歸風以自反。

尤袤本《同異》："蓱流而浮轉：五臣作蓬轉。"

案：尤袤本正文與《同異》所見不同。"萍""蓱"通。浮轉，陳八郎本、朝鮮正德本、奎章閣本作"蓬轉"。奎章閣本注記：善作浮。

《江賦》

幽澗積岨，礐硞礐礭。

尤袤本《同異》："礐硞礐礭：五臣硞作硌，礭作 ※。"

案：遞修本、理宗本、《群書校補》本、常州本、尤桐本、精鈔本作"礐硞礐礭：五臣硞作硌，礭作確"。陳八郎本、朝鮮正德本並作"礐硌礐礭"。

紫菜熒曄以叢被，綠苔鬖髿乎研上。

尤袤本《同異》："紫菜：五臣作紫 ※。"

案：※ 處，常州本模糊，遞修本、《群書校補》本、尤桐本、精鈔本作"紫菜：五臣作紫萸"，而理宗本作"紫菜：五臣作紫萸"。"萸"字當爲據模糊之處胡亂猜測而來。紫菜，陳八郎本、朝鮮正德本、奎章閣本作"紫萸"。萸，奎章閣本注記：善本作采，與尤袤本作"菜"字不同。

十三卷

《風賦》

乘凌高城，入于深宮，邸華葉而振氣。

尤袤本《同異》："華葉：五臣作華蕚。"

案：華葉，陳八郎本、朝鮮正德本、奎章閣本作"蕚葉"，與《同異》所見不同，此處當爲《同異》訛"蕚葉"爲"華蕚"。九條本旁記也稱五臣本作"蕚葉"。奎章閣本注記：善本作華字。

動沙堁，吹死灰。

尤袤本《同異》："動沙堁：五臣作沙 ※。"

案：遞修本、《群書校補》本、常州本、尤桐本、精鈔本等作"動沙堁：五臣作沙堰"，而理宗本作"動沙堁：五臣作沙堀"。沙堁，陳八郎本、朝鮮正德本、奎章閣本作"沙堀"。奎章閣本注記：善本作堁字。"堰"當爲"堀"字之訛。"堀"字疑是，因爲上文已有"堀堁揚塵"，"堁"字此不應重出。尤袤本李善注亦云："堁或爲堀，非也。"

《秋興賦》

斑鬢髟以承弁兮，素髮颲以垂領。

尤袤本《同異》："鬢髟：五臣 ※ 作彪。"

案：遞修本、理宗本、《群書校補》本、常州本、尤桐本、精鈔本作

"鬢髟：五臣髟作髟"。鬢髟，陳八郎本、朝鮮正德本、奎章閣本作"鬢髟"。九條本旁記：五臣本作髟。奎章閣本注記：善本作髟。姚寬《西溪叢語》卷下第四十二條："潘岳《秋興賦》云：斑鬢髟以承弁兮，素髮颯以垂領。五臣注云：髟，髮下垂貌。《説文》云：白黑髮雜也。李善注云：髟作髟。音方料切。"[①] 姚寬所見李善注與尤袤本不同。姚寬，兩宋之交學者，多引《文選》李善注，所見與尤袤本多有不同，此即一例。

《雪賦》

焦溪涸，湯谷凝。

尤袤本《同異》："湯谷凝：五臣作暘谷。"

案：湯谷，九條本、朝鮮正德本、奎章閣本作"暘谷"。九條本旁記、奎章閣本注記：善本作湯。《同異》"凝"字當删。

若迺積素未虧，白日朝鮮，爛兮若燭龍銜燿照崑山。

尤袤本《同異》："積素未虧：五臣作積雪。"

案：積素，陳八郎本、朝鮮正德本、奎章閣本作"積雪"。九條本旁記：五臣本作雪。奎章閣本注記：善本作素。《同異》"未虧"二字當删。

《月賦》

擅扶光於東沼，嗣若英於西冥。

尤袤本《同異》："擅扶光：五臣作扶桑。"

案：扶光，陳八郎本、朝鮮正德本、奎章閣本作"扶桑"。九條本旁記：五臣本作桑。奎章閣本注記：善本作光字。《同異》"擅"字當删。

於是絃桐練響，音容選和。

尤袤本《同異》："絃桐：五臣作絲桐。"

案：絃桐，九條本、室町本、陳八郎本、朝鮮正德本、奎章閣本作"絲桐"。理宗本、《群書校補》本、常州本、精鈔本"絃"字並缺末筆，尤袤本不缺筆。

《鵩鳥賦》

尤袤本《同異》："服鳥賦：五臣並作鵩字。"

---

① （宋）姚寬撰，孔凡禮點校《西溪叢語》，中華書局，1993，第 95 頁。

案：尤袤本正文與《同異》所見善注本不同，尤袤本正文作"鵬鳥賦"，與《同異》所見五臣本同。

《鸚鵡賦》

心懷歸而弗果，徒怨毒於一隅。

尤袤本《同異》："惋毒：五臣惋作宛。"

案：尤袤本正文與《同異》所見不同。陳八郎本、朝鮮正德本、奎章閣本作"怨毒"，九條本作"宛毒"，室町本作"惋毒"。九條本旁記：五臣本作怨。奎章閣本注記：善本作宛字。尤袤本正文用字與五臣注刻本系統相同，作"怨"，而尤袤本《同異》所見善本與室町本相同，所見五臣注本與九條本相同。黃侃《文選平點》卷二："怨，或作惋。尤袤云：惋毒，五臣'惋'作'宛'"。[1]或本作"惋"，後因形近而變爲"宛"，又因音近而變爲"怨"，"怨"字應爲進入刻本系統之後纔出現的。

十四卷
《赭白馬賦》

惟宋二十有二載。

尤袤本《同異》："維宋二十有二載：五臣作十有四載。"

案：尤袤本正文與《同異》所見不同。惟，古鈔本、九條本、陳八郎本、朝鮮正德本、奎章閣本並作"維"。二十有二載，陳八郎本、朝鮮正德本、奎章閣本、明州本並作"十有四載"。九條本旁記：五臣本作十有四載。奎章閣本注記：善本作二十有二載。張雲璈《選學膠言》卷八："宋高祖永初三年五月太子義符即位，明年改元景平。是爲少帝。又明年五月徐羨之、傅亮、謝晦廢帝爲營陽王，六月，弑之。文帝義隆立，即爲元嘉元年。自高祖數至二十二載，當是元嘉十八年。今云十七者，注微誤。"[2]《文選旁證》卷十五："案以李注宋文帝十七年考之，文帝以甲子歲即位，數至其十七年庚辰，加前高祖三年，營陽王一年，當爲'惟宋二十有一載'，方與李注之數合，今作'二十有二載'者有

---

① 黃侃平點，黃焯編次《文選平點》，上海古籍出版社，1985，第51頁。
② （清）張雲璈：《選學膠言》，載《〈文選〉研究文獻輯刊》第四二冊，國家圖書館出版社，2013，第489、490頁。

誤。若六臣本之'十有四載'，又未知何出？恐不足據也。"[①]李善注：
"宋文帝十七年也。沈約《宋書》曰：文帝諱義隆，武帝第三子也。"

故祇慎乎所常忽，敬備乎所未防。

尤袤本《同異》："敬備：五臣敬作警。"

案：敬，陳八郎本、朝鮮正德本、奎章閣本作"警"。九條本旁
記：五臣本作警。奎章閣本注記：善本作敬字。尤袤本、遞修本、《群
書校補》本、常州本、精鈔本"敬"字缺末筆，"警"字未缺筆。理宗
本"敬""警"二字缺末筆。

十五卷
《思玄賦》

文君爲我端蓍兮，利飛遁以保名。

尤袤本《同異》："利飛遁：五臣利作欲。"

案：尤袤本正文與《同異》所見不同。利飛遁，陳八郎本、奎章閣
本作"欲肥遁"，朝鮮正德本作"欲飛遁"。九條本旁記：五臣本作欲。
奎章閣本注記：善本作利。《義門讀書記》卷四十五："利肥遁以保名。
肥，《後漢書》作'飛'，乃合象詞無所疑也之意。'肥'字不知者妄加
雌黃，以《七啓》校之自審。然不讀姚令威《西溪叢語》，未有不反疑
古善本爲誤也。"[②]何焯、梁章鉅所見本均作"肥遁"。

舒紗婧之纖腰兮，揚雜錯之袿徽。

尤袤本《同異》："揚雜錯：五臣揚作楊。"

案：尤袤本《同異》中前一個"楊"字當爲"揚"字之訛。常州本
此條模糊，遞修本、《群書校補》本、尤桐本、精鈔本作"揚雜錯：五
臣揚作楊"，然理宗本作"揚雜錯：五臣揚作裼"。陳八郎本此句作"舒
眇婧之纖要兮，裼雜錯之袿徽"。揚，陳八郎本、朝鮮正德本、奎章閣
本作"裼"。九條本旁記：五臣本作裼。奎章閣本注記：善本作揚。古
時"礻""衤"常混用，此處理宗本正確，其他《同異》版本訛誤。

戒庶僚以夙會兮，僉供職而並訝。

尤袤本《同異》："並迓：五臣並作來。"

① （清）梁章鉅：《文選旁證》，載《〈文選〉研究文獻輯刊》第五二冊，國家圖書館出版
　　社，2013，第123、124頁。
② （清）何焯著，崔高維點校《義門讀書記》，中華書局，1987，第878頁。

案：尤袤本正文與《同異》所見不同。"訝""迓"當爲異體字。並訝，陳八郎本、朝鮮正德本、奎章閣本作"來迓"，《後漢書》作"並迓"。奎章閣本注記：善本作並。

撫軨輢而還睨兮，心勺藻其若湯。

尤袤本《同異》："心勺藻：五臣作灼爍。"

案：勺藻，陳八郎本、朝鮮正德本、奎章閣本作"灼爍"，《後漢書》作"灼藥"。奎章閣本注記：善本作勺藻。《同異》"心"字當删。

左青琱之捷芝兮，右素威以司鉦。

尤袤本《同異》："之犍芝：五臣之作以。"

案：尤袤本正文與《同異》所見不同。之，九條本、陳八郎本、朝鮮正德本、奎章閣本、《後漢書》作"以"。奎章閣本注記：善本作之。捷，陳八郎本、朝鮮正德本並作"犍"。

十六卷
《思舊賦》

追思曩昔遊宴之好。

尤袤本《同異》："追思曩昔：五臣思作 ※。"

案：遞修本作"追思曩昔：五臣思作□"，理宗本、《群書校補》本、常州本、尤桐本、精鈔本作"追思曩昔：五臣思作想"。追思，室町本、陳八郎本、朝鮮正德本、奎章閣本作"追想"。奎章閣本注記：善本作思。

託運遇於領會兮，寄餘命於寸陰。

尤袤本《同異》："※ 運遇：五臣遇作命。"

案：遞修本、理宗本、《群書校補》本、常州本、精鈔本作"託運遇：五臣遇作命"。運遇，陳八郎本、朝鮮正德本、奎章閣本作"運命"。奎章閣本注記：善本作遇。

十七卷
《文賦》

遊文章之林府，嘉麗藻之彬彬。

尤袤本《同異》："嘉麗藻：五臣作藻麗。"

案：麗藻，室町本、陳八郎本、朝鮮正德本、奎章閣本並作"藻麗”。奎章閣本注記：善本作麗藻。《同異》“嘉”字當删。

粲風飛而猋竪，鬱雲起乎翰林。

尤袤本《同異》：“猋豎：五臣焱作飈。”

案：尤袤本正文與《同異》所見不同。猋，室町本作“焱”，陳八郎本、朝鮮正德本、奎章閣本作“飈”。奎章閣本注記：善本作猋。

徒悦目而偶俗，固高聲而曲下。

尤袤本《同異》：“高聲而曲下：五臣作 ※ 高。”

案：遞修本、理宗本、《群書校補》本、常州本、尤桐本、精鈔本作“高聲而曲下：五臣作聲高”。室町本、陳八郎本、朝鮮正德本、奎章閣本並作“聲高”。奎章閣本注記：善本作高聲。尤袤本李善注作“言聲雖高而曲下”。黄侃《文選平點》卷二：“據注，高聲二字當乙。”[1]

雖紛藹於此世，嗟不盈於予掬。

尤袤本《同異》：“予掬：五臣 ※ 作手。”

案：遞修本、《群書校補》本、常州本、尤桐本、精鈔本作“子掬：五臣子作手”。“子”字應爲“予”字之訛。予，陳八郎本、朝鮮正德本、奎章閣本作“手”。奎章閣本注記：善本作予。

《洞簫賦》

科條譬類，誠應義理，澎濞慷慨，一何壯士！

尤袤本《同異》：“※ 慨：五臣作沆瀣。”

案：理宗本作“慷慨：五臣作沆瀣”，遞修本、《群書校補》本、常州本、尤桐本、精鈔本作“懷慨：五臣作沆瀣”，“懷”字當爲“慷”字之訛。慷慨，陳八郎本、朝鮮正德本、奎章閣本作“沆瀣”。奎章閣本注記：善本作慷慨。

十九卷
《高唐賦》

礫磥磥而相摩兮，嶺震天之礚礚。

尤袤本《同異》：“礫磥磥：五臣作碨磥。”

案：礫磥磥，陳八郎本作“礫磥”，九條本、朝鮮正德本、奎章閣

---

[1] 黄侃平點，黄焯編次《文選平點》，上海古籍出版社，1985，第 63 頁。

本作"礫碨磥"。九條本旁記、奎章閣本注記：善本碨作磥。《同異》"礫"字當刪。

《好色賦》

案：尤袤本正文與《同異》所見不同，正文作《登徒子好色賦》。

《補亡詩》

五是不逆，六氣無易。

尤袤本《同異》："五是：五臣作五 ※ 。"

案：遞修本作"五是：五臣作五□"，理宗本、《群書校補》本、常州本、尤桐本、精鈔本作"五是：五臣作五緯"。五是不逆，九條本、靜嘉堂本作"五緯不逆"，室町本作"五龝不逆"，陳八郎本、朝鮮正德本、奎章閣本並作"五緯不愆"。九條本、靜嘉堂本旁記：善本作是，五臣本作愆。奎章閣本注記：善本作是字，善本作逆字。《文選旁證》卷十九："按作'緯'者當係'龝'字誤。《困學紀聞》二云：《洪範》：五者來備。《史記》云：五是來備。荀爽謂之五龝，李雲謂之五氏，傳習之差如此。惠氏棟曰：經文曰時，五者來備時是也。言是五者皆備至也。孔氏以曰時二字屬上句，與漢儒所授《尚書》異讀，後人遂以五是爲傳習之誤，非也。"[1]

二十卷

《應詔詩》

芒芒原隰，祁祁士女。

尤袤本《同異》："女士：五臣作士女。"

案：尤袤本正文與《同異》所見善注本不同，而與《同異》所見五臣注本同。尤袤本正文或據五臣本校改。奎章閣本注記：善本作女士。

《建章臺集詩》

案：尤袤本正文與《同異》所見不同，正文作《侍五官中郎將建章臺集》，《同異》蓋爲省稱。

簡珠墮沙石，何能中自諧？

尤袤本《同異》："簡珠墮沙石：五臣墮作隨。"

案：尤袤本正文與《同異》所見不同。陳八郎本、朝鮮正德本、奎

---

[1] （清）梁章鉅：《文選旁證》，載《〈文選〉研究文獻輯刊》第五二册，國家圖書館出版社，2013，第 295、296 頁。

章閣本並作“隨”，九條本、室町本作“墮”。

《大將軍宴會被命作詩》

案：尤袤本正文與《同異》所見不同，正文“宴”作“讌”。

《華林園集詩》

案：尤袤本正文與《同異》所見不同，正文作《晉武帝華林園集詩》。

幽人肆險，遠國忘遐。

尤袤本《同異》：“肆險：善注肆，弃也。五臣作肂，注，習也。”

案：常州本、尤桐本作“肆險：善注肆，弃也。五臣作肂，注，習也”。肆險，陳八郎本、朝鮮正德本、奎章閣本並作“肂嶮”，九條本、室町本作“肆嶮”。奎章閣本注記：善本作肆字。九條本旁記：五臣本作肂。

謝宣遠《戲馬臺集送孔令詩》

案：尤袤本正文與《同異》所見不同，正文作《九日從宋公戲馬臺集送孔令詩》。

《樂遊應詔詩》

探己謝丹黻，感事懷長林。

尤袤本《同異》：“探己謝丹黻：五臣作丹艎。”

案：丹黻，九條本、室町本、陳八郎本、朝鮮正德本、奎章閣本作“丹艎”。奎章閣本注記：善本作黻字。《敬齋古今黈》卷九作“丹艎”。顏延年《和謝監靈運》詩有“雖慙丹艎施”，作“艎”字，李善注引《尚書》曰：唯其塗丹艎”。《同異》“探己謝”三字當删。

謝靈運《戲馬臺集送孔令詩》

案：尤袤本正文與《同異》所見不同，正文作《九日從宋公戲馬臺集送孔令詩》。

《庚西陽集別作》

案：尤袤本作《王撫軍庚西陽集別時爲豫章太守庚被徵還東》，九條本、陳八郎本、朝鮮正德本作《王撫軍庚西陽集別作》，《同異》蓋爲省稱。

離會雖相親，逝川豈往復。

尤袤本《同異》：“離會誰相親：五臣親作雜。”

案：尤袤本正文與《同異》所見不同。《群書校補》本、常州本、尤桐本、精鈔本作"離會雖相親：五臣親作雜"。遞修本、理宗本與尤袤本同作"誰"。尤袤本《同異》等"誰"字訛誤，《群書校補》本等改正。親，室町本、陳八郎本、朝鮮正德本、奎章閣本作"雜"。奎章閣本注記：善本作親字。

二十二卷
《泛湖歸出樓中翫月》

斐斐氣幕岫，泫泫露盈條。

尤袤本《同異》："氣幕岫：五臣幕作※。"

案：※處，常州本模糊，遞修本、理宗本、《群書校補》本、尤桐本、精鈔本作"氣幕岫：五臣幕作羃"。幕，陳八郎本、朝鮮正德本、宋刻《三謝詩》並作"羃"，奎章閣本作"羃"。

《三月三日侍遊曲阿後湖作》

案：尤袤本正文與《同異》所見不同，正文作《車駕幸京口三月三日侍遊曲阿後湖作》。

《鍾山詩》

案：尤袤本正文與《同異》所見不同，正文作《鍾山詩應西陽王教》。

靈山紀地德，地險資嶽靈。

尤袤本《同異》："地險：五臣地險作險峭。"

案：常州本、尤桐本作"地險：五臣作險峭"。陳八郎本、朝鮮正德本、奎章閣本作"險峭"。奎章閣本注記：善本作地險字。

《古意》

案：尤袤本正文與《同異》所見不同，正文作《古意謝到長史溉登琅邪城》。

二十三卷
《詠懷詩》

春秋非有託，富貴焉常保？

尤袤本《同異》："非託□：五臣託作訖。"

案：尤袤本正文與《同異》所見不同。理宗本、常州本、尤桐本《同異》作"非託：五臣託作訖"，"託"下無空格。託，陳八郎本作"就"，朝鮮正德本、奎章閣本作"訖"，奎章閣本注記：善本作託，九條本旁記：五臣本作訖。胡紹煐《文選箋證》卷二十二據沈約注，謂作"訖"字爲是，訖，止也。作"託"字傳寫誤。[1]黃侃《文選平點》卷三以爲："'託'改'訖'，別本與沈注相應。此注引《禮記》乃誤字耳。"[2]

張孟陽《七哀詩》

白露中夜結，木落柯條森。

尤袤本《同異》："中夜結：五臣作朝夜。"

案：中夜，陳八郎本、朝鮮正德本、奎章閣本作"朝夜"。九條本旁記：五臣本中作朝。奎章閣本注記：善本作中字。《同異》"結"字當刪。另，《同異》誤"張孟陽"爲"張孟湯"。

《拜陵廟》

束紳入西寢，伏軫出東坰。

尤袤本《同異》："伏軫：五臣軫作軾。"

案：尤袤本正文與《同異》所見不同。九條本、陳八郎本、朝鮮正德本、奎章閣本作"軾"。

二十四卷
《贈白馬王彪》

變故在斯湏，百年誰能持？

尤袤本《同異》："在斯須：五臣作須臾。"

案：斯須，陳八郎本、朝鮮正德本、奎章閣本作"須臾"。九條本旁記：五臣作須臾。《同異》"在"字當刪。

二十五卷
《答盧諶》

嗣宗之爲妄作也。

尤袤本《同異》："忘作：五臣忘 ※※※。"

案：尤袤本正文與《同異》所見不同，《群書校補》本、常州本、精鈔本作"忘作：五臣忘作每"，理宗本作"五臣忘作妄"。陳八郎本、朝鮮正德本、奎章閣本等並作"妄"。由此可知理宗本不誤。妄，奎章

---

[1]　（清）胡紹煐：《文選箋證》，載《〈文選〉研究文獻輯刊》第五六册，國家圖書館出版社，2013，第287頁。

[2]　黃侃平點，黃焯編次《文選平點》，上海古籍出版社，1985，第100頁。

閣本注記：善本作忘字。尤袤本正文與五臣注本同。

　　庭虛情滿。

　　尤袤本《同異》："庭虛情滿：※※※※※。"

　　案：遞修本、理宗本、《群書校補》本、常州本、尤桐本、精鈔本作"庭虛情滿：五臣情作憤"。情，陳八郎本、朝鮮正德本、奎章閣本作"憤"。九條本旁記：五臣本作憤。奎章閣本注記：善本作情字。

二十六卷
《郡內高齋閑坐》

　　案：尤袤本正文與《同異》所見不同，正文作《郡內高齋閑坐答呂法曹》。

《在郡臥病》

　　案：尤袤本正文與《同異》所見不同，正文作《在郡臥病呈沈尚書》。

《暫使下都》

　　案：尤袤本正文與《同異》所見不同，正文作《暫使下都夜發新林至京邑贈西府同僚》。

《古意》

　　案：尤袤本正文與《同異》所見不同，正文作《古意贈王中書》。

《經曲阿作》

　　案：尤袤本正文與《同異》所見不同，正文作《始作鎮軍參軍經曲阿作》。

《夜行塗口》

　　案：尤袤本正文與《同異》所見不同，正文作《辛丑歲七月赴假還江陵夜行塗口》。

《初發石首城》

　　案：遞修本、常州本、《群書校補》本、尤桐本、精鈔本作《初發石首》。

《入華子崗》

　　案：尤袤本正文與《同異》所見不同，正文作《入華子崗是麻源第三谷》。

二十七卷

《望荆山》

悲風橈重林，雲霞肅川漲。

尤袤本《同異》："悲風橈：五臣橈作繞。"

案：遞修本、《群書校補》本、常州本、尤桐本、精鈔本作"悲風橈：五臣橈作燒"。"燒"字當爲"繞"字之訛。橈，陳八郎本、朝鮮正德本、奎章閣本作"繞"。奎章閣本注記：善本作橈字。

《從軍詩》

盡日處大朝，日暮薄言歸。

尤袤本《同異》："盡日：五臣盡作晝。"

案：遞修本、《群書校補》本、常州本、尤桐本、精鈔本作"盡日：五臣盡作書"。"書"字應爲"晝"字之訛。盡，九條本、陳八郎本、朝鮮正德本、奎章閣本作"晝"。九條本旁記、奎章閣本注記：善本作盡字。胡紹煐《文選箋證》卷二十三："晝日，見《易·象辭》。仲宣或本此。作'晝'較勝。善無注，則所據自作盡耳。"[1]

《宋郊祀歌》

薦饗王衷，以答神祜。

尤袤本《同異》："薦饗王衷：五臣作以薦。"

案：薦饗，九條本、陳八郎本、朝鮮正德本、奎章閣本作"以薦"。九條本旁記：善本作薦饗。《同異》"王衷"二字當刪。

《苦寒行》

薄暮無宿栖。

尤袤本《同異》："薄暮無宿栖：五臣作 ※ 無所宿栖。"

案：遞修本、理宗本、《群書校補》本、常州本、尤桐本、精鈔本作"薄暮無宿栖：五臣作暮無所宿栖"。陳八郎本、朝鮮正德本、奎章閣本作"暮無所宿栖"，九條本作"日暮無所栖"。九條本旁記：李善本作薄暮無宿栖、五臣本作暮無所宿栖。此條旁記較爲特殊，同時標記了李善注本、五臣注本的異文，此兩者當指刻本系統而言，從而説明九條本呈現的應是早期寫抄本的面貌。

---

① （清）胡紹煐：《文選箋證》，載《〈文選〉研究文獻輯刊》第五六册，國家圖書館出版社，2013，第341頁。

檐囊行取薪，斧冰持作糜。

尤袤本《同異》："取薪：五臣取作采。"

案：尤袤本《同異》"采"字稍有模糊，遞修本、《群書校補》本、常州本、尤桐本、精鈔本訛作"來"。取，陳八郎本作"採"，朝鮮正德本、奎章閣本作"采"。九條本旁記：五臣本作采。

《善哉行》

隨波迴轉。

尤袤本《同異》："隨波迴轉：五臣作轉薄。"

案：迴轉，九條本、陳八郎本、朝鮮正德本、奎章閣本作"轉薄"。九條本旁記、奎章閣本注記：善本作迴轉。《同異》"隨波"二字當删。

《燕歌行》

尤袤本《同異》："燕歌行：五臣本在善哉行後。"

案：尤袤本正文與《同異》所見不同，正文是《燕歌行》在前，《善哉行》在後，《同異》卻將兩篇順序顛倒。陳八郎本、朝鮮正德本、奎章閣本《苦哉行》在前，《燕歌行》在後。九條本《燕歌行》在前，《苦哉行》在後，但《苦哉行》作《善哉行》。

《箜篌引》

盛時不可再。

尤袤本《同異》："盛時不可再：五臣作不再來。"

案：不可再，陳八郎本、朝鮮正德本、奎章閣本作"不再來"，九條本作"不再過"。九條本旁記：善本、摺本作不可再，五臣本作不再來。奎章閣本注記：善本作不可再。《同異》"盛時"二字當删。

先民誰不死？知命亦何憂！

尤袤本《同異》："亦何憂：五臣亦作復。"

案：亦，九條本、陳八郎本、朝鮮正德本、奎章閣本作"復"。九條本旁記：五臣本作亦。奎章閣本注記：善本作亦字。

《名都篇》

尤袤本《同異》："名都篇：五臣本第二首，善本第四首。"

案：尤袤本正文與《同異》所見不同，《同異》將《名都篇》放於《美女篇》之前。陳八郎本、朝鮮正德本、奎章閣本此首在第二首。

《美女篇》

羅衣何飄飄，輕裾隨風還。

尤袤本《同異》：“羅衣何飄飄：五臣作飄颻。”

案：遞修本與尤袤本《同異》同，但誤“飄飄”爲“飄飘”。理宗本、《群書校補》本、常州本、尤桐本、精鈔本作“羅衣何飄飄：五臣作飄颻”，九條本、陳八郎本、朝鮮正德本、奎章閣本作“飄颻”。《同異》“羅衣何”三字當删。

二十八卷

《從軍行》

苦哉遠征人，飄飄窮四遐。

尤袤本《同異》：“飄飄窮四遐：五臣作飄颻。”

案：飄飄，九條本、陳八郎本、朝鮮正德本、奎章閣本作“飄颻”。奎章閣本注記：善本作飄字。《同異》“窮四遐”三字當删。

《豫章行》

汎舟清川渚，遙望高山陰。

尤袤本《同異》：“清山渚：五臣山作川。”

案：尤袤本正文與《同異》所見不同。陳八郎本、朝鮮正德本、奎章閣本並作“川”。據此，則尤袤本正文已據五臣本改“山”爲“川”。九條本、奎章閣本注記：善本作山字。

《苦寒行》

離思固已久。

尤袤本《同異》：“離思固已久：五臣作已矣。”

案：已久，陳八郎本、朝鮮正德本、奎章閣本作“已矣”。奎章閣本注記：善本作久字。《同異》“離思固”三字當删。

陸士衡《挽歌詩》

廣霄何寥廓，大暮安可晨？

尤袤本《同異》：“廣宵：五臣廣作曠。”

案：尤袤本正文與《同異》所見不同。從字義理解，《同異》“宵”字當誤。然集注本所記陸善經本作“廣宵”。廣，陳八郎本、朝鮮正德本、奎章閣本作“壙”，與尤袤本所見不同。九條本旁記：五臣本作壙。奎章閣本注記：善本作廣字。

二十九卷
蘇子卿《詩》四首

寒冬十二月，晨起踐嚴霜。

尤袤本《同異》："殘嚴霜：五臣嚴作凝。"

案：尤袤本正文與《同異》所見不同，各本並作"踐"，《同異》"殘"字當誤。嚴，陳八郎本、朝鮮正德本、奎章閣本作"凝"。九條本旁記：五臣作凝。奎章閣本注記：善本作嚴字。

《思友人詩》

情隨玄陰滯，心與迴飈俱。

尤袤本《同異》："迴飈：五臣飈作飈。"

案：尤袤本正文與《同異》所見善注本不同，與《同異》所見五臣注本同。飈，九條本、室町本作"飈"，九條本旁記：五臣本作飈。奎章閣本注記：善本作飈字。

張景陽《雜詩》

浮陽映翠林，迴飈扇綠竹。

尤袤本《同異》："迴猋：五臣猋作飈。"

案：尤袤本正文與《同異》所見善注本不同，而與《同異》所見五臣注本同。九條本作"飆"，室町本作"猋"。九條本旁記：善本作猋。奎章閣本注記：善本作猋字。胡克家《文選考異》謂"猋"爲是，"尤誤以五臣亂善也。猋、飈同字。"[1]

出覜軍馬陣，入聞鞞鼓聲。

尤袤本《同異》："入聞：五臣聞作※。"

案：尤袤本正文與《同異》所見不同。尤袤本和常州本此條模糊，遞修本、《群書校補》本、尤桐本、精鈔本等作"入聞：五臣聞作閒"。但陳八郎本、朝鮮正德本、奎章閣本並作"聞"，"閒"字顯誤。理宗本作"入聞：五臣聞作聞"。九條本旁記、奎章閣本注記：善本作聞。

三十卷
《詠牛女》

案：尤袤本正文與《同異》所見不同，正文作《七月七日夜詠牛女》。

---

① （清）胡克家：《文選考異》，載《〈文選〉研究文獻輯刊》第四四冊，國家圖書館出版社，2013，第342頁。

《田南樹園激流植援》

不同非一事，養痾丘園中。

尤袤本《同異》："亦園中：五臣作丘園。"

案：尤袤本正文與《同異》所見不同，與《同異》所見五臣本同。集注本、北宋本作"亦"。九條本旁記、奎章閣本注記：李善本作亦。文選集注編者案："五家、陸善經本亦爲丘。"《文選鈔》作"亦"："亦者，亦樵與隱也。"據五臣吕向注："亦有養病園中者也"，則五臣本正文也當作"亦"。孫志祖《文選考異》卷二："亦字，五臣作邱，大失詩意。"[①]《同異》"中"字當删。

《石門新營所住》

案：尤袤本正文與《同異》所見不同，正文作《石門新營所住四面高山迴溪石瀨修竹茂林》。

《翫月城西門解中》

夜移衡漢落，徘徊帷戶中。

尤袤本《同異》："帷戶中：五臣作入戶。"

案：帷戶，陳八郎本、朝鮮正德本、奎章閣本作"入戶"。九條本旁記：五臣作入。奎章閣本注記：善本作帷字。集注本五臣注作"入於帷戶之中"，《文選鈔》作"入帷戶"，陸善經注"徘徊帷戶中"。《同異》"中"字當删。

《擬魏太子鄴中集詩》

妍談既愉心，哀弄信睦耳。

尤袤本《同異》："哀弄：五臣作哀奇。"

案：哀弄，陳八郎本、朝鮮正德本、奎章閣本、宋刻《三謝詩》並作"哀音"。九條本旁記：五臣本作音。奎章閣本注記：善本作弄字。《同異》所見五臣注本與現存各五臣注刻本不同。

三十一卷

江文通《雜體》

榮重餽兼金，巡華過盈瑱。

尤袤本《同異》："榮重餽兼金：五臣作承榮重兼全。"

---

① （清）孫志祖：《文選考異》，《〈文選〉研究文獻輯刊》第四一册，國家圖書館出版社，2013，第 175 頁。

案：遞修本、《群書校補》本、精鈔本並與尤袤本《同異》同，但
“全”字應誤，理宗本、常州本、尤桐本作“榮重餽兼金：五臣作承
榮重兼金”。九條本、陳八郎本、朝鮮正德本、奎章閣本作“承榮重兼
金”，或是。九條本旁記、奎章閣本注記：善本作榮重餽兼金。胡克
家《文選考異》謂：“‘承榮’與‘巡華’儷，‘兼金’與‘盈瑱’儷，
‘重’‘過’同意。善不容與五臣有異，作‘榮重餽兼金’，全非句例，
必傳寫誤也。”① 黃侃《文選平點》卷四：“‘巡’與‘循’通。‘循’讀
循省之循，猶言巡省榮華之遇。六朝造語多未必合本訓，當以意求之。
《文心雕龍》云：字以訓正，義以理宣。而晉末篇章，依希其旨，始有
賞際奇至之言，終有撫叩酬即之語。懸領似如可辯，課文了不成義。案
此‘巡華’，亦其方物也。何焯云：‘巡華’未詳所出。案：‘巡華’與
別本上之‘承榮’對，亦一意耳。初無所出。”②

王徵君

蕭舲出郊際，徙樂逗江陰。

尤袤本《同異》：“徙樂：五臣樂作藥。”

案：尤袤本正文與《同異》所見不同，遞修本與尤袤本《同異》
同，《群書校補》本、常州本、尤桐本、精鈔本等作“徙樂：五臣樂
作藥”。“徒”當爲“徙”字之訛。《同異》將此句誤列在王徵君名下，
應在謝莊下。樂，九條本、室町本、陳八郎本、奎章閣本作“藥”，
是。孫志祖《文選考異》卷二：“徙藥，猶行藥也。”③ 李善注作“徙
樂，行樂也。”黃侃《文選平點》卷四：“據別本樂改藥。注中字亦當
改。”④

三十二卷
《離騷經》

聊須臾以相羊。

尤袤本《同異》：“聊須臾：五臣須臾作逍 ※。”

① （清）胡克家：《文選考異》，載《〈文選〉研究文獻輯刊》第四四冊，國家圖書館出版
　　社，2013，第358頁。
② 黃侃平點，黃焯編次《文選平點》，上海古籍出版社，1985，第177頁。
③ （清）孫志祖：《文選考異》，載《〈文選〉研究文獻輯刊》第四一冊，國家圖書館出版
　　社，2013，第181頁。
④ 黃侃平點，黃焯編次《文選平點》，上海古籍出版社，1985，第177頁。

案：遞修本、《群書校補》本、常州本、尤桐本、精鈔本作"聊須臾：五臣須臾作逍遥"。陳八郎本、朝鮮正德本、奎章閣本作"逍遥"。九條本旁記：五臣本作逍遥。奎章閣本注記：逸本作須臾字。文選集注編者案："今案：陸善經本須臾爲逍遥。"

三十三卷
《招魂》

紫莖屏風，文緣波些。

尤袤本《同異》："文緣波些：五臣緣作緑。"

案：理宗本、遞修本、《群書校補》本、常州本、精鈔本並作"文緣波些：五臣緣作緑"。陳八郎本、朝鮮正德本、奎章閣本作"緑"。《文選音決》作"緣"："緣，以舩反，或爲緑，非。"前後兩處並爲"緣"，不知誰正誰誤。集注本五臣注作"生文於緣波之中"，而刻本五臣注並作"生文於緑波之中"。尤袤本《同異》應該是"緑"訛作"緣"。

三十四卷
《七啓》

頓綱縱網，羆獠回邁。

尤袤本《同異》："熊獠：五臣羆作罷。"

案：尤袤本正文與《同異》所見不同。《群書校補》本、常州本、尤桐本、精鈔本作"羆獠：五臣羆作罷"。尤袤本《同異》"熊"字當爲"羆"字之訛。

玄微子曰：予樂恬静，未暇此觀也。

尤袤本《同異》："余樂恬静：五臣余下有性字。"

案：尤袤本正文與《同異》所見不同。各本無有作"予"字，尤袤本正文應誤。陳八郎本、朝鮮正德本、奎章閣本、《文館詞林》作"余性樂恬静"。奎章閣本注記：善本無性字。

頫眺流星，仰觀八隅。

尤袤本《同異》："頫眺：五臣眺作 ※。"

案：遞修本作"頫眺：五臣眺作裡"，《群書校補》本、常州本、精鈔本作"頫眺：五臣眺作裡"，尤桐本作"頫眺：五臣眺作裏"。頫眺，陳八郎本、朝鮮正德本、奎章閣本正作"俯視"，《文館詞林》作"頫視"。奎章閣本注記：善本作頰睼。《文選鈔》應作"視"："言高向下視流星也。""裡"字應爲"視"字之訛。

繁巧神怪，變名異形。

尤袤本《同異》："變名：五臣名作容。"

案：遞修本、《群書校補》本、常州本、尤桐本、精鈔本作"變名：五臣名作客"。"客"字當爲形近之訛。名，陳八郎本、朝鮮正德本、奎章閣本作"容"，《文館詞林》本作"各"。文選集注編者案："今案：《鈔》、五家、陸善經本名爲各。"九條本旁記：五臣本作容。奎章閣本注記：善本作名字。

爾乃御文軒，臨洞庭。

尤袤本《同異》："臨洞庭：五臣洞作肜。"

案：遞修本、《群書校補》本、常州本、尤桐本、精鈔本作"臨洞庭：五臣洞作■"。洞，陳八郎本、朝鮮正德本、奎章閣本作"肜"。《文選鈔》作"肜"："肜，赤色也。"《文選音決》作"肜"："肜，大冬反。"文選集注編者案："今案：諸本洞爲肜。"九條本旁記：五臣本作肜。李善注："《莊子》曰：黄帝張咸池之樂於洞庭也。"

三十五卷
《七命》

撫促柱則酸鼻，揮危絃則涕流。

尤袤本《同異》："流涕：五臣作涕流。"

案：尤袤本正文與《同異》所見不同。陳八郎本、朝鮮正德本、奎章閣本作"涕流"。九條本旁記、奎章閣本注記：善本作流涕。則李善本作"流涕"，此已據五臣本改。

畫長豁以爲限，帶流谿以爲關。

尤袤本《同異》："畫長豁：五臣 ※※ 作壑。"

案：《群書校補》本、常州本、尤桐本、精鈔本作"畫長豁：五臣豁作壑"，遞修本作"畫長豁：五臣作豁作壑"，理宗本作"畫長豁：五臣作壑作壑"。陳八郎本作"壑"，朝鮮正德本、奎章閣本作"壑"，蓋五臣本存在兩種寫法，故《同異》有此說。九條本旁記、奎章閣本注記：善本作谿。

叩鉦數校，舉麾旌獲。

尤袤本《同異》："譽麾旌：五臣旌作讚。"

案：尤袤本正文與《同異》所見不同。《同異》作"譽"，應與"舉"字形近而訛。旌，九條本、陳八郎本、朝鮮正德本、奎章閣本正作"讚"。九條本旁記、奎章閣本注記：善本作旌字。

翕忽揮霍，雲迴風烈。

尤袤本《同異》："雷迴風列：五臣下有聲動響飛，形移景發二句。"

案：尤袤本正文與《同異》所見不同。各本無有作"雷"者，應爲"雲"字形近之訛。烈，陳八郎本、朝鮮正德本、奎章閣本作"列"。《同異》"列"字與五臣注本同。九條本、朝鮮正德本、奎章閣本、《晉書》有"聲動響飛，形移景發"八字，尤袤本無此八字。

《九錫文》

案：尤袤本正文與《同異》所見不同，正文作《册魏公九錫文》。

三十七卷
《薦禰衡文》

案：尤袤本正文與《同異》所見不同，正文作《薦禰衡表》。

三十八卷
《爲蕭楊州薦士表》

字僧孺，理尚棲約，思致恬敏。

尤袤本《同異》："僧孺理尚棲約：五臣無僧孺二字。"

案：九條本"字僧孺"旁記：五臣無此三字。陳八郎本、朝鮮正德本、奎章閣本亦無"字僧孺"三字。奎章閣本注記：善本有字僧孺三字。《同異》此處當誤。

三十九卷
李斯《上秦始皇書》

案：尤袤本正文與《同異》所見不同，正文作《上書秦始皇》。

今棄叩缶擊甕而就《鄭》《衛》。

尤袤本《同異》："擊甕叩缶：五臣無叩缶字。"

案：尤袤本正文與《同異》所見不同。前文有"夫擊甕叩缶，彈箏搏髀"句，《同異》蓋因此句致誤。"擊甕"上，九條本、室町本、陳八郎本、朝鮮正德本、奎章閣本並無"叩缶"二字。

鄒陽《於獄上書自明書》

案：尤袤本正文與《同異》所見不同，正文作《獄中上書自明》。

《上諫吳王書》

案：尤袤本正文與《同異》所見不同，正文作《上書諫吳王》。

四十卷

《奏彈曹景宗》

生曹死蔡，優劣若是，惟此人斯，有靦面目。

尤袤本《同異》："憂劣：五臣劣作當。"

案：尤袤本正文與《同異》所見不同。《同異》"憂"字當爲"優"字之訛。劣，朝鮮正德本、奎章閣本作"當"。奎章閣本注記：善本作劣字。

《奏彈劉整》

進責寅妻范奴茍奴列孃去二月九日夜。

尤袤本《同異》："寅妻范奴列孃去：五臣作※※※有茍奴列稱娘※。"

案：尤袤本正文與《同異》所見不同。理宗本、尤桐本作"寅妻范奴列孃去：五臣作寅妻下有茍奴列稱娘去"，遞修本、《群書校補》本、常州本、精鈔本作"寅妻范奴列孃去：五臣作寅妻■有茍奴列稱娘去"。奎章閣本注記：善本無茍奴字。胡克家《文選考異》謂"茍奴"二字爲尤袤所加。[1]"列孃去"之"列"字下，陳八郎本、朝鮮正德本、奎章閣本有"稱"字。孃，作"娘"。奎章閣本注記：善本無稱字。黃侃謂："據別本，列下增稱字"。[2]文選集注編者案："今案：五家本此下云：……進責寅妻范奴茍列稱孃去二月九日夜……。"

四十一卷

《答蘇武書》

老母終堂，生妻去帷。

尤袤本《同異》："生妻去帷：五臣帷作室。"

案：理宗本、尤桐本作"生妻去帷：五臣帷作室"。其他《同異》

---

① （清）胡克家：《文選考異》，載《〈文選〉研究文獻輯刊》第四四冊，國家圖書館出版社，2013，第 426 頁。

② 黃侃平點，黃焯編次《文選平點》，上海古籍出版社，1985，第 222 頁。

版本與尤袤本《同異》同誤，"窒"字當爲"室"字之訛。九條本、陳八郎本、朝鮮正德本、奎章閣本即作"去室"。奎章閣本注記：善本作帷字。

《報任少卿書》

而世又不與能死節者。

《同異》："世又不與能守節者：五臣作世俗又不能與守節者次比。"

案：尤袤本正文與《同異》所見不同。陳八郎本、朝鮮正德本、奎章閣本作"世俗又不能與死節者次比"。奎章閣本注記：善本作與能，善本無次比二字。汪師韓《文選理學權輿》卷八所見本有"次比"二字，謂"言時人以我之死，又不如能死節者，言死無益也。按此當連下次比二字爲句，而此以次比屬下文，亦恐誤"。[①] 王念孫云"比"字後人所加。據師古注云："與，許也。"不許其能死節，則無比字明矣。陸機《辨亡論》注引此作"世又不與能死節者"。何焯《義門讀書記》卷四十九："次字衍，言不得與死節者不耳。注迂謬。"[②]

人固有一死，或重於太山，或輕於鴻毛，用之所趨異也。

尤袤本《同異》："或重於泰山：五臣或上有死字。"

案：尤袤本正文與《同異》所見不同。"太""泰"通用。《漢書》作"死有重於泰山"。九條本、陳八郎本、朝鮮正德本、奎章閣本作"死或重於太山"。奎章閣本注記：善本無下死字。

僕以口語遇此禍，重爲鄉黨所笑。

尤袤本《同異》："爲鄉里所笑：五臣爲上有重字，笑上有戮字。"

案：尤袤本正文與《同異》所見不同，作"鄉黨"，且有"重"字。重爲鄉黨所笑，《漢書》作"重爲鄉黨戮笑"，陳八郎本作"重爲鄉里所戮笑"，九條本、朝鮮正德本、奎章閣本作"重爲鄉黨所戮笑"。奎章閣本注記：善本無戮字。

《爲曹洪與魏文帝書》

夫緑驥垂耳於林坰。

尤袤本《同異》："林坰：五臣作坰牧。"

---

① （清）汪師韓：《文選理學權輿》，載《〈文選〉研究文獻輯刊》第三七册，國家圖書館出版社，2013，第499頁。

② （清）何焯著，崔高維點校《義門讀書記》，中華書局，1987，第956頁。

案：尤袤本正文與《同異》所見不同。"坰""垌"通。遞修本、《群書校補》本、常州本、尤桐本、精鈔本作"杯坰：五臣作坰牧"。"杯"當爲"林"字之訛。九條本、陳八郎本、朝鮮正德本作"坰牧"。奎章閣本注記：善本有林字、善本無牧字。胡克家《文選考異》："善引《周禮》以注'牧'作'坰牧'，與五臣無異甚明，各本所見皆非也。尤本又割注《周禮》有'牧田'一句入下節，益非。二本此注通爲一節，固未誤也。"[①]

四十二卷
《與楊祖德書》

案：尤袤本正文與《同異》所見不同，正文作《與楊德祖書》。《同異》誤。

《與吳季重書》

天路高邈，良久無緣。

尤袤本《同異》："哀無由緣：五臣作良久無緣。"

案：尤袤本正文與《同異》所見善注本不同，與《同異》所見五臣注本同。其他《同異》版本與尤袤本《同異》同，唯理宗本作"良無由緣：五臣作良久無緣"。陳八郎本、朝鮮正德本、奎章閣本作"良無由緣"，九條本作"良無由緣也"。奎章閣本注記：善本作良久無緣四字。

《答東阿王書》

伏虛檻於前殿，臨曲池而行觴。

尤袤本《同異》："伏靈檻：五臣靈作櫺。"

案：尤袤本正文與《同異》所見不同。九條本、陳八郎本、朝鮮正德本、奎章閣本作"櫺檻"。奎章閣本注記：善本作虛字。

《與弟君苗君冑書》

案：尤袤本正文與《同異》所見不同，正文作《與從弟君苗君冑書》。

而吾方欲秉耒耜於山陽，沈鉤縉於丹水，知其不如古人遠矣。

尤袤本《同異》："鉤縉：五臣鉤作釣。"

[①] （清）胡克家：《文選考異》，載《〈文選〉研究文獻輯刊》第四四冊，國家圖書館出版社，2013，第439頁。

案:《群書校補》本、常州本、尤桐本、精鈔本作"鉤緡:五臣鉤作鈎",誤。九條本、陳八郎本、朝鮮正德本、奎章閣本作"釣緡"。奎章閣本注記:善本作鈎字。

四十三卷
《與嵇茂齊書》

鋒鉅靡加,翅翮摧屈。

尤袤本《同異》:"趐翮:五臣—作—。"

案:尤袤本正文與《同異》所見不同。遞修本、《群書校補》本、常州本、精鈔本作"趐翮:五臣趐作翮",尤桐本作"翅翮:五臣翅作翮"。集注本、九條本、陳八郎本、朝鮮正德本、奎章閣本作"六翮"。《文選鈔》亦作"六翮"。奎章閣注記:善本作翅字。

俯據潛龍之淵,仰蔭棲鳳之林。

尤袤本《同異》:"捿鳳之林:五臣捿作游。"

案:尤袤本正文與《同異》所見不同。古時"扌"旁與"木"旁經常混用。捿,集注本、九條本、陳八郎本、朝鮮正德本作"游"。奎章閣本注記:善本作棲字。《文選鈔》作"遊鳳之林"。

四十四卷
《爲袁紹檄豫州》

故遂與操同諮合謀,授以裨師。

尤袤本《同異》:"裨師:五臣師作帥。"

案:尤袤本《同異》下"師"字當作"帥",遞修本同誤,然《群書校補》本、常州本、尤桐本、精鈔本即作"裨師:五臣師作帥"。九條本、陳八郎本、朝鮮正德本、奎章閣本作"裨帥"。奎章閣本注記:善本作師字。

《檄吳將校部曲文》

進臨漢中,則陽平不守。

尤袤本《同異》:"陽平不守:五臣作平陽。"

案:陽平,陳八郎本、朝鮮正德本、奎章閣本作"平陽"。奎章閣本注記:善本作陽平字。集注本五臣張銑注作"陽平關",《文選鈔》曰:"陽平,漢中之地名也"。《同異》"不守"二字當刪。

非國家鍾禍於彼，降福於此也，逆順之分，不得不然。

尤袤本《同異》："鍾禍：五臣禍作福。"

案：尤袤本正文與《同異》所見不同，"鐘""鍾"異體字。集注本、九條本、室町本、陳八郎本、朝鮮正德本、奎章閣本作"鍾福"。奎章閣本注記：善本作禍字。

故令往購募爵賞科條如左，檄到，詳思至言。如詔律令。

尤袤本《同異》："如詔律令：五臣作詔如。"

案：如詔律令，集注本、室町本作"如詔書律令"，九條本作"如詔書，如律令"，陳八郎本、朝鮮正德本、奎章閣本作"詔如律令"。奎章閣本注記：善本作如詔。《同異》"律令"二字當刪。

四十五卷
《對楚王問》

鳳皇上擊九千里，絕雲霓，負蒼天，翱翔乎杳冥之上。

尤袤本《同異》："負蒼天：五臣下有足亂浮雲四字。"

案：遞修本、《群書校補》本、常州本、尤桐本、精鈔本作"負蒼天：五臣下有尺亂浮雲四字"。室町本"負蒼天"下有"足躐浮雲"四字，陳八郎本、朝鮮正德本、奎章閣本"負蒼天"下並有"足亂浮雲"四字。奎章閣本注記：善本無足亂浮雲字。"尺"字當爲形近之訛。

《答客難》

案：《同異》無此篇題，將《答客難》諸條置於《對楚王問》下。

四十六卷
《王元長三月三日曲水序》

案：尤袤本正文與《同異》所見不同，正文作《王元長三月三日曲水詩序》。

《王文憲集序》

匠者何，自咸洛不守。

尤袤本《同異》："匠者何，自咸洛不守：五臣何下有土字。咸作函。"

案：《同異》之"土"字當爲"工"字之訛誤，其他各本《同異》也並誤。九條本作"匠者何工，自感洛不守"，陳八郎本、朝鮮正德本、奎章閣本作"匠者何工，自函洛不守"。奎章閣本注記：善本無工字，善本作咸字。

四十七卷
《漢高祖功臣頌》

庸親作勞，舊楚是分。

尤袤本《同異》："庸親作勞：五臣作祚勞。"

案：作勞，集注本作"胙勞"，室町本、陳八郎本、朝鮮正德本、奎章閣本作"祚勞"。奎章閣本注記：善本作作字。《文選鈔》作"祚"："祚，報也。"《同異》"庸親"二字當刪。

恢恢廣野，誕節令圖。進謁嘉謀，退守名都。

尤袤本《同異》："退守名都：五臣守作宮。"

案：遞修本與尤袤本《同異》同，然《群書校補》本、常州本、尤桐本、精鈔本作"退守名都：五臣守作官"。"官"字當爲"宮"字之訛字。集注本、室町本、陳八郎本、朝鮮正德本、奎章閣本作"退宮"。奎章閣本注記：善本作守字。《文選鈔》作"宮"："宮名都，即謂爲廣野君也。"

《東方朔贊》

案：尤袤本正文與《同異》所見不同，正文作《東方朔畫贊》。

四十八卷
《封禪文》

大漢之德，逢涌原泉，沕潏曼羡。

尤袤本《同異》："逢湧原泉：五臣逢作燹，注：燹，火也。"

案：尤袤本正文與《同異》所見不同。逢涌，陳八郎本、奎章閣本作"燹湧"，朝鮮正德本、《史記》作"燹涌"。奎章閣本注記：善本作逢字。梁章鉅《文選旁證》卷四十："朱氏珔曰：顏説非是。特因《史記》作'燹'而望文解之。不知'燹'乃'逢'之借字。若以爲'燹火'則與'湧'字不貫，且下句'沕潏曼羡'，文義亦隔絶矣。李注引張揖曰：逢，遇也。喻其德盛，若遇原泉之涌。按：逢，大也。《書·洪範》：子孫其逢。馬注《禮記》：衣逢掖之衣。鄭注並訓大。此言漢之德盛若原泉大涌而出，沕潏曼羡也。凡言德澤多以水爲喻，如湛恩汪濊，群生澍濡等，皆是。似不應正言原泉而忽夾入燹火耳"。[1]胡紹煐《文選箋證》

---

① （清）梁章鉅：《文選旁證》，載《〈文選〉研究文獻輯刊》第五四册，國家圖書館出版社，2013，第50、51頁。

卷三十謂"逢,溢出也。《爾雅》:太歲在甲曰閼逢。郭注:'言萬物鋒芒欲出,壅遏未通'。是'逢'爲欲出貌。《莊子·秋水篇》:'蓬蓬然起於北海',亦以'蓬'爲風起之貌。蓬與逢通。本書《笙賦》:'鬱蓬勃以氣出。'注:'蓬勃,氣出之貌。'水出謂之'逢涌',猶氣出謂之'蓬勃'。蓬、勃雙聲,逢、涌疊韻。二字平列義同。師古讀'逢'爲'獒'固謬,張揖訓'逢'爲'遇',亦未免因文生義矣。"[①]黄侃《文選平點》卷五:"逢涌,猶豐容也。原泉,亦疊韻,形容語。"[②]

《劇秦美新》

黐除仲尼之篇藉,自勒功業。

尤袤本《同異》:"公業:五臣公作功。"

案:尤袤本正文與《同異》所見善注本不同,但與《同異》所見五臣注本同,陳八郎本、朝鮮正德本、奎章閣本作"功"。奎章閣本注記:善本作公字。

帝典闕者已補,王綱弛者已張,炳炳麟麟,豈不懿哉!

尤袤本《同異》:"燐燐:五臣作煒煒。"

案:尤袤本正文與《同異》所見不同。尤袤本李善注:"麟麟,光明也。麟與燐古字同用。"麟麟,陳八郎本、朝鮮正德本、奎章閣本作"煒煒"。奎章閣本注記:善本作麟麟二字。

《典引》

於是三事嶽牧之寮,僉爾而進。

尤袤本《同異》:"僉爾而進:五臣爾作人。"

案:遞修本、《群書校補》本、常州本、尤桐本、精鈔本作"僉爾而進:五臣爾作久"。"久"爲"人"字之訛。陳八郎本、朝鮮正德本、奎章閣本並作"人"。

瞻前顧後,豈蔑清廟,憚敕天命也。

尤袤本《同異》:"敕天命乎:五臣無命字。"

案:尤袤本正文與《同異》所見不同。奎章閣本亦無"命"字。命也,《後漢書》、朝鮮正德本、奎章閣本作"乎"。陳八郎本"天"下無

① (清)胡紹煐:《文選箋證》,載《〈文選〉研究文獻輯刊》第五七册,國家圖書館出版社,2013,第30、31頁。
② 黄侃平點,黄焯編次《文選平點》,上海古籍出版社,1985,第273頁。

"命乎"二字，《後漢書》"天"下無"命也"二字。奎章閣本注記：善本有命字。

四十九卷
《晉總紀論》

案：尤袤本正文與《同異》所見不同，正文作《晉紀揔論》。《同異》誤。

五十卷
《宦者傳論》

皆剝割萌黎，競恣奢欲。

尤袤本《同異》："恣奢欲：五臣競恣作恣極。"

案：尤袤本與遞修本"恣奢欲"上應脱"競"字，《群書校補》本、常州本、尤桐本、精鈔本作"競恣奢欲：五臣競恣作恣極"。競恣，陳八郎本、朝鮮正德本、奎章閣本作"恣極"。奎章閣本"氓黎恣極"下注記：善本作萌黎競恣。

五十一卷
《非有先生論》

先生試言，寡人將覽焉。

尤袤本《同異》："寡人將聽焉：五臣作將覽于直焉。"

案：尤袤本正文與《同異》所見不同。陳八郎本、朝鮮正德本、奎章閣本"覽"下有"于直"二字。覽，《漢書》作"聽"。胡克家《文選考異》謂作"聽"字是。"尤本改上'覽'字爲'聽'[1]，致與《漢書》互易，益非"。[2]

《四子講德論》

文學曰：陳懇誠於本朝之上，行話談於公卿之門。

尤袤本《李善與五臣同異》："懇誠：五臣懇作懇。"

案：遞修本作"懇誠：五臣懇作懇"，《群書校補》本、常州本、尤

---

[1]　上句指"寡人竦意而聽焉"，聽，觀智院本、室町本、北宋本、陳八郎本、朝鮮正德本、奎章閣本、《漢書》作"覽"。胡克家《文選考異》謂："下文'寡人覽焉'，《漢書》作'聽'。尤延之欲校改彼字，而誤以當此處耳。凡宋以來刊板修改，往往有如此者。"

[2]　（清）胡克家：《文選考異》，載《〈文選〉研究文獻輯刊》第四四册，國家圖書館出版社，2013，第506頁。

桐本、精鈔本作"懇誠：五臣懇作懿"。懇，集注本、觀智院本、室町本、陳八郎本、朝鮮正德本、奎章閣本作"懿"。奎章閣本注記：善本作懇誠字。《文選鈔》作"懿"。

咸絜身修思，吐情素而披心腹。

尤袤本《同異》："脩思：五臣思作德。"

案：尤袤本正文與《同異》所見不同，"脩""修"爲異體字。陳八郎本、朝鮮正德本、奎章閣本作"德"。文選集注編者案："今案：五家本思爲德。"《文選音決》作"思"："思，先自反。"奎章閣本注記：善本作思字。

五十二卷
《王命論》

當秦之末，豪桀共推陳嬰而王之。

尤袤本《同異》："豪傑：五臣下有並起二字。"

案：尤袤本正文與《同異》所見不同。陳八郎本、朝鮮正德本、奎章閣本、《漢書》作"豪傑"，其下有"並起"二字。奎章閣本注記：善本無並起二字。

五十三卷
《養生論》

夫神仙雖不目見，然記籍所載，前史所傳，較而論之，其有必矣。

尤袤本《同異》："雖不目見：五臣作目不見。"

案：陳八郎本、朝鮮正德本、奎章閣本作"雖目不見"。奎章閣本注記：善本作不目。《同異》"雖"字當删。

《辨亡論上》

案：尤袤本正文與《同異》所見不同，正文作《辯亡論上》。

《辨亡論下》

案：尤袤本正文與《同異》所見不同，正文作《辯亡論下》。

寬沖以誘俊乂之謀，慈和以結士民之愛。

尤袤本《同異》："俊人：五臣無人字。"

案：尤袤本正文與《同異》所見不同。現存各本並作"乂"，與《同異》所見五臣注本不同。奎章閣本注記：善本作人字。

五十四卷

《五等論》

是以宣王興於共和，襄惠振於晉鄭。

尤袤本《同異》："是以宣王：五臣作屬宣。"

案：宣王，陳八郎本、朝鮮正德本、奎章閣本作"屬宣"。奎章閣本注記：善本作宣王。《同異》"是以"二字當删。

《辨命論》

案：尤袤本正文與《同異》所見不同，正文作《辯命論》。

夫通生萬物，則謂之道。生而無主，謂之自然。

尤袤本《同異》："大通：五臣通作道。"

案：尤袤本正文與《同異》所見不同，"大"字或爲"夫"字之訛。通，陳八郎本、朝鮮正德本、奎章閣本作"道"，北宋本作"通"。奎章閣本注記：善本作通字。

故亭伯死於縣長，相如卒於園令。

尤袤本《同異》："崔亭伯：五臣作崔駰。"

案：尤袤本正文與《同異》所見不同，《同異》"崔"字當衍。亭伯，陳八郎本、朝鮮正德本、奎章閣本作"崔駰"。奎章閣本注記：善本作亭伯。

觀窈眇之奇僻，聽雲和之琴瑟，此生人之所急，非有求而爲也。

尤袤本《同異》："生民，五臣作小人。"

案：尤袤本正文與《同異》所見不同。上野本、室町本作"生民"，陳八郎本、朝鮮正德本、奎章閣本作"小人"。

五十五卷

《演連珠》

義貴於身，故臨川有投迹之哀。

尤袤本《同異》："義貴於身：五臣貴曰作重。"

案：《同異》"曰"字疑衍。遞修本、《群書校補》本、常州本、尤桐本、精鈔本作"義貴於身：五臣貴作重"。貴，陳八郎本、朝鮮正德本、奎章閣本作"重"。奎章閣本注記：善本作貴字。

五十六卷

《女史箴》

案：尤袤本正文與《同異》所見不同，正文作《女使箴》。

《新刻漏銘》

案：尤袤本正文與《同異》所見不同，正文作《新漏刻銘》。

五十七卷

《陽給事誄》

案：遞修本、《群書校補》本、常州本、精鈔本作《陶給事誄》，“陶”字應爲“陽”字之訛。

《陶徵士誄》

遂乃解體世紛，結志區外。

尤袤本《同異》：“區外：五臣作外區。”

案：遞修本、《群書校補》本、常州本、尤桐本、精鈔本作“區別：五臣作外區”。“別”字爲“外”字之訛。區外，九條本、陳八郎本、朝鮮正德本、奎章閣本作“外區”。奎章閣本注記：善本作區外。

有一於此，兩非默置。豈若夫子，因心遣事。

尤袤本《同異》：“兩非默置：五臣作而兩。”

案：兩非，宋本《陶淵明詩》、陳八郎本、朝鮮正德本、奎章閣本作“而兩”，九條本作“而雨非”，宋本《陶淵明詩》注記曰：“一作兩非。”奎章閣本注記：善本無而字，善本有非字。《同異》“默置”二字當删。

《宋孝武宣貴妃誄》

視朔書氛，觀臺告祲。

尤袤本《同異》：“書氛：五臣氣作氛。”

案：尤袤本正文與《同異》所見善注本不同，與《同異》所見五臣注本同。北宋本作“氣”，陳八郎本、朝鮮正德本、奎章閣本並作“氛”。奎章閣本注記：善本作氣字。

五十八卷

《宋文皇帝元皇后哀策文》

惟元嘉十七年七月二十六日，大行皇后崩于顯陽殿。

尤袤本《同異》：“七月二十六日：五臣作二十八日。”

案：二十六日，九條本、陳八郎本、朝鮮正德本、奎章閣本作“二十八日”。《同異》“七月”二字當删。

粤九月二十六日，將遷座于長寧陵，禮也。龍輀纚綷，容翟結驂。

尤袤本《同異》：“九月二十六日將遷座：五臣作二十七日將遷瘗。”

案：二十六日，室町本作“廿七日”，九條本、北宋本、陳八郎本、朝鮮正德本、奎章閣本作“二十七日”。遷座，九條本、陳八郎本、朝鮮正德本、奎章閣本作“瘞”。《同異》“九月”二字當删。

《褚淵碑文》

晏嬰既往，齊君趄車而行哭。

尤袤本《同異》：“齊君趨車：五臣作齊侯超車。”

案：尤袤本正文與《同異》所見不同，“趄”“趨”爲異體字。君，法藏敦煌本 P.3345、九條本、室町本、陳八郎本、朝鮮正德本、奎章閣本作“侯”。趄，九條本、陳八郎本、朝鮮正德本、奎章閣本並作“超”，北宋本作“趨”。奎章閣本注記：善本作齊君趄車。

德猷靡嗣，儀形長遞。

尤袤本《同異》：“長遞：五臣遞作逝。”

案：常州本、尤桐本、精鈔本作“長遞：五臣遞作■”。遞，九條本、陳八郎本、朝鮮正德本、奎章閣本作“逝”。奎章閣本注記：善本作遞。

五十九卷
《頭陀寺碑文》

案：尤袤本正文與《同異》所見不同，正文作《頭陁寺碑文》。“陀”“陁”異體字。

六十卷
《齊竟陵文宣王行狀》

導衿襭於未萌，申炯戒於兹日。

尤袤本《同異》：“導衿襭：五臣導作遵。”

案：尤袤本正文與《同異》所見不同，《同異》“襭”字應爲形近而訛。導，陳八郎本、朝鮮正德本、奎章閣本作“遵”。奎章閣本注記：善本作導字。

《祭屈原文》

如彼樹芳，實穎實發。

尤袤本《同異》：“樹芬：五臣芬作芳。”

案：尤袤本正文與《同異》所見善注本不同，而與《同異》所見五臣注本同。芳，室町本、朝鮮正德本、奎章閣本作“芬”。奎章閣本注記：善本作芳。

結語　尤袤本《文選》存在的問題與選學意義

顧廣圻所作《文選考異》是文選學史上頗具影響力的論著之一，顧氏憑藉自己出色的文獻功底，依據茶陵本和袁褧刻本，對其所見之尤袤本進行了逐一考證，其中不乏精闢論斷，説明尤袤本確實存在一些問題。

一，確有據五臣改者。如尤袤本卷二十七卷目標有“古樂府三首”，而陳八郎本、朝鮮正德本、奎章閣本、贛州本並作“古樂府四首”，且贛州本下有注記“善本無一篇”，即《君子行》一篇。但尤袤本正文中實際收録了《君子行》，並在題下注中云“李善本《古詞》止三首，無此一篇。五臣本有，今附於後”。此處尤袤本明顯據五臣本增補。然需要注意的是：尤袤本並非同五臣本一樣，將《君子行》置於《古樂府四首》之中，而是放於卷末，見圖六二。通過觀察右圖版面發現，後四行存在修版痕跡，故推測應是卷末恰餘三行位置（還有一行應寫有“文選卷第二十七”，故總計四行），故尤袤將原版面中的“文選卷二十七”一行挖改掉，改成了《君子行》。“卷終”兩字及其位置即可佐證此推測，尤袤本除卷二十七、卷三十六外，其他卷目並以“文選卷第某”結尾，僅這兩卷作“卷

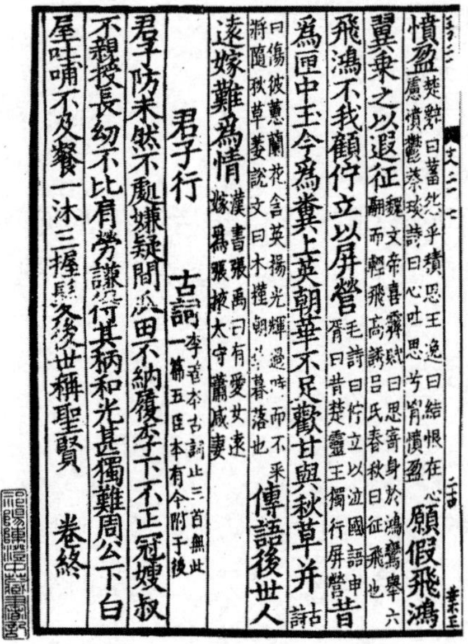
憤盈楚辭曰蓄怨兮積思王逸曰結恨在心 願假飛鴻
翼乘之以遐征魏文帝喜霽賦曰思寄身於鴻鸞翩而輕飛高誘呂氏春秋曰征飛也
飛鴻不我顧佇立以屏營毛詩曰佇立以泣國語申胥曰昔楚靈王獨行屏營 昔
爲匣中玉今爲糞上英朝華不足歡甘與秋草并 詁曰傷彼蕙蘭花含英揚光輝過時而不采將隨秋草萎說文曰木槿朝華暮落也
傳語後世人
遠嫁難爲情漢書張禹曰有愛女遠嫁爲張掖太守蕭咸妻
君子行　古詞一首李善本古詞止三首無此一篇五臣本有今附于後
君子防未然不處嫌疑間瓜田不納履李下不正冠嫂叔
不親授長幼不比肩勞謙得其柄和光甚獨難周公下白
屋吐哺不及餐一沐三握髮後世稱聖賢　卷終

圖六二

終”。因此這種並不能視作嚴格意義上的據五臣改，畢竟題注中已言明，且作爲附録放置卷末。至於爲何要補入此首，又是何人所補，暫不能定論，除此之外，還有一些據五臣改的情況。如卷十《西征賦》，尤袤本作“身刑轘以啓前”，啓前，北宋本作“啓先”，陳八郎本、朝鮮正德本作“啓前”。尤袤本《李善與五臣同異附見於後》謂“啓先：五臣先作前”。因此，此“前”字當據五臣所改。

二，存在訛脱衍倒情況。

訛文如卷二十四“分索古所悲，志士多苦心”下尤袤本李善注作“《古詩》曰：承風懷苦心”，集注本、奎章閣本“承風”並作“晨風”。尤袤本“承”顯爲“晨”字之訛。

脱文如卷五十八尤袤本作“昭哉世族，發慶膺”，但李善注有“祥發，猶發祥也”。九條本、室町本、陳八郎本、朝鮮正德本、奎章閣本“發”上並有“祥”字，故尤袤本正文應脱“祥”字。

衍文如卷五十一尤袤本作“晉文公有咎犯、趙衰”，晉文公，集注本、觀智院本、室町本、陳八郎本、朝鮮正德本、奎章閣本並作“晉文”，尤袤本“公”字應爲衍文。

倒文如卷十七尤袤本作“或寄辭於瘁音，徒靡言而弗華”，徒靡言，《文鏡秘府論》、室町本、北宋本、朝鮮正德本、奎章閣本並作“言徒靡”。應爲尤袤本誤倒。

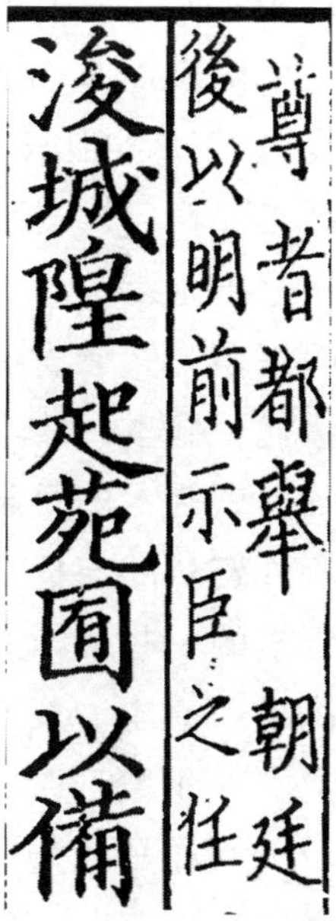
尊者都舉朝廷
後以明前示臣之任
浚城隍起苑囿以備

圖六三

三，改動底本。如《文選考異》謂卷一“注亦皆依違尊者都舉朝廷以言之”：“吴郡袁氏翻雕六臣本，茶陵陳氏刻增補六臣本‘都’上有‘所’字，‘舉’上有‘連’字。案：此尤延之校改之也。袁本，五臣居前，善次後；茶陵本，善居前，五臣次後，皆取六家以意合併如此。凡各本所見善注，初不甚相懸，逮尤延之多所校改，遂致迥異。”[1] 案：今本《獨斷》

① （清）胡克家：《文選考異》，載《〈文選〉研究文獻輯刊》第四四册，國家圖書館出版社，2013，第5頁。

及諸家六臣本《文選》李善注所引，"都"上並有"所"字，"舉"上並有"連"字，且尤袤本"尊者都舉"四字占六字格，見圖六三所示，尤袤本底本應作"尊者所都連舉"，蓋此處版面模糊而爲尤袤所改。

但因顧氏所見版本有限，一些評論時至今日已站不住脚。《文選考異》明確涉及尤袤所改的條目具體可細分爲五種情況：（一）尤校改，包括改正、改非；（二）尤以五臣亂善；（三）尤添、尤增、尤補等字眼；（四）尤刪；（五）尤衍。除此之外，還有一些條目，雖未曾明言爲尤袤所爲，但實際仍指向尤袤。通過對以上諸種情況的整理，發現許多條目並非如顧廣圻所説，尤其是顧氏經常將錯誤歸咎於"尤袤校改"，認爲"凡各本所見善注，初不甚相懸，逮尤延之多所校改，遂致迥異"[①]，"凡尤校此書，專主增多，故往往並他本衍文而取之"[②]，不可不謂是給尤袤扣上了一個極大的罪名，直接影響了後人對尤袤本《文選》的評價。然顧廣圻所見之本，並非南宋尤袤本，而是一個屢經修改的清代遞修本，故其所得結論並不適用於尤袤本，隨著南宋淳熙八年池陽郡齋刻本的重新被發現，一些真相逐漸浮出水面，又因出土文獻與海外資料的傳播，更多《文選》版本可以一探究竟，顧氏對尤袤及尤袤本的一些武斷評斷也就不攻自破了。如《文選考異》"注于公先王"條謂："袁本、茶陵本'于公'作'祭于'。案：此尤所校改也。"[③]考尤袤本，此處正作"祭于"，而非"于公"，此處非尤袤改明矣。又如卷四十八亦是此類問題，"后稷創業於唐堯"條："案：'堯'字衍，尤延之修改添入也。茶陵本無，而校語云'五臣有堯字'，袁本亦無，其下並無校語，是。袁所見五臣尚無'堯'字，茶陵及尤所見乃衍也。凡二本校語皆據所見著之，即五臣仍非真如此，是其例矣。《史記》《漢書》俱無，尤取誤本五臣以改善，失之甚者也。"[④]然考尤袤本，並無"堯"

① （清）胡克家：《文選考異》，載《〈文選〉研究文獻輯刊》第四四册，國家圖書館出版社，2013，第5頁。
② （清）胡克家：《文選考異》，載《〈文選〉研究文獻輯刊》第四四册，國家圖書館出版社，2013，第155頁。
③ （清）胡克家：《文選考異》，載《〈文選〉研究文獻輯刊》第四四册，國家圖書館出版社，2013，第46頁。
④ （清）胡克家：《文選考異》，載《〈文選〉研究文獻輯刊》第四四册，國家圖書館出版社，2013，第484—485頁。

字，非尤袤添亦明矣。《文選考異》"佗所覗之博大"條謂："袁本、茶陵本'覗'作'眺'，注同。案：此疑太沖自用'眺'字，故善以《爾雅》'眺'解之。'眺'即'覗'耳。善引書之例有如此者，尤延之因《爾雅》作'覗'，改未必是也。"[①]考北宋本即作"覗"，非尤袤改亦明矣。類似之處還有卷五十一"寡人將覽焉"條："何校'覽'改'聽'。案：依《漢書》也，詳此句與上文'孰能聽之矣'相承接，作'聽'爲是。袁、茶陵二本亦作'覽'，皆涉'寡人將竦意而覽焉'句之誤，尤本改上'覽'字爲'聽'，致與《漢書》互易，益非。"[②]然北宋本既已如此，當非尤袤所改。現今可明確非尤袤改之處還有許多，在此不一一展開。

　　任何一種版本都不可能完美，不能因尤袤本存在以上諸種問題便否定其在整個文選學史上的地位與價值，畢竟它已經作爲一個整體流傳千年。就像《莊子》一書雖存在真僞爭議，但並不影響其學術價值一樣。我們既要知曉它存在的問題，亦需肯定它的價值，正視它在整個文選學史上的地位。作爲後世單李善注刻本的祖本、現存完整的最早李善注刻本、當今《文選》閱讀與研究的通行版本，尤袤本是李善注刻本發展過程中不可或缺的重要一環，它對梳理李善注的源流演變意義重大，我們理應公正、客觀、全面地審視它。尤袤本《文選》從整體上而言仍是瑕不掩瑜的。

---

① （清）胡克家:《文選考異》，載《〈文選〉研究文獻輯刊》第四四冊，國家圖書館出版社，2013，第93頁。
② （清）胡克家:《文選考異》，載《〈文選〉研究文獻輯刊》第四四冊，國家圖書館出版社，2013，第506頁。

參考文獻

一 《文選》版本類

1. （梁）蕭統選編，（唐）李善注《文選》，北宋天聖明道國子監本，臺北故宮博物院藏。

2. （梁）蕭統選編，（唐）李善注《文選》，北宋天聖明道國子監本，中國國家圖書館藏。

3. （梁）蕭統選編，（唐）李善注《文選》，南宋淳熙八年池陽郡齋刻本，中華書局，1974。

4. （梁）蕭統選編，（唐）李善注《宋尤袤刻本〈文選〉》（南宋淳熙八年池陽郡齋刻本），國家圖書館出版社，2017。

5. （梁）蕭統選編，（唐）李善注《文選》，南宋淳熙八年池陽郡齋刻遞修本（三十卷），中國國家圖書館藏。

6. （梁）蕭統選編，（唐）李善注《文選》，南宋淳熙八年池陽郡齋刻遞修本（存十卷），中國國家圖書館藏。

7. （梁）蕭統選編，（唐）李善注《文選》，南宋淳熙八年尤袤池陽郡齋刻計衡修補本，北京大學圖書館藏。

8. （梁）蕭統選編，（唐）李善注《文選》，南宋淳熙八年池陽郡齋刻本（存卷二十五至二十七），上海圖書館藏。

9. （梁）蕭統選編，（唐）李善注《文選》，南宋淳熙辛丑尤延之貴池刊本，臺灣“國家”圖書館藏。

10. （梁）蕭統選編，（唐）李善注《文選》，南宋淳熙八年尤延之貴池刊理宗間遞修本，臺北故宮博物院藏。

11. （梁）蕭統輯，（唐）李善注《文選》，元張伯顔刻本，中國國家圖書館藏。

12. （梁）蕭統輯，（唐）李善注《文選》，元張伯顔刻本（殘），臺北故宮博物院藏。

13. （梁）蕭統輯，（唐）李善注《文選》，元張伯顔刻本（殘），臺灣"國家"圖書館藏。

14. （梁）蕭統選編，（唐）五臣、李善注《日本東京大學東洋文化研究所藏朝鮮活字本六臣注〈文選〉》（奎章閣本），鳳凰出版社，2018。

15. （梁）蕭統選編，（唐）五臣、李善注《日本足利學校藏宋刊明州本六臣注〈文選〉》，人民文學出版社，2008。

16. （梁）蕭統選編，（唐）李善、五臣注《文選》，日本宮內廳書陵部藏贛州本。

17. （梁）蕭統選編，（唐）李善、五臣注《六臣注〈文選〉》（建州本，又稱四部叢刊本），中華書局，2012。

18. （梁）蕭統選編，（唐）五臣、李善注《增補六臣注〈文選〉》，華正書局，1980。

19. （梁）蕭統選編，（唐）五臣注《文選》，南宋紹興三十一年建陽崇化書坊陳八郎刻本，臺灣"國家"圖書館藏，1981 綫裝影印本。

20. （梁）蕭統選編，（唐）五臣注《文選》，宋杭州貓兒橋河東岸開箋紙馬鋪鍾家刻本（卷二十九），北京大學圖書館藏。

21. （梁）蕭統選編，（唐）五臣注《文選》，宋杭州貓兒橋河東岸開箋紙馬鋪鍾家刻本（卷三十），中國國家圖書館藏。

22. （梁）蕭統選編，（唐）五臣注《日本東京大學東洋文化研究所藏朝鮮版五臣注〈文選〉》，鳳凰出版社，2018。

23. （梁）蕭統選編，（唐）五臣、李善注，俞紹初、劉群棟、王翠紅點校《新校訂六家注文選》，鄭州大學出版社，2013。

24. （梁）蕭統選編，（唐）李善注《文選》，明成化二十三年唐藩朱芝址刻本，中國國家圖書館藏。

25. （梁）蕭統選編，（唐）李善注《文選》，明嘉靖元年汪諒刻本四十册，中國國家圖書館藏。

26. （梁）蕭統選編，（唐）李善注《文選》，明嘉靖元年汪諒刻本六十一册，中國國家圖書館藏。

27. （梁）蕭統選編，（唐）李善注《文選》，明嘉靖元年汪諒刻本六十
    册，中國國家圖書館藏。

28. （梁）蕭統選編，（唐）李善注《文選》，明嘉靖元年汪諒刻本二十
    册，中國國家圖書館藏。

29. （梁）蕭統選編，（唐）李善注《文選》，明嘉靖四年晉藩養德書院
    刻本二十册，中國國家圖書館藏。

30. （梁）蕭統選編，（唐）李善注《文選》，明嘉靖四年晉藩養德書院
    刻本二十四册，中國國家圖書館藏。

31. （梁）蕭統選編，（唐）李善注《文選》，明嘉靖六年晉藩養德書院
    刻本三十二册，北京師範大學圖書館藏。

32. （梁）蕭統選編，（唐）李善注《文選》，明嘉靖八年晉府養德書院
    刻本三十六册，南開大學圖書館藏。

33. （梁）蕭統選編，（唐）李善注《文選》，明隆慶五年唐藩朱碩熿刻
    本，中國國家圖書館藏。

34. （梁）蕭統選編，（唐）李善注《文選》，明萬曆二十九年鄧原岳刻
    本，北京師範大學圖書館藏。

35. （梁）蕭統選編，（唐）李善注《文選》，明末毛氏汲古閣刻本，中
    國國家圖書館藏。

36. （梁）蕭統選編，（唐）李善注《文選》，明崇禎間懷遠朱純臣重印
    嘉靖元年汪諒刻本，山東大學圖書館藏。

37. （梁）蕭統選編，（唐）李善注《文選》，明文思堂校正本，北京師
    範大學圖書館藏。

38. （梁）蕭統選編，（唐）李善注《文選》，明末毛氏汲古閣刻清康熙
    二十五年錢士謐重修本，中國國家圖書館藏。

39. （梁）蕭統選編，（唐）李善注《文選》，清乾隆二十三年周氏懷德
    堂刻本，中山大學圖書館藏。

40. （梁）蕭統選編，（唐）李善注《文選》，明末毛氏汲古閣刻清乾隆
    二十七年楊氏儒纓堂重修本，中國國家圖書館藏。

41. （梁）蕭統選編，（唐）李善注《文選》，清乾隆三十七年葉氏海録
    軒刻朱墨套印重刊汲古閣本，南開大學圖書館藏。

42.（梁）蕭統選編，（唐）李善注《文選》，清嘉慶十年胡克家刻本，中華書局，1977 影印本。

43.《古鈔本五臣注〈文選〉》卷第二十，日本東方文化學院用東京三條氏藏鈔本影印卷軸本，昭和十二年（1937）十一月五日發行。

44.《文選》殘二十一卷，日本九條家舊藏鈔本，日本昭和年間照相本，日本早稻田大學圖書館藏據照相複印本。

45.《文選》卷第二十六，日本觀智院元德二年鈔本，《天理圖書館善本叢書·漢籍之部》第二卷，八木書店，1980。

46.《文選》殘二十卷，日本室町初年寫本，楊守敬影寫，臺北故宮博物院藏。

47.《文選》卷二寫本，日本冷泉家藏時雨亭文庫本。

48.《文選》卷二寫本，宮內廳書陵部藏。

49.饒宗頤編《敦煌吐魯番本〈文選〉》，中華書局，2000。

50.周勛初編《唐鈔文選集注彙存》，上海古籍出版社，2000 影印本。

51.《李善與五臣同異》，《錫山尤氏叢刊甲集》本。

52.《李善與五臣同異》，陸心源《群書校補》本。

53.《李善與五臣同異》，清咸豐精鈔本。

二　古代文獻

1.（漢）班固:《漢書》，中華書局，1962。

2.（漢）司馬遷:《史記》，中華書局，1959。

3.（漢）揚雄:《法言》，中華書局，1985。

4.（漢）鄭玄注，（唐）賈公彥疏，彭林整理《周禮注疏》，上海古籍出版社，2010。

5.（晉）陳壽:《三國志》，中華書局，1964。

6.（晉）葛洪:《西京雜記》，中華書局，1985。

7.（南朝梁）劉勰撰，詹鍈義證《文心雕龍義證》，上海古籍出版社，1989。

8.（南朝梁）沈約:《宋書》，中華書局，1974。

9.（南朝宋）范曄:《後漢書》，中華書局，1965。

10.〔日〕遍照金剛撰，王利器校注《文鏡秘府論校注》，中國社會科學出版社，1983。

11.（唐）房玄齡：《晉書》，中華書局，1974。

12.（唐）封演撰，趙貞信校注《封氏聞見記校注》，中華書局，2005。

13.（唐）李匡文：《資暇集》，中華書局，2012。

14.（唐）劉肅：《大唐新語》，中華書局，1984。

15.（唐）陸德明：《經典釋文》，中華書局，1983。

16.（唐）歐陽詢等：《藝文類聚》，中華書局，1965。

17.（唐）徐堅等：《初學記》，中華書局，2004。

18.〔唐〕許敬宗撰，羅國威整理《日藏弘仁本文館詞林校證》，中華書局，2001。

19.（唐）顏師古：《匡謬正俗》，中華書局，1985。

20.（唐）虞世南等：《北堂書鈔》，上海古籍出版社，2002。

21.（後晉）劉昫：《唐書》，中華書局，1975。

22.（南唐）徐鍇：《説文解字繫傳》，中華書局，1987。

23.（五代）丘光庭：《兼明書》，中華書局，1985。

24.（宋）晁公武：《昭德先生郡齋讀書志》，《四部叢刊三編：史部》，商務印書館，1935。

25.（宋）陳騤等撰，趙士煒輯考《中興館閣書目輯考》，《宋元明清書目題跋叢刊》第一冊，中華書局，2006。

26.（宋）陳振孫：《直齋書錄解題》，《叢書集成初編》第四八冊，商務印書館，1937。

27.（宋）程大昌：《演繁錄》，《文淵閣四庫全書》第八五二冊，臺灣商務印書館，1986。

28.（宋）程俱撰、張富祥校證《麟臺故事校證》，中華書局，2000。

29.（宋）葛立方：《韻語陽秋》，上海古籍出版社，1979。

30.（宋）洪邁撰，孔凡禮點校《容齋隨筆》，中華書局，2005。

31.（宋）洪适：《隸續》，《文淵閣四庫全書》第六八一冊，臺灣商務印書館，1986。

32.（宋）洪适：《盤洲文集》，《四部叢刊初編：集部》，商務印書館，1919。

33.（宋）洪興祖:《楚辭補注》，中華書局，2006。

34.（宋）胡仔:《苕溪漁隱叢話》，人民文學出版社，1962。

35.（宋）黄伯思:《東觀餘論》，人民美術出版社，2010。

36.（宋）黄朝英:《靖康緗素雜記》，《叢書集成初編》第二九九册，商務印書館，1939。

37.（宋）江少虞:《宋朝事實類苑》，上海古籍出版社，1981。

38.（宋）李心傳:《建炎以來朝野雜記》，中華書局，2000。

39.（宋）劉克莊:《後村詩話》，中華書局，1983。

40.（宋）樓昉:《崇古文訣》，上海古籍出版社，1993。

41.（宋）陸游:《老學庵筆記》，中華書局，1979。

42.（宋）陸游:《陸游全集校注》第十册，浙江教育出版社，2011。

43.（宋）陸游撰，錢仲聯校注《劍南詩稿校注》，上海古籍出版社，1985。

44.（宋）羅大經:《鶴林玉露》，中華書局，1983。

45.（宋）歐陽修、宋祁:《新唐書》，中華書局，1975。

46.（宋）沈括:《夢溪筆談》，上海古籍出版社，1983。

47.（宋）蘇軾:《東坡題跋》，中華書局，1985。

48.（宋）蘇軾撰，孔凡禮點校《蘇軾文集》，中華書局，1986。

49.（宋）蘇頌:《蘇魏公文集》，中華書局，2004。

50.（宋）田況撰，張其凡點校《儒林公議》，中華書局，2017。

51.（宋）汪應辰:《文定集》，《叢書集成初編》第一九八七册，商務印書館，1935。

52.（宋）王觀國撰，田瑞娟點校《學林》，中華書局，1988。

53.（宋）王楙:《野客叢書》，中華書局，1987。

54.（宋）王明清:《揮麈録》，上海書店出版社，2001。

55.（宋）王辟之撰，吕友仁點校《澠水燕談録》，中華書局，1981。

56.（宋）王欽若等編，周勛初等校訂《册府元龜：校訂本》，鳳凰出版社，2006。

57.（宋）王堯臣等編《崇文總目》，商務印書館，1937。

58.（宋）王應麟:《困學紀聞》，上海古籍出版社，2008。

59.（宋）王應麟:《玉海》，廣陵書社，2003。

60.（宋）王銍:《默記》，中華書局，1981。

61.（宋）吳曾:《能改齋漫録》，中華書局，1960。

62.（宋）吳聿:《觀林詩話》，《歷代詩話續編》，中華書局，1983。

63.（宋）吳子良:《林下偶談》，《叢書集成初編》第三二四册，商務印
　　書館，1936。

64.（宋）徐夢莘:《三朝北盟會編》，上海古籍出版社，1987。

65.（宋）姚寬:《西溪叢語》，中華書局，1993。

66.（宋）葉夢得撰，宇文紹奕考異，侯忠義點校《石林燕語》，中華書
　　局，1984。

67.（宋）葉寘:《坦齋筆衡》，《全宋筆記·第十編·十二》，大象出版
　　社，2018。

68.（宋）尹洙:《河南集》，《文淵閣四庫全書》第一〇九〇册，臺灣商
　　務印書館，1986。

69.（宋）尹洙:《河南先生文集》，《宋集珍本叢刊》第三册，綫裝書局，
　　2004。

70.（宋）尤袤:《遂初堂書目》，《叢書集成初編》第三二册，商務印書
　　館，1935。

71.（宋）袁文:《甕牖閑評》，上海古籍出版社，1985。

72.（宋）曾季狸:《艇齋詩話》，《歷代詩話續編》，中華書局，1983。

73.（宋）張淏:《雲穀雜記》，中華書局，1958。

74.（宋）張戒:《歲寒堂詩話》，《叢書集成初編》第二五五二册，商務
　　印書館，1939。

75.（宋）張世南:《游宦紀聞》，中華書局，1981。

76.（宋）趙彥衛撰，傅根清點校:《雲麓漫鈔》，中華書局，1996。

77.（宋）周必大:《文忠集》，《文淵閣四庫全書》第一一四七册，臺灣
　　商務印書館，1986。

78.（宋）周必大:《文忠集》，《文淵閣四庫全書》第一一四七册，臺灣
　　商務印書館，1986。

79.（宋）周密:《齊東野語》，中華書局，1983。

80.（宋）朱熹:《晦庵先生朱文公文集》，《四部叢刊初編:集部》，商務
　　印書館，1919。

81.（宋）朱翌：《猗覺寮雜記》，中華書局，1985。

82.（宋）莊綽：《雞肋編》，中華書局，1983。

83.（元）程鉅夫著，張文澍校點《程鉅夫集》，吉林文史出版社，2009。

84.（元）陸友仁：《研北雜志》，中華書局，1991。

85.（元）馬端臨：《文獻通考·經籍考》，《宋元明清書目題跋叢刊》第三册，中華書局，2006。

86.（元）脫脫：《宋史》，中華書局，1977。

87.（元）鄭元祐：《僑吳集》，《文淵閣四庫全書》第一二一六册，臺灣商務印書館，1986。

88.（明）陳第：《世善堂藏書目錄》，商務印書館，1937。

89.（明）王世貞撰，魏連科點校《弇山堂別集》，中華書局，1985。

90.（明）楊士奇：《文淵閣書目》，商務印書館，1937。

91.（清）陳景雲：《文選舉正》，《〈文選〉研究文獻輯刊》第三六册，國家圖書館出版社，2013。

92.（清）陳揆：《稽瑞樓書目》，《叢書集成初編》第三九册，商務印書館，1939。

93.（清）陳鱣：《簡莊文鈔》，載《清代詩文集彙編》第四三六册，上海古籍出版社，2010。

94.（清）成瓘：《篛園日札》，商務印書館，1958。

95.（清）丁丙：《善本書室藏書》，《清人書目題跋叢刊》第二册，中華書局，1993。

96.（清）段玉裁撰，鍾敬華校點《經韻樓集》，上海古籍出版社，2008。

97.（清）耿文光：《萬卷精華樓藏書記》，《清人書目題跋叢刊》第九册，中華書局，1993。

98.（清）顧廣圻：《顧廣圻書目題跋》，《清人書目題跋叢刊》第六册，中華書局，1993。

99.（清）顧廣圻：《思適齋書跋》，《宋元明清書目題跋叢刊》第十三册，中華書局，2006。

100.（清）顧炎武撰，陳垣校注《日知錄校注》，安徽大學出版社，

2007。

101.（清）桂馥:《札樸》，中華書局，1992。

102.（清）杭世駿:《訂訛類編、續補》，中華書局，1997。

103.（清）何焯著，崔高維點校《義門讀書記》，中華書局，1987。

104.（清）胡克家:《文選考異》，《〈文選〉研究文獻輯刊》第四四冊，國家圖書館出版社，2013。

105.（清）胡紹煐:《文選箋證》，《〈文選〉研究文獻輯刊》第五五、五六、五七冊，國家圖書館出版社，2013。

106.（清）胡紹煐撰，蔣立甫點校《文選箋證》，黃山書社，2007。

107.（清）黃丕烈、王國維等:《宋版書考錄》，北京圖書館出版社，2003。

108.（清）黃丕烈:《黃丕烈書目題跋》，《清人書目題跋叢刊》第六冊，中華書局，1993。

109.（清）黃丕烈著，潘祖蔭輯，周少川點校《士禮居藏書題跋記》，書目文獻出版社，1989。

110.（清）黃丕烈著，屠友祥校注《蕘圃藏書題識》，上海遠東出版社，1999。

111.（清）季振宜:《季滄葦藏書目》，中華書局，1985。

112.（清）江標:《宋元本行格表》，江蘇古籍出版社，2003。

113.（清）郎遂:《杏花村志》，《叢書集成續編》第五二冊，上海書店出版社，1994。

114.（清）勞格:《讀書雜識》，廣文書局，1969。

115.（清）李希聖:《雁影齋題跋》，載《中國歷代書目題跋叢書》第三輯，上海古籍出版社，2009。

116.（清）梁章鉅:《文選旁證》，《〈文選〉研究文獻輯刊》第五一、五二、五三、五四冊，國家圖書館出版社，2013。

117.（清）陸心源:《皕宋樓藏書志、皕宋樓藏書續志》，《清人書目題跋叢刊》第一冊，中華書局，1993。

118.（清）陸心源:《儀顧堂續跋》，《宋元明清書目題跋叢刊》第九冊，中華書局，2006。

119.（清）莫友芝撰，傅增湘訂補，傅熹年整理《藏園訂補郘亭知見傳本書目》，中華書局，2009。

120.（清）繆荃孫：《藝風藏書記》，《宋元明清書目題跋叢刊》第十四冊，中華書局，2006。

121.（清）潘祖蔭：《滂喜齋藏書記附錄、滂喜齋宋元本書目》，《宋元明清書目題跋叢刊》第十冊，中華書局，2006。

122.（清）彭元瑞：《天禄琳琅書目後編》，《清人書目題跋叢刊》第十冊，中華書局，1993。

123.（清）彭元瑞：《知聖道齋讀書跋》，《叢書集成初編》第五十冊，商務印書館，1936。

124.（清）彭元瑞著，徐德明標點《天禄琳琅書目後編》，上海古籍出版社，2007。

125.（清）錢曾撰，（清）管庭芬、章鈺校證《讀書敏求記校證》，《宋元明清書目題跋叢刊》第十一冊，中華書局，2006。

126.（清）錢大昕：《廿二史考異》，上海古籍出版社，2004。

127.（清）錢大昕：《十駕齋養新錄》，上海書店出版社，2011。

128.（清）錢謙益：《絳雲樓題跋》，《清人書目題跋叢刊》第十冊，中華書局，1993。

129.（清）瞿鏞：《鐵琴銅劍樓藏書目錄》，《宋元明清書目題跋叢刊》第十冊，中華書局，2006。

130.（清）阮元：《揅經室集》，中華書局，1993。

131.（清）阮元：《揅經室外集》，中華書局，1985。

132.（清）邵懿辰撰，邵章續錄《增訂四庫簡明目錄標注》，上海古籍出版社，1979。

133.（清）沈曾植撰，錢仲聯輯《海日樓札叢・海日樓題跋》，遼寧教育出版社，1998。

134.（清）沈德壽：《抱經樓藏書志》，《清人書目題跋叢刊》第五冊，中華書局，1993。

135.（清）盛宣懷輯《常州先哲遺書》，清光緒中武進盛氏刻本。

136.（清）孫星衍撰，焦桂美、沙莎標點《廉石居藏書記》，上海古籍出版社，2008。

137.（清）孫星衍撰，焦桂美、沙莎標點《平津館鑒藏記書籍》，上海古籍出版社，2008。

138.（清）孫星衍撰，焦桂美、沙莎標點《孫氏祠堂書目》，上海古籍
　　出版社，2008。

139.（清）孫詒讓：《札迻》，中華書局，1989。

140.（清）孫志祖：《文選考異》，《〈文選〉研究文獻輯刊》第四一册，
　　國家圖書館出版社，2013。

141.（清）汪師韓：《文選理學權輿》，《〈文選〉研究文獻輯刊》第三七
　　册，國家圖書館出版社，2013。

142.（清）汪士鐘：《藝芸書舍宋元本書目》，中華書局，1985。

143.（清）王念孫：《讀書雜志》，江蘇古籍出版社，2000。

144.（清）王念孫：《廣雅疏證》，中華書局，2004。

145.（清）王文進著，柳向春標點《文禄堂訪書記》，上海古籍出版社，
　　2007。

146.（清）王先謙：《漢書補注》，書目文獻出版社，1995。

147.（清）王引之：《經傳釋詞》，岳麓書社，1984。

148.（清）吳焯：《繡谷亭薰習録》，《清人書目題跋叢刊》第十册，中華
　　書局，1993。

149.（清）吳壽暘：《拜經樓藏書題跋記》，《清人書目題跋叢刊》第十
　　册，中華書局，1993。

150.（清）徐乃昌：《積學齋藏書記》，載《清代私家藏書目録題跋叢刊》
　　第十八册，國家圖書館出版社，2010。

151.（清）徐松輯《宋會要輯稿》，中華書局，1957。

152.（清）楊紹和撰，傅增湘批注，朱振華整理《藏園批注楹書隅録》，
　　中華書局，2017。

153.（清）楊守敬：《留真譜初編》，廣文書局，1972。

154.（清）楊守敬：《日本訪書志》，《宋元明清書目題跋叢刊》第十九册，
　　中華書局，2006。

155.（清）葉昌熾著，王鍔、伏亞鵬點校《藏書紀事詩》，北京燕山出
　　版社，1999。

156.（清）葉廷琯撰，黃永年校點《吹網録》，遼寧教育出版社，1998。

157.（清）永瑢等：《四庫全書總目提要》，中華書局，1965。

158. （清）于敏中:《天禄琳琅書目》,《清人書目題跋叢刊》第十册,中華書局,1993。

159. （清）于敏中著,徐德明標點《天禄琳琅書目》,上海古籍出版社,2007。

160. （清）俞樾:《九九銷夏録》,中華書局,1995。

161. （清）張金吾:《愛日精廬藏書續志》,《宋元明清書目題跋叢刊》第十三册,中華書局,2006。

162. （清）張金吾著,鄭永曉整理《愛日精廬文稿》,鳳凰出版社,2015。

163. （清）張鈞衡:《適園藏書志》,《海王村古籍書目題跋叢刊》第六册,中國書店,2008。

164. （清）張雲璈:《選學膠言》,《〈文選〉研究文獻輯刊》第四二、四三册,國家圖書館出版社,2013。

165. （清）張之洞撰,范希曾補正《書目答問補正》,上海古籍出版社,2001。

166. （清）趙爾巽等:《清史稿》,中華書局,1977。

167. （清）趙晉:《文選敏音》,《〈文選〉研究文獻輯刊》第六十册,國家圖書館出版社,2013。

168. （清）周中孚:《鄭堂讀書記》,《清人書目題跋叢刊》第八册,中華書局,1993。

169. （清）朱緒曾:《開有益齋讀書志、續志》,《清人書目題跋叢刊》第七册,中華書局,1993。

170. （清）朱彝尊:《曝書亭集》,吉林文史出版社,2009。

171. 〔日〕島田翰:《古文舊書考》,《宋元明清書目題跋叢刊》第十九册,中華書局,2006。

三 現當代文獻

1. 〔日〕倉石武四郎:《舊京書影》,人民文學出版社,2011。

2. 程仁桃選編《清末民國古籍書目題跋七種》,北京圖書館出版社,2007。

3.〔日〕岡村繁:《岡村繁全集·第貳卷·文選之研究》,陸曉光譯,上海古籍出版社,2002。

4.〔日〕清水凱夫:《清水凱夫〈詩品〉〈文選〉論文集》,周文海編譯,首都師範大學出版社,1995。

5.〔日〕斯波六郎:《文選索引》,李慶譯,上海古籍出版社,1997。

6. 臺北故宮博物院編《故宮博物院善本舊籍總目》,臺北故宮博物院,1983。

7.《北京師範大學圖書館古籍善本書目》,北京圖書館出版社,2002。

8.《山東大學圖書館古籍善本書目》,齊魯書社,2007。

9.《中國歷代書目題跋叢書》,上海古籍出版社,2014。

10. 白卓然、張漫淩編《中國歷代易學家與哲學家》,黑龍江人民出版社,2018。

11. 曹大鐵:《梓人韻語》,南京出版社,1993。

12. 曹道衡、傅剛:《蕭統評傳》,南京大學出版社,2001。

13. 曾棗莊、劉琳主編《全宋文》,上海辭書出版社,2006。

14. 陳新雄、于大成:《昭明文選論文集》,木鐸出版社,1980。

15. 陳延嘉、王大恒、孫浩宇:《蕭統評傳》,上海古籍出版社,2018。

16. 陳延嘉:《〈文選〉李善注與五臣注比較研究》,吉林文史出版社,2009。

17. 陳延嘉主編《文選學研究》第一輯,中華書局,2018。

18. 陳垣:《史諱舉例》,上海書店出版社,1997。

19. 程章燦:《〈文選〉與中國文學傳統:第九屆文選學國際學術研討會論文集》,中華書局,2014。

20. 程章燦:《中國古代文學文獻學國際學術研究會論文集》,鳳凰出版社,2006。

21. 崔軍紅、周全星編《中國文選學:第六屆文選學國際學術研討會論文集》,學苑出版社,2007。

22. 丁紅旗:《唐宋〈文選〉學史論》,上海人民出版社,2015。

23. 丁延峰:《古籍文獻叢考》,黃山書社,2012。

24. 范志新:《文選版本論稿》,江西人民出版社,2003。

25. 范志新:《文選版本擷英》,貴州人民出版社,2005。

26. 馮淑静:《〈文選〉詮釋研究》,中國社會科學出版社,2011。

27. 傅剛編《百年選學:回顧與展望——第十三屆〈文選〉學國際學術研討會論文集》,北京大學出版社,2022。

28. 傅剛:《〈文選〉版本研究》,北京大學出版社,2023。

29. 傅剛:《昭明文選研究》,北京大學出版社,2023。

30. 傅增湘:《藏園群書經眼録》,中華書局,1983。

31. 高步瀛:《文選李注義疏》,中華書局,1985。

32. 郭寶軍:《宋代文選學研究》,中國社會科學出版社,2010。

33. 郭立暄:《中國古籍原刻翻刻與初印後印研究》,中西書局,2015。

34. 胡小鵬:《中國手工業經濟通史》(宋元卷),福建人民出版社,2004。

35. 黄侃:《文選黄氏學》,文史哲出版社,1977。

36. 黄侃平點,黄焯編次《文選平點》,上海古籍出版社,1985。

37. 賈貴榮、耿素麗選編《善本書題記》,國家圖書館出版社,2010。

38. 簡宗梧:《文學的御花園——〈文選〉》,中國三環出版社,1992。

39. 蔣禮鴻:《蔣禮鴻語言文字學論叢》,浙江古籍出版社,1994。

40. 金少華:《敦煌吐魯番本〈文選〉輯校》,浙江大學出版社,2017。

41. 金少華:《古抄本〈文選集注〉研究》,浙江大學出版社,2015。

42. 藍弧、曹公度:《曹大鐵傳》,上海文化出版社,2016。

43. 李峰主編《蘇州通史·人物卷·中,明清時期》,蘇州大學出版社,2019。

44. 李華斌:《文選音義校釋》,中華書局,2020。

45. 李盛鐸著,張玉范整理《木樨軒藏書題記及書録》,北京大學出版社,1985。

46. 李詳:《李審言文集》,江蘇古籍出版社,1989。

47. 李之亮校點《清代文選學珍本叢刊》第一輯,中州古籍出版社,1998。

48. 李致忠:《古書版本學概論》,書目文獻出版社,1990。

49. 李致忠:《宋版書叙録》,書目文獻出版社,1994。

50. 林聰明:《昭明文選考略》,文史哲出版社,1974。

51. 劉德城、周羨穎主編《福建名人詞典》,福建人民出版社,1995。

52. 劉鋒:《〈文選〉校讎史稿》,上海古籍出版社,2020。

53. 劉鵬:《清代藏書史論稿》,知識産權出版社,2018。

54. 劉躍進著、徐華校《文選舊注輯存》,鳳凰出版社,2017。

55. 劉志偉主編《"文選學"論文集粹》,中華書局,2017。

56. 劉志偉主編《〈文選〉與漢唐文化——第十一屆〈文選〉學國際學術研討會論文集》,中華書局,2018。

57. 羅國威:《敦煌本〈昭明文選〉研究》,黑龍江教育出版社,1999。

58. 羅國威箋證《敦煌本〈文選注〉箋證》,巴蜀書社,2000。

59. 駱鴻凱:《文選學》,中華書局,2015。

60. 馬燕鑫:《〈文選〉音注輯考》,鳳凰出版社,2023。

61. 穆克宏:《文選學研究》,鷺江出版社,2008。

62. 穆克宏:《昭明文選研究》,人民文學出版社,1998。

63. 南江濤選編《文選學研究》(全三冊),國家圖書館出版社,2010。

64. 潘承弼、顧廷龍編《明代版本圖録初編》,《民國叢書》第五編,上海書店出版社,1996。

65. 邱燮鐯:《文選集注研究》,臺灣文選學研究會,1978。

66. 屈守元:《文選導讀》,巴蜀書社,1993。

67. 屈守元:《昭明文選雜述及選講》,天津古籍出版社,1988。

68. 瞿冕良:《中國古籍版刻辭典》,齊魯書社,1999。

69. 宋展云:《〈文選〉詩類題解輯考》,鳳凰出版社,2022。

70. 宋志英、南江濤選編《〈文選〉研究文獻輯刊》,國家圖書館出版社,2013。

71. 宿白:《唐宋時期的雕版印刷》,文物出版社,1999。

72. 孫書安、孫正磊編《中國室名大辭典》,中華書局,2014。

73. 陶惟坻修,施兆麟纂《相城小志》,民國十九年本。

74. 王翠紅:《〈文選集注〉研究》,上海古籍出版社,2019。

75. 王國維:《兩浙古刊本考》,《王國維全集》(第七卷),浙江教育出版社,2009。

76. 王國維:《五代兩宋監本考》,《王國維全集》(第七卷),浙江教育出版社,2009。

77. 王立群:《〈文選〉版本注釋綜合研究》,大象出版社,2014。

78. 王立群：《現代文選學史》，大象出版社，2014。

79. 王立群編《第十屆文選學國際學術研討會論文集》，河南大學出版社，2014。

80. 王書才：《〈昭明文選〉研究發展史》，學習出版社，2008。

81. 王肇文：《古籍宋元刊工姓名索引》，上海古籍出版社，2012。

82. 王重民：《中國目錄學史論叢》，中華書局，1984。

83. 王重民：《中國善本書提要》，上海古籍出版社，1983。

84. 魏淑琴、吳窮、姜蕙編《中外昭明文選研究論著索引》，吉林文史出版社，1988。

85. 魏隱儒：《中國古籍印刷史》，印刷工業出版社，1988。

86. 文清閣編委會編《歷代山海經文獻集成》，西安地圖出版社，2006。

87. 謝康等：《昭明太子和他的〈文選〉》，學生書局，1971。

88. 徐復：《徐復語言文字學論稿》，江蘇教育出版社，1995。

89. 徐復：《語言文字學叢稿》，江蘇古籍出版社，1990。

90. 徐華：《歷代選學文獻綜錄》，鳳凰出版社，2022。

91. 徐正英：《昭明文選斠讀》，駱駝出版社，1995。

92. 楊廷福、楊同甫編《清人室名別稱字型大小索引：增補本》，上海古籍出版社，2001。

93. 姚名達：《中國目錄學史》，上海古籍出版社，2002。

94. 葉德輝：《書林清話》，中華書局，1957。

95. 葉啓發：《華鄂堂讀書小識》，載《湖南近現代藏書家題跋選》第二冊，岳麓書社，2011。

96. 游志誠：《昭明文選斠讀》，駱駝出版社，1995。

97. 游志誠：《昭明文選學術論考》，學生書局，1996。

98. 余嘉錫：《目錄學發微、古書通例》，中華書局，2009。

99. 俞紹初、許逸民主編《中外學者文選學論著索引》，中華書局，1998。

100. 袁同禮：《宋代私家藏書概略》，北京圖書館出版社，2010。

101. 張家璠、閻崇東：《中國古代文獻學家研究》，廣西師範大學出版社，1996。

102. 張乃熊：《菦圃善本書目》，廣文書局，1969。

103. 張秀民:《張秀民印刷史論文集》,印刷工業出版社,1988。

104. 張振鐸:《古籍刻工名錄》,上海書店出版社,1996。

105. 趙昌智、顧農編《第八屆文選學國際學術研討會論文集》,廣陵書社,2010。

106. 趙福海編《〈昭明文選〉與中國傳統文化:第四屆文選學國際學術研討會論文集》,吉林文史出版社,2001。

107. 趙福海編《文選學論集:第二屆〈昭明文選〉國際學術研討會論文集》,時代文藝出版社,1992。

108. 趙福海編《〈昭明文選〉研究論文集:首屆〈昭明文選〉國際學術討論會》,吉林文史出版社,1988。

109. 趙俊玲:《文選彙評》,鳳凰出版社,2017。

110. 趙萬里等編《中國版刻圖錄》,文物出版社,1990。

111. 趙維平:《尤袤年譜》,上海三聯書店,2012。

112. 鄭州大學古籍所編《中外學者文選學論集》,中華書局,1998。

113. 中國《文選》研究會編《〈文選〉與"文選學":第五屆文選學國際學術研討會論文集》,學苑出版社,2003。

114. 中國古籍善本書目編輯委員會編《中國古籍善本書目》,上海古籍出版社,1998。

115. 中國文選學研究會、鄭州大學古籍整理研究所編《文選學新論》,中州古籍出版社,1997。

116. 中華再造善本工程編纂出版委員會編《中華再造善本總目提要·唐宋編》,國家圖書館出版社,2013。

117. 周唯一:《南朝學術文化與〈文選〉》,人民出版社,2015。

118. 朱崇先主編《古典文獻學理論探索與古籍整理方法研究》,民族出版社,2013。

119. 朱迎平:《宋代刻書産業與文學》,上海古籍出版社,2008。

四　研究論文

1. 〔日〕芳村弘道:《日本江户、明治兩代的〈文選〉版本簡介與目錄》,《廣西師範大學學報(哲學社會科學版)》2004年第1期。

2.〔日〕岡村繁:《宋代刊本〈李善注文選〉盜用了〈五臣注〉》,俞慰慈、陳秋萍譯,《長春師範學院學報》2000 年第 4 期。

3.〔日〕森野繁夫:《關於〈文選〉李善注——集注本李善注和刊本李善注的關係》,段書偉譯,《中外學者文選學論集（下）》,中華書局,1998 年。

4.〔日〕森野繁夫:《宋代的李善注〈文選〉》,李心純、林合生譯,《山西師大學報（社會科學版）》1986 年第 4 期。

5. 常思春:《尤刻本李善注〈文選〉闌入五臣注的緣由及尤刻本的來歷探索》,《四川師範大學學報（社會科學版）》2003 年第 1 期。

6. 程毅中、白化文:《略談李善注〈文選〉的尤刻本》,《文物》1976 年第 11 期。

7. 丁紅旗:《關於明州本〈文選〉減注現象的考察》,《蘭州學刊》2011 年第 10 期。

8. 丁延峰:《海內外現存宋刻本〈文選〉略述》,《聊城大學學報（社會科學版）》2012 年第 3 期。

9. 范志新:《尤刊李善注〈文選〉中五臣注的來歷——兼駁岡村繁先生"宋刊李善注本盜用五臣注"說》,《新國學》2005 年第 1 期。

10. 范志新:《余蕭客的生卒年（外一篇）——文選學著作考（二）》,《晉陽學刊》2005 年第 6 期。

11. 傅剛:《"文選學"的發展與〈文選〉版本研究》,《鄭州大學學報（哲學社會科學版）》2010 年第 3 期。

12. 傅剛:《〈文選〉的流傳及影響》,《中國典籍與文化》2000 年第 1 期。

13. 傅剛:《20 世紀的文選學研究》,《上海師範大學學報（哲學社會科學版）》2014 年第 5 期。

14. 傅剛:《曹植與甄妃的學術公案——〈文選·洛神賦〉李善注辨析》,《中國典籍與文化》2010 年第 1 期。

15. 傅剛:《從〈文選〉序幾種寫抄本推論其原貌》,《廣西師範大學學報（哲學社會科學版）》2004 年第 1 期。

16. 傅剛:《論韓國奎章閣本〈文選〉的文獻價值》,《文獻》2000 年第 3 期。

17. 郭寶軍:《從抄本到刻本的清整:北宋國子監本〈文選〉研究之一》,《長春師範學院學報》2012 年第 1 期。

18. 郭寶軍:《胡刻本〈文選〉底本的幾個問題》,《中州學刊》2012 年第 1 期。

19. 郭寶軍:《論洪興祖〈楚辭補注〉對〈文選〉及其注釋的接受》,《南京師範大學文學院學報》2010 年第 2 期。

20. 郭寶軍:《宋代文選學述略》,《古典文學知識》2011 年第 1 期。

21. 郭寶軍:《宋人對〈文選〉李善注、五臣注的評議》,《廣西師範大學學報(哲學社會科學版)》2011 年第 6 期。

22. 韓丹:《吳棫〈韻補〉所引〈文選〉音注考——兼論尤刻本及兩宋之交的〈文選〉版本》,《鄭州大學學報(哲學社會科學版)》2020 年第 1 期。

23. 胡旭:《〈文選·洛神賦〉題注發微》,《中國韻文學刊》2013 年第 2 期。

24. 江慶柏:《關於宋代的幾種〈文選〉刻本》,《山西師大學報(社會科學版)》1988 年第 1 期。

25. 金少華:《國家圖書館藏尤刻本〈文選〉係修補本考論》,載《在浙之濱——浙江大學古籍研究所建所三十周年紀念文集》,中華書局,2016。

26. 李華斌:《〈文選〉正文中的音注的來歷兼及尤刻本的來歷》,《長江學術》2013 年第 1 期。

27. 李致忠:《宋代刻書述略》(上),《圖書館理論與實踐》1981 年第 2 期。

28. 李致忠:《宋代刻書述略》(中),《圖書館理論與實踐》1983 年第 1 期

29. 李致忠:《宋代刻書述略》(下),《寧夏圖書館通訊》1983 年增刊。

30. 劉九偉:《論贛州本〈文選〉李善注的特點》,《甘肅社會科學》2010 年第 3 期。

31. 劉明:《讞議宋淳熙本〈文選〉的刊刻與修版》,《揚州文化研究論叢》2018 年第 2 期。

32. 劉明:《文學文獻·文化背景·版本研究》,載朱崇先編《古典文獻

學理論探索與古籍整理方法研究》，民族出版社，2013。

33. 劉躍進：《〈文選〉概説》，《古典文學知識》2009 年第 1 期。

34. 劉躍進：《從〈洛神賦〉李善注看尤刻〈文選〉的版本系統》，《文學遺產》1994 年第 3 期。

35. 劉躍進：《關於〈文選〉舊注的整理問題》，《中國典籍與文化》2012 年第 1 期。

36. 羅鷺：《稿本〈漱六樓書目〉作者考實》，《文獻》2015 年第 2 期。

37. 穆克宏：《尤袤研究三題》，《文學遺產》2019 年第 3 期。

38. 屈敬慈：《校〈文選李善注〉應當重視汲古閣毛氏刻本》，《中華文化論壇》2000 年第 4 期。

39. 屈守元：《〈文選六臣注〉跋》，《文學遺產》2000 年第 1 期。

40. 屈守元：《跋日本古抄無注三十卷本〈文選〉》，《文選學論集：第二屆〈昭明文選〉國際學術研討會論文集》，時代文藝出版社，1992。

41. 饒宗頤：《日本古鈔〈文選〉五臣注殘卷》，《中外學者文選學論集》，中華書局，1998。

42. 沈芳畦：《百年來常熟藏書的聚散》，《常熟文史資料選輯》（《常熟文史》第四十輯下冊），上海社會科學院出版社，2009。

43. 宿白：《南宋的雕版印刷》，《文物》1962 年第 1 期。

44. 王翠紅：《胡克家〈文選考異〉指瑕》，《古籍整理研究學刊》2018 年第 1 期。

45. 王立群：《〈文選〉李善注變遷綜述》，《河南大學學報（社會科學版）》2013 年第 3 期。

46. 王立群：《北宋監本〈文選〉與尤刻本〈文選〉的承傳》，《文學遺產》2007 年第 1 期。

47. 王立群：《從左思〈三都賦〉劉逵注看北宋監本對唐抄本〈文選〉舊注的整理》，《河南大學學報（社會科學版）》2007 年第 1 期。

48. 王立群：《敦煌白文無注本〈文選〉與宋刻〈文選〉》，《長春師範學院學報》2012 年第 1 期。

49. 王立群：《尤刻本〈文選〉李善注二題》，《河南大學學報（社會科學版）》2005 年第 3 期。

50. 王立群：《尤刻本〈文選〉增注研究——以〈吳都賦〉爲例的一個考

察》,《河南大學學報（社會科學版）》2011 年第 5 期。

51. 王書才:《論尤刻本〈文選〉的集大成性質及其成因》,《楚雄師範學院學報》2007 年第 1 期。

52. 魏曉帥:《尤袤卒年及〈遂初堂書目〉成書小考》,《古籍整理研究學刊》2017 年第 2 期。

53. 吳洪澤:《尤袤學術淵源探析》,《儒藏論壇》2019 年第 1 期。

54. 徐華:《日三條家藏鈔本五臣注〈文選〉卷第二十考辨》,《文獻》2014 年第 4 期。

55. 徐建委:《李善〈文選〉注引書試探》,《長春師範學院學報》2009 年第 7 期。

56. 曾貽芬、崔文印:《宋代著名私人藏書目》,《史學史研究》1991 年第 4 期。

57. 張富祥:《〈南宋館閣錄〉及其〈續錄〉》,《史學史研究》1987 年第 4 期。

58. 張亮、莫再英:《六家〈文選〉版本考》,《圖書館學刊》2012 年第 12 期。

59. 張秀民:《南宋刻書地域考》,《圖書館》1961 年第 3 期。

60. 張秀民:《宋孝宗時代刻書述略》,《國學季刊》1936 年第 3 期。

61. 張月雲:《宋刊〈文選〉李善單注本考》,《中外學者文選學論集》,中華書局, 1998。

国家社科基金
后期资助项目
GUOJIA SHEKE JIJIN HOUQI ZIZHU XIANGMU

尤衮本《文選》文獻研究

（下册）

王瑋 著

社會科學文獻出版社
SOCIAL SCIENCES ACADEMIC PRESS (CHINA)

哀傷

嵇叔夜幽憤詩一首

歐陽堅石臨終詩一首

謝惠連秋懷詩一首

阮嗣宗詠懷詩十七首

詠懷

文林郎守太子右内率府錄事參軍事崇賢館直學士臣李善注上

梁昭明太子撰

文選卷第二十三

本册目録

附錄一 《文選》各殘缺版本現存卷目、篇目情況一覽表

說明：北宋本指分藏於中國國家圖書館與臺北故宮博物院的北宋國子監本。集注本指周勛初先生所編《唐鈔文選集注彙存》。敦煌本指饒宗頤先生所編《敦煌吐魯番本〈文選〉》。九條本指日本九條家藏白文無注本《文選》。室町本指臺北故宮博物院室町初年鈔本《文選》。古抄本指藏於中國、日本等地的古抄本，如中國歷史博物館、天津藝術館等藏《文選》殘葉與三條本、上野本、冷泉本、觀智院本等。天津藝術館藏《文選》佚名注與日本永青文庫藏《文選》佚名注可參見國威《敦煌本〈文選注〉箋證》。國家博物館藏《五等論》見《中國歷史博物館藏法書大觀》。

卷目	北宋本	集注本	敦煌本	九條本	室町本	古抄本
文選序			殘	有		上野本
卷一	兩都賦（殘）			兩都賦		上野本

續表

卷目	北宋本	集注本	敦煌本	九條本	室町本	古抄本
卷二	西京賦（殘）		西京賦（殘）	西京賦		上野本
卷三	東京賦（殘）			東京賦		冷泉東京賦（殘）
卷四	南都賦（殘）、三都賦序、蜀都賦（殘）	南都賦（殘）、三都賦序、蜀都賦		南都賦、三都賦序、蜀都賦		
卷五	吳都賦	吳都賦（殘）	吳都賦	吳都賦		
卷六	魏都賦（殘）			魏都賦		
卷八	上林賦（殘）、羽獵賦（殘）		羽獵賦（殘）	羽獵賦（殘）		
卷九	長楊賦（殘）		長楊賦（殘）、射雉賦（殘）、北征賦（殘）、東征賦（殘）		全	
卷十	西征賦（殘）		西征賦（殘）		全	
卷十一	景福殿賦（殘）		登樓賦（殘）		全	
卷十二					全	吐魯番文書第四冊收海賦（殘）
卷十三				風賦至鷦鷯賦	全	

續表

卷目	北宋本	集注本	敦煌本	九條本	室町本	古抄本
卷十四			幽通賦（殘）	鵩鳥賦至幽通賦	全	
卷十五	思玄賦（殘）			思玄賦（殘）、歸田賦	全	
卷十六	閑居賦（殘）、歎逝賦（殘）		恨賦（殘）	閑居賦至別賦	全	
卷十七	文賦（殘）、洞簫賦（殘）、舞賦（殘）				全	
卷十八	琴賦（殘）、笙賦、嘯賦		嘯賦（殘）		全	
卷十九	高唐賦、神女賦、登徒子好色賦、洛神賦、補亡詩（殘）		補亡詩（殘）、述祖德詩、諷諫詩、勵志詩	高唐賦至勵志詩	全	
卷二十			上責躬應詔詩表（殘）	上責躬應詔詩表至別范安成詩	全	
卷二十一				詠史詩至郭景純遊仙詩		
卷二十二				左太沖招隱詩至意酬到長史溉登琅邪城詩		
卷二十三				詠懷詩至贈從弟		

續表

卷目	北宋本	集注本	敦煌本	九條本	室町本	古抄本
卷二十四		贈徐幹、贈丁儀（殘）、答賈長淵（殘）、於承明作與士龍、贈尚書郎顧彥先、贈顧交阯公真（殘）、爲顧彥先贈婦（殘）、贈馮文羆、贈弟士龍、爲賈謐作贈陸機（殘）、贈陸機出爲吳王郎中令（殘）、贈河陽、贈侍御史王元貺		贈徐幹至贈侍御史王元貺		
卷二十五				贈向劭王濟至酬從弟惠連		
卷二十六				贈王太常至入華子崗是麻源第三谷		
卷二十七			陸士衡樂府（殘）、謝靈運連會吟行、明遠樂府	北使洛至王明君辭		
卷二十八		樂府至中山王孺子妾歌		陸士衡樂府至中山王孺子妾歌		
卷二十九				古詩十九首至張景陽雜詩	全	

續表

卷目	北宋本	集注本	敦煌本	九條本	室町本	古抄本
卷三十	讀山海經（殘）以下並有	和伏武昌登孫權故城至沈修文應王中丞思遠詠月		時興至檄魏鄴中詩	全	
卷三十一	全	效白馬篇（殘）、效古（殘）、和琅邪王依古至雜體詩（殘）		效白馬篇至雜體詩	全	
卷三十二		離騷經（殘）		離騷經、九歌（殘）	全	
卷三十三		招魂、招隱士		招隱士（殘）		
卷三十四		七啓		七發、七啓		
卷三十五			七命（2種、殘）	七命至魏公九錫文		
卷三十六	除永明十一年策秀才文殘之外，其他篇目並全	宣德皇后令至永明九年策秀才文（殘）		宣德皇后令至天監三年策秀才文		
卷三十七	全	出師表（殘）、求自試表、求通親親表		薦禰衡表、求自試表（殘）、讓開府表、陳情事表、謝平原內史表、勸進表、求通親親表	全	

續表

卷目	北宋本	集注本	敦煌本	九條本	室町本	古抄本
卷三十八	為吳令謝詢求為諸孫置守冢人表、薦譙元彥表、解尚書表、為宋公至洛陽謁五陵表、為宋公求加贈劉前軍表、為齊明帝讓宣城郡公第一表、為范尚書讓吏部封侯第一表（殘）			全	全	
卷三十九				全	全	三條本獄中上書自明等五篇
卷四十		奏彈曹景宗（殘）至答東阿王牋	答臨淄侯箋（殘）	全	全	三條本奏彈曹景宗等八篇
卷四十一				全	全	
卷四十二				全	全	

續表

卷目	北宋本	集注本	敦煌本	九條本	室町本	古抄本
卷四十三		與山巨源絕交書（殘）、爲石仲容與孫皓書、與嵇茂齊書		全	全	天津藝術館藏與嵇茂齊書至北山山移文佚名注
卷四十四		檄吳將校部曲文（殘）、難蜀父老		全	全	日本永青文庫藏喻巴蜀檄至難蜀父老佚名注
卷四十五			答客難（殘）、解嘲（殘）、尚書序（殘）	全	全	
卷四十六	此卷殘損特甚	豪士賦序（殘）至王元長三月三日曲水詩序	顏延年三月三日曲水詩序（殘）、王元長三月三日曲水詩序（3種、殘）、王文憲集序（3種、殘）	全	全	
卷四十七	除三國名臣序贊殘之外，其他篇目並全	除目録殘之外，其他篇目並保存完整			全	
卷四十八			劇秦美新（殘）、典引（殘）		全	

續表

卷目	北宋本	集注本	敦煌本	九條本	室町本	古抄本
卷四十九	晉紀總論（殘）、後漢書皇后紀論	晉紀總論（殘）、後漢書皇后紀論	晉紀總論（殘）		全	
卷五十	全		恩倖傳論（殘）、史述贊光武紀贊		全	
卷五十一	過秦論、非有先生論、四子講德論（殘）	四子講德論（殘）			全	觀智院本
卷五十二	王命論（殘）、典論、六代論、博弈論				全	觀智院本
卷五十三	養生論（殘）、運命論、辯亡論		運命論（殘）、辯亡論		全	甘肅藏敦煌文獻第二卷收運命論
卷五十四	五等論（殘）、辯命論				全	中國歷史博物館藏五等論、上野本辯命論
卷五十五	廣絕交論、演連珠（殘）		演連珠（殘）		全	
卷五十六	王仲宣誄（殘）、楊荊州誄（殘）、楊仲武誄		石闕銘（殘）		全	

續表

卷目	北宋本	集注本	敦煌本	九條本	室町本	古抄本
卷五十七	夏侯常侍誄、馬汧督誄、陽給事誄、陶徵士誄（殘）、宋孝武宣貴妃誄、哀永逝文	夏侯常侍誄、馬汧督誄、陽給事誄	陽給事誄（2種，殘）	夏侯常侍誄（殘）、馬汧督誄、陽給事誄、陶徵士誄、宋孝武宣貴妃誄、哀永逝文	全	
卷五十八	宋文皇帝元皇后哀策文（殘）、齊敬皇后哀策文、郭有道碑文、陳太丘碑文、褚淵碑文（殘）	陳仲弓碑文、褚淵碑文（殘）	褚淵碑文（殘）	宋文元皇后哀策文、齊敬皇后哀策文、郭有道碑文、陳太丘碑文、褚淵碑文	全	
卷五十九	齊故安陸昭王碑文（殘）、劉先生夫人墓誌（殘）				全	
卷六十	竟陵文宣王行狀（殘）、弔屈原文（殘）、弔魏武帝文（殘）				全	

附録二　尤袤本、北宋本正文
異文詳情一覽表

凡　例

1. 凡是導致文義不同的異文，包括訛、脱、衍、倒、錯亂等多種類型，一律按異文統計；

2. 句末"也"字統一不按異文統計；

3. 常見的異體字、通用字、混刻字等，一般不按異文統計；

4. 異體字字形差別較大，並可藉以考察版本源流關係的異文，按異文統計；

5. 因避諱造成的異文，不按異文統計；

6. 以尤袤本《文選》的正文斷句爲準。一個斷句下若有多處異文，則按一條計，每條異文間用黑色實綫隔開，若同一條異文下的多處異文間有較多文字，爲行文方便，中間文字用省略號代替；

7. "無此"表示該版本無此句或此段内容；

8. 爲儘可能保持原貌，異文照原書謄録。

9. "□"代表此處原文是空格。"■"代表此處原文是墨釘。

卷目	尤袤本	北宋本
卷一 （共4條）	莫不陸讋水慄	莫不陸讋水慓
	遂綏哀牢	遂緩哀牢
	外綏百蠻	外接百蠻
	平夷洞達	平夷周達

卷目	尤袤本	北宋本
	於後則高陵平原	於是則高陵平原
	昔者大帝説秦繆公而觀之，饗以鈞天廣樂。	昔者大帝説秦繆公而觀之，饗之鈞天廣樂。
	嵳峩嶻嶫	嵳峩捷業
	用戒不虞	周戒不虞
	嗟内顧之所觀	羌内顧之所觀
	故其館室次舍	故其宮室次舍
	狀亭亭以苕苕	狀亭亭以岧岧
	墱道邐倚以正東	墱道麗倚以正東
	衆鳥翩翻	衆鳥翩翩
	聚以京峙	聚似京峙
	霍繹紛泊	霍繹紛洎
卷二 （共 32 條）	麀鹿麋麌	麀鹿麌
	華蓋承辰	華蓋承宸
	正壘壁乎上蘭	正壘辟乎上蘭
	驛瞿奔觸	驛瞿本觸
	僵禽斃獸，爛若礳礫。	無此
	批窊狻	批窊狻
	方駕授饗	方駕授雍
	皇恩溥，洪德施	無此
	徒御悦	徒御説
	相羊乎五柞之館，旋憩乎昆明之池。	相羊五柞之館，旋憩昆明之池。
	何有春秋	何有乎春秋
	熊虎升而拏攫	熊虎升而拏攫
	流渭通涇	流渭通江
	挾邪作蠱	挾邪作蠱

續表

卷目	尤袤本	北宋本
卷二 （共 32 條）	佽僮程材	佽童程材
	璧隙絕而復聯	譬隙絕而復聯
	盤樂極	般樂極
	便旋閶闔	更旋閶闔
	羽觴行而無筭	羽觴行而舞筭
	增嬋蜎以此矛	增嬋娟以跐矛
	馨烈彌茂	聲烈彌楸
卷三 （共 40 條）	嬴氏搏翼	嬴氏搏翼
	是用息肩於大漢	是用息肩於漢
	紲子嬰於軹塗	紲子嬰於枳塗
	必以肆奢爲賢	必肆奢爲賢
	且天子有道	天子有道
	都茲洛宮	覿茲洛宮
	立應門之將將	立應門之鏘鏘
	於東則洪池清藥	於東則鴻池清籞
	藩國奉聘	蕃國奉聘
	是時稱警蹕已下雕輦於東廂	是時稱警蹕已下雕輦於東箱
	天子乃以三揖之禮禮之	天子乃以三挹之禮禮之
	皇皇焉，濟濟焉，將將焉，信天下之壯觀也	濟濟焉，鏘鏘焉，信天下之壯觀
	匪怠皇以寧静	匪怠遑以寧静
	君臣歡康	君臣驩康
	火龍黼黻	火龍黻黻
	建辰旒之太常	建辰流之太常
	鈎膺玉瓖	鈎玉瓖
	順時服而設副	備時服而設副

續表

卷目	尤袤本	北宋本
	虎夫戴鷁	虎天戴鷁
	萬舞奕奕	萬舞弈弈
	來顧來饗	來顧饗
	兆民勸於疆場，感戀力以耘耔。	兆民勸於疆揚，咸戀力以耘耔。
	聲教布濩	聲教布護
	慕天乙之弛罟	慕天乙之弛罘
	俟子萬童	俟子萬僮
	俟闇風而西遐	俟昌風而西遐
	啓諸蟄於潛户	含諸蟄於潛户
	度秋豫以收成	又秋譽以收成
卷三 （共40條）	左瞰暘谷	左瞰湯谷
	眇天末以遠期	眇天末而遠期
	膺多福以安念	應多福以安念
	澤泊幽荒	澤暨幽荒
	重舌之人九譯	重舌人之九譯
	改奢即儉	改奢節儉
	海内同悦	海内國悦
	以至和平	以至於和平
	誰謂駕遲而不能屬	誰謂駕遲而能屬
	不能究其精詳	不能究其詳
	且夫掣缾之智	且掣缾之智
	獨微行其焉如	獨微行以焉如
卷四 （共21條）	其草則薦芽蘋莞	草則薦芽蘋莞
	其原野則有桑漆麻苧	其原野則有桑麻苧
	薪蕡芋瓜	薪蕡芋苽

續表

卷目	尤袤本	北宋本
卷四（共21條）	率禮無違	率禮不違
	爾乃撫輕舟兮浮清池	乃撫輕舟兮浮清池
	未睹其美者	未睹美者
	於其宫室	於是宫室
	豺虎肆虐	豺虎肆
	金沙銀礫	金沙銀鑠
	杞櫹椅桐，椶枒楔樅。梗柟幽藹於谷底，松柏蓊鬱於山峯。	杞櫹椅桐，椶枒楔樅。梗柟幽藹於谷底，松柏靄鬱於山峯。
	猨狖騰希而競捷	猨狖希騰而競捷
	其中則有青珠黄環……風連莚蔓於蘭皋。	其中則有青珠黄鐶……風連蔓延於蘭皋。
	粳稻莫莫	秔稻莫莫
	涼風厲	流風厲
	若榴競裂。甘至自零，芬芬酷烈。	若留競裂。甘至自零，芬芳酷烈。
	其園則有蒟蒻茱萸，瓜疇芋區，甘蔗辛薑	其園則蒟蒻茱萸，瓜疇芋區，甘柘辛薑
	黄潤比筒	黄閏比筒
	貨殖私庭	貨殖移庭
	結儔附黨	結疇附黨
	觴以清醥	觴以醥清
	是故遊談者以爲譽	是故遊談者以爲舉
卷五（共34條）	烏聞梁岷有陟方之館	烏聞梁岷有陟方館
	瑋其區域……齷齪而筭，顧亦曲士之所歎也。	偉其區域……握躖而筭，固亦曲士之所歎也。
	安可以儷王公而著風烈也	安可以麗王公而著風烈也
	由克讓以立風俗	由克讓以立風
	磝硊乎數州之間	磝峗乎數州之間

續表

卷目	尤袤本	北宋本
卷五（共34條）	潰薄沸騰	潰薄沸騰
	於是乎長鯨吞航	於是乎長鯨吞杭
	海童於是宴語。嗟難得而覼縷。	海童於是晏語。羌難得而覼縷。
	卉木趺蔓	卉木馱蔓
	木則楓柙橼樟……平仲桾櫨，松梓古度。楠榴之木，相思之樹。	木則楓柙豫章……平仲君遷，松梓古度。南榴之木，相思之樹。
	宵露霑霤	霄露霑霤
	争接縣垂	争縣接垂
	其下則有梟羊麞狼，猰㺄貙象。烏菟之族，犀兕之黨。	其下則梟羊麞狼，猰㺄貙象。烏塗之族，犀兕之黨。
	柚梧有篁	由梧有篁
	椋榴禦霜	椋劉禦霜
	隋侯於是鄙其夜光	隨侯於是鄙其夜光
	老成帝世	老成弈世
	中酒而作	中須而作
	方舟結，唱櫂轉轂。	方舟結駟，唱棹轉轂
	開市朝而並納……士女佇眙	開市朝而普納……士女佇眙
	金鎰磊砢	金溢磊砢
	扶揄屬鏤	扶揄屬鏤
	驫駥矗矞	驫駃矗矞
	吳王乃巾玉輅	吳王乃巾王輅
	罥蹏連網	罥蹏連綱
	猿臂骿脅……趁趣㹪玃	猿臂駢脅……參譚㹪玃
	干鹵殳鋋	干鹵殳鋋
	火烈熛林，飛爛浮煙	火裂熛林，飛爛浮煙
	刮剗熊羆之室……掩廣澤	劫剗熊之室……掩廣擇

續表

卷目	尤袤本	北宋本
卷五 （共 34 條）	狼跋乎緷中……披重霄而高狩	狼跂乎緷中……枝重霄而高狩
	迴靶乎行邪眱	迴靶乎行眱
	直衝濤而上瀨	直衡濤而上瀨
	昔者夏后氏朝羣臣於茲土	昔夏后氏朝羣臣於茲土
	而與夫樗木龍燭也	而與夫尋木龍燭也
卷六 （共 21 條）	理包清濁	理苞清
	而子大夫之賢者	而子大夫賢者
	非醇粹之方壯……造沐猴於棘刺	非醇粹之方牡……造木猴於棘刺
	漢網絕維	漢綱絕維
	亦獨犙麋之與子都	亦猶犙麋之與子都
	且魏地者	且魏土者
	藏氣纖緯	藏氣讖緯
	商豐約而折中……授全模於梓匠	商約豐而折中……授令模於梓匠
	階隲嶙峋。長庭砥平	階楯嶙峋。長庭砥平
	順德崇禮	慎德崇禮
	蘭渚莓莓……飛陞方輦而徑西……亢陽臺於陰基	蘭渚莓莓莓……飛陞方輦而徑而徑西……亢陽高於陰基
	雷雨窈冥而未半	雷窈冥而未半
	明宵有程	明宵有呈
	石杠飛梁	石杜飛梁
	毗代作楨	毗代作禎
	至乎勍敵糾紛，庶土罔寧	至乎勍敵紛糾，庶土罔寧
	鋌氣彌銳	芒氣彌銳
	喪亂既弭而能宴……囹圄寂寥	哭亂既弭而能宴……囹圄寂瀏
	涷醴流澌	涷醲流澌
	澤馬亍阜	澤馬于阜

續表

卷目	尤袤本	北宋本
卷六 （共21條）	鬼謀所秩	鬼謀秩
卷八 （共8條）	縱獵者	縱獠者
	各以並時而得宜	各亦並時而得宜
	友仁義與之爲朋	友仁義與爲朋
	以奉終始顓頊玄冥之統	以終始顓頊玄冥之統
	杖鏌邪而羅者以萬計	杖鏌邪而羅者心萬計
	扡蒼狶，跋犀犛	地蒼狶，跋犛
	泰華爲梳	泰華爲脆
	璧壘天旋	璧壘天旋
卷九 （共2條）	命右扶風發民入南山	命右扶風入南山
	機駭鑑軼	機駭鑑
卷十 （共9條）	懇黄巷以滋童	懇黄巷以濟潼
	甘泉後涌	甘泉後通
	入鄭都而抵掌	入鄭都而抵
	況於卿士乎	無此
	轀柭詣而欒承光	轀柭詣而欒承光
	暨乎柁侯之忠孝淳深	暨乎柁侯之忠孝淳深
	窺秦墟於渭城	秦墟於渭城
	身刑輆以啓前	身刑輆以啓先
	隨波澹淡	隨流澹淡
卷十一 （共3條）	植以芳草	殖以芳草
	岩嶤岑立	岩嶤岑立
	瞻貴踐之所在	瞻貴賤之所在
卷十五 （共2條）	謂蕙茝之不香	謂蕙芷之不香
	射嶓冢之封狼	射嶓嵊之封狼

續表

卷目	尤袤本	北宋本
卷十六 （共 2 條）	戚貌瘁而尠歡	戚貌瘁而尌歡
	啓四體而深悼	啓四體之深悼
卷十七 （共 4 條）	徒靡言而弗華	言徒靡而弗華
	患挈缾之屢空	患挈缾屢空
	恢萬里而無閡	恢萬里使無閡
	理無微而弗綸	理無微而不綸
卷十八 （共 26 條）	華容灼爌	華容灼蠐
	粲奕奕而高逝	粲奕奕而高逝
	於是器冷絃調	於是器泠絃調
	中奏清徵	中奏清
	拊絃安歌	持絃安歌
	蘭肴兼御	蘭肴兼印
	猶有一切承間篊乏	猶有一切承間篊之
	非夫放達者	非放達者
	非夫至精者	非至精者
	隅限夷險之勢	隅夷險之勢
	先唱噭以理氣	先喁噭以理氣
	終嵬峩以蹇愕	終嵬峩以蹇諤
	或竦踴剽急	或竦勇慓急
	宛其落矣	宛其死矣
	夫其悽戾辛酸	夫其悽唳辛酸
	含嘲喡諧	含嘲喡諧
	擢幽情	擢幽
	披黃包以授甘	披黃苞以授甘
	天光重乎朝日	天光重於朝日

續表

卷目	尤袤本	北宋本
卷十八 （共 26 條）	衛無所措其邪，鄭無所容其淫	衛無所措其所容其淫
	踟跦步趾	踟跦趾
	冽飄眇而清昶	冽繚眺而清昶
	蕩埃藹之溷濁	流埃藹之溷濁
	匌礚嘛嘈	匌礚喞嘈
	音均不恒	音均不曲
	孔父忘味而不食	尼父忘味而不食
卷十九 （共 22 條）	雲無處所	雲無處
	潏洶洶其無聲兮	潏洶其無聲兮
	騰薄岸而相擊兮	勢薄岸而相擊兮
	丹莖白蔕	朱莖白帶
	從橫相追	縱橫相追
	狀若砥柱	狀似砥柱
	於是調謳	是調謳
	果夢與神女遇	夢與神女遇
	王曰：狀何如也	玉曰：狀何如也
	王覽其狀	玉覽其狀
	天下之佳人莫若楚國	天下之莫若楚國
	言歸東藩	言歸東蕃
	容與乎陽林	容與乎楊林
	然則君王所見	則君王所見
	腰如約素	腰如束素
	鉛華弗御	鉛華不御
	收和顏而靜志兮	收和顏而靜志
	揚輕袿之猗靡兮	揚輕袿之綺靡兮

續表

卷目	尤袤本	北宋本
卷十九 （共 22 條）	足往神留。遺情想像，顧望懷愁。	足往心留。遺情想像，顧望懷怨。
	御輕舟而上遡	御輕舟而上遡
	彼居之子	彼君之子
	以介丕祉	以介不祉
卷三十 （共 10 條）	蕭蕭莎雞羽	蕭蕭沙雞羽
	紈素既已成	紈素既已咸
	養痾丘園中	養痾亦園中
	庶持乘日車	庶特乘日車
	金壺啓夕淪	金臺啓夕淪
	帷帝盡謀選	帷弈盡謀選
	人生當幾何	人生當幾時
	家玉拯生民	家王拯生民
	函崤没無像	崤函没無像
	有優渥之言	故有優渥之言
卷三十一 （共 5 條）	渥手淚如霰	握手淚如霰
	明發眷桑梓	明發眷桑涬
	天下横雰霧	天下横氛霧
	理足未常少	里足未常少
	屯謡響玉律	萌謡響玉律
卷三十六 （共 6 條）	撫事懷人	撫迹懷人
	開元自本者乎	開源自本者乎
	將使杏花菖葉	將使杏花昌葉
	賜朕休實	賜朕休實命
	紹遷革之運	昭遷革之運
	朕思念舊民	朕思命舊民

卷目	尤袤本	北宋本
	掌技者之所貪	掌伎者之所貪
	至於斟酌損益	至於斟酌規益
	深追先帝遺詔	深追先帝
	臣不勝受恩感激。今當遠離	臣不勝受恩感。當遠離
	欲以除害興利	欲以除患興利
	志或鬱結	或鬱結
	伏見先武皇帝武臣宿兵	伏見先帝武臣宿兵
	猶習戰也	由習戰也
	聖主不以人廢言	聖者不以人廢言
	以藩屏王室	以蕃屏王室
卷三十七（共21條）	群后百僚	羣臣百寮
	臣伏自思惟，豈無錐刀之用。	臣伏自惟省，無錐刀之用。
	若臣爲異姓	若以臣爲異性
	使有不蒙施之物。有不蒙施之物	使有不蒙施之物
	誠在寵過	誠在過寵
	躬親撫養	躬見撫養
	臣少多疾病	臣多疾病
	辭不赴命	辭不赴會
	臣機頓首頓首，死罪死罪	無此
	乃與弟雲及散騎侍郎袁瑜	與弟雲及散騎侍郎爰瑜
	而重耳主諸侯之盟	而重耳以主諸侯
卷三十八（共6條）	不悟徼時之福	不悟邀時之福
	可爲寒心者也	可謂寒心者也
	而使内處心膂	而使内劇心膂

續表

卷目	尤袤本	北宋本
卷三十八 （共6條）	被臺□召，以臣爲侍中	被臺司召，以臣爲侍中
	且虛飾寵章	且虛識寵章
	臣諱誠惶誠恐	臣諱誠惶以下
卷四十六 （共7條）	雷風通饗	雷風通響
	昊暑忘餐	昊暑亡餐
	信凱讌之在藻	信凱宴於在藻
	有詔廢毀舊塋	有詔毀廢舊塋
	以選尚公主	以遷尚公主
	鑒達治體	監達治體
	思以薄技效德	思以薄伎効德
卷四十七 （共6條）	忽若簀汜晝塗	忽若簀汜盡塗
	窅戚飯牛	窅子飯牛
	無競維人	無競惟人
	大啓淮墳	大啓淮濆
	周苛慷慨	周苛慷愾
	處淪罔憂	處儉罔憂
卷四十九 （共12條）	爾乃取鄧艾於農隙	爾乃取鄧艾於農瑣
	天符人事	天府人事
	遂排群議而杖王、杜之決	遂非群議而杖王、杜之決
	夕爲桀跖	夕成桀跖
	而不謂浚己以生也	不謂後己以生也
	所以長久也	所以長安久也
	功烈於百王	功列於百王
	而賤名檢	而賤名儉

續表

卷目	尤袤本	北宋本
卷四十九 （共12條）	而離其薪燎也。國之將亡	而雜其薪燎也。國將亡
	不能取之矣	弗能取之矣
	望氣者又云	望氣者又言
	其餘無所見	其無餘所見
卷五十 （共7條）	則與參國議	則與參國譏
	稱制下令	稱下制令
	阿旨曲求	河旨曲求
	弋人何篡焉	弋者何慕焉
	情志愈廣	情忘愈廣
	出納王命	出內王命
	沈機先物，深略緯文。	沈機生物，深略緯天。
卷五十一 （共13條）	國家無事	國無事
	俛首係頸	俛首係頭
	銷鋒鍉，鑄以爲金人十二	銷鋒鑄鍉，以爲金人十二
	率罷散之卒，將數百之衆，轉而攻秦。	率罷獎之卒，將數百之衆，轉而政秦。
	天下雲集而響應	天下雲會而響應
	陳涉之位，非尊於齊、楚、燕、趙、韓、魏、宋、衛、中山之君也。鋤耰棘矜，非銛於鉤戟長鎩也。	陳涉之位，不尊於齊、楚、燕、趙、韓、魏、宋、衛、中山之君也。鋤耰棘矜，不銛於鉤戟長鎩也。
	寡人將竦意而聽焉	寡人將竦意而覽焉
	終無益於主上之治	終無益於主上之理
	如是邪主之行	故知是邪之行
	壞苑囿	壞菀囿
卷五十二 （共8條）	巧冶鑄之	巧始鑄之
	寂寥宇宙	寂聊宇宙
	舒化以揚名	舒化以揚君

續表

卷目	尤袤本	北宋本
卷五十二（共8條）	奕世載德	弈世載德
	思有短褐之襲	思有裋褐之襲
	不假良史之辭	假良史之辭
	日月逝於上	日月遊於上
	相文帥禮	桓文帥禮
	紹漢祀於既絕	紹漢嗣於既絕
	必限以小縣之宰	必限小縣之宰
	求之於戰陣	求之戰陣
卷五十三（共14條）	而外内受敵	而内外受敵
	以覺痛之日爲受病之始也	以覺痛之日爲病之始也
	以遊於群雄，其言也，如以水投石，莫之受也。及其遭漢祖，其言也，如以石投水，莫之逆也。	無此
	而歷謗議於當時	而歷誹謗於當時
	六疾待其前	六疾侍其前
	璣旋輪轉	琁璣輪轉
	卒散於陣，民奔于邑	無此
	劉公因險以飾智	劉翁因險以飾智
	爰及中葉	爰及中業
	雖醲化懿綱	雖醲化懿網
	抑其體國經邦之具	抑其體國經民之具
	其兵練	其民練
	其郊境之接	郊境之接
	天子總群議而諮之大司馬陸公	天子揔羣誼而諮之大司馬陸公
卷五十四（共5條）	並一時之秀士也	並一時秀士也
	徽草木以共彫	候草木以共彫

續表

卷目	尤袤本	北宋本
卷五十四 （共 5 條）	吉凶在乎命	吉凶存乎命
	若使善惡無徵	若善惡無徵
	且于公高門以待封	且于公門高以待封
卷五十五 （共 7 條）	書玉牒而刻鍾鼎	書玉諜而刻鍾鼎
	誓殉荆卿湛七族	誓殉荆卿湛亡族
	見一善則盱衡扼腕	見一善則盱衡搤捥
	振網羅雲	振綱羅雲
	精麤可施。士苟適道	精麤可旋。士苟適道
	瞽叟清耳	瞽史清耳
	不能救悽惶之辱	不能救棲遑之辱
卷五十六 （共 6 條）	東武戴侯滎陽楊史君薨	東武戴侯滎陽楊使君薨
	伊君祖考	伊尹祖考
	投心魏朝	投心外朝
	倉盈庾億	食盈庾億
	楊綏，字仲武	楊經，字仲武
	喪服同次	喪服周次
卷五十七 （共 13 條）	譙人也	譙國譙人也
	仍爲太子舍人	爲太子舍人
	内焚積火薰之	因焚積火薰之
	精冠白日	精貫白日
	琅琅高致	硠硠高致
	司勳頒爵	司勳班爵
	舊勳雖廢	舊勳雖發
	殆所謂國爵屏貴	玿所謂國爵屏貴
	有詔徵爲著作郎	有詔徵著作郎

續表

卷目	尤袤本	北宋本
卷五十七 （共13條）	視朔書氛	視朔書氣
	喪過乎哀	喪過于哀
	嫂姪兮憛惶	嫂姪兮章偟
	棺冥冥兮埏窈宨	棺冥冥兮埏窈窈
卷五十八 （共6條）	惟元嘉十七年七月二十六日	惟元嘉十七年七月二十七日
	發慶膚	發祥慶膚
	邑野倫藹	邑野淪藹
	便可入踐常伯	便可入踐當伯
	用人言必由於己	用人言必猶於己
	亦有甘寢乘羽之績	亦有甘寢乘羽之績
卷五十九 （共1）條	寂寞楊冢	寂寥楊冢
卷六十 （共8條）	南徐州南蘭陵郡縣都鄉中都里蕭公年 三十五行狀	南徐州南蘭陵郡縣都鄉中都里蕭公年 二十五行狀
	南中郎邵陵王	南中郎郡陵王
	又奏課連最	又以奏課連最
	食邑加千户	食邑如千户
	萌俗繁滋	萌俗滋繁
	並奏疏累上	並表疏累上
	屈以好事之風	屈以好士之風
	芳正倒植	方正倒植

附録三　尤袤本、北宋本義注異文詳情一覽表

凡　例

1. 注文中的助詞、連詞、副詞、曰、云等的有無或用字不同，祗有影響文義或有助於考辨版本關係的，才按異文統計；

2. 常見的異體字、通用字、混刻字等，一般不按異文統計；

3. 因避諱造成的異文，不按異文統計；

4. 以尤袤本《文選》的正文斷句爲準。一個斷句下的注文中若有多處異文，則按一條計，每條異文間用黑色實綫隔開，若同一條異文下有多處異文，則用虛綫隔開。若異文太多，則視情況保留首尾若干句，中間部分用省略號代替；

5. 書名、篇名常用的省略稱謂和通用稱謂，不按異文統計；

6. 爲配合正文斷句的統計工作，作者、篇名等題下注部分的異文不在統計範圍之内；

7. "無此"表示該版本無此句或此段内容；

8. 爲儘可能保持異文原貌，異文基本照原書謄録。

9. 【　】表示某某注，如【薛綜注】表示此句或此段注文爲薛綜注。凡有此符號均表示兩個版本在某段注釋的注者上存在差異，但這種差異多數並非真是注者差異，而是版本流傳過程中人爲造成的李善注與舊注發生的羼亂。

10. "□"代表此處原文是空格。"■"代表此處原文是墨釘。

卷目	尤袤本	北宋本
卷二 （共34條）	尚書曰：肆予敢求尔于天邑商。	尚書王曰：敢求爾于天邑商。
	四交之處雅	四交之處邪
	各有九級	各爲九級
	所法則也	所法也
	然則既有九室，室有一戶也。説文曰：闔，開也。	然則九室，室有一戶也。説文曰：闔，門也。
	左傳子朱曰	左氏傳曰
	羅列布見	羅則布見
	劉向新序曰：孟獻子聘於晉，韓宣子止而觴之，飲三徙	劉向新語曰：孟獻子聘於晉，韓宣子止而觴之，飲三爵
	刻陛，升高也。	刻陛，斗高也。
	復起屋	復起居
	以函屋上	以峕屋上
	鳳騫翥而飛翔	鳳騫翥而飛
	邐倚，一高一下	麗倚，一高一下
	此山之長遠	此山之長送
	漢書曰：五侯大治弟室，連屬彌望。彌，竟也。言望之極目。字林曰：潒，水潒潒也。	漢書曰：五侯大治第室，連屬彌望。唐中，已見西都賦。字林曰：潒，水潒潒也。
	高唐賦曰：長風至而波起。	高賦曰：長風至而波起。
	名其處鼎湖	名其處鼎胡
	隱隱軫軫	隱隱
	高曰京	高平曰京
	夷堅聞而志之。	無此
	注曰：麓，山足也。	無此
	他皆類此	皆類此
	象天帝也	象天師也
	弧旌枉矢	弧旌矢
	漢書曰：虞初周説九百四十三篇。初，河南人也。武帝時以方士侍郎，乘馬，衣黃衣，號黃車使者。小説家者流，蓋出於稗官。	漢書曰：虞初者，洛陽人，明此醫術。武帝時乘馬，衣黃衣，號黃車使者。周説九百四十三篇。小説家者，蓋出稗官。

卷目	尤袤本	北宋本
卷二 （共34條）	曲有軍候一人	曲有軍一人
	燭，照也。	燭，炤也。
	【李善注】韓盧，犬，謂黑色毛也。摯，擊也。噬，齧也。緤，攣也。韝，臂衣。鷹下韝而擊，犬攣末而齧，皆謂急博不遠而獲。	【薛綜注】善：韓盧，犬，謂黑色毛也。摯，擊也。噬，齧也。緤，攣也。韝，臂衣。鷹下韝而擊，犬攣末而齧，皆謂急搏不遠而獲。
	禮記曰：犬則執緤。鄭玄注曰：緤、紖、靷，皆所以繫制之者。守犬、田犬閒名，畜養者當呼之名，謂若韓盧、宋鵲之屬。	無此
	毛詩曰：其樂只且。辭也。	毛詩曰：其樂只且。且，辭也。
	杜預左氏傳注曰：熟曰饋	杜預左氏傳注曰：熟曰雍
	田，獵也。	無此
	楚莊王欲納夏姬	楚莊王欲納姬
	昔有婦人，召魯男子，不往。婦人曰：子何不若柳下惠？然嫗不逮門之女也。	昔有婦人，召柳下惠，惠不往。曰：嫗不逮門人女也。
	尚書曰：殷禮配天。	殷禮配天
	河水所毀曰圯。	河水所毀曰圯。
卷三 （共82條）	穆公示以宮室	穆公以示宮室
	惑於褒姒	感於褒姒
	應劭漢官儀曰	應劭漢官曰
	比周相進，與君爲隣	比周相與君爲隣
	搏翼，謂著翼也。	搏翼，謂著翼也。搏與附同。
	終南山在長安南。	南山，終南，在長安南。
	踽，傴僂也。	踽，傴僂也。
	乃晝夜畏死其頸	乃盡夜畏死其頸
	聲類曰：摹，法也。	聲類曰：摹，法摹也。
	膺録次相代	應録次相代

續表

卷目	尤袤本	北宋本
	今廟不遷毀其主	不廟不遷毀其主
	高皇帝爲太祖廟	高皇帝爲太祖之
	而專論説爽差之過失者也	而傳論説爽差之過失者也
	魯人至今以爲美談也	魯人至以爲美談也
	薛綜曰：轘轅坂十二曲，道將去復還，故曰轘轅。	無此
	謂神龜負文而出列於背	謂列龜負文而出列於背
	長三丈爲雉	長王文爲雉
	老子曰：天下神器	天下神器
	謂王莽在位，如妖氣之在天。	謂王莽之在位，妖氣之在天。
	舊章，法令條章也。	無此
	並在德陽殿之南	並在德殿之南
卷三 （共82條）	常隨時月	隨時月
	天者，陽也，規也。	陽者，天也，規也。
	謂辟雍也	謂璧雍也
	春官宗伯	春宗宗伯
	大行人設九賓	大行人語九賓
	庭，朝廷。	庭，朝也。
	東都賦曰：春王三朝。三朝，歲首朔日也。	三朝，已見東都賦。
	白與黑謂之斧	白與黑爲之斧
	大夫執鴈雉，士各有次第。	大夫執鴈，立各有次第。
	【薛綜注】尚書曰：一日二日萬機。	【李善注】東除，階也。尚書曰：一日二日萬機。
	説文曰：城池無水曰隍。	隍，已見西都賦也。
	以給私養	以給和養
	牲牢饗餽	牲牢饗餽

卷目	尤袤本	北宋本
	有司已事而竣	有司已事而踆
	屢省乃成	屢省汝成功
	爲而不恃，長而不宰	爲而不宰
	無稱之言	無義之言
	而君臣歡樂	而臣懽樂
	毛詩頌曰：至止肅肅。禮記曰：天子穆穆。	毛詩曰：至，止也。肅肅、穆穆，已見上。
	允矣君子	允矣天子
	言天子素帶朱裹	言天子素帶朱裏
	名曰太常，上畫三辰	常上畫三辰
	三辰旌旗	三辰旂旗
	龍旗陽陽	龍旗陽
	邪柱之，是謂戎輅。農輿無蓋	邪住之，是謂戎輅。農輿三蓋
卷三 （共 82 條）	明明上天，爛然星陳	明上天，爛然然星陳
	馬融論語注曰：佾，列也。	八佾，已見東都賦。
	以櫃燎祀司中司命	以櫃燎祀司命
	帥，循也。	帥，猶也。
	謂祭祀之牲物	謂祭祀之物
	言先帝之神顧愍子孫	言先靈之神顧愍子孫
	乘鸞輅，駕蒼龍。	乘鸞路，駕蒼龍。
	東觀漢記：永平三年三月，上初臨辟雍，行大射禮。	合射辟雍，已見東都賦。
	正樂懸之位	正樂之位
	毛詩曰：鏞鼓有斁。毛萇詩傳曰：大曰鏞。	鏞，已見上文。
	勾者畢出	勾者必出
	所以明君臣	所以明以明君臣
	國家於是乎蒸嘗也	國家於是乎嘗祀也

續表

卷目	尤袤本	北宋本
	布濩，猶散被也。	布護，猶散被也。
	尚書曰：聲教訖于四海。	聲教，已見東都賦。
	躬秉武節	射事武節
	國語曰：三時務農，一時講武。	三時務農，一時講武。
	後漢書曰	苑，後漢書曰
	先期，謂期日勑戒羣吏脩獵具也。	先期日勑戒羣吏脩獵具也。
	驅禽獸於王之左右。	驅禽於王之左右。
	毛詩曰：王在靈囿。	靈囿，已見上文。
	【薛綜注】孟子曰：爲之詭遇，一朝而獲十。劉熙曰：橫而射之曰詭遇。毛萇詩傳：面傷不獻，翦毛不獻。	【李善注】詭遇，已見東都賦。毛萇詩傳曰：面傷不獻，翦毛不獻。
	一曰充君之庖	三曰充君庖厨
	左傳曰：享以訓躬儉。	訓儉，已見上文也。
卷三（共82條）	所獲非龍非彨，非虎非羆，所獲霸王之輔	所獲非龍非熊，非虎非羆，所獲霸王之師輔
	言鄙陋不足	言鄙不足
	【薛綜注】毛詩曰：建旐設旄，薄獸于敖。	【李善注】建旐設旄，薄獸于敖。
	操，把持也。	操，挹持也。
	黃門子弟	黃門弟
	矢且射之	矢旦射之
	以除其災	以禦其災
	至於岱宗，柴。	至於岱宗也。
	謀恒寒若	舒桓寒若
	閶風，秋風也。	昌風，秋風也。
	秋行曰豫。	秋行曰譽。
	嘉，善也。	喜，善也。
	田畯至喜。	田畯至饎。
	尚書曰：永膺多福。	多福，已見東都賦。

卷目	尤袤本	北宋本
卷三 （共82條）	有春王圃	有春王囿
	洎，及也。	曁，及也。
	韓詩外傳曰：成王之時，越裳氏重九譯而至，獻白雉於周公。	越裳，見下句。
	黃帝封泰山	黃帝封泰山，已見上文。
	爲無爲，事無事	爲無，事無事
	藏珠於淵	藏玉於淵
	班固議曰：漢興以來	班固曰：漢興以來
	惟我帝有至和之德	惟我帝有至化之德
	尚書曰：天位艱哉。	天位，已見上文。
	鑾爲車節	鑾以車節
卷四 （共51條）	灤水出泏陽。	灤水，泏陽。
	言水洞出此穴。没滑潶潚，疾流之貌也。	没滑潶潚，流貌也。
	莽沇，已見西京賦。	浒沇，已見西京賦。
	故揔括而超之。説文曰：欿，歉也。	故揔括而趨之。鴿，已見上文。
	其音如磬	音如磬
	蟧函珠而璧裂。蟧與蚌同。	蟧函珠而擘裂。蟧與蚌同。
	班孟堅西都賦曰：黃鵠鴻鶤，鳧鷖鴻鴈。張平子西京賦曰：鸚鵝鵠鴰，鴐鵝鴻鴇。	餘已見上注。
	隨風澹淡	隨風澹澹
	韋昭國語注曰：脈，理也。	脈，理也。已見東京賦。
	説文曰：潢，積水池也。	文曰：潢，積水池也。
	苧，麻屬。	紵，麻屬。
	襄荷，蒩蒩也。	襄荷，蒩且也。
	紫薑，紫色之薑也。	紫色之薑也。

續表

卷目	尤袤本	北宋本
卷四 （共51條）	如遂三孔	如篆三孔
	禹行水，見塗山之女	禹行切，見塗山之女
	西荊，即楚舞也。	西京，即楚舞也。
	古相和歌	古調和歌
	浮，已見西都賦。	浮，已見上。
	瀺爵隕隊。	瀺潴隕隊。
	鳧鷖在潦	鳧鷖在淙
	説文曰:蝄蜽，山川之精物也。蛟螭，若龍而黃。	蝄蜽、蛟螭，已見上文。
	雷震，言多也。	雷震，曰多也。
	擾龍于豢龍氏	擾龍氏
	皇甫謐曰：堯始封於唐，今中山唐縣是也……是堯以唐侯升爲天子也。	堯以唐侯升爲天子，已見上文。
	使之而王	便之而王
	説文曰：崔，高大也。	高大也。
	敷納以言	出納以言
	鄭玄禮記注曰:鑾輅，有虞氏之車也。有鑾和之節。	和鸞，已見上文。
	不啻如自其口出	不啻自其口也
	六合，已見西都賦。	六合，已見上文。
	漢書志有犍爲郡	書曰：有犍爲郡
	淮南子曰：日出于湯谷，浴于咸池。楚辭云：日出于陽谷，入于濛汜。	湯谷，已見東京賦。
	曄曄、猗猗，已見西都賦。	曄曄、猗猗，已見上文。
	宕渠，縣名。銅梁在巴東，宕縣在巴西	宕渠縣在巴西
	漢書：相如常有痟病。	相如傳曰：常有痟病。
	倍溝爲洫	陪溝爲洫

續表

卷目	尤袤本	北宋本
	百果草木皆甲坼	百果草木皆甲宅
	大者如斗，其肌正白	大者如升，其肥正白
	爾肴既將。傳曰：苟有明信	爾肴既將。詩傳曰：苟有明信
	敦彼行葦	放彼行葦
	相煦以濕	相煦以口
	左氏傳曰：齊景公欲更晏子之宅，曰：請更諸爽塏者。杜預曰：就高燥也。漢書曰：嚴助爲會稽太守，帝賜書曰：君獻承明之廬。張晏曰：承明廬在石渠門外。	爽塏，已見上文。承明，已見西都賦。
	延閣棧道	延樓棧道
	都人士女，已見西都賦。	都人士女，已見上文。
卷四 （共51條）	說文曰：宙，舟輿所極覆也。	說文曰：市切輿所極覆也。
	黃潤，謂筒中細布也。	黃閏，謂筒中細布也。
	楊雄口吃不能劇談。	楊雄口仡不能劇談。
	東方朔六言詩	東方朔六言
	余左執太行之獹	余左執太行之擾
	笯腊肉，遇毒。貐氓，謂獦人也。言鳥，鸚鵡之屬。皆出南中。文立蜀都賦：虎豹之人。	噬腊肉，遇毒。貐氓，謂獦人也。言鳥，鸚鵡之屬。皆出南中文。
	無此	畠，當爲拍。
	欘謳，鼓欘而歌也。鱏魚出江中	欘，歌也。鮮魚出江中
	欘謳，已見西都賦。	欘謳，已見上文。
	東井維絡	東井雒
	齊，南有太山，東有琅邪，北有渤海，西有清河	齊，南有山太山，東有郎邪，北有渤海，西有河
	云峻岨之嚴	峻岨之嚴
卷五 （共67條）	呂氏春秋曰：神通乎六合。高誘曰：四方上下爲六合。	六合，已見西都賓。
	齋油素四尺	齋細素四尺
	陟，升也。方，道也。巡狩，謂舜也。	無此

卷目	尤袤本	北宋本
卷五 （共67條）	吾子，謂西蜀公子。言蜀地富饒，及禹同之所有也。瑋，美也。蜀都賦云：左綿、巴中，百濮所充。緣以劍閣，阻以蜀門。矜夸其險也。徇，營也。亡身從物曰徇，夸物示人亦曰徇。卓王孫曰：吾聞岷山之野，下有蹲鴟，至死不飢。三年不收，其形如蹲鴟，故號也。	無此
	四合爲九，一元之中，四千六百一十七歲，各以數至陽陋，故云百六之會。王孫言公子徇其土地，自生蹲鴟，可以救代飢儉，度陽九之厄。	一元之中，四千六百一十七歲，有九陋。陽陋五，陰陋四，合爲九。
	齷齪，好奇局小之貌。曲，謂僻也。言籌量蜀地，亦是曲僻之士。旁魄，取寬大之意。王孫謂寬大之意論西都也。	無此
	旁礴，猶混同也。	旁薄，猶混同也。
	公孫述，王莽末時王蜀，爲光武將吳漢破之。魏志曰：漢末諸葛亮輔劉備而爲臣，都於蜀，終於魏將鄧艾所平。	公孫述王此土而亡，諸葛亮相此國而敗。
	栢梁臺衛尉詩	栢梁臺詩
	裳齊委至地也	裳齊委王地也
	蠢爾蠻荆	蠢爾荆蠻
	婺女越分，翼軫楚分，非吳分，故言寄曜寓精也。	越楚地，皆割屬吳，故言婺女翼軫，寄曜寓精也。
	南越志：縣北有龍穴山。舜時有五色龍，乘雲出入此穴。	無此
	嵬嶷，高大皃。嶼冥鬱弟，山氣暗昧之狀。潰虹泮汗，謂直望無崖也。滇湎森漫，山水闊遠無崖之狀。錢塘縣武林水所出龍川，故曰涌川。	錢塘縣武陵，龍川出其坰，故曰涌川。
	磈磈，石在山中之貌。汦汦，水流行聲勢也。礒磶，山深險連延之狀。	無此
	長邁不回之意。	無此

續表

卷目	尤袤本	北宋本
卷五 （共67條）	潮波汩起，言水彌廣。汩，急疾，無所不至。歆霧，水霧之氣似雲蒸，昏暗不明也。	無此
	濟漾，廻復之貌。皆水深廣闊也。	濟，廻復之貌。
	璆異，龜魚，皆在水中生長。	無此
	魭，舡之別名。異物志云：鯨魚長者數十里，小者數十丈。	異物志云：鯨魚長者有數千里。
	如斤斧形	如斤形
	南楚謂況爲涵。	南楚謂汎爲涵。
	言已土魚龍潛没泳其中	無此
	魚在水中羣出動口貌	魚在水中羣出口貌
	淮南子曰	文子曰
	鷗鷄，鳥也，好鳴。	無此
	蠢，動也。覘覘，絶遠貌。奄欻，去來不定之意。翕忽，疾貌。	蠢，動也。
	贔屓，用力壯貌。	無此
	綿邈，廣遠貌。	無此
	曠瞻迢遞，謂島嶼也。馮隆，高貌。迢遞，遠貌。迴眺冥蒙，謂洲渚深奧之貌。言珍怪之物，麗於島嶼之中。	曠瞻迢遞，謂島嶼也。迴眺冥蒙，謂洲渚也。
	瓊樹生，其華蘂，仙人所食	瓊樹，食其華蘂
	漢書歌曰：上蓬萊，咀瓊英。珊瑚樹赤色，有枝無葉。扶南傳曰：漲海中有盤石，珊瑚生其上。玲瓏，明貌。	漢歌曰：上蓬萊，且瓊英。珊瑚樹碑曰：山赤有枝。扶南傳曰：漲海中有盤石，珊瑚生其上。
	黎陽山碑曰：山河馮隆，有精英兮。	黎陽：山河馮隆，有精爽兮。
	道書曰：上曰神，次曰仙人，下曰真人。	無此
	藹藹，盛貌。	無此
	神異經曰：西海有神童，乘白馬，出則天下大水。	無此
	葿，華也。敷葿，華開貌。	無此
	綸似綸，組似組	綸組似組
	長寸許，以合石貢灰	長寸，所以合石貢灰

卷目	尤袤本	北宋本
卷五 （共67條）	布濩，遍滿貌。蟬聯，不絕貌。寅緣，布縢上貌。羃歷，分布覆被貌。	無此
	蒂，花本也。菲菲，花美貌也。方言曰：凡草生而初達謂之莈。芬馥，色盛香散狀。	楊雄方言曰：凡草生而初達謂之莈。
	拔其心不死	拔其心而心而不死
	其盤節文尤好，可以作器。	其盤節文尤可以作器。
	宗生，宗類而生於高山之脊，故名宗生。族茂，言種族繁多也。擢本，高聳兒。八尺曰尋。言婆娑覆萬畝之地。莊子曰	莊周曰
	葉重疊貌。	無此
	輪囷，謂屈曲貌。虬蟠，謂樹如龍蛇之盤屈相糾也。堛塓，枝柯相重疊貌。縟繡，言草木花光似繡文。綢繆，花采密貌。霤霤，露垂貌。	堛塓，相重之貌。
	言木枝葉與風搖蕩作聲，如律呂之暢。	無此
	狸子，猿類，猿身人面，見人嘯。	無此
	尾長四五尺，居樹上。	尾長四五尺，樹上居。
	於菟，虎也。	烏塗，虎也。
	性好食棘	姓好食棘
	小桂，夷人績以爲布葛。篠蓀，是袁公所與越女試劒竹者也。	小時，夷人績以爲布葛。林，是袁公所與越女試劒竹者也。
	漢書律歷志：黃帝詔伶倫爲音律，伶倫乃之崑崙山之陰、嶰谷之中，取竹斬之，以其厚均者吹之，以爲黃鍾之管。鷟鷟，鳳鷃也。鶵鷄，周本紀曰：鳳類也，非梧桐不棲。	伶倫乃之崑崙陰，取嶰谷之竹，斬其厚均者而吹之，以爲黃鍾之管。鷟鷟、鶵鷄，皆鳳類也。
	蓊茸，茂盛貌。蕭瑟，聲也。冒，犯也。嬋娟，言竹妍雅也。枚乘兔園賦曰：脩竹檀欒，夾水碧鮮。言竹似之也。梢雲，山名，出竹。	冒，犯也。枚乘兔園賦曰：脩竹檀欒夾水。

續表

卷目	尤袤本	北宋本
卷五 （共67條）	如梅李，核有刺。	如枚李，核有刺。
	葉綠色，實赤，肉正白，味大甘美	葉綠色，正赤，肉正白，味甘
	葉在其末，如束蒲	葉在末，如束蒲
	膚白如雪，厚半寸，如豬膏	白如雪，厚半寸，如豬脂
	榴，榴子樹也。	劉，劉子樹也。
	一作北景，云漢武時日南郡置北景縣，言在日之南，向北看日，故名。	無此
	如砮摘	有如砮摘
	琿蒼曰：崴嵬，不平也，又重累貌。	坤蒼曰：崴嵬，不平也。
	珠玉潛伏土石間，隨四時長，故砮毀陊落山谷之土石也。潤，膩也。黷，黑茂貌。	無此
	陬，四隅，謂邊遠也。	陬，四隅也。
	以水沾穴，則暴雨應之，常以此請雨也。	以水沾此土，則暴雨應之，常以此謂雨也。
	桴，舟也。	
	因以殘半棄水中爲魚	因以其半棄之爲魚
	自泰伯至闔閭二十五世矣，夫差益強大，得爲盟主。	自泰伯至闔閭二十五世，益強，夫差爲盟主。
	大城周匝四十七里	大城周四十七里
	言經營造作之始，使子孫累代保居也。漫漫，長遠貌。	無此
	西都賦曰：虹蜺迴帶於棼楣。	西都賓曰：虹蜺迴帶於棼楣。
	吳王夫差起姑胥之臺	吳王起姑胥之臺
	吳志曰：前吳都武昌，在豫章。後都建業，在丹陽。孫權自會稽徙治丹陽，建業人皆不樂徙，故爲歌曰：寧飲建業水，不向武昌居。	吳前都武昌，後都建業。
	臨海、赤烏，皆建業吳大帝所太初宮殿名也。捷獵，高顯貌。	臨海、赤烏，二殿名也。
	以獻吳王夫差，夫差大悅。	以獻吳王，王大悅。
	遂受之以飾殿也	遂受之
	其子夫差嗣，增崇侈靡。孫權移都建業，皆學之	夫差增崇侈靡。

卷目	尤袤本	北宋本
	峥嶸，深邃貌。	無此
	吳後主起昭明宮於太初之東，開彎碕、臨硎二門。彎碕，宮東門。臨硎，宮西門。	無此
	梁，栭也。瑣，户兩邊以青畫爲瑣文。楹，柱也。	無此
	言其平直也。	無此
	亘，引也。耽耽，樹陰重貌。韓詩曰：亹，水流進貌。	韓詩曰：亹，進也。
	吳白宮門南出苑路，府寺相屬，俠道七里也。	建業宮前官寺俠道七里也。
卷五 （共67條）	横塘在淮水南，近家渚，緣江築長堤，謂之横塘。北接柵塘查下。查浦在横塘西，隔内江。自山頭南上十里，至查浦。建業南五里有山崗，其間平地，吏民雜居。東長干中有大長干、小長干，皆相連。大長干在越城東，小長干在越城西，地有長短，故號大、小相干。韓詩曰：考盤在幹。地下而黄曰幹。櫛比，喻其多也。藏官物曰公廨。醫巫所居曰署。飛甍舛互，言室屋之多相連不之貌。	横塘查下，皆百姓所居之區名。江東謂山岡間爲干。建鄴之南有山，其間平地，吏民居之，故號爲干。中有大長干、小長干，皆相屬，疑是居稱干也。韓詩曰：考盤在幹。地下而黄曰幹。
	【劉淵林注】魁岸，大度也。漢書曰：江充爲人魁岸。又于公高門以待封。又買捐之傳曰：石顯方鼎貴。應劭曰：鼎，始也。乃祖乃父已來皆貴，故曰鼎貴也。虞，虞文秀。魏，魏周。顧，顧榮。陸，陸遜。隆吳之舊貴也。昆、裔，皆後世也。歧嶷，謂有識知也。老成德之人，養之乞言。躍馬，騰躍之謂，言富貴也。	【劉淵林注】應劭曰：鼎，始也。乃祖乃父已來皆貴，故曰鼎貴也。虞魏顧陸，吳之舊姓也。昆、裔，皆後世也。買捐之傳：石顯方鼎貴。躍馬，騰躍之謂。
	【劉淵林注】閭閻闐噎，言人物遍滿之貌。	無此
	無此	【李善注】後漢書云：江充爲人魁岸。
	方家隆盛時，乘朱輪者十人。	朱輪者十人。

續表

卷目	尤袤本	北宋本
	江都輕誃。謂輕薄爲誃也	江都輕誃薄爲也
	楚相春申君處趙使欲夸楚	趙使欲夸楚
	其上客皆躡珠履而迎之，趙使大慙。翹開扛鼎，皆逞壯力之勁，能招門開也。	其上客皆躡珠履，使大慙。
	漢書曰：項羽力能扛鼎。	扛鼎，已見西京賦。
	四隩來暨，言四方之人皆來。唱櫂轉轂，言遠人唱歌摘船，乘車轉轂，以向吳都。	無此
	果，橘柚之屬。	橘柚之屬
	隧，向市路。肆，市路也。	無此
	闌干，猶縱橫也。桃笙，桃枝簟也，吳人謂簟爲笙。又折象牙以爲簟也。	桃笙，桃枝簟也，吳人謂簟爲笙。又象牙以爲簟也。
	紛葩，謂舒張貿物使覆映。	無此
卷五 （共67條）	越絕書曰：富中，大唐中也，勾踐治以爲田，肥饒，故謂之富中。珠服，珠襦之屬，以珠飾之也。玉饌者，尚書曰：惟辟玉食。言富中之食，貨殖之選者各利，所以能豐其財也。并疆，踰田畝也。兼巷，踰里間也。言農人之富，自相夸競。	越絕書曰：富中，大塘，勾踐治以爲義田，肥饒，故謂之富中。珠服，珠儒之屬也。玉食者，尚書曰：玉食。言富中之食，貨殖之選者各利，所以能豐其財也。并疆，踰田畝也。兼巷，踰□間也。
	扶揄長劍以自救。	扶揄長劍以自救。謂此也。
	鮫函，鮫魚甲	鮫魚甲
	吳賜子胥屬鏤以死。	賜子胥屬鏤以死。
	言常以馬逐之江上而不能及	吾常以馬逐之江上而不能及
	走追奔獸，接及飛鳥。	無此
	鱄諸寘劍於全魚中以進	鱄諸寘劍於魚中以進
	矛骹如鶴脛，上大下小，謂之鶴膝。犀渠，楯也，屈皮爲之。	矛骹如鶴脛者，謂之鶴膝。犀渠，楯也。
	軍容，軍之容表，言矛劍等也。	軍容，軍之容表。
	考工記曰：越鐵利，可以爲戟。	無此

卷目	尤袤本	北宋本
	皆節理解落也	皆理解也
	祀姑，幡名。	祀姑，幡也。
	昏乃戒，夜中令服兵擐甲，陳王卒，官帥擁鐸	曾乃戒，夜中令服兵擐甲，陳王卒，官擁鐸
	鐸，施號令而振之也。	無此
	周禮有巾車官。又交龍爲旂，以魚須爲柄也，日月爲常。重光，謂日月畫於旂上也。攝，持也。	交龍爲旂，以魚湏爲柄也，有日月爲常。重光，謂日月重光也。
	不能無弦而射。列女傳曰：柘枝體勁，烏集其上，被即舉彈，烏乃哀號，故號之。	無弦而射
	鳥章，染絲織鳥，畫爲文章，置於旌旗也。	鳥章，鳥爲章也。
卷五（共67條）	騏，馬名。	無此
	莊子曰：峭格羅絡。謂張網周遍。	莊周曰：峭格羅絡。
	璅結，似瑣連結也。連網，言不絕也。罠，麋網。蹴，兔網。	罠，麋網。
	謂因沅、湘爲藩落也。	謂爲藩落也。
	祖褐，肉祖也。	祖揚，肉祖也。
	骿脅，今駢幹也。骿、駢通。	無此
	鷹瞵鶚視，言勇士似之也。	無此
	趁趣跋躠，相隨驅逐，衆多貌。	參譚跋躩，相隨衆多貌。
	尚書曰：稱爾干。	尚書曰：稱爾干戈。
	史記曰：荊軻怒髮直衝冠。	無此
	有聞無聲	有問無聲
	熛，火爛也。	鳥擇木而棲。

卷目	尤袤本	北宋本
卷五 （共67條）	莊子曰：連之羈纓。	莊周曰：連之羈纓。
	駮，如馬，白身，黑尾，一角，鋸牙，虎爪，音如鼓，能食虎也。	駮，白身，黑尾，一角，虎爪，音如鼓。
	左氏傳曰：叔牙飲酖酒而死。聿越，豹走貌。	無此
	蹕，止行者也。王者出入警蹕。徜佯，猶翱翔。言吳之將帥，皆有拳勇。	趯，止行者也。王者出入警趯。
	拉，頓折也。捭，兩手擊絕也。靡，碎也。	捭，兩手擊也。
	周章，謂章皇周流也。	無此
	蹻跋，促遽皃。	無此
	雜襲，重疊也。錯繆，聊亂貌。薄，不入之叢。藪，澤別名。	無此
	豐隆，雲師也。	豐隆，雷師也。
	渠，一作漻。漻，水會也。航，船別名。	無此
	船上下四方施板者曰檻也。	檻，大船也。
	昔吳王殺子胥於江，沉其尸於江，後爲神	無此
	乃歸神大海。蓋子胥，水仙也。	乃大海。大海蓋子胥，水仙也。
	弋，繳射也。鶤鵬，鳥也。楚辭曰：從玄鶴與鶤鵬。尚書曰	焦鵬，鳥也。楚辭曰：從玄鶴與鶤鵬。禮記曰
	【劉淵林注】詩曰：其釣惟何，惟絲伊緡。【李善注】家語曰：楚昭王渡江，得物如斗，入王舟中，王怪之，使問孔子。孔子曰：此爲萍實，可剖而食之，其甘如蜜。唯王者能獲此吉祥。云先時童謠曰：楚王渡江，得萍實，大如斗，赤如日，剖而食之，甘如蜜。引此事，言今乘江流，想復遇斯事也。山海經曰：東海中有獸如牛，蒼身無角，一足，入水則風，	【劉淵林注】詩曰：其釣伊何，惟絲伊緡。楚昭王渡江，得物如斗，入王舟中，王怪之，問孔子。孔子曰：此爲萍實，今剖而食之，其甘如蜜。唯王者能獲此吉祥也。云先時童謠曰：楚王渡江，得萍實，大如拳，赤如日，剖而食之，甘如蜜。引此事，言今乘江流，想復遇斯事也。山海經曰：東海中有獸如牛，倉身無角，一足，入水則風，其聲如雷，以其皮冒鼓，聞

卷目	尤袤本	北宋本
卷五 （共67條）	其聲如雷，以其皮冒鼓，聞五百里，名曰夔。鮫人居水中，故訪之。北山經曰：發鳩之山有鳥，狀如烏而文首，白喙，赤足，名精衛，其鳴自呼。赤帝之女，姓姜，遊於東海，溺而死，不反。常取西山木石，以填東海。西山經曰：泰器之山，濩水出焉，是多鰩魚，狀如鯉，魚身而鳥翼，蒼文而白首，赤，常行西海，而遊於東海，夜飛而行。言吳之綸繳得此鳥魚，故西海、北山失其鱗翼也。	五百里，名曰夔。鮫人居水中，故訪之。北山經曰：發鳩之山有鳥，狀如烏而文首，白喙，赤尺，名精衛，其鳴自呼。赤帝之女，姓姜，遊於東海，溺而死，不反。常取西山木石，以填東海。西山經曰：泰器之山，濩水出焉，是多鰩魚，狀如鯉，魚身而鳥翼，倉文而白首，赤，常行西海，而遊於東海，夜飛而行。言吳之綸繳得此鳥，故西海、北山失其鱗翼也。【李善注】萍實，見家語。
	蛟螭，龍子也。	無此
	會稽朱仲獻三寸四寸珠，此非回淵巨蚌不出之也。	會朱仲獻三寸四寸珠，此非回淵巨蚌不出之珠也。
	蠵，大龜也。言天下川澤魚鳥虫獸瑰奇之物，隱翳之處，搜索使盡也。説文曰：眛，目不明也。謂之潛隱之穴也。	無此
	徇，求也。襲，入也。	無此
	太湖在秣陵東	太湖也
	軍所以討獲曰實。	軍實，所獲也。
	詩曰：唱予和女。解嘲曰：聲若坻頽。坻頽，崩聲也。天水之大名曰隴坻，因爲隴坻之曲。	解嘲曰：聲若坻頽。
	馹馬仰秌	馹馬仲秋
	汁，猶愜也。	汁，猶叶也。
	楚辭曰：日吉兮辰良。	無此
	叔孫通列傳曰：斬將搴旗之士。顧指，諭疾且易也。葉，猶世也。	無此
	顏色如童，時黑時白時赤	顏色時黑時白時赤
	後去之吳山。言此人等仙，如蟬之脫殻。	後去之吳
	莊子曰：附離不以膠漆。赤須子本非吳人	莊周曰：附離不以膠漆。赤松子本非吳人

續表

卷目	尤袤本	北宋本
卷五 （共67條）	子宅湫隘	子宅曰陋
	名曰神州，帝王居之	名曰神州
	榲櫝而藏諸	榲櫝而藏之
	輪已崇，則人不能登也。輪已庳，則終古登陁。	輪以巢，則人弗能勝。以卑，則終古斗陁。
	不委細之意	無此
	梗概，粗言也。	無此
卷六 （共41條）	使自得其本善性也	使取得其本善也
	飾人之心，易人之意	飾人之意
	爾雅曰：權輿，始也。	權輿，始也。
	班固漢書述曰：彰其剖判。	無此
	清輕者上爲天	輕者上爲天
	楊雄交州箴	楊雄州箴
	杜篤通邊論曰：親録譯導，緩步四來。	杜篤邊論曰：親譯導緩步。
	詭隨匪人，言詭善隨惡，同於匪人，又自宴安於其絶域也。	徒務於詭善隨惡，同於匪民。又曰：自宴安於其絶域也。
	詭隨，詭人之善，隨民之惡。毛詩曰：獨爲匪民。	詭人之善，隨民之惡者。詩曰：獨爲匪民。
	蔡雍樊陵碑	蔡雍焚陵碑
	三其封彊	正其封彊
	不變曰醇	變曰醇
	其道踦駮。言惡也。	其道踦駮。
	五乘之奉	五乘之俸
	臣爲削者，諸微巧必以削削之，所削必大於削。今棘刺之端不容削，王試觀客之削	臣爲削者，諸微巧必以削削之，所必大於削。今棘刺之端不容削，
	多棘刺之説也	多棘針刺之説也

卷目	尤袤本	北宋本
卷六 （共 41 條）	赤縣神州内自有九州	内自有九州
	若赤縣神州者九，所謂九州者也	若赤縣神州者，九州者也
	謂東南地方五千里	東南地方五千里
	牢落，猶遼落也。洞簫賦曰：翩連綿以牢落。	無此
	色如漆赭	色如漆
	子都，美丈夫也。	無此
	方、壼，二山名，已見上文。	方、壼，二山名。
	史記蘇秦説魏襄王曰	當魏襄王時，蘇秦説魏王曰
	自高陵以東，河東	自高陵以河東
	鄢樊陵，河南之開封、中牟、陽武、酸棗、卷，皆魏分也。	鄢陵，河南之開封、中牟、陽武、酸棗、卷□。
	華清，非華水也。	華清井，華水也。
	謀龜謀筮，猶周公之卜都洛邑也。毛詩云	尚書曰：謀及卜筮，猶周公之卜都洛邑也。詩云
	以避燥濕	以避温涼
	又曰：俵，取也。	無此
	西都賦序曰：衆庶悦豫。	西都賓序曰：衆庶悦豫。
	銓，次也。與筌同。	銓，次也。筌同。
	對，高貌也。	對，高貌也。
	西都賦曰：因瓌材而究奇，抗應龍之虹梁。	無此
	無此	西都賓曰：抗膺龍之虹梁。
	又曰：疏龍首以抗殿。齊龍首而涌雷，謂畫爲龍首於椽	齊龍首而涌雷，謂爲龍首
	作蓺寳鍾	作延寳鍾
	端門之前	之前
	西京賦曰：圓闕竦以造天，若雙闕之相望。	無此

卷目	尤袤本	北宋本
	内朝所在也。墨子曰	内朝存也。墨子書曰
	示民知節也	示知民節也
	無此	玄化自此陶甄而成，國風於是有稟承也。
	漢書音義如淳曰	如淳漢書注曰
	崇禮門右順德門	崇禮門左順德門，右順德門
	闇，守門也。周官：闇人守王門。	無此
	東京賦曰：惠風橫被。	無此
	向外東入有納言闥	外東入有納言闥
	升賢門外東入有内豎署	升賢門外東入有賢署
卷六 （共41條）	東西二坊之中央有温室，中有畫像讚。	東西二坊之中安者。温室中有畫像讚。
	山龍華蟲	山龍蟲
	周禮曰：正宮掌宮中次舍。甲乙謂次舍之名，以甲乙紀之也。	甲乙謂次舍之處，以甲乙緣之也。
	文藻頌詠也	文藻而頌詠之也
	文昌殿西有銅爵園，園中有魚池堂皇。班固曰：畹，三十畝也。離騷曰：既滋蘭之九畹。	文昌殿西銅爵園，中有魚池堂皇。班固：畹，三十畝也。離騷曰：滋蘭九畹。
	呂梁懸水三十仞	呂梁水三十仞
	有屋一百一間。金虎臺有屋一百九間。冰井臺有屋百四十五間，上有冰室。三臺與法殿皆閣道相通，直行爲徑，周行爲營。	銅爵臺有屋一百二間。金鳳室有屋百三十五間。冰井臺上有冰三室。與法殿皆閣道相通，置行爲營。
	太華之山，削成四方。沜，堅也。	文華之山，削成四方堅也。

卷目	尤袤本	北宋本
卷六 （共41條）	飛則欱足絕據	飛則斂之絕據
	進退步趨以實下。	追退步趨以實下。
	眸，眸子也。	無此
	雖輕捷與鬼神，由莫得而目逮也。	雖掩與鬼神，由莫得而目遠也。
	若春升臺	若升臺
	晷漏，漏刻也。	晷，漏之刻也。西上東門，北有漏刻屋也。
	寇俠城堞	寇俠城
	毛詩云：夏屋渠渠。	詩云：夏屋渠渠。
	廣尋長五十步	廣尋五十步
	西都賦曰：軼埃壒之混濁。	西都：宮孔埃壒之混濁。
	江池清篠	淵池清□
	於傳有之	傳有之
	若是其大乎	有其是大乎
	臣始至於境	臣至於境
	毛萇詩傳曰：飛而上曰頡，飛而下曰頏。	毛萇詩傳曰：飛而上曰頡。
	分爲十二墱	分爲十二墱者也
	三十頃者	三十項者
	故曰蕃廬錯列	故田蕃廬錯列
	河渠書曰	史記曰
	漢書曰：史起爲鄴令	又曰：史起爲鄴令
	蒔，更也。	蒔，植立也。
	鄴城内諸街	鄴城内諸衛
	石杠謂之倚。	石杠謂石橋也。
	步欄，長廊也。	步欄，長廊也。

續表

卷目	尤袤本	北宋本
卷六 （共 41 條）	始置侍中、尚書、御史、符節、謁者、郎中令、太僕、大理、大農、少府、中尉。	始置大理、大農、少府、中尉。
	太師。	師，太師。
	長壽、吉陽二里在宮東，中當石竇。吉陽南入	無此
	聽賣買以質劑。又曰	無此
	史記曰：子産治鄭，不鬻賈。	無此
	鄭玄曰：展，整也。成，平也。市者使定物賈，防誑豫也。	鄭君曰：展，整也。成，平市者。使定物賈，防誑豫。
	舜居河濱，器不苦窳。	河濱，器不苦窳。
	淑清穆和之風既宣	無此
	優渥然以酒	然以酒
	是謂賨布。廩君之巴氏	是謂廩君之巴氏
	立魏公，位諸侯王上	魏公，位諸侯王上
	臣能虛發而下鴈。魏王曰	無此
	庶士有揭。又曰：	無此
	以露威靈	以露威
	至建安二十五年	至建安二十年
	兵事以嚴終也。	無事以嚴衆也。
	韋昭注曰：東山，皋落氏也。	無此
	楊雄上疏曰：石畫之臣甚衆……春秋推誠圖曰：諸侯冰散席卷，各爭恣安。西都賦	無此
	桓譚新論：雍門周説孟嘗君曰	雍門周説孟嘗君曰
	毛詩曰：喪亂既平，周公攝政	周公攝政
	垂拱而天下治	垂拱而天下化
	囹圄空虛	囹圄虛空

卷目	尤袤本	北宋本
卷六 （共 41 條）	有東鯷人	有鯷人
	賁，禮贄也。	賁，禮贄也。
	蒼頡篇曰：賁，財貨也。	無此
	楚辭小招魂	楚辭小招
	三重釀醇酒也。	三重釀酒也。
	醹，酒美也。	醹者，美酒。
	高張四縣。晉灼曰：樂四縣也。周禮曰：凡樂事宿縣。毛詩曰：	無此
	顓項曰五莖	帝顓項曰五莖
	昔秦穆公嘗如此，七日而寤。寤之日，告公孫支曰：我之帝所甚樂。帝告我晉國且大亂。	昔繆公嘗帝告我晉國且大亂。
	禮記曰：干戚羽旄謂之樂。	禮記注曰：干戚羽旄謂之樂。
	然靺、昧皆東夷之樂，而重用之	靺皆東夷之樂，而重之
	治兵，上親執金鼓	訓兵，上親執金鼓
	天子獵之田曲也。	天子田也。
	孟子夏諺曰	孟子夏陔曰
	尹需學御三年而無所得，夜夢受秋駕於其師。	尹需學御三年而所得，夜受秋駕於其師。
	斱，方銎斧也。	斱，方斧也。
	又備於大和，周圍七尋，中高一仞，旁厚一里，蒼質素章，龍馬鳳凰仙人之象，粲然盛著，是以有魏詩雲鳥之書。黃初二年	二年
	斤斧不得入山林	工不得入山林
	亍，步也。	于，小步也。
	穎，穗也。	穎，德也。

續表

卷目	尤袤本	北宋本
	説文曰：杪，末也。	無此
	以象牙疏鏤其車輅	以象牙疏鏤其重較
	無角曰虯也。	有角曰虯也。
	綴以縷爲旌熊，有似虹蜺之氣也。畫熊虎於旒爲旗	綴以縷爲旗，有似虹蜺之氣也。畫態虎於旒爲旌
	李善曰：孫叔者	鄭玄曰：孫叔者
	謂生取之也	抗之也
	闘死不郤	而死不卻
	綺，謂絆絡之也。	綺，跨也。
	毛淺有光澤，名猛氏	毛淺有光澤，名猛獸
	輕禽，飛鳥也。	輕禽，飛走也。
卷八 （共38條）	皆在郊藪	皆在郊揪
	禹曰：益哉。帝曰：女作朕虞。孔安國曰：上謂山，下謂澤也。	禹曰：益。又帝曰：女作朕虞。孔安國曰：上謂山，下謂地也。
	有諸？曰：有之。若是其大乎？	有是其大乎？
	濱，厓也。言循渭水之濱而東也。	濱，涯也。言循渭水之涯而東也。
	服虔曰：海中三山名，法効象之。	服虔曰：海中三山名，法效象之也。
	中國被教齊整之民。	中國被教人也。
	但文質不同	俱文質不同
	子莊王侶立。春秋感精記	子莊王立。吕氏春秋感精記
	薛君韓詩章句曰：惟，辭也。	無此
	孔安國尚書傳曰：虞，掌山澤之官。又曰：延，及也。張晏曰：東至昆明之邊也。	無此
	落，纍也。	無此
	謂羽騎明白分別	謂羽騎分別
	輬車駕白虎四	輬車駕白虎

續表

卷目	尤袤本	北宋本
卷八 （共38條）	蒙公，蒙恬也。	蒙恬也。
	吸，喘息也。埤蒼曰:噏，喘息聲也。	吸，內息也。埤蒼曰：噏，喘聲也。
	獲夷，能獲夷狄者。	獲夷狄者。
	以掌擊之也。	擊之也。
	輕獸飛禽也。	獸飛禽也。
	闇藹，衆盛貌。	無此
	以赤氣爲幡	以赤氣幡
	晏然無雲之處也。	晏無雲之處也。
	野似乎掃刮也。	野地似乎掃刮也。
	應劭曰：下時窮極山川天地之間。	應：下時窮極山川天地之間。
	皆遥張喙吐舌於紘網之中也。	皆舌於紘網之中也。
	無此	遥張喙吐。
	挐玃，惶遽也。	挐玃，偟遽也。
	言獸被創過大，血流與車輪平也。	言獸被創過與輪平也。
	丘累陵聚，言積獸之多也。	丘累陵聚也，積獸之多也。
	洞穴，禹穴也。	洞，穴也。
	毛詩曰：自彼氐羌，莫敢不來享。	彼互羌，莫敢不來享。
	高誘呂氏春秋注以爲宋人。	無此
	拯，上舉也。	極，上舉也。
卷九 （共9條）	誇，大言也。	大言也。
	詩序曰：下以風刺上。	無此
	疏，亦賤也。字書曰：疏，遠也。	疏，遠也。字書曰
	晏衍，邪聲也。	晏衍，雅聲也。
	春秋運斗樞曰：北斗七星，第五曰 玉衡。	無此
	瞋目貌也。	目貌也。

續表

卷目	尤袤本	北宋本
卷九 （共9條）	漢書音義曰	漢書曰：或曰
	帝者得其英華	帝者得其華英
	言時不常也	時言不常也
卷十 （共33條）	不能俱止樓	不能俱上樓
	紫極，星名。王者爲宮以象之。	無此
	乃宿逆旅。逆旅翁要少年十餘人，皆持弓矢刀劍，令主人嫗出遇客。	乃宿逆。翁要少年十餘人，皆持弓矢刀劍，令主人嫗出過客。
	㦫，騑馬口中長銜也。	騑馬口中長銜也。
	淮南子曰：陷法刻刑。許慎曰：陷，峻也。	無此
	湖，縣名，今虢州。閿鄉、湖城二縣，皆其地也。	漢書，湖有閿鄉。
	水側有坂	水側有長坂
	漢書楊雄即趙充國圖畫而頌之曰：料敵制勝。	無此
	鄭玄周禮注曰：浸者，可以爲陂灌溉者。	無此
	太上皇不樂關中	太上皇不樂太關
	沛公曰：吾豈敢反	沛吾豈敢反
	不敢不蹋	不蹋
	横西洫而絶金墉。西都賦曰	横西洫而絶金墉。又曰
	尚書曰：予思日孜孜。	無此
	年十八選爲博士弟子	十八選爲博士弟子
	有徒隸無恥之心乎	有徒隸無恥之心
	文成將軍李少翁，五利將軍欒大，皆方術士，說武帝作宮觀以延神仙。帝耽溺之，其雄才大略，亦何在也。	班固漢書贊曰：如武帝有雄才大略。文成，已見上文。
	西都賦曰：抗仙掌以承露，擢雙立之金莖。西京賦曰：干雲霧以上達。	並已見上文。

續表

卷目	尤袤本	北宋本
卷十 （共33條）	漢書曰:武帝作角抵戲。又東方朔曰：甲乙之帳。臣瓚曰：興造甲乙之帳，絡以隋珠和璧。漢書贊曰:孝武奢侈，海内虛耗，户口減半。漢書曰：武帝登封泰山。封禪書曰：勒功中岳。	漢書贊曰：孝武奢侈，海内虛耗，户口減半。
	熊佚出圈	熊佚圈
	左右格殺熊。上問：人情驚懼，何故當熊？婕妤對曰	左右格殺。上問：何故當熊？婕妤曰
	以此倍敬重焉。傅照儀等皆慚。	以此接敬重焉。
	失志之貌也	生志之貌也
	秦使王陵攻趙邯鄲，少利。	秦使王陵攻趙，戰少利。
	終不肯行	終不可行
	杜篤吊比干文曰：闇主之在上，豈忠諫之是謀。西京賦曰：林麓之饒，于何不有。	西京賦曰:林麓之饒，于何不有也字。
	相如持其璧睨柱，欲以擊柱	相如以其璧睨柱，欲以擊
	始皇召見	始皇召
	廣雅曰：穿，阬也	廣雅曰：穿
	國語單襄公曰：兵在其頸，不可久。東征賦曰：惕覺寤而顧問。	無此
	羽屠咸陽	羽西屠咸陽
	燕丹子曰	燕丹太子
	乃葬衛后，追謚曰思后。	乃葬衛，左右追謚曰思后。
	漢書:武帝發謫，穿昆明池。	無此
	西都賦曰：集乎豫章之宇，臨乎昆明之池，左牽牛而右織女，似雲漢之無厓。古詩曰：皎皎河漢女。	並已見上文。

卷目	尤袤本	北宋本
卷十 （共33條）	周易曰：日月麗乎天。西京賦曰：日月於乎出，象扶桑與濛汜。淮南子曰：日出湯谷。又曰：日入虞淵之汜，曙於濛谷之浦。	並已見上文。
	三輔黄圖曰：上林有豫章觀。西京賦曰：神池靈沼，黑水玄沚，豫章珍館，揭焉中峙。	無此
	毛萇詩傳曰：京，大也。大戴禮曰：漢，天漢。宮閣疏曰：昆明池有二石，牽牛、織女象也。	餘並已見西京賦。
	鄭玄周禮注曰：八尺曰尋。包咸論語注曰：七尺曰仞。説文曰：趾，基也。	無此
	毛詩：振鷺于飛。周易曰：鴻漸于干。	無此
	毛萇詩傳曰：飛而上曰頡，飛而下曰頏。上林賦曰：浮滛汎濫，隨波澹淡。	無此
	瀺灂，出没之皃。高唐賦曰：巨石溺以瀺灂。西京賦曰：散似驚波。上林賦曰：唼喋菁藻。	並已見上文。
卷十一 （共6條）	此一殆也	一殆也
	二文相當	二六相當
	漢書音義曰：捽胡	漢書音義曰：梓胡
	言爲虯龍之形	言爲鳥虯龍之形
	夕時爲市	夕市，夕時爲市
	晉灼曰：窳，病也。	病
	鮮能及之	鮮能不午
卷十五 （共6條）	漢書曰：賈誼：安天下阽危若是，而上不驚者。臣瓚曰：安臨危曰阽。	無此

續表

卷目	尤袤本	北宋本
卷十五 （共6條）	禮記曰：簞笥問人者，並盛食器，員曰簞，方曰笥。案：盛衣亦曰笥，後漢作珍，蓋珤字相似誤耳。	員曰簞，方曰笥。並盛食器也。
	賈逵曰：抑，止也。	抑，止也。
	説文曰：辮，交也。又曰：幋，覆衣大巾也，從巾，般聲，或以爲首飾。字林曰：幋，帶也。	無此
	説文曰：珩，所行也，從玉，行聲。字林曰：珩，珮玉，所以節行。	無此
	夏末乃止	無此
	賊害之鳥也。王逸以爲春鳥，繆也。	無此
	漢書天文志曰：王良，車騎，古善馭者。	無此
卷十六 （共12條）	其智可及也，其愚不可及也。	無此
	耀皇威而講武事。	耀威而講武事。
	爾雅曰：椴，木槿。櫬，木槿。郭璞注曰：別二名，似李樹。櫬朝生夕隕，可食，或呼爲日及，曰王蒸。	無此
	爾雅曰：咨，嗟也。	無此
	何往而不殘，殘，毀也。	皆殘滅也。
	日思往没之人，多在顔也。	無此
	言春秋與往同，然存亡異時。	無此
	忘，失也。宅，居也。	無此
	言我將欲老死，與汝爲客也。	無此
	言精神不定。世表，在世之表也。	無此
	瘉，覺也。大暮，猶長夜也。原夫生死之理，雖則長短有殊，終則同歸一揆。	大暮，猶長夜也。

卷目	尤袤本	北宋本
卷十六 （共 12 條）	言既瘞之，則彼死日之方除，豈能亂我情乎？言不足亂也。	無此
卷十七 （共 32 條）	不改易其文	不改也
	説文曰：謂文藻思如綺會。	無此
	又繡，五色彩備也。	又繡，五色也。又繡，五色彩備也。
	言所擬不異，闇合昔之曩篇。	無此
	言他人言我雖愛之，必湏去之也。	言必去之也。
	毛詩傳曰：苕，陵苕也。	無此
	一句既佳	言斯句既佳
	言思心牢落而無偶	言思之心牢落而無偶
	尸子曰：水方折者有玉，員折者有珠。孫卿子曰：玉在山而木潤，淵生珠而岸不枯。高氏注：玉，陽中之陰，故能潤澤草。珠，陰中之陽，有明故岸不枯。廣雅曰：輼，襄也。	孫卿子曰：玉在山而木潤，淵生珠而岸不枯。
	瘁音，謂惡辭也。靡，美也，言空美而不光華也。	無此
	禮記曰：玉，瑕不掩瑜。鄭玄曰	鄭玄禮記注曰
	謂不歸於事實。	謂不歸於實。
	淮南子曰：鄒忌一徽琴，而威王終夕悲。許慎注曰：鼓琴循絃謂之徽，悲雅俱有，所以或樂，直雅而無悲則不成。	許慎淮南子注曰：鼓琴猶絃謂之徽。
	言淮直取美。	無此
	言聲雖高而曲下。	無此
	莊子曰：桓公讀書於堂上……李曰：數，術也。	輪扁，已見上注。
	毛萇曰：中原，原中也。菽，藿也。力采者得之。	毛萇曰：菽，藿也。

續表

卷目	尤袤本	北宋本
卷十七（共32條）	虛而不淈，動而愈出。	無此
	按：橐，冶鑄者用以吹火使炎熾。説文曰：橐，囊也。	無此
	謂脚長短也。	無此
	國語曰：有短垣，君不踰。	無此
	言才恒不足也。	無此
	紀，綱紀也。	無此
	其來不却	其來不可却
	毛詩傳曰：遏，止也。孔安國曰：遏，絶也。	無此
	威蕤，盛貌。駁遷，多貌。	無此
	郭象注莊子曰：遺身而自得，雖淡然而不待，坐志行忘而爲之，故行若曳枯木，止若聚死灰，是以云其神凝也。向秀曰：死灰枯木，取其寂漠無情耳。爾雅曰：涸，竭也。國語：泉涸而成梁。	無此
	自求於文也。	無此
	物，事也。勠，并也。言文之不來，非予力之所并。	無此
	言文能廓萬里而無閡，假令億載而今爲津。	無此
	著古昔之昏昏，傳千里之态态者莫如書。軌曰：昏昏，目所不見。态态，心所不了。	著古昔之志志者莫如書。李軌曰：昏昏，目所不見。志志，心所不了。
	葉，世也。	無此
	予欲觀古人之象。	欲觀古人之象。
	章善瘴惡	章曰章善瘴惡
	爾雅曰：泯，盡也。	無此

續表

卷目	尤袤本	北宋本
卷十七 （共 32 條）	禮記曰：金石絲竹，樂之器也。漢書曰：聖王已没，鍾鼓管絃之聲未衰。	無此
	罕，稀也，言竹節稀疎而相去。標，竹之末也。	無此
	先生似遺物離人	遺物離人
卷十八 （共 90 條）	又曰：至人無己，神人無功。郭象曰：無己故順物，順物而至。	無此
	孟子曰：離婁，黄帝時人。黄帝亡其玄珠，使離婁索之，能視百里之外，見秋毫之末。離子，離朱也。淮南子曰：離朱之明，察鍼末於百步之外。按慎子爲離珠。周禮：禁督逆祀者。鄭玄曰：督，正也。	離子，離朱也。淮南子曰：離朱之明，察鍼末於百步之外。
	廣雅曰：厠，間也。	無此
	自稱我與君作妻	自稱妻
	廣雅曰：揮，動也。呂氏春秋曰：伯牙鼓琴，鍾子期聽之，志在泰山。鍾子期曰：善哉！巍巍乎若太山。湏臾，志在流水，子期曰：湯湯乎若流水。子期死，伯牙破琴絶絃，終身不復鼓琴，以爲世無賞音。	無此
	黄帝使伶倫自大夏之西，崑崙之陰，取竹之嶰谷	皇帝使伶倫取竹嶰谷
	或曰：成連，古之善音者……乃相與至海上見子春受業焉。	無此
	亦與聊字義同。	無此
	淮南子曰：師曠奏白雪而神禽下……此言感天地，清角爲勝。	無此
	韠韡，盛貌。繁縟，聲之細也。	無此
	言聲陵縱播布而起，霍濩然似水聲。紛葩，開張貌。	無此
	如志，謂如其志意。	無此

卷目	尤袤本	北宋本
卷十八 （共90條）	爾雅曰：扶搖，風也。	無此
	史記曰：瀛洲，海中神山也。	無此
	莊子：列子御風泠然者，風仙也。	無此
	窈窕淑女	無此
	鄭玄曰：餐，夕食也。説文曰：餐，吞也。	無此
	會，節會也。	無此
	半在半罷謂之闌。	闌，亦歇也。
	聲多也。儵，不及也。	疾貌。
	説文曰：矗，疾言也。	無此
	廣雅曰：盤桓，不進貌。從容，舉動也。	無此
	言其狀若詭詐而相赴也。	無此
	蒼頡篇曰：隨後曰驅。	無此
	韓詩曰：愛而不見，搔首躊躇。躊躇，猶躑躅也。	無此
	攢仄，聚聲。	無此
	毛萇傳曰：婉然，美貌。委蛇，聲長貌。	無此
	會，節會也。邀，要也。	無此
	蒼頡篇：嚶嚶，鳥聲也。琴道曰：操似鴻鴈詠之聲。	無此
	無此	似鴈之音，已見上文。
	爾雅曰：搜，牽也。	無此
	説文曰：搤，反手擊也。廣雅曰：攠，擊也。毛詩曰：薄言捋之。傳曰：捋，取也。縹繚瀏洌，聲相糾激之貌。説文曰：繚，纏也。上林賦曰：轉騰潎洌。瀏洌，水波浪貌，言聲似也。	繚瀏洌，聲相糾激之貌。上貌。上林賦曰：轉騰潎洌。

卷目	尤袤本	北宋本
卷十八 （共90條）	古本萉字爲此苑，郭璞三蒼爲古花字。張衡思玄賦曰：天地烟熅，百嵞含藚，鳴鶴交頸，雎鳩相和。以韻推之，所以不惑。	無此
	令，善也。	無此
	纂要曰：一時三月謂之三春，九十日謂之九春。	無此
	醇，厚也。	無此
	又對曰：客有歌於郢中者，始曰巴人。	巴人，已見上文。
	崔豹古今注曰：別鶴操，商陵牧子所作也……後人因以爲樂章也。	無此
	説苑曰：應侯與賈子坐，聞有鼓瑟之聲。應侯曰：今瑟一何怨也？賈子曰：張急調下，使之怨也。夫張急者，良材也。調下者，官卑也。取良材而卑官之，能無怨乎。	無此
	時促均而增徵	促均而增徵
	字林曰：憯，毒也。漢書音義郭璞曰：愀，變色貌。説文曰：愴，傷也。	無此
	服虔通俗篇	通俗篇
	尾生與女子不來	尾生與女子期於梁下，女子不來
	高誘注淮南子曰：尾生，魯人，與婦人期於梁下，不至而水溺死。	無此
	奮長子建，次甲，次乙、慶，皆以馴行孝謹，官至二千石。	無此
	建郎中令，奏下，建讀之……孔安國曰：訥，遲鈍也。	無此
	説文曰：謳，齊歌也。	無此
	是爲水伯，其形首足尾並人面而色青	爲水伯

續表

卷目	尤袤本	北宋本
卷十八（共90條）	國語曰：周文王時，鸑鷟鳴於岐山。	無此
	列女傳曰：游女，漢水神。鄭大夫交甫於漢皋見之。聘之橘柚。張衡南都賦曰：游女弄珠於漢皋之曲。	無此
	韓詩曰：愔愔，和悦貌。聲類曰：和静貌。	無此
	賈逵曰：唯，獨也。	無此
	杜預曰：汶水，太山出萊蕪縣。説文曰：篠，小竹。	無此
	亦作擑，謂指擑也。	無此
	黄鍾，律吕之長，故言基也。説文曰：笙十三簧，象鳳之身。尚書曰：鳳皇來儀。	説文曰：笙十三簧，象鳳之身。
	司馬彪曰：企，望也。景福殿賦曰：鳥企山跱。翾翾，字林：翾翾，初起也。歧歧，飛行貌。漢書音義曰：歧歧，行貌。漢書音義曰：歧歧，將行貌。	景福殿賦曰：鳥企山跱。翾翾、歧歧，飛行貌。
	郭璞爾雅注曰：咮，鳥口也。	咮，亦喙也。
	駢田，聚也。獦攦，不齊也。鰓鰈，裝飾重疊貌。	獦攦，不濟也。鰓鰈，裝飾衆貌。
	桓子新論琴道曰：雍門周見孟甞君，孟甞君曰：先生鼓琴，亦能令人悲乎。對曰：	桓子新論雍門周曰：
	於是雍門揮琴，而孟甞君流涕。	無此
	韓詩外傳曰：衆或滿堂而飲酒，有人向而悲泣，則一堂爲之不樂。王者之於天下也，有一物不得其所，則爲之悽愴心傷，盡祭不舉樂焉。	無此
	謂先温煖去其垢穢，調理其氣也。	無此
	又云：孟浪，虚誕之聲也。肆，放也。言聲將絶而復放。	無此

卷目	尤袤本	北宋本
卷十八（共90條）	坤蒼：列，宿留也。	無此
	廣雅曰：煜，燬也。説文曰：熠，盛光也。	無此
	吕氏春秋曰：伶倫制十二箹。	無此
	虛滿，謂隨氣虛滿也。	無此
	憭亮，聲清也。聲類曰：憭，且也。廣雅曰：躊躇，猶豫也。	無此
	棗下何攢攢	棗下何攢
	攢，聚貌。	攢，棗貌也。
	泓宏，聲大貌。融裔，聲長貌。	泓宏融裔，聲大且長貌。
	説文曰：泓，下深也。	無此
	漢書音義應劭曰：不醒不醉曰酣。	無此
	鄭玄曰：閱，終也。	無此
	弛，解也。韜，藏也。絃，謂琴瑟也。	韜，藏也。
	廣雅曰：長琴三尺六寸六分，五絃……廣雅曰：六七孔也。	無此
	説文曰：縹，青白色。字林：瓷，白瓶長頸。	縹，緑色也。瓷也。
	吳録地理志曰：湘東酃以爲酒，有名。	無此
	子野，師曠字，晉人，故曰晉野。杜預	子野，師曠字，晉杜預
	史記：蘇秦説齊王曰	蘇秦説齊王曰
	傅玄長簫歌有天光篇。	傅玄長簫歌有光篇。
	鄭玄月令注曰：大不過宮，細不過羽。	無此
	然宋，商俗也。	商俗也

續表

卷目	尤袤本	北宋本
卷十八 （共90條）	左氏傳昭公二十九年，吳公子札來聘，魯人爲奏四代樂。爲之歌頌，季札歎曰：至矣哉！邇而不偪，遠而不攜，節有度，守有叙。凡人邇近者，好在偪迫，此樂中乃有不偪之聲。凡人相遠者，好在攜離，此頌中乃有遠不携離之音。毛詩序曰：聲成文謂之音。	左氏傳曰：吳公子札來聘，爲之歌頌，曰：至矣哉！邇而不逼，遠而不攜，節有度，守有叙。毛詩序曰：聲成文謂之音。
	言彚若林能揔之。	無此
	從我者其由歟。	無此
	史記曰：不從流俗，王之阨僻。	無此
	遺身謂其身事。	無此
	廣雅曰：耀靈，日也。俄，邪也。	無此
	淮南子：濛汜，日所入處。	無此
	言聲在喉中而轉，故曰潛也。	無此
	字林曰：熛，飛火也。	無此
	黄宫，謂黄鍾宫聲。	無此
	説苑曰：湯時大旱七年，煎沙爛石……於是化形隱景而去。	無此
	言悲傷能挫於人。	無此
	關雎哀而不傷。	哀而不傷。
	飄眇，聲清長貌。爾雅曰:潤，竭也。字林曰：洌，寒貌。	繚眺，聲清長。
	字林曰：鳴，聲也。大曰鴻，小曰鴈……今書或作漠，音訓同。	無此
	通古之風氣，以貫譚萬物之理。譚，猶着也。參譚，不絶。又曰：	淮南子曰
	姑洗所以脩絜百物，考神納賓。	無此
	説文曰：溷，亂也。	無此

續表

卷目	尤袤本	北宋本
卷十八 （共90條）	樂用之則正人	樂用則正人
	景山，大山也。	無此
	枚乘兔園賦曰：脩竹檀欒。	無此
	字書曰：俳，心誦也。	無此
	字林曰：礚，大聲也。	皆大聲也。
	孟子曰：王豹處淇而善謳，綿駒處唐而齊右善歌。言二人以歌謳化齊衛之國。	緜駒、王豹，已見上文。
	晏子春秋：虞公善歌，以新聲惑景公……從昏飯牛薄夜半，長夜瞑瞑何時旦。	無此
	孔安國曰：不圖於韶樂之至於斯。周生烈曰：孔子在齊，聞韶樂之盛，故忽忘肉味。王肅曰：不圖作韶樂之至於此。此，齊也。	無此
	孔安國曰：雄曰鳳，雌曰凰，靈鳥也。儀，有容儀也。備樂九奏而致鳳皇也。	無此
卷十九 （共83條）	史記曰：楚懷王薨，太子橫立，爲頃襄王。	無此
	鄭玄曰：寢，卧息也。	無此
	欲親進於枕席	欲親於枕席
	在南郡巫縣	南郡巫縣
	如暉櫹也	無此
	爲萬物神靈之祖，最有異也。	無此
	爾雅：濟謂之霽。郭璞注曰：今南陽人呼雨止爲霽。	郭璞爾雅注曰：今南陽人呼雨止爲霽。爾雅曰：濟謂之霽。
	禮記曰：父召無諾，先生召無諾，唯而起。鄭玄曰：應唯恭於諾也。皇侃曰：唯謂今之爾，是也。	無此

卷目	尤袤本	北宋本
卷十九 （共 83 條）	安流平滿貌	平滿貌
	郭象莊子注曰：麗，著也。爾雅曰：如臿臿丘。郭璞曰：丘有隴界如田臿。	郭象莊子曰：麗，著也。郭璞爾雅注曰：有隴界如臿。
	廣雅曰：隘，陝也。	無此
	其流交卒引而郤相會。謂水口急陝，不得前進，則却退，復會於上流之中止。	其流交引而卻相會
	孔安國注尚書曰：碣石，海畔山也。	碣石，山名。已見上注。
	埤蒼曰：瀺灂，水流聲貌。	無此
	字林曰：竄，逃也。	無此
	毛詩曰：其桐其椅。注：椅，梧屬。爾雅曰：下句曰糾。	無此
	柔弱下垂貌。	柔弱貌。
	漢書大人賦：猗狔以招搖。	無此
	萬事隳哉	無此
	李奇曰：裖，整也。	裖，整也。
	方言曰：磑，堅也。	無此
	埤蒼曰：崎嶇不安也。	無此
	千芊古字通	千俗古字通
	傾岸之勢，其水洋洋，避立之處，如熊之在樹。	無此
	謂傾岸之勢，阻險之處	謂阻險之處
	楚辭曰：怊悵而自悲。王逸曰：悵，恨貌。	王逸楚辭注曰：怊悵，恨貌。
	説文曰：纚，冠織也。	無此
	詩曰：魚在在藻，有莘其尾。毛萇曰：莘，衆多也。	無此
	往來貌，若出於神。	無此

續表

卷目	尤袤本	北宋本
卷十九 （共83條）	勢如簸箕	勢如箕
	見本草。夜干，一名烏扇，今江東爲烏蓮，史記爲射干。漢書音義曰：揭車，香草也。苞并，叢生也。	皆草名，已見上。射干，烏蓮草也。苞并，叢生也。
	同時發也	言同時發也
	爾雅曰：王睢。郭璞曰：鵰類，今江東通呼爲鶚。詩云：鳥摯而有別者，一名王鵙。驪黃，郭璞曰：其色鸕黑而有黃，因名之。一曰鶬鶊。	王睢、驪黃，已見上。
	子巂鳥出蜀中。	子巂也，出蜀中。
	漢書郊祀志曰：充尚、羨門高最後，皆燕人，爲方令道，形辭銷化玉。充尚、羨門高，二人。	無此
	人在山上作巢	人共在山上作巢
	神祇之犧牷牲用	神祇之犧全用
	有傾宮琁室。高誘曰：以玉飾宮也。	有瓊宮琁室。高誘曰：琁宮，以玉飾宮也。
	字林曰：冽，寒風也。	冽，寒風也。
	漢書音義李音曰：羽林騎士……枚，狀如箸，橫衘之。	羽獵，已見上。衘枚，見吳都賦。
	爾雅曰：苹，藾蕭。郭璞曰：今藾蒿也，邪生，亦可食。	無此
	言何節奄忽之間	言節奄忽之間
	以羽飾蓋	無此
	氣者，五藏之使候。	無此
	紛擾，喜也。	無此
	如有可記識也。髣髴，見不審也。	如有可奇識也。
	勝，盡也。贊，明也。	無此

卷目	尤袤本	北宋本
卷十九 （共 83 條）	薛君曰：詩人所説者	薛昌：詩人言所説者
	又曰：尚之以瓊瑩乎而。注：瓊瑩，石似玉也。	無此
	毛萇詩傳曰：婉，美貌。	婉，美貌。
	無此	宜侍王旁
	方言曰：姝，好也。	無此
	字林曰：暸，明也。	無此
	廣雅曰：嫮，好也。説文：靜，審也。韓詩：靜，貞也。	嫮，靜好也。
	聲類曰：愔，見魏都賦。	愔，已見魏都賦。
	和靜貌。韓詩曰：嬽，悦也。説文曰：嬽，靜也。蒼頡篇曰：悹，密也。	無此
	字林曰：旋，回也。	無此
	方言曰：頛，怒色青貌。	無此
	捉顏色而自矜持。	提顏色而自預持
	男子之通稱	男子之稱
	廣雅曰：嗎嗎欨欨，喜也。	無此
	一云食邑章華，因以爲號。	無此
	廣雅曰：從容，舉動也。	無此
	此郊，即鄭衛之郊。毛詩曰：靜女其姝。又曰	無此
	大路，詩篇名也。遵，循也。路，道也。謂道路逢子之美，願攬子之袂與俱歸也。	無此
	司馬彪注漢書子虛賦曰：復，荅也。	復，報也。
	黃初，文帝丕年號。京師，洛陽也。洛川，洛水之川也，洛水出洛山。濟，度也。	無此

續表

卷目	尤袤本	北宋本
卷十九 （共83條）	一云魏志三年不言植朝，蓋魏志略也。	無此
	山上神芝	山上有神芝
	陽林，一作楊林。	楊林
	應圖，應畫圖也。	應畫圖也。
	郭璞曰：名玉也。又曰：和山其上多瑤碧。	無此。
	綃，輕縠也。	綃，已見上文。
	爾雅曰：岸上曰滸。郭璞曰：厓上地也。	無此
	漢書音義應劭曰：瀨，水流沙上也。傅瓚曰：瀨，湍也。	無此
	古人指水爲信。	古人爲信，指水爲信。
	説文曰：静，審也。韓詩曰：静，貞也。	無此
	神仙傳曰：切仙一出遊於江濵，逢鄭交甫，交甫不知何人也，目而挑之，女遂解佩與之。交甫行數步，空懷無佩，女亦不見。	交甫，已見江賦。
	説文曰：静，審也。韓詩曰：静，貞也。	申，展也。子建自防持也。
	申，展也。子建自防持也。	無此
	言如鶴鳥	言鶴鳥
	毛詩曰：漢有游女，不可求思。注：漢上游女，無求思者。	無此
	爾雅曰：水中渚曰沚。孔安國尚書注曰：山脊曰岡。	無此
	淚下貌。	無此
	説文曰：騑，驂駕也。毛萇詩傳曰：騑騑，行不止之貌。廣雅曰：盤桓，不進也。	無此

卷目	尤袤本	北宋本
卷十九 （共83條）	聲類曰：陔，隴也。	陔，隴也。
	采蘭以自芬香也。循陔以采香草者，將以供養其父母，喻人求珍異以歸。	言蘭芬芳，以之故，己循陔以采之。喻己當自身盡心以養也。
	言在家之子，無有縱樂，須供養。此相戒之辭也。	無有游盤，相戒之辭也。
	馨，芬香也。絜，鮮静也。教其朝晚供養之方。	言相戒盡心以養也。
	承望父母	承父母
	色難，謂承順父母顔色乃爲難也。	爲承順父母顔色乃爲難也。
	禮記曰：孟春之月，魚上冰，獺祭魚。獺將食之，先以祭，又曰：獺祭魚，然後虞人入澤梁。此喻孝子循陔加求珍異，歸養其親也。	禮記曰：獺祭魚，然後虞人入澤梁。
	廣雅曰：噬，嚼也。爾雅曰：魴，鯠也。郭璞曰：今呼魴魚爲鯿。	無此
	毛詩曰：鄂不韡韡。鄭玄曰：承華者，鄂也。	毛詩曰：尊不韡韡。鄭玄曰：承花者尊。
	石曰磨。爾雅曰：謂之削。	無此
卷三十 （共13條）	牛女爲夫婦	牽牛爲婦
	哀歌和漸離	歌和漸離
	繼文王之體	是子也，繼文之體
	乘流則逝	乘流則遊
	二者戰於胷臆，故懼也。	二者戰於胷臆，故曜也。
	香草名也	香草也
	此六者皆魂神所交也。	此六者神所交也。
	鴈飛則乃成行。	鴈飛則成行。
	周公越裳	周公越嘗
	漢案户者，直户也。	案户者，直户也。

續表

卷目	尤裹本	北宋本
卷三十 （共 13 條）	皆名琴也。	皆名器也。
	雞棲於杙爲桀	於我爲括
	無此	説人曰：闌，閑也。
卷三十一 （共 19 條）	廓，市物邸舍也。	市物邸舍人也。
	難蜀父老	喻蜀父老
	往往離宮	遥遥離宮
	所以盛弓謂之韣	弓謂之韣
	飛雪千里	雪千里
	后皇嘉樹橘來服	后皇嘉橘來服
	堯觀乎華，華封人請祝。	堯觀乎華之封人請祝。
	以爲天下正	以天下正
	雖云不可知	誰云不可知
	我騰躍而上，不過數仞而下，翱翔蓬蒿之間，此亦飛之至也，而彼且奚適也。此小大之辯也。	我騰躍上，不過數仞而翱翔蓬蒿之間，此亦飛之至，而彼且奚適也。
	恨恨不能出户	悢悢不能出户
	俊民用章	俊乂用章
	一曰：韓昭侯曰：吹竽者衆，吾無以知其善者。田嚴對曰：一一聽之。	或云：韓昭侯、嚴使一一聽之。
	水夷倚浪以傲睨	冰夷倚浪以傲睨
	水碧潛瑶	水碧潛泜
	帶目荷鋤歸	希自荷鋤歸
	子虛賦曰：石則赤玉玫涸。	上林賦曰：赤玉玫涸也。
	中坐乘景	中坐正景
	又詩序曰	又序曰
	誂謝惠連詩	誂惠連詩

續表

卷目	尤袤本	北宋本
卷三十一 （共 19 條）	廣雅曰：藹藹，盛貌。	無此
卷三十六 （共 27 條）	晉中興書孝武詔曰	晉中興書孝昭曰
	庶王有不遠而復之義也	庶乎不遠而復之義也
	伊，伊尹。望，呂望也。	伊尹、呂望也。
	趙文子與叔譽觀乎九京	趙文子與叔譽觀乎九原
	利君不忘其身，謀身不忘其友	無此
	德之本也	得之本也
	太上基德，十五王而始平之	基德十五王而始平
	懦夫有立志	而懦夫立志
	請祝聖人壽且多男子	請祝聖人壽且富且多男子
	有何人書朱雀闕	有何人書朱雀門
	禮記曰	禮記曰：卿論秀士
	冬至五旬七日，菖始生	冬至五旬七日，昌始生
	菖，菖蒲	昌，昌蒲
	何爲帶牛佩犢	可爲帶牛佩犢
	冀夫人及君早起而視朝	冀夫人早起而視朝
	上從之	上疑之也
	軫，謂相乖戾也。	軫，戾，謂相乖戾也。
	必將崇論宏義	將崇論宏義也
	而人爵從之	具脩人紀之
	宋均遷九江守	宋均遷九江太守
	苟可以利民	苟可以彊民
	名王奉獻	遣名王奉獻
	范宣子爲賦黍苗	范宣子爲政，賦黍苗

續表

卷目	尤袤本	北宋本
卷三十六 （共 27 條）	更嬴以虛弓發而下之	更嬴以虛弓下之
	故創怯	故創法
	天下有十二州，齊得其七，故謂北境爲五州。	五州，已見顏延之侍遊曲阿後湖詩。
	天造草昧	天草造昧
	管仲曰：君欲止之，何不自誠勿衣也？	曰：君欲止之，何不自誠勿長也？
	漢書景帝問鄧公，鄧公曰：夫鼌錯患諸侯彊大不可制，故請削之，以尊京師，萬世之利也。計畫始行，卒受大戮。	漢書鄧公謂景帝曰：
	間者水出地動，日月失度，星辰亂行，災異仍重	無此
卷三十七 （共 39 條）	孔安國傳曰	孔安國曰
	響臻如應	如響臻應
	次及翟璜	次及翟黃
	所寶惟賢	厥寶惟賢
	激楚，清聲也。	激楚，清辭也。
	諸葛孔明，乃臥龍也，將軍豈欲見之乎。先主遂詣見之。及即帝位，拜爲丞相。	諸葛孔明，臥龍也，將軍豈欲見之乎。由是先主遂詣亮。先主即帝位，以爲丞相。
	用閹豎所敗也。	無此
	荆州圖副	荆州圖
	臧文仲其竊位者與	臧文仲其竊祿者與
	得爲東藩	德爲東藩
	尚書曰：啓與有扈戰于甘之野。	尚書序曰：啓與有扈戰于甘之野。
	賈誼、終軍，已見薦禰衡表。	賈誼、終軍，已見上文。
	左氏傳曰：子朱撫劍從之。	無此
	遭伯樂，仰而長鳴，知伯樂知己也。	遭伯樂知己也。

卷目	尤袤本	北宋本
卷三十七 （共 39 條）	左氏傳富辰	左氏傳富臣
	謝承後漢書曰：桓礮鄙營氣類。	無此
	東觀漢記黃香上疏曰：以錐刀小用，蒙見宿留。	錐刀之用，已見上文。
	朱組綬，已見自試表注。	朱組綬，已見上注。
	臣聞悲者不可爲纍欷，思者不可爲欺息	臣聞悲者不可爲樂，欲思者不可爲欺息
	章明，已見上文。	章，已見上文。
	尚書傳曰：慺慺，謹慎也。	尚書曰：慺慺，謹慎也。
	神聽，已見自試表。	神聽，已見上文。
	服事，謂公家服事者。	服，謂公家服事者。
	已見上求自試表。	已見上文。
	晉趙文子冠	晉趙氏冠
	兩宮，東宮及上臺也。	無此
	天威，已見上讓開府表。	天威，已見上文。
	使使者拜安國爲梁内史	漢使使者拜安國爲梁内史
	青組、朱軒，並二千石之車飾。	無此
	天衢，已見上薦禰衡表。輦轂，已見上求通親親表。	天衢、輦轂，已見上文。
	已見上求通親親表。	已見上文。
	集大成也者	大集成也
	謝承後漢書序曰：黃他求沒，將投骸虜庭。	無此
	已見上謝平原内史表注。	已見上文。
	五百年必有王者興	五年必有王者興
	邦分崩離析	邦分崩離。離，析也。
	汝不遠惟商考成人	汝不遠惟商適成人

續表

卷目	尤袤本	北宋本
卷三十七 （共 39 條）	賓于四門，四門穆穆。	四門穆穆，已見上文。
	所謂生死而肉骨	所謂生死而骨内
	乃許晉平。晉侯使郤乞告瑕吕飴甥，且召之。	無此
卷三十八 （共 41 條）	尚書曰：乃爾先祖成湯	尚書王曰：乃爾先祖成湯
	灌嬰斬項羽東城	灌嬰斬羽東城
	論語子曰：興滅國，繼絶世。	論語子曰：興滅國，繼絶世。已見上文。
	懷金，已見上謝平原内史表。佩青，已見上求通親親表。	懷金、佩青，已見上文。
	罔極，已見上求通親親表。	罔極，已見上文。
	孟子曰：滄浪之水清兮，可以濯我纓。沐浴，已見上求自試表注。	濯纓及沐浴，已見上文。
	謂元帝也	元帝也
	已見上求通親親表注。	已見上文。
	已見上謝平原内史表。	已見上文。
	已見本篇注。	已見上文。
	左氏傳荀息曰：公家之利，知無不爲，忠也。送往事居，耦俱無猜，貞也。	忠貞，已見上文。
	洗耳，許由也。琴操曰：堯大許由之志，禪爲天子，由以其不善，乃臨河洗耳。	洗耳，已見上文。
	見吴都賦注。	已見上文。
	劉歆移書	劉歆移
	已見西征賦。	已見上文。
	已見謝平原内史表。	已見上文。
	已見上求自試表。	已見上文。

續表

卷目	尤袤本	北宋本
卷三十八（共41條）	漢書曰：園公、綺季，當秦之世，避而入商雒深山。	園、綺，已見上文。
	左傳曰：宴安酖毒，不可懷也。	宴安，已見上文。
	老子曰：夫惟道，善貸且成。	善貸，已見上文。
	已見東都賦。	已見上文。
	毛詩曰：何有何無，僶俛求之。	僶俛，已見上文。
	已見上庚元規讓中書令表。	已見上文。
	已見上西征賦。	已見上文。
	論語曰	論語曾子曰
	左氏傳王孫滿曰：德之休明。	休明，已見上文。
	尚書曰：納于百揆。	百揆，已見上文。
	中軍作好	中軍作捍
	又舅犯曰	又子犯曰
	易曰：二人同心，其利斷金。同心之言□，其臭如蘭。	金蘭，已見上文。
	又曰	尚書顧命曰
	寢廟，已見吳都賦。園陵，已見上張士然表。	寢廟及園陵，已見上文。
	已見上解尚書表。	已見上。
	神州，已見上薦譙元彥表。鄭氏毛詩箋曰：儀，則。刑，法也。	神州、儀刑，已見上文。
	勿復爲虛飾之煩。詩曰：予曰有禦侮。	勿復爲虛飾也。詩曰：予有禦侮。
	治天下國家有九經，其所以行者一也。	治天下國有九經，其所以行一者也。
	左傳齊侯對宰孔曰：小白恐殞越于下。	殞越，已見上文。
	欲爲君，盡君道。欲爲臣，盡臣道。	欲爲君，則盡君道。欲爲臣，則盡臣道。

卷目	尤袤本	北宋本
卷三十八 （共41條）	論語子曰：狂者進取，狷者有所不爲也。	狂狷，已見上文。
	聖人之治天下	聖人之治下
	漢書文紀曰：初與郡守爲銅虎符。	分虎，已見上文。
卷四十七 （共23條）	當暑紾絺	當暑縝絺
	拔墮，墮黃帝之弓。	龍髯拔墮，墮黃帝之弓。
	勖哉，夫子尚桓桓。	勖才，夫子尚桓桓。
	螺蠃祝之曰：類我，類我。	螺蠃祝曰：類我。
	西都賦曰：大雅宏達。	西京賓曰：大雅宏達。
	皆拔趙幟，立漢赤幟	皆拔旗，立漢赤幟
	足下爲漢則漢勝	爲漢則漢勝
	亦罹舊匿	亦罹咎匿
	四時和肅	四時和粟
	馬罷，虜在後	馬罷
	言便宜事	言便宜
	自生民以來，未有盛於孔子也。	固生民以來，未盛於孔子也。
	與造化逍遥	與化逍遥
	沉借剛克	沉潛剛克
	弛張浮沉	弛張沉浮
	股肱良哉	股肱良才
	舜舉八元八愷，用之於堯時也。成湯得伊尹，武王得吕望，而社稷安也。	二八，謂八元八凱也。伊，伊尹也。吕，吕望也。
	則可卷而懷之	則卷而懷之
	撫百姓，給饋餉	撫百姓，給餉饋
	三者皆人傑也	三者皆人之傑也
	君務静亂	君孫静亂

續表

卷目	尤袤本	北宋本
卷四十七 （共 23 條）	嘉之會也	疾之會也
	瑜還江陵	瑜還江
	予弗克俾	予弗俾
卷四十九 （共 11 條）	楊州刺史文欽	楊州刺史文大
	蜀有陽平江關	蜀有陽平關
	懷德維寧	漫德維寧
	上有曾史	上有魯史
	太康八年	太康年
	能禦大災則祀之	能禦其大災則祀之
	浚，取也。	後，取也。
	小曰橐，大曰囊。	小取曰囊。
	毛詩大雅文也。左傳曰	毛詩曰
	始使之顯著也	而使之顯著也
	亦由貞潔使之然也	亦猶貞潔使之然也
	以宏放爲夷達	以容放爲夷達
卷五十 （共 18 條）	女宮之戒令	女宮之戒命
	共斬江京	共漸江京
	雜纖羅，垂霧縠。	纖羅，垂霧縠。
	窮極伎巧	窮極被巧
	張讓投河而死	張驤投河而死
	芟夷蘊崇之	莫不芟夷蘊崇之
	卓長往而不返	卓長往而不可
	北人無擇	北人無澤
	相攜持而去	相攜而去
	萌將家屬入海	宇將家屬入海

卷目	尤袤本	北宋本
卷五十 （共 18 條）	奔逸絕塵	奔徹絕塵
	肖天地之貌，懷五常之性，聰明精粹，有生之最靈者也。應劭曰：肖，類也。頭圓象天，足方象地。	霄天地之貌，有生之最靈者也。
	受形有短長	受性有短長
	法雄察廣孝廉	法雄察廣子廉
	貴戚，姑姊妹也。	貴賤，姑姊妹也。
	惟克厥宅心	惟宅厥心
	各争恣志	各争恣忘
	能保乂之	能保父之
	中微，謂平世衰也。	無此
卷五十一 （共 1 條）	史記曰：逡巡遁逃。	遁逃，史記作逡巡。
卷五十二 （共 4 條）	良發八難	發八難
	置守、尉、監也。	郡置守、尉、監也。
	賈誼過秦曰	過秦曰
	廣雅曰：階，因也。	小雅曰：階，因也。
卷五十三 （共 31 條）	顏師古曰：洽，霑也	無此
	禮記曾子謂子思曰：伋，吾執親之喪也，水漿不入於口者七日。	禮記曾子謂子思級曰：吾執親之喪也，水漿不入口者七日。
	大蒜勿食，葷辛害目。	大蒜多食，葷害目。
	爲君，主養命以應天	主養命以應天
	老子道經曰	老子曰
	河上公曰：抱，守也。守一乃知萬事，故能爲天下法式。	無此
	河上公曰：大順者，天理也。	無此

卷目	尤袤本	北宋本
卷五十三（共31條）	春秋河圖揆命篇曰：倉、戲、農、黃，三陽翼天德聖明。	聖明，已見王命論。
	有神龍二止於夏帝之庭	有神二龍止於夏帝之庭
	夏氏乃櫝而去之	櫝而去之
	周之王末者也	周之王者末者也
	三事不使知政，遂各偃息養高。	三事偃息養高者也。
	無此	或無雖造門三字。
	吳將伐齊，越子率其屬以朝焉。王及列士皆饋賂	吳伐齊，越子師其屬以朝焉。
	反役，王聞之，使賜之屬鏤以死。杜預曰：改姓爲王孫，欲以辟吳禍。	王聞之，賜之屬鏤以死。杜預曰
	杜預左氏傳注曰：冒，貪也。	無此
	漢高祖曰	漢書高祖曰
	國語樊穆仲對宣王	國語楚穆仲謂宣王
	作股肱心膂	作腹心膂
	予欲宣力四方，汝爲。	予欲宣力四方
	誨育門生	誨門生
	虞翻，性不協俗，數犯顏諫爭。	虞翻，數犯顏諫爭。
	吳將韓當遣兵逆霸，與戰于蓬籠。	吳將韓當逆戰于蓬籠。
	鼎足而立	鼎跱而立
	漢書：難蜀父老曰	難蜀父老曰
	諸大夫在朝，徒聞唯唯，子不聞周舍之諤諤	大夫在朝，徒聞唯唯，子不聞周舍之謇謇諤諤
	孫皓遂用	孫皓用
	東都賦曰	西都賦曰
	左氏傳曰：吳，周之胄裔也。今而始大，比于諸華。	諸華，已見上文。

卷目	尤袤本	北宋本
卷五十三 （共 31 條）	莊子許由曰：齧缺之爲人也，聰明叡智。	無此
	彭仲爽，申俘也	彭仲爽，由俘也
	後皆擢用，爲楚名臣	後皆擢楚名臣
	意將以孤異古人之量邪	意將以孤無古人之量邪
	迎置内殿，所以治護者萬方	迎置内廄，所以療護者萬方
	凌統卒，權爲之數日減膳	陵統卒，權爲之數日減膳
	賈逵國語注曰：謂，告也。言何以告天下也。	無此
	支干五行王相孤虛之屬	五行王相孤虛之屬
卷五十四 （共 20 條）	能無憤發	能無憤發者也
	以鶡爲冠	以鶡冠
	管子曰：萬物以生，萬物以成，命之曰道。	無此
	言殺也。	無此
	吾一受其成形，而不化以待盡也。	吾愛其一成形，而不化以待盡之也。
	尚書曰：放勛欽明。	尚書堯典曰：放勛欽明。
	湯湯洪水方割，蕩蕩懷山襄陵	湯湯懷山襄陵
	剋告於君，君將見也。	剋告君，將來見也。
	其羽可用爲儀	無此
	呂氏春秋曰：道也者，視之弗見，聽之弗聞，不可爲壯。	無此
	涣，散也。	無此
	門闌有血	門有血
	額，瑕也。	額，崩也。
	祖伊恐，奔告于受。	祖伊奔告于受。
	西都賦曰：接翼側足。	西都賓曰：接翼側足。

卷目	尤袤本	北宋本
卷五十四 （共20條）	孔子教之爲賢士。	孔子教之，皆爲賢士。
	尚書曰：皇天無親	尚書王曰：皇天無親
	至定國爲丞相，封侯傳世。	至定國爲丞相，封侯。
	去女東歸	去東海歸
	大有徑廷，不近人情。	秦有徑廷，不近人情焉。
	吾驚怖其言，猶河漢而無極。	吾驚怖其河漢而無極也。
	伯夷、叔齊死名於首陽之下	伯夷死名於首陽之下
卷五十五 （共38條）	交曰不可絶	交道不可絶
	星流電激	星流激
	年十三，侍中。	侍中
	蒙切惑焉。	蒙竊感焉，已見七命。
	言聖人懷明道而闡風教	言聖人懷明道而闡風化
	爐，火所居也。	盧，火所居也。
	摩頂放踵	摩頂放於踵
	君聞夫江上之處女乎。夫江上之處女	君聞夫江上之夜女子乎。夫江上之夜女
	惟思致歎誠	遺思致歎誠
	賈以此遊公卿間	賈以此公卿間
	郁與燠古字通也。	郁與煖古字通也。
	苦，猶急也。張升反論語曰：噓枯則冬榮，吹生則夏落。	苦，急也。張升反論曰：噓枯則冬榮，吒生則夏落。
	被離承宴	被離承哀
	悲其所思者乎	悲其所鄉者乎
	微風影擊	跋扈影擊
	無此	夷，伯夷。惠，柳下惠也。
	非朝愛市而夕憎之也	非朝愛而夕憎之也

卷目	尤袤本	北宋本
	古富而今貧	故富而今貧
	後復爲廷尉	後爲廷尉
	班固述曰：莊之推賢，於兹爲德。	班固贊曰：鄭當時之推賢也。
	扼腕，已見蜀都賦。	搤捥，已見蜀都賦。
	以導其氣也	以通氣也
	【劉淵林注】言末代闇主，崇神弃賢，故俊乂無翹車之徵，金碧有鳳舉之使也。【李善注】毛萇詩傳曰：適，之也。陳敬仲曰	【李善注】言末代闇主，崇神弃賢，故俊乂無翹車之徵，金碧有鳳舉之使也。毛萇詩傳曰：適，之也。毛詩曰
	漢書曰：成帝悉封舅王譚、王商、王立、王根、王逢時列侯，五人同日封，故世謂之五侯。	五侯，已見鮑明遠數詩。
卷五十五（共38條）	【劉孝標注】言□至道均被，萬物取而咸足。淳化普洽，百姓用而不匱。猶靈耀而品物納光，清風流而百籟含響也。	【李善注】言至道均被，萬物取而咸足。淳化普洽，百姓用而不匱。猶靈耀而品物納光，清風流而百籟含響也。
	晷影之候也	晷影也
	候明時以効績	願明時以効績
	尸子曰：繞梁之鳴，許史鼓之，非不樂也。墨子以爲傷義，是弗聽也。	繞梁，已見張景七命。
	子以父言聞於君	子以父言聞君
	可謂生以身諫	生以身諫
	烈士憂國不忘喪。元陷刑	烈士憂國不喪志。奚陷刑
	繆公出	穆公出
	【劉孝標注】言讒人在朝，君臣否隔。明君時有蔽壅，喻利眼臨雲而息照。俊乂後時而屢歎，喻朗玉蒙垢而掩輝。	【李善注】言讒人在朝，君臣否隔。明君時有蔽壅，喻利眼臨雲而息照。俊乂後時而屢歎，喻朗玉蒙垢而掩輝。
	【劉孝標注】香以燔質而發芳，絃以特絶而流響，喻貞女没身而譽立，烈士効節而名彰也。上林賦曰：酷烈淑郁。	【李善注】香以燔質而發芳，絃以特絶而流響，喻貞女没身而譽立，烈士効節而名彰也。上林賦曰：酷烈芬郁。

續表

卷目	尤袤本	北宋本
	晏子春秋曰：晉平公使范昭觀齊國政……不出樽俎之間，而折衝千里之外，晏子之謂也。	齊堂之俎，已見張景陽雜詩。
	【劉孝標注】言物雖貴賤殊流，高卑異級，至其極也，殊塗共歸。雖方諸稟水於月，而不加於水之涼。陽燧取火於日，不加於火之輝也。	【李善注】言物雖貴賤殊流，高卑異級，至其極也，殊塗共歸。雖方諸稟水於月，而不加於水之涼。陽燧取火於日，不加於火之輝也。
	謂以明水瀚粢盛黍稷	謂以明水滌粢盛黍稷
	【劉孝標注】日月發輝，既尋虛而捕影，欲藏形託闇，豈得施其巧密乎？以喻聖人正見，既探心而明惑，欲隱情而倚智，豈足自匿其事乎？	【李善注】日月發輝，既尋虛而捕影，欲藏形託闇，豈得施其巧密乎？以喻聖人正見，既探心而明惑，欲隱情而倚智，豈足自匿其事乎？
卷五十五（共38條）	【劉孝標注】下愚由性，非假物所移。弊俗係時，非克己能正。是以放勛化被四表，不革丹朱之心，仲尼德冠生人，不救樓遑之辱。	【李善注】下愚由性，非假物所移。弊俗係時，非克己能正。是以放勛化被四表，不革丹朱之心，仲尼德冠生人，不救樓遑之辱。
	戰國策曰：白骨疑象，碔砆類玉。	武夫，已見上文。
	【劉孝標注】言爲政之道，恕己及物也。耳目在身，施之異務，不以通塞之故，而誅之於己，是以存乎物者，豈求其備哉？	【李善注】言爲政之恕己及物也。耳目在身，施之異務，不以通塞之故，而誅之於己，是以存乎物者，豈求其備哉。
	誅，猶痛責之甚也。	誅，責也。
	無此	並已見上文。
	【劉孝標注】言人居窮則志篤，處達則恩輕。是以楚君施譽，激三軍之澆俗。少原流慟，誚輕薄之頹風。	【李善注】言人居窮則志篤，處達則恩輕。是以楚君施譽，激三軍之澆俗。少原流慟，誚輕薄之頹風。
	彌，徧及之也。	彌，徧也。
	或者以詩序云	詩序云
卷五十六（共6條）	尚書王曰	尚人王曰
	小白恐殞越于下	小白恐殞越于上
	小人徇財，君子徇名。	胥士之徇名，小人之徇財。

卷目	尤袤本	北宋本
卷五十六 （共6條）	實左右商王	左右商王
	將何以終，遂誓施氏。	無此
	出自幽谷	出兹幽谷
卷五十七 （共32條）	禮記曰：人生二十曰弱冠。	無此
	非夫人之爲慟而誰爲	非夫人之爲慟而誰爲慟乎
	民墜塗炭	昏墜塗炭
	無此	介，隔也。
	幕罋内，并使聰耳者伏罋而聽	使聰耳者伏罋而聽
	謂潛攻之氏也	攻之氏也
	帝就拜大將軍於幕中府	帝就拜大將軍於幕中
	於斯致思，無不至庆。	於斯思致，無不至矣。
	甘茂謂楚王曰：魏氏聽	無此
	善且猶弗爲	善且由弗爲
	卜者黨相詐驗爲娄	上黨相詐驗爲娄
	散如流星	散如星
	號泣於旻天	號泣於昊天
	懦夫有立志。	懦夫立志。
	士見危致命	少冕危致命
	夫謀而鮮過	宥能而鮮過
	令聞不已	令問不已
	左氏傳曰：晉蒐于夷，舍二軍…… 杜預曰：本中軍帥，易以爲左也。 使續鞠居殺陽處父。	無此
	苦夷也。	苦越，苦夷也。
	其知深，其慮沉。	其勇沉也。
	服，服馬也。衡，車衡也。	無此

續表

卷目	尤袤本	北宋本
卷五十七 （共 32 條）	靈憲圖注	靈圖注
	黃金百斤	黃金百
	謂疾惡太甚	謂惡太甚
	或作赴	或皆作赴
	離宮別寢	離宮
	潘岳妹哀辭曰	潘岳哀辭曰
	司馬彪漢書	司馬彪續漢書
	思而不止	思而不能止
	宵設燎于門內之右	宵爲燎于門內之右
	以酒沃地曰酹	以酒沃地
	於西壁下塗之曰寢	於西壁下塗之曰殯
卷五十八 （共 25 條）	軸狀如轉轔	狀如轉轔
	穿程前後	穿桯前後
	劉熙釋名曰：容車，婦人所載小車也，其蓋施帷，所以隱蔽其形容。曹植宜后誄表曰：容車飾駕，以合北辰。	無此
	旌旗以銘功也	無此
	毛詩：雜佩以贈之。	無此
	又：內司服	又曰：司服
	左氏傳曰：石言於晉魏榆。師曠曰：石不能言，或憑焉。	無此
	天道圓，地道方。何以說天道之圓也？	說天道之圓也。
	毛詩曰：于以采蘋。又曰：于以采藻。鄭玄毛詩箋曰：蘋之言賓，藻之言澡。婦人之行……	鄭玄毛詩箋云：婦人之行……
	坤德尚冲	坤道尚冲
	禮記曰：冢宰制國用，必於歲之杪。	無此

續表

卷目	尤袤本	北宋本
卷五十八（共25條）	非獨爲奉山園	非獨爲奉國園
	追尊爲敬皇后	追尊爲皇后
	至尊，東昏侯寶卷。	至尊，東昏也。
	賢女馨芬於蘭茞。	賢女聲香，芬于蘭茞。
	毛詩序曰：文王之道，被於南國。	無此
	況家爲金穴也	況家爲金穴也
	璋瓚，夫人所執。	無此
	各一枚，衣一篋遺王，可時瞻視	各一，衣一篋遺王，可視瞻
	由以告巢父焉	由以告
	君其試之	無此
	孟子謂充虞曰	孟子謂元虞曰
	當今之世	今之世
	後死者不得	後者不得
	桓譚新論	説文
	天位艱哉	天位難才
	又曰：雒書零准聽	一曰：雒書零准聽
	晉書劉伶有酒德頌	劉劭有酒德頌
	故良也	故曰惟良也
卷五十九（共4條）	閫外，已見上文。	史記：馮唐曰：上古王者遣將也，閫以内，寡人制之。閫以外，將軍制之。
	邇可遠在兹	近可遠在己
	羊琇，字雅舒	羊琇，字稚舒
	肇允彼桃蟲	肇允彼桃
卷六十（共15條）	毛詩曰：成孝敬	毛詩序曰：成孝敬
	多奉以奏獻王者	多奉獻王者
	范曄後漢書	華嶠漢書

卷目	尤袤本	北宋本
卷六十 （共 15 條）	范曄後漢書馮衍説鮑永曰：幸逢寬明之日，將值危言之時。	馮衍説鮑永曰：幸蒙危言之世，遭寬明之時。
	高琇曰：素，樸也。周易曰：明入地中	高誘曰：素，樸也。周易曰：日入地
	臣聞之，人生於三	成聞之，人生於三
	非父不生，非食不長	生非食不長
	國語召康公	國語古康公
	台曜及五教，並已見上文。	台曜及五教，並已見上注。
	劉虬，字靈豫	劉虬，字虛豫
	驃騎辟而來	驃騎辟反來
	世祖長子	世祖長不
	無此	涸，胡困也。
	銛徹，謂利也。	銛微，謂利也。
	驗徵，謂輕爲徵祥也。	險徵，謂輕爲徵祥也。
	左廻天，貝獨坐。	左廻天，唐獨坐。

附録四 尤袤本、贛州本正文異文詳情一覽表

凡 例

1. 凡是導致文義不同的異文，包括訛、脱、衍、倒、錯亂等多種類型，一律按異文統計；

2. 句末"也"字統一不按異文統計；

3. 常見的異體字、通用字、混刻字等，一般不按異文統計；

4. 異體字字形差別較大，並可藉以考察版本源流關係的異文，按異文統計；

5. 因避諱造成的異文，不按異文統計；

6. 以尤袤本《文選》的正文斷句爲準。一個斷句下若有多處異文，則按一條計，每條異文間用黑色實綫隔開，若同一條異文下的多處異文間有較多文字，爲行文方便，中間文字用省略號代替；

7. "無此"表示該版本無此句或此段內容；

8. 爲儘可能保持原貌，異文基本照原書膳録。

9. "□"代表此處原文是空格。"■"代表此處原文是墨釘。

卷目	尤袤本	贛州本
卷一 （共36條）	是以衆庶悦豫	是以衆庶説豫
	折以今之法度。其詞曰	折以今之法度。辭曰
	建金城而萬雉	建金城之萬雉

卷目	尤袤本	贛州本
卷一 （共36條）	節慕原、嘗	節慕原、常
	逴躒諸夏	卓犖諸夏
	倣太紫之圓方	放太紫之圓方
	雕玉瑱以居楹	雕玉磌以居楹
	隆乎孝成	隆於孝成
	凌隥道而超西塘	陵隥道而起西塘
	内則別風之嶕嶢	内則別風嶕嶢
	修其營表	理其營表
	列刃鑽鍇	列刃攢鍇
	蹙嶄巖，鉅石隤	蹶嶄巖，巨石頹
	舉烽命醻	舉烽命爵
	大路鳴鑾	大輅鳴鑾
	若摛錦布繡	若摛錦與布繡
	商循族世之所鬻	商脩族世之所鬻
	十分而未得其一端	十分未得其一端
	前聖靡得言焉	前聖靡得而言焉
	蹈一聖之險易云爾哉	蹈一聖之險易云爾
	至乎永平之際	至于永平之際
	躬覽萬國之有無	窮覽萬國之有無
	於是皇城之內	是以皇城之內
	填流泉而爲沼	順流泉而爲沼
	覽駉騄	覽四駷
	輶車霆激	輕車霆激
	飛者未及翔，走者未及去。	飛者不及翔，走者不及去。
	管絃燁煜	管絃曄煜
	恥纖靡而不服，賤奇麗而弗珍	恥纖美而不服，賤奇麗而不珍
	形神寂漠，耳目弗營。	形神寂寞，耳目不營。

卷目	尤袤本	贛州本
卷一 （共36條）	誦曰：盛哉乎斯代	頌曰：盛哉乎斯世
	悚然意下，捧手欲辭。主人曰：復位，今將授子以五篇之詩。	捒然意下，捧手欲辭。主人曰：復位，今將授子五篇之詩。
	其詩曰	其辭曰
	抑抑威儀	抑抑皇儀
	寶鼎見兮色紛緼	寶鼎見兮色紛紜
	容絜朗兮於純精	容潔朗兮於淳精
卷二 （共44條）	慘則掇於驪	慘則掇於歡
	欻澧吐鎬	郤澧吐鎬
	其遠則九嵕甘泉	其遠則有九嵕甘泉
	寔惟地之奧區神皋	寔爲地之奧區神皋
	昔者大帝説秦繆公	昔者大帝悦秦繆公
	豈啓度於往舊	豈稽度於往舊
	乃覽秦制	爾乃覽秦制
	狀巍峩以岌嶪	狀嵬峩以岌嶪
	譬衆星之環極	譬衆星之環北極
	蘭臺金馬	外有蘭臺金馬
	徑北通乎桂宮	徑北通于桂宮
	後宮不移	於是後宮不移
	處甘泉之爽塏	處甘泉而爽塏
	翔鶤仰而不逮	翔鶤仰而弗逮
	狀亭亭以苕苕	狀亭亭以岧岧
	跱遊極於浮柱	峙遊極於浮柱
	怵悼慄而慫兢	怵悼慄而聳兢
	橧桴重桼	增桴重桼
	轢輻輕鶩	櫟輻輕鶩

續表

卷目	尤袤本	贛州本
卷二（共44條）	途閣雲蔓	連閣雲蔓
	所惡成創痏	所惡成瘡痏
	邪界細柳	斜界細柳
	聚以京峙	聚似京峙
	苯蕁蓬茸	莽蕁蓬茸
	駕鵞鴻鶤	駕鵞鴻鶤
	螭魅魍魎	魑魅蝄蜽
	白日未及移其晷，已獮其什七八。	白日未及移晷，已獮其十七八。
	隅目高匡	隅目高眶
	育獲之儔	育獲之疇
	批窳狻	批窳狻
	相羊乎五柞之館	儴佯乎五柞之館
	挂白鵠	挂白鶴
	摷昆鮞，殄水族。	摷鯤鮞，殄水族。
	蘧藕拔	蕖藕拔
	大駕幸乎平樂	大駕幸乎平樂之館
	猨狖超而高援	援狖超而高援
	垂鼻轔囷	垂鼻轔輑
	侲僮程材	侲僮逞材
	璧隕絶而復聯	譬殞絶而復聯
	章后皇之爲貴	彰后皇之爲貴
	適驩館	適歡館
	許趙氏以無上	許趙氏之無上
	衿帶易守	襟帶易守
	馨烈彌茂	而馨烈彌茂

卷目	尤袤本	贛州本
	於是似不能言	於是似不能言者
	繆公於宮室	穆公於宮室
	百姓弗能忍	百姓不能忍
	繼子嬰於軹塗	繼子嬰於枳塗
	損之又損之	損之又損
	以自瘝乎	以自瘝
	且天子有道	且夫天子有道
	西阻九河	西阻九阿
	宓妃攸館	虙妃攸館
	鶻鵃春鳴	鶻鵰春鳴
	䳌鳩麗黃	睢鳩麗黃
卷三 （共39條）	供蝸蠯與菱芡	供蝸蠯與菱芡
	燦爛炳煥	粲爛炳煥
	禮舉儀具	禮舉義具
	當覿乎殿下者	當覿於殿下者
	而南面以聽矣	穆穆而南面以聽矣
	具醉熏熏	具醉薰薰
	憲先靈而齊軌	憲先靈以齊軌
	天子者也	天子也
	羽蓋威蕤	羽蓋葳蕤
	闔戟轇轕	闔戟轇轕
	爰敬恭於明神	爰恭敬於明神
	感物曾思	感物增思
	日月會於龍狖	日月會於龍狨
	聲教布濩	聲教布護

續表

卷目	尤袤本	贛州本
卷三 （共39條）	迄上林，結徒營	迄于上林，結徒爲營
	火列具舉	火烈具舉
	歐除羣厲	歐除羣癘
	致恭祀乎高祖	致恭祀於高祖
	行致賚于九扈	勤致賚于九扈
	是以論其遷邑易京，則同規乎殷盤。	是故論其遷邑易京，則同規乎殷盤。
	改奢即儉	改奢節儉
	侯其禕而	馨侯其禕而
	不離其輜重	不離於輜重
	草木蕃廡	草木繁廡
	執誼顧主	執義顧主
	西朝顛覆而莫持	西朝廷顛覆而莫持
	而衆聽或疑	而衆聽者或疑
	習非而遂迷也	予習非而遂迷也
卷四 （共35條）	或峷嶙而纚連	或峷嶙而纚聯
	騰猨飛蠝棲其間	騰猨飛獵棲其間
	鼋鼍鮫鱗	鼋鼍鮫螭
	於其陂澤	其陂澤
	其草則藨苧蘋莞	其草則有藨苧蘋莞
	斐披芬葩	非披芬葩
	其原野則有桑漆麻苧	其原野則有桑漆麻紵
	榑棗若留	榑棗若榴
	浮蟻若蓱	浮蟻若蓱
	蕩魂傷精	蕩魂傷情
	收驩命駕	收歡命駕

卷目	尤袤本	贛州本
	此乃游觀之好	斯乃游觀之好
	真所謂漢之舊都者也	真所謂漢之舊都也
	立唐祀乎堯山	立唐祀於堯山
	會九世而飛榮	會九世之飛榮
	於其宮室	於是宮室
	望翠華兮葳蕤	望翠華之葳蕤
	其鳥獸草	鳥獸草木
	讚事者宜本其實	讚事者宜准其實
	廓靈關以爲門	廓靈關而爲門
	舒丹氣而爲霞	舒丹氣以爲霞
卷四（共35條）	常曄曄以猗猗	常曄曄而猗猗
	金沙銀礫	金沙銀鑠
	外負銅梁而宕渠	外負銅梁於宕渠
	麋蕪布濩於中阿	麋蕪布濩於中阿
	盧跗是料	盧附是料
	蒲陶亂潰，若榴競裂。甘至自零，芬芬酷烈。	蒲桃亂潰，石榴競裂。甘至自零，芬芳酷烈。
	其園則有蒟蒻茱萸	其圃則有蒟蒻茱萸
	兼市中區	兼帀中區
	異物崛詭	異物詭譎
	肴槁四陳	肴核四陳
	集于江洲	集乎江洲
	漫乎數百里間	漫乎數百里之間
	景福肹饗而興作……妄變化而非常，羌見偉於疇昔。	景福肹饗而興作……妄變化方非常，嗟見偉於疇昔。
	王褒韡曄而秀發	王褒暐曄而秀發

卷目	尤袤本	贛州本
卷五 （共41條）	瑋其區域……顧亦曲士之所歎也。旁魄而論都，抑非大人壯觀也	偉其區域……固亦曲士之所歎也。旁魄而論邑，抑非大人之所壯觀也
	習其獎邑而不覿上邦者	習其敝邑而不覿上邦者
	世無得而顯稱。由克讓以立風俗	世無德而顯稱。由克讓以立風
	潰薄沸騰	潰薄沸騰
	包湯谷之滂沛	包暘谷之滂沛
	鮫鯔琵琶	蛟鯔琵琶
	鸂鶒鵾鸒……氾濫乎其上	溪鵾鵾鸒……泛濫乎其上
	斯實神妙之響象	斯寔神妙之饗象
	木則楓柙檽樟，栟櫚枸桹……平仲椐櫨	木則楓柙豫章，栟櫚枸桹……平仲君遷
	攢柯挐莖，重葩殗葉。輪囷蚪蟠，堛塓鱗接。榮色雜糅	攢柯挐莖，重葩腌葉。輪菌虯蟠，堛塓鱗接。榮色雜糅
	其上則猨父哀吟……争接縣垂	其上則有猿父哀吟……争縣接垂
	烏莵之族……聲若震霆	於莵之族……聲若雷霆
	其竹則篔簹箖筡	其竹則篔簹林筡
	椰葉無陰	栵葉無蔭
	孔雀綷羽以翱翔	孔雀綷羽而翱翔
	隋侯於是鄙其夜光	随侯於是鄙其夜光
	開國之所基趾	開國之所基址
	佩長洲之茂苑	佩長洲之茂菀
	崇臨海之崔巍，飾赤烏之韠曄	崇臨海之崔嵬，飾赤烏之暐曄
	左稱彎碕	左稱彎崎
	解署棊布	廨署棊布
	其居則高門鼎貴，魁岸豪傑……岐嶷繼體，老成帝世	其居則有高門鼎貴，魁岸豪桀……岐嶷繼體，老成奕世
	方舟結	方舟結駟

續表

卷目	尤袤本	贛州本
卷五（共41條）	開市朝而並納……商賈駢坒。紵衣絺服，雜沓傱萃	開市朝而普納……工賈駢坒。紵衣絺服，雜沓漎萃
	金鎰磊砢	金溢磊砢
	儸譶㹃㺒	澀譶㹃㺒
	戈船掩乎江湖	戈舩掩於江湖
	羽旄揚蕤，雄戟耀芒	羽毛揚蕤，雄戟耀鋩
	罠蹏連網……轂騎煒煌	罠蹏連綱……轂騎熠煌
	猿臂骿脅……趻踔狖貜	猨臂騈脅……参譚狖貜
	飛爓浮煙	飛爛浮煙
	䰕䶀䶂	暴䶀䶂
	莫不衂鋭挫芒……將抗足而跐之	莫不衂鋭挫鋩……將抗足以跐之
	應弦飲羽	應弦而飲羽
	迴靶乎行邪睨，觀魚乎三江	迴靶乎行睨，觀漁乎三江
	疊華樓而島跱，時髣髴於方、壺。比鷁首而有裕，邁餘皇於往初	疊華樓而島峙，時髣髴於方、壺。比鷁首之有裕，邁艅艎於往初
	張組幃……槁工檝師	張組帷……篙工楫師
	徽鯨輩中於羣犗	徽鯨背中於羣犗
	動鍾鼓之鏗耾……或蹫緑水而采菱	動鍾磬之鏗耾……或蹫渌水而採菱
	闤闠信其威	闤闠申其威
	諨詭之殊事	崫詭之殊事
卷六（共31條）	土風之乖也	土風之也
	以釋二客競于辯囿者也	以釋二客競于辯囿也
	譯導而通	譯導而通者
	以中夏爲喉，不以邊垂爲襟也	以中夏爲喉舌，不以邊陲爲襟帶也
	而子大夫之賢者	而子大夫之賢
	且魏地者……則霜露所均	且魏土者……則霜露所鈞

卷目	尤袤本	贛州本
卷六 （共31條）	或嵬壘而複陸……乾坤交泰而絪縕	或嵬欒而複陸……乾坤交泰而烟熅
	南端遒遵	南端攸遵
	土無綈錦	土無締錦
	丹青煥炳……芒芒終古	丹青炳煥……茫茫終古
	三臺列峙以崢嶸	三臺列峙而崢嶸
	巍巍摽危，亭亭峻趾。臨焦原而不怳	邈邈摽危，亭亭峻峙。臨焦原而弗怳
	蒲陶結陰……丹藕凌波而的皪	蒲桃結陰……丹藕凌波而的礫
	畜爲屯雲	葡爲屯雲
	内則街衝輻輳	内則街衢輻輳
	奉常之號……毗代作楨	太常之號……毗世作禎
	茸牆幕室……廣成之傳無以疇	茸牆幕室……廣成之傳無以儔
	此則弗容……著馴風之醇釀	此則不容……著馴致之醇釀
	冒六莖	冒六英五莖
	兼該泛博	兼該氾博
	曶罔以道	曶網以道
	案圖籙於石室……匪辇形於親戚	案圖録於石室……匪橐形於親戚
	嗛嗛同軒	謙謙同軒
	張儀、張禄亦足云也。	則張儀、張禄亦足云也。
	秦餘徒刭	秦餘徒刭
	風俗以蠡果爲爐，人物以戕害爲藝。	風俗以蠡慄爲爐，人物以殘害爲藝。
	建鄴則亦顛沛	建業則亦顛沛
	曤焉相顧	曤然相顧
	過以仉剽之單慧	過以汎剽之單慧
	吹律暖之也。昏情爽曙，箴規顯之也	吹律以暖之也。昏情爽曙，箴規以顯之也
	世不兩帝	世無兩帝

續表

卷目	尤袤本	贛州本
卷七 （共62條）	汾陰后土	汾陰后上
	雍神休	擁神休
	焱駮雲迅	猋駮雲迅
	柴虒參差，魚頡而鳥胻	傑偄參差，魚頡而鳥胻
	敦萬騎於中營兮	屯萬騎於中營兮
	凌高衍之嵱嵷兮	臨高衍之嵱嵷兮
	是時未輳夫甘泉也	是時未臻夫甘泉也
	下陰潜以慘廩兮	下陰潜以慘懔兮
	平原唐其壇曼兮，列新雉於林薄。	平原唐其壇漫兮，列新萁於林薄。
	施靡乎延屬	迆靡乎連屬
	仰撟首以高視兮，目冥眴而亡見	仰矯首以高視兮，目冥眴而無見
	魂眇眇而昏亂	魂魄眇眇而昬亂
	忽坱圠而亡垠	忽坱圠而無垠
	璧馬犀之瞵㻞	璧馬犀之璘㻞
	配帝居之縣圃兮	配帝居之懸圃兮
	日月纔經於枑桭	日月纔經於枑振
	雷鬱律於巖窔兮	雷鬱律於巖窔兮
	炕浮柱之飛榱兮	抗浮柱之飛榱兮
	紛蒙籠以棍成	紛蒙籠以混成
	回焱肆其碭駭兮	迴猋肆其碭駭兮
	發蘭蕙與芎藭	發蘭蕙與芎藭
	王爾投其鉤繩	王繭投其鉤繩
	蜿蜎蠖濩之中	蟺蜎蠖濩之中
	儲精垂恩	儲精垂思
	噏清雲之流瑕兮	噏清雲之流霞兮

續表

卷目	尤袤本	贛州本
卷七（共62條）	風漎漎而扶轄兮	風從從而扶轄兮
	躡不周之逶蛇	躡不周之逶迆
	樵蒸昆上	樵蒸焜上
	度三巒兮偈棠黎	度三巒兮偈棠棃
	徠祇郊禋	徠祇郊禋
	靈迟迡兮	靈棲遲兮
	光煇眩燿	輝光眩燿
	結崇基之靈趾兮	結崇基之靈址兮
	微風生於輕幰	微風生於輕幰兮
	森奉璋以階列	森奉璋以階列兮
	似衆星之拱北辰也	衆星之拱北辰也
	表朱玄於離坎，飛青縞於震兑。中黄曅以發揮，方綵紛其繁會。	表朱玄於离坎，飛青縞於震兑。中黄曄以發暉兮，方綵紛其繁會。
	碧色肅其千千	碧色肅其芊芊
	垂髫總髮	垂髫總髻
	揄裳連襼	揄裳連袂
	情欣樂於昬作兮	情欣樂乎昬作兮
	靡誰督而常勤兮，莫之課而自厲	靡推督而常勤兮，莫之課而自勵
	躬先勞以説使兮，豈嚴刑而猛制之哉	躬先勞以悦使兮，豈嚴刑而猛制哉
	徒望歲以自必	徒望歲以自畢
	夫孝，天地之性	夫孝者，天地之性
	昔者明王以孝治天下	昔者明王以孝理天下
	衡蘭芷若，穹藭菖蒲	蘅蘭茝若射干，芎藭菖蒲
	蓮藕觚盧	蓮藕菰蘆
	菴閭軒于	菴藺軒于
	其樹楩柟豫章	巨樹楩柟豫樟

續表

卷目	尤袤本	贛州本
卷七 （共62條）	於是乎乃使劘諸之倫	於是乎乃使專諸之倫
	轊陶駼	轊駒駼
	必中決眦	中必決眦
	襞積褰縐	襞襀褰縐
	錯翡翠之威蕤	錯翡翠之葳蕤
	上乎金隄	而上乎金隄
	摐金鼓	樅金鼓
	奔揚會	奔物會
	無而言之，是害足下之信也。彰君惡，傷私義。	有而言之，是彰君之惡；無而言之，是害足下之信。彰君之惡，而傷私義。
	且齊東陼鉅海	且齊東渚鉅海
	右以湯谷爲界	右以暘谷爲界
	徬徨乎海外	彷徨乎海外
卷八 （共51條）	且二君之論，不務明君臣之義，正諸侯之禮，徒事爭於游戲之樂	且夫二君之論，不務明君臣之義，正諸侯之禮，徒事爭游戲之樂
	又烏足道乎	又焉足道乎
	徑乎桂林之中	經乎桂林之中
	過乎泱莽之壄	過乎泱漭之壄
	蘽積乎其中	叢積乎其中
	汎淫泛濫	沈淫泛濫
	唼喋菁藻	唼渫菁藻
	揭車衡蘭	揭車蘅蘭
	葴持若蓀	葴橙若蓀
	延曼太原	延蔓太原
	象輿婉僤於西清	象輿婉蟬於西清
	亭柰厚朴	椁柰厚朴

卷目	尤袤本	贛州本
卷八 （共51條）	列乎北園	列于北園
	薊苢芔歙	瀏苢卉歙
	隃絕梁	踰絕梁
	鼓嚴簿，縱獵者。	鼓嚴鏄，縱獠者。
	河江爲阹	江河爲阹
	椎蜚廉	椎飛廉
	於是乘輿弭節徘徊	於是乎乘輿弭節徘徊
	櫟蜚遽	櫟飛遽
	消搖乎襄羊	招搖乎儀佯
	不被創刃而死者	不被創刃怖而死者
	橦千石之鍾	撞千石之鐘
	千人唱，萬人和	千人倡，萬人和
	靡曼美色	靡曼美色於後
	曳獨繭之褕絏	曳獨繭之褕絏
	使山澤之人得至焉	使山澤之人得志焉
	鄉風而聽	向風而聽
	功羨於五帝	而功羨於五帝
	逡巡避廂	逡巡避席
	禁禦所營	禁藥所營
	各以並時而得宜	各亦並時而得宜
	嶠高舉而大興	矯高舉而大興
	以奉終始顓頊玄冥之統	以終始顓頊玄冥之統
	揭以崇山	碣以崇山
	杖鏌邪而羅者以萬計	杖鏌鄒而羅者以萬計
	紅蜺爲繯，屬之乎崑崙之虛	虹蜺爲繯，屬乎崑崙之墟

續表

卷目	尤袤本	贛州本
卷八 （共51條）	騁耆奔欲	騁嗜奔欲
	娭潤閒	嬉閒閒
	摼象犀	牽象犀
	亶觀夫剽禽之絏隃	亶觀夫剽禽之絏踰
	觸輻關脰	失觸輻關脰
	西暢無崖	西暢亡涯
	隨珠和氏，焯爍其陂。	隨珠和氏，焯爍其波。
	羣娭乎其中，噍噍昆鳴。	羣嬉乎其中，噍噍昆明。
	乃使文身之技	乃使文身之伎
	祛靈蠵	祛靈蠵
	騎京魚	騎鯨魚
	剖明月之珠胎	剖明月之胎珠
	斥雅、頌，揖讓於前。昭光振燿，蠻曶如神。	匡雅、頌，揖讓於前。昭光振耀，響忽如神。
	陽朱、墨翟之徒	楊朱、墨翟之徒
卷九 （共33條）	子墨爲客卿以風	子墨爲客卿以諷
	客何謂之茲邪	客何謂茲耶
	鑿齒之徒，相與摩牙而爭之	鑿齒之徒，相與磨牙而爭之
	抑止絲竹晏衍之樂	抑止絲竹宴衍之樂
	雲合雷發	雲合電發
	焱騰波流	焱騰波流
	出凱弟，行簡易。	出愷悌，行簡易。
	拮隔鳴球	憂擊鳴球
	以禪梁甫之基	以禪梁父之基
	盛狄獲之收	盛狄獲之取
	於時青陽告謝	於是青陽告謝

卷目	尤袤本	贛州本
卷九 （共33條）	奮勁骹以角搓	奮勁骹以角搓
	屬剛罫以潛擬	屬剛挂以潛擬
	徒心煩而技懵	徒心煩而伎懵
	伊義鳥之應機	伊義鳥之應敵
	繚繞磐辟	繚繞盤辟
	揆懸刀，騁絕技	揆懸刀，騁絕伎
	羌禽從其己豫	嗟禽從其己豫
	此則老氏所誡，君子不爲	此則老氏之所誡，而君子之所不爲
	我獨罹此百殃	我獨離此百殃
	遂舒節以遠逝兮	遂舒節以遠逝
	過泥陽而太息兮	過泥陽而太息
	寤曠怨之傷情兮	寤怨曠之傷情兮
	不耀德以綏遠	不耀德以綏遠兮
	隮高平而周覽	隮高平而周覽兮
	風猋發以漂遥兮，谷水灌以揚波。	風猋發以飄飆兮，谷水灌以揚波。
	遊子悲其故鄉	遊子悲其故鄉兮
	撫長劍而慨息	撫長劍而慨息兮
	余隨子乎東征	余隨子兮東征
	諒不登櫟而椓蠡兮	諒不登巢而椓蠡兮
	歷榮陽而過卷	歷榮陽而過武卷
	涉封丘而踐路兮	涉封丘而踐路
	勉仰高而蹈景兮	勉仰高而蹈景
卷十 （共38條）	寥廓惚恍	寥廓忽怳
	鬼神莫能要	鬼神莫之要
	當休明之盛世	當休明之盛世兮

續表

卷目	尤袤本	贛州本
卷十 （共38條）	天子寢於諒闇	天子寢於諒闇兮
	彼負荷之殊重	彼負荷之殊重兮
	匪禍降之自天	匪降禍之自天
	坐積薪以待燃	坐積薪以待然
	嘉美名之在兹	嘉善名而在兹
	實潛慟乎余慈	實慯慟乎余慈
	事回沇而好還	事泂沇而好還
	方鄙厷之忿悁	方鄙各之忿悁
	皋記墳於南陵……襄墨縗以授戈	皋託墳於南陵……襄墨縗而授戈
	徒利開而義閉	徙利開而義閉
	胡厥夫之繆官	胡厥夫之謬官
	愿黄巷以滋童	愿黄巷以濟潼
	軌踦軀以低仰	軌崎嶇以低仰
	率土且弗遺，而况於隣里乎，况於卿士乎……渾雞犬而亂放	率土且猶弗遺，而况於隣里乎？而况於卿士乎……渾雞犬以亂放
	范謀害而弗許	范謀害而不許
	輠枌詣而轢承光	輠枌詣而轢承光
	金狄遷於灞川	金狄遷於霸川
	暨乎杶侯之忠孝淳深	暨乎杶侯之忠孝淳深
	皆揚清風於上烈	皆揚清風於上列
	才難，不其然乎。	名才難，不其然乎。
	爆鱗骼於漫沙	曝鱗骼於漫沙
	周受命以忘身	周受命而忘身
	身刑輞以啓前	身刑輞以啓先
	健子嬰之果決	逮子嬰之果決
	丞屬號而守闕	蒸屬號而守闕

續表

卷目	尤袤本	贛州本
卷十 （共38條）	怢淫嬖之匈忍	怢淫嬖之凶忍
	欲法堯而承羞	欲法堯而承禪
	旦似湯谷，夕類虞淵。	旦似暘谷，夕類虞淵。
	今數仞之餘趾	今數仞之餘扯
	隨波澹淡	隨流澹淡
	耕讓畔以閑田	耕讓畔以間田
	土無常俗……均之埏埴	士無常俗……猶鈞之埏埴
	五方雜會	雖五方雜會
	與政隆替	隨政隆替
	雖智弗能理，明弗能察。	雖智不能理，明不能察。
卷十一 （共35條）	蓋山嶽之神秀者也	蓋山嶽之神秀也
	太虛遼廓而無閡	虛遼廓而無閡
	近智以守見而不之	近智者以守見不之
	赤城霞起而建標	赤城霞起以建標
	峻隅又已頹	峻隅又以頹
	觀蓺於魯	觀藝於魯
	洞轇轕乎其無垠也	洞轇轕兮其無垠也
	泪磑磑以璀璨	泪磑磑以嶵璨
	皓壁皓曜以月照	皓璧皜曜以月照
	鴻爌炾以爣閬，颲蕭條而清泠。	鴻爌焸以爣閬，颲蕭條而清泠。
	霄靄靄而晻曖	宵靄靄而晻曖
	上憲紫陬	上憲觜陬
	層櫨礧塊以岌峩	層櫨礧佹以岌峩
	綠房紫苪，窊咤垂珠。	綠房紫的，窊窊垂珠。
	奔虎攫挐以梁	奔虎攫挐以梁

續表

卷目	尤袤本	贛州本
卷十一 （共35條）	頷若動而蹙踞	頷若動而蹙跜
	騰虹蠑虯而遠槍	騰虯蠑虯而遠槍
	玄熊舑舚以斷斷	玄熊蚺蛫以斷斷
	陽榭外望，高樓飛觀。	無此
	崘茵踡嶬	崟菌踡蹟
	桑梓繁廡	桑梓繁蕪
	不足以一民而重威靈。不飭不美，不足以訓後而永厥成。	不足一民而重威靈。不飾不美，不足以訓後而示厥成。
	流羽毛之葳蕤	流羽毛之葳蕤
	其奧秘則翳蔽曖昧	其奧祕則翳蔽曖昧
	羌環瑋以壯麗	嗟環瑋以壯麗
	華鐘机其高懸	華鐘杌杌其高懸
	南距陽榮	南岠陽榮
	接以員方	接以圓方
	獵捷相加	獵捷相和
	焕若雲梁承天	涣若雲梁承天
	今也惟縹	今也維縹
	知治國之佞臣	治國之佞臣
	岩巉岑立	岩巉岑立
	頻眺三市	俯看三市
	屯坊列署	屯方列署
卷十二 （共16條）	迤涎八裔	迤延八裔
	決陂潢而相泼	決陂潢而相浚
	騰波赴勢	騰傾赴勢
	則乃浟湙瀲艷	則乃浟湙瀲灔
	澎濞灪礔	澎濞灪嘍

續表

卷目	尤袤本	贛州本
卷十二（共16條）	爾其爲大量也	爾其大量也
	珊瑚虎珀，羣産接連。車渠馬瑙，全積如山。	無此
	噏波則洪漣踧蹜	噏波則洪連踧蹜
	或乃蹭蹬窮波	或乃蹭嶝窮波
	芒芒積流	茫茫積流
	淪餘波乎柴桑	綸餘波乎柴桑
	蜛蝫森衰以垂翹	踞蝫森衰以垂翹
	鮻鮭跻踽於垠隒	鮻鮭踦踽於垠隒
	播匪藝之芒種	播匪蓺之芒種
	朱滻丹漅	珠滻丹漅
	栫澱爲涔，夾潨羅筌。	洊澱爲涔，夾衆羅筌。
卷十三（共33條）	眴焕粲爛	眴涣粲爛
	獵蕙草，離秦衡	獵蕙草，離秦蘅
	得目爲蔑	得目爲矆
	四時忽其代序兮	四運忽其代序兮
	善乎宋玉之言	善乎宋生之言
	飌瑟兮	蕭瑟兮
	聽離鴻之晨吟兮	聽離鴻之晨吟
	故出生而入死	固出生而入死
	菊揚芳於崖澨	菊揚芳乎崖澨
	連氣累霱	連氛累霱
	玉顔掩姱	玉顔掩嫮
	至夫縯紛繁鶩之貌，皓旰皦絜之儀	至夫縯紛繁霧之貌，皓汗皦潔之儀
	無此	折園中之萱草，摘階上之芳薇
	因時興滅	因時而滅

續表

卷目	尤袤本	贛州本
卷十三 （共33條）	臨風歎兮將焉歇	臨風歎兮將焉歇
	鵬集予舍	鵬集余舍
	野鳥入室兮，主人將去。請問于鵬兮，予去何之。	野鳥入室，主人將去。請問于鵬，余去何之。
	語予其期	語余其期
	或趨東西	或趨西東
	德人無累	德人無累兮
	細故蒂芥	細故蒂芥兮
	明慧聰善	明惠聰善
	惟西域之靈鳥兮……體金精之妙質兮	惟西域之靈鳥……體金精之妙質
	性辯慧而能言兮	性辯惠而能言兮
	感平生之遊處	感平生之遊處兮
	翩翩然有以自樂也	翩翩然有以自得也
	然皆負繒要繳	然皆負繒纓繳
	育翩翩之陋體	育翩翩之陋體兮
	毛弗施於器用，肉弗登於俎味。	毛弗施於器用兮，肉不登乎俎味。
	鷹鸇過猶俄翼	鷹鸇過猶俄翼兮
	伊茲禽之無知	伊茲禽之無知兮
	不懷寶以賈害	不懷寶以賈害兮
	吾又安知其大小之所如	吾又安知其小大之所如
卷十四 （共18條）	豈不以國尚威容	豈不以國上威容
	惟宋二十有二載	維宋二十有二載
	魏德楙而澤馬効質	魏德懋而澤馬效質
	精曜協從	是用精曜叶從
	寶校星纏	寶鉸星纏
	都人仰而朋悦	都人仰而明悦

卷目	尤袤本	贛州本
卷十四 （共18條）	觀王母於崑墟，要帝臺於宣嶽	觀王母於崐崘，墟帝臺於宣嶽
	然而般于遊畋	然而盤于遊畋
	心朦朦猶未察	心矇矇猶未察
	雖群黎之所禦	豈羣黎之所御
	王膺慶於所感	王膺慶於所蹙
	安愵愵而不葩兮	安愵愵不葩兮
	嬴取威於伯儀兮	嬴取威於百儀兮
	巽羽化于宣宮兮	巽羽化乎宣宮兮
	故遭罹而嬴縮	故遭罹而嬴縮
	要没世而不朽兮	要殁世而不朽兮
	操末技猶必然兮	操末伎猶必然兮
	以道用兮	亦道用兮
卷十五 （共40條）	潛服膺以永靚兮	潛服膺以永靖兮
	又綴之以江蘺	又綴之以江蘺
	彼無合而何傷兮	彼無合其何傷兮
	且獲讁于羣弟兮	且獲讁于羣弟兮
	增煩毒以迷惑兮，羌孰可爲言己	曾煩毒以迷惑兮，嗟孰可以爲言己
	願竭力以守誼兮	願竭力以守義兮
	阽焦原而跟趾	阽焦原而跟止
	庶斯奉以周旋兮，惡既死而後已。	庶斯奉信以周旋兮，要既死而後已。
	即岐阯而臚情	即岐趾而臚情
	怨素意之不遑	怨素意之不呈
	問三丘于句芒	問三丘乎句芒
	朝吾行於湯谷兮	朝吾行於暘谷兮
	嘉羣神之執玉兮	嘉羣臣之執玉兮

續表

卷目	尤袤本	贛州本
卷十五（共40條）	指長沙之邪徑兮	指長沙以邪徑兮
	託山阪以孤魂	託山坡以孤魂
	前祝融使舉麾兮	前祝融而使舉麾兮
	疇克謀而從諸	疇克謨而從諸
	後膺胙而繁廡	後膺祚而繁廡
	占水火而妄訊	占水火而妄諱
	毋騾攣以倖己兮	無騾攣以淬己兮
	魂懭悢而無疇	魂懭悢而無儔
	經重唐乎寂漠兮	經重陰乎寂寞兮
	載太華之玉女兮，召洛浦之宓妃。	戴大華之玉女兮，召洛浦之處妃。
	申厥好以玄黃	申厥好之玄黃
	志皓蕩而不嘉	志浩蕩而不嘉
	抨巫咸作占夢兮	抨巫咸使占夢兮
	擾應龍以服路	擾應龍以服輅
	左青琱之捷芝兮	左青琱之犍芝兮
	後委衡乎玄冥	後委水衡乎玄冥
	懲洪澀而爲清	澄洪澀而爲清
	涉青霄而升遐兮	涉清霄而升遐兮
	射嶓冢之封狼	射嶓崍之封狼
	婉以連卷兮	婉連卷兮
	臨舊鄉之暗藹	臨舊鄉之諳藹
	天長地久歲不留	天長地遠歲不留
	飄遙神舉逞所欲	飄颻神舉逞所欲
	鶬鶊哀鳴	倉庚哀鳴
	係以望舒	繼以望舒

續表

卷目	尤袤本	贛州本
卷十五 （共40條）	極般遊之至樂	極盤遊之至樂
	苟縱心於物外	苟縱心於域外
卷十六 （共52條）	而良史書之，題以巧宦之目	而良史題之，以巧宦之目
	昔通人和長輿之論余也	昔通人和長輿之論余曰
	灌園粥蔬	灌園鬻蔬
	乃作閑居賦	乃作閑居之賦
	傲墳素之場圃	傲墳素之長圃
	明堂辟廱	明堂辟雍
	石榴蒲陶之珍	石榴蒲桃之珍
	常膳載加	嘗膳載加
	孝武皇帝陳皇后時得幸，頗妬	孝武皇帝陳皇后時得幸，頗妬
	陳皇后復得親幸	皇后復得幸
	心慊移而不省故兮	心爒移而不省故兮
	君曾不肯乎幸臨	君曾不肯兮幸臨
	天漂漂而疾風	天飂飂而疾風
	雷殷殷而響起兮	雷隱隱而響起兮
	飄風迴而起閨兮	飂風迴而赴閨兮
	鸞鳳翔而北南	鸞鳳飛而北南
	爛耀耀而成光	焕爛爆而成光
	惟古昔以懷今兮	惟古昔以懷人兮
	十年之外	十年之内
	乃作賦曰	乃賦曰
	望湯谷以企予	望暘谷之企予
	交何戚而不忘。咨余今之方殆，何視天之芒芒。	交何戚而不亡。咨余命之方殆，何視天之茫茫。
	苟性命之弗殊	苟性命之不殊

續表

卷目	尤袤本	贛州本
卷十六 （共52條）	毒娛情而寡方	毒娛情之寡方
	樂隤心其如忘	樂隕心其如亡
	墳壘壘而接壟	墳纍纍以接隴
	今九載而一來	今九載而來歸
	樂安任子咸	樂安任子咸者
	余遂擬之以叙其孤寡之心焉。	余遂擬之以作叙其孤寡之心焉。
	嗟予生之不造兮	嗟余生之不造兮
	撫衾裯以歎息	撫衾幬以歎息
	天凝露以降霜兮	天凝露而降霜兮
	將遷神而安厝	將遷神而安措
	龍輴儼其星駕兮	龍輴儼以星駕兮
	雷冷冷以夜下兮，水潇潇以微凝。	雷冷冷而夜下兮，冰潇潇以微凝。
	意忽悅以遷越兮	意惚悅以遷越兮
	羌低徊而不忍	嗟低徊而不忍
	奉虛坐兮肅清	奉靈坐兮肅清
	代雲寡色	岱雲寡色
	顧弄稚子	右顧稚子
	糧容與而詎前	櫂容與而詎前
	巡曾楹而空捹	巡層楹而空掩
	事乃萬族	事有萬族
	悵飲東都	帳飲東都
	驚駟馬之仰抹	驚駟馬之仰秣
	感寂漠而傷神	咸寂寞而傷神
	至如一赴絕國	至如一去絕國
	決北梁兮永辭	訣北梁兮永辭

卷目	尤袤本	贛州本
卷十六 （共52條）	夏簟清兮晝不暮	夏簟青兮晝不暮
	服食還山	服食還仙
	雖淵雲之墨妙	雖淵雲之墨妙皆
	誰能摹暫離之狀	詎能摹暫離之狀
卷十七 （共35條）	夫放言遣辭，良多變矣	夫其放言遣辭，良多變矣
	良難以辭逮。	良難以辭逐。
	蓋所能言者，具於此云。	蓋所能言者，具於此云爾。
	抱暑者咸叩	抱景者咸叩
	謬玄黃之袟敘	謬玄黃之秩序
	清麗千眠	清麗芊眠
	塊孤立而特峙	塊孤立而恃峙
	徒靡言而弗華	言徒靡而弗華
	徒尋虛以逐微	徒尋虛而逐微
	猶絃么而徽急	猶絃幺而徽急
	固高聲而曲下	固聲高而曲下
	或研之而更精	或研之而後精
	故亦非華說之所能精	亦非華說之所能精
	良余膺之所服	良予膺之所服
	故踸踔於短垣	故踸踔於短韻
	紛威蕤以馺遝	紛葳蕤以馺遝
	攬營魂以探賾，頓精爽於自求。	覽營魂以探賾，頓精爽而自求。
	理翳翳而愈伏，思乙乙其若抽。	理翳翳而愈伏，思軋軋其若抽。
	是以或竭情而多悔	是故或竭情而多悔
	恢萬里而無閡	恢萬里使無閡
	理無微而弗綸	理無微而不綸

續表

卷目	尤裵本	贛州本
卷十七 （共35條）	蒙聖主之渥恩	蒙聖王之渥恩
	夒妃准法	夒襄准法
	佚豫以沸愲	佚豫以沸渭
	狼戾者聞之而不㦧	狼戾者聞之而不對
	鍾期牙曠悵然而愕兮	鍾期牙曠悵然而愕立兮
	嚚頑朱均惕復惠兮	嚚頑朱均惕復慧兮
	故聞其悲聲	故爲悲聲
	蚑行喘息	跂行喘息
	明月爛以施光	明月列以施光
	亢音高歌爲樂方	亢音高歌爲樂之方
	颭撝合并	颯沓合并
	志若秋霜	志如秋霜
	擾躒就駕	擾攘就駕
	蹌捍凌越	搶捍凌越
卷十八 （共57條）	又性好音	又性好音律
	獨卧郿平陽鄔中	獨卧郿縣平陽鄔中
	作長笛賦	作長笛頌
	冬雪揣封乎其枝	冬雪㯼封乎其枝
	嘄嘄譹譟	嘄嘄謼譟
	於是遊間公子	於是遊閑公子
	正瀏溧以風冽	正瀏漂以風冽
	薄湊會而凌節兮	寒薄湊會而凌節兮
	瞋菌碨抉	瞋菌碨枒
	蚡緼繙紆	蚡緼蟠紆
	挼挐梭臧	挼挐挼臧

續表

卷目	尤袤本	贛州本
卷十八 （共57條）	察變於句投	察度於句投
	曠漢敞罔	曠濭敞罔
	温直擾毅	温直優毅
	繁縟駱驛	繁縟絡繹
	于時也	于斯時也
	溉盥汙濊	溉盥汙穢
	而不知其珍妙	而不知其弘妙
	似元不解音聲	似元不解聲音
	互嶺巉巖，岞崿嶇崟	玄嶺巉巖，岞峈嶇崟
	臨迴江之威夷	臨迵江之威夷
	顧兹梧而興慮	顧兹桐而興慮
	般倕騁神	班倕騁神
	華繪彫琢	華繪彫琢
	華容灼爤	華容灼爍
	粲奕奕而高逝	粲弈弈而高逝
	翕韠曄而繁縟	翕暐爔而繁縟
	飄餘響乎泰素	飄餘響於泰素
	於是器冷絃調	於是器泠絃調
	直而不倨	或直而不倨
	譻若離鵾鳴清池	嚶若離鵾鳴清池
	明嬭瞭慧	明嬭瞭惠
	不能與之閑止	不能與之間止
	非夫放達者	非放達者
	非夫至精者	非至精者
	孰能珍兮	誰能珍兮

卷目	尤袤本	贛州本
卷十八 （共57條）	望鳳儀以擢形	望儀鳳以擢形
	獨向隅以掩淚	獨向隅而掩淚
	先唱噭以理氣	先喟噭以理氣
	慟㯈䌥以奔邀	慟憽䌥以奔邀
	節將撫而弗及	節將撫而不及
	宛其落矣	宛其死矣
	夫其悽戾辛酸	夫其悽唳辛酸
	含嘲嘽諧	含㗅嘽諧
	光歧儷其偕列	光妓儷其階列
	天光重乎朝日	天光重於朝日
	邈娉俗而遺身	邈跨俗而遺身
	踟跦步趾	踟躕步趾
	清激切於笙竽	清激切於竽笙
	中矯厲而慷慨	中矯厲而慨慷
	固極樂而無荒	故極樂而無荒
	或冉弱而柔撓	或冉弱而柔擾
	横鬱鳴而滔涸	横鬱嗚而滔涸
	洌飄眇而清昶	洌繚眺而清昶
	奏胡馬之長思，向寒風乎北朔	奏胡馬之長嘶，迴寒風乎北朔
	蕩埃藹之溷濁	流埃藹之溷濁
	孔父忘味而不食	尼父忘味而不食
卷十九 （共50條）	蓊湛湛而弗止	蓊湛湛而不止
	騰薄岸而相擊兮	勢薄岸而相擊兮
	礫磙磙而相摩兮	礫磈磙而相摩兮
	曾不可殫形……糾枝還會	會不可殫形……枓枝還會

卷目	尤袤本	贛州本
卷十九 （共50條）	丹莖白蔕	朱莖白蔕
	裖陳磑磑	振陳磑磑
	傾崎崕隤	傾崎巖隤
	狀若砥柱，在巫山下。	狀似砥柱，在巫山之下。
	仰視山顛，肅何千千。	仰視山巔，肅何芊芊。
	傾岸洋洋	傾岸洋
	秋蘭茝蕙，江離載菁	秋蘭芷蕙，江蘺載菁
	何節奄忽	弭節奄忽
	王將欲往見	王將欲往見之
	果夢與神女遇……王曰	夢與神女遇……玉對曰
	悵然失志……狀何如也	悵爾失志……狀如何也
	玉曰：茂矣美矣！	王曰：茂矣美矣！
	曄兮如華	爆兮如花
	被華藻之可好兮	被華藻之可好
	眉聯娟以蛾揚兮	眉聯娟似蛾揚兮
	志態橫出	志能橫出
	大夫登徒子侍於楚王	大夫登徒子侍於楚襄王
	王以登徒子之言問宋玉	王以登徒子之言問於宋玉
	東家之子	臣東家之子
	不待飾裝	不待飾粧
	感宋玉對楚王神女之事	感宋玉對楚王說神女之事
	余從京域	余從京師
	容與乎陽林……迺援御者而告之曰	容與乎楊林……爾迺援御者而告之曰
	然則君王所見	則君王之所見也
	穠纖得衷	穠纖得中

卷目	尤袤本	贛州本
卷十九 （共50條）	鉛華弗御	鉛華不御
	願誠素之先達兮，解玉佩以要之。嗟佳人之信脩，羌習禮而明詩。抗瓊珶以和予兮，指潛淵而爲期。	願誠素之先達，解玉佩而要之。嗟佳人之信脩，嗟習禮而明詩。抗瓊珶以和予兮，指潛川而爲期。
	歎匏瓜之無匹兮	歎匏瓜之無匹
	揚輕袿之猗靡兮	揚輕袿之猗靡
	恨人神之道殊兮	恨人神之道殊
	足往神留	足往心留
	悵盤桓而不能去	帳盤桓而不能去
	輯輯和風	習習和風
	亦挺其秀	禾挺其秀
	無下不殖	無下不植
	五是不逆	五緯不愆
	叚生蕃魏國	叚生藩魏國
	萬邦咸震懾	萬邦咸振懾
	孟爲元王傅，傅子夷王及孫王戊	孟爲元王傅，子夷王及孫王戊
	非繇王室	非由王室
	克奉厥緒	剋奉厥次
	照臨下土	臨照下土
	致墜匪嫚	致墜匪慢
	田般于游	出般于游
	水積成淵	水積成川
	勉爾含弘	勉志含弘
卷二十 （共26條）	臣自抱釁歸藩	臣自抱釁歸蕃
	濟濟雋乂	濟濟俊乂
	哀予小臣	哀予小子

續表

卷目	尤袤本	贛州本
卷二十 （共26條）	誰弼予身	誰弼余身
	嗟余小子	嗟予小子
	剖符受土	剖符授玉
	嘗懼顛沛	常懼顛沛
	再寢再興	載寢載興
	列營菜跱	別營菜跱
	謬彰甲吉	繆彰甲吉
	言我寒門來	言我塞門來
	天禄保定	天禄安定
	光我晉祚	光我先祚
	歸客遂海嵎	歸客遂海隅
	業光列聖	業先列聖
	躡蹻獻器	躡屬獻器
	規周矩值	矩周規值
	推轂二崤岨	推轂二崤道
	吉凶如糾纏	吉凶如糾繩
	天地爲我爐	天地爲我鑪
	濫泉龍鱗瀾	濫泉龍鱗澗
	前庭樹沙堂，後園植烏椑。	前庭樹沙棠，後園植烏椑。
	靈囿繁若榴	靈囿繁石榴
	方舟新舊知，對筵曠明牧。	方舟析舊知，對筵曠明牧。
	舉觴衿飲餞	舉觴矜飲餞
	離會雖相親	離會雖相雜
卷二十一 （共18條）	達人共所知	達人所共知
	功成不受賞	功成恥受賞

續表

卷目	尤袤本	贛州本
卷二十一 （共18條）	對珪不肯分	對珪寧肯分
	寥寥空宇中	寥寥空宇内
	酒酣氣益振	酒酣氣益震
	買臣困采樵	買臣困樵采
	英雄有屯邅	英雄有迍邅
	智勇蓋當代	智勇冠當世
	昔醉秋未素	昔辭秋未素
	佳人從此務	佳人從所務
	事遠闊音形	路遠闊音形
	劉靈善閉關	劉伶善閉關
	屢薦不入官	屢薦不入宦
	明星晨未稀	明星辰未稀
	瀚海愁陰生	澣海愁雲生
	所占於此土	所以占此土
	眩然心緜邈	眇然心緜邈
	月盈已見魄	月盈已復魄
卷二十二 （共22條）	纖鱗亦浮沈	纖鱗或浮沈
	峭蒨青葱閒	悄蒨青葱閒
	爽籟警幽律	爽籟驚幽律
	回阡被城闕	迴阡被陵闕
	無此	衾枕昧節候，騫開暫窺臨。
	已覯朱明移	已觀朱明移
	遊子憺忘歸	游子澹忘歸
	長林羅戶穴	長林羅戶庭
	舍舟眺廻渚	舍舟眺迴渚

續表

卷目	尤袤本	贛州本
卷二十二（共22條）	仰聆大壑瀳	仰聆大壑淙
	苕遞陟陘峴	迢遞陟陘峴
	誕曜應神明	誕曜應辰明
	巡駕帀舊坰	巡駕帀舊坰
	蘭野茂稊英	蘭野茂荑英
	春方動辰駕	春方動宸駕
	藐盼覿青崖	藐眄覿青崖
	尊賢永昭灼	尊賢永照灼
	遠樹曖仟仟	遠樹曖阡阡
	地險資嶽靈	險峭資岳靈
	征鳥時相顧	征馬時相顧
	寧止歲云暮	豈止歲云暮
	上谷拒樓蘭	上谷抵樓蘭
卷二十三（共29條）	朔鳥鳴北林	翔鳥鳴北林
	誼草樹蘭房	萱草樹蘭房
	黃金百溢盡	黃金百鎰盡
	子母相拘帶	子母相鉤帶
	素質遊商聲	素質由商聲
	登高望所思	登高有所思
	乃悮羨門子，嗷嗷今自蚩	乃悟羨門子，嗷嗷今自嗤
	弈弈河宿爛	奕奕河宿爛
	子欲居九蠻	孔子欲居蠻
	惻惻中心酸	惻惻心中酸
	昔慙柳下	昔慙柳惠
	理弊患結	理蔽患結

續表

卷目	尤袤本	贛州本
卷二十三 （共29條）	實恥訟免	實恥訟冤
	曾莫能儔	曾莫能壽
	言是客子妻	言是宕子妻
	猴猿臨岸吟	猨猴臨岸吟
	濛籠荆棘生	蒙蘢荆棘生
	帷屏無髣髴	幃屏無髣髴
	千載託旒旌	千歲託旒旌
	幼牡困孤介	幼壯困孤介
	我有云徂	我友云徂
	忠心孔悼	中心孔悼
	度茲永日	庶茲永日
	俾爾歸蕃，爾之歸蕃	俾爾歸藩，爾之歸藩
	爾往孔邈	爾行孔邈
	于異他仇	異于他仇
	歡悦誠未央	歡悦誠未央
	華紛何擾弱	華葉紛擾溺
	冰霜正慘愴	冰霜正慘悽
卷二十四 （共27條）	流焱激櫺軒	流猋激櫺軒
	鴻梟鳴衡扼	鴟梟鳴衡柅
	孤魂翔故城	孤魂翔故域
	變故在斯須	變故在須臾
	君子義休俖	君子義休侍
	世俗多所拘	時俗多所拘
	奐若春華敷	煥若春華敷
	衰夕近辱殆	衰疾近辱殆

續表

卷目	尤袤本	贛州本
卷二十四 （共27條）	借曰未洽	借曰未給
	否泰苟殊	否泰有殊
	陟彼朔垂	陟彼朔陲
	賈長淵以散騎常侍東宮積年	魯公賈長淵以散騎常侍侍東宮積年
	大辰匿耀，金虎習質	火辰匿暉，金虎曜質
	陳留歸蕃	陳留歸藩
	往踐蕃朝	往踐藩朝
	如玉之蘭	如玉如蘭
	佇眅要遐景	佇昈要遐景
	蕭牆隔且深	蕭牆阻且深
	朝遊遊層城	朝游游曾城
	黃潦浸階除	潢潦浸階除
	薄暮不遑瞑	薄暮不遑眠
	逍遙春王圃	逍遙春王圃
	飜飛浙江氾	翻飛游江氾
	譬彼弦與括	譬彼弦與筈
	自我離羣	自成離羣
	乃儀儲宮	羽儀儲宮
	密生化單父	處生化單父
卷二十五 （共36條）	而從之未由	而從之末由
	賦詩申懷	心存目替，賦詩申懷
	何爲空守坻	何爲守空坻
	世士焉所希	世事焉所希
	西城善雅儛	西城善雅舞
	銜恩戀行邁	銜思戀行邁

續表

卷目	尤袤本	贛州本
	感念桑梓城	感念桑梓域
	負杖行吟，則百憂俱至。	塊然獨坐，則哀憤兩集。
	塊然獨坐，則哀憤兩集。	負杖行吟，則百憂俱至。
	當與天下共之	固當與天下共之
	不能不悵恨耳	不能不悵恨爾
	長鳴於良樂	鳴於良樂
	痛心在目	痛在其目
	無此	不慮其敗，唯義是敦
	逝將去乎	逝將去矣
	候人之譏以彰	候人之譏已彰
	廁謙私之歡	廁燕私之歡
卷二十五	靡軀不悔	糜軀不悔
（共36條）	或迫乎茲	或迫于茲
	觸物眷戀	觸物增眷
	良謀莫陳	良謨莫陳
	使是節士	狹是節士
	趣舍罔要	趣舍同要
	承此衝飈	承此衝飈
	潛山隱機	潛山隱几
	萬殊一轍	萬塗一轍
	徒煩飛子御	徒煩非子御
	懷勞奏所成	懷勞奏所誠
	雲臺與年峻	靈臺與年峻
	嚶嚶悦同響	嚶鳴悦同響
	親親子敦予	親親子敦余

續表

卷目	尤袤本	贛州本
卷二十五 （共36條）	殊方咸成貸	殊方感成貸
	含酸赴脩軫	含酸赴脩畛
	旦發清溪陰	旦發青谿陰
	秪足攬余思	祇足攬余思
	鳴嚶已悦豫	嚶鳴已悦豫
卷二十六 （共23條）	歷聽豈多工，唯然覯世哲	歷聽豈多士，唯然覯時哲
	屏居側物變	屏居惻物變
	皇居體寰極	皇居體環極
	惜無爵雉化	惜無雀雉化
	興賦究辭棲	興玩究辭悽
	渌蟻方獨持	綠蟻方獨持
	引顧見京室	引領見京室
	塗塗露晚稀	塗塗露晚晞
	豈如鶄鶴者	豈知鶄鶴者
	脩芒鬱苕嶢	脩芒鬱岩嶤
	百歲孰能要	百年孰能要
	害盈猶矜驕	害盈由矜驕
	爼豆昔嘗聞	爼豆昔常聞
	卷然顧鞏洛	眷然顧鞏洛
	案彎遵平莽	安彎遵平莽
	眇眇孤舟遊	眇眇孤舟逝
	叩栧新秋月	叩栧親月舡
	淄磷謝清曠	緇磷謝清曠
	伊余秉微尚	伊予秉微尚
	苕苕萬里帆	迢迢萬里帆

續表

卷目	尤袤本	贛州本
卷二十六 （共23條）	露物丞珍怪	靈物丞珍怪
	銅陵映碧潤	銅陵映碧潤
	遂登羣峯首	遂登郡峯首
卷二十七 （共45條）	首路蹋險難	首路蹋險艱
	伊穀絶津濟	伊瀔絶津濟
	飛雪督窮天	飛雲督窮天
	獵獵曉風遒	獵獵晚風遒
	靈異俱然棲	靈異居然棲
	交藤荒旦蔓	交藤荒旦蔓
	誰能縝不變	誰能鬂不變
	肅肅戎徂兩	肅肅戒徂兩
	更使豔歌傷	再使豔歌傷
	出浦水淺淺	出浦水濺濺
	但聞所從誰	但問所從誰
	軍人多飫饒	軍中多飫饒
	往返速若飛	往返速如飛
	盡日處大朝	晝日處大朝
	無此	竊慕負鼎翁，願厲朽鈍姿
	惻愴令吾悲	悽愴令吾悲
	一言獨敗秦	一言猶敗秦
	女士滿莊馗	士女滿莊馗
	自非聖賢國	自非賢聖國
	薦饗王衷	以薦王衷
	青青河邊草	青青河畔草
	書上竟何如	書中竟何如

續表

卷目	尤袤本	贛州本
卷二十七 （共45條）	昭昭素月明	昭昭素明月
	朝露行日晞	朝露待日晞
	老大乃傷悲	老大徒傷悲
	皎絜如霜雪	鮮絜如霜雪
	裁爲合歡扇	裁成合歡扇
	涼風奪炎熱	涼颸奪炎熱
	樹木何蕭瑟	樹木何蕭索
	中路正徘徊	中道正徘徊
	歲月如馳	日月如馳
	隨波迴轉	隨波轉薄
	爾獨何辜限河梁	爾獨何辜恨河梁
	知命亦何憂	知命復何憂
	被服光且鮮	被服麗且鮮
	馳馳未能半	馳騁未能半
	我歸宴平樂	歸來宴平樂
	寒鼈炙熊蹯	炮鼈炙熊蹯
	鳴儔嘯匹旅	鳴儔嘯匹侶
	羅衣何飄飄，輕裾隨風還。顧盻遺光采	羅衣何飄飃，輕裾隨風還。顧昐遺光彩
	衆人何嗷嗷	衆人徒嗷嗷
	胡虜數遷移	虜騎數遷移
	以觸文帝諱改焉	以觸文帝諱改之
	其造新曲	其造新之曲
	泣涕濕朱纓	泣涕霑珠纓
卷二十八 （共16條）	汎舟清川渚	汎舟清山渚
	舊齒皆彫喪	舊齒皆凋喪

續表

卷目	尤袤本	贛州本
卷二十八 （共16條）	善哉膏粱士	善哉膏粱士
	宓妃興洛浦	虙妃興洛浦
	蕭蕭宵駕動	蕭蕭霄駕動
	逝矣經天日	遊矣經天日
	喈喈倉庚吟	喈喈倉庚音
	倚杖牧雞狁	倚杖收雞狁
	雨露未嘗晞	雨露未常晞
	渡瀘寧具腓	渡瀘寧具肥
	勝帶宦王城	勝帶官王城
	恍惚似朝榮	悅惚似朝榮
	夙駕驚徒御	夙駕警徒御
	廣霄何寥廓	廣宵何寥廓
	妍姿永夷泯	妍骸永夷泯
	置酒沛宮	置沛宮
卷二十九 （共19條）	此物何足貢	此物何足貴
	馳情整中帶	馳情整巾帶
	聖賢莫能度	賢聖莫能度
	生者日以親	來者日以親
	四五詹兔缺	四五蟾兔缺
	悢悢不得辭	悢悢不能辭
	恩情日以新	思情日以新
	握手一長歡	握手一長歎
	職事相填委	職事煩填委
	南行至吳會	行行至吳會
	日夕宿湘沚	夕宿瀟湘沚

續表

卷目	尤袤本	贛州本
卷二十九 （共19條）	遊魚潛渌水	游魚潛綠水
	襟懷擁靈景	襟懷擁虛景
	心與迴飀俱	心與迴飄俱
	羊質復虎文	羊質服虎文
	丹氣臨湯谷	丹氣臨暘谷
	舍我衡門依	捨我衡門衣
	溪壑無人跡	磎壑無人跡
	商羊舞野庭	商羊儛野庭
卷三十 （共27條）	歎顏難久惊	歎情難久惊
	佳人猶未適	佳人殊未適
	養痾丘園中	養痾亦園中
	中園屏氛雜	園中屏氛雜
	衆山亦對牎	衆山亦當牎
	庶持乘日車	庶特乘日用
	始見西南樓	始出西南樓
	金壺啓夕淪	金臺啓夕淪
	帷帝盡謀選	帷奕盡謀選
	仟眠起雜樹	阡眠起雜樹
	迴瞰蒼江流	迥瞰蒼江流
	相逢詠糜蕪	相逢詠蘪蕪
	生平一顧重	平生一顧重
	故人心不見	故心人不見
	避世不避喧	避世非避喧
	晨趨朝建禮	晨趨游建禮
	高談一何綺	高譚一何綺

卷目	尤袤本	贛州本
卷三十 （共27條）	靡靡江離草	靡靡江蘺草
	人生當幾何	人生當幾時
	苕苕峻而安	迢迢峻而安
	苕苕匪音徽	迢迢匪音徽
	家玉拯生民	家王拯生民
	何言相遇易	莫言相遇易
	紀郢皆掃蕩	宛郢皆掃蕩
	夜聽極星闌	夜聽極星爛
	有優渥之言	故有優渥之言
	鳴葭泛蘭汜	鳴笳汎蘭汜
卷三十一 （共23條）	但營身意遂	但榮身意遂
	訊此倦遊士	諪此倦遊士
	迴車背京里	回車背京理
	鞍馬塞衢路	輿馬塞衢路
	伐木青江湄	伐木清江湄
	蟻壤漏山河	蟻壤漏山阿
	朝馳左賢陣	朝驅左賢陣
	渥手淚如霰	握手淚如霰
	秋蘭被幽涯	秋蘭被幽崖
	朱宮羅第宅	夾宮羅第宅
	蒼蒼中山桂，團圓霜露色。	蒼蒼山中桂，團團霜露色。
	嚴風吹若莖	嚴風吹枯莖
	去鄉三十載	去鄉二十載
	秋月照簾籠	秋月映簾櫳
	永懷寧夢寐	永懷寄夢寐

續表

卷目	尤袤本	贛州本
卷三十一 （共23條）	索居慕疇侶	索居慕儔侶
	時或苟有會	時哉苟有會
	理足未常少	理足未嘗少
	綠竹蔭閑敞	綠竹陰閑敞
	重陽集清氣	重陽集清氛
	岩亭南樓期	岿亭南樓期
	旺謠響玉律	萌謠響玉律
	晨上成皋坂	晨上城皋坂
卷三十二 （共17條）	扈江離與辟芷兮	扈江蘺與辟芷兮
	紉秋蘭以爲佩	紐秋蘭以爲佩
	何不改此度也	何不改其此度也
	荃不察余之忠情兮	荃不察余之中情兮
	雜杜衡與芳芷	雜杜蘅與芳芷
	衆女嫉余之娥眉兮	衆女嫉余之蛾眉兮
	忳鬱邑余侘傺兮	忳鬱悒余侘傺兮
	脩繩墨而不陂	脩繩墨而不頗
	曾歔欷余鬱邑兮	曾歔欷余鬱悒兮
	路曼曼其脩遠兮	路漫漫其脩遠兮
	閨中既邃遠兮	閨中既以邃遠兮
	勉遠逝而無疑兮	勉遠逝而無狐疑兮
	覽察草木其獨未得兮	覽察草木其猶未得兮
	揚雲霓之晻藹兮	揚志雲霓之晻藹兮
	鳳皇翼其乘旂兮	鳳皇翼其承旂兮
	穆將愉兮上皇	穆將偷兮上皇
	繚之兮杜衡	繚之兮杜蘅

續表

卷目	尤袤本	贛州本
卷三十三 （共23條）	杳冥冥兮羌晝晦	杳杳冥冥兮羌晝晦
	旦余濟兮江湘	旦余濟乎江湘
	邸余車兮方林	低余車兮方林
	苟余心其端直兮	苟余其端直兮
	將突梯滑稽	突梯滑稽
	吁嗟嘿嘿兮	于嗟嘿嘿兮
	聖人不凝滯於物	聖人不凝滯於萬物
	坎廩兮	坎壈兮
	收恢炱之孟夏兮	收恢台之孟夏兮
	羌無以異於眾芳	嗟無以異於眾芳
	后土何時而得乾	后土何時兮得乾
	鼌鴈皆唼夫梁藻兮	鼌鴈皆唼夫梁藻兮
	上帝其命難從	上帝其命難去從
	恐後之謝，不能復用巫陽焉	恐後謝之，不能復用巫陽焉
	得人肉而祀	得人肉以祀
	懸人以娭	懸人以嬉
	敦脄血拇	敢脄血拇
	結琦璜些	結奇璜些
	挈黃粱些	挈黃粱些
	涉江采蔆	涉江採菱
	時不見淹	時不可淹
	偃謇連卷兮	偃蹇連卷兮
	人上慓	人上慄
卷三十四 （共11條）	燀爍爇暑	燀爍熱暑
	往來游醮，縱恣于曲房隱間之中	往來游譙，縱恣乎曲房隱間之中

卷目	尤袤本	贛州本
卷三十四 （共11條）	麥秀蘄兮雊朝飛	麥秀漸兮雊朝飛
	肥猗之和	肥狗之和
	後類距虛	後類駏虛
	於是伯樂相其前後	於是伯樂相其前
	羽毛肅紛	羽旄肅紛
	使之論天下之釋微	使之論天下之精微
	獨馳思於天雲之際	獨馳思乎天雲之際
	志飄颻焉	志飄飄焉
	未暇居此也	未暇此居也
卷三十五 （共26條）	飛礫起而灑天	飛礫起而麗天
	於是登絶巘	於是登絶巘
	零雪寫其根	雲雪寫其根
	揮危絃則涕流	揮危絃則流涕
	琁臺九重	旋臺九重
	焦蜆飛而風生	焦蜆飛而生風
	遡蕙風於衡薄	遡惠風於蘅薄
	榜人奏采菱之歌	榜人奏采薐之歌
	臨芳洲兮拔靈芝	臨芳洲兮拔雲芝
	畫長豁以爲限	畫長壑以爲限
	雲迴風烈	雲迴風列
	無此	聲動響飛，形移景發。
	賁石逞技	賁石逞伎
	浮綵豔發	浮彩豔發
	形震薜蜀	形震薜燭
	子豈能從我而御之乎	子豈從我而御之乎

卷目	尤袤本	贛州本
卷三十五（共26條）	婁子之豪不能厠其細	婁子之毫不能厠其細
	罔不率俾	莫不率俾
	刑措不用	刑錯不用
	分裂諸夏	連帶城邑
	群后失位	羣后釋位
	造我京畿	造其京畿
	張繡稽服	張繡稽伏
	求逞所欲	求所逞欲
	箄于白屋	單于白屋
	繫二國□是賴	繫二國之是賴
卷三十六（16）	六百之袟	六百之秩
	若乃交神圯上	若乃神交圯上
	撫事懷人	撫跡懷人
	游九京者	游九原者
	開元自本者乎	開源自本者乎
	良以食爲民天	良以食惟民天
	貿遷通其有亡	戀遷通其有無
	世代滋多	世代兹多
	紹遷革之運	昭遷革之運
	省繇慎獄	省徭慎獄
	若閑冗畢弃	若閑冗卑弃
	是以賈誼有言	是以賈誼言
	五霸殊風而並列	五霸殊風而並烈
	厥獎兹多	厥獎滋多
	斲雕刓方	彫斲刓方

續表

卷目	尤袤本	贛州本
卷三十六（16）	頗常觀覽	頗嘗觀覽
卷三十七（共36條）	維嶽降神	惟岳降神
	掌技者之所貪	掌伎者之所貪
	無可觀采	必無可觀采
	以昭陛下平明之理	以昭陛下平明之治
	當獎帥三軍	當帥將三軍
	至於斟酌損益……責攸之、褘、允等咎，以章其慢。	至於斟酌規益……若無興德之言，則戮允等，以章其慢。
	陛下亦宜自課	陛下亦宜自謀
	臣不勝受恩感激。今當遠離	臣不勝受恩感，當遠離
	欲以除害興利	欲以除患興利
	臣之事君，必以殺身靜亂	臣之事君，必殺身靜亂
	伏見先武皇帝武臣宿兵	伏見先帝武臣宿兵
	猶習戰也	由習戰也
	必知爲朝士所笑	知必爲朝士所笑
	以藩屏王室	以蕃屏王室
	群后百僚	群臣百僚
	臣伏自思惟，豈無錐刀之用	臣伏自惟省無錐刀之用
	若臣爲異姓	若以臣爲異姓
	徒虛語耳	徒虛語爾
	然終向之者	終向之者
	使有不蒙施之物。有不蒙施之物	使有不蒙施之物
	誠在寵過	誠在過寵
	以禮終始	以禮始終
	臣少多疾病	臣多疾病

續表

卷目	尤袤本	贛州本
卷三十七（共36條）	既無伯叔	既無叔伯
	辭不赴命	辭不赴會
	報養劉之日短也	報劉之日短也
	不知所裁。臣機頓首頓首，死罪死罪	不知所裁
	臣本吳人，出自敵國	臣本出自敵國
	岐嶇自列	崎嶇自列
	臣琨臣碑	臣琨臣匹碑
	臣琨臣碑	臣琨臣匹碑
	齊有無知之禍	是以齊有無知之禍
	杖大順以肅宇内	仗大順以肅宇内
	百揆時敘於上	百揆時序於上
	臣琨臣碑	臣琨臣匹碑
	臣琨臣碑	臣琨臣匹碑
卷三十八（共29條）	洋洋之義	洋洋之美
	不悟徼時之福，遭遇嘉運。先帝龍興，乘異常之顧	不悟邀時之福，遭遇嘉運。先帝龍興，垂異常之顧
	出總六軍	出領六軍
	復以臣領中書，臣領中書	復以臣領中書
	則雖死之日	誠則雖死之日
	義聲弗聞	義聲不聞
	謹拜表以聞。臣某云云	謹拜表以聞
	王教所先	王化所先
	前軍將軍臣穆之	前軍將軍臣劉穆之
	未有寧濟其事者矣	未有寧濟其事者
	被臺□召	被臺司召
	世祖武帝情等布衣	世祖武皇帝情等布衣

卷目	尤袤本	贛州本
卷三十八 （共29條）	偶識量己	偏識量己
	鉅平之懇誠必固	鉅平之懇誠彌固
	奉表以聞，臣諱誠惶誠恐	奉表以聞
	臣雲頓首頓首，死罪死罪	臣雲
	徒失貧賤	徒知貧賤
	示民同志	示同民志
	顧己反躬	顧己及躬
	臣雲頓首頓首，死罪死罪	臣雲
	謹奉表以聞。臣雲誠惶以下	謹奉表以聞
	五聲倦響	而五聲倦響
	年三十五，字僧孺	年三十五
	不任下情云云	不任下情
	苟遂愚誠耳	苟遂愚誠爾
	不勝丹慊之至，謹詣闕拜表以聞。臣誠惶誠恐以下。	不任丹慊之至，謹詣闕拜表以聞。臣誠惶誠恐。
	則義刑社稷	則義形社稷
	致之者反蒙嘉嘆	置之者反蒙嘉歎
	言不自宣。臣誠惶已下	言不自宣
卷三十九 （共61條）	昔穆公求士	昔者穆公求士
	穆公用之	而穆公用之
	此四君者	此上四君
	向使四君却客而弗納，踈士而弗用……有和隨之寶	向使四君却客而不納，踈士而不與……有和氏之寶
	而陛下悅之，何也	而陛下悅之
	西蜀丹青不爲采	蜀之丹青不爲采
	而歌呼嗚嗚快耳者	而歌嗚嗚快耳者

卷目	尤袤本	贛州本
	今棄叩缶擊甕而就鄭衛……快意當前	今棄擊甕而就鄭衛……快意之當前
	使天下之士退而不敢西向	使天下之士退而不敢西
	内自虛而外樹怨諸侯	内自虛而外以樹怨諸侯
	臣聞秦倚曲臺之宫	臣聞秦倚曲臺之官
	救兵不至	救兵不止
	則無國而不可奸	則無國而不可干
	尤悦大王之義	尤説大王之義
	昔玉人獻寶	昔者玉人獻寶
	是以箕子陽狂	是以箕子佯狂
	毋使臣爲箕子	無使臣爲箕子
	籍荆軻首以奉丹事	藉荆軻首以奉丹之事
	是以蘇秦不信於天下	是以蘇秦不信天下
卷三十九（共61條）	人惡之於魏文侯	中山人惡之於魏文侯
	以移主上之心	以移人主之心
	故百里奚乞食於路，穆公委之以政	故百里奚乞食於道路，繆公委之以政
	甯戚飯牛車下	甯戚飯牛於車下
	此二人豈素宦於朝	此二人者豈素宦於朝
	夫以孔墨之辯	夫以孔翟之辯
	垂明當世	垂名當世
	則五霸不足侔，三王易爲比也。是以聖王覺悟，捐子之之心，而不悦田常之賢。	則五伯不足侔，而三王易爲比也。是以聖王覺悟，捐子之之心，而不説田常之賢良。
	誠嘉於心	誠加於心
	則桀之猗可使吠堯	則桀之犬可使吠堯
	以暗投人於道	以暗投人於道路
	以信荆軻之説，而匕首竊發	信荆軻之説，而匕首竊發

卷目	尤袤本	贛州本
	周文獵涇渭	周文王獵涇渭
	馳域外之義，獨觀於昭曠之道也。今人主沉諂諛之辭	馳域外之議，獨觀於昭曠之道也。今人主沈於諂諛之詞
	砥厲名號者	砥礪名號者
	力不得用	力不得施用
	禍固多藏於隱微	禍故多藏於隱微
	忠臣不避重誅以直諫……臣乘願披心而效愚忠	忠臣不避重誅以置直諫……臣乘願披心腹而效愚忠
	變所欲爲	變所以欲爲
	弊无窮之極樂	敝無窮之樂
	百步之內耳	乃百步之內耳
	禍何自來	禍何自來哉
	手可擢而抓	手可擢而拔
卷三十九（共61條）	臣願大王熟計而身行之	臣願王熟計而身行之
	滅其社稷而并天下，是何也？則地利不同而民輕重不等也。	滅其社稷而并天下者，何也？則利不同而民輕重不等也。
	國之大小	國之小大
	是大王威加於天下	是大王之威加於天下
	漢知吳有吞天下之心	漢知吳之有吞天下之心
	以偪滎陽	以備滎陽
	伏願大王暫停左右	伏願王蹔停左右
	何常不局影凝嚴	何嘗不局影凝嚴
	身恨幽圄	身限幽圄
	是以每一念來	每以一念來
	泣盡而繼之以血也	泣盡而繼之以血者也
	夫魯連之智	夫以魯連之智

續表

卷目	尤袤本	贛州本
卷三十九 （共61條）	照景飲醴而已	昭景飲醴
	蚩鄙已彰	蚩鄙已影
	忠遘身危	忠構身危
	謹奉啓事以聞	謹奉啓以聞
	君於品庶	昉於品庶
	限没廢晨昏之半	限役廢晨昏之半
	謹奉啓事陳聞	謹以啓事陳聞
卷四十 （共36條）	明罰斯在	明罰在斯
	率屬義勇	率勵義勇
	受命致討	受命致罰
	臣謹奉白簡以聞云云	臣謹奉白簡以聞
	伯又奪寅息逡婢緑草……輒攝整亡父舊使奴海蛤到臺辯問……整兄弟未分財之前……整規當伯還……失車欄子夾杖龍牽等……法志等四人，于時在整母子左右……列孃去二月九日夜……列孃被奪	又奪寅息逡婢緑草……輒攝整父舊使奴海蛤到臺辨問……兄弟未分財之前……整規當伯行還……云失車欄子龍牽等……法忠等四人，于時在整子母左右……列稱娘去二月九日夜……列稱被奪
	閭閻闒茸	閭閻闒茸
	請以見事免整所除官……婢采音不歆偷車龍牽……及諸連逮……臣昉云云，誠惶誠恐，以聞。	請以見事免整新除官……婢采音不歆偷車闌龍牽……及連逮……臣昉誠惶誠恐，頓首頓首，死罪死罪，稽首以聞。
	升降窳隆	升降窊隆
	臣實儒品	臣實懦品
	而托姻結好	而托姻結
	以爲娉禮	以爲聘禮
	潘陽之睦	潘楊之睦
	源即主	源即罪主
	薰蕕不雜	薰不蕕雜

續表

卷目	尤袤本	贛州本
卷四十 （共36條）	脩死罪死罪	脩死罪
	目周章於省覽	自周章於省覽
	歸增其貌者也	歸憎其貌者也
	然而弟子箝口	弟子拑口
	廣求異妓	廣求異妓
	哀音外激	哀聲外激
	優游轉化	優游變化
	君侯體高世之才	君侯體高俗之材
	歲不我與	歲不與我
	休息篇章之面	休息篇章之圃
	實不復若平日之時也	實不復若平生之時也
	猶欲觸匈奮首	猶欲觸胷奮首
	固非質之所能也	固非質之能也
	顯左右之勤也	願左右之勤也
	呂尚磻溪之漁者	呂尚磻磎之漁者
	今大魏之德……登箕山而揖許由	大魏之德……登箕山以揖許由
	盼睞成飾	眄睞成飾
	不勝荷戴屏營之情	不勝荷戴屏營之至
	奉被還命	被還命
	居今觀古	以今觀古
	猥見採擢，無以稱當	猥煩大禮，何以當之
	補吏之召	補吏之日
卷四十一 （共48條）	出天漢之外	出大漢之外
	故陵不免耳	故陵不得免耳
	有所爲也	有爲也

卷目	尤袤本	贛州本
	切慕此耳	竊慕此耳
	是以獨鬱悒而與誰語	是獨鬱悒而誰與語
	女爲説己者容	女爲悦己者容
	夫以中才之人……奈何令刀鋸之餘薦天下豪俊哉	夫中才之人……奈何令刀鋸之餘薦天下之豪俊哉
	外之，又不能備行伍	外之不能備行伍
	僕常厠下大夫之列，陪外廷末議	僕亦常厠下大夫之列，陪奉外廷末議
	不以此時引維綱	不以此時引綱維
	所殺過半當	所殺過當
	旃裘之君	氈裘之君
	然陵一呼勞	然李陵一呼勞
	能得人死力	能得人死力
卷四十一（共48條）	左右親近	視左右親近
	而世又不與能死節者	而世俗又不能與死節者次比
	或重於太山	死或重於太山
	故有畫地爲牢	故士有畫地爲牢
	夫人不能早自裁繩墨之外	夫人不能早裁繩墨之外
	古者富貴而名摩滅	古者富貴而名磨滅
	大底聖賢發憤之所爲作也	大底賢聖發憤之所爲作也
	此人皆意有鬱結	此人皆意有所鬱結
	亦欲以究天人之際……已就極刑而無愠色。僕誠以著此書，藏諸名山。	亦欲以究天地之際……是以就極刑而無愠色。僕誠已著此書，藏之名山。
	僕以口語遇此禍，重爲鄉黨所笑，以汙辱先人，亦何面目復上父母丘墓乎？	僕以口語遇遭此禍，重爲鄉里所戮笑，以污辱先人，亦何面目復上父母之丘墓乎？
	寧得自引於深藏岩穴邪	寧得自引深藏巖穴邪
	適足取辱耳	祇足取辱耳

續表

卷目	尤袤本	贛州本
卷四十一 （共48條）	默而自守	黙而息乎
	又不能與羣僚并力	又不能與羣僚同心并力
	豈得全其首領	豈意得全首領
	竊自念	竊自思念
	常恐困乏者	常恐之困乏者
	惟有會稽盛孝章尚存	惟會稽盛孝章尚存
	此子不得永年矣	此子不得復永年矣
	吾祖不當復論損益之友	是吾祖不當復論損益之友
	或能譏評孝章	或能譏平孝章
	正之術	正之之術
	臨難而王不拯	臨溺而王不拯
	而爲滅族之計乎	而爲族滅之計乎
	若以子之功高	若以子之功
	辭多不可一一，粗舉大綱	辭多不可一二，粗舉大綱
	一人揮戟，萬夫不得進	一夫揮戟，萬人不得進
	敘王師曠蕩之德	序王師曠蕩之德
	有此武功	有此武功焉
	焉有星流景集，飇奪霆擊	未有星流景集，飇奮霆擊
	仰司馬、楊、王遺風	仰司馬、楊、王之遺風
	夫綠驥垂耳於林埛	夫騄驥垂耳於埛牧
	及整蘭筋	及其整蘭筋
	顧盼千里	顧眄千里
卷四十二 （共52條）	匪有陰構噴赫之告……實爲安人所構會也	匪有陰構賁赫之告……實爲佞人所構會也
	孤之薄德	孤以薄德
	光武指河而誓朱鮪	光武指河而誓朱緒

卷目	尤袤本	贛州本
卷四十二 （共52條）	以至九江	以並九江
	更無以威脅重敵人	更無以威脅重敵人之心
	漢隗囂納王元之言	隗囂納王元之言
	願君少留意焉	願仁君少留意焉
	不忍加罪	忍不加罪
	所謂小人之仁，大仁之賊	所謂小人之仁，大人之賊
	以應詩人補袞之歎	是以應詩人補袞之歎
	五月十八日	五月二十八日
	足下所治僻左	足下所理僻左
	別來行復四年	別來復四年
	況乃過之	況及過之
	鮮能以名節自立	鮮皆能以名節自立
	恬恢寡欲	恬淡寡欲
	著中論二十餘篇	著中論二十篇
	仲宣續自善於辭賦	仲宣獨自善於辭賦
	自一時之儁也……然恐吾與足下不及見也	亦一時之儁也……恐吾與足下不及見也
	至通夜不瞑……光武言年三十餘	至乃通夜不瞑……光武有言年已三十餘
	古人思炳燭夜遊	古人思秉燭夜遊
	頗復有所述造不	頗復有所述造否
	私所仰慕	私所慕仰
	猶復不能飛軒絕跡	猶復不能飛騫絕跡
	反爲狗也	反爲狗者也
	前書嘲之	前有書嘲之

續表

卷目	尤袤本	贛州本
卷四十二 （共52條）	吾亦不能忘嘆者，畏後世之嗤余也。世人之著述，不能無病。僕常好人譏彈其文有不善者	吾亦不能妄歎者，畏後世之嗤余也。世人著述，不能無病。僕常好人譏彈其文有不善
	乃可以論其淑媛	乃可以論於淑媛
	有龍泉之利，乃可以議其斷割。	有龍淵之利，乃可以議於斷割。
	可無息乎	可無歎息乎
	吾雖德薄	吾雖薄德
	留金石之功	流金石之功
	恃惠子之知我也	待惠子之知我也
	書不盡懷。植白。	書不盡懷。曹植白。
	雖燕飲彌日	雖讌飲彌日
	若夫觴酌陵波於前，簫笳發音於後，足下鷹揚其體，鳳歎虎視。	若夫傷酌陵波於前，簫笳發音於後，足下鷹揚其體，鳳觀虎視。
	豈非吾子壯志哉	豈非君子壯志哉
	良久無緣	良無由緣
	可令意事小吏	可令意事小史
	和氏無貴矣	和氏而無貴矣
	夫君子而知音樂，古之達論謂之通而蔽。墨翟不好伎，何爲過朝歌而迴車乎？足下好伎，值墨翟迴車之縣，想足下助我張目也。又聞足下在彼，自有佳政。夫求而不得者有之矣，未有不求而得者也。	夫君子而不知音樂，古之達論謂之通而蔽。墨翟不好妓，何爲過朝歌而迴車乎？足下好妓，而正值墨氏迴車之縣，想足下助我張目也。又聞足下在彼，自有佳政。夫求而不得者日有之矣，未有不求而自得者也。
	傾海爲酒	欲傾海爲酒
	靈鼓動於座右	靈鼓動於座左
	作者之師也	作者之師表也
	何但小吏之有乎	何但小史之有乎
	昨者不潰	昨者不遺

卷目	尤袤本	贛州本
卷四十二 （共52條）	故使鮮魚出於潛淵	故使鮮魚出自潛淵
	聊爲大弟陳其苦懷耳	聊與大弟陳其苦懷耳
	發於瘖瘖	發於瘖痲
	欲州郡崇禮，官師授邑	欲令州郡崇禮，師官授邑
	無或游言	無成游言
	故不復爲書。慎夏自愛。璩白。	不復爲言。慎夏自愛。璩報。
卷四十三 （共29條）	吾不如嗣宗之賢	以不如嗣宗之賢
	又不喜作書	不喜作書
	足下見直木必不可以爲輪	足下見直木不可以爲輪
	時與親舊叙闊	時與親舊叙離闊
	千里相望	則千里相望
	未有如今日之盛者也	未有如今之盛者也
	崇城自卑	崇城遂卑
	羽檄燭日	羽校燭日
	按轡而欺息也	按轡而欺息者也
	奏韶舞於聾俗	奏韶武於聾俗
	恢維宇宙，斯亦吾之鄙願也	恢廓宇宙，斯亦吾人之鄙願也
	仰蔭棲鳳之林	仰蔭游鳳之林
	沈迷猖獗	沈迷猖蹶
	將軍之所知，不假僕一二談也	此將軍之所知，非假僕一二談也
	況偶虁昏狡	況偶虁昏狡
	感平生於疇日	感生平於疇日
	弔民洛汭	方弔民洛汭
	青簡尚新，而宿草將列	青簡尚，而宿草將列
	或脱編	傳或間編

卷目	尤袤本	贛州本
卷四十三 （共29條）	則有魯國桓公	則魯國桓公
	若立辟雍封禪巡狩之儀	若立辟廱封禪巡狩之儀
	試左氏可立不	試左氏可立否
	其爲古文舊書	爲古文舊書
	然孝宣帝猶復廣立穀梁春秋	然孝皇帝猶復廣立穀梁春秋
	豈期終始參差	豈有終始參差
	偶吹草堂	竊吹草堂
	或歎幽人長往	或歌幽人長往
	青松落陰，白雲誰侶？磵石摧絶無與歸……蕙帳空兮夜鵠怨	青松落蔭，白雲誰侶？澗戶摧絶無與歸……蕙帳空兮夜鶴怨
	磵愧不歇。秋桂遺風	澗愧不歇。秋桂遺風
卷四十四 （共10條）	領兗州刺史	太守領兗州刺史
	加其細政苛慘	加其細政慘苛
	過聽而給與	過聽給與
	有威有名	有威有名者
	征鼓一動	鉦鼓一動
	舉事來服	舉縣來服
	此皆諸君所備聞也	此皆諸公所備聞也
	必將崇論呟議	必將崇論閎議
	内之則時犯義侵禮於邊境	内之則犯義侵禮於邊境
	於是諸大夫茫然喪其所懷來……遷延而辭避。	於是諸大夫芒然喪其所懷來……遷延而辭退。
卷四十五 （共38條）	國中屬而和者不過數十人……是其曲彌高	國中屬而和者數十人……是以其曲彌高
	翺翔乎杳冥之上	足亂浮雲翺翔乎杳冥之上
	夫世俗之民	世俗之民

卷目	尤袤本	贛州本
卷四十五（共38條）	不可勝記	不可勝數
	外有倉廩	外有廩倉
	聖帝德流，天下震懾。諸侯賓服	聖帝流德，天下震懾。諸侯賓服，威振四夷
	雖有聖人	茴雖有聖人
	酈食其之下齊	漢用酈食其之下齊
	是遇其時者也……發其音聲哉	是遇其時也……發其音聲者哉
	人有嘲雄以玄之尚白	人有嘲雄以玄尚白
	細者入無間	纖者入無倫
	往昔周網解結	往者周網解結
	後椒塗	後陶塗
	天下之士	是以天下之士
	人人自以爲皋陶	人人自以爲皋縣
	或立談而封侯	或立談間而封侯
	魏之亡命也，折脅摺髂	魏之亡命者也，折脅拉髂
	故有造蕭何之律於唐虞之世，則惶矣。	故有造蕭何律於唐虞之世，則誖矣。
	有建婁敬之策於成周之世，則乖矣。	建婁敬之策於成周之世，則繆矣。
	則狂矣	則在戾
	雖其人之瞻智哉……若夫藺生收功於章臺	雖其人之瞻智哉……若夫藺先生收功於章臺
	前列之餘事耳。	前烈之餘事耳。
	躬帶冕之服	躬帶紱冕之服
	遇時之容	偶時之會
	風移俗易	移風易俗
	夕爲顛領	夕而顛領
	譬猶草木之植山林	譬猶草木之殖山林

續表

卷目	尤袤本	贛州本
卷四十五 （共38條）	顏潛樂於簞瓢	顏淵樂於簞瓢
	隋侯之珠	隨侯之珠
	眪庭柯以怡顏	昐庭柯以怡顏
	農人告余以春兮	農人告余以春
	所以風天下而正夫婦也	所以風化天下而正夫婦也
	不可復知	弗可復知
	其餘皆即用舊史……諸所諱避……危行言遜，以避當時之害……然春秋何始於魯隱公……所以彰往考來……子路使門人爲臣……射不在三叛之數	其餘則皆即用舊史……起義在彼……諸所諱辟……危行言孫，以辟當時之害……然則春秋何始於魯隱公……所以章往考來……子路欲使門人爲臣……射亦不在三叛之數
	蔚爾麟集	蔚爾鱗集
	而魏以交襌比唐虞	而魏氏以交襌比唐虞
	百木幾於萬株	栢木幾於萬株
	多養魚鳥	多養鳥魚
卷四十六 （共36條）	而琴之感以末	琴之感以末
	斗筲可以定烈士之業。	斗筲可以定烈士之業。言遇時也。
	立于廟門之下	立乎廟門之下
	自下財物者哉	自下裁物者哉
	登帝大位	登帝天位
	亡己事之已拙	忘己事之已拙
	身逾逸而名逾劭	身愈逸而名愈劭
	則宅之於茂典	則擇之於茂典
	廷帷接柘	延帷接柘
	宗固磐石，跨掩昌姬	宗固磐石，跨躧昌姬
	令聞令望	令問令望
	歲時於外府	歲貢於外府

卷目	尤袤本	贛州本
卷四十六 （共36條）	厚倫正俗	序倫正俗
	綏旂卷悠悠之旆	綏旌卷悠悠之旆
	歷草孳	歷草滋
	式道執殳	戒道執殳
	建旗拂霓	建旗拂蜆
	絶景遺風之騎	絶景追風之騎
	金炮在席	金匏在席
	海内冠冕	爲海内冠冕
	體三才之茂，踐得二之機	體三才之茂典，踐得二之庶機
	人倫以表	人倫異表
	匠者何。自咸洛不守	匠者何工，自函洛不守
	有詔廢毀舊塋	有詔毀發舊塋
	衣冠禮樂在是矣	衣冠禮樂盡在是矣
	昔毛玠之公清	昔毛玠之清公
	以愍侯始終之職	以愍始終之職
	齊臺初建	齊臺既建
	鎮國將軍	鎮軍將軍
	允資望實	允兹望實
	復以本官領國子祭酒	復官領國子祭酒
	工女寢機而已哉	功女寢機而已哉
	故以痛深衣冠	故痛深衣冠
	一昐之榮	一面之榮
	曾何足云，曾何足云	曾何足云
	爲如干秩，如干卷，所撰古今集記、今書七志，爲一家言	爲如干卷，所撰古今集記、今書七志，爲一家之言

續表

卷目	尤袤本	贛州本
卷四十七（共23條）	忽若簀氾晝塗	忽若簀氾晝塗
	故服絺綌之涼者	故服絺綌之涼者
	甯戚飯牛	甯子飯牛
	乃奮袂攘襟	乃奮袂攘衿
	梁王昌邑彭越	梁王昌彭越
	無競維人	無競惟人
	嘉慮四廻	嘉聲四迴
	規主於足	規主以足
	覘機蟬蛻	覘幾蟬蛻
	大啓淮墳	大啓淮漬
	身終下蕃	身終下藩
	掩泪悟主	掩淚寤主
	攄武庸城	攄武墉城
	東窺白馬	東規白馬
	周苛慷慨	周苛慷愾
	刑可以暴	形可以暴
	處淪罔憂	處儉罔憂
	遭離不同，迹有優劣	雖遭離不同，且迹有優劣
	保持名節	保持明節
	遭時匪難	遭時不難
	袁煥，字曜卿	袁渙，字曜卿
	公衡仲達	公衡沖達
	臣須顧盼	臣須顧眄
卷四十八（共48條）	自昊穹兮生民	自昊穹之生民
	昆蟲闐澤	昆蟲闐懌

卷目	尤袤本	贛州本
	微夫此之爲符也	微夫斯之爲符也
	意泰山梁甫	意者泰山梁甫
	無此	上帝垂恩儲祉，將以慶成
	或曰：且天爲質闇	或謂：且天爲質闇
	而梁甫罔幾也	而梁父罔幾也
	此天下之壯觀，王者之卒業	斯事天下之壯觀，王者之丕業
	擴之亡窮	擴之無窮
	蜚英聲，騰茂實	飛英聲，騰茂實
	於是天子俙然改容	於是天子沛然改容
	兹亦於舜	兹爾於舜
	媿無以稱職，臣伏惟陛下以至聖之德	位愧無以稱職，臣伏惟陛下至聖之德
	執粹清之道	執粹精之道
卷四十八（共48條）	司馬相如作封禪一篇，以彰漢氏之休。臣常有顛眴病	司馬相如作封禪文一篇，以彰漢氏之休。臣嘗有顛眴病
	上罔顯於羲皇	上罔顯於犧皇
	獨秦屈起西戎	獨秦崛起西戎
	神歇靈繹	神歇靈液
	班乎天下者	班乎天下
	豈知新室委心積意	豈如新室委心積意
	焕炳照曜	炳焕照耀
	布濩流衍而不韞韣	布濩流衍而不韞櫝
	而術前典	而述前典
	禪梁父	廣禪梁甫
	帝者雖勤	帝者雖勤讓
	舊三爲一	奮三爲一
	庶績咸喜	庶績越熙

卷目	尤袤本	贛州本
卷四十八（共48條）	臣對：此贊賈誼過秦篇。云向使子嬰有庸主之才	臣等對曰：此贊賈誼過秦篇。言向使子嬰有庸主之才
	不遺微細……臣固頓首頓首……典而亡實……觀隋和者難爲珍……猶啓發憤滿	不遺細微……臣固頓首……典而無實……觀隨和者難爲珍……猶樂啓發憤懣
	五德初始	五德初起
	其書猶得而修也	其書猶可得而脩也
	以冠德卓絶者	以冠德卓綽者
	縣象闇而恒文乖	懸象闇而恒文乖
	真神明之式也	真聖明之式
	恭揖羣后	恭輯羣后
	並開迹於一匱，同受侯甸之所服	並開迹於一簣，同受侯甸之服
	是故誼士偉而不敦	是故誼士華而不敦
	然猶於穆猗那	亦猶於穆猗郍
	殷薦宗祀配帝	殷薦宗配帝
	匿亡回而不泯	慝亡回而不泯
	至令遷正黜色賓監之事	至於遷正黜色賓監之事
	燔瘞縣沈	燔瘞懸沈
	卓犖乎方州，洋溢乎要荒。昔姬有素雉	卓犖方州，洋溢乎要荒。昔周姬有素雉
	左右相趣	左右相趨
	孔猷先命	孔繇先命
	寤寐次於心	寤寐次於聖心
	憚勑天命也	憚勑天也
	諭咨故老。與之斟酌道德之淵源，看聚仁誼之林藪	俞咨故老。與之斟酌道德之淵源，餚聚仁義之林藪

續表

卷目	尤袤本	贛州本
卷四十九 （共17條）	儒雅則公孫洪	儒雅則公孫弘
	世宗承基，太祖繼業。	軍旅屢動，邊鄙無虧，於是百姓與能，大象始構矣。
	軍旅屢動，邊鄙無虧，於是百姓與能，大象始構矣。	世宗承基，太祖繼業。
	以從善爲衆	以從爲衆
	天網解紐	天綱解紐
	舉二都如拾遺	舉二都如拾遺芥
	以成其福禄者也	以成其福禄也
	而其妃后	而其后妃
	父兄弗之罪也	父兄不之罪也
	知將帥之不讓	而知將帥之不讓
	懷帝承亂之後得位	懷帝承亂得位
	有少如水名者得之。起事者據秦川，西南乃得其朋。案愍帝，蓋秦王之子也，得位於長安。長安，固秦地也。	有少而水名者得之。起事者據秦川，西南乃得朋。按愍帝，蓋秦王之子，得位於長安。固秦地也。
	八十一女御	八十一御女
	險謁不行者也	險詖不行者也
	飾玩華少	飾玩少華
	自古雖主幼時艱	自古雖主幼時難
	並列于篇……則係之此紀	並列乎篇……係之此紀
卷五十 （共20條）	固將有以爲爾……勳賢兼序	固將有以焉爾……勳賢皆序
	至於翼扶王室，皆武人屈起。亦有鬻繒、盜狗、輕猾之徒。	至於翼扶王，皆武人屈起。亦有鬻繒、屠狗、輕猾之徒。
	訖于孝武	迄乎孝武
	即事相權	即以事相權
	故依本第，係之篇末，以志功次云爾。	故依其本第，係之篇末，以志功臣次云爾。

卷目	尤袤本	贛州本
卷五十 （共20條）	豎刁亂齊	則豎刁亂齊
	而其資稍增，中常侍至有十人，小黃門亦二十人	而其員數稍增，中常侍至有十人，小黃門二十人
	朝臣圖議	朝臣國議
	則寵光三族	則光寵三族
	基列於都鄙	棊列於都鄙
	信乎其然矣	信其然矣
	弋人何篡焉	弋者何篡焉
	與卿相等列	羞與卿相等列
	蓋録其絶塵不及	蓋録其絶塵不反
	理或無異	理無或異
	甫乃以情緯文	甫乃以情緯物
	源其飈流所始	原其飈流所始
	義殫乎此	義殫於此
	素縑丹魄	素縑丹珀
	系我皇漢	系我隆漢
卷五十一 （共27條）	率罷散之卒	率罷斃之卒
	雲集而響應	雲會而響應
	陳涉之位，非尊於齊、楚、燕、趙、韓、魏、宋、衛、中山之君也。鋤櫌棘矜，非銛於鈎戟長鎩也。	陳涉之位，不尊於齊、楚、燕、趙、韓、魏、宋、衛、中山之君也。鋤櫌棘矜，不銛於鈎戟長鎩也。
	竊爲先生不取也。蓋懷能而不見，是不忠也……寡人將竦意而聽焉。	竊不爲先生取也。蓋懷能而不見，臣不忠也……寡人將竦意而覽焉。
	或有説於目，順於耳	或有悦於目，而順於耳
	寡人將覽焉	寡人將覽于直焉
	三人皆詐僞	二人皆詐僞
	懼然易容	懼然易容

續表

卷目	尤袤本	贛州本
卷五十一（共27條）	太公釣於渭之陽	太公釣於渭水之陽
	本仁祖誼	本仁祖義
	躬親節儉	躬節儉
	囹圄空虚	囹圄空虚
	僕雖嚚頑……陳愨誠於本朝之上	僕雖頑嚚……陳懿誠於本朝之上
	衝蒙涉田而能致遠	衝蒙涉田而致遠
	感人密深而風移俗易	感人心深而風移俗易
	精練藏於鑛朴	精鍊藏於鑛璞
	民氓所不能命哉	黎氓所不能命哉
	揚君德美	揚君美德
	且觀大化之淳流	觀大化之淳流
	詠歌之不厭	詠歌之不足
	勾踐有種、蠡、渫庸，剋滅彊吴，雪會稽之恥。	句踐有種、蠡、泄庸，剋滅彊吴，雪會稽之恥。
	拔俊茂	拔駿茂
	偃息徜徊乎詩書之門，游觀乎道德之域。咸絜身修思	偃息乎詩書之門，游觀乎道德之域。咸絜身脩德
	宰相刻峭	宰相刻削
	海内樂業	四海樂業
	是以北狄賓洽	是以北狄賓合
	鼓掖而笑	鼓腋而笑
卷五十二（共18條）	而欲闇干天位者也	而欲闇干天位者乎
	豪桀共推陳嬰而王之……卒富貴	豪傑并起共推陳嬰而王之……今卒富貴
	陵爲宰相	陵爲漢宰相
	至乎雜以嘲戲	至於雜以嘲戲

卷目	尤袤本	贛州本
卷五十二 （共18條）	日月逝於上……斯志士之大痛也	日月遊於上……斯亦志士之大痛也
	將以爲以弱見奪	將以爲小弱見奪
	至身死之日	至於身死之日
	而天下所以不能傾動……盤石膠固	而天下所以不傾動……磐石膠固
	猥用朝錯之計	猥用晁錯之計
	紹漢祀於既絕	紹漢嗣於既絕
	奄堅執衡	閹堅執衡
	外無盤石宗盟之助	外無磐石宗盟之助
	強榦弱枝	疆榦弱枝
	必限以小縣之宰	必限小縣之宰
	是聖王安而不逸	是以聖王安而不逸
	蓋君子恥當年而功不立	蓋聞君子恥當年而功不立
	勉精厲操	勉精勵操
	貞純之名章也	貞純之名彰也
卷五十三 （共21條）	世或有謂神仙可以學得	世或有神仙可以學得
	夫爲稼於湯之世，偏有一溉之功者，雖終歸燋爛	夫爲稼於湯世，偏有一溉之功者，雖終歸燋爛
	而外内受敵	而内外受敵
	受病之始也	病之始也
	縱聞養生之事	縱聞養性之事
	既以未效不求	既未效不求
	故運之將隆	故運之所隆
	祅始於夏庭	秪始於夏庭
	然而志士仁人	而志士仁人
	蓋知伍子胥之屬鏤於吳	蓋知伍子胥之钄鏤於吳
	賞罰懸於天道	賞罰懸乎天道

卷目	尤袤本	贛州本
卷五十三 （共21條）	哮闞之羣風驅	哮嚙之羣風驅
	呂蒙之傳	呂蒙之疇
	四民展業于下	四民庶業于下
	以豐功臣之賞。披懷虛己，以納謨士之筭。	豐功臣之賞。披懷虛己，納謨士之筭。
	士變蒙險而致命	士變蒙險而效命
	抑其體國經邦之具	抑其體國經民之具
	其兵練	其民練
	天子總群議	天子總群誼
	逮步闡之亂	建步闡之亂
	寬沖以誘俊乂之謀	寬沖以誘俊人之謀
卷五十四 （共21條）	夫體國經野	夫體國營治
	安上在於悅下	安上在乎悅下
	故諸侯享食土之實	故諸侯饗食土之實
	三代所以直道	蓋三代所以直道
	願法期於必凉	願法期於必諒
	忘萬國之大德	忘經國之大德
	七子衢其漏網	七子衝其漏網
	一夫縱衡	一夫從橫
	有時比迹	有比迹
	因言其致云	因言其致云爾
	夫通生萬物	夫道生萬物
	一化而不易	一作而不易
	並一時之秀士也	並一時秀士也
	亭亭高竦	必亭亭高竦
	徽草木以共彫	候草木以共雕

卷目	尤袤本	贛州本
卷五十四 （共21條）	充仞神州	充牣神州
	成殺逆之禍	成弒逆之禍
	如使仁而無報	若使仁而無報
	今以其片言辯其要趣	今以片言辯其要趣
	未甚東陵之酷	未甚東陵之酷暴
	此生人之所急	此小人之所急
卷五十五 （共8條）	書玉牒而刻鍾鼎	書玉諜而刻鐘鼎
	因此五交	然因此五交
	是以百官佫居	是以百宮佫居
	振網羅雲	振綱羅雲
	是以言苟適事	是以言苟適事
	以續湯谷之晷	以續暘谷之晷
	則夜光與武夫匿耀	則夜光與珷玞匿耀
	漂鹵之威	漂櫓之威
卷五十六 （共22條）	驩不可以黷	歡不可以黷
	惟永元元年秋七月	維永元元年秋七月
	矧茲陝隘	矧茲狹隘
	龍飛黑水	於是龍飛黑水
	雲屯之應	屯雲之應
	銅雀鐵鳳之工	銅爵鐵鳳之工
	或以布化懸法	或以布治懸法
	五夜不分	五行不分
	無得而稱也	無德而稱也
	聚木乖方	叢木乖方
	眼無留眄	眼無留眄

卷目	尤袤本	贛州本
卷五十六 （共22條）	月不遁來，日無藏往。分以符契，至猶影響。	月不知來，日無藏往。分似符契，至猶影響。
	誰謂不庸	誰謂不痛
	與君行止	與軍行止
	孰先殞越	孰先隕越
	楊史君薨	楊使君薨
	投心魏朝	投心外朝
	夕殞其命	夕隕其命
	楊綏，字仲武	楊經，字仲武
	喪服同次	喪服周次
	當此衝焱	當此衝猋
	罔不必隸	罔不必肆
卷五十七 （共21條）	賢良方正徵，仍爲太子舍人	掾賢良方正徵，爲太子舍人
	入侍帝闈	入侍帝闥
	將穿響作，内焚穬火薰之	將穿城響作，因焚穬火薰之
	穀十斛	穀數十斛
	極推小疵	推極小疵
	率屬有方	率勵有方
	精冠白日	精貫白日
	顯誅我帥	顯誅我師
	甘棠不翦	甘棠勿翦
	琅琅高致	硜硜高致
	心焉摧剝	心焉摧割
	司勳頒爵	司勳班爵
	井臼弗任	井臼不任
	有詔徵爲著作郎	有詔徵著作郎

卷目	尤袤本	贛州本
卷五十七 （共21條）	物尚孤生	物尚特生
	糾纏斡流	糾纏斡流
	至方則礙	至方則閡
	以蕃以牧	以藩以牧
	視朔書氛	視朔書氣
	喪過乎哀	喪過于哀
	何皇趣一遇兮目中	何邉趣一遇兮目中
卷五十八 （共17條）	粵九月二十六日	粵九月二十七日
	發慶膺	祥發慶膺
	彼我王風	俾我王風
	在謁無詖	所謁無詖
	宸居長往	宸駕長往
	終配祇而表命	終配祀而表命
	令問顯於無窮	令聞顯於無窮
	降年不永	降言不永
	不遷貳以臨下	不遷怒以臨下
	禁固二十年	禁錮二十年
	潁川陳君，絕世超倫，大位未躋。	潁川郡陳君，絕世超倫，大位未躋。
	懘於臧文竊位之負	懘於文仲竊位之負
	用人言必由於己	用人言必猶於己
	丹楊京輔	丹陽京輔
	不貳心之臣	率不貳心之臣
	永鑒崇替	永監崇替
	群后惺動於下	群后惺慟於下

卷目	尤袤本	贛州本
卷五十九 （共17條）	於是玄關幽捷	於是玄關幽鍵
	紐三王統業	紐三王絶業
	金資寶相	金姿寶相
	身逾遠而名劭	身逾遠而名紹
	戒揚洪烈	式揚洪烈
	南蘭陵人也	南陵人也
	今可得略也	今可得而略也
	振平惠以字小人	振平慧以字小人
	鄧攸之緝熙萌庶	鄧攸之緝熙泯庶
	惠與八風俱翔	慧與八風俱翔
	南顧莫重	南顧莫重千里
	藩司抑而不許	藩司抑而弗許
	載惟話言	載貽話言
	楚囊之情，惟幾而彌固。	楚囊之請，雖幾而彌固。
	虛懷博約	虛懷博納
	膺期誕德	應期誕德
	寂寞楊冢	寂寥楊冢
卷六十 （共24條）	敦悅斯在	敦說斯在
	又奏課連最	又以奏課連最
	而茹戚肌膚	而茹慼肌膚
	武皇帝嗣位……食邑加千户	武帝嗣位……食邑如千户
	允師人範	允歸人範
	萌俗繁滋	萌俗滋繁
	屈以好事之風	屈以好士之風
	乃知大春屈己於五王，君大降節於憲后	乃知大春屈己五王，君大降節憲后

續表

卷目	尤袤本	贛州本
卷六十 （共24條）	導衿襭於未萌	遵衿襭於未萌
	因自喻	因以自喻
	乃殞厥身	乃隕厥身
	芳正倒植	方正倒植
	吁嗟默默	于嗟嘿嘿
	覽德輝而下之	覽德暉而下之
	至小忿怒	至於小忿怒
	於臺堂上施八尺牀，總帳	於臺堂上施八尺牀，張總帳
	月朝十五，輒向帳作妓。汝等時時登銅爵臺	月朝十五日，輒向帳作妓。汝等時時登銅雀臺
	每因禍以禔福	每因禍以提福
	違率土以靖寐	違率土以靜寐
	援貞咎以惎悔	援貞吝以惎悔
	縱鎬漣而	縱鎬漣洏
	銘誌湮滅	銘誌堙滅
	惟有宋五年月日	維有宋五年月日
	如彼樹芳	如彼樹芬

附録五　尤袤本、贛州本義注異文詳情一覽表

凡　例

1. 注文中的助詞、連詞、副詞、曰、云等的有無或用字不同，衹有影響文義或有助於考辨版本關係的，才按異文統計；

2. 常見的異體字、通用字、混刻字等，一般不按異文統計；

3. 因避諱造成的異文，不按異文統計；

4. 以尤袤本《文選》的正文斷句爲準。一個斷句下的注文中若有多處異文，則按一條計，每條異文間用黑色實綫隔開，若同一條異文下有多處異文，則用虛綫隔開。若異文太多，則視情況保留首尾若干句，中間部分用省略號代替；

5. 書名、篇名常用的省略稱謂和通用稱謂，不按異文統計；

6. 爲配合正文斷句的統計工作，作者、篇名等題下注部分的異文不在統計範圍之内；

7. "無此"表示該版本無此句或此段内容；

8. 爲儘可能保持原貌，異文基本照原書謄録。

9.【　】表示某某注，如【薛綜注】表示此句或此段注文爲薛綜注。凡有此符號均表示兩個版本在某段注釋的注者上存在差異，但這種差異多數並非真是注者差異，而是版本流傳過程中人爲造成的李善注與舊注發生的羼亂。

10. "□"代表此處原文是空格。"■"代表此處原文是墨釘。

卷目	尤袤本	贛州本
卷一 （共48條）	興滅國	興廢國
	朱鴈之歌	赤鴈之歌
	襃等數從獵，擢爲諫大夫	數從獵，爲諫大夫
	尊者都舉	尊者所都連舉
	父召，子諾	父召，無諾
	有條有枚	有條有梅
	漢書：幸雍。白麟歌曰	漢白麟歌曰
	高，高祖。漢書張晏曰：爲功最高，而爲漢帝太祖。	漢書高祖張晏曰：以爲功最高，而爲漢帝之祖。
	王莽於五都立均官，更名雒陽、邯鄲、臨淄、宛、城都市長安皆爲五均司市師。	王莽於長安及五都立五均，更名洛陽、邯鄲、臨甾、宛、成都市長爲五均司市稱師。
	正有七帝也。	正有十帝也。
	逴躒，猶超絕也。	卓犖，或作逴躒。
	以三都合爲一賓	以二都合爲一賓
	石渠，已見上文。	三輔故事曰：石渠閣，在大秘殿北，以閣秘書。
	金馬，已見上文。	史記曰：金馬門者，宦者署門，傍有銅馬，故謂之曰金馬門。
	奉常掌禮儀，屬官有五經博士	奉常掌宗廟禮儀，又博士皆屬焉
	棼，已見上文。	説文曰：棼，複屋棟也。
	眴，視不明也。	眩，視不明也。
	服水玉以教神農	服水土以教神農
	周禮：水衡。	周禮：川衡。
	食虎豹	食豹
	高峻之貌也	石高峻之貌也
	左氏傳曰：歸胙於公。	爵作醴。左傳曰：歸胙於公。
	無此	投與揄同

卷目	尤袤本	贛州本
	漢書田肯	漢書婁敬
	婁敬，已見上文。凡人姓名，皆不重見。餘皆類此。	漢書曰：高祖西都洛陽，戍卒婁敬求見，説上曰：陛下都洛不便，不如入關據秦之固。上問張良，良因勸上。是日車駕西都長安。
	故可因遂就宮室	故可因以就宮室
	吾子，相見辭也。	吾子，相親辭也。
	六合，已見上文。	吕氏春秋曰：神通乎六合。高誘曰：四方上下爲六合。
	人鬼之祀	人鬼之禮
	伐殷紂	代殷紂
	然後殷復興也。謂盤庚爲宗	然後殷復興。盤庚爲宗
	人道必矣	人道畢矣
	德洽作樂名雅	德洽作樂名子
卷一（共48條）	諸夏，已見西都賦。	論語子曰：夷狄之有君，不如諸夏之亡也。
	東有囿草	東有圃草
	講武，已見上文。	禮記曰：孟冬之月，天子乃命將帥講武習射御。
	則歲三田	則歲二田
	乘輿，已見上文。	蔡邕獨斷曰：天子至尊，不敢渫瀆，言之故託於乘輿也。
	輅，已見西都賦。	周禮曰：巾車掌玉輅。
	鳳蓋，已見上文。	桓子新論曰：乘車玉爪華芝及鳳皇三蓋之屬。
	和鑾，已見上文。	棽，灑也。周禮曰：巾車掌玉輅。凡馭輅儀以鑾和爲節。鄭玄曰：鑾在衡，和在軾，皆以金鈴也。
	寢或爲祲。穌與和音義通。	祲或作寢。和或作穌，音義通。
	部曲，已見上文。	司馬彪續漢書：將軍皆有部。大將軍營五部，部有校尉一人，部下有曲，曲有軍候一人。

續表

卷目	尤袤本	贛州本
	吾使汝掌乘	我使掌汝乘
	吾爲範我驅馳	吾爲之範我馳驅
	上宗祀光武皇帝	上宗祀武皇帝
	諸夏，已見上文。	論語子曰：夷狄之有君，不如諸夏之亡也。
	張晏曰：帳，帷帳也。	張宴曰：帳，帷帳也。
	百僚，已見上文。尚書曰	尚書曰：百寮師師。又曰
卷一（共48條）	左五鐘皆應之	左右鐘皆應之
	沐浴膏澤，已見西都賦。	史記太史公曰：成王作頌，沐欲膏澤而歌詠勤苦。孟子曰：膏澤下於民。
	防禦，已見上文。	楊雄衛尉箴曰：設置山險盡爲防禦。
	建章、甘泉，已見上文。	漢書：作建章宫度爲千門萬户。又曰：公孫卿曰：仙人好樓居。於是上令甘泉作益壽延壽館。
	游俠，已見上文。	漢書：秦地豪桀則游俠通姦。
	黄帝神名含樞細	黄帝神名含樞紐
	緝熙，已見上文。	又曰：維清緝熙，文王之典。
	休徵，已見上文。	尚書曰：休徵。孔安國曰：敘美行之驗也。
	言公子雅性好博知古事，故學於舊史。舊史，太史掌圖典者也。	爹公子雅好博知古事，故學於舊史。太史掌圖典者也。
	必欲順陽時	必欲順時
	覈，驗也。	無此
卷二（共116條）	作，起也。	無此
	厥田惟中上	厥田中上
	夫筋之所由憺，恒由此作。	夫筋，恒由此作。
	殽、函，已見西都賦。左氏傳曰：以守桃林之塞。按：桃林，弘農，在閺鄉南谷中。	戰國策蘇秦曰：秦東有殽函之固。鹽鐵論曰：秦左殽函。漢書音義韋昭曰：函谷關。左氏傳曰：殽有二陵。
	開其上，足蹋離其下	問其上，走蹋離其下
	小華之山	少華之山
	坤元之道	神元之道

卷目	尤袤本	贛州本
卷二 （共116條）	廣雅曰：隘，狹也。	廣雜曰：隘，狹也。
	美陽縣界	美楊縣界
	陳倉北坂城	陳倉坂城
	二山名也。	終南、太一，二名也。隆崛之類皆山形容也。
	至于鳥鼠	無此
	不得爲一山明矣	山明矣
	山形容也。	無此
	杜陵、鄠縣，言終南、太一含裹之。	無此
	灃、鎬，二水名也，已見西都賦。	世本曰：武王在酆、鄗。杜預左氏傳注曰：酆在始平鄠縣東。説文曰：鎬在上林苑中。鎬與鄗同。
	【李善注】爾雅曰：爰有寒泉……謂玉出自藍田之中也。	【薛綜注】爾雅曰：爰有寒泉……謂玉出自藍田之中也。
	初繆公夢	初穆公夢
	【李善注】五緯，五星也。	【薛綜注】五緯，五星也。
	此高祖受命之符。已見西都賦。	以曆推之，從歲星也。此高祖受命之符。
	謂以其議非而正之	謂其議非而正之
	尚書曰：肆予敢求尔于天邑商。	尚書王曰：敢求爾于天邑商。
	以九筵爲迫脅，故增廣之。周禮曰：明堂度九筵，東西九筵各九尺。	善同綜注。
	棼橑，已見西京賦。	説文曰：棼，屋棟也。又曰：橑，椽也。
	韡曄，言明盛也。	暐曄，言明盛也。
	璧璫，已見西都賦也。	西都賦曰：裁金璧以飾璫。韋昭曰：裁金爲璧，以當椽頭。

續表

卷目	尤袤本	贛州本
卷二 （共116條）	各有九級	各爲九級
	令輦車得上	令輦車得上
	山坁，除也。	坁，除也。
	陵，陡也。	峻，升也。
	其所法則也	其所法也
	四殿之名。善曰：並見西都賦。	三輔黃圖曰：長樂宮有神仙殿，未央宮有宣室殿、太玉堂殿。長年亦殿名。綜、良注同。
	環之筐十二星，藩臣。西都賦曰：奐若列宿。	環之筐十三星，藩臣。西都賦曰：煥若列宿。
	然則既有九室	然則九室
	左傳子朱曰	左氏傳曰
	金馬，已見西都賦序。	史記曰：金馬門者，宦者署門。傍有銅馬，故謂之曰金馬門。
	天禄、石渠，已見上文。	三輔故事曰：天禄、石渠閣在大殿北，以閣秘書。
	似兩刃刀	兩刃刀
	君子以治戎器	君子以除戎器
	皆殿名，已見西都賦。	長安有合歡殿、披香殿、鴛鸞殿，餘亦皆殿名。
	窈窕，已見西都賦。	毛詩曰：窈窕淑女，君子好逑。
	懸黎、夜光、隨珠，已見西都賦。	戰國策應侯謂秦王曰：梁有懸黎，楚有和璞……後蛇於夜中衛大珠以報之，因曰隋侯之珠。
	珊瑚、瑪瑉，已見西都賦。	廣雅曰：珊瑚，珠也。說文曰：瑪，石之次玉也。郭璞上林賦注曰：瑉，玉名也。

續表

卷目	尤袤本	贛州本
卷二 （共116條）	鉤陳，已見西都賦。	樂汁圖曰：鉤陳，後宮也。服虔甘泉賦注曰：紫宮外營勾陳星也。然王者亦法之。
	【薛綜注】漢書武帝故事：上起明光宮……北度從宮中西上城至神明臺。	【李善注】漢書武帝故事：上起明光宮……北度從宮中西上城至神明臺。
	劉向新序	劉向新語
	飲三徙	飲三爵
	供帳，已見東都賦。門衛，已見上。	漢書：衛尉掌門衛屯兵。漢書成紀曰：三輔長無供帳縣役之勞。張晏曰：帳，帷帳也。
	以函屋上	以甬屋上
	鳳騫翥而飛翔	鳳騫翥而飛
	閶闔，已見上文。別風，已見西都賦。	薛綜曰：天有紫微宮，王者象之。紫微宮門名曰閶闔。三輔故事：建章宮東有折風闕。關中記曰：折風，一名別風。廣雅曰：嶕嶢，高也。
	神明、井幹，已見西都賦。	漢書：孝武立神明臺。又曰：武帝作井幹樓，高五十丈。輦道相屬焉。司馬彪莊子注曰：井幹，井欄也。然積木有若欄也。
	【薛綜注】廣雅曰：曲枅曰欒。釋名曰：欒，體上曲拳也。	【李善注】廣雅曰：曲枅曰欒。釋名曰：欒，體上曲拳也。
	隋，升也。北辰，北極也。	隋，升也。北辰，北極也。
	上爲清陽，又爲陽，故曰重陽。	上爲陽清，又爲陽，故重陽。
	第十曰瑤光	第七曰瑤光
	慄，憂戚也。	悚，憂戚也。
	慫，慄也。	聳，慄也。
	馭娑、騑邐、枌詣、承光，皆臺名。	無此
	【薛綜注】馭車欲馬疾，以筝櫟於輻，使有聲也。	【李善注】馭車欲馬疾，以筝櫟於輻，使有聲也。

卷目	尤袤本	贛州本
	墱，閣道也。	墱，閣道也。
	凌墱道而超西墉	凌墱道而起西墉
	洫，已見上文。	周禮曰：廣八尺深八尺謂之洫。
	唐中，已見西都賦。	漢書曰：建章宮其西則有唐中數十里。如淳曰：唐，庭也。
	彌，竟也。言望之極目。字林曰：漾，水漾漾也。	字林曰：漾，水漾漾也。
	太液，已見西都賦。	漢書曰：建章宮其北沼太液池。
	漸臺，高二十餘丈，已見西都賦。	漢書曰：建章宮漸臺高二十餘文。
	三山，已見西都賦。	漢書：太液池中有蓬萊、方丈、瀛洲，象海中仙山。
	芝有石芝	芝有石
卷二（共116條）	三輔舊事	三代舊事
	樂大，見西都賦。凡人姓名及事易知而別卷重見者，云見某篇，亦從省也。他皆類此。	漢書曰：樂成侯登上書，言樂大天子，見大悅，大曰：臣之師有不死之藥可得，仙人可致，乃拜大爲五利將軍。
	松、喬，已見西都賦。	列仙傳曰：赤松子者，神農時雨師也。服水玉以教神農。又曰：王子喬者，周靈王太子晉也。道人浮丘公接以上嵩高山。
	何急營於陵墓乎	何急營其陵墓
	九市，已見西都賦。	漢宮闕疏曰：長安立九市，其六市在道西，三市在道東。
	隧，已見西都賦。	薛綜西京賦注曰：隧列肆道也。
	裨販夫婦爲主	販夫販婦爲主
	洗削，謂作刀劍削也。張里，里名也。	洗削，作刀劍。晉灼曰：張里，里名也。
	安世遂從獄中上書	安世獄中上書

續表

卷目	尤袤本	贛州本
卷二 （共116條）	長陵、安陵、陽陵、武陵、平陵，五陵也。已見西都賦。	漢書曰：高帝葬長陵，惠帝葬安陵，景帝葬陽陵，武帝葬茂陵，昭帝葬平陵，五陵也。
	五都，已見西都賦。	漢書曰：王莽於五都立均官更名雒陽。邯鄲、臨淄、宛城、郭市、長安皆爲五均。
	重車聲也。	重聲也。
	地絶高曰京	地絶高平曰京
	云有五株柞樹	云有株柞樹
	北有甘泉	北至甘泉
	夷堅聞而志之	無此
	注曰：麓，山足也。	無此
	無此	楠，亦作柟。
	已見西都賦。	漢宮闕疏曰：昆明池有二石人，牽牛織女象。
	孟春鴻來	孟春鴻鴈來
	鴰鴰，已見西都賦。	爾雅：鶬麋鴰也。郭璞曰：即鶬鴰也。郭璞上林賦注曰：鴰似鴈無後指。
	奮，迅聲也。	無此
	謂爲彼人所驚	起彼集此，謂爲彼人所驚
	言禽獸之多	前後無有垠鍔，言禽獸之多
	靈囿，已見東都賦。	毛詩曰：王在靈囿。麀鹿攸伏。
	麋麋，形貌。	麋，形貌。
	麀鹿攸伏	麀鹿攸服
	猗重較兮	倚重較兮
	象天帝也	象天師也
	謂旌旗之流	謂旌旗之旒
	弧旌枉矢	弧旌矢

續表

卷目	尤袤本	贛州本
	君豹變	君子豹變
	屬車，已見東都賦。	漢雜事曰：諸侯貳車九乘。秦滅九國，兼其車服，故大駕屬車八十一乘。
	漢書曰：虞初周説九百四十三篇。初，河南人也。武帝時以方士侍郎，乘馬，衣黄衣，號黄車使者。小説家者流，蓋出於稗官。	漢書曰：虞初者，洛陽人，明此醫術。武帝時乘馬，衣黄衣，號黄車使者。周説九百四十三篇。小説家者，蓋出稗官。
	蚩尤作兵，伐黄帝。	蚩尤作兵，戈黄帝。
	飛廉、上蘭，已見西都賦。	漢書武紀曰：長安作飛廉館。三輔黄圖曰：上林有上蘭觀。
	部有校尉一人，部下有曲，曲有軍候一人	有校尉一人，部下有曲，曲有軍一人
	畔换，猶拔扈。	畔援，猶拔扈也。
	陵，猶怖也。	悷，猶怖也。
	翬，翬飛也。	翬，飛也。
	無此	高唐賦曰：飛鳥未及起，走獸未及發。
卷二 （共116條）	禮記曰：犬則執緤。鄭玄注曰：緤、紖、靽，皆所以繫制之者。守犬、田犬問名，畜養者當呼之名，謂若韓盧、宋鵲之属。	無此
	奎踽，開足也。	蹎踽，開足也。
	謂能庡象鼻	謂能庡象鼻
	嚌取肉名	嚌聚肉名
	謂垂羽翟爲葆蓋飾	垂翟，謂垂羽翟爲葆蓋飾
	今民餒而君逞欲	民餒而君逞欲
	我躬不説	我躬不閲
	後日傾懷	後日傾壞
	謂課其技能也。	課其技能也。
	朱，赤也。	朱，赤色。

續表

卷目	尤袤本	贛州本
卷二 （共116條）	所當復至也	明當復至也
	期門，已見西都賦。	漢書曰：武帝與北地良家子期諸殿門，故有期門之號。
	郊，已見西都賦。	鄭玄周禮注：王國百里爲郊
	楚莊王欲納夏姬	楚莊王欲納姬
	陳大夫御奴妻	陳大夫御叔妻
	後七年學舞	復七年學舞
	召魯男子，不往。婦人曰：子何不若柳下惠？然嫗不逮門之女也。	召柳下惠，不往。曰
	列爵十四，見西都賦也。	漢書曰：大星正妃，餘三星後宮……順常視二百石，無涓、共和、娛靈、保林、良夜，皆視百石。
	子有衣裳	子有衣常
	從高祖至于王莽，二百餘年。	無此
	尚書曰：殷禮配天。	殷禮配天
	至作賦詩也	至作賦時也
	【薛綜注】漢書注曰：齷齪，小節也……謂據疑問所不知者，曰何也。	【李善注】漢書注曰：齷齪，小節也……諸據疑問所不知者，曰何也。
卷三 （共65條）	孤臣，謂孤陋之臣也。	無此
	毛詩曰：民之多僻也。	無此
	無此	搏與附同。
	阿房、甘泉，已見上文。	史記曰：始皇作前殿阿房，東西五百步，南北五十丈，上可以坐萬人，下可以建五丈旗。又曰：始皇自極廟道通酈山，作甘泉前殿。
	終南山在長安南	南山終南在長安南
	如制禮也	如禮制也
	摹，法也。	摹，法摹也。

卷目	尤袤本	贛州本
	祇，是也。	秖，是也。
	湯、武革命，已見東都賦。	周易曰：湯、武革命順乎天而應乎人。
	仁，謂衆庶也。	人，謂衆庶也。
	穆天子傳曰	穆天子
	薛綜曰：轘轅坂十二曲，道將去復還，故曰轘轅。	無此
	老子曰：天下神器	天下神器
	舊章，法令條章也。	無此
	被，亦覆也。	被，覆也。
	又曰：鶹鳩	鷦鵝
卷三 （共65條）	頭尾青黑色	短尾青黑色
	加籩豆之實	加籩之實
	故儉不至陋也	儉不至陋也
	唐，唐堯也。虞，虞舜也。夏后，夏禹也。	無此
	言頒政賦教	言頒政賦
	大行人設九賓	大行人語九賓
	庭，朝廷。	庭，朝也。
	大夫執鴈雉，士各有次第	大夫執鴈，立名有次第
	王土揖庶姓	王土揖鹿姓
	言天子散髮	言太子散髮
	熏熏，和悦貌。	無此
	觀射父曰：百姓、千品、萬官、億配。	楚昭王曰：百姓、千品、萬官、億醜。
	爲而不持，長而不宰，是謂玄德。	爲而不宰，是謂玄德。
	垂十二旒，名曰太常，上畫三辰	常上畫三辰
	葳蕤，羽貌。	葳蕤，羽貌。

續表

卷目	尤袤本	贛州本
卷三 （共65條）	謂今之馬大帶也。	無此
	言引道之次已定	言道引之次已定
	斿施流也	斿施旒也
	戎，兵也。	戎，戎也。
	中宮天極星	中官天極星
	謂祭祀之牲物	謂祭祀之物
	韝捍著右臂也	韝捍著左臂也
	布濩，猶散被也。	布護，猶散被也。
	躬秉武節	射事武節
	國語曰：三時務農	三時務農
	先期，謂期日勑戒羣吏脩獵具也。	先期，日勑戒羣吏脩獵具也。
	佶，健也。閑，習也。	無此
	火列具舉	火烈具舉
	【薛綜注】孟子曰：爲之詭遇……翦毛不獻。	【李善注】孟子曰：爲之詭遇……翦毛不獻。
	四膏者，禮記曰：牛膏香，犬膏臊，雞膏腥，羊膏羶。	無此
	一曰充君之庖	三曰充君之庖
	享以訓躬儉	享以訓恭儉
	【薛綜注】毛詩曰：建旐設旄，薄獸于敖。	【李善注】詩曰：建旐設旄，薄獸于敖。
	歷倒景而絕飛梁	歷到景而絕飛梁
	所居不雨	所居不雨魃
	見則其邑大旱	則其邑大旱
	如鳥兩足	如鳥兩足
	至於岱宗，柴。	至於岱宗也。

續表

卷目	尤袤本	贛州本
卷三 （共 65 條）	衡，稱也。	衡，秤也。
	謀恒寒若	急恒寒若
	擾，馴也。	無此
	泊，及也。	暨，及也。
	九譯，九度譯言始至中國者也。	九譯，言始至中國者也。
	斯干之美	斬干之美
	則與黃帝軒轅	則與黃帝
	黃帝封泰山	史記曰：黃帝封泰山禪云亭。
	至和之德	至化之德
	終日行不離輜重	聖人終日行不離輜重
	謂任役使人	任役謂使人
	枝獲麛麑也	校獲麛麑也
	左氏傳讒鼎之銘	左氏傳鼎之銘
	茲，此也。	無此
卷四 （共 68 條）	又曰：荊州，楚故都	楚故都
	爽塏，已見西京賦。	左氏傳曰：齊景公欲更晏子之宅，曰：請更諸。爽塏者，杜預曰：就高燥也。
	郁郁京河	郁郁荊河
	武闕山爲關，在西也。	無此
	楔盱荊桃	楔曰荊桃
	稷似松栢，有刺	稷似松栢，有刺
	盧，山傍穴也。言水洞出此穴。没滑瀺灂，疾流之貌也。	善同良注。
	言廣大也。莽沆，已見西京賦。	西京賦曰：滄池漭沆。薛綜注曰：漭沆猶洸漾，亦寬大也。
	言江海欲受諸水，故摠括而超之。	無此

卷目	尤袤本	贛州本
	鱏、鱣，已見上文。	劉淵林蜀都賦注曰：鱏魚出江中，頭與身正半，口在腹下。郭璞爾雅注曰：鱣，大魚，似鱏而矩，鼻口在頷下。
	鮫、鰽，已見東京賦。	薛綜注東京賦曰：鰽，龜類也。
	蜂函珠而璧裂	蜂函珠而擘裂
	藻，已見西京賦。	孔安國尚書傳曰：藻，水草有文者。
	菱芡、芙蓉，並見東京賦。	薛綜注東京賦曰：菱，芰也。芡，雞頭也。芙蓉，荷華也。
	隨風澹淡	隨風澹澹
	隄塍，已見西都賦。	西都賦曰：溝塍刻鏤。説文曰：塍猶田之畦也。又曰：堤塘也。
	稌，已見東京賦。	毛詩曰：豐年多稌。毛萇曰：稌，稻也。
卷四 （共68條）	百穀、蕃廡，並已見東京賦。	班孟堅靈臺詩曰：百穀蓁蓁。韓詩曰：帥時農夫，播厥百穀。薛君曰：穀類非一，故言百也。尚書曰：庶草蕃廡。
	陶隱居注曰	陶隱居曰
	言草木闇瞑而茂盛也。	晻曖蓊蔚，言草木闇瞑而茂盛也。
	紫薑，紫色之薑也。	紫色之薑也。
	鼓瑟鼓簧	鼓瑟鼓琴
	袚蘭堂	拔蘭堂
	蠱，已見西京賦。	左氏傳子産曰：在周易女惑男謂之蠱。蠱，媚也。
	如遂三孔	如籢三孔
	女巫掌歲時袚除	女巫掌歲時跋除
	蠱及便紹便娟，已見西京賦。	左氏傳子産曰：在周易女惑男謂之蠱。蠱，媚也。薛綜注西京賦曰：要紹謂嬋娟，作姿容也。
	眩，惑也。	跂，惑也。
	翹遥，輕舉貌。	翹，輕舉貌。

續表

卷目	尤袤本	贛州本
卷四 （共68條）	歌聲上徹青雲	歌聲上徹清雲
	古相和歌有鵾雞之曲。	古調和歌有鵾雞之曲。
	魴鱮，已見西京賦。	毛詩曰：其魚魴鱮。
	鶬，已見西都賦。	爾雅曰：鶬麋鴰也。
	言急遽也。	不及竄、不暇翔，言急遽也。
	浮，已見西都賦。	班孟堅西都賦曰：靡微風澹淡浮。
	水豹，已見西京賦。	楊雄蜀都賦曰：水豹蛟蛇。
	蛟螭，若龍而黄。	西京賦曰：憚蛟蛇。説文曰：螭，若龍而黄。
	擾龍于豢龍氏，以事孔甲。	擾龍氏，以事孔甲。
	三代，已見班固兩都序。	論語子曰：三代之所以直道而行。馬融曰：三代，夏殷周。
	已見東京賦。	薛綜注東京賦曰：赤氏謂漢火德所統。
	世祖光武皇帝，高祖九世孫，承文、景之統，出自長沙定王。	世祖承文、景之統，出自長沙定王。
	説文曰：崔，高大也。	高大也。
	叡，哲也。已見東都賦。尚書曰	尚書：叡作聖，明作哲。又曰
	革命，已見東都賦。	周易曰：湯武革命順乎天而應乎人。
	敷納以言也。	出納以言也。
	旛旛，已見東京賦。	班孟堅辟雍詩曰：旛旛國老。
	太常，已見東京賦。	周禮曰：日月爲常。
	萬乘，見東京賦。	薛綜東京賦注曰：萬乘，天子也。
	非日月無以觀天文	非日月無以覩天文
	其後置蜀郡	其後置屬郡
	六合，已見西都賦。	班孟堅西都賦曰：横被六合。

卷目	尤袤本	贛州本
	湯谷，日所出也。濛汜，日所入也。	無此
	濛汜，見西京賦。	無此
	曄曄、猗猗，已見西都賦。	班孟堅西都賦曰：蘭茝發色，曄曄猗猗。
	自屬通漢中道	自蜀通漢中道
	鄧林，已見西京賦。	山海經曰：夸父與日競走，渴飲河渭不足，北飲大澤，未至道渴死，棄其杖，化爲鄧林。
	宕渠，縣名。銅梁在巴東。	無此
	巴戟，巴戟天也。	巴戟也
	營營青蠅，止乎樊。	營營蠅乎樊
	有菜澤也	有菜浦也
	沮與葅同。	無此
卷四 （共68條）	白狼夷在漢壽西界	白狼夷在漢西界
	漢書：相如常有痟病。	相如傳曰：常有痟病。
	醫有俞	醫有俞附
	禮記月分	禮記月令
	郭璞上林賦注曰：蒲陶似燕薁	郭璞：上林賦注曰：蒲陶以燕薁
	若榴，已見兩都賦。	張平子南都賦：樗棗若留。廣雅曰：石留若榴也。
	盛茂貌也。詩曰：爾肴既將。	茂盛兒也。詩云：爾肴既時。
	桃之夭夭	桃枝夭夭
	木落者，葉落也。	無此
	元鼎二年	元鼎三年
	請更諸爽塏者	請更諸爽嵦者
	都人士女，已見西都賦。	班孟堅西都賦曰：都人士女，殊異乎萬方。
	八方，已見上三都序。	河圖龍文曰：鎮星光明，八方歸德。難蜀父老曰：六合之内，八方之外。

續表

卷目	尤袤本	贛州本
卷四 （共 68 條）	黃潤纖美宜制禪。楊雄蜀都賦曰：筒中黃潤	黃潤纖美宜制禪。楊雄蜀都賦曰：筒中黃閏
	殖貨志曰	貨殖志曰
	漢書班氏叙傳	漢者班氏叙傳
	連騎，已見西京賦。	張平子西京賦曰：連騎相過。漢書食貨志曰：濁氏以胃脯而連騎。
	東方朔六言詩	東方朔六言
	蒙籠，已見南都賦。	孫子兵法曰：草樹蒙籠。
	岷山都安縣	岷山郁安縣
	魏完南中志	魏宏南中志
	文立蜀都賦：虎豹之人。	又鍛翮，不能飛。廢足，不能行也。
	櫂謳，已見西都賦。陽侯，已見南都賦。	班孟堅西都賦曰：發櫂謳。戰國策曰：塞漏舟而輕陽侯之波，則舟覆矣。淮南子曰：武王伐紂，渡于孟津，陽侯之波逆流而擊之。高誘曰：陽國侯也，溺死於水，其神能爲大波。
	上爲東井維絡	上爲東井維
	西有清河	西有河
卷五 （共 80 條）	眲，大笑貌。莊周云：齊桓公眲然而笑。楚人謂相笑爲咍。楚辭曰：衆兆所咍。	劉曰：莊尉云：齊桓公眲然而笑。楚人謂相笑爲咍。楚辭曰：衆兆所咍。
	梁，梁州也。	梁，州梁也。
	齋油素四尺	齋細素四尺
	陟，升也。方，道也。巡狩，謂舜也。	無此
	吾子，謂西蜀公子。言蜀地富饒，及禹同之所有也。瑋，美也。蜀都賦云：左綿、巴中，百濮所充。緣以劍閣，阻以蜀門。矜夸其險也。徇，營也。亡身從物曰徇，夸物示人亦曰徇。卓王孫曰：吾聞岷山之野，下有蹲鴟，至死不飢。三年不收，其形如蹲鴟，故號也。	無此

卷目	尤袤本	贛州本
	四合爲九，一元之中，四千六百一十七歲，各以數至陽阨，故云百六之會。王孫言公子徇其土地，自生蹲鷗，可以救代飢儉，度陽九之厄。漢書律曆志具有其事。齷齪，好奇局小之貌。曲，謂僻也。言箄量蜀地，亦是曲僻之士。旁魄，取寬大之意。王孫謂寬大之意論西都也。	一元之中，四千六百一十七歲，有九阨，陽阨五，陰阨四，人爲九。漢書律曆志具有其事。
	王莽末時王蜀，爲光武將吳漢破之。魏志曰：漢末諸葛亮輔劉備而爲臣，都於蜀，終於魏將鄧艾所平。	王此土而亡，諸葛亮相此國而敗。
	漢武栢梁臺衛尉詩	漢武栢梁臺詩
	風烈，已見南都賦。	春秋考異郵曰：後雖殊也。風烈猶合於持方。
	壽夢欲立季札	壽命欲立季札
卷五（共80條）	鞅，鞖屬也。	鞖屬
	蠢爾蠻荆	蠢爾荆蠻
	婺女越分，翼軫楚分，非吳分，故言寄曜寓精也。	越，楚地，皆割屬吳，故言婺女，翼軫寄曜寓精也。
	楚地，翼軫之分野。	楚，翼軫之分野。
	南越志：縣北有龍穴山。舜時有五色龍，乘雲出入此穴。	無此
	嵬嶷，高大兒。崝冥鬱弗，山氣暗昧之狀。潰虹泮汗，謂直望無崖也。滇泗森漫，山水闊遠無崖之狀。錢塘縣武陵水所出龍川，故曰涌川。	錢塘縣武陵龍川出其坰，故曰涌川。
	磈磥，石在山中之貌。沛沛，水流行聲勢也。礙硞，山深險連延之狀。	無此
	長邁不回之意。	無此
	扶桑、湯谷，已見上文。	善同翰注。
	潚㴱，廻復之貌。皆水深廣闊也。	潚，迴復之兒。

續表

卷目	尤袤本	贛州本
卷五 （共 80 條）	航，舡之別名。	無此
	長者數十里，小者數十丈，雄曰鯨，雌曰鯢。	長者有數千里，雄曰鯨，雌曰鯢。
	鮫魚出合浦	鯨魚出合浦
	正四方如印	正四方印
	骨在鼻前，如斤斧形	骨左鼻前，如斤形
	魚腹中有藥	魚中藥
	如珍寶矣，利如劒	如珍寶，以利如劒
	言已土魚龍潛没泳其中	無此
	蕩而失水	碭而失水
	羣出動口貌	羣出口貌
	淮南子曰：水濁則魚噞喁。	文子曰：水濁則魚噞喁。
	鷗雞，鳥也，好鳴。	無此
	候鴈，已見南都賦。	鴈，應候而南來。
	鷗，水鷖也。	鷗，水鳥。
	翾翾，絶遠貌。奄欻，去來不定之意。翕忽，疾貌。	無此
	贔屓，用力壯貌。	無此
	搏扶揺	搏風扶揺
	聲耴，衆聲也。	無此
	不明貌	不明
	綿邈，廣遠貌。	無此
	馮隆，高貌。超遰，遠貌。迥眺冥蒙，謂洲渚深奧之貌。言珍怪之物，麗於島嶼之中。	迥眺冥蒙，謂洲渚也。
	瓊樹生，其華藥，仙人所食	瓊樹食其華藥
	漢書歌曰	漢歌曰
	赤色，有枝無葉。	赤有枝
	玲瓏，明貌。	無此

卷目	尤袤本	贛州本
卷五 （共80條）	仙人齋持何等	仙人齋將何等
	馮衍爵銘曰：富如江海，壽配列真。道書曰：上曰神，次曰仙人，下曰真人。	約衍爵銘曰：富如江海，壽配列真。
	赤松子常止西王母石室中。藹藹，盛貌。	赤松子當止西王母石室中。
	神異經曰：西海有神童，乘白馬，出則天下大水。	無此
	有木曰苑，有草曰圃。	無此
	藍，華也。敷藟，華開貌。	無此
	乾之亦鹽藏	乾之赤鹽藏
	綸似綸，組似組	綸組似組
	紫，紫菜也。	紫，紫菜也。
	布濩，遍滿貌。蟬聯，不絶貌。寅緣，布縢上貌。冪歷，分布覆被貌。	無此
	蒂，花本也。菲菲，花美貌也。方言曰：凡草生而初達謂之莪。芬馥，色盛香散狀。	楊雄方言曰：凡草生而初達謂之莪。
	蒉緣，出也。	無
	肦蟃，已見蜀都賦。	肦蟃，濕生蟲，蚊類是也，其群望之如氣之布寫也。言大福之興有如此蟲群飛而多也。蒉緣，出也。
	其盤節文尤好	其盤節文尤
	宗生，宗類而生於高山之脊，故名宗生。族茂，言種族繁多也。擢本，高聳兒。八尺曰尋。言婆娑覆萬畝之地。	無此
	葉重疊貌。	無此
	輪囷，謂屈曲貌。虬蟠，謂樹如龍蛇之盤屈相糾也。墒塈，枝柯相重疊貌。縟繡，言草木花光似繡文。綢繆，花采密貌。霍霏，露垂貌。	墒塈，相重之兒。
	言木枝葉與風搖蕩作聲，如律呂之暢。	無此

續表

卷目	尤袤本	贛州本
卷五 （共80條）	狌子，猿類，猿身人面，見人嘯。	無此
	居樹上	樹上居
	居樹，色青赤有文。	居樹也，青赤有文。
	上涌雲亂葉肇散	騰涌雲亂葉肇散
	皆竹名也	無此
	交趾人銳以爲矛	交趾人銳之爲矛
	漢書律歷志：黃帝詔伶倫爲音律，伶倫乃之崑崙山之陰、嶰谷之中，取竹斬之，以其厚均者吹之，以爲黃鍾之管。鷟鷟，鳳鶵也。鶬鶊，周本紀曰：鳳類也，非梧桐不棲。	黃帝詔伶倫爲音律，伶倫乃之崑崙陰，取嶰谷之竹，斬其厚均者而吹之，以爲黃鍾之管。鷟鷟、鶬鶊，皆鳳類也。
	橚矗，長直貌。蓊茸，茂盛貌。蕭瑟，聲也。冒，犯也。嬋娟，言竹妍雅也。枚乘兔園賦曰：脩竹檀欒，夾水碧鮮。言竹似之也。梢雲，山名，出竹。	橚矗，茂盛皃。冒，犯也。枚乘兔園賦曰：脩竹檀欒，夾水。
	實赤，肉正白，味大甘美。	正赤，肉正白，味甘。
	一作北景，云漢武時日南郡置北景縣，言在日之南，向北看日，故名。	無此
	子大未飛	子未飛
	隋侯、宋玉於此各鄙其寶也。	隨侯、宋玉於此各鄙其寶也。
	雞見而駭鷩也	雞見而駭也
	埤蒼曰：崴嵬，不平也。又重累貌。	埤蒼曰：崴嵬，不平也。
	珠玉潛伏土石間，隨四時長，故砮毀陊落山谷之土石也。潤，膩也。䃏，黑茂貌。	無此

續表

卷目	尤袤本	贛州本
卷五 （共80條）	陬，四隅也，謂邊遠也。	陬，四隅也。
	以水沾穴	以水沾此土
	桴，舟也。	無此
	因以殘半棄水中爲魚	因以其半棄之爲魚
	有大木，漸之	有大木，斬之
	畛畷，謂地廣道多也。舊井田間有徑有畛。	無此
	舜葬蒼梧	舜死蒼梧
	自泰伯至闔閭二十五世矣，夫差益强大，得爲盟主。	自泰伯至闔閭二十五世，益强大，差爲盟主。
	大城周匝	大城周
	言經營造作之始，使子孫累代保居也。漫漫，長遠貌。	無此
	西都賦	西都賓
	吳王夫差起姑胥之臺	吳王起姑胥之臺
	吳志曰：前吳都武昌，在豫章。後都建業，在丹陽。孫權自會稽徙治丹陽，建業人皆不樂徙，故爲歌曰：寧飲建業水，不向武昌居。言離宮者，明非吳舊都也。	吳前都武昌，後都建業。言離宮者，明非吾舊都也。
	皆建業吳大帝所太初宮殿名也。捷獵，高顯貌。	二殿名也。
	以獻吳王夫差，夫差大悦。子胥諫曰：王勿受也。王不聽，遂受之以飾殿也。闔閭造吳城郭宮室，其子夫差嗣，增崇侈靡。孫權移都建業，皆學之。	以獻吳王，王大悦。子胥諫曰：王勿受也。王不聽，遂受之。闔閭造吳城郭宮室，夫差增崇侈靡。
	峥嵘，深邃貌。	無此
	吳後主起昭明宮於太初之東，開彎碕、臨硎二門。彎碕，宮東門。臨硎，宮西門。	無此

續表

卷目	尤袤本	贛州本
卷五 （共 80 條）	梁，棁也。瑣，户兩邊以青畫爲瑣文。楹，柱也。	無此
	言其平直也。	無此
	亘，引也。耽耽，樹陰重貌。韓詩曰：亹，水流進貌。	韓詩曰：亹，進也。
	吴白宫門南出苑路，府寺相屬，俠道七里也。	建業宫前宫寺俠道七里也。
	横塘在淮水南，近家渚，緣江築長堤，謂之横塘。北接柵塘查下。查浦在横塘西，隔内江。自山頭南上十里，至查浦。建業南五里有山崗，其間平地，吏民雜居。東長干中有大長干、小長干，皆相連。大長干在越城東，小長干在越城西，地有長短，故號大、小相干。	横塘、查下，皆百姓所居之區名。江東謂山岡爲干。建業之南有山，其間平地，吏民居之，故號爲干。中有大長干、小長干，皆相屬，疑是居稱干也。
	櫛比，喻其多也。藏官物曰公廨。醫巫所居曰署。飛甍舛互，言室屋之多相連不之貌。	無此
	【劉淵林注】魁岸，大度也。漢書曰：江充爲人魁岸。又于公高門以待封。又賈捐之傳：石顯方鼎貴。應劭曰：鼎，始也。乃祖乃父已來皆貴，故曰鼎貴也。虞，虞文秀。魏，魏周。顧，顧榮。陸，陸遜。隆吴之舊貴也。昆、裔，皆後世也。歧嶷，謂有識知也。老成德之人，養之乞言。躍馬，騰躍之謂，言富貴也。蔡澤傳曰：躍馬肉食。西京賦曰：武庫禁兵，設在蘭錡。閭閻閴喧，言人物遍滿之貌。【李善注】毛詩曰：克歧克嶷。又曰：雖無老成人。謝承後漢書：王公位二千石，奕世相襲。楊惲書曰：方家隆盛時，乘朱輪者十人。	【劉淵林注】應劭曰：鼎，始也。乃祖乃父已來皆貴，故曰鼎貴也。虞魏顧陸，吴之舊姓也。昆、裔，皆後世也。賈捐之傳：石顯方鼎貴。躍馬，騰躍之謂也。蔡澤傳曰：躍馬肉食。西京賦曰：武庫禁兵，設在蘭錡。【李善注】後漢書云：江充爲人魁岸。毛詩曰：克歧克嶷。又曰：雖無老成人。謝承後漢書曰：王公位二千石，奕世相襲。楊惲書曰：朱輪者十人。

卷目	尤袤本	贛州本
	江都輕誃。謂輕薄爲誃也。綌，結也。翩翩，往來貌。	江都輕誃薄爲也。綌，結也。
	趙平原君使人於楚，楚相春申君處	平原君使人於春申君
	其上客皆躡珠履而迎之，趙使大慙。翹開扛鼎，皆逞壯力之勁，能招門開也。	其上客皆躡珠履，使大慙。
	漢書曰：項羽力能扛鼎。又	史記曰：秦武王有力士烏獲，孟説皆大官，王與孟説舉鼎。説文曰：抗橫開對舉也。
	飫，已見上文。	毛詩曰：儐爾籩豆，飲酒之飫。毛萇曰：不脱屨升堂謂之飫。
	四隩來暨，言四方之人皆來。唱櫂轉轂，言遠人唱歌摘船，乘車轉轂，以向吳都。	無此
卷五（共80條）	近海多寶物	近多寶物
	馬勒者謂之珂	焉勒者謂之珂
	隧，向市路。肆，市路也。	無此
	金二十四兩爲鎰	金二十四兩爲溢
	闌干，猶縱橫也。	無此
	又折象牙以爲簜也	又象牙以爲簜
	紛葩，謂舒張貿物使覆暎。	無此
	大唐中也，勾踐治以爲田	大塘。勾踐治以爲義田
	珠服，珠襦之屬，以珠飾之也。玉饌者，尚書曰：惟辟玉食。	珠服，珠襦之屬也。玉食者，尚書曰：玉食。
	言農人之富，自相夸競。	無此

續表

卷目	尤袤本	贛州本
卷五 （共80條）	胡非子	謂此也。韓非子
	鮫函，鮫魚甲	鮫魚甲
	左傳曰：吳賜子胥屬鏤以死。	傳曰：賜子胥屬鏤以死
	趫才逸熊	趫才逸態
	言常以馬	吾常以馬
	走追奔獸，接及飛鳥。	無此
	矛骹如鶴脛，上大下小，謂之鶴膝。犀渠，楯也，屈皮爲之。	矛骹如鶴脛者，謂之鶴膝。犀渠，楯也。
	言矛劍等也。	無此
	嗟乎，寡人誠負子。	寡人誠負子。
	爾雅曰：棘，戟也。純鈞、湛盧，劍名也。	無此
	考工記曰：越鐵利，可以爲戟。	無此
	皆節理解落也。	皆理解也
	祀姑，幡名。	祀姑，幡也。
	陳王卒	陳士卒
	鐸，施號令而振之也。	無此
	一校千二百九十六匹	校千二百九十六匹
	狼膮人，夜觸金，知其良不。	狼膮觸金知良
	周禮有巾車官。又交龍爲旂。	交龍爲旂
	謂日月畫於旂上也。攝，持也。	謂日月重光也
	不能無弦而射。列女傳曰：柘枝體勁，烏集其上，被即舉彈，烏乃哀號，故號之。干將，劍名。	無弦而射
	染絲織烏，畫爲文章，置於旌旗也。	烏爲章也
	騏，馬名。	無此

卷目	尤袤本	贛州本
卷五 （共80條）	謂張網周遍。罿罦、罬罜，皆鳥網也。瑣結，似瑣連結也。連網，言不絕也。罠，麋網。罠，兔網。	罠，麋網。
	禦，禁也。謂因沅、湘爲藩落也。楊雄羽獵賦曰：禦自汧、渭。	禦，禁苑也。謂爲藩落也。楊雄羽獵賦曰：禦自涇、渭。
	骿脅，今駢榦也。骿、駢通。	無此
	鷹瞵鶚視，言勇士似之也。	無此
	稱爾干	稱爾干戈
	史記曰：荊軻怒髮直衝冠。	無此
	熛，火爛也。	鳥擇木而棲
	駮，如馬，白身，黑尾，一角，鋸牙，虎爪，音如鼓，能食虎也。	駮，白身，黑尾，一角，虎爪，音如鼓。
	猱，似猿。	無此
	左氏傳曰：叔牙飲酖酒而死。聿越，豹走貌。	無此
	抑志弭節。蹕，止行者也。王者出入警蹕。徜佯，猶翱翔。言吳之將帥，皆有拳勇。羽族，鳥屬也。毛群，獸屬也。鈹，兩刃小刀也。鋏，刀身劍鋒。	仰志弭節。蹕，止行者也。王者出入警蹕。
	説文曰：踤，觸也。刜，折傷也。拉，頓折也。掉，兩手擊絕也。麾，碎也。	説文曰：踤，觸也。刜，折傷也。掉，兩手擊也。
	禺禺，梟羊也。	罵，劉爲禺。禺，梟羊也。
	梟羊善食人，大口，其初得人喜而笑，卻脣上覆額，移時而後食之。人因爲筒貫於臂上，待執人，人即抽手從筒中出，鑿其脣於額而得禽之。	無此
	周章，謂章皇周流也。	無此
	踸跂，促遽皃。	無此
	雜襲，重疊也。錯繆，聊亂貌。薄，不入之叢。藪，澤別名。	無此
	雲師也	雷師也

卷目	尤袤本	贛州本
卷五 （共 80 條）	説文曰：艘，船惣名。衆，一作㯬。㯬，水會也。航，船別名。	無此
	船上下四方施板者曰檻也。飛雲、蓋海，吳樓船之有名者。	無此
	方、壺，已見上文。	列子曰：渤海之中有大壑，其中有山，一曰岱輿，二曰員嶠，三曰方、壺，四曰瀛洲，五曰蓬萊。
	禺，番禺也。	禺，東禺。
	刺舡曰稿	刺舡曰篙
	昔吳王殺子胥於江，沉其尸於江，後爲神	無此
	弋，繳射也。鷦鵬，鳥也。	焦鵬，鳥也。
	櫂謳，已見西都賦。説文曰：籥，三孔籥也。磻，已見西京賦。	方言曰：楫，謂之櫂。説文曰：謳，齊歌也。籥，三孔籥也。磻，似石。
	筌，捕魚器。今之斗回也。	無此
	陷網罟之中，見偝束也。	陷網罟之中，偝束也。
	攙搶，星也。	無此
	九一，井谷射鮒。	九二，井谷射鮒。
	上直魚	上直巽
	但多鮒魚耳。言微小也。	但多鮒魚耳。
	鱨鯊，已見西京賦。	毛萇詩傳曰：鱨，楊也。鯊，鮀也。
	罦，已見西京賦。	爾雅曰：鱮，大魚。罦，馬絆也。今爲繋。

卷目	尤袤本	贛州本
	【李善注】山海經曰：東海中有獸如牛……故西海、北山失其鱗翼也。	【劉淵林注】山海經曰：東海中有獸如牛……故西海、北山失其鱗翼也。
	得物如斗，入王舟中，王怪之，使問孔子。孔子曰：此爲萍實，可剖而食之，其甘如蜜。唯王者能獲此吉祥也。云先時童謠曰：楚王渡江，得萍實，大如斗，赤如日，剖而食之，甘如蜜。引此事，言今乘江流，想復遇斯事也。	江中有物，大如斗圜，而赤直觸王舟，舟人取之。王使使聘于魯，問於孔子。子曰：此所謂萍實者也，可剖而食之，吉祥也。唯霸者爲能獲焉。使者返，王遂食之。
	其釣惟何	其釣伊何
	得此鳥魚	得此鳥
	蛟螭，龍子也。	無此
	會稽朱仲獻	會朱仲獻
	不出之也	不出之珠也
卷五（共80條）	螭，大龜也。言天下川澤魚鳥虫獸瑰奇之物，隱翳之處，搜索使盡也。說文曰：昧，目不明也。謂之潛隱之穴也。	無此
	徇，求也。襲，入也。干寶搜神記曰：澹臺子羽齎璧渡河，風波忽起，兩龍夾舟，子羽奮劍斬龍，波乃止。登岸投璧於河，河伯三歸之。子羽毀璧而去。漢女、賈大夫，已見西京賦。老子曰：和其光，同其塵。	干寶搜神記：詹臺注同。左氏傳曰：賈大夫惡娶妻三年不言不笑，御以如臯，射雉獲之，其妻始笑而言。杜預曰：賈國之大夫。老子曰：和其光，同其塵。
	颲颲，風初貌。颲，疾風。瀨，水大波。沛沛，行貌。悠悠，亦行貌。	無此。
	陽侯，見南都賦。	高誘曰：陽侯，陽國侯也。溺死於水，其神能爲大波。
	太湖在秣陵東	太湖也
	軍所以討獲曰實	軍實所獲也
	陽羨太湖	陽羨有湖
	車騎行酒肉，已見西京賦。	薛綜曰：酒肴皆以車布之。

續表

卷目	尤袤本	贛州本
卷五 （共80條）	飲烽、醹鼓、鈞天，並見西京賦。左傳曰：女樂二八。	薛綜曰：謂行酒舉烽火以告衆也。以醹鳴鼓也。説文曰：醹飲酒盡也。史記曰：趙簡子疾，扁鵲視之曰：昔繆公常如此。七日而寤。告公孫支曰：我之帝所甚樂，帝告我晉國且大亂。今主君之疾與之同旨。簡子寤曰：我之帝所甚樂，與百神遊于鈞天廣樂，九奏万舞，不類三代之樂，其聲動心娛志。左傳曰：女樂二八。
	鍾儀在晉，使與之琴。操南音	操南音
	周公、召公取風焉。胤，繼也。吕氏春秋曰：陽阿，古樂曲。周禮曰：靺，東樂名。任，南樂名。	周公、召公取風焉。
	吳歈蔡謳。翕習容裔，音樂之狀。靡靡愔愔，言樂容與閑麗也。	吳愉蔡謳。
	靺任，已見東都賦。	毛萇詩傳曰：東夷之樂曰靺，南夷之樂曰任。
	詩曰：唱予和女。解嘲曰：聲若坻頹。坻頹，崩聲也。天水之大名曰隴坻，因爲隴坻之曲。	解嘲曰：聲若坻頹。
	延露，鄙曲也。	延露，曲也。
	鏗耾，大聲。汁，猶愜也。	鏗鈜，大聲。汁，猶叶也。
	楚辭曰：日吉兮辰良。淮南子曰：魯陽公，楚將也，與韓遘戰酣。	淮南子曰：魯陽公與韓遘戰酣。
	所以覺也	所以覺速
	以適己之盛觀	以適己之盛歡
	曜靈，已見蜀都賦。	楚辭曰：角宿未旦，耀靈焉藏。廣雅曰：耀靈，白日也。

卷目	尤袤本	贛州本
卷五 （共80條）	執玉帛而朝者萬國。先王，謂舜等也。信，讀爲申。與齊、晉爭衡，晉文踐土之盟，齊桓邵陵之會，奮其威强，未能過也。伍員，楚大夫，出仕於吳，吳王因其謀伐楚。孫武，吳人，善用兵，作書號孫子兵書。	執玉帛者萬國。國語曰：吳王夫差起軍。
	晉惡之	晉亞之
	意者謂吳江湖之阻，洞庭之嶮，土地之沃，物産之豐，雖關中所謂繞雷之固，鄭、白之豐，未足以爲言也。	無此
	睢眥，已見西都賦。	漢書曰：原涉自陽翟徙茂陵，涉外温仁内隱忍，好殺睢眦於塵中，觸死者甚衆。廣雅曰：睢，裂也。説文曰：眥目匡也。淮南子曰：瞋目裂。
	叔孫通列傳曰：斬將搴旗之士。顧指，諭疾且易也。葉，猶世也。	無此
	顔色如童，時黑時白時赤。	顔色時黑時白時赤
	後去之吳山。言此人等仙，如蟬之脱殻。	後去之吳
	赤須子本非吳人	赤松子本非吳人
	舉若振槁。槁，葉落。	舉若振槁。
	二十日而蜕	三十日而蜕
	書曰：舜南巡狩陟方死。	善曰
	湫，下也。阨，小也。	無此
	名曰神州，帝王居之。	名曰神州

續表

卷目	尤袤本	贛州本
卷五 （共 80 條）	非子之交	非子之友
	適爲夫子時也	適來夫子時也
	莊子曰：有繫謂之懸，無謂之解。郭璞曰：懸絕曰解。山海經曰：二員殺猰貐	山海經曰：二負殺猰貐
	此二負之臣也。	此二負之臣也。
	郭象玄莊子注	郭象莊子注
	不可同年而語矣。	則不同年而語矣。
	【李善注】确，薄也。	【劉淵林注】确，薄也。
	周禮考工記	周禮
	則終古登阤	則於馬終古登阤也
	猶莫絡也，不委細之意	猶莫絡也
	司馬彪莊子注曰：孟浪，鄙野之語。東京賦曰：粗謂實言其梗概。梗概，粗言也。	東京賦曰：粗謂實言其梗概。
卷六 （共 80 條）	趙歧曰：晬，潤澤貌也。眉上曰衡。盱，舉眉大視也。异，異也。尚書堯典四岳曰	尚書堯典曰岳曰
	漢書曰：武帝置交州。又改梁曰益。	漢書有交州。又以梁曰益。
	淮北、沛、陳	淮北、陳
	莊子曰：市南宜僚弄丸，而兩家之難解。又曰	無此
	與造化逍遥。爾雅曰	與造化逍遥。
	班固漢書述曰：彰其剖判。	無此
	列子曰：昏明之分察，故一晝一夜。	列子曰：昏明之分察，故一晝夜。
	楊雄交州箴曰	楊雄州箴曰

卷目	尤袤本	贛州本
卷六 （共80條）	廣雅曰：落，居也。杜篤通邊論曰：親録譯導，緩步四來。	杜篤邊論曰：親譯導緩步。
	而附著於	又不附著
	尚書曰：庶明厲翼。孔安國曰：衆庶皆明其教而自勉厲。	尚書：庶明其教而自勉厲。
	左氏傳：申士會曰	左氏傳：士會曰
	莫不貢職。漢書曰：單于非正朔所加。東觀漢記曰：百蠻貢職。	莫不來貢
	詭隨匪人，言詭善隨惡，同於匪人，又自宴安於其絕域也。	徒務於詭善隨惡，同於匪民，又曰自宴安於其絕域也。
	以謹無良。毛萇曰：詭隨，詭人之善，隨民之惡。	以謹母良。毛萇曰：詭人之善，隨民之惡者也。
	樊陵碑曰	楚陵碑曰
	謂之膠言	謂之繆言
	邦國之地域，而三其封彊	邦國之地比，而正其封彊
	其道蹖駮。言惡也。	其道蹖駮
	五乘之奉	五乘之俸
	諸微巧必以削削之，所削必大於削。	諸微巧必以削之，所必大於削。
	王試觀客之削	無此
	小劍戌去大劍，飛閣通衢	小劍去大劍，飛閣懼
	禹滅之。毛萇詩傳曰：濬，深也。鄭玄周禮注曰：負，恃恃也。	禹伐之
	南北之北	北，南北之北
	赤縣神州內自有九州	內自有九州
	所謂九州者也	九州者也

卷目	尤袤本	贛州本
卷六 （共80條）	于時兵所圍繞	于時兵所圍也
	孔安國尚書傳曰：距，至也。	無此
	宮室深邃之貌	室深邃之貌
	洋溢八區，言廣大也	洋溢八區
	牢落，猶遼落也。洞簫賦曰：翩連綿以牢落。	無此
	敦冶蠻麋，椎顙廣額，色如漆赭	敦泠蠻麋，椎顙廣額，色如漆
	毛詩曰：不見子都。子都，美丈夫也。	毛詩曰：不見子都。
	方、壺，二山名，已見上文。	方、壺，二山名。
	左傳曰：吳公子札來聘，使工爲之歌魏，曰：美哉，大而婉，儉而易，行以德輔，此則爲明主也。	無此
	善曰：史記蘇秦說魏襄王曰	劉曰：當魏襄王時蘇秦說魏王曰
	北有河外。地理志曰：魏，觜觿、參之分野也，自高陵以東，河東	北有河水。地理志曰：魏，觜觿、秦之分野也，自高陵以河東
	許、鄢樊陵	許、鄢陵
	故曰冬夏異沼也。冀州圖：鄴西北鼓山，山上有石鼓之形，俗言時自鳴。	無此
	洗百病。華清，非華水也。	洗百疾。華清井華水也。
	濛溰潢漾	浩漾潢漾
	西有石墨井	西有墨井
	厥田惟中中	厥田惟中上
	蒼頡篇曰：斥，大也。峨嵲，不平之貌。魋朗，光明之貌。拓落，廣大之貌。周易曰：天地交泰。又曰：天地絪縕。	無此
	毛萇詩傳曰：閭，閉也。	無此
	傳於後代子孫	傳遺後代子孫
	無此	毛詩序曰：文王受禪，追尊曰武皇帝。東京賦曰：世祖乃龍飛白水。

卷目	尤袤本	贛州本
	謀龜謀筮	尚書曰：謀及卜筮
	重爻，易爻也。大壯，易卦名也。易曰：上古穴居而野處，後世聖人易之以宮室，上棟下宇，以禦風雨。蓋取諸大壯，謂壯觀也。	無此
	以避燥濕	以避温凉
	尚書曰：謀及卜筮。	無此
	佹，取也。	無此
	西都賦序	西都賓序
	銓，次也。與筌同。	銓，次也。筌同。
	爾雅曰	注爾雅曰
	西都賦曰：因瓌材而究奇，抗應龍之虹梁。	西都賓：抗應龍之虹梁
	又曰：疏龍首以抗殿。齊龍首而涌雷，謂畫爲龍首於橑	齊龍首而湧雷，謂爲龍首
卷六 （共80條）	黬，深黑色也。	黬，黑也。
	文昌殿前值端門。端門之前，南當南止車門，又有東西止車門	文昌殿前值端門之前，南當南止車門，又有東西上車門
	西京賦曰：圓闕竦以造天，若雙闕之相望。	無此
	内朝所在也。墨子曰	内朝存也。墨子書曰
	示民知節	示知民節
	無此	玄化自此陶臻而成，國風於是有稟承也。
	漢書音義如淳曰	如淳漢書注曰
	聽政殿聽政殿門，聽政門前升賢門，升賢門左崇禮門，崇禮門右順德門。	聽政殿前聽政門，聽政門前升賢門，升賢門右崇禮門，崇禮門左順德門。
	顯陽門前有司馬門。閽，守門也。周官：閽人守王門。	門前有司馬門
	毛萇詩傳曰：猗猗、萋萋，茂盛貌也。東京賦曰：惠風橫被。	無此

卷目	尤袤本	贛州本
卷六 （共 80 條）	向外東人有	外東人有
	升賢門外東人有內盤署	內升賢門外東人有賢署
	次中央符節臺閣	次中夫符節臺閣
	丞相諸曹	承相諸曹
	王所居曰禁中，諸公所居曰省中	王所居曰省中
	周禮六典八刑	周禮六典八門
	中尚書、御史	尚書、御史
	幕人掌幄帟	帟人掌幄
	故曰儲吏	故曰諸吏
	中央有溫室	中安者溫室
	作繪粉米	作繪粉采
	周禮曰：正宮掌宮中次舍。甲乙謂次舍之名，以甲乙紀之也。	甲乙謂次舍之處，以甲乙緣之也。
	芒芒，遠貌也。	茫茫，遠貌也。
	文昌殿西有銅爵園園	文昌殿西銅爵園
	既滋蘭之九畹	滋蘭九畹
	蔆，木之細枝者也。	無此
	流沫三十里，黿鼉魚鱉之所不能遊也。	流沫四十里，黿鼉之所不能遊也。
	南則金虎臺，北則冰井臺，有屋一百一間。金虎臺有屋一百九間。冰井臺有屋百四十五間，上有冰室。三臺與法殿皆閣道相通，直行爲徑，周行爲營。	南有金鳳臺，北則冰井臺，銅爵臺有屋一百一間。金鳳臺有屋百三十五間。冰井臺上有冰三室與法殿皆閣道相通，置行爲營。
	太華之山，削成四方。洈，堅也。	文華之山，削成四方。堅也。
	伏檻臨曲池	伏檻曲臨池
	夕宿蘭渚	夕宿蘭臺
	石瀨兮淺淺	石瀨淺淺
	魯靈光殿賦注：飛陛揭孽。方輦，言廣也。甘泉賦曰：似紫宮之峥嶸。魯靈光殿賦曰：樹而高大謂之陽，基在下故曰陰基	魯靈光殿賦注曰：樹而高大謂之陽，基在下故曰陰。

卷目	尤裒本	贛州本
	眸，眸子也。	無此
	增惶懼而目眩	增惶懼而自眩
	班固西都賦説臺曰	班固西都賦
	雖輕捷與鬼神，由莫得而目逮也。	雖掩與鬼神，由莫得而目遠也。
	彌望得意之謂也。異乎老子曰若春升臺之爲樂焉。	彌望意之得也。異乎老子曰若升臺之爲樂焉。
	稱八方之究遠	稱下方之究遠
	西都賦曰	西都曰
卷六 （共 80 條）	牟首，閣道有室者也。	無此
	晷漏，漏刻也。	晷漏之刻也。西上東門北有漏刻屋也。
	寇俠城堞	冦俠城
	薛綜西京賦注曰：轥轥，高貌也。鶡冠子	鶡冠子
	西都賦曰	西都賓曰
	釣臺竹園，蒲陶諸果。	釣臺行園，蒲桃諸果。
	江池清籞	淵池清籞
	猶以爲大	由以爲大
	阱於國中	阱國中
	説文曰：贅，分別也。	無此
	鄭玄周禮注曰：陵，荶也。説文曰：白濤，大波也。浸潭，漸漬也。隨波之貌。	浸潭，漸漬也。
	飛而上曰頡，飛而下曰頏。	飛而上曰頡

續表

卷目	尤袤本	贛州本
卷六 （共80條）	分爲十二燈	分爲十二燈者也
	埒，畔際也。	埒，畔際山。
	韓詩曰：周原膴膴。	無此
	河渠書曰：西門豹引漳水溉鄴，以富魏之河內。漢書曰	史記曰：西門豹引漳水溉鄴，以富魏之河內。又曰
	更也。郭璞曰：謂更種也。	植立也。
	黝，黑貌也。	黑貌也。
	鄴城內諸街	言鄴城內諸衞
	石杠謂之倚。郭璞曰：石橋。	石杠，謂石橋也。
	宮中東出	宭中東出
	毛萇詩傳曰：莘莘，衆多也。禮記曰：斑白者不提挈。	無此
	始置侍中、尚書、御史、符節、謁者、郎中令、太僕、大理、大農、少府、中尉。	始置大理、大農、少府、中尉。
	夏屋，已見上注。	詩云：夏屋渠渠
	太師，周之三公也。	師，太師，周之三公也。
	長壽、吉陽二里在宮東，中當石竇。吉陽南入	無此
	南有都亭	東有都亭
	逵，已見上章。	楚辭天問曰：靡萍九逵。
	周官曰：聽賣買以質劑。又曰：以質劑結信而止訟。鄭玄曰	周官曰：以質劑結信而止訟。鄭君曰

續表

卷目	尤袤本	贛州本
卷六 （共 80 條）	史記曰：子產治鄭，不鬻賈。	無此
	鄭玄曰	鄭君曰
	舜居河濱，器不苦窳。	河濱，器不苦窳。
	淑清穆和之風既宣。	無此
	優渥然以酒之醲以喻政厚也。	以酒之醲以喻政厚也
	是謂賨布。廩君之巴氏	是謂廩君之賨巴氏
	立魏公，位諸侯王上	魏公，位諸侯王上
	縵胡之纓	漫胡之纓
	臣能虛發而下鴈。魏王曰：然則射可至於此乎？	然則射可至於此乎？
	庶士有揭。又曰：興言出宿。	興言出宿
	史記蘇代	史記蘇武
	師多則讀	師多則瞶
	進乎技矣	烏乎技矣
	三年之後	二年之後
	建安二十五年	建安二十年
	專用王命也。叛換，猶恣睢也。	勇用王命也。換，猶恣睢也。
	荆州之屬也	荆州也
	以嚴終也	以嚴棐也
	反行飲至	反飲至
	韋昭注曰：東山，皋落氏也。	無此
	漢書楊雄上疏曰：石畫之臣甚衆……春秋推誠圖曰：諸侯水散席卷，各爭恣妄。西都賦曰：稜威盛容。	漢書曰：稜威盛容
	是謂洗兵。刷，猶飲也。	是謂洗兵
	桓譚新論雍門周説孟嘗君曰：以强秦之勢伐弱燕	雍門周説孟嘗君曰：以强秦之勢伐弱韓
	毛詩曰：喪亂既平	無此

續表

卷目	尤袤本	贛州本
卷六 （共80條）	有東鯤人	有鯤人
	費，禮贄也。	責，禮贄也。
	蒼頡篇曰：費，財貨也。	無此
	其南者多也	其南者分也
	無此	蒼頡篇曰：費財貨。
	青要之山，䰠武羅司之	青要之䰠武羅司之
	漢書曰：高張四縣。晉灼曰：樂四縣也。周禮曰：凡樂事宿縣。毛詩曰：夜未央。	漢書曰：夜未央。
	又曰：采繁祁祁。楚辭曰：高余冠之岌岌。	楚辭曰：高途冠之岌岌。
	曹與曹古字通	嘈與傮古字通
	昔秦穆公嘗如此，七日而寤。寤之日，告公孫支曰：我之帝所甚樂。	昔繆公嘗曰
	而重用之	而重之
	夏獵曰苗，冬獵曰狩。	無此
	治兵，上親執金鼓	訓兵，上親執金鼓
	天子獵之田曲也。	天子田也
	而無所得	而所得
	夜夢受秋駕於其師。	夜受秋駕於其師。
	又備於大和，周圍七尋，中高一仞，旁厚一里，蒼質素章，龍馬鳳凰仙人之象，粲然盛著，是以有魏詩雲鳥之書。黃初	無此
	延康元年，三足烏、九尾狐見於郡國	延康元年
	感應之理	感應人理
	鷹集未擊	鷹隼未擊
	斤斧不得入山林	工不得入山林
	亍，步也。毛詩曰：莫赤匪狐，莫黑匪烏。	小步也。
	穎，穗也。	穎，德也。

卷目	尤袤本	贛州本
	玉策，玉牒也。	策，玉牒也。
	【張載注】詩曰：方叔莅止。司馬法曰：明不寶咫尺之玉，而愛寸陰之旬……尚書盤庚曰：優賢揚歷。歷，試也。【李善注】封禪書曰：旼旼穆穆。周易曰：君子見善則遷……淮南子曰：君人之道，儼然玄墨。馬融論語注曰：菲，薄也。論語曰：君子薄於言而厚於行。案劉向別錄讎校，一人讀書，校其上下得繆誤，爲校。一人持本，一人讀書，若怨家相對。漢書音義曰：周宣王太史大篆。	【劉淵林注】馬融論語注曰：菲，薄也。案劉向別錄義曰：周宣王太史作大篆也。
	不以庶孽畜之也	不庶孽畜之也
	騎數百疋	騎數百人
	二八者，八元八凱也。四七者，漢光武二十八將也。	無此
卷六（共 80 條）	毛詩曰：赫赫師尹。	無此
	大滿若沖。字書曰：沖，虛也。	大盈若沖。字書曰：虛也。
	韓非曰：糲糧之飲，黎藿之羹。歠，歌也。	韓詩曰：糲糧之飲，黎藿之羹。
	無斁於人斯	無斁於人
	謂適生生之情以自厚也。	謂通生生之精以自厚也。
	廣平沙縣	廣平涉縣
	謂列仙也	謂真仙也
	父廿見俗	又世見俗
	未還而道死	來還而道死
	曲周屬廣平郡	曲州屬廣平郡
	嘗爲平干國	嘗爲平于國
	鄭玄曰：洵，信也。	鄭玄曰：信也。

卷目	尤袤本	贛州本
卷六 （共80條）	趙中山鼓鳴瑟，趾躍躍。	趙中山鼓鳴瑟，趾躍。
	淇園，已見上文。	詩云：瞻彼淇澳，綠竹猗猗。漢書溝洫志曰：下淇園之竹。
	孔安國尚書傳曰：纊，細緜。廣雅曰：總，絹也。廣雅曰：夠，多也。	無此
	連類比物	運類比物
	班固漢書司馬相如贊文曰：推見至隱。	班固漢書司馬相如贊文也。
	勸百而諷一	觀百而諷一
	女樂一八	女樂一分
	管敬仲相桓公，九合諸侯，魏絳輔晉悼公，七合諸侯，故謂之元勳配管敬之績也。悼公得二肆而賜魏絳一肆，故諸侯歌鍾析邦君之肆也。	無此
	無乃不可加乎兵	乃不可加乎兵
	夷門監者。	夷門門者。
	坐定，從車騎	坐從車騎
	嗛，古謙字。説文曰：搦，按也。	嗛，古謙。
	笞擊折脅摺齒	笞擊折脅摧齒
	我必厚謝公	以厚謝公
	聞秦有太后、穰侯，不聞其有王也。	無此
	鐘會篍蒉論	鐘會論
	字書曰：迸，散走也。	字書曰
	漢書楊惲曰：蕪穢不治。	楊惲書曰：蕪穢不治。
	【劉淵林注】吳蜀皆暑濕，其南皆有瘴氣。	【李善注】吳蜀皆暑濕，其南皆有瘴氣。
	詩序曰：文王德及鳥獸昆蟲。	無此
	秦漢之徙，充以山東。	秦，山東。

續表

卷目	尤袤本	贛州本
卷六（共80條）	丈夫多夭	大夫多夭
	嬥謳歌	謳歌
	嫿，静好也。	嫿，静好也。
	禮記曰：孔子憲章文、武。	孔子憲章文、武。
	闚闇，望尊位也。	無此
	漢書音義：言其土地形勢足以束制其人也。	地形勢足以束制其人也。
	緜羃，微貌。	無此
	微子將朝周	微子將相朝周
	駟氏矐懼	駟氏㦝懼
	説文曰：惢，心疑也。	無此
	【李善注】閩，已見吴都賦。	【劉淵林注】吴都賦曰：閩越名也。秦并天下以其地爲閩中郡。班固述兩越傳曰：悠悠外宇，閩越東甌。
	恐皇輿之敗。班固漢書班嗣曰：伏周、孔氏之軌躅也。音義曰：躅，迹也。	恐皇輿之則。續漢班嗣書曰：伏孔氏之軌躅也。
	言既重其惟而又累其繆也。廣倉曰：惟，用心并誤也。	兼重惟以貤繆，言既重其惟而又累其繆也。
	偭，背也。	偭，皆也。
	治合造化	治念造化
	震起而驚蟄睹	震走而驚蟄睹
	劉向别録曰：鄒衍在燕，有谷，地美而寒，不生五穀。鄒子居之，吹律而温至黍生，今名黍谷。	劉同銑注。
	二客自言安能守此者自晦也。荀卿子曰：辯説譬論，齊給便利，而不慎義，謂之姧説。	荀卿子曰：辯説譬論，給便利，而不慎義，謂之好説。
	新序單襄公曰	新序曰：單襄公

續表

卷目	尤袤本	贛州本
卷七 （共101條）	蜀人有楊莊者	銘蜀人有楊莊者
	太乙祠壇，太一所用，如雍一時物。又立后土於汾陰脽上。	太一祠壇，太一所用，如雍時。又立后土祠汾陰脽上。
	承明，已見上文。	西都賦曰：又有承明、金馬著作之庭。漢書曰：嚴助爲會稽太守，帝賜書曰：君厭承明之廬。張晏曰：承明廬在石渠門外。
	將終泰畤	將祭泰畤
	星陳天行，已見西京賦。	星陳天行。東京賦曰：清道按列星陳天行。易曰：天行健。尚書大傳曰：明明上天，爛然星陳。
	句陳，已見上文。	西京賦曰：鈎陳之外閣道穹隆。西都賦曰：周之鈎陳之位。樂汁圖曰：鈎陳，後宮也。服虔甘泉賦注曰：紫宮外營鈎陳星也。然王者亦法之。
	蚩尤，已見西京賦。干將，已見東京賦。	西京賦曰：蚩尤秉鉞奮鬛被般……吳越春秋曰：干將者，吳人。造劍二枚，一曰干將，二曰莫耶。
	膠葛，已見上文。	吳都賦曰：東西膠葛，南北嶙峋。又曰：膠葛，長遠之皃。魯靈光殿賦曰：洞膠葛其無垠。
	何休公羊傳注曰：軼，過也。	無此
	蘇林曰：䢎，至也。	無此
	輳與臻同，至也。通天，臺名，已見上文。	輳與臻同，或作輳。西京賦曰：通天眇以竦峙。又曰：通天，臺名。武帝元封二年作漢書舊儀，云高三十丈望見長安城。
	并欄，楥也。	并閭，楥也。
	説文曰：遉	往往作遉遉
	軮軋，廣大貌也。服鳥賦	坱圠，廣大貌也。鵩鳥賦
	前庭植玉樹	前庭殖玉樹

續表

卷目	尤袤本	贛州本
	李善注：春秋合誠圖曰：紫宮帝室，太一之精。	無此
	橄，至也。晉灼曰：嶒嶸，槪緻也。	晉灼曰：嶒嶸，槪緻也。
	其景皆倒在下	無此
	故其景倒，又曰：絕，度也。	故其景皆倒在下
	撇，拂也。	擎，拂也。
	樛流，猶繚繞。	摻流，猶繚繞。
	炕，舉也。	抗，舉也。
	炕與抗古字同	抗，善作炕，與抗同
	紫宮及崝嶸，並已見上文。	西京賦曰：正紫宮於未央，表嶢闕於閶闔……司馬彪曰：崝嶸，深貌也。
卷七 （共101條）	駢，列也。	西都賦曰：遂集乎中囿，陳師桉屯，駢部曲，列隊。又曰：駢，猶併也。
	言自然也。	若自然也。
	有物混成。棍與混同。	有物混成。
	在其側而曳颿之	流離宛延於其側也
	呋，疾貌也。	呋，疾也。
	司馬彪上林賦注曰：肸，過也。	無此
	長門賦曰：擠玉戶以撼金鋪。司馬注子虛賦曰：芎藭，似槀本。	無此
	暗暗，深空之貌。靚，即靜字耳。	暗，深空之貌。
	汝作共工	汝共工
	並已見西京賦。	西京賦曰：命般爾之巧匠。又曰：般，魯般，一云公輸之子。魯哀公時巧人。爾，王爾。皆古之巧者也。淮南子曰：魯般以木爲鳶而飛之。又曰：王爾元所錯其剞劂。

卷目	尤袤本	贛州本
卷七 （共101條）	儲蓄精神	儲蓄精誠
	霞與瑕古字通。	霞或作瑕，古字通。
	如淳曰：東阮，東海也。	同濟注。
	乃悟好色	乃娛好色
	宓妃，已見東京賦。	宓妃，東京賦曰：宓妃攸館，神用挺紀。又楚辭：迎宓妃於伊洛。王逸曰：宓妃，神女，蓋伊洛之水精。
	如淳曰	如淳曰：招作皐。
	見漢書郊祀志。	漢郊祀志：元鼎五年秋，伐南越，告禱太一，以牡荆畫幡日月北斗登龍，以象太一三星，爲泰一縫旗，命曰靈旗。爲兵禱，則太史奉以指所伐國。
	共祭祀之薪蒸	供祭祀之薪蒸
	幽都，已見吳都賦。	吳都賦曰：開北户以向日，齊南冥於幽都。又曰：尚書曰：宅朔方曰幽都。謂日既任北，則南冥與幽都同。
	服虔曰：以玄玉飾之，故曰玄瓚。	同濟注
	肹蠁，已見上文。	肹蠁，蜀都賦曰：景福肹蠁而興作。又曰：上林賦曰：肹蠁布寫。甘泉賦注曰：説文曰：肹蠁布也。
	吾令帝閽闢闔開兮。	吾令帝閽開兮。
	衆盛貌也	衆盛也
	礚，大聲也。	蓋，大聲也。
	麗，光華也。	無此
	善曰：嶁與參同。	無此
	幽昧之貌。	難知也。
	繂與載同。	無此
	倈，古來字。	無此

續表

卷目	尤袤本	贛州本
卷七 （共101條）	千畝，已見西京賦。禮記曰：天子籍田千畝。	東京賦曰：脩帝籍於千畝。又曰：禮記曰：躬耕帝籍，天子三推，爲籍千畝。
	然師而爲帥者	然甸師而爲師者
	掌王之會同之舍	掌天之會同之舍
	【李善注】墳腴、平砥，已見上文。史記曰：京師膏壤，沃野千里。毛詩曰：周道如砥。	【劉淵林注】膏腴，肥沃也。史記曰：京師膏壤，沃野千里。【李善注】墳腴平砥，魏都賦曰：墳衍斥斥。鄭玄曰：水厓曰墳。蜀都賦曰：內函要害於膏腴。
	繩直，已見上文。	繩直，東京賦曰：周公初基，其繩則直。毛詩：其繩則直。毛萇曰：言不失繩直之宜也。
	犗牛，已見吳都賦。	犗牛，吳都賦曰：鯨犗中於群犗。五臣本作背。說文曰：犗，騬牛也。
	百僚，已見上文。	西都賦曰：左右庭中朝堂百寮之位。尚書曰：百僚師師。
	春服，已見魏都賦。	魏都賦曰：習步頓以升降，御春服而逍遙。論語曾點曰：春服既成。
	朱輪，已見吳都賦。	吳都賦曰：躍馬疊跡，朱輪累轍。又楊惲書曰：朱輪者十人。
	而施敬也	而加敬也
	魚麗，已見東京賦。屬車，已見西京賦。	無此
	方駕千駟	方馳千駟
	漢舊儀曰	漢書儀曰
	播植百穀	播殖百穀

續表

卷目	尤袤本	贛州本
	今時警蹕	今時敬蹕
	華蓋，已見西京賦。	華蓋，西京賦曰：華蓋承宸，天畢前驅。又曰：華蓋星覆北斗，王者法而作之。
	鄭玄曰：衝牙，居中央	居中央
	五采文畫輈	立乘文畫輈
	龍驥、沛艾，已見上文。	龍驥，東京賦曰：齊龍驥之沛艾。綜曰：騰驥趣走也。沛艾作姿容貌。又司馬相如大人賦曰：沛艾赳螑。
	軷車載。闒與鈒，音義同也。	闒載。闒與鈒音義同也。
	簫管，已見上文。	簫管，東都賦曰：陳金石絲竹。又曰：鄭玄曰：竹蕭管也。
	嘈，已見上文。	嘈，東京賦曰：奏嚴鼓之嘈囐。綜曰：嘈囐鼓聲也。
卷七（共101條）	筍簴、軒翥，已見西京賦。天子之行，擊左右鍾，已見西都賦。	西京賦曰：洪鐘萬鈞，猛虡趪趪。又曰：縣鍾格曰筍，植曰虡。西京賦曰：鳳翥音軒翥於薨標。又曰：楚辭曰：鳳翥而飛。説文曰：翥，飛貌也。天子之行，擊左右鍾，東都賦曰：鏗華鍾。又曰：尚書大傳曰：天子左五鐘，天子將出則撞黄鍾，右五鐘皆應。
	蟬冕，已見魏都賦。千千，碧兒。	無此
	三推，已見上文。	東京賦曰：躬三推於天田。又禮記曰：躬耕帝籍，天子三推。
	都，謂京邑也。杜預左傳注：鄙，邑也。	無此
	康衢，已見上文。	西都賦曰：乎遊童之歡謡。劉子曰：昔堯理天下五十年不知天下治歟亂歟，堯乃微服遊於康衢，聞兒童謡曰：立我蒸人，莫匪爾極，不識不知，順帝之則。
	昏作，已見西京賦。	西京賦曰：何必昏於作勞邪，嬴傲而足恃。尚書曰：不昏作勞。

卷目	尤袤本	贛州本
	説以使民，民忘其勞。	説以使人，人忘其勞。
	而天下不振	而天下振
	能平九土	龍平九土
	余一人閔閔焉	余一人閔焉
	昧旦不顯，已見東京賦。	東京賦曰：昧旦不顯，後世猶怠。左氏傳：鼎之銘曰：昧旦不顯，後世猶怠。
	廟祧，已見西京賦。	廟祧，東京賦曰：躬追養於宗祧。禮記曰：遠廟爲祧。
	令馨香茅以縮酒	合馨香茅以縮酒
	毛詩曰：儀刑文王，萬國作孚。	毛詩曰：儀形文王，萬邦作孚。
	露積穀也	路積穀也
	罘，已見上文。	鄭玄禮記注曰：獸罟曰罘。絃罘之網也。
卷七 （共101條）	高山擁蔽	高山雍蔽
	司馬彪曰：陁靡，邪靡也。案衍，宨下也。	司馬彪曰
	似燕麥也	似燕麥也
	張揖：菴閭，蒿也。	菴閭，蒿也。
	樗，樗棗也。	樗，樗朱也。
	剸諸，已見吳都賦。	左氏傳曰：吳公子光享王，鱄諸寘劍於魚中以進，抽劍刺王，遂殺闔閭。
	雄戟，已見吳都賦。	史記趙良曰：屈盧之勁矛，干將之雄戟。
	古之善御者，見楚辭。	古之善御者
	言所在衆多，若天之雨獸。	無此
	郭璞曰：弭，猶低也。節，所仗信節也。翱翔容與，言自得也。	無此
	錫與錫古字通	無此

卷目	尤袤本	贛州本
卷七 （共101條）	若神，已見上文。	西都賦曰：俯仰如神。戰國策張儀謂楚王曰：彼鄭國之女，粉白黛黑，立於衢間，非知而見之者以爲神。
	駿蟻，已見上文。	許慎淮南子注曰：駿蟻，鷩雉也。
	矰、繳，已見上文。	周禮曰：矰，矢也。鄭玄曰：結繳於矢，謂之矰。矰，高也。説文曰：繳，生絲縷也。
	雙鶬，見上注。爾雅曰：下，落也。戰國策更嬴曰：臣能虛發而下鳥。淮南子注曰：加，制也。列子曰：蒲且子連雙鶬於青雲之上。	列子曰：蒲且子連雙鶬於青雲之上。西都賦注曰：爾雅曰：鶬，麋鴰也。爾雅又曰：下，落也。戰國策：臣能虛發而下鳥。高誘淮南子注曰：加，制也。
	璚瑁、紫貝，已見西京賦。	東京賦曰：璚瑁不簇。注曰：璚瑁，珍名。不簇，不义簇，取之爲器也。西京賦曰：摭紫貝。又曰：相具經曰：赤電黑雲謂之紫貝。
	張揖曰：籥，簫也。	無此
	張揖曰：榜，船也。	無此
	言悲嘶也。	聲喝，言悲嘶也。
	彰君惡，害私義	無此
	崒與萃同，集也。	崒與萃集同。
卷八 （共106條）	述職者，述其所職也。	述者，述其所職也。
	黃子陂西北流	皇子陂西北流
	楚辭曰：馳椒丘兮焉且。且，止也。	郭璞曰：椒丘見楚辭曰：馳椒丘兮焉且。
	海南經曰：桂林八樹在番禺東也。	南海經曰：桂八樹在番禺東也。泱泲之壄
	偪字與逼同。	無此
	説文曰：潒，清深也。	無此
	左氏傳注	左氏傳

續表

卷目	尤袤本	贛州本
卷八 （共106條）	皆水無涯際貌也。	皆水無際貌也。
	郭璞曰：言運轉也。	徐回，言運轉。
	郭璞曰：水白光貌也。	滴滴，水白光貌也。
	郭璞曰：太湖在吳縣，尚書所謂震澤也。	太湖，吳縣，尚書所謂震澤也。
	郭璞曰：其形狀而出也。	衍溢，言溢而出也。
	其形狀未聞	未聞
	兩相合得乃行。鰡，鮤魚也。	兩相得乃行。鰡，鮲魚也。
	隱岸坻也	處隱岸底也
	常庭之山	重庭之山
	玉石符采映耀	玉石符采映輝
	庸渠，似鳧，灰色而雞脚，一名章渠	庸渠，鳧，灰色而雞脚，一名帝渠
	與喋同	嚏與喋同
	皆高峻貌也。	巃嵸崔巍，皆高峻貌也。
	皆峯嶺之貌也。	嶄巖參嵳，皆峯嶺之貌也。
	九嵕、南山，已見西都賦。	漢書谷口縣九嵕山在西。薛綜曰：南山，終南在長安南。
	振，拔也。	振，收也。
	香氣射散也	發越香氣射散也
	步欄，步廊也。周流，周徧流行也。	步欄，步廊也。周徧流行也。
	並已見上文。	晉灼曰：玫瑰，火齊珠也。廣雅曰：珊瑚珠也。淮南子曰：崑崙有碧樹在其北。高誘曰：碧，青石也。
	晁，古朝字。	無此
	其味酸，出江南也。	其味酢，出江南也。
	櫻桃、蒲陶，見南都賦。	漢書音義曰：櫻桃含桃也。郭璞上林賦注曰：蒲陶似燕薁，可作酒。

續表

卷目	尤袤本	贛州本
卷八 （共106條）	華，皮可以爲索。楓，橏也，脂可以爲香。郭璞曰：枰，平仲也。櫨，已見南都賦。	華，皮可以爲香。郭璞曰：枰，平仲木也。南都賦曰：楓枰櫨櫪。郭璞上林賦注曰：櫨橐。
	胥邪似并閭。	楈枒似栟櫚。
	胥邪、并閭，已見南都賦。	張揖上林賦注曰：栟櫚椶也。皮可爲索。
	崔錯，交雜。駁骸，蟠戾也。	錯相樛也。
	間砢，相扶持也。	無此
	英，謂華也。	無此
	支竦擢也	支疎擢也
	金、石、管，已見上文。籥，已見南都賦。	周禮曰：太師下大夫。又曰：播之以八音金石土革絲木匏竹。鄭玄曰：金，鍾鎛也。石，磬也。土，塤也。革，鼓鼗也。絲，琴瑟也。木，祝敔也。匏，笙也。竹，管簫也。鄭玄周禮注曰：籥，舞者所吹也，如邃，三孔。
	蜼，似母猴。	蜼，似獼猴。
	説文曰：杪，末也。	無此
	喩字與踰同。	無此
	羣奔走也	牢落陸離，群奔走也
	崩騰羣走貌也。	爛熳遠遷，崩騰羣走貌也。
	鏤其車輅	鏤其重較
	畫熊虎於旒爲旗	畫熊虎於旒爲旌
	雲旗，已見東京賦。	薛綜曰：旗，謂熊虎爲旗，爲高至雲，故曰雲旗也。楚辭曰：載雲旗之逶夷。
	謂生取之也	抗之也
	絠，謂絆絡之也。	絠，絡也。
	名猛氏	名猛獸
	部曲，已見上文。	司馬彪續漢書曰：將軍皆有部，大將軍營五部，部有校尉一人，部下有曲，曲有軍候一人。
	以白羽爲箭	以白羽羽箭

卷目	尤袤本	贛州本
	率徑馳去也	率然馳去也
	東南三十里	東南二十里
	平其多少也	釣謂平其多少也
	言交橫也。	他他藉藉，言交橫也。
	以歌八闋	以歌八闋
	二曰遂草木	三曰遂草木
	以闋爲曲	以闋爲曲
	皆剛勇好舞	好舞
	因名巴渝舞也	因巴渝舞也
	衝激，急風也。	激，衝激，急風也。
卷八 （共106條）	皆是靡曼美色也。下或雲於後	皆是靡曼也。色下或云於後
	皆骨體覛弱長豔貌也	皆體覛弱長豔貌也
	獨繭，一繭之絲也	獨繭之絲也
	香氣盛也。又曰	無此
	美人皓齒嫮以姱。又曰：嫮目宜笑娥眉曼。	美人皓齒妧以姱。又曰：嫮昆宜笑娥眉曼。
	下補不足也	而補不足也
	春秋義禮	春秋義理
	受天之祐	受天之祐
	曾子避席	曾子避廗
	士卒負羽也	士負羽也
	皆在郊藪	皆在郊椒
	禹曰：益哉。帝曰：女作朕虞。孔安國曰：上謂山，下謂澤也。	帝曰：益汝作朕虞。孔安國曰：上謂山，下謂地也。
	有諸？曰：有之。若是其大乎？	有是其大乎
	宜春，已見上文。	郭璞曰：宜春，宮名，在渭南杜縣東也。

續表

卷目	尤袤本	贛州本
	中國被教齊整之民	中國被教人也
	甲或爲田	甲或爲由
	三驅，已見西都賦。	周易曰：王用三驅，失前禽也。
	已見上文。	李奇曰：以五校兵出獵也。
	假爲或人之意	假爲人也
	但文質不同	俱文質不同
	子莊王侶立。春秋	子莊子莊王立。呂氏春秋
	薛君韓詩章句曰：惟，辭也。	無此
	孔安國尚書傳曰：虞，掌山澤之官。又曰：延，及也。張晏曰：東至昆明之邊也。善曰：閶闔，已見上文。	張晏曰：東至昆明之邊也。洛陽官舍記曰：洛陽有閶闔門。
	落，纍也。	無此
卷八（共106條）	三峻，已見上文。	郭璞三倉注曰：三峻山在聞喜。
	育，夏育也，已見西京賦。	戰國策范説秦王曰：夏育之勇焉而死。
	周禮曰：日月爲太常	又曰：日月爲太常
	候，望敵者。	候，望敵
	謂羽騎明白分别	謂羽騎分别
	杜業奏事曰：輬車駕白虎四。	杜業曰：輬車駕白虎。
	蒙公，蒙恬也。	蒙恬也
	雲師，已見吳都賦。説文曰：吸，喘息也。	雲師，畢星也。廣雅曰：雲師謂之豐隆。説文曰：吸，内息也。
	蕙圃，已見子虛賦。	張揖曰：蕙圃，蕙草之圃也。
	狿，已見上林賦。	象鼻赤者怒巨狿麠也。怒走者爲狿謂能戾象鼻，又穿麠以著圈。
	獲夷，能獲夷狄者。善曰：蹶，踏也。掌，以掌擊之也。爾雅曰：茨，蒺藜。	獲夷狄者。蹶，踢也。掌，擊之也。爾雅曰：茨，蒺藜。
	蒙蘢，已見上文。	孫子兵法曰：草樹蒙籠。

續表

卷目	尤袤本	贛州本
	撁，古牽字。	無此
	闉藹，衆盛貌。	無此
	晏然無雲之處也	晏無雲之處也
	走獸未及發	走獸未及發
	罕，罼罕車。	罕，罼罕也。
	已見上文。	西京賦曰：攎拂猲狒。
	應劭曰：下時窮極山川天地之間。	應：下時窮極山川天地之間。
	言獸被創過大，血流與車輪平也。	言獸被創過與輪平也。
	山下之流	山下之池
	礐崟，高大貌。	礐岑，高大貌。
卷八（共106條）	無此	蚌子珠
	無此	越絶書曰：子胥死，王使捐於大江口乃發憤馳騰，氣若奔馬，乃歸神大海，蓋子胥水仙也。
	宓妃，已見上。子胥，已見吳都賦。	如淳曰：宓妃，伏羲氏女，溺死洛，遂爲洛水之神也。
	俄，卬也。車有蕃曰軒。	俄，卬也。車有轓曰軒也。
	毛詩曰：自彼氐羌	毛詩曰
	單于南庭山	單于庭南山
	已見籍田賦。	尚書曰：左右常伯。應劭曰：漢官儀曰：侍中，周成王常伯任侍中，殿下稱制，出即陪乘。
	高誘呂氏春秋注以爲宋人。	無此
	已見上文。	管子曰：古之封太山，禪梁父者七十二家，而夷吾所記者十有二焉。
	芻蕘，薪采者也。	蒭蕘，采薪者也。
	雍，和也。	雍，和也。
	麗，光華也。鄭玄禮記注曰：靡，奢侈也。	無此

卷目	尤袤本	贛州本
	七略曰：羽獵賦	士略曰：羽獵賦
	褒斜，穀名，已見上。	褒斜，谷名。梁州記曰：万石城洮漢上七里有褒谷，南口曰褒，北口曰斜，長四百七十里。
	以毛射拗，名豪。豪，毚也。	以毛射物，名豪，毚也。
	詩序曰：下以風刺上。	無此
	太華，已見西都賦。	西都賦曰：表以太華，終南之山。
	搤，拖，已見西都賦。	説文曰：捉，搤也。搤與扼古字通。又曰：拖，曳也。
	言有儲畜	高其儲畜
	甚勞，而無所圖	甚勞，而無圖
	善曰：禮記曰：天子無事歲三田，一爲乾豆也。	善同濟注。
卷九（共75條）	玄默，已見魏都賦。澹泊與澹怕同，已見子虛賦。	魏都賦曰：顯仁翌明藏用玄默。澹泊與澹怕同，老子曰：我獨怕然而未兆。説文曰：怕無爲也。廣雅曰：憺怕，靜也。
	而不治其外	而不知其外
	如麋之沸，若雲之擾，言亂之甚也。	無此
	命者，天之令	命者，天之命
	無此	緋衣革鞜
	廣雅曰：跣，亦賤也。字書曰：跣，遠也。璣，小珠也。	廣雅曰：跣，遠也。字書曰：璣，小珠也。
	晏衍，邪聲也。禮記曰	晏衍，雅聲也。又曰
	春秋運斗樞曰：北斗七星，第五曰玉衡。元命苞曰	春秋元命苞曰
	已見魏都賦。	泰階者，天之三階也……三階平則陰陽和，風雨時，歲大登，民人息，天下平，是謂太平。
	橫，自縱也。	橫，縱也。

卷目	尤袤本	贛州本
卷九 （共 75 條）	驃，驃騎霍去病也。衞，衞青也。	無此
	塗沙幕	塗沙漠
	躐，踐也。	獵，踐也。
	叩頭時，項下向	叩頭時，頂下向
	漢書音義曰	漢書曰：或曰
	得其英華	得其華英
	服虔曰：肆，弃也。	無此
	言時不常也	時言不常也
	日域，日出之域也。	無此
	文王三驅是也，已見上文。	文王三驅是也
	罕興力役	罔興力役
	無此	韋昭曰：憂擊作拮隔。
	史記管子曰：古者禪梁父。	無此
	蹴路馬芻	蹴踏馬芻
	伊洛以南，素質五采皆備成章曰鷩。	無此
	鷩，見爾雅。	爾雅曰：伊洛而南，素質，五彩皆備，成章曰鷩。郭璞曰：鷩亦雉屬，言其毛色光鮮。
	耿介，專一也。	無此
	青春受謝	青春爰謝
	今儋人通有此	今儋人通有此語。射者
	方似罔罦，故曰罦焉。罦，古買切。挂同。	方似剛罦，故曰罦焉。
	其矢來疾也	其來疾也
	遄來翳前也	遙來翳前也
	雉當不止	雉尚不止
	西京賦曰：秦政利觜長距	東京賦曰：秦政利觜長距

續表

卷目	尤袤本	贛州本
卷九 （共75條）	萃蕁奉茸	莽蕁奉茸
	爰曰：挺稜，草莖也。掉，動也。覩草莖傾動，冀雉將出，意淰躍踊逸也。	爰同翰注。
	暁，漸出貌也。	無此
	鷖音脉，字亦從脉。	鷖亦從脉。
	轉翳回旋	轉翳旋回
	陵山越澗	陸山越間
	通天，臺名，已見上文。	無此
	右扶風拘縣有圖鄉。詩，圖國。	右扶風有拘縣
	文公城郇	公城郇
	郇與圖同	無此
	赫怒，已見上注。	毛詩曰：王赫斯怒，爰整其旅。
	傷李夫賦曰	傷李夫人賦曰
	秦之暴虐兮	秦之暴虎兮
	篆文從火，古字通。	篆文從火者字通。
	蠻夷猾夏	蠻戎猾夏
	聖文，文帝也。	無此
	使南越王	使南越
	山水之溝	川水之溝
	愴愴恨恨，悲也。	愴恨，悲也。
	動静不失	動静不失其時
	明發不寐	明發不未
	禮記曰：昔者未有宮室，夏則居檜巢。	無此
	就列，已見上注。	子謂冉有曰：周任有言，陳力就列，不能者止。
	穀城、平陸、偃師、鞏	登城、平陸、偃師、單父

卷目	尤袤本	贛州本
卷九 （共75條）	旋門，已見東京賦。	薛綜東京賦注曰：東有旋門，在城皋西南十數里。
	君子懷德，小人懷土	小人懷土
	論語：子畏於匡。又曰	論語曰
	虎嘗暴於匡人，匡人	虎嘗暴於匡人
	尹文子曰	文子曰
	吳季札適衛	吳公子札適衛
	謂公子朝曰	公子朝曰
	成侯貶號曰侯。平侯子嗣君更貶號曰君。	成侯貶號曰平侯，更貶號曰君
	命，已見上文。	家語孔子……分於道始得爲人也。
	毛詩曰：高山仰止，景行行止。	無此
	精誠通於形	精誠於形
	招貞良與明智	怊貞良與明智
	論語曰：顏淵、季路侍，子曰：盍各言爾志。	無此
	先君，謂彪也。有作，謂北征賦也。	無此
	靖恭，已見上注。	毛詩曰：靖共爾位，好是正直。
卷十 （共126條）	太歲在子曰困敦	太歲在子曰因敦
	憑軾，已見魏都賦。	左傳楚子玉謂晉侯曰：君憑軾而觀之。
	形變之始	形變之如
	甄，已見魏都賦。	如淳漢書注曰：陶人作瓦器謂之甄。
	漢書音義曰：陶人作瓦器謂之甄。	無此
	天地之大德曰生	天地之大德曰主
	無此	言人之生獨貴在位

續表

卷目	尤袤本	贛州本
卷十 （共126條）	又曰：柳下惠爲士師，三黜。人曰：子未可以去乎？曰：直道而事人，焉往而不三黜。	無此
	字世安	字安世
	伊尹之相太甲，致桐宮之師。周旦之輔成王，有流言之謗。	無此
	七姓，謂呂、霍、上官、趙、丁、傅、王也。	無此
	闚行藏之明	闚行藏之明
	票駮蓬轉	栗駮蓬轉
	累卵，已見魏都賦。	説苑曰：晉靈公造九層臺。孫息聞之求見曰：臣能累十二博棊加九雞子其上……君欲何？望公即壞臺。
	擇木，已見魏都賦。	魏都賦曰：栖者擇木。春秋左氏傳曰：鳥則擇木。
	古□長歌行	古今長歌行
	幽情形而外傷	幽情形而外揚
	東都賦曰：闕庭神麗。	東都主人曰：闕庭神麗。
	鞏洛，二縣名也。	無此
	帝嚳，高辛者。	帝佶，高辛者。
	謂此周也	謂北周也
	無競維烈	無競維不
	能材强道者	能道者
	何暇寐也	何假寐也是
	言武王滅商	言武王基
	亡王，謂桀也。	無此
	東都賦曰：建都河洛。	東都主人曰：建都河洛。

卷目	尤袤本	贛州本
	懋，盛也。	懋，盛貌。
	言鄭伯以子頹樂及偏舞爲樂禍而討之……原伯曰：鄭伯劼尤，其亦將有咎。	善曰同濟注。
	重，晉文侯重耳。	無此
	欲毀王宮。王欲壅之，太子晉諫曰：不可。晉聞古之長人，不墮山，不防川。今吾執政實有所辟，而禍夫二川之神。	無此
	自立爲思王	立爲思王
	澡，水經注作濟。	無此
	字書曰	書曰
卷十 （共126條）	禮記曰：延陵季子適齊，於其反也……今子死，乃與向無子時同，吾奚憂也。	無此
	秦吏卒多竊言	奉吏卒多竊言
	高會，已見吳都賦。	左傳曰：禹會諸侯於塗山，執玉帛者万國。
	史記曰：趙王與秦王會於澠池……秦王終不能加勝於趙。	無此
	史記曰：廉頗曰：我爲趙將，有攻城野戰之功，而藺相如徒以口舌爲勞，而位居我上。我見相如，必辱之。相如出，見廉頗，引車避匿。	無此
	左傳秦穆公曰	左傳曰
	佐命，已見西都賦。	李陵報蘇武書曰：其餘佐命立功之士。
	猶連結也	猶連結之
	嵯峨，已見上文。	上林賦曰：嵯峨嶵嵬。

續表

卷目	尤袤本	贛州本
卷十 （共126條）	秦孟明視伐晉，晉侯禦之，戰于彭衙，秦師敗績。又曰：晉先且居伐秦，取汪彭衙而還，以報彭衙之役，斯三敗矣。	孟明視伐晉晉侯禦之，秦師敗績
	封殽尸而還，遂霸西戎，用孟明也。	無此
	無此	又曰：穆公遂霸西戎。
	漫澗水北	漫澗與北
	曹陽，桃林縣東十二里。	曹楊，桃林縣東十二里也。
	離析，已見上注。	論語子曰：邦分崩離析。
	萬乘，已見上文。	説苑曰：吳王欲從民飲……萬乘，天子也。
	獻帝下登船	獻帝不登舩
	洞智達腋	洞智達掖
	然孝侯、翼侯	然孝侯
	王逸楚辭注	楚辭注
	函谷，已見西都賦。	戰國策蘇秦曰：秦東有殽函之固。鹽鐵論曰：秦左殽函。
	衿帶，已見上文。	李尤函谷關銘曰：衿帶咽喉。聲類曰：衿衣交領也。
	紫極，星名。王者爲宮以象之。	無此
	逆旅翁要	翁惡
	㡲，騈馬口中長銜也。淮南子曰：陦法刻刑。許慎曰：陦，峻也。	騈馬口中長銜也
	白龍，已見東京賦。	説苑曰：吳王欲從民飲……此言先生責公子陰戒期門，微行要屈。萬乘，天子也。
	湖，縣名，今虢州。閿鄉、湖城二縣，皆其地也。	湖有閿鄉
	論語曰：子不語怪力亂神。	善同良注。

卷目	尤袤本	贛州本
卷十 （共126條）	漢書，楊雄即趙充國圖畫而頌之曰：料敵制勝。	無此
	區中之益狹。廣雅曰：踦區，傾側也。	區中之隘陝。廣雅曰：踦，頃側也。
	褒斜、汧隴，並已見上文。	西都賦曰：右界褒斜隴首之險……白麟歌曰：朝隴首。
	寶雞、甘泉，並已見上文。	漢書：秦文公獲若石，于陳倉坂城祠之……應劭曰：甘泉在馮翊雲陽縣。
	並已見上文。	服虔曰：巀嶭，山名也。孟康曰：在池陽北。顏監曰：巀嶭即今謂嵯峩也。郭璞：巃嵷，高峻皃也。
	東南三十里	東三十里
	鄭玄周禮注曰：浸者，可以爲陂灌溉者。鄭白，已見上文。	史記曰：韓聞秦之好興事，欲罷，無令東伐……鄭國在前，白渠起後。
	並已見上文。	西都賦曰：商洛緣其隈，鄠、杜濱其足。竹林果園，芳草甘木。漢書：扶風有鄠縣。西都賦曰：藍田美玉。范子計然曰：玉英出藍田。
	昏亂有貞臣	昏亂有忠臣
	抵掌，已見蜀都賦。	戰國策曰：蘇秦說趙王華屋之下，抵掌而言，皆談說之客也。
	漢書曰：秦王子嬰素車白馬，係頸以組，降軹道傍。軹塗，已見東京賦。	蘇林曰：軹，亭名，在長安城東十三里。
	西都賦曰：建金城而萬雉。	又曰：建金城而萬雉。
	繩直，已見東京賦。	毛詩曰：其繩則直。毛萇曰：言不失繩直之宜也。
	已上並見西京賦。	漢書武帝故事，上起明光宮、桂宮、長樂宮，皆輦道相屬……薛綜西京賦注曰：馺娑、騊駼、枍詣、承光，皆臺名。
	鷩雉，已見射雉賦。黍苗，已見魏都賦。尚書曰：予思日孜孜。	鷩雉，似山雞而小，冠背毛黃，腹下赤，項綠色，其性悍戾憨害，飛走如風之猋也。微子麥秀之歌曰：黍苗油油。
	鐘華祠樂	鐘華獨樂

卷目	尤袤本	贛州本
卷十 （共126條）	潘岳關中記曰：秦爲銅人十二，董卓壞以爲錢，餘二枚，魏明帝欲徙詣洛，載到霸城，重不可致。今在霸城次道南。	今在霸城大道南。
	並已見西都賦。	漢書曰：蕭何，沛人……宣帝即位，代魏相爲丞相。
	衛霍，已見長楊賦。	漢書曰：霍去病爲驃騎將軍。凡六出擊匈奴。又曰：衛青，字仲卿，爲大將。凡七出擊匈奴。
	杜陵人也	社陵人也
	軍得以不乏	軍得以不之
	臨危，張騫也。智勇，已見上文。投命，蘇武也。	史記繆賢曰：臣舍人藺相如，勇士，有智謀。太史公曰：其處智勇，可謂兼之矣。
	司馬長卿、王子淵、楊子雲也。	無此
	杜詩上書	杜預上書
	趙喜奮迅行伍	趙憙奮迅行伍
	謂廣漢之屬也。	善同良注
	謂賈誼之屬也。	善同翰注。
	令聞令望	令問令望
	石顯，已見西京賦。	又曰：石顯，字君房，少坐法腐刑，爲黃門中尚書。元帝被疾，不親政事，事無小大，因顯自決。
	王莽之漸臺上，商人杜吳殺莽	王莽之新臺上，商人社吳殺莽
	西京賦曰	東京賦曰
	賈逵國語注	賈氏國語注
	連竟外杜	連竟外社
	文成將軍李少翁，五利將軍樂大，皆方術士，說武帝作宮觀以延神仙。帝耽溺之，其雄才大略，亦何在也。	班固漢書贊曰：如武帝有雄才大略……曰：臣之師，有不死之藥可得，仙人可致。乃拜大爲五利將軍。

續表

卷目	尤袤本	贛州本
	西都賦曰：抗仙掌以承露，擢雙立之金莖。西京賦曰：干雲霧以上達。	薛綜曰：海若，海神。楚詞曰：令海若舞馮夷……漢書：孝武作柏梁、銅柱、承露仙人掌之屬矣。薛綜曰：干，犯也。
	又東方朔曰：甲乙之帳。臣瓚曰：興造甲乙之帳，絡以隋珠和璧。漢書贊曰：孝武奢侈，海内虛耗，户口減半。漢書曰：武帝登封泰山。封禪書曰：勒功中岳。	文穎曰：秦名此樂爲角牴，兩兩相當……音義曰：甲乙，帳名也。
	餘並已見上文。	無此
	方言曰：賜，盡也。	無此
	熊佚出圈	熊佚圈
	左右格殺熊。上問：人情驚懼，何故當熊？婕妤對曰：猛獸得人而止，妾恐熊至御坐，故身當之。元帝嗟嘆，以此倍敬重焉。傅照儀等皆慚。	左右格殺。上問：何故當熊？婕妤曰：猛獸得人而止，妾恐至御坐，故身當之。元帝嗟嘆，以此倍敬重焉。
卷十（共126條）	得無近似之乎。	得無近似之。
	漢武故事曰：衛子夫得幸，頭解，上見其美髮，悦之。左傳叔向母曰：昔有仍氏生女，鬒黑而甚美，光可以鑑。廣雅曰：鑑，照也。荀悦漢紀曰：趙氏善舞，上悦之，事曰體輕。	漢書：孝武衛皇后，字子夫。漢武故事曰：子夫得幸，頭解，上見其美髮，悦之。毛詩：鬒髮如雲。荀悦漢紀曰：趙女善舞，號曰飛燕，上悦之，事由體輕。而封皇后也。左氏傳叔向之母曰：昔有仍氏生女，鬒黑而甚美，光可以鑑。
	緣廢自裁	因廢自裁
	華蓋，已見上文。	薛綜西京賦注曰：華蓋星覆北斗，王者法而作之。劉歆遂初賦曰：奉華蓋於帝側。
	倨，傲也。	倨，敖也。
	邯鄲，少利	戰少利
	終不肯行	終不可行
	昭王，昭襄王也。廟筭，已見上文。	孫子曰：夫未戰而廟勝得筭之多者也。
	杜篤吊比干文曰：闇主之在上，豈忠諫之是謀。	無此

續表

卷目	尤袤本	贛州本
	相如持其璧睨柱，欲以擊柱	相如以其璧睨柱，欲以擊
	荆軻之客高漸離	荆軻之客高軒離
	又曰：李斯曰	李斯曰
	廣雅曰：穿，阬也。	無此
	國語單襄公曰：兵在其頸，不可久。東征賦曰：惕覺寤而顧問。	無此
	兵在頸，已見東京賦。	國語單襄公曰：兵在其頸，不可久也。
	子嬰降，已見上文。	漢書曰：秦王子嬰素車白馬，係頸以組，降軹道傍。
	史記：沛公至咸陽，蕭何獨先入，收秦丞相、御史圖書藏之。漢所以具知天下阨塞、户口多少者，以何具得秦圖書也。	無此
卷十 （共126條）	遠近險易	近遠險易
	又曰：或説項王，關中可都。項王見秦皆已燒殘破，又心懷思欲東歸。説者曰：人言楚人沐猴而冠耳，果然。張晏曰：沐猴，獼猴也。漢書曰：羽屠咸陽	漢書曰：羽西屠咸陽
	若九地之下與重天之顛	若九地之下重天之顛
	燕丹子曰	燕丹太子
	漢書曰：韓延壽，字長公，燕人也……吏民數千人送至渭城，百姓莫不流涕。	無此
	漢書曰：景帝葬陽陵……上從其議，遂斬錯。又	無此
	解萬年	萬年
	王莽奏曰：王者父事天，故爵稱天子。又曰：封董賢爲高安侯。已見西京賦。	又曰：封董賢爲高安侯。後代丁明爲大司馬，即三公之職也。
	無此	故云激義誠以明節
	三輔黄圖曰：阿房前殿，以木蘭爲梁，礠石爲門。懷刃者止之。史記曰：始皇南山之巔以爲闕。	無此

卷目	尤袤本	贛州本
	莽乃率羣臣至南郊	乃率羣臣至南郊
	焚詩、書，已見上文。	史記李斯曰：臣請非博士官所職，天下敢有藏詩書百家語，詣守尉雜燒之。
	漢書音義應劭曰：宣帝廟曰樂游。又	無此
	乃葬衛后，追謚曰思后	乃葬衛，左右追謚曰思后
	五柞，在盩屋。	漢書：盩屋有五柞宮也。
	漕渠，已見上文。	漢書武紀曰：穿漕渠通渭。如淳曰：水轉曰漕。
卷十 （共126條）	漢書：武帝發謫，穿昆明池。西都賦曰：集乎豫章之宇，臨乎昆明之池，左牽牛而右織女，似雲漢之無厓。古詩曰：皎皎河漢女。	西都賦曰：集乎豫章之宇，臨乎昆明之池。漢書：武帝發謫吏穿昆明池。蜀都賦曰：流漢湯湯，驚浪雷奔。吳都賦曰：潰濆泙汗，溟海森漫。又曰：泓澄奫潫，潕溶沆瀁。南都賦曰：布濩漫汗，漭沆洋溢。
	周易曰：日月麗乎天。西京賦曰：日月於乎出，象扶桑與濛汜。淮南子曰：日出湯谷。又曰：日入虞淵之汜，曙於濛谷之浦。	西京賦曰：日月於是乎出入，象扶桑與蒙汜。淮南子曰：日出暘谷，拂于扶桑。楚詞曰：出自暘谷。應劭曰：虞淵，日所入也。淮南子曰：至于虞淵，是謂黃昏。
	三輔黃圖曰：上林有豫章觀。西京賦曰：神池靈沼，黑水玄沚，豫章珍館，揭焉中峙。	西京賦曰：豫章珍館，揭焉中峙。三輔黃圖曰：上林有豫章觀。西京賦曰：海苔遊於玄渚。楚詞曰：臨沅湘之玄淵。
	毛萇詩傳曰：京，大也。大戴禮曰：漢，天漢。宮閣疏曰：昆明池有二石，牽牛、織女象也。	西都賦曰：左牽牛而右織女。漢宮闕疏曰：昆明池有二石人，牽牛織女象。
	鄭玄周禮注曰：八尺曰尋。包咸論語注曰：七尺曰仞。説文曰：趾，基也。	無此
	毛詩曰：振鷺于飛。周易曰：鴻漸于干。	蜀都賦曰：其中則有振鷺鵁鶄。毛詩曰：振鷺于飛。爾雅曰：舒鳧鶩。毛萇詩傳曰：鳧，水鳥。又曰：大曰鴻，小曰鴈。周易曰：鴻漸于陸。

續表

卷目	尤袤本	贛州本
卷十 （共126條）	毛萇詩傳曰：飛而上曰頡，飛而下曰頏。上林賦：浮滔汎濫，隨波澹淡。	魏都賦曰：羽融頡鴰。毛萇詩傳曰：飛而上曰頡，飛而下曰頏。南都賦曰：嚶嚶和鳴，澹淡隨波。
	瀺灂，出没之皃。高唐賦曰：巨石溺以瀺灂。西京賦曰：散似驚波。上林賦曰：唼喋菁藻。	上林賦曰：瀺灂霣墜。字林曰：瀺灂，小水聲也。西京賦曰：散爲驚波。上林賦曰：唼喋菁藻。薛綜東京賦注曰：菱芡也。芡，雞頭也。
	賦，足也。	贍，足也。
	播殖之物	播植之物
	謂品第也。謂品第其所獲也。	謂品第其所獲也。
	舊説曰：輪，釣輪也。	舊説：釣輪也。
	义族之所攬桷	义蔟之所攬桷
	以白羽連綴網	以白連羽連綴
	以長木叩舷	以長木叩船
	字書曰：挈，牽也。	書曰：挈，牽也。
	礨，已見子虚賦。	薛綜西京賦注曰：礨，脊也。
	鸞刀，已見東京賦。	毛詩曰：執其鸞刀。
	許慎淮南子注曰：策，杖也。	策，馬檛也。
	宗庿之中	宗廟之中
	亂臣十人	亂人十人
	靈臺，已見上文。	毛詩曰：經始靈臺，經之營之。
	蘇秦、張儀，已見上文。	劉淵林魏都賦注曰：史記：張儀，魏人也，始嘗與蘇秦俱事鬼谷先生學術，蘇秦自以不及張儀。儀以學而游説諸侯。
	言在於化也。	無此
	操刀而使之割	操刀而使割也

卷目	尤袤本	贛州本
卷十一 （共100條）	説文曰：屋宇邊，謂樓之宇也。	無此
	漢書地里志	漢書地理志
	當陽東南七十里	富陽東南七十里
	左氏傳曰	在氏傳曰
	子在陳曰	子左陳曰
	以事君也	不事君也
	毛萇曰：怛怛，猶切怛也。	猶切怛也。
	聞有鼓瑟者	聞有鼓琴者
	展轉反側	輾轉反側
	其疾也哉	其言疾
	老子曰：天法道，道法自然。鍾會曰：莫知所出，故曰自然。王弼曰：自然，無義之言，窮極之辭也。又曰：妙者，極之微也。老子曰：道生一。	老子曰：道生一。
	欲言其	欲言其無
	牽牛之分野	斗牛之分野
	舉標甚高	舉標甚
	掘崐崘墟以下	掘崐崘墟以下
	顧愷之啓蒙記	顧愷之啓蒙記注
	羲農，伏羲、神農也。	羲禮，伏羲、神農也。
	常應二時	帝應二時
	出於衆有	出於無有
	天宗，謂老君也。	天尊，謂老君也。
	無此	捪與抯同
	自然，已見上文。	阮籍通老子論曰：道法自然。
	南臨江□曰重，濱帶江南曰複。	南臨二江曰重，帶江南曰複。

續表

卷目	尤袤本	贛州本
卷十一 （共100條）	杜預左氏傳注曰	杜預左氏傳
	五嶽，已見天台賦。	爾雅曰：太山爲東嶽，華山爲西嶽，衡山爲南嶽，常山爲北嶽，嵩山爲中嶽。
	胃，猶縮也。	胃，猶結也。
	紈素兼名	紈素縑名
	姚朱顏，離絳脣	胅朱顏，離絳脣
	藝，六經也。	蓺，六經也。
	思比象於紫微。	思北象於紫微。
	【張載注】孔安國尚書傳曰：吁，疑怪之辭。	【李善注】孔安國尚書傳曰：吁，疑怪之辭。
	臨衝弗弗	臨衝茀茀
	鄭玄儀禮注	鄭玄禮儀注
	其色狀也。	皓璧皛曜至若陰若陽，言其色狀也。
	采色衆多，眩曜不定也。	濯濩至煌煌，言彩色衆多，眩曜不定也。
	言炫燿也。矆睒，目不正也。	矆睒，言炫燿而目不正也。
	踟或移字。	踟或作移。
	寂寞之形也。	脛瞑、廲廔，寂寞之形也。
	欲安心定意，審其事也。	詳謂欲安心定意，審其事也。
	歷倒景而絕飛梁。	歷倒景而飛梁。
	綺疎，已見上文。	李尤東觀銘曰：房闥內布綺疎外陳。薛綜西京賦注曰：疎，刻穿之也。然刻爲綺文謂之綺疎也。
	荷，扶蕖。種之于員淵方井之中。	荷，芙蕖。種之于圜淵方井之中。
	珠之實窋咤也	珠之實窋窀也
	騰，螣蚋	騰蛇無足而騰螣蚋
	畫其形亦質而略	畫其形亦質而野略

卷目	尤袤本	贛州本
	書之以示後也	書之以示後世
	大殿無内室，謂之榭。春秋傳曰：宣榭災。榭而高大，謂之陽。	無此
	所徑高亢	所徑高
	【張載注】言臺之高，自中坐而乘日景也。楚辭曰：流星墜兮成雨。	【李善注】言臺之高，自中坐而乘日景也。楚辭曰：流星墜兮成雨。
	摇光得陵黑芝	摇光得陵出黑芝
	如灑颮然	如灑若颮然
	毛萇詩傳	毛詩傳
	皆高大之貌。	皆高大峻嶮之貌。
	礳，碨礳也。	礳，碨。
卷十一 （共100條）	珍琦也	珍奇也
	以庇風雨	以待風雨
	並見魏都賦。	魏志曰：太祖武皇帝姓曹，諱操，爲丞相，封魏王。文帝受禪，追尊曰武皇帝。
	孔安國曰：集主命於其身。	無此
	生數歲而有歧嶷之姿，武皇異之。	無此
	漢書晁錯對策曰	漢書董仲舒對策曰
	稽古，已見靈光殿賦。	書曰：粤若稽古帝堯。
	而安撫之	而撫安之
	我教睍豫之事君	我教兹睍豫之事君
	坻，殿基也。	抵，殿基也。
	坻鍔鱗眴	坻鄂鱗眴
	謂華飾屋外之表也	謂華飾屋之表外也

卷目	尤袤本	贛州本
	翳蔽曖昧	蔽翳曖昧
	獸負鐘，已見西京賦。	周禮曰：臬氏寫獸之形，犬聲有力者，以爲鐘。鐘言當筍下爲兩飛獸以背負。
	言爲金狄坐	坐謂爲金狄坐
	附陽馬之短桷也	陽馬之短桷也
	陽馬承阿	陽馬承楄
	雙轅覆井	雙覆井
	其衆材相加，或凌虛赴嶮。獵捷，相接之貌。	無此
	而延起也	白延起也
	或謂之鉤星	或之鉤星
	菡萏，已見上文。	爾雅曰：荷其華菡萏。頜與菡同。
卷十一（共100條）	畫者爲繪	畫者爲繪
	箴刺王闕	箴刺主闕
	漢舊儀曰	漢書舊儀曰
	此一殆也	一殆也
	酒漿沉湎	酒漿流湎
	大戴禮記	大戴禮詩
	蟠，已見上文。	方言曰：未升天龍，謂之蟠龍。
	毛詩曰：窈窕淑女，君子好逑。	毛詩曰
	思齊大任，文王之母。又曰	無此
	宜爾子孫，已見上文。	詩曰：宜爾子孫振振兮。
	二文相當	二六相當
	誤御坐於鞠域	設御坐於鞠域
	漢書音義曰：捽胡	漢書音義曰：梓胡
	永始，臺名，倉廩所居也。	善同良注。
	嚚與嚾音義同	嚚與嚾音義同

續表

卷目	尤袤本	贛州本
卷十一 （共100條）	言爲虯龍之形，吐水灌注，以成溝洫，交橫而流。	言爲虯龍灌注，溝洫交橫而流。
	鷗鷺，二鳥名。鰕魶，二魚名。	鷗鷺，二鳥。鰕魶，二魚。
	薛綜東京賦注曰：高昌、建城，二觀名也。	無此
	碣、揭同。	無此
	八方中央	八方中
	謂高昌也。	三市謂高昌也。
	夕時爲市。	夕市，夕時爲市。
	對曰：既竊利之。	答曰：既竊利之。
	以題坊署	以題房署
	造化，已見東都賦注。	淮南子曰：大丈夫恬然無爲，與造化逍遥。高曰：造化，天地也。
	匠人建國	匠人違國
	離背別趣，各有所施也。駢田胥附，羅列相著也。	善同向注。
	熠，盛光也。	熠，光也。
	天子升於崐崘之丘	天升於崐崘之丘
	元亨，已見上文。	易曰：元者，善之長野。亨者，嘉之會也。
	淡乎其無味	淡乎其無朱
	容成氏、大庭氏	容成氏、天庭氏
	家語魯君曰：微夫子	家語魯君曰：微夫二
	周公昔戒，謂無逸也。	無此
	周之興也	周之與也
卷十二 （共59條）	浡潏，沸涌貌。	潏，沸涌皃。
	屯氏河羨溢	屯民河羨溢

卷目	尤袤本	贛州本
卷十二 （共59條）	百川，已見上文。	尚書大傳曰：百川趨於海。
	言月將夕也。大明，月也。	大明，月也。言月將夕也。
	言日初出也。翔陽，日也。	翔陽，日也。言日初出也。
	五嶽，已見上文。	五嶽，泰華霍恒嵩。
	潚漻，攢聚皃。	漻，攢聚皃。
	濼與傑同。	無此
	泗，疾貌。泊栢，小波也。坻鼺，邪起也。磊，大貌。匋匋，重疊也。相豲，相擊也。	善同翰注。
	瀼瀼濕濕，開合之貌。	無此
	葩華，分散也。	無此
	飲于枝涘之中	飲于岐涘之中
	類於天霄	於天霄
	北陸虛也	北陸天虛
	熺炭，炭之有光也。	無此
	冏，光也。	烱，光也。
	蹢，蹙聚貌。	跙蹢，聚皃。
	蹭蹬，失勢之貌。	無此
	礉，沙石礉岑也。	礉，岑也。
	離褷、淋滲，毛羽始生之貌。	無此
	詭，異也。	無此
	大道，紘宇宙而章三光。	夫道，紘宇宙而章三光。
	赤松子服水玉	赤松子服玉
	以赤玉烏一量爲報	以赤烏一量爲報
	言衆仙雖	言衆仙所
	和山實惟	和山實爲

續表

卷目	尤袤本	贛州本
	岷山導江	尚書曰：岷山導江
	洪濤，已見海賦。	西京賦曰：起洪濤而揚波。
	委及宗並見上文。	鄭玄曰：委流所聚。尚書曰：江漢朝宗于海。
	峨嵋、玉壘，二山名也。	無此
	蜀分縣竹立	蜀分縣竹立
	禹疏三江，已見上文。	孟子曰：當堯之時，洪水橫流氾濫於天下，堯獨憂之，舉舜，舜使禹疏九河。
	崩湍㵼潚	㵗湍㵼潚
	洶湧之貌	流涌皃
	濫泉龍鱗瀾	濫泉龍鱗瀾溰
	碐，已見海賦。	郭璞方言注曰：㵿，錯也。㵿與碐同。
卷十二 （共 59 條）	孕婦三月而胚胎	孕婦三月而胚
	大浪踊躍	大浪踴躍
	陽侯，已見海賦。	淮南子曰：武王渡于孟津，陽侯之波逆流而擊。
	相礧，相擊也。	相擊也。
	臨海水土記	水土記
	鱧，似繩	練，似繩
	長數丈	其鉤蛇長數丈
	三蝦，似蛤	三蝦，似蛙蛤
	十二脚	有十二脚
	陽羨縣山上	陽羨縣山下
	鮫人，已見海賦。	曹子建七啓曰：戲鮫人。劉淵林吳都賦注曰：鮫人水底居。
	焬，已見上文。	蒼頡篇曰：焬，明也。
	許慎注曰	許慎曰

卷目	尤袤本	贛州本
卷十二 （共 59 條）	秏、葺，皆草花也。	秏與葺，皆草花也。
	涯灌則叢生也。	厓灌厓側叢生也。
	鯪魚，已見同篇。	楚辭曰：鯪魚何所出。王逸曰：鯪魚，鯪鯉也。
	睒，暫視也。	説文曰：睒，暫視也。
	岐，已見上文。	穆天子傳曰：飲于岐泞之中。郭璞曰：水歧城泞。泞，小渚也。
	猗萎，隨風之貌。潭沲，隨波之貌。	無此
	海童，已見上文。	吳歌：仙人齎持何等，前謁仙童。
	廣莫風，已已見上文。	淮南子曰：天有八風，條風、明庶風、清明風、景風、涼風、閶闔風、不周風、廣莫風。
	帆，已見上文。	劉熙釋名曰：隨風張幔曰帆，或以席爲之，故曰帆席。
	呼爲船也	呼爲舶也
	以薄捕取之也	因以薄捕取之也
	蓋魚笱屬	蓋魚笱之屬
	笥、灑，皆釣名也。	笥、灑，釣名也。
	氾，已見上文。	毛詩曰：江有氾。
	言以綜爲喻也。	言以織爲喻也。
	生，性也。死，命也。	死，命也。
	水源泉混混	源泉混混
卷十三 （共 59 條）	塕然，風起之貌也。	塕，風起之貌也。
	毆，古驅字。	無此
	令致濕病也	令人致濕病也
	劉謙之晉紀云：玄欲復虎賁中郎將，疑，訪之僚屬，咸莫能定，參軍劉荀之對：昔潘岳秋興賦叙云：兼虎賁中郎將，寓直於散騎之省，以言之，是也。玄從之。	無此

續表

卷目	尤袤本	贛州本
卷十三 （共 59 條）	春與秋兮代序	春與秋其代序
	以上宋玉九辯之文	已上皆宋玉九辯辭
	言懷思慕	懷思慕
	古無死古之樂也	古之樂也
	清有餘也	情有餘也
	杜篤弔王子比干曰：霞霏尾而四除，言晃朗而高明。	無此
	如登春臺	如春登臺
	故以我指喻彼指	故以指喻彼指
	何其累	何足累
	此假主客以爲辭也	此假設主客以爲辭也
	枚乘爲弘農都尉	枚乘曰弘農都尉
	北面再拜也	孔面再拜也
	負閼寒	員口閼寒
	火即滅，至今不燃。	即滅，至今不燃。
	何謂之風	何謂八風
	已見西京賦。説文曰：挺，拔也。	瓊，亦玉也。瓊樹恐悮也。
	范子：紈素出齊。	無此
	美人皓齒嫭以姱。姱，好貌。	美人皓齒嫭與姱。同姱，好貌。
	日安不飛	日安不到
	崑山，已見上文。	班固漢書贊禹本紀云：崑崙山高二千五百餘里。
	醇酎，已見魏都賦。	魏都賦曰：醇酎中山，流湎千日。
	白羽之白性輕	白羽之白輕
	無此	因時興滅
	玄靈豔以凝結	玄雲豔以凝結

續表

卷目	尤袤本	贛州本
	王逸楚辭注	王逸離騷注
	郭璞曰：藩，離也。	郭璞曰：藩，離也。
	晦而月見西方也	而月見西方也
	台室，三公位。	台室，王公位。
	王逸楚辭注曰：土高四墮曰椒。	無此
	侯瑛筝賦曰	吳瑛筝賦曰
	防露，蓋古曲也。	房露，蓋古曲也。
	瘤防露與桑間	瘤防露與霜間
	鄙人聽之，不若延露以和也	無此
	牽秀相風賦曰	索秀相風賦曰
	愸，鄉之也。	愸，向之也。
	絕音塵於江介	絕音音於江介
卷十三 （共59條）	于于鵬鳥也	識于鵬鳥也
	鶡冠子曰：固無休息。	無此
	或作最，亦聚也。	或多最，亦聚也。
	伐允常卒	允常卒
	射傷吳王闔閭，闔閭且死	射傷吳王闔閭，且死
	已決之矣。遂興師	已
	敗之夫椒	敗之夫湫
	持滿者與天，定傾者與人，節事以地，卑辭厚禮以遺之，不許，而身與之市。	卑辭厚禮，而身以之事
	使陪臣種敢告下執事	敢告執事
	吳王謝曰：吾老矣，不能事君王。遂自殺。乃蔽面曰	吳王乃自蔽面曰
	老子道德經曰：孰知其極。河上公注曰	河上公老子注曰

卷目	尤袤本	贛州本
	悍與旱同	無此
	焉識其時，見下文也。	鶡冠子曰：同合消散，孰識其時。
	義似未是	義以未是
	瓚曰：以身從物曰殉。	臣瓚曰：曲身從物曰殉。
	大人者	文子曰：大人者
	同於大道	同於大通
	明夷則仕	大明則仕
	典引曰：來儀集羽族於觀魏。	無此
	有白者	毛有白者
	幾者，事之微也。	機者，事之微也。
卷十三 （共59條）	委命，已見上文。	鶡冠子曰：縱驅委命，與時往來。
	羈旅，已見上文。	左氏傳陳敬仲曰：羈旅之臣。杜預曰：羈寄旅客。
	跔蹐，躑躅也。	跔蹐，躑蹻也。
	狀如鶴而文	狀如鶴而大
	易曰：天地造生	易注曰：天地造生
	爾雅曰：盤，樂也。	無此
	委命，已見上文。	鶡冠子曰：縱驅委命，與時往來。
	自然，已見上文。	老子曰：以輔萬物之自然。河上公曰：輔萬物自然之性也。
	以備矰繳	以避矰繳
	則差數覩矣	而差數覩矣
卷十四 （共62條）	無此	以韻言之，蓋馬名也。
	用錫，見下文。	無此
	武義動於南郊	武義動於南鄰

卷目	尤袤本	贛州本
卷十四 （共62條）	泰階，已見上。	漢書東方朔傳願陳泰階六符。孟康注泰階三台也。應劭曰：黃帝泰階六符經曰：太階天之三階。三階平則風雨詩。
	膺籙，已見東京賦。	春秋命曆序曰：五德之運徵符合應籙次相代。
	已見上注。	已具序注。
	人慕化也	入慕化也
	先皇嘉其誕受洪胤。	先皇嘉其誕授洪胤。
	鈎陳，已見上文。	晉天文志曰：鈎陳，太帝之座。
	蕃錫，已見魏都賦。	周易晉卦曰：康侯用錫馬蕃庶。
	已見蕪城賦。	崔豹古今注曰：秦所築長城土色皆紫，漢塞亦然，故稱紫塞。
	清路，已見射雉賦。	司馬相如上疏曰：清道而後行。
	校，裝飾也。	鉸，裝飾也。
	袁宏酺宴賦曰	袁宏酧宴賦曰
	和鈴，已見上。	左傳臧孫達曰：錫鑾和鈴，昭其聲也。
	收驛命駕	收歡命駕
	都人，已見西都賦。	毛詩：彼都人士。
	凌遽，已見西京賦。	羽獵賦曰：虎豹之陵遽。
	轍迹，穆王也。	轍迹
	軌躅，已見魏都賦。	監武穆注前漢班嗣書：伏孔氏之軌躅。
	文王不敢	文王弗敢
	肆，敢也。	無此
	右尹子革	左尹子革
	重輪，已見東京賦。	蔡邕獨斷曰：乘輿重轂外復有一轂，副轄其外，乃復設輗然。重輪即重轂也。

卷目	尤袤本	贛州本
	紅粟，已見吳都賦。	漢書曰：太倉之粟紅腐而不可食。
	皇恩畢	皇恩綽矣
	余雖好脩姱以鞿羈兮。	余雖小子脩姱以鞿羈兮。
	乘車之副	乘輿之副
	本支百世	本枝百世
	蓬壺、崑閬見上。	東方朔十洲記：崑崙山有三角，一角正北，名閬風顛，一角正東，名崑崙宮。
	徧四方者	徧四海者
	陸機爲古詩曰	陸機擬古詩曰
	乃云既遠	故云既遠
	亢，已見吳都賦。	無此
	北海之中	北海之子
卷十四（共62條）	人寰，已見魏都賦。	無此
	魏文帝有詩	魏文帝雜詩
	漠，已見雪賦。	無此
	丹墀，已見魏都賦。	漢典職儀曰：以丹漆地故稱丹墀。
	龍躍，已見吳都賦。	周易曰：見龍在田，或躍在淵。
	吾導夫先路	來吾導夫先路
	四會，已見蕪城賦。	洛陽記曰：銅駝二枚在四會道頭。
	雲罷，俱止也。	雲罷，止也。
	龍與蜿蟻同矣。	龍興蜿蟻同矣。
	陽阿，已見上。	淮南子曰：夫歌采菱發陽阿。
	「應劭曰：中葉，謂令尹子文也。乳虎故曰炳靈」句在「漢書：班氏之先」前	「漢書：班氏之先」句在「應劭曰：中葉，謂令尹子文也。乳虎故曰炳靈」前
	象恭滔天	尚書曰：象恭滔天。

續表

卷目	尤袤本	贛州本
	盍，何不也。	應劭曰：盍，何不也。
	日月倏忽	月日倏忽
	毛詩有曰	毛詩曰
	無此	訝，迎也。
	無此	孔安國尚書傳曰：逎，所也。
	不幸短命死矣，今也則亡	不幸短命死矣
	孔丘之徒歟	孔丘之徒不
	慆慆，亂貌。	滔滔，亂貌。
	又曰：君子有勇而無義爲亂，小人有勇而無義爲盜。	又子曰：君子有勇亂者義爲亂，小人有勇而無義爲盜。
卷十四 （共62條）	泠周鳩對景王曰	伶周鳩對景王曰
	三年，逢公所馮。	三逢公所馮
	后稷所經緯者也	后稷所經緯也
	此其代陳有國乎	此其有國乎
	如水同原	如水同源
	已見上文	見賈誼賦
	蕃魏，已見魏都賦。	無此
	疾没世而名不稱焉	疾殁世而名不稱焉
	先聖人之道	先聖之道
	而入微者矣	而入微矣
	當訊之來哲	當訴之來哲
	老，已見遊天台山賦。	劉向別録曰：老萊子，古之壽者。
	孟子曰：生我所欲也，義亦我所欲也，二者不可得兼，舍生而取義也。	無此
卷十五 （共138條）	衡曰：竦，立也。止，禮也。	無此

卷目	尤袤本	贛州本
卷十五 （共138條）	結深蘭之亭。又曰：扈江離與薜芷兮	結深蘭之亭亭。又曰：扈江蘺與薜芷兮
	在女田縭	在女曰縭
	網中繩	綱中繩
	允，信也。塵，久也。邈，遠也。虧，歇也。	無此
	尚書帝曰：明明揚仄陋。	尚書曰：明明揚仄陋。
	二八，八愷、八元也。遭，遇也。	無此
	煢煢，獨也。	無此
	覽，觀也。蒸，眾也。僻，邪也。辟，法也。	覽，觀也。僻，邪也。
	毛萇傳曰：辟，法也。民之行多爲邪僻，此言無遺爲法也。	無此
	獨却行齊踵焉	卻行齊踵焉
	漢書曰：賈誼曰：安天下阽危若是，而上不驚者。臣瓚曰：安臨危曰阽。	無此
	蕙茝，香草也。禮記曰：簞笥問人者並盛食器。	無此
	案：盛衣亦曰笥，後漢作珍，蓋珤字相似誤耳。	並盛食器也。
	赤喙玄身	赤尋玄身
	不可以服箱。昴，今賦作繋字。	不行以服箱
	禮記曰：商乳曰陂。鄭玄曰：陂，廣也。周易曰：无平不陂。廣雅曰：陂，邪也。	無此
	賈逵曰：抑，止也。	抑，止也。
	嘗，行也。	無此

續表

卷目	尤袤本	贛州本
卷十五 （共138條）	手夜曰伎。	手伎曰伎。
	説文曰：辮，交也。又曰：鞶，覆衣大巾也，從巾，般聲，或以爲首飾。字林曰：鞶，帶也。禮記曰：男鞶革，鄭玄曰：鞶，巾囊，盛帨巾者。説文曰：珩，所行也，從玉，行聲。字林曰：珩，珮玉，所以節行。	禮記曰：男鞶革。鄭玄曰：鞶，小囊，盛帨巾者。
	晝夜不止，夏末乃止	晝夜不止
	賊害之鳥也。王逸以爲春鳥，繆也。	無此
	三秀，謂芝草也。毛詩曰：蒹葭蒼蒼，白露爲霜。爾雅曰：茵，芝。郭璞曰：芝一歲三華，瑞草。	三秀，芝草也。毛詩曰：蒹葭蒼蒼，白露爲霜。
	亹亹，進貌。疇，誰也。	無此
	嫣，好也。韓衆獲道輕舉	嫣，猶好也。韓衆獲道輕舉者
	文君，文王也。	無此
	又曰：聊浮遊於山陬。	無此
	遯下體是艮，説卦云：爲山假言衆爾。下互體得巽。巽爲風，故曰揚聲。	無此
	遯上九變爲咸……毀折不可經營，故曰不營。	無此
	天爲澤，言天高尚爲澤，雖復險戲，世路可知	故曰天爲澤，言天高尚爲澤
	劻，勉也。乾爲玉，故曰蹈玉階。玉階，天子階也。言我雖欲去，猶戀玉階不思去，言尚欲進忠賢。	無此
	東甌長。又曰：東曰甌，甲屬。善曰：爾雅曰：甌左睨不煩。郭璞曰：行顯左睨也。今江東所謂左食以甲卜審。	東甌甲屬
	介，大也。	無此
	字林曰：逞，盡也。	無此
	説文曰：遠也。	無此

卷目	尤袤本	贛州本
	喻小人也。	惡鳥，喻小人也。
	古文周書曰：周穆王姜后晝寢而孕……胡竊君之子不歸母氏，將寘而大戮，及王子於治。	無此
	字林曰：液，汁也。	無此
	少皥金天氏，居窮桑，在魯北。三丘，謂蓬萊、方丈、瀛洲。句芒，木正也。	無此
	去人不遠，及到	去人不遠，反到
	音三后之淳粹	昔三后之淳粹
	玄中記曰：東南之大者巨龜焉……楚辭曰：飲沆瀣。	楚辭曰：含沆瀣以長生。
	海外東經曰：黑齒國北暘谷上有扶桑。	無此
卷十五（共138條）	又如椹樹，長丈大二千圍，兩兩同根生。	長數千丈大二千圍，兩兩同根
	衡曰：重華，舜也。	無此
	堯之二女娥皇、女英，舜妻也。	堯之女：娥皇、女英，舜妻子。
	所謂歌湘夫人也	所謂湘夫人也
	山海經曰：洞庭之山多黃金，其下多銀鐵……俱死於江、湘，遂號爲湘夫人也。	無此
	眺，視也。	無此
	黎，高辛氏之火正，謂祝融也。圮，毀也。	有黎，高辛氏之火正，謂祝融也。
	左氏傳昭十九年：顓頊氏有子曰黎，爲祝融。	無此
	【張衡注】託，寄也。	【李善注】託，寄也。
	杜預曰：黎爲火正。懷，歸也。	無此
	爾雅：憩，息也。	無此

續表

卷目	尤袤本	贛州本
	【張衡注】熛，風熾也。泫泫，沸貌。濤，水波也。	【李善注】熛，風熾也。泫泫,沸貌。濤，水波也。
	爾雅曰：泫，沉也。	無此
	自北戶之外	自北戶孫之外
	北户、孤竹，國名也。	北户、孫，國名也。
	方言曰：日建爲躔。躔，行也。	無此
	廣雅曰：躊躇，猶豫也。	無此
	其爲魚也，如狸	其爲魚也，如鯉
	九土，九州。蓐收，金正該也。徂，往也。	蓐收，金正該也。
	爾雅曰：台，我也。	無此
	字林曰：潺湲，流貌。	無此
卷十五（共138條）	號，呼也。	無此
	太公金匱曰：河伯姓馮名脩。裴氏新語謂爲馮夷。淮南子曰：馮夷服夷石而水仙。注曰：馮夷，河伯也，華陰潼鄉隄首人，服八石而水仙。俾，使也。淮南子曰：天子龍舟鷁首。	淮南子曰：馮夷服夷石而水仙。俾，使也。又曰：龍舟鷁首。
	延佇，見上注。	無此
	恓，息也。	無此
	郭璞注曰	郭璞曰
	牛哀，魯人牛哀也。	無此
	漢書曰：孝平王皇后，莽女也。	無此
	尨，倉也。	尨，蒼也。
	嘗輦過郎署	輦過郎署
	上感其言	上遂感其言
	王葬禮也	王之葬禮

卷目	尤袤本	贛州本
卷十五 （共138條）	穆，叔孫穆子，名豹，魯大夫，有罪走向齊，及庚宗，遇婦人通之。有子在齊，夢天壓己，不勝，顧而見人，黑而上僂，深目而豭喙，號之曰：牛助余。乃勝之。旦而瞻其徒，無之。後穆子還過庚宗，婦人獻雉，穆子問之曰：女有子乎？曰：余子已能捧雉而從我矣。而見之，則所夢也，未問其名，號之曰牛，曰：唯。使爲豎。牛欲亂其室而有之。叔孫疾，牛詐謂外人曰：夫子疾病，不欲見人。使實饋于介而退。牛不進叔孫，覆器空而還之，示君已食。穆子遂餓而死。	左氏傳曰：初，穆子去叔孫氏及庚宗，遇婦人。適齊，夢天壓己，不勝，顧而見人，黑而上僂，深目而豭喙，號之曰：牛助余。乃勝之。魯人召之，所宿庚宗之，婦人獻以雉曰：余子長而見之，則所夢也。未問其名，號之曰牛，曰：唯。使爲豎。牛欲亂其室而有之。叔孫疾，豎牛曰：夫子疾病，不欲見人。使實饋于介而退。牛不進，叔孫不食而卒。
	衡曰：剖，分明也。	無此
	衡曰：蒼頡篇，讖書，河洛書也……胡亥即位，爲二世，葬始皇酈山。	無此
	家甚貧，夫婦夜田。	家貧，夫婦夜田。
	田者稍富，致貲巨萬。及期，忌司命之言，夫婦輦其賄以逃，與行旅者同宿。逢夫妻寄車下宿，夜生子，問名於夫，夫曰：生車間，名車子也。從是所向失利，遂便貧困。鄭玄曰：孕，任子也。	田者稍富利。及期，夫婦輦其賄以逃，同宿。路逢夫妻寄車下宿，夜生子，問名於夫，夫曰：生車間，名車子也。從是所向失利，遂貧困。
	慎者，魯大夫梓慎；竈者，鄭大夫裨竈。	無此
	叔孫昭子曰	昭子曰
	叔孫之言驗也，則梓慎之言不驗。又昭公十八年	昭公十八年
	裨竈言于子產曰：宋、衛、陳、鄭將同火，若我用瓘斚玉瓚禳之，猶必不火。子產不予。	無此
	遂不與，亦不復火。今言梓慎、裨竈，是顯明天道之人，占於水火，亦有妄爲，言事之難知也。	是亦多言矣。豈不或信遂不與亦不復火。

續表

卷目	尤袤本	贛州本
卷十五 （共138條）	無此	衡曰：丁，當也。
	善効人之子姪昆弟之狀。邑丈人有之市而醉歸者	善効人之子姪昆弟。好扶邑丈人而道苦之。黎丘丈人之市醉而歸者
	酒醒而誚其子，吾爲汝父也，豈謂不慈哉？我醉，汝道苦我，何故？其子泣而觸地曰：孽矣，無此事也。昔也往賣於東邑，人可問也。	酒醒而譙其子，其子曰泣而觸地曰：孽，無苦也！
	是必奇鬼，固嘗聞之矣。明日復於市，欲遇而刺殺之。明旦之市而醉，其真子恐其父之不能反也，遂往迎之，丈人望見之，拔劍而刺之。丈人智惑於似其子者，而殺於真子。	是必夫奇鬼也，我固聞之。明日復飲於市，欲遇而刺之。明旦而醉，其真子恐其父之不能反也，遂迎之，丈人望其真子，拔劍而刺之。丈人知惑於似其子者，而殺其真子。
	周公若天威棐忱	天威棐忱
	淮南子曰：湯時大旱七年，卜用人祀天。湯曰：我本卜祭爲民，豈乎自當之。乃使人積薪，翦髪及爪，自潔，居柴上，將自焚以祭天。火將然，即降大雨。	無此
	自以爲犧牲	自以爲犧
	司星子韋	司馬子韋
	豈可除心腹之疾	除心腹之疾
	民者，國之本。國無民，何以爲國？如何傷本而救吾身乎？	民所以爲，國無民，何以爲國？
	疾病，則曰：必以殉。	疾甚，則曰：必以殉。
	傳：宣公十五年秋七月，秦桓公伐晉，次于輔氏，輔氏即晉地……獲杜回之夜，夢曰：余，汝所嫁婦人之父也。	無此
	衡曰：邁，行也。英、六，國也。楚末乃滅。	無此
	疇，匹也。	無此
	王逸曰：憿悁，惆悵失望，志錯越也。	無此
	賈逵曰：逼，迫也。爾雅曰：宜，徧也。	逼，迫也。

卷目	尤袤本	贛州本
	沍，凍也。	無此
	方言曰：嵦嵦，堅也。	嵦嵦，高貌。
	説文曰：拂，擊也。爾雅曰：穹，大也。毛詩傳曰：騷，動也。	無此
	王逸曰：騷，動也。	無此
	龜與蛇交曰玄武。殼，甲也。	無此
	爾雅曰：騰蛇，龍類，能興雲霧而遊其中。	無此
	騰，無足而騰也。淮南子曰：奔蛇。廣雅曰：蜿，曲也。	騰蛇，無足而騰也。蜿，曲也。
	顓頊者，黃帝之孫，昌意之子。	無此
	故令此山缺壞不周	故令此山缺壞不周而已
卷十五 （共138條）	衡曰：潚，疾貌。朕，送也。翩飄，疾貌。	衡注同。
	字林曰：潚，深清也。	無此
	廇，古陰字。	廇古字
	春秋外傳國語	國語
	使問仲尼曰：吾聞穿井得狗，何也？對曰：以丘所聞，墳羊也。丘聞木石之怪夔罔兩，水之怪龍罔象，土之怪墳羊。唐固云：墳羊，雌雄未成者也。淮南子曰：水生罔象，木生畢方，井生羵羊。廣雅曰：羊，土神。	使問之仲尼曰：土之怪曰墳羊。唐云：墳羊，雌雄不成者也。
	衡曰：速，徵也。	無此
	人面蛇身而赤身，長千里，其眠乃晦，其視乃明，不食不寢不息，風雨是謁，是燭九陰，是謂燭陰。	曰燭陰
	謂鍾山東瑤岸也	謂中山東瑤岸也
	鍾山有子曰敷，其狀人面而龍身。	無此

續表

卷目	尤袤本	贛州本
卷十五 （共138條）	字林曰：愁，謹敬也。山海經曰：西海之南，流沙之濱，赤水之後，黑水之前，有大山名曰昆侖之丘，其下有弱水之淵環之。有人戴勝，虎齒豹尾，穴處，名王母，又曰	山海經曰
	衡曰：姣，好也。廣雅曰：嫷，好也。	無此
	方言曰：袿謂之裾。	楚辭曰：嫷目宜笑眉曼。訬婧，細腰貌。
	衡曰：離，開也。的礫，明貌。	無此
	衡曰：環，珠也。琨，璧也。琛，寶也。縭，今之香纓。玄黃，玉石之色。	無此
	葩，華也。	無此
	廣雅曰：絪縕，元氣也。毛萇詩傳曰：蓲，草也。郭璞曰：草，物名也。說文曰：蕍，古花字。本誤作蕍，非此之用此。	無此
	玉女、宓妃言忘棄我實多。	無此
	可以爲卿	無此
	載脂爾車	皇脂爾車
	麾蛟龍以梁津兮	麾蛟龍以梁律兮
	淮南子曰：崑崙虛有三山：閬風、桐版、玄圃，層城九重。禹云：崑崙有此城，高一萬一千里。	無此
	食之長壽	無此
	古今通論曰：不死樹在層城西。	無此
	斟，酌也。	無此
	說文曰：糇，乾食糧也。	無此
	爾雅曰：斟，酌也。	無此
	王逸：淮南言	王逸曰：淮南子曰

卷目	尤袤本	贛州本
卷十五 （共138條）	衡曰：抨，使也。	無此
	衡曰：穎，穗也。	無此
	我其首禾乎	我其禾乎
	無此	姑，且也。
	韓詩曰：靜，貞也。周易曰：隨時之義大矣哉。杜預曰：姑，且也。	周易曰：隨時之義大矣哉。
	訝，迎也。言戒誓令夙早而會，皆供職而來迎我也。	無此
	涷雨，暴雨也。	無此
	爾雅曰：暴雨謂之涷。注曰：今江東人呼夏月大暴雨爲涷雨。	無此
	百神翳其備降。	白神翳其備降。
	衡曰：僕夫，謂御車人也。儼，敬也。八乘，公上得從車八乘。	無此
	僕夫，謂御車人也。儼，敬也。八乘，公上得從車八乘。	無此
	衡曰：旌，羽旄也。	無此
	氣旌，氛氣爲旌也。	氛旌，氛氣爲旌也。
	揚氛氲以爲旌。字林曰：溶，水盛貌。今取盛意。	揚氛蜺以爲旌。溶，盛貌。
	衡曰：青珥，青文龍也。素威，白虎威也。	無此
	長離，朱鳥也。	無此
	嚠嚠，聲也。	無此
	衡曰：霄，微雲也。	無此
	淮南子曰：螘蠪磑而雨，春而風。言羣而上下至疾。	楚辭曰
	回回，光明貌。	無此

續表

卷目	尤袤本	贛州本
卷十五（共138條）	覿，見也。天皇，天帝也。	無此
	聆，聽也。	無此
	皆樂貌。	皆和樂貌。
	律，十二律。	無此
	衡曰：孔安國尚書傳注曰：斁，猒也。	無此
	太容，黃帝樂師也。高誘淮南子注曰	淮南子曰
	字林曰：竫，立也。	無此
	旁三星，五公。	旁三星，三公。
	漢書天文志曰：王良，車騎，古善馭者。	無此
	罔車，畢星也。青林，天苑也。	青林，天苑星也。
	山名。此山之精，上爲星，名封狼。	上爲狼星
	荷鼓，星名也。磅硠，聲也。	河鼓，星名也。磅硠，鼓聲也。
	天潢，天津也。汎汎，流貌也。雲漢，天河也。	無此
	二紀，日月也。五緯，五星也。攝提，星名，形似車。禮記曰：以日星爲紀。	攝提，星名，形似車。
	説文曰：生子，二人俱出爲娩。	無此
	自縱恣貌也	自恣之貌也
	衡曰：分布遠馳之貌。	無此
	將以遺夫離居。字林曰：悁，忿恨也。	將以遺兮離居。字林曰：悁悁，忿恨也。
	輈，車轅也。	無此
	【張衡注】閶闔，天門也。降，下也。	【李善注】閶闔，天門也。降，下也。
	【李善注】楚辭曰：倚閶闔而望兮。又曰：乘迴風而遠遊。服虔甘泉賦注曰：猋，風也。上林賦曰：凌驚風，歷駭猋，乘虛無，與神俱。	【張衡注】楚辭曰：倚閶闔而望兮。又曰：乘迴風而遠遊。服虔甘泉賦注曰：猋，風也。上林賦曰：凌驚風，歷駭猋，乘虛無，與神俱。

續表

卷目	尤袤本	贛州本
	鳥隼爲旗。爾雅曰：錯鳥隼爲旟，此謂合剥鳥皮毛，置之竿頭。即禮記所謂載鴻及鳴鳶也。	鳥準爲旗。
	蒼頡篇曰：眩眃，目視不明貌。	眩眃，目視不明貌。
	周禮曰：六藝，禮、樂、射、御、書、數。	衡同濟注。
	不窺牖而見天道	無此
	言繫一賦之前意也。	重繫一賦之前意也。
	天地所以長且久者，以其不自生，故能長生。	無此
	京房易傳曰：河千年一清。	無此
	周髀曰：天不可階而升。	無此
卷十五（共138條）	栢舟，詩篇名也……臣不遇於君，猶不忍去，厚之至也。	無此
	離，附也。	無此
	衡曰：攜，離也。	無此
	願輕舉而遠遊。公羊傳曰：携其妻子。何休曰：携，猶提將也。	願舉輕而遠遊。
	都，謂京都。永，長也。久，滯也。言久淹滯於京都，而無知略以匡佑其時君也。字林曰：羨，貪欲也。淮南子曰：臨河而羨魚，不如歸家織網。高誘曰：羨，願也。易乾鑿度曰：天降嘉應，河清，清三日，變爲赤，赤變三日。鄭玄曰：聖王爲政治平之所致。	淮南子曰：臨河而羨魚，不如歸家織網。高誘曰：羨，願也。左氏傳子駟曰：周諺有之曰：俟河之清，人壽幾何。杜預曰：逸詩也。言人壽促而河清遲也。
	魋頤蹙頞，顙頤膝攣	魋頤蹙頞
	謂御者曰：吾持粱刺齒肥……遂代范睢爲秦相。	無此

續表

卷目	尤袤本	贛州本
卷十五 （共138條）	諒，信也。微昧，幽隱。	無此
	楚辭曰：屈原既放，漁父見而問之曰：子非三閭大夫歟？漁父莞爾而笑，鼓枻而去。	無此
	滄浪之水渌	滄浪之水濁
	頡頏，上下也。	無此
	關關嗺嗺	關關嚶嚶
	釋訓曰：丁丁嚶嚶，相切直也。注：嚶嚶，兩鳥鳴也。	無此
	廣雅曰：逍遥，襀徉也。	無此
	杓星高則羣龍吟。淮南子曰：龍吟而景雲至，虎嘯而谷風轃。	孤星高則羣龍吟。淮南子曰：虎嘯而谷風至。
	觸矢，射也。吞鈎，釣也。	無此
	廣雅曰：曜靈，日也。	無此
	老子曰：馳騁田獵，令人心發狂。	無此
	禮記曰：舜作五絃之琴，以歌南風。鄭玄注曰：南風，長養之風也。毛詩曰：南風之薰兮，可以解吾民之慍兮。	樂記曰：舜作五絃之琴，以歌南風。
	班固漢書述賈、鄒、枚、路曰：榮如辱如，有機有樞。劉德曰：易曰：樞機之發，榮辱之主也。張晏曰：乍榮乍辱。如，辭也。	班固漢書賈、鄒述曰：榮如辱如，有機有樞。
卷十六 （共192條）	文深善巧宦	巧善宦
	漢書：司馬安，黯姉子也。與長孺同傳。為人諂佞，善事上下，故四至九卿之位。班固曰：安文善巧，故每讀其傳而歎息。字林曰：慨，仕不得志。	無此
	言誠有巧宦之理，拙固有之。	無此
	列士殉名	烈士殉名
	立誠所以居業	立其誠所以居業
	臧榮緒晉書曰：賈充，字公閭，封魯公，爲司空，轉太尉，薨，贈太宰，諡武公。又曰：岳弱冠，太尉舉秀才。	無此

卷目	尤袤本	贛州本
卷十六 （共192條）	帝諱炎，字安世。崩，上號世祖。	帝崩，號上世祖。
	臧榮緒晉書：岳頻宰二邑，勤於政績，調補尚書郎，遷廷尉平，爲公事免官。	無此
	天子，惠帝也。諒闇，今謂凶廬裹寒涼幽闇之處，故曰諒闇。	尚書曰：亮陰三祀陰默也。信默三年不言。天子，惠帝也。
	孔安國曰：知天命之終始。	無此
	八徒官，謂舉秀才……親疾，輒去官也。	無此
	尚書周公曰：予多才多藝。	無此
	方今，猶正今也。廣雅曰：方，正也。尚書曰：俊乂在官。又曰：百工惟時。孔安國曰：百工皆是言政無非。	尚書曰：俊乂在官。又曰：百工惟時。
	王隱晉書曰：岳母寒以數戒焉。	無此
	鄭玄曰：筥，竹器也，容斗二升。	無此
	注：知足之人，絶利去欲，不辱於身也。知可止則止，則財利不累於身，聲色不亂於耳目，終身不危殆也。論語孔子曰	孔子曰
	班固荅賓戲曰	非己所務也。庶，近也。荅賓戲曰
	原憲衣弊衣冠	原憲衣弊衣
	於陵子仲爲人灌園	於陵子曰：終爲人灌園
	漢改爲臘	漢故改爲臘
	故曰臘也。秦孝公始置伏，始皇改臘曰嘉平	無此
	奚其爲爲政。包氏曰：孝乎惟孝，美大孝之辭也。友于兄弟，善於兄弟也。施，行也。所行有政道，即與爲政同也。	無此
	墳，大也，言三皇之大道。孔子作春秋，素王之文也。	無此

卷目	尤袤本	贛州本
卷十六 （共192條）	論語子曰：甯武子，邦有道則智，邦無道則愚。其智可及也，其愚不可及也。又曰：君子哉蘧伯玉。邦有道則仕，邦無道則卷而懷之。	無此
	虞仲、夷逸、朱張、柳下惠、少連。注：逸民者，節行超逸也。禮記王制：禄爵，公、侯、伯、子、男，凡五等。	無此
	城南五里	城南三里
	爾雅曰：地謂之黝。説文：黝，微青黑色。	黝，長兒。
	仲長昌言曰：溝池自周，竹木自環。白虎通曰：天子立辟雍者，所以行禮樂，宣教化。辟者，象璧圓以法天；雍者，擁之以水，象教化流行也。班固東都賦曰：曷若辟雍海流。	無此
	韓詩曰	韓曰
	郭璞爾雅注曰：管長尺圍寸，併吹之，有底。賈氏以爲如歙六孔。風俗通曰：漢帝時，零陵文學奚景仲於泠道舜祠下得玉管，後人易之以竹。	無此
	一作殷殷，音義同。	無此
	太學招賢良。太學在國學東。	太學招賢
	毛詩：來假祁祁。又曰：濟濟多士。	毛詩曰：濟濟多士。
	言有道則可以爲師。	無此
	廣志曰：洛陽北芒山有張公夏梨，甚甘，海内唯有一樹。大谷，未詳。	無此
	廣志曰：梁國侯家有烏椑，甚美，世罕得之。	大谷梨，未詳也。
	廣志曰：周文王時有弱枝之棗，甚美，禁之不令人取，置樹苑中。王逸荔枝賦曰：房陵縹李。荆州記：房陵縣有好棗，甚美，仙人朱仲來竊。大山蕭亦稱學問讀岳賦周文弱枝之棗爲杖策之杖。世本容成造曆，爲碓磨之磨。	王逸荔枝賦曰：房陵縹李。周文朱仲，未詳。

卷目	尤袤本	贛州本
卷十六（共192條）	爾雅曰：荊桃，今櫻桃也。冬桃子，冬熟也。楔桃，山桃也，實似桃而小，不解核。	無此
	實似櫻桃也	山櫻桃也
	鄭玄儀禮注曰：葰，廉薑也。	無此
	與葰同	無此
	蘘荷，菜似薑，宜陰翳地	蘘荷，宜陰翳地
	火星中而寒暑乃退	火中寒暑乃退
	河上公注：熙熙，淫情欲也。熙春，陰陽交通，萬物感動，登台觀之志意淫，故曰熙春。	無此
	爾雅釋言曰：宣，徇徧也。郭璞注曰：皆周徧也。	無此
	張揖曰：結猶屈也。	無此
	王隱晉書曰：兄御史釋弟燕令豹。	無此
	孔安國曰：見其壽則喜，見其衰老則懼。	無此
	絲曰絃，竹曰管。西京賦曰：蓬萊而駢羅。	絲曰絃。西京賦曰：夾蓬萊而駢羅。
	奮袖低卬	奮袖低抑
	爲樂之方	爲樂方
	此安仁不自保，何更擬於昔之哲人，而登官位于世也。	無此
	與項羽起，後歸漢。	無此
	午尚長公主，生女	午尚長公主，女
	取主女爲妃。及帝即位	取女爲妃。及即位
	字林曰：幸，吉而免凶也。	無此

續表

卷目	尤袤本	贛州本
卷十六（共192條）	説文曰：佳，善也。	無此
	言忖所爲被退在長門宮之事。	無此
	以飲食恣樂	以飲食懽
	鄭玄周禮注曰：慊，絶也。言帝心絶移，不省故舊，交在得意相親而已。慊字或從火，非。	移字或從火，非也。
	蒼頡篇曰：懷，抱也。説文：愨，謹也。鄭玄禮記注曰：愨，愿也。	蒼頡篇曰：懷，抱也。鄭玄禮記曰：愨，原也。
	薄具，肴饌也。	具，肴饌也。
	憂悼在心	憂憚在心
	又曰：不安之意也。	無此
	言似君之車音也。	無此
	字林曰：噫，飽出息也。	無此
	攻中，言攻其中心	無此
	字林曰	字書
	木蘭，似桂木。文杏，亦木名。	無此
	漢書音義臣瓚	漢書音義曰瓚
	方言曰：櫨，拱也。	無此
	時仿佛而不見。心淳熱其若湯。説文曰：髣髴，見不審諟也。	時仿佛而遥見。説文曰：髣髴，見不諟也。
	郭璞注曰：今江東呼甕爲甌甎。	郭璞曰：甌甎也。
	説文曰：悵，望恨也。	無此
	宋玉風賦	宋玉諷賦
	志其中操也，中操，操之中也	至其中操也
	自卬，激厲也	無此
	自眼出曰涕。流離，涕垂貌。	流離，涕垂之貌。

續表

卷目	尤袤本	贛州本
	懵悽增欷。	悽增欷。
	臣瓚漢書注曰：躡跟爲跕，挂趾爲躧。説文曰：跕，履也。一曰：鞮，鞬屬。鞬，革履也。蒼頡篇曰：躧，徐行貌。	跕履足指挂履也。
	殃，咎也。	無此
	壞其思慮	懷其思慮
	言以爲枕席，冀君來而幸臨也。廣雅曰	言爲枕席，冀君來而幸臨也。
	楚辭曰：魂迁迁而南行。王逸曰：迁迁，惶遽貌。	無此
	爾雅曰：暍謂之畢。又曰：大梁昴也。	無此
	曼曼，長也，一作漫漫。	無此
	更，歷也。	無此
	一云將至之意。	無此
卷十六（共192條）	干寶晉書曰：嵇康，譙人。吕安，東平人。與阮籍、山濤及兄巽友善。康有潛遯之志，不能被褐懷寶，矜才而上人……時人莫不哀之。説文曰：法，刑也。	臧榮緒晉書曰：安妻甚美，兄巽報之，巽内慙，誣安不孝，啓太祖，徙安遠郡，即路與康書，太祖見而惡之，收安付廷尉，與康俱死。見法謂被法也。説文曰：法，刑也。
	康別傳臨終：袁尼嘗從吾學廣陵散，吾每靳固之，不與，廣陵散於今絶矣！就死，命也。曹嘉之晉紀曰：康刑於東市，顧日影，援琴而彈。	干寶晉紀云：廣陵散於今絶矣。
	凄，冷也。	無此
	列子曰：孔子自衛反魯	孟子曰：孔子自衛反魯
	周大夫行役，過故宗周，見周墟盡爲禾黍，故歌黍離之詩。毛詩正義曰：過故宗廟宮室，盡爲禾黍。又云，禾黍油油。	無此
	過殷之故墟	過殷之墟
	作雅聲曰：麥秀漸兮，黍米瞔瞔。彼狡僮兮，不我好	無此

續表

卷目	尤袤本	贛州本
卷十六 （共192條）	史記曰：李斯者，楚上蔡人也。年少時爲郡小吏，見吏舍廁中鼠……事無大小，輒決於高。	史記曰：李斯出獄，顧謂其子曰：吾欲與若復牽黃犬俱出上蔡東門，逐狡兔，可得乎？
	遇人所遇之吉凶也	遇吉凶也
	司馬彪曰：領會，言人運命如衣領之相交會，或合或開。	無此
	清净猒應	清净猒應
	言駕將邁	停駕，言駕將邁
	何休曰：僅，方也。	無此
	密友近賓	密友賓
	伊，惟也。升降，謂天地氣上下也。	無此
	言日月望空駿驅而去，時節循虛驚動而立。	無此
	能執，言不能執持得長年也。	無此
	晼晚，言日將暮也。	無此
	一日方至	無此
	上於扶桑，在上也。	上於扶桑，扶桑在上也。
	誰謂宋遠，跂予望之。	企予望之。
	字林曰：企，舉踵也。	無此
	通呼爲世。暮，言人之年老也。楚辭曰：老冉冉而逾絶。	通呼爲世人。楚辭曰：老冉冉而逾施。
	爾雅曰：椵，木槿。櫬，木槿。郭璞注曰：別二名，似李樹。棗朝生夕隕，可食，或呼爲日及，曰王蒸。	無此
	毛詩曰：戚戚兄弟，莫遠具爾。箋曰：莫，無也。具，猶俱也。爾，謂進之也。王與族人燕，兄弟之親，無遠無近，王俱揖而進之。	無此

卷目	尤袤本	贛州本
卷十六 （共192條）	爾雅曰：咨，嗟也。	無此
	何往而不殘，殘，毀也。	皆殘滅也
	日思往没之人，多在顏也。	無此
	言春秋與往同，然存亡異時。	無此
	久要，已見上注。	論語曰：久要不忘平生之言。
	忘，失也。宅，居也。言樂易失而哀易居也。	無此
	言我將欲老死，與汝爲客也。	無此
	表，外也。言精神不定。世表，在世之表也。	表，外也。
	寤，覺也。大暮，猶長夜也。原夫生死之理，雖則長短有殊，終則同歸一揆。	大暮，猶長夜也。
	言既寤之，則彼死日之方除，豈能亂我情乎？言不足亂也。	無此
	悲豐草之零露	思豐草之零露
	言未識也	無此
	如有殷憂	如有隱憂
	言將養生而遺榮也。爾雅曰：頤，養也。遺，棄也。	爾雅曰：頤，養也。
	末迹，喻老。言解世俗之心累於末，聊優游卒歲以娛老年。	無此
	優遊，已見上文。	毛詩曰：優哉游哉，亦是戾矣。
	官皇帝知名者	宦皇帝知名者
	爾雅曰：壻之父母相謂爲昏姻。	無此
	臣松之注魏志引劉曄傳曰：楊暨，字肇，晉荊州刺史。子潭，字道源。次韶，字公嗣。	無此

卷目	尤袤本	贛州本
卷十六 （共192條）	論語哀公問孔子弟子孰爲好學	論語
	死矣，今也則亡	無此
	尋役，謂之任也。	尋設，謂之任也。
	洛陽記曰：大興在開陽門外。	無此
	開陽門始成	開陽始成
	不能復陵皮以徑渡	不能凌波以徑度
	車輪謂之靭	軌並輪謂之靭
	白日晼晚其將暮	白日晼晚其將入
	河南郡圖經曰：嵩丘，在縣西南十五里。	無此
	如淳漢書注曰：堅，冢田也。	如淳漢書注田：堅，家田也。
	散，楸。郭璞曰：老乃皮麤散者爲楸。	櫃大而散，楸。耶璞曰：老乃皮散皆爲楸也。
	森森，一作榛榛。	無此
	不幸、弱冠，並已見上。	論語孔子曰：有顏回者不幸短命。禮記曰：二十曰弱冠。
	毛詩曰：伐木丁丁，鳥鳴嚶嚶。雖有兄弟，不如友生。	無此
	爾雅曰：妻之姊妹，同出爲姨。郭璞曰：同出，謂俱已嫁也。	無此
	杜預注曰：妻之姊妹曰姨。	無此
	杜預左氏傳注曰：婦人在室，則父天，出則夫天。	無此
	潘岳集任澤蘭哀辭曰：澤蘭者，任子咸之女也，涉三齡，未没喪而殞……趙歧曰：孩提，謂二三歲之間，始孩笑可提抱者。禮記內則曰：子生三月孩而名。	左氏傳，晉獻公曰：以是藐諸孤。孟子曰：孩提之童，無不知愛其親者。趙歧曰：孩提，謂二三歲之間，始孩笑可提抱者。
	伶俜，單子貌。	無此

續表

卷目	尤袤本	贛州本
卷十六（共192條）	毛詩曰：爰有寒泉，在浚之下。有子七人，母氏勞苦。又曰：蓼蓼者莪，匪莪伊蒿。哀哀父母，生我劬勞。	無此
	箋曰：行，道也。婦人生而有適人之道。	無此
	言夫之早隕者，遇天未悔禍之時。	天禍未悔
	爾雅曰：蓋謂之苫。注：茅苫也，江東呼爲蓋。	無此
	纂要曰：在上曰帳，在旁曰帷，單帳曰幬。	無此
	就列，就其房列之位也。	無此
	爾雅曰：雞棲於弋爲榤，鑿垣而棲爲塒。棲，雞宿處。	無此
	寔命不猶。	無此
	又曰：心悶瞀之屯屯。王逸曰：瞀，亂也。	無此
	廣雅曰：曜靈，日也。	無此
	顏延年曰：春夏秋冬曰四時，時各一節，故言四時。遄，速也。	無此
	遄，速也。	無此
	空廓，寥廓也。	空廓，寥寥也。
	字林曰：仿，相似也。佛，不審也。素，昔也。言平生昔日之時也。	無此
	爾雅曰：緇廣充幅長尋曰旐。	無此
	爾雅曰：廣幅曰旐。凶幡，即今之旒旐。	無此
	僕夫悲余懷兮，馬蹉局顧而不行。	僕夫悲余馬懷兮，蹉局顧而不行。
	殷憂，見上文。	毛詩曰：耿耿不寐，如有殷憂。
	廣雅曰：睎，視也。	無此

續表

卷目	尤袤本	贛州本
卷十六 （共192條）	惸惸余在疚。凡人喪曰疚。	惸惸在疚。
	雪翩翩以反零	雪翩翩以交零
	夜漫漫，已見上文。	楚辭曰：終長夜之曼曼。
	家語曰：偭乎若喪家之狗。禮記曰：喪容偭偭。鄭玄曰：偭，羸貌。鸚鵡曰：容貌慘以顙額。丁儀妻寡婦賦曰：顧顏貌之艷艷。	鸚賦曰：容貌慘以顙額。丁儀妻寡婦賦曰：顧顙貌之瓶瓶。
	左氏傳文公六年	左氏傳曰
	妻言願亦如三良死從於夫也。	無此
	緬，思貌也。	緬，思邈也。
	毛詩曰：歲聿其暮。	無此
	王逸曰：閶闔，天門。	無此
	悟，覺也。	無此
	怳，已見上文。	老子曰：惚兮怳兮，其中有象。
	楚辭曰：秋風兮蕭蕭，舒芳兮振條。廣雅曰：振，動也。	無此
	毛詩序曰：柏舟，恭姜自誓也……曹植文帝誄曰：願投骨於山足，報恩養於下庭。	班婕妤自傷賦曰：願歸骨於山足，依松柏之餘休。
	爾雅曰：試，用也。	無此
	注：兩手曰拱。	無此
	幸郎嫪毐，茅焦上諫	幸郎嫪毐
	上林賦曰：丹水更其南	上林賦曰
	紀年曰：周穆王三十七年，伐紂，大起九師，東至于九江。	紀年曰：周武王伐紂，東至于九江。
	是事之不可知三也	是事不可知也
	風俗通曰：天子夜寢早作，故有萬機。今忽崩隕，則爲晏駕。	無此

續表

卷目	尤袤本	贛州本
卷十六（共192條）	作山木之嘔	則爲山木之嘔
	趙王，張敖。秦滅趙，虜王，遷徙漢中房陵。房陵在漢中。	秦滅趙，虜王，遷徙漢中房陵。
	誰與樂此也	子誰與爲樂也
	武帝天漢二年，李陵爲騎都尉，領步卒三千，出居延，至浚稽山，與匈奴相值，戰敗，弓矢並盡陵。	李陵至浚稽山，與匈奴相值，戰敗。
	漢高已併天下，尊爲皇帝。羣臣飲，争功，醉，或妄呼，拔劒擊柱。	羣臣争功，或妄呼，拔劒擊柱。
	漢書，元帝竟寧元年春正月……石崇曰：王明君本爲王昭君，以觸文帝諱改之。	無此
	東觀漢記曰：馮衍，字敬通，明帝以衍才過其實，抑而不用。	無此
	稚子，見寡婦賦。	潘安仁寡婦賦曰：顧稚子兮未識。
	臧榮緒晉書曰：嵇康拜中散大夫，東平吕安家事繫獄，亹閔之始，安誉以語康，辭相證引，遂復收康。王隱晉書曰：嵇康妻，魏武帝孫穆王林女也。	無此
	張衡司徒吕公誄曰：玄室冥冥，脩夜彌長。	無此
	孽子，庶子也。	無此
	賈詡鳴鼓雷震	賈謝鳴鼓雷震
	穆天子傳七萃之士曰：古有死生。	無此
	黯，失色將敗之貌。	無此
	説文曰：黯，深黑也。	無此
	賈逵曰：唯，獨也。	無此
	行子心傷断	行子心腸斷

續表

卷目	尤袤本	贛州本
卷十六 （共192條）	論曰：鼓琴者於絃設柱，然琴有柱，以玉爲之。	無此
	曾，馬也。空，息也。	無此
	纂曰：帳曰幕。	無此
	甚見器重，朝廷爲榮。廣謂受曰：吾聞知足不辱，知止不殆。功成身退，天之道也，廣遂退，稱疾篤。	廣謂受曰：吾聞知足不辱，知止不殆。
	送車數千兩，辭決而去。蘇林曰：長安東都門也。	無此
	言樂之盛	言樂之成
	與高漸離飲於燕市，旁若無人	與高漸離飲於燕市
	伏虔通俗文曰：與死者辭曰訣。	無此
	泣血，已見恨賦。	毛詩曰：鼠思泣血。
	鼓鐘並發，群臣皆呼萬歲	既鼓鐘並發
	服虔曰：士負羽。楊子雲羽獵賦曰：蒙楯負羽，杖鏌邪而羅者以萬計。	羽獵賦曰：蒙楯負羽，挾鏌邪而羅者以萬計。
	孟子曰	孟子注曰
	朱塵筵些	朱塵筵
	或曰：朱塵，紅塵。	無此
	司馬彪注曰：襲，入也。	無此
	琴道曰雍門周以琴見孟嘗君，孟嘗君曰：先生鼓琴，亦能令悲乎？對曰：臣之所能令悲者，無故生離	琴道雍門周曰
	孟子見齊宣王曰：所謂故國，世臣之謂。注，非但見其木，當有累世脩德之臣也。	無此
	楚聲子與伍舉俱楚人，舉將奔晉	楚伍舉將奔晉

卷目	尤袤本	贛州本
	結綬，將仕也。顏延年秋胡詩曰：脫巾千里外，結綬登王畿。	結綬，將仕也。
	蕭朱結綬	蕭朱綬結
	精魂爲草	精神爲草
	毛詩曰：闋空有仳。	無此
	列仙傳，脩羊者，魏人也。華陰山下石室中有龍石，段其上，取黃精食之，後去，不知所之。	無此
	瀏陽縣東	劉陽縣東
	不顧，不顧於世也。	不顧於世也。
	列仙傳曰：王子晉吹笙作鳳鳴……舊說洪崖先生與子晉乘鸞鶴憩於此。	無此
卷十六（共192條）	詩溱洧章，刺亂也。兵革不息，男女相棄，淫風大行，莫之能救。云：維士與女，伊其相謔，贈之以芍藥。注，芍藥，香草也。箋曰：伊，因也。士女往觀，因相與戲謔，行夫婦之事，其別則送與芍藥，結恩情也。	毛詩曰：維士與女，伊其相謔，贈之以芍藥。
	絕世而獨立	絕世稱獨立
	毛詩桑中章曰：期我乎桑中，要我乎上宮。送我於淇之上。注：桑中、淇上、上宮，所期之地……莊姜送於野，作詩已見己志。	毛詩曰：期我乎桑中，要我乎上宮。
	王襃，字子淵，楊雄，字子雲。	淵，王襃也。雲，楊雄也。
	金閨，金馬門也。	無此
	公孫弘等待詔金馬門。	公孫弘等待詔金馬門。是也。
	史記：荀卿，趙人。年五十，始來游學於齊。鄒衍之術，迂大而閎辯，奭也，文難施。齊人爲諺曰：談天衍。劉向別錄曰：鄒衍之所言，五德終始，天地廣大，書言天事，故曰談天。彫龍奭赫，修鄒衍之術，文飾之，若彫鏤龍文，故曰彫龍奭。	漢書曰：司馬相如既奏大人賦，天子大悅，飄飄有凌雲之氣。七略曰：鄒奭子，齊人也。齊人爲諺曰：彫龍奭。言操脩鄒衍之術，文飾之，若彫鏤龍文，故曰彫龍奭。

卷目	尤袤本	贛州本
	作，謂作文也。用心，言士用心於文。	無此
	文之好惡，可得而言論也。	無此
	士衡自言，每屬文，甚見爲文之情。	無此
	利害由好惡。	無此
	言既作此文賦，佗日而觀之，近謂委曲盡文之妙理。	言知之易也。
	此喻見古人之法不遠。毛詩曰：執柯伐柯，其則不遠。注：則，法也。伐柯必用其柯，大小長短近取法於柯，謂不遠也。	毛詩曰：執柯伐柯，其則不遠。
	言作之難也。文之隨手變改，則不可以辭逮也。	言作之難也。
	蓋所言文之體者，具此賦之言。	無此
卷十七（共137條）	漢書音義張晏曰：佇，久俟待也。中區，區中也。字書：玄，幽遠也。	無此
	遵，循也，循四時而歎其逝往之事，攬視萬物盛衰而思慮紛紜也。	無此
	秋暮衰落故悲，春條敷暢故喜也。	無此
	懍懍，危懼貌。眇眇，高遠貌。	無此
	言歌詠世有俊德者之盛業。先民，謂先世之人，有清美芬芳之德而誦勉。	眇眇，遠貌。
	論語曰：文質彬彬，然後君子。孔安國注：彬彬，文質相半之貌。	包咸論語注曰：彬彬，文質相半之貌。
	尚書中候曰：玄龜負圖出洛，周公援筆以寫也。	無此
	爾雅曰：致，至也。	無此
	言思慮之至，無處不至。故上至天淵於安流之中，下至下泉於潛浸之所。	無此
	司馬遷曰：卒卒無湏臾之間。	無此

卷目	尤袤本	贛州本
卷十七 （共137條）	善曰：言皆擊擊而用。	無此
	言文之來，若龍之見煙雲之上，如鳥之在波瀾之中。應劭曰	無此
	公羊傳曰：帖，服也。廣雅曰：帖，静也。	無此
	字林曰：吻，口邊。	無此
	言文之體必湏以理爲本。垂條，以樹喻也。	無此
	觚，木簡也。	無此
	兹事，謂文也。左氏傳仲尼曰：志有之，言足以志，文足以言，不言，誰知其志，言而不文，行之不遠。	無此
	按，抑按也。言思慮一發，愈深恢大。	無此
	纂要曰：草木華曰蕤。字林曰：森，多木長貌。以喻文采若芳蕤之香馥，青條之森盛也。	無此
	文章之體有萬變之殊，而衆物之形，無一定之量也。	無此
	倪偄，由勉強也。	無此
	言文章在有方圓規矩也	無此
	漢書甘泉賦曰：瀏，清也。字林曰：清瀏，流也。	無此
	纏緜棲慘	纏緜棲愴
	彬蔚，已見上文。	包咸論語注曰：彬彬文質，相半之貌。楚辭曰：鬱結紆軫。
	言文章體要，在辭達而理舉也。	無此
	逝止，由去留也。	無此
	凡爲文之體，先後皆湏意別，不能者則有此累。	無此

卷目	尤袤本	贛州本
卷十七 （共137條）	漢書音義項岱曰：殿，負也。最，善也。韋昭曰：弟下爲最，極下曰殿。又曰	漢書音義曰
	應劭漢書注曰：十黍爲一絫，十絫爲一銖。	無此
	蒼頡篇曰：銓，稱也。	無此
	夫駕之法，以策駕乘，今以一言之好，最於衆辭，若策驅馳，故云警策。論語子曰：片言可以折獄。左氏傳：繞朝贈士會以馬策。	論語子曰：片言可以折獄。
	不改易其文	不改也
	説文曰：謂文藻思如綺會。	無此
	言所擬不異，闇合昔之曩篇。	無此
	言他人言我雖愛之，必湏去之也。	必捐，言必去之也。
	毛詩傳曰：苕，陵苕也。	無此
	一句既佳	言斯句既佳
	尸子曰：水方折者有玉，員折者有珠。孫卿子曰：玉在山而木潤，淵生珠而岸不枯。高氏注：玉，陽中之陰，故能潤澤草。珠，陰中之陽，有明故岸不枯。廣雅曰：韞，裹也。	孫卿子曰：玉在山而木潤，淵生珠而岸不枯。
	淮南子曰：師曠奏白雪，而神禽下降。白雪，五十絃瑟樂曲名。下里，俗之謠歌。説文曰：偉，由奇也。	説文曰：偉，猶奇也。
	瘁音，謂惡辭也。靡，美也，言空美而不光華也。	無此
	禮記曰：玉，瑕不掩瑜。鄭玄曰	鄭玄禮記注曰
	下管象武	下管象
	淮南子曰：鄒忌一徽琴，而威王終夕悲。	無此
	悲雅俱有，所以或樂，直雅而無悲則不成。	無此

續表

卷目	尤袤本	贛州本
	嘈嘩，聲貌，嘩與嘖及嘯同。言淮直取美。	曹嘩，聲貌，嘩與嘖及嘯同。
	言聲雖高而曲下。	無此
	尚玄酒而俎腥魚。	無此
	甚甚之辭也	甚之辭也
	莊子曰：桓公讀書於堂上……李曰：數，術也。	無此
	中原，原中也。菽，藿也。力采者得之。	菽，藿也。
	虛而不淈，動而愈出。	無此
	按：橐，冶鑄者用以吹火使炎熾。説文曰：橐，囊也。	橐
	挈瓶，喻小智之人，以注在上。何休曰：提，猶挈也。	無此
卷十七 （共137條）	孔安國曰：昌，當也。	無此
	謂脚長短也。國語曰:有短垣，君不踰。	無此
	言才恒不足也。	無此
	紀，綱紀也。	無此
	其來不却,其去不可止。毛詩傳曰:遏,止也。孔安國曰：遏，絶也。	其來不可却
	又大宗師曰：其耆欲深者，其天機淺也。劉障曰：言天機者，言萬物轉動，各有天性，任之自之，不知所由然也。	無此
	威蕤，盛貌。駁遟，多貌。	無此
	郭象注莊子曰：遺身而自得，雖淡然而不待，坐志行忘而爲之，故行若曳枯木，止若聚死灰，是以云其神凝也。向秀曰：死灰枯木，取其寂漠無情耳。爾雅曰:涸，竭也。國語:泉涸而成梁。	無此
	自求於文也。	無此

續表

卷目	尤袤本	贛州本
卷十七 （共137條）	立感發病	立發病
	無過也	尤過也
	物，事也。勠，并也。言文之不來，非予力之所并。	無此
	言文能廓萬里而無閡，假令億載而今爲津。	無此
	葉，世也。	無此
	未墜於地，在人	未墜於地
	爾雅曰：泯，盡也。	無此
	禮記曰：金石絲竹，樂之器也。漢書曰：聖王已没，鍾鼓管絃之聲未衰。	無此
	臨江生簫管竹	生簫管竹
	其竹圓，異眾處。自伶倫採竹嶰谷，亦復唯見此奇。	自伶倫採竹嶰谷，後見此奇。
	王逸楚辭注曰：幹，體也。	無此
	條暢，條直通暢也。罕，稀也，言竹節稀疎而相去。標，竹之末也。	條暢，條直通暢也。
	嶇嶔巋崎，皆山險峻之貌。迤㠅，邪平之貌。言竹生其旁，故側不安。	皆山險峻之貌。迤㠅，邪平之貌。
	言竹生敞間之處，又足樂也	無此
	后土，地也。言竹託生於地，經歷萬載不易其貞翠也。	無此
	言風蕭蕭徑過其末。回江，謂江回曲也。説文曰：溉，猶灌也。言江之流注灌溉其山也。	説文曰：溉，猶灌也。
	吕忱曰：波，水涌也。	無此
	字指曰：礚，大聲也。	無此
	蟬飲露而不食	蟬飲而不食

卷目	尤袤本	贛州本
卷十七 （共137條）	嘆岶，竹密貌。	嘆岶，密貌。
	字書：獮㺔，獸逃走也。	無此
	言審視竹之本體，清而不謹譁也。	無此
	言得謚爲籥而恒施用之，豈非蒙聖王之厚恩也。	無此
	一云夒。列子曰：孔子就師襄學琴。	無此
	爾雅曰：鏤，鈹也。	無此
	廣雅曰：眼珠子謂之眸。	無此
	言冥生之人而絕所見，思慮無所，故得專意發憤在於音聲。	無此
	字林曰：吻，口邊也。	無此
	司馬相如賦曰：又猗狔以招搖。	無此
	出遲貌	遲貌
	聲或渾沌，不分潒溇，或復其聲模無似枚之折也。	渾沌，不分之貌。
	詩曰：伐其條枚。毛萇詩傳曰：枚，幹也。廣雅曰：獵，折也。	枚折似枚之折也。毛萇詩傳曰：枚，幹也。
	惏慄，寒貌，恐懼也。	惏慄，寒貌。
	聲不進貌。龢囉，聲迭蕩相雜貌。	不進貌。龢囉，相雜貌。
	廣雅曰：嬈，奇也。	無此
	言聲漂結而去，棄其舊調，而更爲奇聲。	言棄其舊調，而爲奇聲。
	言聲之慷慨如壯士	無此
	聲之細好也。	細好也。
	字林曰：悁，含怒也。	無此
	舒緩自放縱之貌	舒緩之貌

續表

卷目	尤袤本	贛州本
卷十七 （共137條）	呂氏春秋曰：伯牙鼓琴，志在太山……鄭玄注禮，魯襄公二十九年，齊侯襲莒是也。	無此
	復惠，復黠慧也。	無此
	埤蒼曰：彷徨，猶仿佯也。	無此
	説文曰：揳，拭也。廣雅曰：歗欷，悲也。扐，亦拭也。	揳，拭也。廣雅曰：扐，亦拭也。
	埤蒼曰：腲腇，肥貌。	無此
	爾雅曰：蟋蟀，蛬也。郭璞曰：促織也。爾雅曰：蠖，蚇蠖也。郭璞曰：今蝍蟴也。	無此
	説文曰：喘，疾息也。	無此
	狀，聲之狀也。捷武，言捷巧。曳，亦踰也，或爲跰。鄭德曰：跰，度也。	曳，亦踰也，或爲跰。
	又云波急之聲	無此
	言簫中次詩，而曲將盡，尚有餘音也。	無此
	漂擎，餘響少騰相擊之貌。	漂擎，餘響少騰貌。
	雲夢，藪名，在南郡華容縣。高唐，觀名。此並假設爲辭。	無此
	言不如視其舞形。鄭玄注樂記曰：宮、商、角、徵、羽，雜比曰聲，單曰音。	無此
	又曰：歌采薇，發陽阿，鄭人聽之曰：不若延露以和。非歌者拙也，聽者異也。	無此
	鄭玄注禮記曰：噫，弗寤之聲。	無此
	振振鷺，鷺于飛	無此
	顓頊樂曰五莖	無此
	禮記曰：鄭、衛之音，亂世之音。	無此

卷目	尤袤本	贛州本
	著門怖首	著門�首
	毛詩曰：文茵暢轂。鄭玄注曰：茵，蓐也。詩曰：我姑酌彼金罍。鄭玄注曰：君黃金罍。玉觴，玉爵也。周禮曰：朝覲有玉几玉爵。	鄭玄禮記注曰：茵，蓐也。毛詩曰：我姑酌彼金罍。玉觴，玉爵也。
	馬融論語注	禮記注
	言皆欲騁其材，能效其技也。	無此
	牽，引也。	無此
	淮南子曰：鼓舞，或作鄭舞。高誘注曰：鄭襃也，楚王之幸姬，善歌儛，名曰鄭舞。楚辭曰：二八迭奏，女樂羅些。	無此
	姁媮，和悅貌。態，謂姿態也。	姁媮，和悅貌。
	衣上假飾。子虛賦曰：雜纖羅，垂霧縠。	子虛賦曰：雜纖羅。
	無此	弛，緊急之絃。
卷十七（共137條）	坤蒼曰：嫺，雅也。機迅體輕，言舞之回折如弩機之發迅。	無此
	脩治儀容志操以自顯心志。	無此
	無此	峨峨乎若太山志在流水。鍾子期曰
	必有所象也	無此
	言翼然而往，闇而復止。	無此
	言要之曲折，濩然以摧折。	無此
	字林曰：鳥趨，跳也。	無此
	宋玉神女賦	神女賦
	曹憲曰：瞋叔而拜。今檢玉篇目部，無此二字。	無此
	坤蒼：躟，疾行貌。史記曰：天下躟躟。	擾攘，爭貌。
	爾雅曰：蹌，動也。	無此
	許慎淮南子注曰：蹟，踏也。	蹟，踏也。

卷目	尤袤本	贛州本
	辨位曰：言督郵書掾者。郵，過也。此官不自造書，主督上官所下、所過之書也。	無此
	毛詩曰：王餞于郿。毛萇曰：地名。説文曰：郿，小障也，一曰庫城。在阜部。服虔通俗文曰：營居曰郿。左氏傳荀息曰：今虢爲不道，保於逆旅。	服虔通俗文曰：營居曰郿。
	京師，謂洛陽也。	無此
	字林曰：惟，有也。	無此
	爾雅曰：山小高曰岑。孔安國曰：八尺曰仞。包氏曰：七尺曰仞。爾雅曰：山嶺無所通。	無此
	箭、槀，二竹名也。言似二竹	言此二竹
	漢書音義孟康曰：揣，持也。	無此
卷十八（共218條）	作顛，根將顛墜也。	無此
	頽，落也。	無此
	郭璞曰：謂山形如累蠡，蠡曰瓻，山狀似之，因以名也。	無此
	穨，頭落也。	穨，頭穨也。
	又兩山夾澗也	無此
	鄭玄曰：澮，所以通水於川也。	無此
	凶。王弼曰：最處愲底也。	無此
	巖復，不平也。	無此
	窊泬，卑曲不平也。	窊泬，卑下也。
	森槮，木長貌。	森槮，長貌。
	涔，漁池也。	涔，池也。
	水注聲也。字林曰：流水行也。	水注也。
	字林曰：澎濞，水瀑至聲也。	澎濞，波聲也。

卷目	尤袤本	贛州本
	爾雅曰:大波爲瀾。郭璞曰:言蘊淪也。鱗淪,相次貌。說文曰:窊,邪下也。	鱗淪,相次貌。
	說文曰:搖,動也。賈逵國語注曰:演,引也。張揖注漢書上林賦:扤,搖也。字林曰:至,到也。	賈逵國語注曰:演,引也。
	杜預注左氏傳曰:介,猶間也,間、介一也。蹊,徑也。言山間隔絶,無有蹊徑也。	無此
	爾雅曰:蜼,卬鼻而長尾。張揖上林賦注曰:蜼似獼猴而大。	張揖上林賦注曰:蜼似獼猴。
	爾雅曰:麚,牡麀、牝鹿也。	無此
	說文曰:雄雞之鳴爲雊。坣,古野字。晁,古朝字。	無此
	由衍,行貌。	無此
卷十八 (共218條)	左右,謂林之左右。	羽獵賦曰:嚌嚌昆鳴。鄭玄周禮注曰:譟,讙也。
	㕧聑,雜聲也。	無此
	捐,動也。	稍,動也。
	譻嗃,並謂其仿聲也。鏘鏜,聲也。說文曰:鏘,金聲。	鏘鏜,皆大聲也。
	淮南子曰:張瑟者小絃組,大絃緩。高氏注曰:組,急也。	無此
	王逸曰:組,急張絃也。博物志曰:鑑脅、號鍾,善琴名。	無此
	彭,彭咸。胥,伍子胥也。琴操曰:尹吉甫,周上卿人也,有子伯奇。伯奇母死,更娶後妻,生伯邦。乃讒伯奇於吉甫:見妾有美色,然有邪心。吉甫:伯奇爲人慈仁,豈有此也?妻曰:試置空房中,君登樓而察之。後妻知伯奇仁孝,乃取毒蜂綴衣領,伯奇前持之。於是吉甫大怒,放伯奇於野。宣王出遊,吉甫從。伯奇	羽獵賦曰:飽屈原與彭胥。鄭氏曰:彭,彭咸也。晉灼曰:胥,子胥也。琴操曰:伯奇者,尹吉甫之子也。吉甫聽後妻之言,疑其孝子伯奇,遂放逐之。伯奇自傷無罪,投河而死。左氏傳曰:夫人姜氏歸于齊,將行,哭而過市,魯人謂之哀姜。

卷目	尤袤本	贛州本
卷十八（共218條）	乃作歌感之於宣王。宣王曰：此放子辭。吉甫乃求伯奇，射殺後妻。左傳曰：魯哀公夫人姜氏歸於齊，將行，哭而過市，曰：天乎！仲爲不道，殺適立庶。市人皆哭。魯人謂之哀姜。帝王世紀曰：高宗有賢子孝己，其母早死。高宗惑後妻之言，放之而死，天下哀之。尸子曰：孝己事親，一夜而五起，視衣厚薄，枕之高下也。	
	收精，不窺。	收精，不視。
	歡聲若雷，息聲若頹也。	無此
	爾雅曰：焚輪謂之頹。郭璞曰：暴風從上下也。埤蒼曰：掐，爪也。説文曰：膚，胷也。	無此
	魏書程昱傳曰：昱於魏武前忿争，聲氣忿高，邊人掐之乃止。	無此
	禮記曰：高子臯之執親之喪，泣血三年，未嘗見齒。	無此
	古之巧人，注公輸班也。	無此
	論衡曰：魯班刻木爲鳶，飛三日不下。爲母作木車，木人爲御。	論衡曰：魯班爲母作木人爲御。
	垂成，大山四起，所謂善攻具也。	無此
	按：墨子削竹以爲鵲，鵲三日不行。韓子云：爲木鳶三年不飛，一日而敗。抱朴子曰：墨子名翟，宋人。或云孔子時人，或云在後。今案：其人在七十弟子後也。	無此
	一作搓。埤蒼曰：搓，擽也。	無此
	顔監注：蔓生着地之處，皆生細根如相結，故名縷。今俗呼鼓箏草，而幼童對衘之，手鼓中央，則聲如箏，因以名。	無此
	字林曰：阤，小崩也。	無此

卷目	尤袤本	贛州本
	聲類曰:挑,決也。鄭玄毛詩箋曰:挑,支落之。	鄭玄毛詩箋曰：挑,之落之。
	周禮,大師掌六律六呂。六律,陽聲,黃鍾、太簇、姑洗、蕤賓、夷則、無射;六呂,陰聲,大呂、應鍾、南呂、林鍾、中呂、夾鍾。	無此
	漢書律歷志曰:十二,陽六爲律,陰六爲呂……黃鍾,律呂之長,故曰爲主。	無此
	孔安國注曰:八音:金石絲竹匏土革木。	無此
	食舉,謂進食於天子而設樂,食竟,奏詩之樂以徹食。徹,去也。	無此
卷十八（共218條）	恐中食舉樂也	殿中食舉樂也
	宋、灌、郭、張,皆其姓也。	無此
	間,暇也。服虔曰:諸公間遊戲。若依服解,間,當工莧切。韋昭曰:優游間暇也。按史記貨殖傳:有遊閑公子,飾冠劍,連車騎。此則韋説勝。豫,樂也。	暇,閑豫,樂也。
	富,謂聲之富也。	無此
	如有所蹂躙也	如有所蹂履也
	漢書音義孟康曰:瀏,清也。毛萇詩傳曰:溧,寒也。説文曰:洌,清也。	無此
	洋洋乎筤江河	洋洋乎若江河
	説文曰:氾,濫也。	無此
	而相牽引持	而相引持
	漢書音義張晏曰:二股謂之糾,三股謂之纆。	無此

卷目	尤袤本	贛州本
卷十八 （共218條）	金乾主磬，其風不周；石坎主鼓，其風廣莫；革艮主笙，其風明庶；匏震主簫，其風條；竹巽主柷敔，其風清明；木離主瑟琴，其風景；絲坤主鍾，其風涼；土兌主壎，其風閶闔。	無此
	醫和對晉平公曰：先二之樂	醫和曰：先王之樂
	慆堙心耳，乃忘平和，君子不聽也……鄭音好濫淫志，衛音促速煩志，言鄭、衛之聲煩手雜也。	無此
	埤蒼曰：蹋，蹋地聲也。字林曰：跺踏不進。	無此
	言變易人之視聽也，搖動也，演引也，言有所動引於心。	無此
	駘蕩，安翔貌。蒼頡篇曰：闡，開也。	無此
	鄭玄曰：蜿，委也。	無此
	言聲相絞概，如水之聲。汩湟，水流貌。	無此
	蒼頡篇曰：挐，捽也，引也。廣雅曰：捘，按之也。	又曰：挐，索持也。又曰：捘，推也。
	思歸引者，衛女之所作也。	無此
	說文曰：簿，倅字如此。	無此
	老子，已見遊天台賦。	史記曰：老子者，楚苦縣人，名耳，字聃。李氏見周之衰，乃遂去，西至關，關令曰：子將隱矣，強為我著書，乃著上下二篇，言道德之意。
	自恣其適己也。敞罔，大貌。	自恣其適也。敞罔，寬大貌。
	尚書曰：臯陶曰：優而毅，直而溫。言正直而有溫和也。	無此
	再來漫我	再來辱我
	自沉盧水。高士傳曰：湯伐桀，求道于卞隨，隨不應。及滅，讓於卞隨。隨曰：君以我為食天下。遂投盧水而死。湯又讓務光，光亦投水而死。	自投瀘水

卷目	尤袤本	贛州本
卷十八 （共218條）	史記曰：申不害者，京人也，學本於黃老而主刑名……寡人得見，與之游，死不恨。	無此
	范雎、蔡澤，並辯士也。范雎，已見西京賦，蔡澤，見歸田賦。	戰國策范雎説秦王爲秦相。史記曰：蔡澤，燕人，遊學干諸侯。
	公孫龍，趙人，爲堅白同異之辯。晉太康地記曰：汝南西平縣有淵水，可用淬刀劍特利，故有堅白之論，云黃以爲堅，白以爲利也。或辯之曰：白所以爲不堅，黃所以爲不利也。	公孫龍，爲堅白同異之辯。
	左氏傳昭二十九年，吳公子札來聘，魯人爲奏四代樂。見舞韶箾者，曰：德至哉！杜預：舜樂也，音簫。又曰：見舞象箾南籥者，曰：美哉！杜預曰：象箾，舞者所執。南籥，舞也，文王樂也。南，言文王化自北而南，謂從岐周被江漢也。爾雅釋樂：大籥謂之産。注：籥，如笛，三孔而短小。廣雅：七孔。	左氏傳曰：延陵季子見舞韶箾者，曰：德至哉！杜預曰：舜樂也。又曰：見舞象箾南籥者，曰：美哉！杜預曰：象箾，舞者所執。南籥，以籥舞也，皆文王樂也。
	史記：屈原者，名平，楚人同姓……下他皆放此。	無此
	左氏傳僖公二十四年	左氏傳曰
	推曰：獻公之子九人，唯君在矣。惠、懷內外弃之。天未絶晉，必將有主。主晉祀者，非君而誰。而二三子以爲己力，不亦誣乎。其母曰：盍亦求之，以死誰懟。曰：尤而效之，其又甚焉。其母曰：能如是乎，與汝皆隱。遂死。而晉侯求之不獲，以綿上爲之田。	遂隱而死
	則臯魚也	至則臯魚也
	以後吾親死	吾親死
	往而不可及者	往而不可反者

卷目	尤袤本	贛州本
卷十八 （共218條）	左傳曰：莊十二年，長萬，南宮萬也，弒宋閔公於蒙澤。蒙澤，宋地，梁國有蒙縣。南宮，氏。長萬，名也。左傳曰：桓十一年傳云：初，鄭伯以高渠彌爲卿，昭公惡之，固諫不聽。昭公立，懼其殺己。辛卯，殺昭公而立公子亹。君子謂昭公知所惡矣。公子達曰：高伯其爲戮乎。復惡已甚矣。注曰：公子達，魯大夫。復，重。本爲昭公所惡，而復殺君，重也。昭公，鄭莊公忽。姓高，渠彌，名也，鄭家大，欲爲卿。	左氏傳曰：南宮長萬，弒閔公於蒙澤。杜預曰：宋大夫也。又曰：鄭伯將以高渠彌爲卿，昭公惡之，固諫不聽。昭公立，懼其殺己。殺昭公而立公子亹。君子謂昭公知所惡矣。
	左傳曰：定十四年，衛靈公逐太子蒯聵，太子奔宋。至哀公二年，衛靈公卒，而立蒯聵之子輒爲衛侯，晉趙鞅乃納蒯聵于戚。至哀三年，衛石姑帥師圍之。父子爭國，爲讎敵也。韓詩外傳云：不占，陳不占也，齊人。崔杼弒莊公，陳不占聞君有難，往赴之。食則失哺，上車失軾。其僕曰：敵在數百里外，而懼惕如是，雖往，其益乎。占曰：死君之難，義也。勇，私也。乃驅車而奔之，至公門之外，聞鼓戰之聲，遂駭而死。君子謂不占無勇而能行義，可謂志士矣。愕，直也。從邑者，乃地名也，非此所施也。字林曰：鄂，直言也。謂節操蹇鄂而不怯懦也。	左氏傳曰：衛太子登鐵丘望見鄭師衆，懼，自投於車下。韓詩外傳曰：陳不占，齊人也。崔杼弒莊公，不占聞君有難，將往赴之。食則失哺，上車失軾。其僕曰：敵在數百里外，而懼怖如是，雖往，其益乎？不占曰：死君之難，義也。無勇，私也。乃驅車而奔之，至公門之外，聞鍾鼓之聲，遂駭而死。君子謂不占無勇而能行義也，可謂志士矣。字書曰：鄂，直言也。謂節操蹇鄂而不怯懦也。
	淫魚出聽；瓠巴鼓琴，而六馬仰沬。淮南子：瓠巴鼓瑟而淫魚出聽。注曰：瓠巴，楚人也，亦善於瑟，淫魚出頭於水而聽之。淮南子：水濁則魚喁喁，政苛則人亂。注：楚人喁喁，魚出頭也。淮南子：伯牙鼓琴而鳴馬仰秣。即頭去謂馬笑。韓子：師曠援琴一奏，有玄鶴二八來集，再奏而列，三奏延頸而鳴，舒翼而舞。	游魚出聽；瓠巴鼓琴，而六馬仰秣。喁，魚口上見也。
	伯牙，已見上。	韓詩外傳曰：伯牙鼓琴，而游魚出聽。

卷目	尤袤本	贛州本
	孫卿子曰：昔瓠巴鼓琴，潛魚出聽，江遽文釋曰：瓠巴，齊人也。	無此
	懸，鍾格也。	無此
	字林曰：瞵，直視貌。蒼頡篇曰：瞵，直下視貌。字林曰：眙，驚貌。	蒼頡篇曰：瞵，直視貌。字林曰：眙，驚貌。
	廣雅曰：搏，擊也。説文曰：抃，撫手也。雷抃，聲如雷也。	雷抃，聲如雷也。
	方言曰：眇，小也。	眇，小也。
	字林曰：睢，仰目也。字林曰：維，持也。	無此
	言可以通於神靈，感致萬物，舒寫精神，曉喻志意也。	無此
卷十八（共218條）	慎乃憲，欽哉。孔安國曰：憲，法也。天子率臣下爲起治事，當慎汝法度，敬其職也。	孔安國曰：天子率臣下爲治事。
	説文曰：瀎，水多也。澡，洗手也。	無此
	墝土爲之	燒土爲之
	世本曰：叔，舜時人。	叔，未聞。
	賈逵注傳曰：消，鑠也。	無此
	爾雅曰：骨謂之切，犀謂之剒。	無此
	一作埏。老子曰：埏埴以爲器。河上公注曰：埏，和也。埴，土也。和土爲食飲之器也。淮南子：陶人克埏埴。許重曰：埏，杅也。埴，土爲之。爾雅：玉謂之彫，玉謂之琢。郭璞曰：治玉石也。爾雅：金謂之鏤，木謂之刻。	爾雅：彫謂之琢。郭璞曰：治玉石也。爾雅曰：金謂之鏤，木謂之刻。
	此言簡易，不煩劇也。	無此

續表

卷目	尤袤本	贛州本
卷十八 （共218條）	六器：琴、瑟、簧、塤、鐘、磬。淮南子曰：二皇鳳至於庭。高誘曰：二皇，伏羲、神農也。聖哲，謂女媧、暴辛、垂、叔之流。	淮南子：二皇鳳至於庭。
	笛，元羌出。	無此
	長於古笛，有三孔，大小異，故謂之雙笛。	無此
	麤者曰撾，細者枚。	無此
	京加一孔於下，爲商聲，故謂五音畢。沈約宋書曰：笛，京房備其五音。言易京者，猶如莊周蒙人，謂蒙莊，及磬襄、宋翟之比。	房加一孔於下，爲商。沈約宋書曰：笛，京房備其五音。
	説文曰：猒，從甘、田犬，會意字也。	無此
	阨窮而不憫	阨窮而不悶也
	淮南子曰：晚世風流俗敗，禮義廢。	無此
	桓譚新論曰：八音廣博，琴德最優。	無此
	史記曰：龍門有桐樹，高百丈，無枝，堪爲琴	無此
	謂包含天地醇和之氣，引日月光明也。	無此
	又曰：入于虞淵，是謂黄昏。高誘曰：視物黄也。	無此
	價者，物之數也。	無此
	盤，曲。紆，屈。隱，幽。深，邃也。崔嵬，高峻之貌。岑嵓，危嶮之形。字林曰：嵓，山巖也。	盤紆，詰屈也。崔嵬、岑嵓，高峻貌也。
	皆山石巇嶮峻峻之勢。	皆山石嶮峻之貌。
	偃蹇，高貌。	無此
	巍巍，高大貌。	無此

續表

卷目	尤袤本	贛州本
	言山能蒸出雲，以沾潤萬物。	無此
	説文曰：津，液也。溜，水流也。	溜，亦流也。
	舣，至也。限，水曲也。	無此
	㵁汩，去疾貌。澎湃，相戾之形也。	㵁汩，疾貌。澎湃，相戾也。
	安回，波静遠去象。	無此
	皆美玉名。説文：瑾，玉名。翕㷸，成貌。詩傳曰：㷸，赤色貌。	翕㷸，盛貌。
	蒼頡篇曰：夽，散貌。	夽，散貌。
	著天地人經三十八篇。釣於澤，得符鯉魚中。隱於宕山，能致風雨。造伯陽九山法。淮南王少得文，不能解其音旨。其琴心三篇，有條理焉。楊雄泰玄賦曰：茹芝英以禦飢	隱於宕山，能致風雨。其琴心三篇，有條理焉。楊雄泰玄賦曰
卷十八（共218條）	列子曰：孔子遊於泰山，見榮启期行乎邾之野，鹿裘帶索，鼓琴而歌。孔子曰：先生何以爲樂。曰：天地萬物，惟人爲貴，吾得爲人，一樂也。男貴女賤，吾得爲男，二樂也。生有不見日月，不充繈褓者，吾年九十，是三樂也。貧者士之常，死者人之終，處常得終，復何憂乎。孔子曰：能自寬也。班固漢書曰	新序曰：孔子游於泰山，見榮启期，鹿裘帶索，鼓琴而歌。班固漢書讚曰
	即四皓也。皇甫謐高士傳曰：四皓皆河内軹人，一曰在汲。	無此
	言若鳥之凌飛	無此
	高士傳曰：堯讓位於許由，由辭曰：鷦鷯巢在深林，不過一枝；偃鼠飲河，不過滿腹。隱乎沛澤。堯讓不已。於是遁於中岳潁水之陽，箕山之下。死因葬於箕山之巔十五里，堯因就封其墓，號曰箕公。子仲武，陽城槐里人也。	無此
	又曰：至人無已，神人無功。郭象曰：無己故順物，順物而至。	無此

續表

卷目	尤袤本	贛州本
卷十八 （共218條）	孟子曰：離婁，黃帝時人。黃帝亡其玄珠，使離婁索之，能視百里之外，見秋毫之末。離子，離朱也。淮南子曰：離朱之明，察鍼末於百步之外。按慎子爲離珠。周禮：禁督逆祀者。鄭玄曰：督，正也。	離子，離朱也。淮南子曰：離朱之明，察鍼末於百步之外。
	夔及師襄、班倕，並已見上文。	尚書帝曰：夔，命汝典樂，教冑子……垂，堯之共工也。
	廣雅曰：厠，間也。	無此
	犀、象，二獸名。翠、綠，二色也。	無此
	自稱我與君作妻	自稱妻
	廣雅曰：揮，動也。呂氏春秋曰：伯牙鼓琴，鍾子期聽之，志在泰山。鍾子期曰：善哉！巍巍乎若太山。湏臾，志在流水，子期曰：湯湯乎若流水。子期死，伯牙破琴絕絃，終身不復鼓琴，以爲世無賞音。	無此
	説文曰：灼，明也。	史記曰：灼，明也。
	黃帝使伶倫自大夏之西，崑崙之陰，取竹之嶰谷	黃帝使伶倫取竹嶰谷
	或曰：成連，古之善音者……乃相與至海上見子春受業焉。	無此
	憀亮，聲清徹貌。亦與聊字義同。	憀亮，聲清徹貌。
	淮南子曰：師曠奏白雪而神禽下……此言感天地，清角爲勝。	無此
	鞾曄，盛貌。繁縟，聲之細也。	無此
	已見上文	鍾子期曰：洋洋兮若江河。
	言聲陵縱播布而起，霍濩然似水聲。紛葩，開張貌。	無此
	反手擊也	手擊也
	如志，謂如其志意。	無此

續表

卷目	尤袤本	贛州本
卷十八 （共218條）	渌水，已見上文。	淮南子曰：手會渌水之趣。高誘曰：渌水，古詩。
	達則兼善天下	堯則兼善天下
	爾雅曰：扶搖，風也。莊子曰：扶搖而上者九萬里。史記曰：瀛洲，海中神山也。列子曰：勃海之中有山曰瀛洲。莊子：列子御風冷然者，風仙也。劉向上列子表曰：列子者，鄭人，與鄭繆公同時。漢書曰：列子，名禦寇，先莊子，莊子稱之。毛詩曰：窈窕淑女，君子好仇。	莊子曰：扶搖而上者九萬里。列子曰：勃海之中有山曰瀛洲。劉向上列子表曰：列子者，鄭人，與鄭繆公同時。漢書曰：列子，名禦寇，先莊子，莊子稱之。毛詩曰：君子好仇。
	鄭玄曰：餐，夕食也。説文曰：餐，吞也。	無此
	會，節會也。	無此
	半在半罷謂之闌	闌，亦歇也。
	儦儦，聲多也。儦，不及也。説文曰：嚻，疾言也。	儦儦，疾貌。
	廣雅曰：盤桓，不進貌。從容，舉動也。毓與育同。	毓與育同。
	言其狀若詭詐而相赴也。	無此
	蒼頡篇曰：隨後曰驅。	無此
	韓詩曰：愛而不見，搔首躊躇。躊躇，猶躑躅也。	無此
	言扶踈四布也。	無此
	攢仄，聚聲。	無此
	毛萇傳曰：婉然，美貌。委蛇，聲長貌。	無此
	會，節會也。邀，要也。	無此
	蒼頡篇曰：嚶嚶，鳥聲也。琴道曰：操似鴻鴈詠之聲。	無此
	無此	琴道曰：伯夷操似鴻鴈之音。

卷目	尤袤本	贛州本
卷十八 （共218條）	爾雅曰：摍，牽也。	無此
	説文曰：捤，反手擊也。廣雅曰：搣，擊也。毛詩曰：薄言捋之。傳曰：捋，取也。縹繚潎洌，聲相糾激之貌。説文曰：繚，纏也。上林賦曰：轉騰潎洌。潎洌，水波浪貌，言聲似也。	縹繚潎洌，聲相糾激之貌。上林賦曰：轉騰潎洌。
	觀頌	觀樂頌
	古本蓜字爲此苑，郭璞三蒼爲古花字。張衡思玄賦曰：天地烟煴，百卉含蘤，鳴鶴交頸，雎鳩相和。以韻推之，所以不惑。	無此
	令，善也。	無此
	纂要曰：一時三月謂之三春，九十日謂之九春。	無此
	醇，厚也。	無此
	又對曰：客有歌於郢中者，始曰巴人。	宋玉對問曰：客有歌於郢中者，其始曰下里巴人。
	皆齊之士風經歌	皆齊之土風謡歌
	崔豹古今注曰：別鶴操，商陵牧子所作也……後人因以爲樂章也。	無此
	篴，已見上文。	馬季長笛賦曰：聽篴弄者遥思於古昔。篴弄，小曲也。
	説苑曰：應侯與賈子坐，聞有鼓瑟之聲。應侯曰：今瑟一何怨也？賈子曰：張急調下，使之怨也。夫張急者，良材也。調下者，官卑也。取良材而卑官之，能無怨乎。	無此
	字林曰：慘，毒也。漢書音義郭璞曰：愀，變色貌。説文曰：愴，傷也。	無此

卷目	尤袤本	贛州本
	服虔通俗篇	通俗篇
	尾生與女子不來，水至不去，抱柱而死。高誘注淮南子曰：尾生，魯人，與婦人期於梁下，不至而水溺死。	尾生與女子期於梁下，女子不來，水至不去，抱柱而死。
	奮長子建，次甲，次乙、慶，皆以馴行孝謹，官至兩千石。	無此
	人臣尊寵，廼舉集其門。	乃集其門
	建郎中令，奏下，建讀之……孔安國曰：訥，遲鈍也。	無此
	説文曰：謳，齊歌也。	無此
	有神名曰天吳，是爲水伯。其形首足尾並人面而色青	神爲天吳，爲水伯。
	國語曰：周文王時，鸑鷟鳴於岐山。	無此
卷十八（共218條）	列女傳曰：游女，漢水神。鄭大夫交甫於漢臯見之。聘之橘柚。張衡南都賦曰：游女弄珠於漢臯之曲。	無此
	韓詩曰：愔愔，和悦貌。聲類曰：和静貌。	無此
	賈逵曰：唯，獨也。	無此
	杜預曰：汶水，太山出萊蕪縣。説文曰：篠，小竹。	無此
	説文曰：隅，曲也。	説文曰：隈，曲也。
	亦作撝，謂指撝也。	無此
	言其管各守一聲	言其管各守一
	兩節間而吹之	兩節間而次之
	尚書曰：鳳皇來儀。	無此
	司馬彪曰：企，望也。景福殿賦曰：鳥企山跱。翾翾，字林：翾翾，初起也。歧歧，飛行貌。漢書音義曰：歧歧，將行貌。	景福殿賦曰：鳥企山跱。翾翾、歧歧，飛行貌。

續表

卷目	尤袤本	贛州本
卷十八 （共218條）	郭璞爾雅注曰：唲，鳥口也。	唲，亦喙也。
	駍田，聚也。獢攦，不齊也。鯡鰈，裝飾重疊貌。	獵攦，不齊也。鯡鰈，裝飾眾貌。
	桓子新論琴道曰：雍門周見孟嘗君，孟嘗君曰：先生鼓琴，亦能令人悲乎。對曰：臣之所能令悲者，先貴而後賤，故富而今貧。於是雍門揮琴，而孟嘗君流涕。	桓子新論雍門周曰：臣之所能令悲者，先貴而後賤，故富而今貧。
	韓詩外傳曰：眾或滿堂而飲酒，有人向而悲泣，則一堂爲之不樂。王者之於天下也，有一物不得其所，則爲之悽愴心傷，盡祭不舉樂焉。	無此
	謂先温燰去其垢穢，調理其氣也。	無此
	埤蒼曰：怫鬱，不安貌。	字林曰：怫鬱，不安貌。
	又云：孟浪，虛誕之聲也。肆，放也。言聲將絕而復放。	無此
	橄攞，疾貌。埤蒼：列，宿留也。	橄攞，疾貌。
	廣雅曰：煜，燬也。說文曰：熠，盛光也。	無此
	呂氏春秋曰：伶倫制十二箇。	無此
	虛滿，謂隨氣虛滿也。	無此
	憭亮，聲清也。聲類曰：憭，旦也。廣雅曰：躊躇，猶像也。	無此
	毛萇曰：離離，垂也。	無此
	飛龍，鵾雞，已見上文。	漢書曰：房中樂有飛龍章。古相和歌者有鵾雞曲。
	楚王吟	楚楚王吟
	瞋㘚嘲以紆鬱	瞋㘚唧以紆鬱
	泓宏，聲大貌。融裔，聲長貌。	泓宏融裔，聲大且長貌。

續表

卷目	尤袤本	贛州本
	漢書音義應劭曰：不醒不醉曰酺。擾，謂擾攘裝飾也。鄭玄曰：闋，終也。	擾，謂擾攘裝飾也。
	弛，解也。韜，藏也。絃，謂琴瑟也。	韜，藏也。
	廣雅曰：長琴三尺六寸六分，五絃……廣雅曰：六七孔也。	無此
	説文曰：縹，青白色。字林：瓿，白瓶長頸。	縹，綠色也。瓿，瓶也。
	吳録地理志曰：湘東酃以爲酒，有名。	無此
	史記：蘇秦	蘇秦
	蓬勃，泰出貌。	鬱蓬勃，氣出貌。
	魏文帝燕歌行曰：秋風蕭瑟天氣涼。	無此
	鄭玄月令注曰：大不過宮，細不過羽。	無此
	舜樂曰大韶	舜樂曰簫韶
卷十八（共218條）	限一齊楚	混一齊楚
	左氏傳昭公二十九年，吳公子札來聘，魯人爲奏四代樂。爲之歌頌，季札歎曰：至矣哉！邇而不偪，遠而不攜，節有度，守有叙。凡人邇近者，好在逼迫，此樂中乃有不逼之聲。凡人相遠者，好在攜離，此頌中乃有遠不携離之音。毛詩序曰：聲成文謂之音。	左氏傳曰：吳公子札來聘，爲之歌頌，曰：至矣哉！邇而不逼，遠而不攜，節有度，守有叙。毛詩序曰：聲成文謂之音。
	言衆若林能揔之。	無此
	箕山，已見上文。論語子曰：道不行，乘桴浮於海。從我者其由歟。	呂氏春秋曰：昔堯朝許由於沛澤之中，曰：請屬天下於夫子。許由遂之箕山之下。論語子曰：道不行，乘桴浮於海。
	史記曰：不從流俗，王之阤僻。羽獵賦曰：狹二王之阤僻。	羽獵賦曰：狹三王之阤僻。
	遺身謂其身事。	無此
	廣雅曰：耀靈，日也。俄，邪也。	無此
	淮南子：濛汜，日所入處。	無此

續表

卷目	尤袤本	贛州本
卷十八 （共218條）	言聲在喉中而轉，故曰潛也。熛起，言疾。字林曰：熛，飛火也。	熛起，言疾。
	黄宫，謂黄鍾宫聲。清角，已見上文。	韓子師曠曰：清徵之聲，不如清角。
	精微，已見上文。	禮記曰：絜静精微易教也。
	説苑曰：湯時大旱七年，煎沙爛石……於是化形隱景而去。	無此
	言悲傷能挫於人。	無此
	關雎哀而不傷	哀而不傷
	憀亮，已見上文。	嵇叔夜琴賦曰：新聲憀亮。憀亮，聲清徹貌。
	飄眇，聲清長貌。爾雅曰：洌，竭也。字林曰：冽，寒貌。	繞眺，聲清長。
	似鴈之音，已見琴賦。字林曰：鳴，聲也……可依字讀義無爽。今書或作漠，音訓同。	琴道曰：伯夷操似鴻鴈之音。
	淮南子曰：通古之風氣，以貫譚萬物之理。譚，猶着也。參譚，不絶。又曰：龍舉而景雲屬。	淮南子曰：龍舉而景雲屬。
	姑洗所以脩絜百物，考神納賓。	無此
	説文曰：溷，亂也。	無此
	景山，大山也。	無此
	枚乘兔園賦曰：脩竹檀欒。	無此
	字書曰：悱，心誦也。纏緜，已見上注。	毛詩傳曰：綢繆，猶纏緜也。
	字林曰：礚，大聲也。	皆大聲也。
	已見上文。	左氏傳吴公子札歡樂頌曰：行而不流。淮南子曰：流而不滯。
	韶、夏、鄭、衛，已見上文。	韶、夏，禮記曰：鄭衛之音，亂世之音。

卷目	尤袤本	贛州本
卷十八 （共218條）	孟子曰：王豹處淇而善謳，綿駒處唐而齊右善歌。言二人以歌謳化齊衛之國。	孟子淳于髡曰：緜駒處於高唐而齊右善歌。又曰：王豹處於淇而河西善謳。
	晏子春秋：虞公善歌，以新聲惑景公……從昏飯牛薄夜半，長夜晏晏何時旦。	無此
	秦、楚臨韓，韓必歛手。	秦、楚臨韓，必檢手。
	論語曰：子在齊聞韶，三月不知肉味。孔安國曰：不圖於韶樂之至於斯。周生烈曰：孔子在齊，聞韶樂之盛，故忽忘肉味。王肅曰：不圖作韶樂之至於此。此，齊也。	善同向注。
	孔安國曰：雄曰鳳，雌曰凰，靈鳥也。儀，有容儀也。備樂九奏而致鳳皇也。	無此
	晉書：阮籍，字嗣宗，陳留尉氏人。容貌瑰傑，志氣宏放，尤好莊老，嗜酒能嘯。籍嘗于蘇門山遇孫登，與商略終古，棲神道氣之術，登皆不應，籍因長嘯而退，至於半嶺，聞有聲若鸞鳳之音，響乎巖谷，乃登之嘯也。	無此
卷十九 （共170條）	史記曰：楚懷王薨，太子橫立，爲頃襄王。	無此
	鄭玄曰：寢，卧息也。	無此
	在南郡巫縣	南郡巫縣
	如曋嚙也。樀，直豎貌。	直豎貌。
	爾雅：濟謂之霽。郭璞注曰：今南陽人呼雨止爲霽。	郭璞爾雅注曰：今南陽人呼雨止爲霽。爾雅：濟謂之霽。
	廣，閒也。	廣，閿也。
	爲萬物神靈之祖，最有異也。	無此
	禮記曰：父召無諾，先生召無諾，唯而起。鄭玄曰：應唯恭於諾也。皇侃曰：唯謂今之爾，是也。	無此
	安流平滿貌。	平滿貌。

卷目	尤袤本	贛州本
卷十九 （共170條）	郭象莊子注曰：麗，著也。爾雅曰：如臮臮丘。郭璞曰：丘有隴界如田臮。	郭象莊子注曰：麗，著也。郭璞爾雅注曰：有隴界如叙。
	廣雅曰：隘，陋也。	無此
	其流交卒引而卻相會。謂水口急陋，不得前進，則却退，復會於上流之中止。	其流交引而卻相會
	孔安國注尚書曰：碣石，海畔山也。	尚書曰：夾右碣石入于河。孔安國曰：海畔山也。
	碨礧，衆石貌。	礫碨礧，衆石貌。
	巨石，大石也。	巨石，大巨也。
	坤蒼曰：瀺潘，水流聲貌。	無此
	字林曰：竄，逃也。	無此
	暖故魚鼈游焉	暖言魚鼈游焉
	椅，桐屬也。	椅，相屬也。
	毛詩曰：其桐其椅。注：椅，梧屬。爾雅曰：下句曰糾。	無此
	水波小文也。	水波文紋也。
	謂樹枝四向施布，如鳥翼然。言東西，則南北可知，其林木多也。猗狔，柔弱下垂貌。漢書大人賦：猗狔以招搖。	謂枝四向施布，如鳥翼然。言東西，南北可知，其林木多也。猗狔，柔弱貌。
	股肱惰哉，萬事墮哉	股肱墮哉
	王逸楚辭注曰：巑岏，山鋭貌。裖，已見上林賦。李奇曰：裖，整也。陳，列也。礧礧，高貌。方言曰：礧，堅也。	王逸楚辭注曰：巑岏，鋭山也。振字當作裖字。振，整也。以盤石整渠岸也。礧礧，高貌。
	坤蒼曰：崎嶇不安也。	無此
	山谷芊芊	山谷千千
	傾岸之勢，其水洋洋，避立之處，如熊之在樹。	無此

續表

卷目	尤袤本	贛州本
卷十九 （共170條）	謂傾岸之勢，阻險之處	謂阻險之處
	楚辭曰：怊悵而自悲。王逸曰：悵，恨貌。	王逸楚辭注曰：怊悵，恨貌。
	說文曰：纚，冠織也。緩與纚同。詩曰：魚在在藻，有莘其尾。毛萇曰：莘，眾多也。莘，字或作烖，往來貌，若出於神。	言不可測知。
	言山勢如簸箕之踵也。	言山勢如箕之踵也。
	見本草。夜干，一名烏扇，今江東爲烏蓮，史記爲射干。漢書音義曰：揭車，香草也。苞并，叢生也。	皆草名。薛綜西京賦注曰：蘭，香草也。張揖曰：江離，香草也。郭璞曰：江離，似水薺。射干，烏蓮草也。苞并，叢生也。
	爾雅曰：王雎。郭璞曰：鵰類，今江東通呼爲鶚。詩云：鳥摯而有別者，一名王鵙。驪黃，郭璞曰：其色鸒黑而黃，因名之。一曰鶬鶊。	爾雅曰：雎鳩，王雎也。郭璞曰：雎，鵰類也。又曰：鶬鶊，鵹黃也。郭璞曰：鵰黃黑也。
	子雟鳥出蜀中。	子雟也，出蜀中。
	漢書郊祀志曰：充尚、羡門高最後，皆燕人，爲方令道，形辭銷化玉。充尚、羡門高，二人。	無此
	人在山上作巢	人共在山上作巢
	有傾宮璇室。高誘曰：以玉飾宮也。	有瓊宮璇室。高誘曰：璇宮，以玉飾宮也。
	字林曰：冽，寒風也。	冽，寒風也。
	漢書音義李音曰：羽林騎士。張晏曰：以應獵負羽。	七略曰：羽獵，永始三年十二月，上校獵。
	銜枚氏，軍旅田役令。鄭玄以爲枚止言語囂讙也。枚，狀如箸。	銜枚氏下士。鄭玄曰：止語囂誼也。枚，大如箸。
	爾雅曰：莘，藾蕭。郭璞曰：今藾蒿也，邪生，亦可食。	無此
	言何節奄忽之間	言節奄忽之間

卷目	尤袤本	贛州本
卷十九 （共170條）	翠，翡翠也。以羽飾蓋。	翠，翡翠也。
	氣者，五藏之使候。	無此
	紛擾，喜也。	無此
	如有可記識也。髣髴，見不審也。	如有可寄識也。
	勝，盡也。賛，明也。	無此
	又曰：尚之以瓊瑩乎而。注：瓊瑩，石似玉也。	無此
	毛萇詩傳曰：婉，美貌。	婉，美貌。
	沐，洗也。	宜侍王旁。沐，洗也。
	天下之姣	天下之美妓
	方言曰：姝，好也。	無此
	字林曰：暸，明也。	無此
	聰娟，微曲貌。	無此
	媥，靖好貌。廣雅曰：嫭，好也。説文：静，審也。韓詩：静，貞也。	媥，閑體行也。嫭，静好也。
	珊珊，聲也。	無此
	聲類曰：憺，見魏都賦。嬥，已見洞簫賦。和静貌。韓詩曰：嬥，悦也。説文曰：嬥，静也。蒼頡篇曰：悁，密也。	韓詩曰：憺憺夜飲。薛君曰：憺憺，和悦之皃也。洞簫賦曰：其妙聲則清静。厭悢注云：善本作瘱。曹大家烈女傳注曰：瘱，深邃也。
	字林曰：旋，回也。	無此
	結猶未相著	未結猶未相著
	方言曰：顆，怒色青貌。	無此
	此賦假以爲辭，諷於婬也。	無此
	孟嘗君至楚	孟常君至楚
	廣雅曰：嗚嗚欨欨，喜也。	無此
	一云食邑章華，因以爲號。	無此
	廣雅曰：從容，舉動也。	無此

續表

卷目	尤袤本	贛州本
	此郊，即鄭衛之郊。毛詩曰：静女其姝。又曰：遵大路兮，摻執子之袪兮。大路，詩篇名也。遵，循也。路，道也。謂道路逢子之美，願攬子之袂與俱歸也。	毛詩曰：遵大路兮，摻執子之袪兮。
	司馬彪注漢書子虛賦曰：復，荅也。	復，報也。
	言自絜藐	言自絜兒
	黄初，文帝丕年號。京師，洛陽也。洛川，洛水之川也，洛水出洛山。濟，度也。	無此
	一云魏志三年不言植朝，蓋魏志略也。	無此
	伊闕、轘轅，已見東都賦。	史記吳起曰：桀之居伊闕。漢書：沛公從轘轅。臣瓚曰：在緱氏東南也。
	山上神芝。	山上有神芝。
卷十九（共170條）	陽林，一作楊林	楊林
	削成，已見魏都賦。	魏都賦曰：擬華山之削成。劉曰：太華之山，削成四方。堅也。
	應圖，應畫圖也。	應畫圖也。
	沃人之國爰有璿瑰瑶碧。郭璞曰：名玉也。又曰：和山其上多瑶碧。毛詩曰：投我以木瓜	和山其上多瑶碧。毛詩曰
	綃，輕縠也。	劉曰：俗傳鮫人從水中出，曾寄寓人家，積日賣綃。綃者，竹孚俞也。
	爾雅曰：岸上曰滸。郭璞曰：厓上地也。毛詩曰：在河之滸。毛萇曰：滸，水涯也。漢書音義應劭曰：瀨，水流沙上也。傅瓚曰：瀨，湍也。	毛詩曰：在河之滸。毛萇曰：滸，水涯也。
	古人指水爲信	古人爲信，指水爲信
	神仙傳曰：切仙一出遊於江濱，逢鄭交甫，交甫不知何人也，目而挑之，女遂解佩與之。交甫行數步，空懷無佩，女亦不見。爾雅曰：猶如麂，善登木。此獸性多疑慮，常居山中。忽聞有聲，則恐人來害之，每預上樹，久久無度復下，須臾又上。	諱詩内傳曰：鄭交甫遵彼漢皋臺下遇二女，與言曰：願請子之珮二女，與交甫，交甫受而懷之。超然而去。十步循探之即亡矣。迴顧二女亦即亡矣。爾雅曰：猶如麂，善登木。此獸情多疑慮，常居山中。忽聞有聲，則恐人來害之，每預上樹，久久無度後下，須臾又上。

續表

卷目	尤袤本	贛州本
卷十九 （共170條）	説文曰：静，審也。韓詩曰：静，貞也。	無此
	二妃，已見上文。毛詩曰：漢有游女，不可求思。注：漢上游女，無求思者。	禮記曰：舜葬蒼梧之野，蓋二妃未之從也。鄭玄曰：離騷所謂湘夫人也。舜南巡狩死於蒼梧，二妃留江湘之間。韓詩曰：漢有游女，不可求思。薛君曰：游女，漢神也。言漢神時見不可求而得之。
	各處河鼓之傍	各處河之傍
	聖足行於水	聖人行於水
	神女賦曰：吐芬芳其若蘭。	神女賦曰：吐芬芳其若蘭。是也。
	詰洛文曰	結洛文曰
	已見上文。	傳曰：河伯華陰潼鄉人也。姓馮氏，名夷，浴於河中而溺死。淮南子曰：馮夷服夷石而水仙。
	馮夷、女媧，並已見上文。	馮夷，已見上句。禮記曰：女媧之笙簧。世本曰：女媧作簧暴辛爲塤。宋均曰：女媧黄帝臣也。暴辛，周平王時諸侯。
	文魚兮上瀨。又曰：將騰駕兮皆逝。玉鸞，已見上文。	文魚兮失瀨。又曰：將騰駕兮偕逝。神女賦曰：揺珮飾鳴玉鸞。楚辭曰：鳴玉鸞之啾啾。
	爾雅曰：水中渚曰沚。孔安國尚書注曰：山脊曰岡。	無此
	沾予襟之浪浪，淚下貌。	沾予襟之浪浪
	説文曰：騑，驂駕也。毛萇詩傳曰：騑騑，行不止之貌。廣雅曰：盤桓，不進也。	無此
	聲類曰：陔，隴也。	陔，隴也。
	采蘭以自芬香也。循陔以采香草者，將以供養其父母，喻人求珍異以歸。	言蘭芬芳以之故已。循陔以采之，喻己當自身盡心以養也。
	言在家之子，無有縱樂，須供養。此相戒之辭也。	無有游盤，相戒之辭也。
	馨，芬香也。絜，鮮静也。教其朝晚供養之方。	言相戒盡心以養也。

續表

卷目	尤袤本	贛州本
卷十九 （共170條）	言承望父母顏色湑其柔順也	言承父母顏色湑其柔順也
	色難，謂承順父母顏色	爲承順父母顏色
	禮記曰：孟春之月，魚上水，獺祭魚。獺將食之，先以祭，又曰：獺祭魚，然後虞人入澤梁。此喻孝子循陔加求珍異，歸養其親也。	禮記曰：獺祭魚，然後虞人入澤梁。
	廣雅曰：噬，嘬也。爾雅曰：魴，魾也。郭璞曰：今呼魴魚爲鯿。	無此
	小雅曰：純黑而反哺者	爾雅曰：純黑而反哺者
	豕畜之	豕交之
	石曰磨。爾雅曰：謂之剴。	無此
	已見鸚鵡賦	應劭風俗通曰：處士者，隱居放言也。
	雲色不明貌。輯輯，風聲和也。	黑貌
	輯與習同	揖與習同
	鄭玄曰：九穀，稷、黍、秫、稻、麻、大小豆、大小麥也。	稷、麥、秫、稻、麻、大小豆、大小麥也。
	蒼頡篇曰：稠，衆也。	無此
	必有三年之委	以有三年之委
	郭璞曰：道光照也。	無此
	以品處庶類	以品處庶類者也
	言皆得其時也。	獸在草，魚躍順流，言皆得其時也。
	淮南子曰：四時者，春生，夏長，秋收，冬藏。八風，已見上。	無此
	五是來備	五者來備
	左氏傳秦醫和	左氏傳醫和
	崇丘，高丘也。	無此
	藹藹，茂盛貌。周禮曰：山林植物。鄭玄曰：物，根生之屬。	無此

續表

卷目	尤袤本	贛州本
卷十九（共170條）	猶、獸古字通。	無此
	易曰：小人道消，君子道長。言物極則歸長也	無此
	謂世事皆惡，不相縈繞，不雜塵霧。	謂世事皆惡，不相縈繞，不離塵霧。
	叚生，干木也，已見上。	魏都賦曰：千乘謂之軾。盧諸侯爲之止戈則干木之德自解紛也。幽通賦曰：木偃息以蕃魏兮。
	春秋僖公二十六年，齊孝公伐魯北鄙，公使展喜犒師。齊侯未入境，喜從之……公使展喜犒師，使受命於展禽。	無此
	清塵，已見懷舊賦。經綸，見南都賦。	楚辭曰：聞赤松之清塵。周易曰：君子以經綸。
	河外，西晉也。公羊傳曰：撥亂反正，莫近於春秋。江介，東晉也。左氏傳曰：以敝邑褊小，介於大國。杜預曰：介，間也。毛詩曰：今也蹙國百里。	河外謂之澠池。史記曰：秦王使使告趙王爲好會於西河外澠池。公羊傳曰：撥亂反正，莫近於春秋。楚辭曰：長江介之遺風。薛君韓詩章句曰：介，界也。毛詩曰：今也曰蹙國百里。
	孔安國尚書傳曰：龕，勝也	無此
	文軌，已見恨賦。	禮記曰：書同文，車同軌。
	山居則注曰	山居賦注曰
	九傳榮成伯曰	左氏傳榮成伯曰
	上疏謂兄曰	上疏諸兄曰
	無此	史記：太史公曰：余登姑蘇，望五湖。
	楚人謂深水爲澤。薂，樹也。	楚人謂深水爲潭
	立交爲楚王	交爲楚王
	應劭曰：黼衣，衣上畫爲斧形，而白與黑爲采。龍旂，旗上畫龍爲之。	杜預曰：白與黑謂之黼。
	言受彤弓之賜，於此得專征伐。	無此
	迭，互也。言豕韋與大彭互爲伯於商也。	言豕韋與大彭互爲伯於商也。迭，互也。

卷目	尤袤本	贛州本
	顔師古曰：繼爲諸侯，預盟會之事也。善曰：會同，已見東京賦。	周禮曰：時見曰會。殷頫曰同。
	劉兆曰：旁言曰譜。王赧，已見西征賦。	史記曰：慎靚王立崩，子赧王立，東西周分治，王赧徙都西周。
	顔師古曰：瓉説是也。	瓉説是也
	尚書曰：以蕃王室。	無此
	顔師古曰：庶尹，庶官之長也。羣后，諸侯也。	無此
	墜，失也。	無此
	宗周，已見西征賦。	詩黍離閔宗周也。毛萇注：宗周，鎬京也，謂之西周。
	顔師古曰：言我先祖遂微。	無此
	應劭曰：小兒啼聲唉唉。顔師古曰：唉，歎聲。	無此
卷十九（共170條）	顔師古曰：言遭秦暴嫚，無有列位，躬耕于野。	無此
	顔師古曰：高祖起在豐、沛，於秦爲南，故曰南顧。言以秦之京邑授與漢也。	無此
	顔師古曰：於，讀爲烏。烏，歎辭也。赫，明貌。此詩中諸歎稱於者，其音皆同。	無此
	顔師古曰：懷，思也，來也。言漢兵所往。	言漢之所往。
	弟謂元王也，元王封於楚國。	無此
	矜矜，或慎。	矜矜，戒慎。
	應劭曰：元王立二十七年而薨，垂遺業於後嗣。漸世，没世也。漸，没也。	應劭曰：即位且三十年，漸世，没世也。
	夷王，名郢客，元王子。	無此
	夷王立四年薨，戊乃嗣，故言不永。統祀，纂統宗祀也。	夷王立四年薨。纂統宗祀也。
	顔師古曰：大雅曰：皇，正也。	無此

卷目	尤袤本	贛州本
卷十九（共170條）	顏師古曰：惟，亦思也。言不思念敬慎如履薄冰之義，用繼祖考之業也。	無此
	履冰，已見寡婦賦。	丁儀寡婦賦曰：恐施厚而德薄，若履冰而臨淵。毛詩曰：戰戰兢兢，如履薄冰。
	顏師古曰：緜與悠同，行貌。放，放犬。驅，驅馬也。	無此
	以致困匱，而王反以爲樂也。	以困乏，而王反以爲樂也。
	恢，大也。諛，諂言也。	無此
	顏師古曰：睦，密也。言服屬近。我王，戊也。	無此
	顏師古曰：靡，無也。言執天子之法，無所顧望。	無此
	先從近親始，而王怙恃漢戚，不自勗慎。	先從近始，而王怙恃漢戚
	岌，欲毁壞之意。顏師古曰：岌岌，危動貌。又，鄧展曰岐。孟子曰：天下殆哉岌乎。司馬彪以爲岐岐，危也。	岌岌，欲毁之意
	顏師古曰：秦繆公伐鄭，爲晉所敗而歸，乃作秦誓。尚書秦穆公曰：詢兹黃髮。	尚書秦穆公曰：詢于黃髮。
	顏師古曰：逮，及也。耉者，老人面色如耉。	無此
	顏師古曰：於，歎辭也。昔之君子，庶幾善道，所以能光顯於後代也。	歎美昔之君子，能庶幾自悔，故光顯于後。
	顏師古：覽，視也。	無此
	顏師古曰：黃髮不近者，斥遠耉老之人。善曰：歎美昔之君子，能庶幾自悔，故光顯于後。	無此
	城形之始謂之儀	成形之始謂之儀
	地常動不止而人不知	地常動移而人不知
	星火，火星也。已見上。	星火，火星也。

卷目	尤袤本	贛州本
卷十九 （共170條）	涼風，已見上。毛詩傳曰：熠燿，燐也。	月令孟秋涼風至。毛詩曰：熠燿宵行。毛萇曰：熠燿蟒也。蟒，螢火也。
	顏延年曰：一寒一暑，一往一復爲代，去者爲謝。	顏延年曰：來者爲代，去者爲謝。
	無此	包曰：逝，往也。言凡往者如川之流也。
	不舍日夜	不息日夜
	又，匪先民是經。先民，周公、孔子也。	無此
	淮南子：楚恭王遊于林中，有白猨緣木而矯，王使左右射之，騰躍避矢不能中。於是使由基撫弓而昢，猨乃抱木而長號。何者？誠在於心，而精通於物。	淮南子曰：楚有白猨，王自射之，則搏矢而顧使養由基射之，始調弓矯矢未發，而猨抱樹號矣。列子曰：蒲且子之弋弱弓纖繳乘風振之，連雙鶬於青雲也。
	蒱盧，舊説云，即蒲且也。已見西京賦。	無此
	使神恬蕩而不失其充	使神蹈蕩而不失其充
	彪，虎文貌。	彪，文貌。
	種善德而神明自得，聖心備焉。	種善成德而神明自得，聖心循焉。
	此謂成人。成人在始興善，敬之哉。	此謂成人在始。
	京父之弟子曰	曰
	論語：顏淵問仁，子曰：克己復禮爲仁。一日克己復禮，天下歸仁焉。孔安國曰：復，及也。身能及禮，則爲仁也。馬融曰：一日猶見歸，況於終身。	論語子曰：一日克己復禮，天下歸仁焉。
	大戴禮：君子學不可以已矣。	大戴禮君子曰：學不可以已。
	老子曰：埏埴以爲器。	無此
	易曰：君子進德脩業，欲及時也。又曰：君子之光暉吉。	進德脩業，已見閑居賦。周易曰：君子之光輝吉。
	朋慕管之德，華	朋慕管之德業
卷二十 （共74條）	魏受漢禪，已見魏都賦。	三都賦序曰：魏以交禪比唐虞。
	魏志曰：朱紱光大。	無此
	伯氏駢邑三百	伯氏駢邑

續表

卷目	尤袤本	贛州本
卷二十 （共74條）	願隆照微之明	願降照微之明
	情慨而長懷	情慨慨而長懷
	受命，受天命以王天下也。	受天命以王天下也。
	毛詩曰：皇甫卿士。	無此
	乃曰：蓋有進無退，我爲大臣，以身徇國，不亦可乎。	無此
	橫於曠野	輝於曠野
	爰整其旅	爰整其旋
	虛晶繆彰，其義一耳，但交相避。	無此
	晉人滅赤狄甲氏	晉人滅赤狄甲
	觀言爲真，駿言爲僞。	無此
	左氏傳子犯曰：盟徵其辭。周禮曰：司寇斷獄蔽訟。	無此
	顯告之狀空	顯告之空
	林欲以爲功，勃奏言大豪。後顛岸兄顛吾復詣林。	無此
	明明，已見上文。	毛詩曰：明明天子，令問不已。
	尚書曰：申命義叔。韋孟諷諫詩曰：明明羣司。左氏傳知罃曰：而帥偏師，以修封疆。	無此
	寡弱，已見上文。	無此
	奕世，已見上文。	國語祭公謀父曰：奕世載德。
	不醉無歸，已見上文。	毛詩曰：厭厭夜飲，不醉無歸。
	祐，福也。	又曰：祐，福也。
	胙之以土	胙之土
	廣雅曰：駭，起也。說文曰：曓，日景也。言日澄清也，謂不薄蝕。	說文曰：說文曰：曓，日景也。澄，謂不薄蝕。
	言是文德之君	言文德之君

續表

卷目	尤袤本	贛州本
卷二十 （共 74 條）	鳴球搏拊琴瑟以詠	戞擊鳴球以詠
	儀形文王	儀刑文王
	保定即天保定爾，已見上文。	毛詩曰：天保定爾。
	日中萬影正	日中千影正
	巍巍，已見上文。	論語子曰：巍巍乎！惟天爲大，惟堯則之。
	國語曰：次序三辰。賈逵曰：日月星也。	無此
	協風，已見上文。	國語曰：虞幕能聽協風，以成樂生物者也。韋昭曰：協，和也。
	祁祁，已見上文。毛詩曰：有來雍雍。	毛詩曰：采蘩祁祁。又曰：有來雍雍。
	載考，已見上文。	毛詩曰：在宗載考。
	孔安國曰：皇，大。極，中也。	無此
	言土德從所不勝	言土德不勝
	堯嘗居之	堯嘗君之
	天歷，天之歷數也，已見上文。	論語堯曰：咨爾舜天之歷數，在爾躬。天歷，天之歷數。
	魏禪晉，已見魏都賦。	魏志曰：陳留王奐即皇帝位，後禪位于晉嗣王。
	履之者聖也	履者聖也
	謂五常也	乃五常也
	仁義禮智信	仁義禮智□
	在人也	是也
	不懈于位	匪懈于位
	命有司衣服有量，必脩其故。	乃命司服衣服有量，必循其故。
	七月流火，九月授衣。	九月授衣
	吳公子札	吳王子札
	猶鶯之巢幕上	猶燕之巢于幕也

卷目	尤袤本	贛州本
卷二十 （共74條）	秋氣起則西風疾	秋氣起而西風疾
	臨流水而太息	臨流水而歎息
	遵渚，已見上文。	詩曰：鴻飛遵渚。遵，依也。
	赤芾在股	赤芾在股
	指景，指日也，已見上文。	曹植應詔詩曰：指日遄逝。
	太上，謂文帝也。	無此
	翔泳，謂魚鳥也。	翔泳，魚鳥也。
	言崇尚虛假	言崇虛假
	如耒耜之爲用也	無此
	晬然於面	晬然見於面
	飲酒樂豈	飲酒樂凱
	餞，已見上文。	薛君韓詩章句曰：送行飲酒曰餞。
	毛詩曰：出宿于濟。	無此
	晬，已見上文。	孟子曰：仁義禮智，根於心，其生色也。晬然見於面。
	王逸妍敖蛬曰	王逸妍蛬曰
	宅心，已見上文。	尚書：宅心知訓。孔安國曰：常以居心也。
	其有不安	其有不安節
	爾雅曰：遐，遠也。	無此
	孔悝鼎銘	衛孔悝鼎銘
	皆以鳴吹者也	皆以鳴吹也
	言重故也	言重也
	餞，已見上文。	薛君韓詩章句曰：送行飲酒曰餞。
	函，函谷也。轘，轘轅也。解帶披襟，言將降附也。	解帶披襟，言將隣附也。

卷目	尤袤本	贛州本
卷二十 （共74條）	北芒，已見上文。	郭緣生述征記曰：北芒，洛陽北芒嶺，靡迤長阜，自榮陽山連嶺脩亘，暨于東垣。
	城彼朔方	成彼朔方
	惆悵兮私自憐	惆悵兮秋自憐
	投分託意	投分記意
	岳於省内謂秀曰：孫令憶疇昔周旋不？	岳省内見之，因喚：孫令憶疇昔周旋不？
	何以寂蔑	何其寂蔑
	鄭袤，字林叔	郭袤，字林叔
	賢叔大匠渾垂	賢叔大匠垂
	灌夫傳曰	灌英傳曰
卷二十一 （共56條）	名，令聞也。	名，令問也。
	臨穴，已見上文。	毛詩曰：臨其穴，惴惴其慄。鄭玄曰：穴，謂塚壙也。
	無此	准，擬此以爲法則也。
	珥，插也。	無此
	干木，已見魏都賦。幽通賦曰：干木偃息以藩魏。	吕氏春秋曰：田贊説荆王曰：若夫偃息之義，則未之識也。高誘曰：段干木偃息以安魏也。通幽賦曰：干木偃息以蕃魏。
	趙孝成王時	趙孝成王
	乃見新垣衍	乃見辛垣衍
	魯連辭謝，終不肯受。	魯連辭謝
	鄭衆周禮注	鄭玄周禮注
	金、張，已見上文。	左太沖詠史詩曰：金張藉舊業……功臣之後，唯有金氏、張氏親近貴寵比於外戚。

續表

卷目	尤袤本	贛州本
卷二十一（共56條）	隨沖虛	修道沖虛
	耕於中嶽下	逃於中嶽下
	埃塵言輕，千鈞喻重也。	無此
	翳，蔓也。	翳，愛也。
	史記曰：卓文君奔司馬相如，相與馳歸成都，居徒四壁立。	無此
	盎中無斗米儲，還視架上無懸衣。説文曰：	盎中無斗米，架上無懸衣。説文曰：顧，還視也。
	二世下斯，使斯就五刑	二世下斯就五刑
	無此	二疎見下注。
	長衢，已見上文。	左太沖詠史詩曰：朱輪竟長衢。古詩曰：長衢夾巷。
	鍾會有遺榮賦。	無此
	鍾會遺榮賦曰	鍾會有遺榮賦曰
	黃金二十斤	黃金一十斤
	賢哉二大夫	賢哉二丈夫
	爲愚者之累也	爲過者之累也
	侍中加貂蟬	侍中珥貂蟬
	史記曰：秦王坐章臺見相如，相如奉璧奏秦王，秦王大喜。	無此
	史記曰：相如視秦王無意償趙城……相如持其璧睨柱，欲以擊柱。秦王恐其破璧，乃辭謝，請以十五都與趙。	無此
	髮上衝冠，已見上注。	史記曰：藺相如怒髮上衝冠。徐敬業詩曰：少年負壯氣，耿介立衝冠。
	西缶、東瑟，已見西征賦。	西征賦曰：秦虎狼之強國，趙侵弱之餘燼。超入險而高會，杖命世之英藺。恥東瑟以偏鼓，提西缶而接刃。辱十城之虛壽，奄咸陽以取儔。

續表

卷目	尤袤本	贛州本
卷二十一 （共56條）	家語子貢曰：夫子欲屈節以救父母之國。節，猶操也。	無此
	無此	澗水東瀍水西
	禮記曰：孔子過泰山側，婦人哭於墓者而哀，夫子式而聽之……夫子曰：小子識之，苛政猛於虎。苛，猶虐也。	苛，猶虐也。禮記曰：苛政猛於虎。同翰注。
	漢王追羽至陽夏，不會	漢王追羽至陽夏
	已見幽通賦	無此
	漢書婁敬説上曰：陛下都洛陽，不如入關。上問良，良因勸上……不易太子者，良本招此四人之力也。又疏廣曰：太子，國儲副君也。	漢書又疏廣曰：太子，國儲副君也。
	周易曰：明兩作離，大人以繼明照于四方……王逸楚辭注曰：海内之政，見四子藐姑射之山，汾水之陽，窅然喪其天下也。	鄭玄曰：明兩者，取君明上下以明德相承，其於天下之事無不見也。
	聲音日夜闐	音聲日夜闐
	汝神遊守形	汝神將守形
	河内之山陽	河内之山陽縣
	十六斗爲庾。百行，已見上文。	十六升爲庾。延年秋胡詩曰：如何久爲別，百行愆諸己。孔臧與弟書曰：學者所以飭百行也。
	灌夫亦得	灌夫易得
	酌麥醴	酌多醴
	流目眺夫衡阿	流目眺夫衡門
	友或爲反。吕氏春秋曰：君子反道以修德。	友或反。吕氏春秋曰：君子反以修德。
	必取宋	以取宋
	鬼谷子序曰	子序曰

續表

卷目	尤袤本	贛州本
卷二十一 （共56條）	閶闔風，已見西京賦。	薛綜西京賦注曰：天有紫微宮，王者象之。紫微宮門名曰閶闔。
	遂乘萬龍椿	遂乘萬龍輴
	淮南子曰：魯陽公與韓遘難，戰酣，日暮，援戈而麾之，日爲之反三舍。	魯陽麾日見淮南子
	素秋，已見上文。	劉楨與臨淄侯書曰：蕭以素秋則落。楚辭曰：青春爰謝也。
	以哭見孟嘗君	以琴見孟嘗君
	吞舟之魚，已見上文。	韓詩外傳曰：孟子曰：吞舟之魚，不居潛澤度量之士，不居污世。
	採玉石脂服之	採五石脂服之
	洪崖，已見上。	西京賦曰：洪崖立而指麾。神仙傳曰：衛叔卿與數人博，其子度曰：向與博者爲誰？叔卿曰：是洪崖先生。
	非敖而已	若敖而已
	次曰宮龍	父曰宮龍
	燕昭使人入海求蓬萊，已見上文。	漢書齊威、燕昭使人入海求蓬萊、方丈、瀛洲，此三神山者，仙人及不死之藥皆在焉。而黃金白銀爲宮闕未見，望之如雲。
	陵苕，已見上文。	陵，爾雅曰：苕，陵苕也。鄒潤甫遊仙詩：潛穎隱九泉，女蘿緣高松。
	北海外有鍾山	此海外有鍾山
	守文法以戴翼其世者甚衆。山林，已見上文。	守文法以戴翼其世者甚衆。徐無鬼見魏武侯，武侯曰：先生居山林久矣。郭璞山海經注曰：山居爲棲。
	犬子當路於齊，管、晏之功	天子當路於齊，管仲、晏子之功
卷二十二 （共45條）	見上注。	楚辭：飲石泉兮蔭松柏。漱，猶蕩也。毛萇詩轉曰：瓊瑤，美玉也。
	所稅駕也	所脫駕也

續表

卷目	尤袤本	贛州本
	秀雅朱顏	秀稚朱顏
	歲聿其暮	歲聿云暮
	亭亭，廻貌	亭亭，逈貌
	塵外，已見上文。	莊子曰：孔子彷徨塵垢之外，逍遥無爲之業。郭象曰：所謂塵垢之外，非伏於山林而已。
	山椒，已見上文。	漢武帝李夫人賦曰：釋予馬於山椒。
	巢，已見上文。	皇甫謐逸士傳曰：巢父，堯時隱人，常山居，不營世利，年老以樹爲巢而寢其上，故時人號曰巢父。
	尸子曰：爲令尹而不喜	尹子曰：爲令尹而不喜
卷二十二（共45條）	毛詩豳風曰：春日遲遲，采蘩祁祁。楚辭曰：王孫遊兮不歸，春草生兮萋萋。	善注同。
	挂帆席	挂航席
	無此	歌辭曰：齊謳楚舞紛紛，歌聲上徹清雲。
	九秋，已見南都賦	無此
	安排，已見上文。	莊子曰：仲尼謂顏回曰：安排而去化乃入於寥天一。郭象曰：安於推移而與化俱去，故乃入於寂寥而與天？一也。
	地中有木升	地中升木升
	覽物，已見上文。	覽物，歎逝賦曰：覽前物而懷之。
	飛泉，已見上文。	楚辭曰：吸飛泉之微液。
	楚辭曰：若有人兮山之阿，披薜荔兮帶女蘿。	善注同。
	范曄後漢書劉安奏曰：安皇帝聖德明懋。	范曄後漢書曰：聖德明懋。

續表

卷目	尤袤本	贛州本
卷二十二 （共45條）	飛奔，車也。	無此
	緹殼，騎也。續漢書曰：緹騎二百人。	續漢書曰：緹騎一百人。
	王良弟子	王良子弟
	昔老，謂司馬談也。	老，謂司馬談也。
	東方者春	東方曰春
	百年，已見上文。	養生經黃帝曰：中壽百年。
	冶城賦曰	冶成賦曰
	慼慼，已見上文。	楚辭曰：愁鬱鬱之無快，居慼慼而不解。
	尋雲，已見上文。	羊祜請伐吳表曰：高山尋雲霓。
	臨風，已見月賦。	無此
	山中人兮芳社若	山中人兮芳杜若
	市井，已見上文。	莊子：仲尼曰：商賈旦於市井以求其贏。司馬彪曰：九夫爲井井有市。
	衿帶、神坰，並見上文。	西京賦曰：所謂塵垢之外，非伏於山林而已。爾雅曰：林外謂之坰。
	已見上文。	爾雅曰：山正，郭。巘嶍，崖之別名。爾雅曰：重巘，隒。
	此三神山者，僊人在焉。	此三神仙者，山人在焉。
	儲胥觀、昆明池，皆在西京，此皆假言之。	善注同。云此皆假言之。
	山足，已見上文。	毛萇詩傳曰：麓山足也。
	維摩經曰：八解之浴池，定水湛然滿。大品經曰：初禪、二禪、三禪、四禪。	無此
	玉趾，已見上文。	左氏傳：楚太宰薳啓彊謂魯侯曰：今君若玉趾，跡辱見寡君。
	征鳥厲號。	征鳥厲疾。
	智臆生羽翼	身體生羽翼
	銳意，已見上注。	漢書曰：武帝征討四夷，銳志武功。

續表

卷目	尤袤本	贛州本
卷二十二 （共45條）	淹留，已見上文。	楚辭曰：攀桂枝兮聊淹留。
	如淳曰：在日月之上，日月反從下照，故其景倒。	無此
	歲暮，已見上文。	歲暮，喻年老也。韓詩曰：蟋蟀在堂，歲聿其暮。薛君曰：暮，晚也。言君志年歲已晚。
	衿帶，已見上文。	西京賦曰：巖險固衿帶易守。
	上干，已見上注。	又曰：其上則交錯糾紛，上干青雲。
	漢書曰：匈奴入邊，遣宗正劉禮軍霸上，帝勞軍直馳入，帝曰：鄉者霸上軍如兒戲。	無此
卷二十三 （共60條）	餘與韓詩內傳同，已見南都賦。	張平子南都賦曰：游女弄珠於漢皋之曲。韓詩外傳曰：鄭交甫將南適楚，遵彼漢皋，臺下乃遇二女佩兩珠，大如荊雞之卵。
	杲杲出日	杲杲日出
	故時別三月	故時三月
	楚辭曰：皋蘭被徑兮斯露漸。凝霜，已見上文。	楚詞曰：皋蘭被徑兮斯路漸。楚詞曰：漱凝霜之紛紛。字書曰：凝，冰堅也。
	王子晉，已見上文。	列仙傳曰：王子喬者，周靈王太子晉也，好吹笙，作鳳鳴，游伊洛之間，道人浮丘公接以上嵩山，後於緱山乘白鶴駐山頭，舉手謝時人，數日而去。
	求諸幽之道	來諸幽之道
	北望山阿	此望山阿
	李斯，見西征賦。蘇秦，已見左太冲詠史詩。	李斯、蘇秦，同銑注。
	毛詩曰：十月蟋蟀，入我牀下。	無此
	顏回，已見幽通賦。	論語孔子曰：有顏回者好學，不幸短命死矣。

續表

卷目	尤袤本	贛州本
卷二十三（共60條）	王逸楚辭注曰：小曰丘。	無此
	磬折，已見上文。	尚書大傳曰：諸侯來受命，周公莫不磬折。磬，樂器，其形曲折。
	皋蘭，已見上文。楚辭曰	楚詞曰：皋蘭被徑兮斯路漸。又曰
	劇辛諫楚王	莊辛諫楚王
	平生，已見上文。	論語曰：久要不忘平生之言。
	司馬長卿讚	司馬贊
	何爲九山	河爲九山
	涕泣汚也	闌干也
	呂巽交也	呂安交也
	謂巽也。左氏傳曰	楚大夫也，傳曰
	適自作憂累也	適自作憂患也
	柳下惠，已見西征賦。	潘安仁西征賦曰：嗟鄙夫之常累兮，固既得而患失……直道而事人，焉往而不三黜。
	漢書曰：司馬相如稱疾閑居。	西漢書曰：司馬相如稱疾閑居。
	采薇，已見上文。	史記曰：武王平殷，伯夷、叔齊恥之，義不食周粟，隱於首陽山，采薇而食之
	遘與構同，古字通也	無此
	荆蠻，已見登樓賦。	無此
	何爲絲桐之間	可爲絲桐之間
	羈旅，已見上文。	阮嗣宗詠懷詩曰：羈旅無疇匹，俛仰懷哀傷。左氏傳曰：陳敬仲曰：羈旅之臣也。
	豺虎，已見上文。	王仲宣七哀詩曰：西京亂無象，豺虎方構患。漢書：張耳、陳餘述曰：據國爭權，還爲豺虎。

續表

卷目	尤袤本	贛州本
	漢書張釋之曰：假令愚人取長陵一抔土，何如？漢書注曰：便房，冢壙中室也。	餘同翰注。
	朱光，日也。	無此
	松栢，丘墓，已見上文。	仲長子昌言曰：古之葬，植松栢梧桐以識墳。
	蟋蟀吟，已見上文注。	四子講德論曰：蟋蟀候秋吟。毛詩曰：十月蟋蟀，入我床下。
	莊子曰：莊子妻死，惠子弔之，則方箕踞鼓盆而歌，惠子曰	莊子妻死，惠子弔之，則方箕踞鼓盆，子曰
	秋風爲商，已見上文。	王逸楚詞注曰：商風，西風也。秋氣起，則西風急疾。鸚鵡賦曰：涼風蕭瑟。
	靡所與同	無所與同
卷二十三 （共60條）	展轉，已見上文。	謝惠連詠懷詩曰：耿介繁慮積，展轉長宵半。毛詩曰：展轉反側。
	故云蒙莊子	故云蒙莊子，妻死不哭
	感物，已見上文。毛詩曰：既涕殞之。	古詩曰：感物懷所思。毛詩曰：涕既隕之。
	揮涕，已見上文。	家語曰：文伯卒，敬姜曰：二三婦無揮涕。王肅曰：揮涕，以手揮之也。
	楚人也，字君宥	楚人也，字君賓
	龔生竟夭天年	龔先生竟夭天年
	解劍，已見上注。	史記吳世家曰：季札過徐，徐君好季札劍，口弗敢言，還至徐，徐君已死，乃解其寶劍繫之冢樹而去。
	此必通人而蔽者也	此必通之蔽者也
	各助王恭明祀	助王恭明祀
	王逸晉書	王隱晉書
	勑躬未濟，汲汲孳孳者	勑躬未濟
	作陽陵	作陽陵邑

卷目	尤袤本	贛州本
	言帝澤被天下，威靈若存	言帝威靈若存
	淪化之萌也	無此
	故人之意	故人之情
	傅暢讚曰：王戎，字濬冲。戎爲選官時，江夏李重字茂曾，汝南李毅字茂彦，重以清尚，毅淹而通，二人操異，俱處要職。戎以識會待之，各得其用。夫子，謂范雲。狂生，昉自謂也。梁典曰：范雲爲吏部尚書。又曰：昉爲吏部侍郎。淮南子曰：臺無所鑒，謂之狂生。高誘曰：臺，持也。所鑒者玄德，故爲狂生。臺，古握字也。漢書曰：酈食其，人皆謂之狂生。	淮南子曰：臺無所鑒，謂之狂生。高誘曰：臺，持也。所鑒者，玄德，故爲狂生。臺，古握字也。漢書曰：酈食其，人皆謂之狂生。
卷二十三（共60條）	欲留少選之須	欲留少頃
	又曰：容則秀雅稚朱顏	無此
	安意歌今	安息歌今
	翼翼，飛貌也。鷟，喻子篤也。	無此
	湛之縻醢	湛之鹿醢
	華，喻白。	華，喻兒。
	言江、漢之君，有席卷之志，信服而來，自是美，非汝之功也。	無此
	無此	言憂患同也。
	四節，已見上文。	潘安仁悼亡詩曰：曜靈運天機，四節待遷逝。
	蔦啓強曰：今君親步玉趾。	蓮啓強曰：今君親步玉趾。
	華燈，已見上文。	楚詞曰：蘭膏明燭華鐙錯。鐙與燈同。
	僵俛，已見上文。	毛詩曰：僵俛從事，不敢告勞。
卷二十四（共92條）	無求生以害人	無求生以害仁
	説文曰：櫺，楯間子也。	櫺，窗間也。
	壯士不得志於心也	壯不得志於心也

續表

卷目	尤袤本	贛州本
卷二十四 （共92條）	無	公曰：善。遂出裘發粟。
	攬衣起徘徊	攬衣起徘徊
	西都賦曰：抗	西都賓曰：扢
	皇佐，太祖也。	皇佐，太子也。
	言歡怨雖殊，俱非忠貞之則，惟有中和樂職，誠可謂經也。	言歡怨非殊，俱非忠貞之則，惟有中和樂職，誠可謂也。
	洛陽東北	洛東北
	行潦，流潦也。	行淹，流潦也。
	鴟梟、豺狼	鷗梟、豺狼
	爲梟爲鴟	爲鷗爲梟
	魏志城作域。	無此
	城闕，已見上文。	又曰，在城闕兮。
	史記蘇秦説秦王曰：臨菑甚富，其民無不吹竽鼓瑟。	史記説齊王曰：臨菑甚富，其民莫不吹竽鼓瑟。
	周易曰：積善之家，必有餘慶。孔安國尚書傳曰：須，待也。	善同濟注。
	以射兕於雲夢	以射兕於夢
	遲奉聖顔	遲牽聖顔
	以石著弋繳	以石著繳弋
	所以在兔	所以得兔
	聽而斷之	聲而斷之
	軒，已見上文。	徐幹齊都賦曰：軒長廊之有窗也。
	幕人掌帷帟綬之事。鄭司農曰：帟，平帷也。	幕人掌帷帟。
	逝者，見下注。	論語曰：子在川上曰：逝者如斯夫。
	論語曰：子在川上曰：逝者如斯。	無此

續表

卷目	尤袤本	贛州本
卷二十四（共92條）	卞和，已見上文。	韓子曰：卞和抱璞而哭於楚山之下。
	良朋，已見上文。	毛詩曰：每有良朋。
	南都賦曰	南都賦注曰
	言日夕將暮已已衰	言日夕將暮已已衰老也
	傳子孫也	傳子傳孫也
	桑榆，已見上文。	東觀漢記光武曰：失之東隅，收之桑榆。
	西都賦曰	西都賓曰
	毛萇□曰	毛萇詩曰
	西都賦曰：啓發篇章。	西都賓曰：啓發篇章。
	西都賦曰：嘉木樹庭。	西都賓曰：嘉木樹庭。
	同班司，已見張華答詩。	張茂先答何劭詩曰：自昔同寮寀，于今比園廬……故曰同寮也。
	黃髮，已見上文。	尚書曰：詢茲黃髮。
	得魚忘筌，已見上文。	莊子曰：筌者所以得魚也，得魚而忘筌。
	命此文王	生我文王
	彈冠，已見上文。	漢書曰：蕭朱結綬，王貢彈冠。
	范曄後漢班固議曰	班固議曰
	文王既勤止，我應受之。	文王既勤止。
	鄭玄考工記注	鄭玄考功記注
	逝將去汝，已見上文。毛詩曰	毛詩曰：逝將去汝。又曰
	國語藍尹亹	國語監尹亹
	太白入昴	太白入大昴
	以間王政	以聞王政
	肆予敢求爾于天邑商	肆予敢求爾于天邑

續表

卷目	尤袤本	贛州本
卷二十四 （共92條）	對揚，已見上文。	書曰：敢對揚天子之休命。
	嗟爾烈祖	嗟嗟烈祖
	我求懿德，已見上文。	毛詩曰：我求懿德，肆于時夏。
	承華，已見上文。	陸機洛陽記曰：太子宮在太宮東，薄室門外，中有承華門。
	紆鬱，已見上文。	曹子建贈白馬王彪詩曰：玄■猶能進，我思鬱以紆。楚辭曰：願假簧以舒憂，志紆鬱具難釋。王逸曰：紆，屈也。鬱，愁也。
	雍門子以琴見孟嘗君	雍門子以哭見孟嘗君
	屏翳起雨。王逸曰：屏翳，雨師名也。	荓翳起雨。王逸曰：荓，荓翳，雨師名也。
	衾，已見上文。	毛詩曰：抱衾與裯。
	百憂、纏綿，並已見上文。	張升與任彥堅書曰：纏綿恩好，庶蹈高蹤。
	仲山甫永懷	仲山父永懷
	書籍林淵	無此
	南裔，謂交阯也。	無此
	大庚、始安	大庚、始安
	子盍亦遠績禹功，而大庇民焉。	子盍亦遠績功，而大庇焉。
	衆星累累如連貝	衆星累累如連具
	婉孌，已見上文。	方言曰：俛，歡也。俛與婉同，古字通。說文曰：孌，慕也。班固漢書述哀記曰：婉孌董公，惟亮天工。
	駕言，已見上文。毛詩	毛詩曰：駕言出遊。又
	西京賦曰	西方賦曰
	遊宦，已見上文。	淮南王書曰：游宦事人。
	高辛氏有二子	高辛氏有子

卷目	尤袤本	贛州本
卷二十四 （共92條）	金石，已見上文。	漢書武涉説韓信曰：足下自以爲與漢王爲金石交。
	二三子及承華，已見上文。	論語子曰：二三子以我爲隱乎？吾無隱乎爾。詩曰：遵彼承華，其容灼灼。
	莊子曰：鵲巢於高榆之巔，巢折，凌風而起。	無此
	所欽，已見上文。	嵇叔夜贈秀才詩曰：感悟馳情，思我所欽。陸士衡贈從兄車騎詩曰：願言思所欽。
	雖則同域	雖則固城
	承風懷苦心	晨風懷苦心
	得百姓之國萬區	得百里之國萬區
	思堯舜兮襲興	思堯舜兮襲與
	子嬰、漢祖，並已見上文。	史記曰：趙高立公子嬰爲秦王。又曰：子嬰降沛公於軹道傍。漢書曰：高祖隆準而龍顔。
	三雄，即三國之主。	雄，即三國之主。
	皓致書於濬	皓書於濬
	銜璧，已見上句。	左傳曰：許僖公面縛銜璧。
	將軍弱冠登朝，播名海内。	將軍播名海内。
	夫招士以旂，大夫以旌。撫翼，已見上文。	夫招士以旌。班固漢書曰：撫翼俱起。
	桑梓，已見上文。	毛詩曰：惟桑與梓，必恭敬止。
	犍爲舍人	捷爲舍人
	機爲郎	陸爲郎
	舊翰林以爲主人	借翰林以爲主人
	隨，隨珠，已見上文。	班孟堅西都賦曰：隨侯明月，錯落其間。淮南子曰：隨侯之珠、和氏之璧，得之而富，失之而貧。
	周易曰：鴻漸于陸，其羽可以爲儀吉。	無此

續表

卷目	尤袤本	贛州本
卷二十四 （共92條）	機仕東宮，已見上文。	陸士衡答賈長淵詩序曰：東宮積年。高誘呂氏春秋注曰：東宮，太子所居。
	其祖弗父何始有國	無此
	秣馬，已見上文。	毛詩曰：之子于歸。言秣其馬。毛萇詩傳曰：秣，養也。
	以問於密子	問其故於密子
	能舉居之官職也	能舉君之官職也
	摛藻、春華，已見上文。	答賓戲曰：摛藻如春華。
	崐山出玉，已見上文。	潘正叔贈陸機詩曰：崑山何有，有瑤有珉。新序：晉平公嘆曰：嗟乎，安得賢士大夫與共此樂？舩人固桑對曰：夫劍產於越，珠產江漢，玉產崑山，此三寶皆無足而致，今君苟好士則賢士至矣。
	以求伸也	以求信也
卷二十五 （共65條）	赫赫楚國	赫赫是國
	其揔章技	其揔章伎
	居于曠林，不相能也，日尋干戈，以相征討	不相能
	以服事夏、商	無此
	不見參商	不覩參辰
	睆彼牽牛	睆彼牽牛
	家亡，見下文。	下詩曰：未輟爾駕，已隳我門。二族俱覆，三孽並根。
	誕，欺也。	誕，歌也。
	遇驥之車	遇驥之春
	言晉之遇災也。毛萇詩傳曰：遘，成也。陽爻在六，謂乾上九也。周易曰：上九，亢龍有悔，盈不可久也。	言晉之遇災也。周易曰：上九，亢龍有悔，盈不可久也。陽爻在六，謂乾上九也。
	誠馮勒曰	誠馮勤曰

續表

卷目	尤袤本	贛州本
卷二十五（共65條）	言高深也。	山河，言高深也。
	琨求救猗盧	琨來救猗盧
	逝將，已見上文。	毛詩曰：逝將去女。
	謂音、味也。	澄醪絲竹，謂音、味也。
	謂文、言也。	談賓，謂文、言也。
	史扁爲卜田于渭之陽	史編爲卜田于渭之陽
	爲匈奴所圍，七日不食	爲匈奴所圍
	留侯，已見謝惠連張子房詩。	又曰：沛公從百餘騎見羽鴻門，因留沛公飲。范增數目羽擊沛公，羽不應，有頃，沛公從間道走，軍使張良留謝。
	枝葉盛茂	枝葉茂盛
	豎子請曰	子請曰
	主人之鴈以不能鳴死	主人之鴈以不材死
	論語子曰：蘧伯玉邦無道可卷而懷之。又曰：甯武子邦無道則愚。	論語曰：蘧伯玉邦有道則仕，邦無道則卷而懷之。又曰：甯武子邦有道則智，邦無道則愚。
	言清，尊之也。	清尊之也
	何戈與祋	荷戈與祋
	聶政，已見別賦。荊軻，已見西征賦。	史記曰：聶政避仇如齊，以屠爲事……秦王必説見臣，臣乃得有以報。
	達節，已見上文。	左氏傳曹子臧曰：前志有之曰聖達節。
	弘美，已見上文。	東觀漢記陳元上疏曰：抉瑕摘釁，掩其弘美。
	謂爲劉聰所敗也	謂劉聰所敗也
	老聃謂崔曜	老聃謂崔瞿

續表

卷目	尤袤本	贛州本
	五臣，已見上文。	左氏傳曰：晉公子重耳之及於難也，遂奔狄，從者狐偃、趙衰、顛頡、魏武子、司空季子，此五臣也。
	綢繆，已見上文。	毛詩曰：綢繆束薪。毛萇曰：綢繆纏綿也。
	言己昔以意氣而殞命	言昔日以意氣而殞命
	意氣，已見上文。	謝承後漢書楊喬曰：侯生爲意氣刎頸。
	故去趣舍	故云趣舍
	道德於此	道得於此
	金日磾，已見西征賦。	漢書曰：金日磾，本匈奴休屠王太子也……得禽縛之。鷫是著忠孝節。
	爾雅曰：牧，臨也。	小雅曰：牧，臨也。
	爾雅曰：純黑	小雅曰：純黑
卷二十五（共65條）	國語國人	晉語國人
	越王勾踐敗吳，吳王遂自刎死。越王滅吳也	越王勾踐敗，吳王自刎。越滅吳
	又曰：夫差以甲兵五千人，棲於會稽也。	無此
	家語：齊大夫子高適魯	國語：齊大夫子高適魯
	暇日，已見上文。	孟子曰：壯者以暇日修其孝悌忠信。
	馬大蕃息	大蕃息
	漢書曰：何武爲大司空，其所居亦無赫赫名，去後常見思。	同濟注。
	二子，謂崔、溫也。	無此
	平公曰：吾食客，門左千人	公曰：吾食客，門左千
	四嶽，謂劉琨也。四嶽，已見上文。	書帝曰咨四岳。
	分立晉昌郡	分立晉郡
	契闊，已見上文。	毛詩曰：死生契闊。

卷目	尤袤本	贛州本
卷二十五（共65條）	已見上文。	論衡曰：王充以章和二年罷州役。
	形骸，已見上文。	莊子曰：申徒，兀者也，謂子産曰：今與我遊於形骸之内，而子索我於形骸之外，不亦過乎。
	隨侯珠，已見上文。荆，楚也。	淮南子曰：隨侯之珠、和氏之璧，得之而富，失之而貧。
	志之懷慢愚。韓詩	懷之慢愚兮。毛詩
	綢繆，已見上文。	毛詩曰：綢繆束薪。
	孔安國論語	論語
	萎蕚、涸流，自喻也。	無此
	靈運爲秘書監	靈運爲秘監
	絲路，已見上文。	淮南子曰：墨子見練絲而泣之，爲可以黄可以黑。楊子見逵路而哭之，爲可以南可以北。
	以一足行爲跂	以一足行
	行九萬里	九萬里
	趣，向也。許慎淮南子注曰：裝，飾也。良辰，已見上文。	許慎淮南子注曰：裝，飾也。楚辭曰：吉日兮良辰。
	行旅，已見上文。	魏文柳賦曰：行旅仰而迴眷。
	衝飈，已見上文。	鹽鐵論曰：衝風飄鹵，沙石凝積。
	而遊於堂下	而遊於塘下
	躓，跌也。	躓，跌也。
	楚莊王築層臺	楚莊子築層臺
	永，引也。	永，別也。
	衛生之經于，能抱一于，能勿失于，能與物委蛇而同其波乎	衛生之經，能抱一乎，能勿失乎，能與物委蛇而同其波
	已見遊南亭詩。	無此
	輇當爲畛。	無此

續表

卷目	尤袤本	贛州本
卷二十五 （共65條）	風波，已見上文。	家語孔子曰：不觀巨海，何以知風波之患。
	已見上文。	楚辭曰：陶嘉月兮總駕，挐玉英兮自脩。
	梜，山桃也。	褫，山桃也。
	鳴嚶，已見上文。	毛詩曰：伐木丁丁，鳥鳴嚶嚶。
卷二十六 （共73條）	若險危大人	以險危大人
	丹穴，已見東京賦。	飲食自歌自舞，見則天下安寧。
	事二宮，已見曲水詩。	沈約宋書曰：高祖受命，延年補太子舍人，徙太子中舍人，轉太子中庶子。上臺，謂文帝也。東宮，謂太子也。又曰：文帝立皇子劭爲太子。
	跂予，已見上文。	毛詩曰：誰謂宋遠，跂予望之。
	報章，已見上文。	韓詩曰：雖則七襄，不成報章。
	彼己之子	彼其之子
	君薄淮南耶	君薄淮陽耶
	疑此永幽棲	凝此永幽棲
	籫笠緇撮	臺芝緇撮
	晝掩，已見上文。	殷仲堪誄曰：荊門晝掩，閑庭晏然。
	浮蟻在上	浮蟻在上
	論語曰：子游爲武城宰，聞絃歌之聲。	無此
	東都賦曰	東京賦曰
	荊州國記曰：當陽東有楚昭王墓。登樓賦曰：所謂西接昭丘也。	荊州圖曰：楚昭王墓。登樓賦曰：所謂昭丘也。
	周易曰	周易子曰
	漢書曰：封丞相公孫弘爲平津侯，於是起客館，開東閣以延賢人，與參謀議。	無此

卷目	尤袤本	贛州本
	而楨禮遇殊特	而植禮遇殊特
	魏氏春秋曰：嵇康寓居山陽縣，與向秀遊於竹林，號曰七賢。	無此
	屏居南山下，已見上文。	漢書曰：竇嬰謝病屏居田南山下。
	爲玟瑰簪	爲瑋瑰簪
	漢書有琅耶郡	漢舊有琅邪郡
	太尉舉爲郎，已見閑居賦。	臧榮緒晉書曰：賈充，字公閭，封魯公，爲司空，轉太尉。岳弱冠，太尉舉爲秀才，領宰二邑，勤於政績，調補尚書郎。
	商尹書曰	商君書曰
	尔雅曰：劭，美也。	小雅曰：劭，美也。
	生年不滿百	生年不滿百
	弗擊弗考	弗鼓弗考
卷二十六（共73條）	論語曰：齊景公有馬千駟，死之日，人無德而稱焉。	無此
	左氏傳晉城鱄曰	左氏傳晉成鱄曰
	毛萇詩曰	毛萇曰
	吕氏春秋曰：宓子賤治單父，彈鳴琴，身不下堂而單父治。	善同向注。
	隆暑盛其無聊	隆暑盛其無時
	毛詩曰：迄，至也。	毛萇曰：迄，至也。
	何謂寵辱？寵爲下，得之若驚，失之若驚，是謂寵辱若驚。	何謂也？爲下，得之若驚，是謂寵辱若驚。
	壃塍，已見西征賦。	鞏、洛，二縣名也。河南郡圖經曰：潘岳父冢鞏縣西南三十五里。漢書音義如淳曰：塍，冢田也。
	而蓋即同也	而帷蓋即同也
	漢書侯文	漢書杜文

卷目	尤袤本	贛州本
	瘡寐永歎	假寐永歎
	緬，已見上文。	韋昭國語注曰：緬，猶邈也。
	感物，已見上文。	古詩：感物懷所思。
	歸志，已見上文。	毛詩：佇立以泣。又曰：慨我瘡歎。孟子：浩然有歸志。
	洛陽記曰	洛陽曰
	永歎，已見上文。列子	詩曰：假寐永嘆。列子
	維退進準繩	進退惟準繩
	永歎，已見上文。	詩曰：假寐永嘆。
	纏綿，已見上文。佇立，已見上文。	張叔與任彥堅書：纏綿恩好，庶蹈高蹤。詩曰：佇立以泣。
	遠遊，已見上文。	楚辭曰：願輕舉而遠遊。
卷二十六（共73條）	并月而食蔬	并日而食蔬
	通衢，已見上文。	東征賦曰：遵通衢之大道。
	守玄默之	守玄默也
	孔子行年六十化	孔子行年六十而六十化
	郤縠悦禮樂	郤縠悦禮樂
	漢書王吉曰	漢書王吉傳
	爲壽於前	將軍爲壽於前
	皆不見弃遺也。良時，已見上文。	背不見弃遺也。李陵贈蘇武詩曰：良時不再至。禰衡書曰：衡以良時散而復合。
	杜預曰：惡，貌醜也。	杜預曰：惡貌。
	支離踈也，頤隱於齊，肩高於項	支離疏者，頤隱于齊，肩高於頂
	孟子友	孟子反
	孔子使子貢往侍事	孔子使子貢往侍事

卷目	尤袤本	贛州本
卷二十六 （共 73 條）	趙氏璧，已見盧諶覽古詩。	蔡邕琴操曰：楚明光者，楚王大夫也，昭王得瑀氏璧，欲以貢於趙王。於是遣明光奉璧之趙。瑀，古和字。
	何不攄以爲大鱄	何不能攄以爲大鱄
	郡守爲使符	郡守爲竹使符
	清漣，已見上文。	毛詩：河水清且漣漪。
	濤迅邁以避山難	濤迅遇以避山難
	遡流，已見上文。	爾雅曰：逆流而上曰遡洄。
	耕於富春山，後人名其釣處爲嚴陵瀨。莊子曰	曰
	自制河以東	自澗河以東
	周旋，已見上文。	左傳曰：奉以周旋不敢失隊。
	迫區中之隘陜	迫區中之隘狹
	鍾會有遺榮賦	鍾羨會有遺榮賦
	及勑斷家事	乃勑斷家事
	班固漢書：邴曼容養志自修，爲官不肯過六百石	邴生曼容養志自修，爲官不肯六百石
	柴荊，已見上文。	高誘曰：柴扉，即荊扉也。鄭玄禮記注云：蓽門，荊竹織門也。
	心鑒，明語不如嘿也。	止鑒，明語不如嘿也。
	緇，黑色也。	緇，墨色也。
	寸心，已見上文。	列子文摯謂叔龍曰：吾見子之心矣。方寸之地虛矣。
	善貸且善成	善貸且成
	征颷，已見上文。	楚辭曰：溢颷風而上征。
	已見江賦。	釋慧遠廬山記曰：善在江州潯陽之南。爾雅曰：霍山爲南岳。郭璞曰：今在廬江西。

續表

卷目	尤袤本	贛州本
卷二十六 （共73條）	涉江採菱發楊荷	涉江採菱發陽阿
卷二十七 （共34條）	周道威遲	周道倭遲
	夫拙於用大	夫子拙於用大
	振策陟長衢	振徒陟崇丘
	地嶮，已見上文。	盛弘之荊州記曰：魯陽縣，其地重險，楚之北塞也。
	霧亦氣字也	霧亦氛字也
	鼯鼠，已見上文。	孫卿子曰：鼯鼠，五技而窮。
	伊川，已見上文。	應劭曰：三川今河南郡。韋昭曰：有河洛伊。
	遠遊遊山川	遠遊越山川
	漁潭、赤亭，已見謝靈運富春渚詩。	吳郡記曰：富春東三十里有漁浦。吳郡緣海四縣記曰：錢塘西南五十里有定山。赤亭，定山東十餘里。
	吳都賦注曰：嶼，海中洲	吳都賦曰：嶼，海中洲
	坐嘯、臥治，並見謝玄暉在郡臥病詩。	張璠記曰：同濟注。漢書曰：拜汲黯爲淮陽太守，黯伏地不受印。上曰：君薄淮南耶？顧淮陽吏人不相得，吾徒得，君重臥而治之也。
	歸海，已見上文。	尚書大傳曰：大水小水，東流歸海也。
	懷祿，已見上文。	楊惲書曰：懷祿貪勢不能自退。
	異於是矣	人異於是矣
	公子賦黍苗	相公子賦黍苗
	夫子將至	將至
	有異夫子之志	有乖夫子之志
	葬我君還公	葬我君桓公
	陪臣盡能	陪臣書能

卷目	尤袤本	贛州本
卷二十七 （共34條）	謹受令	請受令
	施于中馗	施于中逵
	按漢緒	接漢緒
	明王盛德	明王慎德
	以官府之聯合邦治	以官府六聯合邦治
	月御、案節，並見上文。	王逸楚辭注曰：望舒，月御也。司馬彪曰：案節，行得節。天文志曰：案節徐行。服虔曰：謂行遲也。
	遠駕，乘駕也。	遠駕，神駕也。
	懷，抱也。	振，抱也。
	月明，已見上句。	月明，已上四句。
	無以魯國驕士。吾，文王之子。	無以國驕士。魯吾，文王之子。
	無此	言行役未還，故感此詩而哀也。
	心悅君兮	心悅存兮
	牽牛爲犧女	牽牛爲犧牲
	揎，插也。	揎，捷也。
	鴟之屬也	鳶鴟屬
	螭，猛獸也，已見西都賦。	歐陽尚書説曰：螭，猛獸也。
	沾纓，已見郭璞遊仙詩。	淮南子曰：雍門子以哭見孟嘗君，涕留霑纓。
卷二十八 （共52條）	今乃而不隨慕先聖之遺教	今乃愧不隨慕先聖之遺教
	尚書曰：休徵咎徵。	尚書有：休徵咎徵。
	説苑曰：王國君，前母子伯奇，後母子伯封，兄弟相愛……入，猶墮也。	善同良注。
	在沅湘之間	沅湘之閒
	毛詩曰：南有喬木。	無此

卷目	尤袤本	贛州本
	軌，道也。左氏傳富辰曰：昔周公吊二叔之不咸，故封建親戚。	軌，迹也。左氏傳富辰曰：昔周公封建親戚。
	古上留田行曰：出是上獨西門，三荆同一根生，一荆斷絶不長……子：回善於識音矣。	善同良注。
	苦心，見上文。	古詩曰：晨風懷苦心。
	邈，遠也。	縣，遠也。
	千歲墓平	千歲墓乎
	老子黃庭經曰：玉池清水灌靈根，靈根堅固老不衰。然靈根謂身也。	無此
	桓公有之	桓公守之
	悲歌，已見上文。	列子曰：秦青撫節悲謌。
	三達謂之歧旁	二達謂之歧旁
卷二十八（共52條）	慶雲，已見上文。	史記曰：若煙非煙，若雲非雲。郁郁紛紛，蕭索輪困是謂慶雲。
	向與博者爲誰	與博者爲誰
	鷺旗，已見上注。	無此
	范曄後漢書曰：上黨太守田邑與馮衍書曰：日月經天，河海帶地。	上黨太守田邑與馮衍書云：日月之經天，河海之帶地。
	急絃，已見上文。	侯璞箏賦曰：急絃促柱變調改曲。
	俛仰，已見上文。	莊子曰：俛仰止閒。
	應録次相代也	徵符合應録次相代也
	萍華其大者曰蘋	莽，萍也。其大者曰蘋。
	前漢曰地理志	漢書地理志
	負海，已見上文。	晁錯新書曰：齊地僻遠負海，地大人衆。
	子胥戰於雟李	子胥戰於就李
	王邑請召寶	主邑

卷目	尤袤本	贛州本
卷二十八 （共52條）	涼温，已見上文。	尚書曰：以殷仲春。鄭玄曰：春秋言温涼也。
	知所歸心矣	所歸心矣
	南伊闕	南伊闕
	方駕，已見上文。	西京賦曰：方駕授綏。鄭氏儀禮注曰：方，併也。
	故創怯	故創隉
	汙白使黑，已見上文。	汙白使黑
	班婕妤失寵，已見班婕妤怨詩。	班婕妤，帝初即位，進入後宮，始爲少使，俄而大幸爲婕妤，居增成舍，後趙飛燕寵盛，婕妤失寵，希復進見，成帝崩，婕妤充園陵墓。
	補拾遺闕	補缺拾遺
	日中爲市，已見上文。	周易曰：日中爲市，致天下之人，聚天下之貨。
	郭象注曰：世有夷險。	郭象莊子注曰：世有夷險。
	公遂以妻之	公遂以妻焉
	佳麗，已見上文。	無此
	漢書曰：太子不敢絕馳道。	前漢書曰：太子不敢絕馳道。
	存，已見上文。	尸子曰：其生也存。
	杠，今之旆也。	杜，今之旆也。
	始載於庭	載於庭
	出宿于沘	出宿于濟
	不如仁人	不若仁人
	友朋自遠方來	有朋自遠方來
	毛詩曰：一日不見，如三秋兮。	無此
	流離，已見上文。	長門賦曰：涕流離而從橫。
	殯宮，已見上文。	儀禮曰：遂適殯宮。

續表

卷目	尤袤本	贛州本
卷二十八 （共 52 條）	孔子爲盟器者	孔子爲明器者
	拊心，已見上文。	列子曰：師襄乃撫心高蹈。
	祀以來道路之福	祀以求道路之福
	哽咽，已見上文。	劉表與袁譚書曰：聞之哽咽。
	李陵降匈奴，已見恨賦。	無此
	然泣魚是龍陽	然泣魚是龍陽君
卷二十九 （共 71 條）	人生若寄，已見上注。	尸子：老萊子曰：人生與天地之間，寄也。寄者，固歸。
	西北乾位，君之居也。	無此
	蟋蟀在壁	蟋蟀居壁
	鄭玄曰：同門曰朋。	無此
	遺所思，已見上文。	遺所思，涉江采芙蓉詩曰：采之欲遺誰，所思在遠道。楚辭曰：折芳馨兮遺所思。
	牽牛，已見上文。毛詩曰	毛詩曰：睆彼牽牛，不以服箱。又曰：
	纖纖，已見上文。	韓詩曰：纖纖，女手可以縫裳。薛君曰：纖纖，女手之貌。
	不成章，已見上句注。毛詩曰	毛詩曰：不成報章。又曰
	上東門，已見阮籍詠懷詩。	阮嗣宗詠懷詩曰：步出上東門。河南郡圖經曰：東有三門，最北頭曰上東門。
	如寄，已見上文。	老萊子曰：人生於天地之間，寄也。寄者，固歸。
	歲暮，已見上注。	毛詩曰：歲聿雲暮。
	劉熙曰：婦人稱夫曰良人。	無此
	攜手同歸，見上注。	古詩曰：不念攜手好。毛詩曰：惠而好我，攜手同車。又曰：攜手同歸。
	栗冽，寒氣也。	栗列，寒氣也。

卷目	尤袤本	贛州本
	綺，已見上文。	説文曰：綺，文繒也。
	引領，已見上文	左氏傳穆叔謂晉侯曰：引領西望曰庶幾乎。
	須臾，已見上文。	古詩曰：既來不須臾。楚辭曰：何須臾而忘反。
	胡馬，已見上文。	古詩曰：胡馬依北風。
	清商，已見上文。	古詩曰：清商隨風發。宋玉長笛賦曰：吟清商追流徵。
	公文伯卒	公父文伯卒
	生別，已見上文。	古詩曰：與君生別離。楚辭曰：悲莫悲兮生別離。
	彌增戀本也	彌憎戀本也
卷二十九（共71條）	嘉會，已見上文。	李少卿與蘇武詩曰：嘉會難在遇。琴操曰：鄒虞者，邵國之女，所作也。古者役不踰時，不失嘉會。
	令德，已見上文。	古詩曰：令德唱高言。左傳宋穆公曰：光昭先君之令德。
	元嘉七年	永建七年
	音義曰：梁父，太山下小山也。	無此
	尚書王曰：人之所欲	尚書曰：人之所欲
	翰墨，已見上。	王僧達答顏延年詩曰：翰墨久謠吟。歸田賦曰：揮翰墨以奮藻。
	彷徨，已見上文。	古詩曰：出戶獨彷徨。毛詩序曰：彷徨不忍去。
	白露，已見上文。	古詩曰：白露霑野草。禮記曰：孟秋之月白露降。
	代馬，已見上文。	韓詩外傳曰：詩云：代馬依北風。
	天阻，山也。范曄後漢書郭林宗	郭林宗
	同袍，已見上文。	毛詩曰：豈曰無衣，與子同袍。

卷目	尤袤本	贛州本
	言日，喻君之明。	朝日，喻君之明。
	鴈南遊，已見上文。	楚辭曰：鴈雍雍而南遊。
	佳人，已見上文。	楚辭曰：受命不遷生南國。謂江南也。 楚辭曰：聞佳人兮召予。
	容則秀雅稚朱顏。	容則秀雅穉朱顏。
	歲暮，已見上文。	詩曰：歲聿云暮。
	泗，水名也。	無此
	太山，東岳	太山
	嚴霜，已見上文。	楚辭曰：冬又申之以嚴霜。
	亮，明也。	無此
	攜手同車，見上上文。	毛詩曰：惠而好我，攜手同車。
	露沾裳，已見上文。	説苑曰：孺子不覺露之霑裳。
卷二十九 （共71條）	昏東壁中	日昏東壁中
	孔安國尚書傳曰：纊，細綿也。	無此
	毛詩曰：子惠思我，褰裳涉溱。又曰	詩曰
	毛詩曰：有客宿宿，有客信信，言授之縶，以縶其馬。又曰：湛湛露斯，匪陽不晞。厭厭夜飲，不醉無歸。今鄉人情重，皆頌詠此詩。	善同向注。
	楊子見遠路	楊子見逵路
	惆悵，已見上文。	楚辭曰：惆悵兮而私自憐。
	參辰更見，已見上文。	尚書大傳曰：書之論事，離離若參辰之錯行。法言曰：吾不覩參辰之相比也。宋衷曰：辰，龍星也。參，虎星也。我不見龍虎俱見。
	上宰，賈充也。毛詩曰：价人爲藩。	毛詩曰：价人惟藩。
	僕夫，已見上文。	曹子建雜詩曰：僕夫早嚴駕。楚辭曰：僕夫懷兮心悲。

卷目	尤袤本	贛州本
	露沾衣裳，已見上文。	傅休奕雜詩曰：渥露霑我裳。説苑曰：孺子不覺露之霑裳。
	歲，年也。	齒，年也。
	仲山甫永懷	仲山父永懷
	佳人，已見上文。	曹子建雜詩曰：南國有佳人。楚辭曰：聞佳人兮召予。
	離居，已見上文。	古詩曰：同心而離居。楚辭曰：將以遺兮離居。
	鼅鼄，鼄蝥也。	鼅鼄，蝥也。
	沈憂，已見上文。	曹子建雜詩曰：沈憂令人老。宋玉笛賦曰：武毅發沈憂。
	論語子在川上曰：逝者如斯。	無此
卷二十九（共71條）	閑居，已見上文。	曹子建雜詩曰：閑居非吾志。漢書曰：司馬相如稱疾閑居。范曄後漢書梁竦歎曰：閑居可以養志。
	明月珠，已見上文。	淮南子曰：隨侯之珠。
	治戎器戒不虞	除戎器戒不虞
	下直，西家	不直，西冢
	吾欲試其君	吾欲弑其君
	下車，已見上文。	張平子四愁詩序曰：衡下車治威嚴。漢書曰：班伯爲定襄太守，其下車作威，吏民竦息。
	飛廉，風伯也。	無此
	八極，八方之極也。四溟，四海也。	八方之極也
	説文曰：爐，薪也。	無此
	難見於鬼，王難見於帝。	難見如鬼，王難見於天帝。
	練絲曰纊也	練麻曰纊也
	曾子弔之	仲子弔之

續表

卷目	尤袤本	贛州本
卷三十 （共93條）	摵，已見射雉賦。	射雉賦曰：陳柯摵以改舊。摵，凋柯貌。
	汎流英於清醴	汎流英於清醴
	晝動而夜息	晝動而從息
	臨下覽羣動	臨下覽動
	攜，提將也。	攜，持將也。
	贈馮文羆	贈馮文熊
	方，常也。	物，常也。
	拔石蘭兮	被石蘭兮
	毛詩曰：愛而不見	毛詩靜女曰：愛而不見
	老子曰：少私寡欲。	少私寡欲。
	已見上文。	列子：周之尹氏有老役夫，晝則呻呼即事，夜則昏憊而熟寐。
	舍中二逴	舍中三逴
	我教暇豫之事君幸之	我教茲暇豫之事君
	箕箒，婦人所執也。	無此
	羊牛下來	牛羊下來
	漢王置酒高會	漢王置酒會
	七盤，已見陸機羅敷歌。	無此
	鄭伯納女樂二八。歌鍾，已見魏都賦。	公錫魏絳女樂一八，歌鐘一肆
	周禮：食醫掌和王八珍之齊。	無此
	善見理不拔	善建理不拔
	已見上文。	陸機擬古詩曰：天漢東南傾。
	金閨，即金門也。	無此
	王每置酒	元每置酒

續表

卷目	尤袤本	贛州本
卷三十 （共93條）	厭照臨，謂武帝崩也。繼體，謂鬱林王昭業也。	無此
	繼文王之體	是子也，繼文之體
	國語召公諫厲王曰：防人之口，甚於防川。	無此
	海陵王而即帝位	海臨王而即位
	諸王朱戶	諸侯王朱戶
	沈沈，茂盛之貌也。	無此
	而不可奪其堅	而不奪其堅
	華林園有	華林園南
	韓子子夏曰：吾入見先王之義則榮之，出見富貴又榮之，二者戰於胷臆，故懼也。今見先王之義戰勝，故肥也。	無此
	悵望，已見上文。	蔡邕詩曰：昔宿向悵望。
	南陽宗資主畫諾。	南陽宗資主畫諾。
	人或牛暴寧田者	人或平暴寧田者
	北拒，謂禦曹操。	北距，謂禦曹操。
	視定北準	視定卜準
	忽，謂忽然而去也	謂忽忽然而去也
	幽客，朓自謂也。言從賞而乖縹𥍓遊也。	無此
	聞赤松之清塵	聞赤松之青塵
	殽有二陵，已見西征賦。	左氏傳曰：吳子伐楚，子常乃濟漢而陣……必死是閒，余收爾骨焉。
	澳，隈也。	隩，隈也。
	山海經曰：琅邪臺在渤海間，琅邪之東。	無此

卷目	尤袤本	贛州本
	高丈長曰堵	高丈長丈曰堵
	亂華，謂苻堅也。	無此
	伊水，已見上文。	禹貢曰：任洛瀍澗既入下河。孔安國傳曰：伊水出陸渾山。
	不淑，已見嵇康幽憤詩。	毛萇詩傳曰：咨嗟也。毛詩曰：子之不淑，云如之何。
	日華，已見上文。	漢書曰：日華曜宣明。
	一赴絕國	一起絕國
	古樂府詩曰：上山採蘼蕪，下山逢故夫。班婕好怨詩曰：新製齊紈素，鮮絜如霜雪，裁爲合歡扇，團團似明月。	班婕好怨詩曰：新裂齊紈素，鮮絜如霜雪，裁爲合歡扇，團圓似明月。
	香草名也	香草也
	列子曰：夢有六候，此六者皆魂神所交也。	無此
卷三十（共93條）	陽唐將以瓛璠歛	陽虎將以瓛璠歛
	史記曰：廉頗失勢之時，故客盡去，及復爲將，又復至。	無此
	張平之利	長平之利
	紫燕，已見赭白馬賦。	尸子曰：我得而民治，則馬有紫騮、蘭池。劉劭趙都賦曰：良馬則飛兔、悉斯、常驪、紫騮。
	王鮪，已見東京賦。晨風，已見上文。	山有穴曰岫也。王鱗，魚名也，居山穴中……詩曰：鴥彼晨風，鬱彼北林。未見君子，憂心欽欽。
	迎風，已見西京賦。	漢書曰：武帝因秦林光宮，元封二年增通天、迎風、儲胥、露寒。
	張女彈，已見笙賦。	笙賦曰：輟張女之哀彈，流廣陵之名散。閔洪琴賦曰：汝南鹿鳴，張女群彈。然蓋古曲，未詳所起。
	微步而光耀於天	微步而光輝於天

卷目	尤袤本	贛州本
	跂彼，已見上。毛詩曰	毛詩曰：跂彼織女，終日七襄。又曰
	江離，已見子虛賦。	江離香草也。郭璞曰：江離似水薺
	虹帶，已見吳都賦。	吳都賦曰：寒暑隔閡於邃宇，虹蜺迴帶於雲館。西都賓曰：虹蜺迴帶於棼楣。
	都人，已見上。國語叔向曰：絳之富商	西都賦曰：都人士女，殊異乎五方。毛詩曰：彼都人士。國語叔向曰：降之富商
	離騷引曰：屈原者，爲三閭大夫。	無此
	綺牕、飛陛，已見上文。	君子有所思行曰：邃宇列綺牕。古詩曰：交疏結綺牕。魏都賦曰：飛陛方輦而徑曲。
	玉容、傾城，並已見上。	古詩曰：燕趙多佳人，美者顏如玉。漢書李延年歌曰：一顧傾人城。
卷三十 （共93條）	虞淵，已見上文。	應劭曰：虞泉日所入也。淮南子曰：至于虞淵，是謂黃昏。
	歸鴈，已見鷦鷯賦。嘒嘒，已見秋興賦。寒蟬，已見上文。	史記曰：楚人有好以弱弓、微繳加歸鴈之上。毛詩曰：菀彼柳斯，鳴蜩嘒嘒。毛萇曰：嘒嘒，小聲也。陸士衡擬古詩曰：涼風繞曲房，寒蟬鳴高柳。
	織女，已見上。	大戴禮夏小正曰：七月初昏，織女正東而向。
	皆名琴也	皆名器也
	徐樂，已見別賦。	漢書曰：徐樂，燕無終人也。上疏言時務，上召見，乃拜爲郎中。
	晤言，已見上文。	毛詩曰：彼美淑姬，可與晤言。鄭玄曰：晤，猶對也。
	百川、北辰，見上文。	尚書大傳曰：百川赴東海。論語曰：譬如北辰，居其所而衆星拱之。
	天人，已見應吉甫華林園詩。	莊子曰：皆原於一，不離於宗，謂之天人。

卷目	尤袤本	贛州本
卷三十（共93條）	梁塵，已見陸機擬東城一何高詩。	七略曰：漢興，魯人虞公善既歌，發聲盡動梁上塵。陸機擬東城一何高詩曰：一唱萬夫歎，再唱梁塵飛。
	後漢二帝也，已見上。	後漢二帝也。
	自惜薄祜行	自惜薄祐行
	沮、漳，已見登樓賦。	山海經曰：荆山，漳水出焉，而東南注于睢。漢書地理志曰：漢中房陵東山，沮水所出，至郢入江。睢與沮同。
	式微，已見曹子建情詩。	毛詩曰：式微式微，胡不歸。
	紀，見下文。	杜預左氏傳注曰：楚國今南郡江陵縣北紀南城也。
	息肩，已見東京賦。	左氏傳曰：鄭成公子駟曰：請息肩於晉。杜預曰：以負檐喻也。
	明兩，已見謝宣遠張子房詩。	易曰：明兩作離。
	已見陸機擬今日良宴會詩。	列子秦青曰：昔韓娥東之齊，鬻歌假食，既去而餘響繞梁，三日不絶。
	乘日，已見上。廣雅曰：養，樂也。	莊子牧馬童子爲黃帝曰：有長者教予曰：若乘日之車而遊。郭象曰：日出而遊，日入而息也。車或爲居。
	屯如邅如，已見上。	易曰：屯如邅如。
	董卓、袁紹，並已見上文。	無此
	相公，魏太祖也。	無此
	勤王，已見西征賦。左氏傳	左傳狐偃曰：求諸侯莫如勤王。又
	已見謝玄暉始出尚書省詩。	東觀漢記曰：更始欲北之雒陽，以上爲司隸校尉……然復見官府儀體，賢者蟻附也。
	曛，已見上。	王逸楚辭注曰：曛，黃昏時也。
	梁塵，已見上。	七略曰：漢興，魯人虞公善雅歌，發聲盡動梁上塵。
	臨淄，已見魏都賦。	魏都賦曰：臨淄牢洛鄢丘墟。漢書曰：齊郡有臨菑縣。

卷目	尤袤本	贛州本
卷三十 （共93條）	話，已見秋興賦。	話，會合善言也。
	繼以朗月	繼以明月
	華屋，已見陸韓卿贈顧希叔詩。髦士，已見上文。	吳質答曹子建書曰：填簫激於華屋。毛詩曰：髦士攸宜。爾雅曰：髦，俊也。
	羣英，已見擬太子詩。	謝承後漢書曰：黃向對策爲群英不表。
	弱水，已見上。	服虔曰：崑崙之東有弱水，渡之若瀰濛耳。
	金樽、清醑，並已見上。	毛詩曰：飲此醑矣。坤蒼曰：滑，美貌也。曹子建樂府詩曰：金樽玉杯不能使薄酒更厚。
	延露，已見上。	淮南子曰：夫歌采菱發陽阿，鄙人聽之，不若延露以和。高誘曰：延露，曲也。
	躔步、並坐，並已見上。丹梯，丹墀也。	魏都賦曰：邯鄲躔步。毛詩曰：既見君子，並坐鼓瑟。
	太行，已見上。	淮南子曰：河爲九山曰太行、羊腸。高誘曰：太行，今上黨太行河内野王縣。
	並已見上文。	韓子曰：師曠奏清徵，有玄鵠二八集于廊門。列子曰：薛談學謳於秦青，辭歸，青餞於郊衢，撫節悲歌，聲震林木響遏行雲。
	已見魏都賦。	魏都賦曰：醇酎中山，中山出好酎酒。
卷三十一 （共81條）	路眇眇以默默	路眇眇之默默
	難蜀父老	喻蜀父老
	往往離宮	遙遙離宮
	郭象注莊子	郭象莊子注
	所以藏箭謂之服，所以盛弓謂之韇	所以藏箭弩謂之服，弓謂之韇
	漢舊儀曰：郡國銅虎符三	漢書儀曰：郡國銅虎符三
	河水之清且漣漪兮	河水清且漣漪

續表

卷目	尤袤本	贛州本
卷三十一 （共81條）	飛雪千里	雪千里
	彼都子女	彼君子女
	明發，已見上文。	毛詩曰：明發不寐。
	身意，已見上文。	列子楊朱曰：慎耳目之觀聽，惜身意之是非。
	雪千里，已見上文。	楚辭曰：增冰峨峨，雪千里。
	以爲前將軍	以爲前軍
	鴈門郡，已見上。以其邊塞，故曰關。	漢書：鴈門郡有樓煩縣塞，故曰關。
	黃雲，已見謝靈運擬鄴中詩。	淮南子曰：黃泉之埃，上爲黃雲。
	淵魚，鱗魚也。	淵魚，鱣魚也。
	馳道，已見上文。	漢書：太子不敢絕馳道。應劭曰：天子之道。
	青樓臨大路	青樓臨大道[①]
	或拾翠羽	兮拾翠羽[②]
	連蕙若以爲佩	紉秋蘭以爲佩[③]
	延陵，已見上。	吳都賦曰：有吳之開國也。造自太伯，宣於延陵，端委至德太伯也。高節克讓延陵。
	后皇嘉樹橘來服	后皇嘉橘來服
	君之澤未流	君之澤不下流
	司馬彪曰：海鳥，爰居也。	無此
	柳下惠，已見西征賦。孫登，已見嵇康幽憤詩。	西征賦曰：無柳季之直道，佐士師而一黜……登乃曰：子才多識寡，難乎免於今之世也。

---

① 贛州本“大路”二字模糊，中國國家圖書館所藏贛州本（善本書號07133）作“大道”。

② 贛州本“或拾”二字模糊，中國國家圖書館所藏二贛州本（善本書號07133與12371）並作“兮拾”。

③ 贛州本“連蕙若”三字模糊，中國國家圖書館所藏二贛州本（善本書號07133與12371）並作“紉秋蘭”。

卷目	尤袤本	贛州本
卷三十一 （共 81 條）	搶榆枋而止	搶榆枋，時則不至
	彼一是非也，此一是非也	彼亦一是非，此亦一是非
	且而視之	旦以視之
	永歔，見下注。	又永嘆遵北渚
	杜預左氏傳曰：澄，水涯也。	無此
	身服義而未沬	身服義而未深
	乖人易感慟	平人易感慟
	梅生，梅福也。	無此
	人生要死，何爲苦心	人生惡死，何爲苦也
	實河海源也	實唯海源也
	曹子建求通親表	曹子建求親親表
	張，張良。韓，韓信也。	無此
	百慮，已見上文。	仲長統詩曰：百盧何爲至，安在我延佇。
	但一，已見上文。	魏文帝詩曰：所優非但一。
	破秦軍於河外	破秦軍於阿水
	委質與時遇	委質信時遇
	杞梓，已見陸韓卿贈内兄希叔詩。無逸，已見景福殿賦。	左氏傳楚聲子曰：晉大夫皆卿材也。如杞梓皮革自楚往也。尚書曰：君子所其無逸。
	一曰：韓昭侯曰：吹竽者衆，吾無以知其善者。田嚴對曰：一一聽之，乃知濫也。名實，已見上。	或云：韓昭侯嚴，使一一聽之，乃知濫也。莊子曰：堯讓天下以許由，曰：而我猶代子，吾將爲名乎？名者，實之賓也。吾將爲實乎。
	已見擬潘黄門述哀詩。	列異傳曰：北海營陵有道人，能使人與死人相見……輒絶而去。後歲餘，此人死，家葬之，開見婦棺蓋下有依裾。
	廣雅曰：曜靈，日也。	無此
	水碧潛晳	水碧潛泯
	浪，猶放也。妍蚩，猶美惡也。	晉
	園公、綺季	園公、綺里季

續表

卷目	尤袤本	贛州本
	機心存於胷中	機心藏於胷中
	神生不定者，道之所不載也。子貢俯而不對也。	神生不定，道之所不載也。子貢愁俯而不對。
	張毅、單豹，並已見幽通賦。	莊子曰：田開謂周成公曰……毅養其外，而病攻其内。
	泠然而善，旬五日而反。	泠然善也，旬五日而後反。
	予惡乎知惡死之非惑耶，非夫弱喪而不知歸者耶。	予惡乎知惡死之非弱喪而不知歸者邪。
	道之真，以持身	道之真，以治身
	寥然，空虛也。	寥然，室虛也。
	桑榆，日所没，以喻人年老，已見上文。	無此
卷三十一（共81條）	莊子曰：夫藏舟於壑，藏山於澤，謂之固矣。然而夜半有力者負之而走，昧者不知。司馬彪曰：舟，水物。山，陸居者也。藏之壑澤，非人意所求，謂之固。有力者或能取之。郢人，已見上文。	司馬彪曰：舟，水物。山，陸居者也。藏之壑澤，非人意所求，謂之固。有力者或能取之。莊子曰：莊子送葬，過惠子之墓，顧謂從者：郢人堊漫其鼻端若蠅翼，使匠石運斤成風，聽而斵之，盡堊而鼻不傷，郢人立不失容。宋元君聞之，召匠石曰：嘗試爲寡人爲之。匠石曰：臣則嘗能斵之。雖然，臣質死久矣。自夫子之死，吾無以爲質矣，吾無與言也。
	帶目荷鋤歸	希自荷鋤歸
	公父文伯之母	公文伯之母
	賞心，已見上文。	謝靈運田南樹園詩曰：賞心不可忘。
	已見上文。	山海經曰：耿山多水碧。
	子虛賦曰：石則赤玉玫洄。	上林賦曰：赤玉玫瑰也。
	中坐乘景	中坐正景
	淮南子曰：手會渌水。已見上文。	淮南子曰：手會綠水之趨。高誘曰：綠水，古詩也。
	雲峯，已見上文。	謝靈運酬惠連詩曰：滅迹入雲峯。

續表

卷目	尤袤本	贛州本
卷三十一 （共 81 條）	已見謝靈運廬陵墓下詩。論語子曰：子路無宿諾。	無此
	竹箭之有筠，已見上注。	禮記曰：其在人也，如竹箭之有筠，貫四時而不改柯易葉。
	已見謝靈運越嶺溪行及南樓望所遲客詩。	楚辭曰：折疏麻兮瑤華，將以遺乎離居。
	前犀，已見上文。	無此
	水碧，已見上文。	山海經曰：耿山多水碧。郭璞曰：碧亦玉也。
	高祖禱豐枌榆社	高祖禱豐枌榆社
	溫渥浹輿隸	溫渥及輿隸
	錄圖授文	錄圖授之
	服義，已見上文。	楚辭曰：身服義而未深。
	藹藹，盛貌。	無此
	傍深也	水傍滯也
	以璧禮賢，已見上文。	史記曰：虞卿説趙孝成王，一見賜金百鎰，白璧一雙。
	去鄉，已見上文。	楚辭曰：去鄉離家來遠客。
	旋門坂在成皋	旋門坂在城皋
	樂緯曰：鸑鷟狀似鳳皇	鸑鷟狀似鳳皇
	質赤色	賀赤色
	瑤琴，已見上文。	無此
	桂水，已見上文。	楚辭曰：桂水兮潺湲。
卷三十二 （共 36 條）	以心揆心爲恕。	以心揆爲恕。
	謂與己不同	謂己用不同
	言己且飲香木	言己且飲香木
	緣木而生	緣本而生

續表

卷目	尤袤本	贛州本
卷三十二 （共36條）	纚纚，索好貌。	纚纚，好貌也。
	悔，恨也。相，視也。察，審也。	無此
	德之臭也	德之貌也
	繽紛，盛貌。	無此
	沅湘，水名也，重華，舜名也。	無此
	自此以上，羿澆寒浞事，皆見於左傳。	左氏傳曰：昔有夏之方衰也，后羿自鉏遷于窮石，因夏民以代夏政……而立少康，少康滅，澆于過后杼滅豷戈，有窮由是遂亡失人故也。
	絕不得久長	不得久長
	菹醢之世	菹醢之日
	而流猶引取	而猶引取
	中心曉明，得此中正之道，情合真人	中心的明，此中正之道，精合真人
	淮南子曰：縣圃在崑崙閶闔之中，乃維上天。言己朝發帝舜之居，夕至縣圃之山。	淮南言：崐崘縣圃，雖乃通天。言己朝發帝舜之居，久至縣圃之山。
	以絜己身	以絜之身
	偃蹇，高意。	偃蹇，高貌。
	明智之王	明智之主
	固其宜也	固其宜也邃
	使明知靈氛	使知靈氛
	反謂幽蘭臭惡	反用幽蘭臭惡
	其曜自照	其曜自曜照
	糈，精美。	糈，精米。
	知己之意	知己之志
	言臣能中心常好善	言誠能中心常好善
	言我願及年德方盛壯之時，周流四方，觀君臣之賢，欲往就之。	無此

續表

卷目	尤袤本	贛州本
卷三十二 （共 36 條）	詔，告也。	認，告也。
	齊以玉爲車轄	濟以玉爲車轄
	康，樂也。	康，安也。
	絜自脩絜	絜自脩飾
	言己遠揚精神，雖欲自竭盡	言己遠揚精，誠雖欲自竭盡
	櫂，楫也。栻，船傍板。	無此
	湍，流也。淺淺，流疾貌。	無此
	年不載盛	年不再盛
	瀅，水涯。	無此
	九疑，山名，舜所葬也。	無此
	驟，數也。	無此
卷三十三 （共 60 條）	閑而清静	閑而清净
	司命何爲	司命可爲
	奄忽無形	杳忽無形
	從神狸	從文狸
	幽篁，竹林。	幽篁，竹深。
	無此	君思我兮
	獥狖善鳴	獥猴善鳴
	言己怨子椒	言己恐子椒
	履忠直之行	履忠真之行
	行度清白	行度清世
	言己遭放棄，以明旦時始去	言己放棄，以明旦之時始
	邸，舍也。	低，捨也。
	汰，水波。	汰，水也。
	自傷去日遠也	自傷去國日遠也

卷目	尤袤本	贛州本
	雖在遠僻之域	路在遠僻之域
	擅施恩惠	擅施恩澤
	引此隱者	引比隱者
	滅國忘身	滅國亡身
	志純一也	志純也
	癯瘦瘠也	無此
	思念暴戾	思念卷戾
	沉寥，猶蕭條無雲貌也。	蕭蕭條條，無雲貌也。
	方圓殊性	方國殊性
	還欲反國也	邁欲反國也
	而涕泣也	而啼泣也
	中心恚恨	中心志恨
卷三十三（共60條）	何直春生而秋殺也。爾雅曰：四時和爲通正。	何宜春生而秋殺也。
	又芟刈也	人芟刈也
	大天制四時	夫天制四時
	蓬茸值仆	蓬茸偵仆
	而遽惶也	而黨惶也
	無朋黨也	無朋遽也
	斥逐子胥	斥遂子胥
	二老，太公歸文王也。	大老，太公歸文王也。
	欲使巫陽招之也	欲使巫陽也
	七尺曰仞。索，求也。	無此
	常食蠃蚌	常食蠅蚌
	丈夫一身九頭	夫一身九頭
	無此	參，三也。

續表

卷目	尤袤本	贛州本
卷三十三 （共60條）	崇，充也。	無此
	塵，承塵也。筵，席也。詩云：肆筵設机。	筵，席也。詩云：設筵設机。
	以觀其鐙錠，雕鏤百獸	觀其鐙錠，鏤百獸
	言大夫有二列之樂。左傳曰	言大夫二列之故
	垂鬢下髮	垂髮下鬢
	遺，竊視。	遺，竊也。
	帳幕之中	長幕之中
	竢須君命	竢須君也
	柘，藷蔗也。	柘，謂蔗也。
	長味好飲	又長味也
	誠足恠奇	誠獨怪奇
	二八美女	二人美女
	能感楚人	能感楚人之心
	並進伎巧	並進恔巧
	不發發旦也	不廢旦也
	感氣而生	含氣而生
	爾雅曰：蒆，玉蒵也。言屈原放時，蒆蘋	蒆，王蒵也。言屈原放時，蒆蘋
	朱明，謂日也。	朱明，日也。
	水旁林木中	水旁林中
	屈原之忠良	屈原之忠
	走注殊異	走住殊異
卷三十四 （共39條）	腥，肥肉也。	醒，肥肉也。
	鄭國淫僻	鄭衛淫僻
	鵲逃之，桓侯遂死。	鵲逃，桓侯遂死。

卷目	尤袤本	贛州本
卷三十四 （共39條）	禮記曰	禮記注曰
	百味旨酒	百末旨酒
	與陽佚開	與陽迸開
	吴娃，已見上文。孫卿子曰：閭嫄、子奢莫之妹。韋昭漢書注	吴都賦注曰：吴俗以美女爲娃。方言曰：吴有館娃宫。孫卿子曰：閭嫄、子奢莫之媒。漢書注
	司馬彪子虚賦注	子虚賦注
	杜若，見下注。	若，芳也。
	已見子虚賦。服即今步叉也。烏號，已見子虚賦。	服虔曰：服，盛箭器也，夏后氏之良弓，名繁若，其矢亦良，即繁弱箭。服，故曰夏服也。服即今步叉也。張揖曰：黄帝乘龍上天，小臣不得，挽持龍髯，髯拔，墮黄帝弓。臣下抱弓而號，名鳥號也。
	獻豣于公	獻于公所
	刀利磑磑	刀刺磑磑
	聊、慄，恐懼之貌。	聊、慄，恐懼之皃。
	輸，脱也。	揄，脱也。
	弭節，已見上文。	楚辭曰：羲和弭節兮。王逸曰：弭，按。節，徐也。
	踏，覆也。	踏，前覆也。
	中山公子牟謂詹何	中山公子牟謂詹子
	子虚賦曰	上林賦曰
	背世，已見上注。	淮南子曰：單豹背世離俗，巖居谷飲也。
	分三爲一	函三爲一
	鷁，已見南都賦。	爾雅曰：鷁鳩冠雉。郭璞曰：鷁，大如鴿，群飛，出北方沙漠。
	醇，已見上注。	醇，酎酒也。

卷目	尤袤本	贛州本
卷三十四 （共 39 條）	禮記曰：季夏之月，其音徵，其味苦。又曰：中央土，其音宮，其味甘也。	善曰：月令云：孟夏之月，其音徵，其味苦。中央土，其音宮，其味甘。
	擬古詩曰：屢見流芳歇。	無
	西施，已見上文。	戰國策：魯仲連謂孟嘗君曰：君後宮十妃皆衣綿紵、食粱肉，豈毛廧、先施哉？先施即西施也。
	飲矢至羽也	矢至羽也
	憎，已見上文。	爾雅曰：憎，恐也。
	思以一毫挫於人	思拔一毫挫於人
	離婁之明，趙岐曰：古之明目者也，蓋黃帝時人。	離婁，古之明目者也，蓋黃帝時人。
	已而魚大	已而大魚
	賈誼弔屈原	弔屈原
	紉秋蘭爲佩	紉秋蘭兮爲佩
	鈆華，已見洛神賦。蘭澤，已見上文。	張平子定情賦曰：思在面爲鈆華兮，患離塵而無光。神女賦曰：沐蘭澤含若芳。
	以激荆卿	以激荆軻
	善曰：田文，孟嘗也。無忌，信陵也。	善同向注。
	天剖靈符	天剖神符
	流俗，已見上。華説，已見文賦。舊章，已見東都主人。	禮記曰：不從流俗。鄭氏曰：流俗，失俗也。王崇論衡曰：虛談竟於華葉之言，無根之深，安危之際，文人不與，徒能華説之効。
	漢書司馬相如難蜀父老曰	難蜀父老曰
	巖穴，已見上文。	巖穴，隱者所居。黃石公記曰：主聘巖穴，事乃得實也。

卷目	尤袤本	贛州本
卷三十五（共73條）	信越其藏	信於其藏
	向風也	向也
	金册，已見西京賦。	金匱石室藏祕書之所，書曰：乃納册于金縢之匱中。
	陸沉，已見張景陽雜詩。	莊子曰：孔子之楚，舍於蟻丘之漿，其隣有夫妻臣妾登極者，仲尼曰：是陸沉者也，是其市南宜僚耶？郭象曰：人中隱者，譬如無水而沉也。
	漸漬汀濘	漸潰汀濘
	謂仲曰：觳有巨瓠	謂之曰：觳有目瓠
	禮記曰：季夏之月	禮記曰
	孤特生桐中琴瑟	孤特生桐中琴也
	已見上文。	薛綜西京賦注曰：遡，向也。
	見櫟社樹	見櫟樹
	楊雄解嘲	楊雄解難
	操伯牙之號鍾兮	操百牙之號鍾兮
	必加少宮少商者	必加少商者
	援中徵以及泉	授中徵以及泉
	李尤七欺	李尤七款
	四五占兔缺	四五蟾兔缺
	周靈王太子晉也	靈王太子晉也
	天下之至妙	天下之衆妙
	百常，高也。	無此
	成有四阿	咸有四阿也
	夫鴻鵠	夫鳴鵠
	浩，猶大也。	無此

續表

卷目	尤袤本	贛州本
卷三十五 （共73條）	季冬之月	季秋之月
	管仲之始治	管仲之始化
	元戎，已見上文。輕、武，卒名也。戎、剛，事名也。東京賦：緫輕武之後陳，奏嚴鼓之嘈囋。	記曰：武車綏旌。書曰：戎車三百兩。詩曰：元戎十乘。
	麑古謂之羅，或作罠。夫然，羅、罠一以爲對，恐斐體。廣雅曰：罠，兔罟也。	麑罟謂之羅，羅或作罠。夫然，兔罠也。
	駢，並也。	無此
	竦，立也。	竦，上也。
	漢書注曰	漢書曰
	陽劒，見下文。	無此
	煉，治金也。	鍊，冶金也。
	如雷霆之震也	而雷之震電之霍
	已見上注。	無此
	春秋考異郵	春秋考異記
	瞗，戴目也。	瞗，載目也。
	深青而赤色	深青而赤也
	天馬者	天下之馬者
	雲軒，已見上。	淮南子曰：馮夷大丙之御也。乘雲車，入雲蜺，游微霧。
	浮箭，謂漏刻也。	善注與翰同
	取其遠方物之美也	約，美也。
	大鴀鶋也	大鶋也
	沾，溢也。	沾，益之。
	丹鰓，已見上文。	蘇林漢書注曰：鰓，魚鰓，今呼魚謂之鰓，猶呼車以爲軫也。

卷目	尤袤本	贛州本
卷三十五 （共73條）	益人名也	蓋人名也
	霜鍔，已見上文。	典論曰：魏太子丕造素質，堅而似霜。 聲類曰：鍔，刀刃也。
	已見西都賦。漢皐，已見南都賦。	漢書：弘農郡有商縣。
	與湘東酈湖酒	與湘東酈沽酒
	蒼梧竹葉清	蒼梧竹葉青
	千日，已見上文。	博物志曰：玄石從中山酒家酤酒，酒家與之千日之酒。
	象箸、玉杯，已見上文。	六韜曰：殷君玉杯象箸不盛菽藿之羹，必將熊蹯豹胎也。
	晉爲金德，故曰金華。	無此
	國語曰：太上基德，十五王而始平之。 孟子曰：昔文王之治歧也，仕者世禄。	無此
	鳳鳥適至	鳳皇適至
	已見上文。	毛詩曰：王猶允塞。猶與猷同。
	交阯、丹粟	交阯、丹粟
	重譯，見上文。	春秋説題辭曰：蠻夷流遠，正朔不及，盛德則感，越裳重譯而至也。
	鄙夫，已見西征賦。司馬遷書曰：謂略陳固陋。	論語子曰：鄙夫不可與事君，其未得之患得之，既得之，患失之。司馬遷書曰：請略陳固陋。
	老子曰：馳騁田獵，令人心發狂。	善曰注與向同。
	應瑗與桓元則書	應援與桓元則書
	罔不率俾	莫不率俾
	鳳凰、騏麟	鳳皇、麟麟
	用敬保元子釗，弘濟于難。	用敬保元子，弘濟于艱難。
	同時俱赴	同時俱起
	民逃其上	民逃於上

卷目	尤袤本	贛州本
卷三十五 （共73條）	公還昌邑	公征吕布
	繡領其衆，屯苑	繡領其衆，屯宛
	紹擇精卒十萬	紹於精卒十萬
	寒心，已見上文。	説文曰：有識之士，莫不與足下寒心。 羅周説孟嘗君曰：寒心酸鼻。
	届于牧之野	届于牧野
	魏志曰：君北征三郡烏丸	君北征三郡烏丸
	尚奔遼東	奔遼東
	思賢賦曰：飄飄神舉，求逞所欲。	思玄賦曰：飄飄神舉，逞所欲。
	重譯，已見上文。張茂先	春秋説題辭曰：蠻服流遠，正朔不及， 盛德則感越裳重譯至也。毛詩疏
	今之莍羯也	今羯羯也
	單于謂耿恭曰	北羈單于謂耿恭曰
	比西南夷也	北面南夷也
	哭於墓者	坐作墓者
	邪服蒐慝	服讒蒐慝
	奉承宗祖	奉承祖宗
	永思厥艱	永思艱
	范曄後漢書杜詩上書曰：舊制發兵， 皆以虎符，其餘徵調竹使符。	杜詩上書秋曰：舊制，發兵皆以虎符， 其餘徵求竹使符也。
	弗昏作勞	弗瞖作勞也
	虎賁三百人，已見上文。	尚書牧誓曰：武王戎車三百兩，虎賁 三百人。孔安國傳曰：勇士稱也。若 虎賁獸言其猛也。皆百夫長。
	簡恤爾命	簡恤爾都

卷目	尤袤本	贛州本
卷三十六 （共 70 條）	晉中興書孝武詔	晉中興書孝昭
	伸萬夫之上	伸萬人之上
	恂恂然	恂恂如也
	漢書曰：琅邪邴曼容養志以自脩，爲官不肯過六百石，輒自免去。范曄後漢書曰：馮異每止舍，諸將並坐論功，異常獨屏樹下，軍中號曰大樹將軍。	善同銑注。
	把旄以麾之	把白旄以麾之
	庶王有不遠	庶乎不遠
	綱紀，謂主薄也。教，主薄宣之，故曰綱紀，猶今詔書稱門下也。	無此
	論語子曰：管仲相桓公，霸諸侯，一匡天下，民到于今受其賜。微管仲，吾其被髮左袵矣。	善同銑注。
	周易曰：君子黃中通理，正位居體。又曰：顏氏之子，其殆庶幾乎！	善同良注。
	周易曰：雲從龍，風從虎，聖人作而萬物覩。	無此
	廣雅曰：軌，迹也。伊，伊尹。望，呂望也。	無此
	漢良受書於邳圯，皆俟命而神交，匪詞言之所信。圯上，已見謝宣遠張子房詩注。	漢書曰：良從容步游下邳，圯上有一父老衣褐至良所，曰：孺子可教。
	避而入商洛深山	避而入商山
	爲大梁夷門監者。太史公過，大梁之墟	爲大梁夷門門者。太史公過，見梁之墟
	觀乎九京	游於九原
	死者如可作也	死而可作
	謀身不忘其友	謀身不遺其友

卷目	尤袤本	贛州本
卷三十六 （共 70 條）	行潦之菜	行潦之水
	太上基德，十五王而始平之	基德十五王而始平也
	郗正釋譏	郤正釋譏
	吾語汝至道	吾語女治道
	請祝聖人壽	請祝聖人壽且富
	必授之職	授之職
	身常無殃	身無常殃
	成教克平。餘烈，已見上文。	威教克平。春秋元命苞曰：文王積善所閏之餘烈。
	動則左史書之，言則右史書之	動也，范曄後漢書曰：則右史書之
	靈帝熹平	靈帝嘉平
	書朱雀闕	書朱雀門
	無有忠言者	無忠言者也
	禮記曰	禮記曰：卿論秀士
	學，大學也。	學，太學也。
	一曰德行高妙，志節清白。二曰學通行修，經中博士。三曰明曉法令，足以決疑，能桉章覆問。四曰剛毅多略，遭事不惑，才任三輔劇縣令。	無此
	爾惟鹽梅	爾爲鹽梅
	祥正、土膏，並已見東京賦。	國語曰：虢文公曰：太史順時視土，農祥晨正，土乃脉發。太史稷曰：土膏其動。韋昭曰：農祥房星也。晨正，謂立春之日，晨中於午也。脉，理也。膏，土潤也。
	望杏花落	望杏華落
	昌者，草之先者也。	菖者，草之先者也。
	尚書虞書曰：欽哉！欽哉！惟刑之邺哉。	善同向注。

續表

卷目	尤袤本	贛州本
	周禮曰：肺石達窮民。鄭司農曰：肺石，赤石也。	無此
	春秋元命苞曰：樹棘槐，聽訟於其下。	無此
	刑措四十餘年不用	刑錯四十餘年不用
	因問其左右人曰	問其左右人曰
	冀夫人及君	冀夫人
	班固漢史	班固漢書
	上從之	上疑之也
	漢書曰：太公爲周立九府圓法。李竒曰：圓即錢也。將繼太公之職事也。	無此
	鑄榆莢錢	鑄輪莢錢
	權其輕重也	其輕重也
	君子息心	君子悉心
卷三十六（共70條）	蓋亦遠矣	益以遠矣
	已見上文	見上句
	又曰：欽若昊天。	無此
	禮記曰：夏后氏尚黑，戎事乘驪。鄭玄曰：以建寅之月爲正，物生色黑。黑馬曰驪。禮記曰：殷人尚白，戎事乘翰。鄭玄曰：以建丑之月爲正月，物生色白。翰，白色馬也。	無此
	尚書旋璣鈴	尚書琁璣鈴
	庶績其凝	庶績其疑
	九功惟序，九序惟歌。	九功惟敍，九敍惟歌。
	毛詩曰：七月流火，九月授衣。無褐無衣，何以卒歲。	無此
	必將崇論宏義也。	將崇論宏義也。

卷目	尤袤本	贛州本
卷三十六 （共70條）	尚書曰：罔不同心，以匡乃辟。	無此
	順之利起	順之和起
	阽危，已見謝朓八公山詩。	漢書賈誼上書曰：安有天下阽危者若■。臣瓚曰：臨危曰阽。或曰：阽，屋檐也。
	東觀漢記曰：魯恭爲中牟令，時郡國螟傷稼，犬牙緣界，不入中牟。河南尹袁安聞之，疑其不實，使仁恕掾肥親往廉之。恭隨行阡陌，俱坐桑下，有雉過，止其傍，傍有童兒。親曰：何不捕之？兒言：雉方將鶵。親曰：所以來者，欲察君之化迹爾。今虫不犯境，此一異也；化及鳥獸，此二異也；豎子有仁心，此三異也。具以狀言安。	無此
	漢書曰：吾丘壽王爲東郡尉。詔賜壽王璽書，曰：子在朕前之時，智略輻湊；及至連十餘城之守，職事並廢，甚不稱在前時，何也？	善同銑注。
	文子曰：有鳥將來，張羅而得鳥者，羅之一目也。今爲一目之羅，即無時得鳥。	無此
	苟可以利民，不循其禮。	苟可以彊民，不脩其禮也。
	可以瘳飢	可以樂飢
	可飲以樂飢	可飲以瘳飢
	周失其御	因失其御
	名王奉獻	遣名王奉獻
	天子布德和惠	天子布德行惠
	毛詩序云：皇皇者華，君遣使臣也。左傳曰：季武子如晉，晉侯饗之，范宣子爲賦黍苗，季武子再拜曰：小國之仰大國也，如百穀之仰膏雨焉。若常膏之，其天下集睦，豈惟樊邑。	無此

卷目	尤袤本	贛州本
卷三十六（共70條）	風之搖也	風搖之也
	以虛弓發而下之	以虛弓下之
	天下有十二州，齊得其七，故謂北境爲五州。	尚書有十二州，宋得其五，故云五州。顏延之待遊曲阿詩云：春方動宸駕，望幸傾五州。
	導國之政事	道國之故事
	言衣冠制度	衣冠制度
	士植懸	士特懸
	三道、賓王，已見上文。	漢書詔策晁錯曰：大夫之行當此三道。張晏曰：國體人事直言也。周易曰：觀國之光利用賓于王。
	夜與陰者，日之餘。雨者，月之餘。	夜者，日之餘。陰雨者，時之餘。
	自斷其緤	斷其緤
	又賢於隗者乎？又子張	況賢者也？莊子曰：子張
	非龍者也	非龍也
	惰遊，已見上文。	禮記曰：垂緌五寸游惰之士。鄭玄曰：惰游罷人也。
	攸罔晁弗及，苟造德弗降	收罔晁弗及，耇造德弗降
	刺學廢也	刺學校廢也
	終敗禮廢義	終敗禮義廢
	徙朔陽獄	徙朔方
	源涉好殺	原涉好
	漢書：陳咸，字子康，年十八，以父萬年任爲郎。有異材……所居以殺伐立威，豪猾吏及大姓犯法，輒論輸府。	漢書：陳萬年傳曰：論輸府下
	膚表欲罪	膚表欲罰其罪
	左校令丞	左流令丞

卷目	尤袤本	贛州本
卷三十六 （共 70 條）	景帝問鄧公，鄧公曰：夫鼂錯患諸侯彊大不可制，故請削之，以尊京師，萬世之利也。計畫始行，卒受大戮。	鄧公謂景帝曰
	外爲諸侯報仇	外爲諸侯報怨
	間者水出地動，日月失度，星辰亂行，災異仍重。	無此
卷三十七 （共 56 條）	孔安國傳曰	孔安國曰
	響臻如應而至也	如響臻應而至也
	不以封君人弟	不以封君之弟
	次及翟璜	次及翟黄
	清聲也	清辭也
	桓靈，後漢二帝。用閹豎所敗也。	善同翰注。
	荆州圖副曰	荆州圖曰
	七言詩曰	七略詩曰
	爾雅曰：奬，勸也。	小雅曰：奬，勸也。
	於義有闕，誤矣	於義有闕
	咨事爲諏	事爲諏
	毛詩：彼己之子，不稱其服。	無此
	玄冕朱裏	玄冕朱紱
	尚書曰	尚書序曰
	東觀漢記曰：耿弇討張步，陳俊謂弇曰……及出大戰，自旦及昏，大破之。	善同翰注。
	説苑曰：越甲至齊，雍門狄請死之……齊王葬雍門子以上卿。	善同銑注。
	賈誼、終軍，已見薦禰衡表。	漢書賈誼曰：何不試以臣爲屬國之官，以主匈奴。行臣之計，必係單于之頸而制其命……説文曰：組紃小者爲冠纓也。
	左氏傳曰：子朱撫劍從之。	無此
	三敗三北	三敗北

續表

卷目	尤袤本	贛州本
卷三十七 （共 56 條）	説苑曰：楚莊王賜群臣酒，日暮，華燭滅，有引美人衣者，美人援絶冠纓，告王知之……此秦而謂之趙者，史記曰：趙氏之先，與秦共祖。然則以其同祖，故曰趙焉。	此秦而謂之趙者，史記曰：趙氏之先，與秦共祖。然則以其同祖，故曰趙焉。餘同善注。
	知伯樂知己也	無此
	韓子盧者	韓盧者
	二十人俱得十九人	二十人偕得十九人
	平原君曰：先生處勝之門下	君曰：先生處勝之門下
	猶不敢嘿也	猶不敢嘿嘿也
	謝承後漢書曰：桓礱鄙營氣類。	無此
	朱組綬，已見自試表注。	禮記曰：諸侯佩山玄玉而朱組綬。蒼頡篇曰：綬，綬也。
	漢官解故	漢官解詁
	予弗克俾厥后惟堯舜	予克俾厥后惟堯舜
	章明，已見上文。	無此
	神聽，已見自試表。	求自試表云：伏惟陛下少垂神聽。
	遷中領軍事兼内外	遷領軍事兼内外
	服事，謂公家服事者。新序間丘卬曰：士亦華髮墮領而後用耳。	服，謂公家之事者。新序間丘卬曰：士之華髮墮領而後用耳。
	已見上求自試表。	淮南子曰：人主之居，如日月之明也。
	晉趙文子冠	晉趙氏冠
	兮恐日薄	何恐日薄
	隕首，已見上文。左氏傳曰：晉魏顆敗秦師於輔氏，獲杜回。秦之力人也。初，魏武子有嬖妾，無子。武子疾，命顆：必嫁。疾病，曰：必爲殉。顆嫁之，曰：疾病則亂，吾從其治也。及輔氏之役，魏顆見老人結草，以亢杜回，杜回躓而顛，故獲之。夜夢之曰：余，而所嫁婦人之父也。	漢書谷永上書王鳳曰：齊客隕首公門以報恩施。

續表

卷目	尤袤本	贛州本
卷三十七（共56條）	丞相青翟	丞相翟青
	范曄後漢書：陳蕃上疏曰：臣誠悼心，不知所裁。	無此
	臧榮緒晉書曰：太熙末，太傅楊駿辟機爲祭酒。駿誅，徵爲太子洗馬，吳王出鎮淮南，以機爲郎中令，遷尚書中兵郎，轉殿中郎。又爲著作郎。晉令曰：祕書郎掌中外三閣經書。兩宮，東宮及上臺也。	善同向注。
	杜預注	杜預傳注
	袁瑜，字世都。	爰瑜，字世都。
	天威，已見上讓開府表。	左氏傳齊侯對宰孔曰：天威不違顏咫尺。
	威如霜，已見西征賦。	無此
	漢書曰：韓安國事梁孝王爲中大夫，其後安國坐法抵罪。梁内史缺，漢使使者拜安國爲梁内史，起徒中爲二千石。	無此
	漢書：張敞爲京兆尹，坐與楊惲厚善，不宜處位，免爲庶人。數月冀州部中有大賊，天子思敞功，使使召，敞即裝，隨使者詣公車上書。天子引敞見，拜爲冀州刺史。敞起亡命，復奉使典州。命，名也。謂所犯罪名已定，而逃亡避之，謂之亡命。青組、朱軒，並二千石之車飾。	敞起亡命，復奉使典州。命，名也。謂所犯罪名已定，而逃亡避之，謂之亡命。餘同濟注。
	天衢，已見上薦禰衡表。輦轂，已見上求通親親表。	李陵詩曰：策名於天衢。班固漢書述曰：攀龍附鳳並集天衢。胡廣漢官解詁注曰：轂下，謂載輦轂之下。
	授圖于黎元	授圖子黎元
	大之大命	天之大命
	永嘉，懷帝年號。	無此
	欽明，已見上求通親親表。	尚書曰：欽明文思。
	謝承後漢書序曰：黃他求没，將投骸虜庭。	無此

續表

卷目	尤袤本	贛州本
卷三十七（共 56 條）	五情，已見上謝平原内史表注。	文子曰：昔中黄子曰：色有五章，人有五情。
	啓聖，見下注。	漢書路温舒曰：禍亂之作，將以開聖人也。
	咸有顯德	咸有顯懿
	處乎斯列者	處乎同列者
	尅其二都	尅其三都
	齊民齊等	齊民也等
	乃許晉平。晉侯使郤乞告瑕吕飴甥，且召之。	無此
	曩時之士	嚮時之士
卷三十八（共 109 條）	尚書曰	尚書王曰
	昔湯放桀	昔湯伐桀
	柔服，已見劉琨勸進表。	左氏傳晉隨武子曰：柔服德也。
	其與秦始皇帝	其餘秦始皇帝
	應天順民，已見上。	禮含文嘉曰：湯武順人心，應於天。
	吳、蜀二主	吳、蜀二王
	懷金，已見上謝平原内史表。佩青，已見上求通親親表。	楊子法言曰：使我紆朱懷金，其樂不可量也。漢書曰：凡二千石以銀印青綬。
	罔極，已見上求通親親表。毛詩曰：徹彼桑土，綢繆牖户。	善同翰注。
	爲采薪者所踐毁也。	無此
	二君，堅、策也。	無此
	國士、婚姻，已見懷舊賦。	史記豫讓曰：智伯國士遇我，我故國士報之。左氏傳晉吕相絶秦曰：相好，勠力同心，申之一婚姻。
	沐浴，已見上求自試表注。	史記太史公：成王作頌，沐浴膏澤。
	登遐，已見上文。	禮曰：天王崩，告喪曰：天王登遐。

卷目	尤袤本	贛州本
卷三十八 （共109條）	康哉之歌，已見景福殿賦。	尚書咎繇曰：庶事康哉。
	晉陽秋	晉陽春秋
	無私，已見上求通親親表注。	禮記孔子曰：天無私覆，地無私載，日月無私，照奉斯三者以勞天下，此之謂三無私。
	西京七族，已見西京賦。	西征賦曰：窺七貴於漢庭。七族，謂呂、霍、上官、丁、傅、王也。
	屏營，已見上謝平原内史表。	國語申胥曰：昔楚靈王獨行屏營。
	私門，已見本篇注。	韓詩外傳曰：公道達二私門塞也。
	道喪，已見江淹雜體詩。	莊子曰：世喪道矣，道喪世矣。世與道交相喪也。
	應符，已見上文。	東觀漢記曰：群臣上奏世祖曰：符瑞之應，昭然著聞矣。
	神州，見吳都賦注。	劉淵林注吳都賦曰：崑崙東南方五千里爲神州。
	毛詩曰：肅肅兔罝，施于中林。鄭玄曰：兔罝之人能恭敬，則是賢者衆多也。又曰：皎皎白駒，在彼空谷。生芻一束，其人如玉。	鄭玄曰：罝兔之人能恭敬，則是賢者衆多也。
	鯨鯢，已見上文謝朓八公山詩。	左氏傳楚子曰：古者明王伐不敬，取其鯨鯢而封，以爲大戮。杜預曰：鯨鯢，魚名，以喻不義之人吞食小國也。
	聞畫邑人	聞畫邑人
	而屠畫邑	而屠畫邑
	渭水，已見西征賦。	潘安仁西征賦曰：北有清渭濁波。毛萇詩轉曰：涇渭相入而清濁異。
	道消、顚沛，已見謝平原内史表。	周易否卦曰：君子道消也。陸士衡表曰：遭國顚沛。
	遷喬，已見劉琨荅盧諶詩。	又曰：出自幽谷，遷于喬木。范曄後漢書順帝詔曰：楊倫出幽升喬。
	晉陽秋	晉陽春秋

卷目	尤衮本	贛州本
卷三十八 （共109條）	朝露，已見上求自試表。	莊子孔子曰：丘幾不免虎口哉。漢書李陵謂蘇武：人如朝露。
	誼豈以一身事二姓	豈宜以一身事二姓
	不強致	不強致之也
	管寧、遼東，已見謝朓郡内登望詩。	魏志曰：管寧聞公孫度令行海外，遂志于遼東。
	善曰：西土，蜀也。	無此
	盤遊滋侈	勸游兹侈
	史記曰：伯夷、叔齊，恥武王伐紂，義不食周粟，隱於首陽山。	無此
	三驅，已見東都賦。	薛綜注東京賦成禮三驅曰：周易曰：王用三驅，失前禽也。
	繁維，已見上文。	無此
	惟力是視，已見東京賦。	左氏傳曰：除君之惡，唯力是視。言所觀者唯力士求，餘無所顧也。
	反正，已見謝靈運述祖德詩。惟新，已見庾元規讓中書令表。	公羊傳曰：撥亂反正，莫近於春秋。毛詩曰：周雖舊邦，其命維新。
	品物，已見歎逝賦。	周易曰：品物咸亨。
	私門，已見上庾元規讓中書令表。	韓詩外傳曰：公道達而私門塞也。
	威懷，已見潘岳關中詩。	左氏傳魏絳曰：戎狄事晉諸侯威懷。又曰：晉郤缺言於趙宣子曰：叛而不討，何以示威？服而不柔，何以示懷？非威非懷，何以示德？無德，何以主盟？
	鞠爲茂草，已見西征賦。	毛詩曰：鞠爲茂草。
	蕭條，已見上西征賦。	潘安然西征賦曰：街里蕭條。
	論語曰	論語曾子曰
	尚書曰	尚書王曰
	尚書曰	又曰
	寵靈，已見江淹雜體詩。	左氏傳曰：蓬啓彊曰：寵靈楚國。

卷目	尤袤本	贛州本
卷三十八 （共109條）	樂廣任誠保素	樂廣任誠保直
	舅犯曰	晉子犯曰
	寧濟，已見曹植責躬詩。	傅毅明帝頌表曰：體天統物，寧濟蒸民。
	晉中興書	晉中興
	玉几，見下句。	又曰：后憑玉几。
	又曰	尚書顧命曰
	謂鬱林王也	謂君鬱林王也
	不造，已見嵇康幽憤詩。職汝之由，已見王仲宣贈文叔良詩。	毛詩曰：閔予小子，遭家不造。鄭玄曰：造，成也。不造，言家道未成也。左氏傳范宣子數諸戎曰：言語漏泄，則職汝之由也。
	漢書曰：齊悼惠王子興居，爲東牟侯……光謝曰：王行自絕於天，臣寧負王，不負社稷。	善同翰注。
	寢廟，已見吳都賦。園陵，已見上張士然表。	左太沖吳都賦曰：起寢廟於武昌。張士然表曰：園陵殘於薪采。
	坐以待旦	丕顯坐以待旦
	宴安，已見上解尚書表。	左氏傳曰：宴安，酖毒不可懷也。
	神州，已見上薦譙元彥表。	劉淵林注吳都賦曰：崑崙東南方五千里曰神州。
	勿復爲虛飾之煩	勿復爲虛飾也
	光宅，已見吳都賦。	尚書序曰：光宅天下。
	鉅平，羊祜。永昌，庾亮。並見上表。	臧榮緒晉書曰：羊祜，字叔子，太山人也……上疏蕭祖，納亮言，封永昌公。
	閉門，已見恨賦。	司馬彪續漢書曰：趙壹閉門却掃，非德不交。
	朝夕，已見江賦。	漢書枚乘上書曰：游曲臺臨上路，不如朝夕之池也。

卷目	尤袤本	贛州本
	賜金、娱老，謂疎廣也，已見張景陽詠史詩。	漢書曰：疎廣，字仲翁，東海人也……廣既歸鄉里，日令家共設酒食，請族人故舊賓客與相娱樂。
	焚枯，已見應璩百一詩。	又曰：蔡邕與袁公書曰：酌麥醴，燔乾魚，欣然樂在其中矣。
	已見潘安仁贈陸機詩。	左氏傳曰：楚子圍許，許僖公見楚子於武城，面縛銜璧，大夫衰絰，士與櫬。
	締構，見魏都賦。	魏都賦曰：有魏開國之日，締構之初也。
	獄訟謳謌，已見劉越石勸進表。	孟子曰：訟獄者，不歸堯之子而歸舜。謳謌者，不謳謌堯之子而謳謌舜。
	光武居白水，已見南都賦。	東觀漢記曰：考侯仁徙封南陽白水鄉。
卷三十八（共109條）	上學長安時，過朱祐。祐嘗留上，須講竟，乃談話。及帝登位，車駕幸祐，問：主人得無去我講乎？祐曰：不敢。又曰：上初學長安，南陽大人賢者，往來長安，爲之邸閣稽疑。	光武學長安時，過朱祐。宅祐留上，侍講書，乃談話。及帝登位，駕幸祐第，問曰：得無去我講乎？祐曰：不敢。尤，過也。又曰：初上學長安，南陽人賢者，往來長安。
	士病不明經術	士病不明經術
	習鑿齒襄陽耆舊傳記	習鑿齒襄陽耆舊傳
	即爲善者少	不足慕企即爲善者少
	而見七人	而薦七人
	天機，已見文賦。	莊子玹曰：今予動吾天機。司馬彪曰：天機，自然也。
	森然淆亂	樊然淆亂
	時侍中、常侍	侍中、常侍
	留收巴蜀	留牧巴蜀
	拜前將軍	光武即位，拜
	門人日以親。封禹爲酇侯	門人益親。可封爲酇侯
	稅介免胄	勝不免胄
	上曰：差强人意，隱若一敵國矣	無此

續表

卷目	尤袤本	贛州本
卷三十八（共109條）	無此	五侯，王氏也。
	不遇賦曰	仕不遇賦曰
	已見魏都賦。	魏都賦曰：閑居隘巷，室邇心遐，富仁寵義，職競弗羅，千乘爲之軾廬，諸侯爲之止戈，則干木之德，自解紛也。
	高寢	高祖園寢
	所以掩聰也	所以掩聰也
	白駒，已見桓元子薦譙元彦表。	毛詩曰：皎皎白駒，在彼空谷。生芻一束，其人如玉。
	九工，已見王元長策秀才文。	鬻子曰：昔者大禹治天下，以五聲聽治……龍作納，言凡九官。
	輿皁，已見射雉賦。	左傳臧僖伯曰：若夫山林川澤之實皁隸之事。
	徼倖，已見李令伯表。	禮記曰：子曰：小人行險以徼倖。
	養素，已見謝宣遠送孔令詩。	謝宣遠送孔令詩曰：逝矣將歸客，養素克有終。
	四方有志之士	四方之士
	晉陽秋	晉陽春秋
	雅俗，已見范雲讓表。	或問雅俗曰：判風流，正位分，涇渭殊流，雅鄭異調，題帖分明，標榜可觀，斯謂之雅俗矣。
	著之南宮	王政者著之南宮
	將兵擊烏桓。還，謁大將軍霍光，問戰鬪方略	擊烏桓。還，霍光問以戰鬪方略
	三輔決錄注	三輔決錄
	大會靈臺	光武大會靈臺
	張華以問束皙	司空張華以問束皙
	辭曰：曹宣公之卒也	對曰：曹宣公之卒也

續表

卷目	尤表本	贛州本
卷三十八（共109條）	群臣願奉馮也	臣願奉馮也
	無此	善引此以存讓。
	丹款，已見庚元規表。	曹大家蟬賦曰：復丹款之未足。
	已見曹子建通親親表。	書曰：昔先正保衡作我先王，乃曰：子弗克俾厥后惟堯舜，其心愧恥，若撻于市。
	不以主亡	在時之事不以主亡
	嘉謀嘉猷	嘉猷
	漢書曰	謝承後漢書曰
	民無德而稱焉	民無得而稱焉
	油素，已見吳都賦。	楊雄書曰：齎細素四尺。
	齊人欲爲立碑	齊人欲立碑
	尤嘆其惠	尤歎美其惠
	如仁、微管，並見上傅季友修張良教。	論語子曰：桓公九合諸侯不以兵車。管仲之力也。如其仁。又曰：管仲相桓公霸諸侯一匡天下，民到于今受其賜，微管仲，吾其被髮左衽矣。
	南陽樂藹	南陽藹
	戰國策顏蠋謂齊王曰：秦攻齊，令曰	戰國策顏觸謂齊王曰：秦攻齊，曰
卷三十九（共83條）	孝王十年	孝公十年
	孝王納上郡	孝公納上郡
	宜陽，韓邑也。	無此
	鄢、郢，楚二縣也。	郢、鄢，楚二縣也。
	孝王卒	武王卒
	昭王乃免相國	秦王乃免相國
	言以宛珠飾簪，以璣傅珥也。	無此
	臣以別之	善以別之

續表

卷目	尤袤本	贛州本
	故成其大	故能成其大
	取趙王河間	取趙之河間
	辟光爲濟南王也	璧光爲濟南王也
	賜爲廬江王	陽爲廬江王也
	私怨宿憤	私怨宿忿
	青陽，水名也。	無此
	要擊我南郡	得要擊我南郡
	劉瓛周易注曰：至，極也，謂極言之。	無此
	周鼎在泗水中	鼎在泗水中
	月爲君	日爲君
	後聞軻死	後聞軻死事
卷三十九 （共83條）	昴，趙分也，將有兵，故太白食。食者，干歷之也。	無此
	斯具五刑	斯具五刑者也
	取馬革爲鴟夷	取馬革鴟夷
	初不相識	神不相識
	善曰：史記曰：荆軻見樊於期曰……軻曰：願得將軍首以獻秦王，秦王必喜見臣，臣左手把其袖，右手揕其胷。於期遂自剄。	善注同。
	惡，謂讒短也。孟康曰：敬重蘇秦	惡，謂讒。孟康曰：
	尚書刑德	高書吕刑
	使舍人笞擊范雎	遂使人笞擊范雎
	身不容於世，無紹介通之	身不容於世
	鄒子，説苑鄒子説梁王曰：寗戚扣轅行歌	鄒子，説梁王曰：寗戚扣轅而歌

卷目	尤袤本	贛州本
卷三十九 （共 83 條）	論語曰：齊人饋女樂，季桓子受之，三日不朝，孔子行。	善同向注。
	積毀銷骨，謂積讒。善曰：毀之言骨肉之親爲之銷滅。	積毀銷國，亦云消骨。又曰：讒毀之言，骨肉之親謂之消滅，國亦然也。
	舜弟象傲帝	舜弟象敖
	乃致管叔于商	乃致辟管叔于商
	史記曰：燕王噲屬國於子之，子之南面行王事，齊因伐燕。燕王噲死，子之乃亡。又曰：齊田常殺簡公而立平公。平公即位，田常爲相。五年，齊國政皆歸田常。	善同翰注。
	寺人勃提	寺人勃鞮
	民到于今受其賜	此之謂也
	商鞅車裂，已見西征賦。	秦孝公卒，太子立，公子虔之徒告商君反……鄭玄周禮注曰：車裂曰轘。
	史記曰：孫叔敖，楚之處士也。虞丘相進之，三月而相楚。得相而不喜，知其材自得之也。三去相而不悔，知其非己之罪也。	無此
	言士有功可報者，思必報。	無此
	言恩厚無不侯。戰國策：刀鞮	言恩厚無不使。戰國策：刁鞮
	應劭曰：荆軻爲燕刺秦王，不成而死，其七族坐之。湛，没也。	無此
	王誠助臣	誠助臣
	圓轉者爲鈞	圓者爲鈞
	聖人有深謀善計而即行之，不爲卑辭所牽制。戰國策蘇秦曰：卑辭以謝君。衆口，已見上文。	聖人不爲卑辭所牽。蘇秦曰：卑辭以謝君。國語泠州鳩曰：衆心成城，衆口鑠金。
	又獻燕督亢之地圖，圖窮，匕首見。秦王驚，自引而起。乃引其匕首以擿秦王。	又曰：應劭曰：荆軻爲燕刺秦王不成，而死其七族。

卷目	尤袤本	贛州本
卷三十九（共83條）	六韜曰：文王田于渭陽，卒見呂尚坐茅而漁。戰國策曰：范睢謂秦王曰：臣聞呂尚遇文王，立爲太師。史記曰：西伯獵，果遇太公于渭，俱爲師也。	文王遇呂尚，西伯遇太公，俱爲師也。
	説文曰：墻，垣蔽也。然帷，妾之所止。墻，臣之所居也。	無此
	漢書音義曰：皁，食牛馬器，以木作，如槽。不羈，謂才行高遠，不可羈繫也。	不羈，謂才行高。皁，食牛馬器，以木作，如槽。
	孔安國尚書傳	尚書注
	論語撰考讖曰曰：子罕言利，利傷行也。	論語曰：子罕言利。
	然古有此事，未詳其本。	晉灼曰：史記樂書：紂作朝歌之音，朝歌者，不時也。淮南子曰：墨子非樂，不入朝歌。古有未詳。
	馬逐之江上	逐馬之江上
	郊之日，氾掃清路	汎掃清路
	畏欄瓦墮中人也	畏欄瓦墮中之也
	下乘於不測之深	下垂於不測之深
	激切甚急	微切甚急
	天不可階而升也	升天之無階也
	孫卿子以爲涓蜀梁。	無此
	六國，已見李斯書。	六國，韓、魏、燕、趙、齊、楚也。
	無此	漢書音義曰：孟子曰：魏公子無忌號信陵君。又曰
	顏師古曰：修恩義以撫戎狄。	無此
	謂誅晁錯也	無此
	韋昭曰：隱匿，謂僻在東南。	無此
	臣瓚曰：海陵，縣名，有吳太倉。	無此
	蘇林曰：羽林黃頭郎，習水戰者。	無此

續表

卷目	尤袤本	贛州本
卷三十九 （共 83 條）	晉灼曰：吳、楚反，皆守約不從也。	無此
	菑川四國王也，發兵應吳楚	吳楚臨淄王也，發兵應此謀
	海水大出	海水又出
	處窮僻之鄉	處僻之鄉
	應門閉兮禁闥扃	應門閉兮禁門扃
	燕丹子曰：荊軻之燕太子東宮，臨池而觀……智伯國士遇我，我故國士報之。	餘文同銑注。
	剖心析肝	剖心析肝，相信豈移於浮辭。
	摩頂致於踵	摩頂放踵
	致，至也。	放，至也。
	顧瞻周道	顧占周道
	忽然亡生	忽然忘生
	李陵與蘇武書曰：何圖志未立而怨已成，此陵所以仰天槌心而泣血也。	無此
	則未可以論行	則未可與論行
	裁日閱數人	一日裁數人
	補淮陽醫工長	補譙國醫長
	囚於請室	囚於清室
	楚狂接輿，已見鄒陽書。	論語曰：楚狂接輿歌而過孔子，曰：鳳兮鳳兮，何德之衰。
	會稽餘姚人，少有高名，與光武同游學。	會稽人也，與世祖同學。
	謂景星所焝也	爲景星所焝也
	易曰：潛龍勿用。法言曰：若以孔門用賦，賈誼升堂，相如入室。易曰：飛龍在天，利見大人。	無此
	文王曰：唯我知汝。	曰：惟我知汝。

續表

卷目	尤袤本	贛州本
卷三十九 （共 83 條）	無此	惡，愧也。實，置也。
	名教，謂王隱。隱淪，謂翟湯。世説樂廣曰：名教中自有樂地。	世説樂廣曰：名教中自有樂。
	臣切悲千秋萬歲後，墳墓生荊棘，狐兔穴其中	竊悲千秋萬歲後，墳墓生荊棘，狐兔空其中
	鎔炭鑪，所以行銷鐵也。	鎔炭，所以行銷鐵也。
	然而遂亟之	然而遂之
	吾不與祭，如不祭	吾不與祭
	喪祭無主	哀祭無主
	無此	言以此及人，非徒以教義爲化也。
卷四十 （共 72 條）	遂大破北軍。歷陽郡圖經	遂破北軍。歷陽縣郡圖經
	金城西泝澗	金城西泝曰塗澗
	壯士猶戰不降	壯士猶不降
	漢書曰：武帝	漢武帝
	旋車言邁	還車言邁
	粥居于邊地	鬻居于邊地
	退還延頭頸	退還延頸
	三關、延頭頸	三關、延頸
	疆吏來告	場吏來告
	臣即主	即主，臣
	上曰：知獵狗乎，曰知之	無此
	列侯見序列也	見序列也
	周易曰：師出以律。	無此
	趙充國頌曰：料敵制勝，威謀靡亢	漢書趙充國頌曰：料敵制勝，威謀靡亢
	故制勝於廟筭	故取制於廟筭

卷目	尤袤本	贛州本
	毛詩曰：匪面命之，言提其耳。	無此
	名教中自有樂地	名教中自有樂也
	漢書郅都傳：列侯宗室見都，側目而視。	漢書音義曰：列侯宗室見郅都，側目也。
	竟夕不眠	音夕不眠
	又與寡嫂詐訟田，遂不仕。	又詐與寡嫂詐訟，遂不仕。
	衣無常主，已見上文。	王隱晉書：氾毓，字稚春，濟北人，敦睦九族，青土號其家兒無常母，衣無常主。
	高祖從王媼、武負貰酒，兩家常折券棄責。	高祖每貰酒，歲更而酒家常折券棄債。
	禮記曰：三十壯有室。	無此
	九十其儀	九十其宜
卷四十（共72條）	天子負斧扆	天子負斧依
	弊化奢麗	獎俗奢麗
	陳郡謝録	陳郡録
	景初二年	景佑二年
	漢書朱博	漢書宋博
	尚書大傳	大傳
	儀禮曰：女嫁，母施衿結帨。	無此
	禮記曰：男女非有行媒，不相知名。詩曰：氓之蚩蚩，抱布貿絲。匪來貿絲，來即我謀。	無此
	家語顔回曰：回聞薰蕕不同器而藏。	無此
	曹植書曰：足下高視於上京也。	無此
	發，武王名也，旦，周公名也。	無此
	植爲鷦鳥賦，亦命脩爲之，而脩辤讓。植又作大暑賦，而脩亦作之，竟日不敢獻。	無此

續表

卷目	尤袤本	贛州本
卷四十 （共72條）	楊子法言	雄法言
	無此	是悔其少作也。子雲，雄字也，與脩同姓，故云脩家。著一書，即法言也。
	曹植書曰：劉季緒好詆訶文章。	無此
	得臣與寓目焉	得臣寓目焉
	吳越春秋曰：干將者，吳人。造劍二枚	無此
	說東諸侯乎	說諸侯乎
	論語顏淵曰：仰之彌高，鑽之彌堅。	言天性自然，受於異氣也。孔安國尚書傳曰：稟，受也。
	兩都賦序	西京賦序
	魏文書曰	文帝書曰
	左氏傳臧尹克黃曰：君，天也。何休墨守曰：君者臣之天也。班固答賓戲曰：婆娑乎藝術之場。	答賓戲曰：真婆娑乎術藝之場。
	周易曰：雲從龍，風從虎。	無此
	耀靈焉藏	耀靈藏
	廉頗、藺相如，趙國之賢將也，故想其風。邯鄲，趙所都也。	善同良注。
	風聲，已見上。	又曰：樹之風聲。
	智臆約結	智臆糾結
	史記曰：伊尹欲干湯，乃爲有莘媵臣。	無此
	呂望暫把旄鉞	呂望暫把旄簇
	而無怵惕焉，文事勝矣。	而無怵惕正而文事勝矣。
	莊子魯侯曰：其道幽遠而無人	莊子惠行曰：其道幽邃而無人
	山林與皋壤與	山林與皋壤
	哀又繼之	哀人繼之
	又伯宗曰：川澤納污，山藪藏疾。	無此

續表

卷目	尤袤本	贛州本
	爲東中郎將，會稽太守。後遷西將軍，荆州刺史。三江，越境也。七澤，楚境也。	無此
	鄒陽上書曰：何王之門不可曳長裾乎？魏文帝與吳質書曰：文學託乘於後車。毛詩曰：載脂載牽，還車言邁。	善同濟注。
	莊子曰：鯤化而爲鳥，其名曰鵬，海運則將徙于南溟。	無此
	解嘲曰：若江湖之魚，渤澥之鳥。	無此
	韓詩外傳曰：少原之野，婦人刈蓍薪而失簪，哭甚哀……鄭玄周禮注曰：衽席，乃單席也。	善同良注。
	我若登三事	我若登王事
卷四十 （共72條）	神人無功，聖人無名。司馬彪曰：神人無功，言脩自然	神人無功。言脩自然
	成王少	成王小
	王行先乘石	王行洗乘石
	王即田雞水畔，至磻溪之水	王至磻溪之水
	論語子曰：管仲相桓公，霸諸侯，一匡天下，民到于今受其賜。微管仲，吾其被髪左衽矣。	無此
	戰於越城破	戰於越城
	説文曰：薰，黑皴也。	無此
	殷惑女妲己	殷惑妲己
	蕭穎胄建牙陳伐	蕭穎曹建牙陳伐
	東觀漢記曰：光武兄齊武王以讒遇害，上獨居，不御酒肉，坐卧枕席有涕泣處。	無此
	楚辭曰：使湘靈鼓瑟兮，令海若舞馮夷。	無此

卷目	尤袤本	贛州本
卷四十 （共72條）	東都賦曰	西都賦曰
	申徒狄非其世，將自投于河	申屠狄非其世，將投于河
	論語曰：季氏將伐顓臾，冉有季路見於孔子，孔子曰：虎兕出於柙，龜玉毀于櫝中，是誰之過歟？	無此
	尚書曰：伊尹作咸有一德。	無此
卷四十一 （共33條）	董君綠幘傳注曰韠	董君綠幘傳曰韠
	以於事便也	於事便也
	酪爲漿	酪合漿
	客且不如主	客主不如主
	收藥爲獸食	收藥無爲獸食
	長安鍾室	長樂鍾室
	鼂錯，已見西征賦。	漢書：鄧公謂上曰：錯患諸侯強大，請削之地，計畫始行，卒受大戮。
	賈誼，已見鵬鳥賦。	漢書曰：賈誼，洛陽人也……以爲長沙王傅。
	吏侵之，益怒	吏侵之，益急
	五百年□賢	五百年一賢
	廣意色愠怒	廣意象愠怒
	長史急責廣	長史忽責廣
	屈節辱身	屈節辱命
	鬢髮并白	鬢髮盡白
	導千乘之國	道千乘之國
	悶以盈智	憼以盈智
	遺進賢士乎	遺進賢士乎
	顏師古曰：殉，從也，營也。	無此
	色，顏色也。	無此

續表

卷目	尤袤本	贛州本
	今王實無反謀	今王實無謀反
	後勃被囚，已見李陵荅蘇武書。	漢書曰：周勃爲丞相……人有上書告勃欲反，以足尉捕治之。
	魏其侯，已見李陵荅蘇武書。	漢書曰：竇嬰，景帝時，吳楚反……遂論嬰棄市。
	項籍使將兵	項籍使爲將
	兩人相爲引重	兩人相引重
	請語魏其具，將軍旦日蚤臨之	請語魏其侯，張具將軍旦日蚤臨之
	齊有孟嘗，皆下士喜	齊有孟常，皆下士嘉
	招士厚遇之	受其厚遇
	底，致也。	無此
	善曰：猥，猶曲也。	無此
	孫氏，已見上文。	無此
卷四十一（共33條）	吾祖，即謂孔子也。後漢：朱穆	漢書曰：朱穆
	佐命，已見李陵書。	李陵報蘇武書曰：其餘佐命立功之士。
	范曄後漢書曰	漢書曰
	見寵卧寐	因寵卧寐
	書畢，斷寵頭及妻頭，置囊中。便持記，馳出，因以詣闕	書成，即斬寵及妻頭，置囊中。便持記，馳出，城因以詣闕
	力不能穿魯縞	力不能入魯縞
	既皆輕細	尤爲輕細
	毛詩曰：蠢爾蠻荆，大邦爲讎。	善注同。
	觀兵於孟津	觀兵於盟津
	隋使少師董成	隨使少師董成
	齊女善歌	齊右善歌
	謂之蘭人	謂之蘭筋
	趙、李諸侍中	趙、季諸侍中

卷目	尤袤本	贛州本
	而與家人謀，夜詐赦諸官徒奴	而與家臣謀，夜許赦諸官徒奴
	得長王燕	得長子燕
	投杸而起	拔杖而起
	老夫罪戾	老夫罪矣
	楚公子圍	楚公子圍
	微今內移	微令內移
	唯有皖城	唯有睆城
	漢書曰：穆生不嗜酒，楚王戊常設醴……去之梁，從孝王遊。	漢書曰云云，同濟注。
卷四十二（共38條）	彭寵，已見朱浮與彭寵書。	東觀漢記曰：朱浮密奏寵，上徵之。寵既自疑，其妻勸寵無應徵：今漁陽大郡，兵馬衆多，奈何爲人所奏而棄此去？寵與所親信吏計議，吏皆怨浮，勸寵止，不應徵。詳在前卷朱叔元書。
	善曰：毛詩曰：袞職有闕，惟仲山甫補之。周易曰：牽復，吉。	善注同。
	爾雅曰	小雅曰
	有官守者	有言守者
	毛詩曰：我徂東山，慆慆不歸。自我不見，于今三年。	無此
	時人不能逮也	時人不能遂也
	禮記孔子曰：君子比德於玉。毛詩曰：顒顒昂昂，如珪如璋。	善同濟注。
	魏王召玉工相之，玉工賀曰：敢賀大王	王召玉工相之，曰：賀大王
	聊可一觀	聊可以觀
	大王必欲急臣	大王必欲殺臣

卷目	尤袤本	贛州本
卷四十二 （共38條）	吕氏春秋曰：人有大臭者，其親戚、兄弟、妻妾、知識無能爲居者，自苦而居海上。人有悦其臭者，晝夜隨而不去。	無此
	毛詩曰：彌，終也。鷹揚，已見上文。	毛詩曰：惟師尚父，時惟應揚。
	與季重之書相映	與季重之書相應
	漢書曰：淮南王折節下士。	無此
	置酒，大會賓客，公子從車騎	無此
	王逸曰：嫫母，醜女也。	無此
	鄭伯享趙孟	鄭伯亨趙孟
	小雅曰	爾雅曰
	史記衛鞅	史記衛映
	則與豚同	則緩隊同
	味薄而美	味薄而不美
	其爲魚味厚	其爲魚博而厚味
	陽書所謂	陽書所謂
	刺史候遵	刺史候君
	莊王許諾	莊王許諸
	毛詩：叔于田，巷無居人。又曰：出其闉闍，有女如荼。又曰：雖則如雲，匪我思存。	善同良注。
	不受曰綬	不受印綬
	下帷講誦	下帷講習
	淮南子曰：禹爲水，以身解於陽盱之河。湯苦旱，以身禱於桑林之祭。高誘曰：爲治水解禱，以身爲質。解，讀解除之解。陽盱河，蓋在秦地。桑山之林，能興雲致雨，故禱之。	無此
	盖辭未已	蓋未已

續表

卷目	尤袤本	贛州本
卷四十二 （共38條）	若華，已見曹植與吳季重書。	楚辭曰：折若木以拂日兮，聊逍遥以相佯。王逸曰：若木在崑崙，言折取若木以拂擊蔽日，使之還卻也。
	列子詹何曰：臣聞蒲且子之弋，弱弓微繳……然便嬛即蜎蠉也。	無此
	京臺，已見應休璉與滿公琰書。	淮南子曰：令尹子瑕請飲，莊王許諾……高誘曰：京臺，高臺也。
	論語曰：季氏使閔子騫爲費宰。閔子騫曰：善爲我辭焉。如有復我者，則吾必在汶上矣。	善同銑注。
	彼以其富，我以吾仁。彼以其爵，我以吾義。吾何慊之？	無此
	論語曰：子路從而後，遇丈人，以杖荷蓧。子路問曰：子見夫子乎？丈人曰：四體不勤，五穀不分，孰爲夫子？植其杖而耘。止子路宿，殺雞爲黍而食之。	無此
卷四十三 （共45條）	至延見	至廷見
	東觀漢記	東漢記
	無此	晉諸公譜曰：康子劭。
	十歲而孤，事母孝謹	無此
	苦於口，躁於腹	蜇於口，慘於腹
	發兵逆於遼東	發兵逆於遼隧
	往來贍遺	往來贍遺
	往來贍遺	往來贍遺
	斬淵，傳首洛陽	傳首洛陽
	萬幾，已見上文。	又曰：一日二日萬機
	孫子兵法曰：併敵一向，千里殺將。又曰	兵法曰
	皇帝璽綬	皇帝璽綬
	面縛，已見上文。	左氏傳曰：楚子圍許，許僖公見楚子於武城面縛銜璧。

卷目	尤袤本	贛州本
卷四十三 （共45條）	吳志曰：交阯郡吏呂興等殺太守孫諝，使使如魏請太守及兵。	無此
	起對曰：在德不在險。	吳起曰：在德不在險。
	孫叔敖相楚	叔孫敖相楚
	退脩教而復之	退脩教而復伐之
	桓侯體痛	桓公體痛
	武軍□賦	武庫車賦
	范曄後漢書曰：田邑與馮衍書	田邑與馮衍書
	悵恨久之	悵恨天之
	高祖得陳	高祖得一
	涿邪山祝文	豕邪山祝文
	遂用猖獗	遂用猖蹷
	謝承後漢書	謝沉後漢書
	無此	涉與喋同
	張繡降。既而悔之，復反。公與戰，軍敗，爲流矢所中，長子昂、弟子安民遇害。四年，張繡率衆降	張繡率衆降
	不敢劃刃	不敢事刃
	建節敕出關	建節東出關
	疆吏來告	吏來告
	送超京師	送京師
	姬，周姓也。	無此
	燋爛，見下文。	袁崧後漢書朱穆上疏曰：養魚沸鼎之中，棲鳥烈火之上，用之不時必也焦爛。
	景元三年	景明三年
	偏孽，蓋指宣武也。	偏嬖，蓋指宣武也。

卷目	尤袤本	贛州本
卷四十三 （共45條）	必也燋爛	必也焦爛
	秦必可亡西河	秦必亡西河
	多福，已見上文。	詩曰：永言配命，自求多福。
	自葛始，誅其君	自葛，誅其君
	郄，古隙字也。	古馳隙字也。
	必使吾君知之期	必使吾君之期
	百世無邪	百出無邪
	老不能行	孝不能行
	天漢，武帝年號也。	無此
	千乘人也	乎乘人也
	晉陽秋	晉陽春秋
	翟，墨翟也。朱，揚朱也。淮南子曰：楊子見歧路而哭之，爲其可以南，可以北。墨子見練絲而泣之，爲其可以黃，可以黑。	無此
	已見上文。	英雄記曰：尚子平有道術，爲縣功曹，休歸，自入山擔薪，賣以供食飲。范曄後漢書曰：尚子平隱居不仕，性尚中和好通老易。
	金章，銅印也。	無此
	銅印墨綬	同印墨綬
	馳騁，猶宣布也。逸議，隱逸之議也。素謁，貧素之謁也。	無此
	余心顏厚有忸怩	余心顏厚有忸愧
卷四十四 （共49條）	興制，謂起軍法制，追將帥也。	無此
	與其女婿	與其女壻
	將兵居南北軍	兵居南北軍
	名曰狍鴞，食人。	名曰狍鴞，是食人。

續表

卷目	尤袤本	贛州本
	魏志曰：董卓	董卓
	燔燒宮室	燔燒洛陽宮室
	遂奔冀州	奔冀州
	紹遂以渤海	因舉渤海
	無然畔援。鄭玄曰：畔援	無然畔換。鄭玄曰：畔換
	魏志曰：太祖在兗州，陳留邊讓言議頗侵太祖。太祖殺讓，族其家。	無此
	秦師克還無害	師克還無害
	魏志曰：董卓徙天子。	無此
	家語孔子曰	家語曰
	應劭漢官儀	漢官儀
卷四十四（共49條）	范曄後漢書曰：彪字文先，代董卓爲司空，又代黃琬爲司徒。時袁術僭亂，操託彪與婚姻，則誣以欲圖廢置，奏收下獄，劾以大逆。	無此
	無此	祼作倮。
	孝文皇帝	文皇帝
	范曄後漢書曰：黑山賊于毒等覆鄴城，紹入朝歌鹿腸山破之，斬毒。又擊左校郭太賢等，遂及西營屠各戰於常山。	無此
	魏志曰：劉表爲荆州刺史，北與袁紹相結。	無此
	呂布、張揚，已見九錫文。	魏志曰：呂布字奉先，五原人也……太祖遣史渙邀擊之，殺固。
	折衝，已見上文。	晏子春秋孔子曰：不出樽俎之間，而折衝千里之外，晏子之謂也。
	見機而作	見幾而作
	喪其齊斧	喪其資斧

卷目	尤袤本	贛州本
卷四十四 （共49條）	張布天網	張在天網
	將軍韓悦	將軍韓説
	淄川王賢	淄王賢
	瓦解，已見上文。	漢書徐樂上書曰：何謂瓦解？吴楚齊越之兵是也。當此之時，安土樂俗之人衆，故諸侯無外境之助，此之謂瓦解。
	乃與戲下	乃與麾下
	超赴船急戰	赴船急戰
	斬建及遂死，已見上文。	魏志曰：宋建自稱河首平漢王，聚衆抱罕。夏侯淵討之，屠抱罕，斬建涼州。
	據陽平關，公乃遣高祚等乘險夜襲	據平陽關，曹公遣高祚乘險夜襲
	魏志曰：魯弟衛夜遯。魯潰走巴中，遣人慰諭。魯盡家屬出降。土崩，已見上文。	漢書曰：徐樂上書曰：何謂土崩？秦之末葉是也。人困而主不恤，下怨而上不知，此之謂土崩。
	丁令屠各，已見上文。	漢書曰：匈奴北服丁令也。晉中興書曰：胡俗其人居塞者，有屠各種最豪貴，故得爲單于統領諸種。
	建安二十一年	建安二十年
	上遣橫海將軍韓説	比遣橫海將軍韓説
	城不可拔	城不可入
	毛詩大雅云	大雅云
	陳留王奂也	則陳留王奂也
	宰輔，司馬文王也。	無此
	元元，已見上文。	太公金匱曰：天道無親，常與善人。今海内陸沈於殷久矣，何乃急急於元元哉！高誘戰國策注曰：元元，善也。
	周禮曰：以九伐之法正邦國。	周禮有九伐之法。
	公孫述，已見吴都賦。	范曄後漢書曰：公孫述，字子陽，扶風人也……乃夷述妻子盡滅公孫氏。
	明者見危於未萌	明者見於未萌

卷目	尤袤本	贛州本
卷四十四 （共49條）	諸葛誕遂殺欽	諸葛誕遂殺欽
	見機，已見上文。	易曰：見幾而作，不俟終日。
	安堵，已見上文。	漢書曰：高祖入關，吏民皆安堵如故。
	並已見上文。	尚書曰：火炎崑岡，玉石俱焚。
	服虔曰：冄、駹、筰、邛，皆蜀郡西部也。	冄、駹、筰、邛，皆蜀郡西部也。
	今爲邛都縣	今爲都縣
	齊民，已見上文。	難蜀父老曰：割齊人以附夷狄。如淳曰：齊人，齊等無有貴賤，故謂之齊，若今言平人也。
	躬，體也。	躬，禮也。
	其中小毛也。	身中小毛也。
	張揖曰：徼，塞也。	張揖曰：徼，寨也。
卷四十五 （共40條）	如淳曰：都，謂居也。	無此
	又曰：皐，澤也。	無此
	張晏曰：蠡，瓠瓢也。	無此
	十二國，已見上文。張晏曰：謂	張晏曰：周千八百國在者十二，謂魯、衛、齊、宋、楚、鄭、燕、趙、韓、魏、秦、中山。又曰
	如淳曰：地理志云：在會稽。	無此
	音以繩徽弩之徽	束以繩徽弩之徽
	以爲親行三年服	不爲親行三年服
	三仁，微子、箕子、比干。	無此
	危穰侯，已見李斯上書。折摺，已見鄒陽上書。	無此
	服虔曰：漁父也。	無此
	應劭曰：孔丘也，已見東方朔荅客難。	無此
	史記中庶子	中庶子

續表

卷目	尤袤本	贛州本
卷四十五 （共40條）	埤蒼曰：髂，腰骨也。	無此
	入橐，已見上文。	無此
	如淳曰：激卬，怒也。	無此
	又曰：秦昭王母宣太台，太后長弟曰穰侯，姓魏名冉。昭王同母弟曰涇陽君。	無此
	論語摘輔像曰：子貢掉三寸之舌，動於四海之内。	無此
	金日磾，張安世，許廣漢，史恭、史高也。	善同濟注。
	四皓，已見上文。	四皓，史記張良世家：高祖欲易太子……東園公、角里先生、綺里季、夏黄公。
	孟康曰：公孫弘對策於金馬門。	公孫弘對策於金馬門。
	小雅曰：黔，黑也。	無此
	師古曰：帶，大帶。冕，冠也。	項岱曰：帶，大帶也。
	項岱曰：攄，舒也。翼、鱗，皆謂飛龍。	無此
	蒼頡篇曰：駭，驚也。爾雅曰：震，懼也。	無此
	魯連，已見上文。李奇曰：蹶，蹋也。	史記魯仲連事同濟注。
	言據徼幸而乘邪僻也。	無此
	服虔曰：韓，韓非，設辨於始皇。韋昭曰：吕不韋立子楚，以市秦利。	無此
	項岱曰：韓非作説難之書，欲以爲天下法式，上書既終，而爲李斯所疾，乃囚而死。	無此
	復以五百金	以五百金
	秦王薨，謚爲孝文	秦王薨
	以吕不韋爲丞相	以不韋爲丞相
	弗德罔大	不德罔大

續表

卷目	尤袤本	贛州本
卷四十五 （共40條）	論語子曰：不義而富且貴，於我如浮雲……則塞乎天地之間。	浮雲、浩然同良注。
	六合，天地四方也。	天地四方也。
	式穀與汝	式穀以汝
	報之，因名曰	報恩，名曰
	軼，過也。王良善御馬，伯樂工相馬。抗力，力抗也。三十斤曰鈞。	無此
	迷途，已見丘遲與陳伯之書。	楚辭曰：迴朕車而復路，及迷塗之未遠。
	晏，安也。	無此
	引而申之	引而伸之
	宏衍之詞	宏廣之語
	謝承後漢書序	謝沉後漢書序
	函夏，已見赭白馬賦。	楊雄河東賦曰：函夏之大。服虔曰：函夏，諸夏也。
	班固漢書楊惲	楊惲
卷四十六 （共81條）	言德有情	言德有恒
	涕承睫而未下	涕承睫而未下
	左氏傳曰：楚子入於雲中，鄖公辛之弟懷，將殺王。辛曰：君討臣，誰敢讎之？君命，天也。若死天命，將誰讎乎？	無此
	先敺旄頭劒挺墮地	旄頭劒挺墮地
	使有司侍祠時	使是時
	聖人財之	聖人財也
	尚書序曰：召公爲保，周公爲師，相成王爲左右。召公不悦。	無此
	又曰：霍光爲博陸侯。	無此

卷目	尤袤本	贛州本
卷四十六 （共81條）	謁見高廟	見高廟
	賈，賣也。	賈，買也。
	震主，已見上文。	漢書蒯通説説韓信曰：臣聞勇略震主者身危，功蓋天下者不賞。
	漢書文紀曰：兆得大橫。占曰：大橫庚庚，余爲天王。	無此
	王宰，已見曲水詩。	王宰，謂王爲宰輔。
	四隩既澤	四隩既宅
	尚書武王	尚書穆王
	孝明詔曰	孝明語曰
	甞聞先代	常聞先代
	蓂莖，朱草也。素麏，白虎也。并柯，連理也。共穗，嘉禾也。	無此
	穹居之君，匈奴也。	無此
	禮記曰：季春之月日在胃。	無此
	天神地祇	天神地神
	二王，已見上文。	二王，已見上注。
	郭璞曰：隥，阪也。上林賦曰：亭臯千里，靡不被築。	無此
	炰鼈及魚	炰鼈鮮魚
	介爾百福	卜爾百福
	左傳曰：楚子木問趙孟曰：范武子之德何如？對曰：祝史陳信於鬼神，無愧辭。	無此
	周易豫卦曰：先王作樂，殷薦上帝。	無此
	已見上文。	典引曰：高光二聖宸居其域。蔡邕曰：如北辰居其所而衆星拱之。

續表

卷目	尤袤本	贛州本
卷四十六 （共 81 條）	莊子曰：堯治天下之民，平海内之政，往見四子，藐姑射之山，汾水之陽，窅然喪其天下焉。家語孔子曰：聖人舉事，可施於百姓，非獨適一身之行。	無此
	穆滿八駿，已見江賦。	列子曰：周穆王遠遊，命駕八駿之乘，驊騮、緑耳、赤驥、白儀、渠黄、踰輪、盜驪、山子。張湛曰：儀古義字。
	與羽毛之美	羽毛之美
	維十月五祀	維十有五祀
	明則有禮樂	無此
	聆清和之正聲	聯清和之正聲
	又曰：天保定爾，亦孔之固。	無此
	蕭子顯齊書	蕭子顯齊書紀
	具明，已見上文。	此序鹿丘之欺注。
	司馬彪曰：秋駕，法駕也。	無此
	禮記曰：文王之爲太子，朝於王季日三，雞初鳴，至寢門外，問内豎曰：今日安不何如？	無此
	毛詩曰：蔽芾甘棠，勿翦勿伐，召伯所茇。	無此
	時清則目明	時清目明
	鄭玄曰：薦，飢意。	毛萇曰
	後漢：賈琮爲冀州刺史，車垂赤帷而行，及至州，自言曰：刺史當遠視廣聽，糾察美惡，何反垂帷裳以自掩塞乎？乃命御者褰之，百城聞風自然震悚。	無此
	無此	餘同銑注。
	淮南子曰：堯之時，大風爲害，堯命羿繳大風於青丘之澤。許慎曰：大風，風伯也。	無此

卷目	尤袤本	贛州本
	無或攘敓	無敢寇攘
	杜氏幽求子曰：年五歲，則有鳩車之樂。七歲，有竹馬之歡。	無此
	儲邸，猶府藏也。郊虞，掌山澤之官也。	無此
	周官曰：鞮鞻氏掌四夷之樂。	無此
	黃帝時有草生於帝庭階，若佞臣入朝則草指之，名曰屈軼，是以佞人不敢進也。又曰	無
	王侯得一以爲天下貞	王侯得一而天下貞
	上巳，已見上文。	韓詩曰：三月桃花水之時，鄭國之俗三月上巳於溱洧兩水之上，執蘭招䰟，被除不詳也。
	周禮曰：以土圭之法正日影，日至之影，尺有五寸，謂之地中陰陽之所和。故曰中和也。景，日也。緯，星也。	無此
卷四十六（共81條）	孫子兵法曰：其鎮如山，其渟如淵。	無此
	名曰鳴鳥，爰有百樂歌舞之風	名曰鳴帝，爰有一日樂歌舞之風
	又曰：魚在在藻，有莘其尾，王在在鎬，飲酒樂愷。	無此
	王氏之先出自	其先出自
	孔安國尚書傳曰：以殺止殺，終無犯者。	無此
	春秋佐助期曰：漢相蕭何昴星精，垂芒，謂發秀也。精，星也。異苑曰：汝南陳仲弓從諸息姓謁潁川荀季和父子，于時德星爲之聚。太史奏五百里内必有賢人集焉。	無此
	資於事父以事母	資於事父以事君
	習鑿齒晉陽秋	習鑿齒晉陽春秋
	尚書大傳曰：伯禽與康叔朝於成王，見于周公……言王公平雅之性，無待此韋弦以成也，蓋自天性得中也。	餘同向注。

續表

卷目	尤袤本	贛州本
卷四十六 （共81條）	東觀漢記曰：汝郁，字幼異，陳國人……言此二子淳孝聰察，比之王公，則二子曾何足尚也。	善同銑注。
	太宗，宋明帝也。	無此
	歲聿其暮	歲聿云暮
	儉遭所生母憂服闋也。司徒，袁粲也。	善同銑注。
	宸居，已見上文。	典引曰：高光二聖宸居其域。蔡邕曰：如北辰居其所，而衆星拱之。
	太祖，謂齊高祖也。	無此
	五方，已見上文。	漢書曰：京師五方雜錯。
	謝承後漢書曰：許荆，字子張，吳郡人……延壽乃起聽事。	善同良注。
	劉恢，字真長	劉恢，字真長
	蕭子顯齊書曰：儉父僧綽遇害，爲叔父僧虔所養。	善曰同銑注。
	漢書平帝詔曰：校書置經師一人。	漢書平帝曰：詔校書置經師一人。
	王隱晉書曰：王遜，字劭伯，爲上洛太守……言儉解丹陽尹，百姓亦如此戀之。	餘同善注。
	今年，始十八。	朝廷年十八
	本號衛將軍也。	善同良注。
	言昔者任非其人，或專車而獨坐……奪我鳳皇池，卿諸人賀我邪！	善同銑注。
	孔安國尚書傳曰：十二年曰紀。	無此
	淮南子曰：景風至，施爵祿，賞有功。	無此
	檀道鸞晉陽春秋	檀道鸞晉陽秋
	風流，已見上文。	習鑿齒晉陽春秋曰：王夷甫、樂廣俱以宅心事外，名重於時，故天下之言風流者稱王樂焉。

卷目	尤袤本	贛州本
卷四十六 （共81條）	君涉於江，南而浮於四海	君步於江，而浮於海
	帝圖，已見上文。	孝經鉤命決曰：丘乃授命帝圖掇秘文。
	先受太祖勅，述新禮	先受太祖勅，述所禮
	二惠競爽猶可	二惠競爽猶可之
	乃歎息曰	有歎息曰
	其所殉貨財也	其所強貨財也
	趙有荀卿	趙齊荀卿
卷四十七 （共86條）	不知純緜之麗密也	不知純緜之密也
	恭，敬也。漢官解故胡廣	恭，恭敬也。胡廣曰
	如淳曰：矻矻，健作貌。	無此
	願請此二人爲鐵劍	願此二人爲鐵劍
	當暑紾絺綌。孔安國：絺綌	當暑縝絺綌。孔安國曰：絺綌
	四方之士相選	四方之士相還
	寗戚飯牛，已見鄒陽上書。	吕氏春秋曰：寗戚飯牛，車下望桓公而悲，擊牛角疾歌。
	公族大夫	公族大夫晉悼公曰
	拔墮，墮黄帝之弓。	龍髯拔墮，墮黄帝之弓。
	應劭曰：酒泉太守辛武賢，言充國屯田之便。	酒泉太守，言充國屯田非便。
	制勝，已見張景陽雜詩。	兵法曰：水因地而制流，兵因敵而制勝。李奇漢書注曰：制，折也。
	詩小雅曰：方叔莅止，其車三千。又大雅曰：江漢之滸，王命召虎。	善同銑注。
	桓桓，已見上文。	桓桓，武貌也。
	毛詩序曰：渭陽，康公念母也。我見舅氏，如母存焉。又曰：我送舅氏，曰至渭陽。何以贈之，路車乘黄。	善同翰注。
	蜾蠃祝之曰：類我類我	蜾蠃祝曰：類我

續表

卷目	尤袤本	贛州本
	泗上亭長	泗水亭長
	素靈夜哭，已見上文。	素靈，即高祖紀老嫗哭所殺白虵，詳見出師頌素靈夜歎注。
	無競維人	無競惟人
	振民毓德	振民育德
	定制修文	定制循文
	維此王季	維此文王
	秦將果欲連和	果欲連和
	隨難滎陽，見下文。漢書曰	漢書曰：漢三年，項羽急漢王滎陽，漢王憂恐，與酈食其謀橈楚權，良從外來，漢王曰：客有爲我計橈楚權者。良曰：誰爲陛下畫此計者？陛下事去矣。請借前箸以籌之。
卷四十七（共86條）	西都賦曰：大雅宏達。	西京賓曰：大雅宏達。
	重玄，天也。	無此
	皆拔趙幟	皆拔旗
	表東海，已見九錫文。	左氏傳：王使劉定公賜齊侯命曰：世胙太師以表東海。杜預曰：表，顯也。
	龍且果喜曰：固知信怯，遂進渡水	龍且喜曰：固知信怯，遂追渡水
	漢書蒯通說信曰：當今之時，兩主縣命於足下……尚書曰：惟帝念功。	善同銑注。
	將軍印	將軍印綬
	矯矯虎臣	矯矯武臣
	亦罹舊匿	亦罹咎慝
	以樹爲喻也	以木爲喻也
	綰遂將其衆亡入匈奴	綰遂將兵衆亡入匈奴
	無以老妾	毋以老母

續表

卷目	尤袤本	贛州本
卷四十七 （共86條）	主亡與亡，已見任昉爲范雲立太宰碑表。	漢書文帝即位，絳侯爲丞相，爰盎進曰：丞相何如人？上曰：社稷臣。盎曰：絳侯所謂功臣，非社稷臣。社稷臣，主存與存，主亡與亡。
	論語摘輔	論語摘輔象
	安劉氏，已見上文。	無此
	漢書曰：陳勝初起，蕭何、曹參使噲求迎高祖，立爲沛公。	無此
	谷永謝王奉	谷永謝王鳳
	兩陳以破布軍	兩陣以破布軍
	馬罷虜在後	馬罷
	左氏傳宋句戍	左氏傳宋向戍
	屬丞相參	屬相國參
	陳陽誕節	陳湯誕節
	言便宜事	言便宜
	漢書王遵贊曰：遵實起趀	漢書王尊贊曰：尊實起趀
	尚書師錫帝曰：有鰥在下，曰虞舜。	無此
	孰爲我使淮南	孰爲使淮南
	惟禹之績	維禹之績
	漢書曰：項羽圍漢王滎陽，將軍紀信曰……論語：攝齊升堂。	善同翰注。
	雷陳義重，出則霤升。	雷義陳重，出則雙升。
	忽然感之	忽感之
	趍時者也	趣時者也
	百家衆流，已見任昉策秀才文。	淮南子曰：百家異說，各有所出。漢書曰：九流有儒家流、道家流、陰陽家流、法家流、名家流、墨家流、從横家流、雜家流、農家流。

卷目	尤袤本	贛州本
	吹呴呼吸	吹噓呼吸
	與造化逍遥	與化逍遥
	悠悠，已見上文。	毛詩曰：青青子衿，悠悠我心。
	立爲天子，天子	立爲天子
	舜舉八元八愷，用之於堯時也。成湯得伊尹，武王得吕望，而社稷安也。	善同銑注。
	則可卷而懷之	則卷而懷之
	撫百姓，給饋餉	撫百姓，給餉饋
	皆人傑也	人之傑也
	弘道，已見上文。	論語子曰：人能弘道，非道弘人。
	仁義，已見上文。	無此
	千人諾諾	千人之諾
	子甚者	子其意者
卷四十七（共86條）	洪水横流	鴻水横流
	景命不延	景念不延
	祈昭之惛惛	祈招之惛惛
	使人遺趙王書	使人遺惠王書
	事劉將軍	事將軍
	如一旦一去此	如一旦去此
	義形於色，已見上文。	公羊傳曰：孔父可謂義形於色矣。
	和而不同，已見上文。	論語子曰：君子和而不同。
	竟坐免刑	竟坐得刑
	予弗克俾	予弗俾
	李豐誅欲	李豐謀欲
	見危致命，已見上文。	論語子張曰：士見危致命。

卷目	尤衮本	贛州本
卷四十七 （共86條）	堂堂，已見上文。	論語曾子曰：堂堂乎張也。難與並爲仁矣。
	管、樂，已見序也。	蜀志曰：諸葛亮每自比於管仲、樂毅，時人莫之許也。唯博陵、崔淑平、潁川徐元直與亮友善，謂爲信然。
	緝熙，已見上文。	又曰：維清緝熙。
	先主當爲璋北征漢中	先主嘗爲璋北征漢中
	各杖强兵	各仗强兵
	鳥擇木，已見上文。	左氏傳曰：仲尼曰：鳥則擇木，木豈能擇鳥。
	弟權託昭	以弟權託昭
	蹇蹇，已見上文。	周易曰：王臣蹇蹇，匪躬之故。
	薦可而替不	薦可而替否
	清濁，已見上文。	無此
	千載一遇，已見上文。	東觀漢記太史官曰：耿況、彭寵俱遭際會，千載一遇也。
卷四十八 （共61條）	播殖百穀	播植百穀
	横流，多也。	横流，多貌。
	以表榮名也	以表榮也
	文穎曰：弗發往意。	無此
	文穎曰：越，踰也。不爲苟進而踰禮也。	無此
	黎元，已見上文。	無此
	其所以在於大典	舜所以在於大典
	登庸、欽明，已見上文。	書曰：若時登庸。又曰：欽明文思。
	神明，已見顏延年曲水詩序。	周易曰：聖人以神明其德。
	開闢，已見西征賦。	尚書考靈耀曰：天地開闢。
	先犬馬，已見曹子建責躬詩。	史記：丞相翟青曰：臣不勝犬馬之心。

卷目	尤袤本	贛州本
卷四十八 （共 61 條）	萬分處一，已見江文通詣建平王上書。	莊子弅州子曰：今於道，秋毫之端，萬分未得處一焉。
	睢盱，已見景福賦。	魯靈光殿賦曰：鴻荒樸略，厥狀睢盱。西京賦曰：睢盱跋扈。字林曰：睢，仰目也。盱，張目也。
	天地之雜色也	天地之雜也
	孝公惠文君襄王，並已見李斯上書。史記曰：文王卒，子莊襄王立。	史記曰：獻公卒，子孝公立。孝公卒，子惠文君立。武王卒，立異母弟，爲昭襄王。文王卒，子莊襄王立。
	子立立	子政立
	從橫，已見上。	韋昭曰：從人合之，助六國者。衡人散之，佐秦者也。
	崩樂，已見劉歆移太常博士書。	禮稽命徵曰：文王見禮廢樂崩，道孤而無主也。
	犬暫齧人	犬齧人也
	已見西征賦。	無此
	武關，已見陸機高祖功臣頌。漢書沛公謝羽曰	漢書曰：初高祖將西入武關，欲以二萬人擊嶢，下秦軍。沛公謝羽曰
	已見西征賦	莽字巨君，王皇后之弟子也。
	虞之烈焉	虞之列焉
	已見答賓戲。	達於天下，塞於深淵。項岱曰：上達皇天，下洞重泉。
	言難辭也。	不可辭讓，言難也。
	明王奉若天命	明王奉若天道
	莽遣五威將	莽遣五威將軍
	已見封禪書	周以白魚爲瑞
	九廟，已見西征賦。	九廟，一曰黃帝，二曰虞帝，三曰陳王，四曰齊敬王，五曰濟北愍王，六曰濟南伯王，七曰元城孺王，八曰陽平頃王，九曰新都顯王。

續表

卷目	尤袤本	贛州本
卷四十八（共61條）	穰苴，已見左太冲詠史詩。	史記曰：司馬穰苴者，田完之苗裔也……因號曰司馬穰苴兵法。
	已見封禪書。	謂經儒之人也。
	振鷺、鴻鸞，喻賢人也。	無此
	韞櫝，已見上文。	論語子貢曰：有美玉於斯，韞櫝而藏諸。
	群公既皆言命	群公既皆聽命
	厲、揭，已見上文。	論語曰：深則厲，淺則揭。
	國之石民	國之正民
	至于岱宗，柴。	至于岱宗
	晏子景公春秋	晏子齊景公
	已見上文。	論語子曰：魏巍乎其有成功。
	後漢書曰	范曄後漢書曰
	善曰	蔡邕曰
	宗紹天地	紹天闡繹，宗紹天地
	元首、股肱，已見上文。	尚書咎繇歌曰：元首明哉，股肱良哉。
	弗俾洪範九疇	弗畀洪範九疇
	已見傅季友求贈劉前軍表。	僶俛也。
	衆星拱之	衆星共之
	探賾，見文賦。	周易曰：探賾索隱。
	四國爲不敬。湯，文王誅之。	湯，文王誅之。
	光藻郎而不變	光藻明而不變
	甄陶，已見上文。	楊子法言曰：甄陶天下其在和乎。李注曰：埏埴爲器曰甄陶。
	緝熙，已見上文。	毛詩曰：維清緝熙，文王之典。
	覃及鬼方	章及鬼方

續表

卷目	尤袤本	贛州本
卷四十八 （共61條）	非漢不能弘道	作漢不能弘道
	三事、嶽牧，已見上。	毛詩曰：三事大夫莫肯夙夜。尚書曰：內有百揆四岳，外有州牧侯伯。
	惠睿信立	思睿信立
	已見東都主人。朱鳥火流爲鳥也。毛詩曰：誕降嘉種。	太公金匱曰：武王伐殷，四夷聞，各以來貢。越裳獻白雉，重譯而至。尚書帝驗曰：太子發渡河中流火，流爲鳥，其色赤。毛詩曰：誕降嘉穀。
	濟濟、翼翼，已見上。毛詩曰：奉璋峨峨。	毛詩：濟濟多士。又曰：小心翼翼。爾雅曰：翼翼，敬也。毛詩曰：奉嶂峨峨。
	已見陸機高祖功臣頌。	春秋元命苞曰：造起天地，鑄演人君，通三靈之貺，交錯同瑞。
	平制禮樂	述堯治世
	次，止也。言此事體大式弘大，信能瘃瘃常止於聖心，不可忘也。	言此事體大式弘大，信能瘃瘃次於聖上之心也。
	前，謂前伐帝王。後，謂子孫也。	無此
	蔑，輕也。憚，難也。勑，止也。言封禪之事，皆述祖宗之德，今乃推讓，豈輕清廟而難正天命乎？	蔑，懃也。
	伊，維也。遂古，遠古也。戻，至也。言自遠古以來至於此也。	戻，至也。
	而仁義之叢藪也	而仁誼之叢藪也
	讜，直言也。	讜，當也。
	預卜五年	預十五年
卷四十九 （共28條）	善曰：漢書曰：桑弘羊，洛陽賈人子。	善同良注。
	汲黯，已見西征賦。	漢書曰：汲黯，字長孺，濮陽人也，爲主爵都尉，數直諫。
	鄭當時，已見西征賦。	又曰：鄭當時，字莊，陳人也。爲大司農，每朝候，上間說未嘗不言天下長者，聞人之善進之上，唯恐後。

續表

卷目	尤袤本	贛州本
卷四十九 （共28條）	巴郡落下	邑郡落下
	張騫、蘇武，已見西征賦。	漢書曰：張騫，漢中人也……武留匈奴十九歲，乃還，拜爲典屬國。
	衛青、霍去病，已見長楊賦。	漢書曰：衛青，字仲卿，爲大將軍，凡七出擊匈奴。霍去病爲驃騎將軍，凡六出擊匈奴。
	趙充國、于定國，已見西征賦。	無此
	又曰	趙廣漢，字子都，涿郡人，守京兆大尹，發姦摘伏如神。
	趙張，已見西征賦。	張敞，字子高，河東人，守京兆尹，枹鼓稀鳴，市無偷盜。
	文質再而復。	尚書大傳曰：文質再而復。
	魏文帝即王位	魏文帝即位
	大象，已見上文。	無此
	皆夷三族	玄夷三族
	蜀有陽平江關白水關，此爲三關	蜀有陽平江關白水，北爲三關
	荀勖等陳諫，以爲不可。張華固勸之	荀勖等畢諫，以爲不可。張華固執之
	漢書霍禹	漢書崔禹
	永寧二年	永康二年
	改金墉曰永昌宮	改金墉曰永安宮
	禦大災	禦其大災
	廉恥，已見上注。	管子：四維：一曰禮，二曰義，三曰廉，四曰恥。
	小曰橐，大曰囊	小橐曰囊
	靈王二十二年	靈王二十年
	文質，已見上文。	春秋元命苞曰：王者一質一文，據天地之道也，天質而地文。又曰：正朔三而改文質，再而復。

續表

卷目	尤袤本	贛州本
卷四十九 （共28條）	安民，已見上文。	左傳楚子曰：夫武安民和衆豐財。
	以宏放爲夷達	以容放爲夷達
	至于日中側	至于日中昃
	四教，已見上文。	禮記曰：古婦人教以婦德，婦言，婦容，婦功。
	惠帝，已見西征賦。	臧榮緒晉書惠紀曰：帝諱衷，字正度，武帝崩，太子即皇帝位。
	皇極，已見上文。	尚書考靈耀曰：建用皇極。宋均曰：建，立也。皇極，大中也。
	二妃未之從也	三妃未之從也
	帝嚳立四妃以	帝嚳立四妃矣
	但立二妃而已	但立三妃而已
卷五十 （共48條）	申徒蟠英姿磊落	申屠蟠英姿磊落
	不肯碌碌	不肯録録
	私以親則違憲	私以恩則違憲
	漢書曰：上望見諸將，往往數人偶語……咸曰朝廷欲用功臣，功臣用則人位謬矣。	善同銑注。
	李通，字次元	李通，字次光
	王宮中之門禁	王宮之中門之禁
	鄭玄曰：正内，路寢也。	内，路寢也。
	中書宦官	中尚書官
	和熹鄧后，已見皇后紀論。	立殤帝太后臨朝。
	伊尹、霍光、張良、陳平。	善同翰注。
	陳琳檄曰	海曰：陳琳璩曰
	子虛賦：雜纖羅	子虛賦：纖羅
	薰胥以□刑	薰骨以行刑

續表

卷目	尤袤本	贛州本
	張讓投河而死	張驤投河而死
	曹騰、梁冀，已見上文。昏弱，謂桓帝也。	善同翰注。
	魏武，曹操也。龜鼎，國之守器，以喻帝位也。尚書曰：寧王遺我大寶龜，紹天明即命。左氏傳王孫滿曰	尚書曰：寧王遺我大寶龜，紹天明命。左氏傳曰：孫滿曰
	孔子過之	孔子過
	諱炟，顯宗第五子。	無此
	懷五常之性，聰明精粹。有生之最靈者也。應劭曰：肖，類也。頭圓象天，足方象地。	有生之最靈者也。
	毛詩序曰：詩有六義焉：一曰風，二曰賦，三曰比，四曰興，五曰雅，六曰頌。又曰：是謂四始，詩之至也。毛詩題曰	無此
卷五十 （共48條）	范曄後漢書曰：崔駰年十三，能通百家言，善屬文，與班固、傅毅同時齊名。又曰：蔡邕少博學，好辭章。揚，揚子雲。班，班孟堅。	善同濟注。
	二班，叔皮、孟堅也。	無此
	已見上文。	言如風之散，如水之流。
	説文曰：詭，變也。	善同銑注。
	元康，晉惠帝年號也。	無此
	江右，西晉也。	無此
	老子爲柱下史。莊子內篇，其數有七。	無此
	建武，晉愍帝年號。義熙，晉安帝年號。	建武,愍帝年號。義熙,安帝年號。載,年也。
	罔象得珠。老子德經曰	象罔得珠。老子道德經曰
	仲文，殷仲文也。	無此
	叔源，混字也。太元，晉武帝年號。	無此

續表

卷目	尤袤本	贛州本
	靈均，屈原字也。	無此
	艎，舡也。丹魄，虎魄也。	虎魄也。
	漢書：孝宣許皇后，元帝母……石崇貪而好利，富擬王者。	善同向注。
	沈約宋書曰：明帝廟號太宗。法言曰：聖人之法，未嘗不關盛衰焉。	太宗，明帝也。法言曰：聖人之法，未嘗不關於盛衰。
	爾雅曰：纂，繼也。	無此
卷五十 （共48條）	漢書曰：高祖夜經澤中，有大蛇當徑，拔劍斬蛇，蛇分爲兩，後人來至蛇所，有一嫗夜哭，曰：吾子白帝子，化爲蛇，今者赤帝子斬之。又曰：高祖立爲沛公，旗幟皆赤。	爰，於也。高祖初送徒，經豐澤。奮，振。旅、衆也。神母，謂所斬蛇邊見老母，哭云：我子白帝，爲赤帝子斬焉。漢火德，尚赤，故舉朱旗。
	元年冬十月，沛公至霸上，秦王子嬰素車白馬，降于軹道。	粤，始。蹈，履也。嬰，謂秦王子嬰也。稽首，謂降於漢。
	漢書曰：高祖謂秦父老曰：與父老約法三章耳。殺人者死，傷人及盜抵罪。應劭曰：抵，至也。除秦酷政，但至於罪。	無此
	晷，光景也。應劭曰：東井，秦之分野，五星所在，其下，以義取天下之象也。	善同翰注。
	漢書曰：韓侯陳三秦易并之計。應劭曰：章邯爲雍王、司馬欣爲塞王、董翳爲翟王，分王秦地，故曰三秦。	無此
	蕭何、曹參也。	無此
	韓信、英布、張良、陳平也。	無此
	恭行，已見上文。	尚書曰：今予惟恭行天之罰。
	韓信初爲齊王，後楚王。黥布爲淮南王。彭越爲梁王。	無此
	綰爲燕王，故曰北疆。	無此
	中微，謂平世衰也。	無此

卷目	尤袤本	贛州本
卷五十 （共48條）	范曄後漢書曰：梁王劉永，擅命睢陽。又曰：公孫述稱王，王巴蜀。又曰：卜者王郎爲天子，都邯鄲。又曰：彭寵自立爲燕王。代，即燕也。	無此
	三河，洛陽也。四關，長安也。	無此
卷五十一 （共16條）	諸侯結約爲從	言諸侯約爲從
	得尸三萬，以爲二京。窜越謂孔青曰：惜矣。	書尸三萬，以爲二京。窜越謂孔青曰：苦矣。
	蘇秦，已見上文。	戰國策蘇秦説惠王曰：始將連橫。
	戰國策東周齊明謂東周君曰：臣恐西周之與楚、韓賓	戰國策齊明謂東周君曰：臣恐西周之與楚、韓齊
	史記曰：逡巡遁逃。	遁逃，史記作逡巡。
	漢書音義曰	音義曰
	陳涉，已見鄒陽上書。	史記曰：陳勝，字涉，陽城人，勝爲王，號爲張楚，西擊秦。
	惡來革長鼻决目	惡來革長鼻决耳
	四子身死牧之野	二子身死收之野
	捐薦去几，自貶損也。	無此
	是與臣僕者同矣	是與臣我者同矣
	衣之以皮俱	衣之以皮幘
	故一人有事四方	迪一人有事四方
	夷、齊，已見上文。	論語子曰：伯夷叔齊餓於首陽之下，人到于今稱之。
	惜其有王德	惜有其王德
	而齊大破燕	而齊大敗燕
	濟濟多士，已見上文。	毛詩小雅文也。
	漢書終軍	漢書中軍

續表

卷目	尤袤本	贛州本
	三陽翼天德聖明	三陽翼天德清明
	昔在有熊、高陽	昔在有熊
	故天因而祚之	故天祚之
	無道之君	有道之君
	梲，朱儒柱。説文曰：梀，枅上標。	梲，侏儒柱。説文曰：梀，枅上梁。
	蛟龍於其上	蛟龍據其上
	白蛇分，已見上文。漢書曰：元年，冬十月，五星聚於東井，沛公至霸上也。	漢書曰：高祖夜徑，澤中有大蛇當徑，高祖乃拔劍斬蛇，後人來至蛇所，有一老嫗夜哭曰：吾子白帝子也，化爲蛇當道，今者赤帝子斬之。
	趙孟遇鄭	趙孟過鄭
	孩兒老母口萬數	孩兒老母萬數
卷五十二 （共23條）	千里，已見上文。	吕氏春秋曰：所謂貴驥者，爲其一日千里也。
	子之營兮，遭我乎巎之間兮。	子之還兮，遭我乎狃之間兮。
	不根持論	不長持論
	公辭勝於理	公亂勝於理
	山東三十郡	山東二十郡
	士伯怒曰	二伯怒曰
	左氏傳屈完	左氏傳屈宋
	賈誼過秦曰	過秦曰
	闞止爲左、右相	監止爲左、右相
	後必相咋也	後必相吐也
	田常篡齊，已見上文。	史記曰：齊簡公立田常、監止爲左右相，田氏殺監止，簡公出奔，田氏執簡公于徐州，遂殺之。
	未得騁其駿足也	未得騁其足也

續表

卷目	尤袤本	贛州本
卷五十二 （共23條）	厥土惟黑墳	厥土黑墳
	中計塞絶皋	中計塞城絶
	此守邊隅趙作罫者也	此守邊趙作罫者也
	孫子兵法八十一篇	孫子兵法八十二篇
	一字管百行	學管百行
	猗頓，已見賈誼過秦論。	孔叢子曰：猗頓，魯之窮士也，耕則常飢，桑則常寒，聞朱公富，往而問焉。公告之曰：子欲速富，當畜五牸。乃適河東，大畜牛羊于猗氏之南，其滋息不可計。以興富猗氏，故曰猗頓也。
卷五十三 （共72條）	年中壽百年，下壽八十年，而竟不然者	中壽百年，下壽八十年，不然者
	説文曰：粗，疏也。	無此
	右丞相周勃	左丞相周勃
	一歲出幾何	出幾何
	顏師古曰：洽，霑也。	無此
	子思曰：伋	子思伋曰
	有鼓新聲者	有新聲者
	大蒜勿食，葷辛害目	大蒜多食，葷害目
	移易存乎所漸	移易存乎漸
	臣瓚曰：魏桓侯。	無此
	老子道經曰	老子曰
	必静必清	必清必静
	河上公曰：抱，守也。守一乃知萬事，故能爲天下法式。	無此
	河上公曰：大順者，天理也。	無此
	與天爲一	與天爲一者也
	聖人之能也	聖人能之也

續表

卷目	尤袤本	贛州本
卷五十三 （共 72 條）	毛萇傳曰：阿衡，伊尹也。	無此
	漢書曰：張良以兵法説沛公，沛公喜，常用其策。爲它人言，皆不省。	無此
	有神龍二	有二神龍
	夏氏乃檟而去之	檟而去之
	河、洛，謂河圖、洛書也。	無此
	靈、景，周之王末者也。	無此
	七國，謂韓、魏、齊、趙、燕、楚、秦也。	無此
	見辱於陽虎	見辱於楊虎
	三事不使知政，遂各偃息養高	三事偃息養高者也
	季夏之月，土潤	季夏之月，土澤
	欲遂其志之思也	欲遂其志也
	爾雅曰：脉，相視也。郭璞曰：脉脉，謂相視貌也。	爾雅曰：脉脉，相視也。
	尸子曰：義必利	尸子曰：我必利
	左傳曰：吳將伐齊，越子率其屬以朝焉。王及列士皆饋賂	左氏傳曰：吳伐齊，越子帥其屬以朝焉。
	爲王孫氏反役，王聞之，使賜之屬鏤以死。杜預曰：改姓爲王孫，欲以辟吳禍。	爲王孫氏，王聞之，賜之屬鏤以死。杜預曰：
	鄙將師	鄙將歸
	漢書曰：前將軍蕭望之及光禄大夫周堪建白，以爲宜罷中書宦官，應古不近刑人。由是大與石顯忤。後皆害焉。望之自殺。毛詩曰：狼跋其胡，載疐其尾。漢書曰：成帝立，丞相奏顯舊惡，免官，徙歸故郡，憂懣不食，道病死。	毛詩曰：狼跋其胡，載疐其尾。
	次相授業	次相受業

卷目	尤袤本	贛州本
卷五十三 （共72條）	杜預曰：瑾璠，美玉也。	無此
	風淫，末疾	風淫，手疾
	杜預左氏傳注曰：冒，貪也。	無此
	尚書傳曰：紊，亂也。	無此
	杜預曰：夷，氏也。羿善射。	杜預曰：夷，氏也。
	毛得必亡，是昆吾稔之日。杜預曰：稔，熟也。	毛其必亡，是昆吾稔之日。
	趙充國頌	趙充國贊
	餘並已見三國名臣頌。	三國名臣序贊曰：周瑜，字公瑾，公瑾英達，朗心獨見，披草求君，定交一面。陸遜，字伯言，伯言蹇蹇，以道佐世，出能勤功，入能獻替。魯肅，字子敬，昂昂子敬，拔迹草萊，荷擔吐奇，乃構雲臺。
	宣力四方，汝爲。	宣力四方
	諸葛瑾，已見三國名臣頌。	吳志曰：諸葛瑾，字子瑜。三國名臣序贊曰：子瑜都長，體性純懿。都長，謂體貌都閑，而雅性長厚也。
	誨育門生	誨門生
	已見三國名臣頌。吳志曰：虞翻，性不協俗，數犯顏諫爭。	字仲翔。三國名臣序贊曰：吳志曰：翻性不協俗，數犯顏諫權，與張昭論及神仙，翻指昭曰：彼皆死人而語神仙，俗豈有仙人也，權怒徙翻交州
	出入諷議	出入諷諫
	魏帝問：吳王何等主也？	帝問：吳王何等主也？
	以治曆數	以修曆數
	聞於郡中	聞於部中
	治九宮一筭之術	修九宮一筭之術
	呂忱字林曰	呂恍字林曰
	夕不待早	多不待旦

卷目	尤袤本	贛州本
	民氣百倍	氣百倍也
	蜀志曰：孫權襲殺關羽，取荊州。先主忿孫權之襲關羽，遂乃伐吳。吳將陸遜大破先主軍。遂棄船還魚復，改縣曰永安。先主徂于永安宮。吳志曰：備升馬鞍山，陸遜促諸軍四面蹙之，土崩瓦解。馬鞍山，在西陵之西。	善同向注。
	其没溺者數千人	其沈溺者數千人
	遣兵逆霸與戰于	逆戰于
	今爲足下之計	今爲天下之計
	鼎足而立，其勢莫敢先動也。	鼎跱而立，其勢莫敢先動也。
	王逸楚辭注曰：屠，裂也。	無此
	班瑞于羣后	頒瑞于羣后
	杜預曰：一介，獨使也。	無此
卷五十三（共72條）	漢書：難蜀父老	難蜀父老
	孫休，字子烈	孫休，字子羽
	諸大夫在朝，徒聞唯唯，子不聞周舍之諤諤。盡規，已見上文。	大夫在朝，徒聞唯唯，子不聞周舍之謇謇諤諤。盡規，國語召康公曰：天子聽政，近臣盡規。
	督領盜賊事	都督領盜賊事
	樓玄，字承先，沛郡人也。孫皓遂用	樓玄，字承光，沛郡人也。孫皓用
	黔首，已見過秦論。	秦更名民曰黔首。
	墨子曰：公輸班爲雲梯，必取宋。史記曰：晉智伯攻晉陽歲餘，引汾水灌其城，不没者三版。城中懸釜而炊，易子而食。	善同濟注。
	杜預曰：浹辰，十二日也。	無此
	符，猶法也。	無此
	廣雅曰：貿，易也。說文曰：詭，變也。詭與恑同。	無此

卷目	尤袤本	贛州本
卷五十三（共72條）	莊子許由曰：齧缺之爲人也，聰明叡智。	無此
	文王以爲令尹	文王必爲令尹
	後皆擢用，爲楚名臣	後皆擢楚名臣
	意將以孤異	意將以孤無
	使親近以巾拭面	便親以巾拭其面
	船載糧具俱辦	船載糧具促辦
	權既爲吳王，歡宴之末，自起行酒。虞翻伏地，陽醉不持。權去，翻起坐。權於是大怒，手劍欲擊之。侍坐者莫不惶遽，惟大司農劉基起抱權，諫曰：大王三爵後殺善士，雖翻有罪，天下孰知之？翻由是得免。權因勅左右，自今酒後言殺，皆不得殺。	莫不惶遽，惟大司農劉基起抱權，諫曰：大王以三爵後殺士，雖翻有罪，天下孰知之？翻由是得免。權因勅左右，自今酒後言殺，皆不得殺之。
	所以治護者	所以療護者
	子瑜之不負孤，猶孤不負子瑜也	子瑜之不負吾，猶吾不負子瑜也
	賈逵國語注曰：謂，告也。言何以告天下也。	無此
	僖二十年	僖二十八年
	吳志曰：孫皓天紀三年，郭馬反，攻殺廣州都督虞授。馬自號都督交、廣二州諸軍事、安南將軍。曩日、向時，皆謂曹、劉之世。	曩日、向時，皆謂曹、劉之世。餘文同。
	趙岐曰：天時支干	趙岐曰：天時
	而顛覆所參	而顛其所參
	殷之故墟	殷之故處
卷五十四（共65條）	順命以創制	慎命以創制
	楊雄長楊賦	長楊賦
	取天下者也	取天下矣
	毛詩序曰：憂深思遠。	毛詩曰：憂深思遠也。

卷目	尤袤本	贛州本
	王道雜之	王道雜也
	万目皆張	方目皆張
	經世，已見李蕭遠運命論。	文子曰：養生以經世。莊子曰：未嘗聞任氏之風俗，其不可與經於世，亦遠矣。
	家語孔子曰：文、武之祀，無乃殄乎？漢書徐樂上書曰：何謂土崩？秦之末葉是。人困而主不恤，下怨而上不知，此之謂土崩。	漢書徐樂上書曰：何謂土崩？秦之末葉也是。人困而主不恤，下怨而上不知，此之謂土崩。家語孔子曰：文、武之祀，無乃殄乎？
	翼戴天子	翼載天子
	君大悅	君大説
	爲之令主	爲乏令主
	振振然	振然也
	班固漢書表	班固漢書贊
卷五十四（共65條）	皇祖止焉	皇祖上焉
	史記曰：荊王劉賈者，不知何屬。高祖立賈爲荊王。淮南王黥布反，東擊荊。賈與戰，不勝，走富陵，爲布軍所殺。漢書曰：賈稱從兄，而機以爲皇祖，蓋別有所見。	無此
	不肖見益也	不肯見益也
	矯枉過其正，已見上文。	班固漢書贊曰：藩國大者，夸州兼郡，可謂矯枉過其正矣。
	五侯，已見鮑明遠數詩。	成帝悉封舅王譚、王立、王根、王逢、王商，時爲列侯，五人同日封，故世謂之五侯。
	又曰	左氏傳曰
	鄭伯將王自圉門入，虢叔自北門入。	無此
	大庇民乎	大庇民焉
	方士瞋目扼腕	萬士瞋目扼腕

續表

卷目	尤袤本	贛州本
卷五十四 （共 65 條）	恭王有寵子	共有寵子
	孔安國論語注曰：希，少也。	無此
	不若侵之	不善侵之
	同立郡縣	司立郡縣
	異於辯亡	異於辯云
	待君意厚	待君意焉
	不與我年壽，恐四十七、八間，不見 女嫁、男娶婦也。	不與我生壽，恐四十七、八間，不見 女嫁、男婆婦也。
	背負青天	皆負青天
	管子曰：萬物以生，萬物以成，命之 曰道。	無此
	虜劉我邊陲，言殺也。	虜劉我邊陲
	言稟性不同	言各稟性不同
	吾一受其成形，而不化以待盡也	吾愛其一成形，而不化以待盡之也
	湯湯洪水方割	無此
	家語曰：顏回年二十九而髮白……詩 曰：采采莒苢，薄言采之。	無此
	莒苢，臭惡之菜。	無此
	以事興莒苢，雖臭惡乎	以事興莒，言雖臭惡乎
	論於淑媛	諭於淑媛
	夫子言	天子之言
	君無見	君無見焉
	非庸庸之所識	非庸庸之所職
	欽吊楚之湘纍	欽子楚之湘纍
	長沙王太傅	長沙王傅

續表

卷目	尤袤本	贛州本
	其羽可用爲儀	無此
	少篤學，博通五經	篤學，博通五經
	猗頓，已見過秦論。	孔叢子曰：猗頓，魯之窮士也……以興富猗氏，故曰猗頓也。
	長肘而縶	長肘而縶投
	吕氏春秋曰：道也者，視之弗見，聽之弗聞，不可爲壯。	無此
	往攻之，予必使汝大戕之。	攻之，予必使汝大戕之。
	膺期特授	膺期持授
	彭，彭越。韓，韓信。	無此
	天藏舟於壑	夫藏舟於壑
	性壽之物也	注壽之物也
卷五十四（共65條）	焕，散也。	無此
	有兩諸生	有兩書生
	纇，瑕也。	纇，崩也。
	不共國而治	不共國而化
	八愷之二，已見上注。	八愷之二
	隨畜田獵禽獸	射獵禽獸
	堯之時，猰貐、鑿齒、九嬰、大風、封豨	堯之時，窫窳、九嬰、大風、封豕、鑿齒
	上射十日	一射十日
	東京賦曰	西京賦曰
	不可殫盡	不可殫書
	死生有命，已見上文。	論語子夏曰：死生有命，富貴在天。
	高誘曰：丹朱，堯子也。商均，舜子也。	無此
	下召石乞	下石乞

卷目	尤袤本	贛州本
卷五十四 （共65條）	呂氏春秋曰：宋景公有疾，司馬子韋曰：熒惑守心。心，宋分野也，君當移於相。公曰：相，股肱也。除心腹之疾而置之股肱，可乎？曰：可移於民。公曰：民，所以爲國。無民，何以爲君？曰：可移於歲。公曰：歲所以養民，歲不登，何以畜民？子韋曰：君善言三，熒惑必退三舍，延君命二十一年。視之，信。廣雅曰：熒惑謂之罰星，或謂之執法。	宋景公有疾，熒惑守心。熒惑，災星。心，宋之分野。朝臣謂公曰：可移禍於相。公曰：相，股肱。除心腹之疾置於股肱，不可也。曰：可移於人。公曰：國無人，何以爲君？可移於歲。公曰：歲所以養人，歲不登，何以畜人？是時，熒惑乃退三舍，延祚二十一年，由景公之善言也。熒惑，謂執法之星，故云法星也。
	若以善惡猶命	若以善惡之理無徵
	大有徑廷	秦有徑廷
	論語子曰：鳳鳥不至，河不出圖，吾已矣夫。	無此
	楚子使問周太史，太史曰	楚子使問周太史，曰
	圭璧既卒	圭璧既平
	勛華，已見上文。	善同翰注
	非弱喪而不知歸者邪	或是邪
	土室編蓬，已見非有先生論。	尚書大傳曰：子夏曰：弟子所授書於夫子者不敢忘，雖退而窮居河濟之間，深山之中，作壞室編蓬户，尚彈琴瑟其中以歌先王之風，則可以發憤矣。
卷五十五 （共75條）	雕虎，已見思玄賦。	尸子中黃伯曰：余左執太行之獶，而右搏雕虎。
	風颷電激	風颸電激
	芳芳氳鬱	芳香氳鬱
	塤篪，已見鸚鵡賦。	毛詩曰：伯氏吹塤，仲氏吹篪。毛萇曰：土曰塤，竹曰篪。
	玉牒，已見上。	東觀漢記曰：封禪其玉牒文秘。説文曰：牒，記也。
	伯牙及雅引，已見上文。	呂氏春秋曰：伯牙鼓琴意在泰山，鍾子期曰：善哉，魏魏若泰山，俄而志在流水，子期曰：善哉，湯湯乎若流水。子期死，伯牙破琴絕絃，終身不復鼓琴，以爲世無賞音者。

卷目	尤袤本	贛州本
卷五十五 （共75條）	以心計年十三	以心計
	丁丁嚶嚶	丁丁嫛嫛
	黔首，已見過秦論。	李斯曰：秦更名民曰黔首。
	蒙切惑焉	蒙竊惑焉
	沮澤，已見蜀都賦。	異物志曰：沮有菜蒲也。巴東有澤水。孟子注言澤生草曰蒩。沮與蒩同。
	而闡風教	而闡風化
	蠖屈，已見潘正叔贈王元貺詩。	周易曰：尺蠖之屈，以求伸也。郭璞方言注曰：尺蠖，又呼爲步屈也。
	棠棣之華	唐棣之華
	乃使罔象	乃使象罔
	陵夷，已見五等論。	漢書張釋之曰：秦陵夷至于二世，天下土崩。
	不輟其音，已見辨命論。	辨命論曰：詩云風雨如晦，雞鳴不已。毛詩鄭玄曰：喻君子雖居亂世，不變改其節度也。
	臣之訛言	民之訛言
	董賢、石顯，已見西京賦。	漢書曰：石顯，字君房，少坐法腐刑……武庫禁兵，盡在董氏。
	竇憲，已見范曄宦者論。	又曰：孝和皇帝諱肇，肅宗子也，年十歲。竇太后詔曰：竇憲，朕之元兄，當以舊典輔斯職焉。
	雕刻鑪捶，喻造物也。	無此
	九域，已見潘元茂九錫文。	韓詩曰：方命厥后，奄有九域。薛君曰：九域，九州也。
	高門，已見辨命論。	吳都賦曰：高門鼎貴。漢書于公曰：少高大門，令容駟馬高蓋車也。

卷目	尤袤本	贛州本
卷五十五 （共75條）	陶朱公，已見過秦論。程鄭，已見蜀都賦。	史記曰：范蠡之陶，爲朱公，以爲陶，天下之中……司馬相如傳云：臨邛富人程鄭，僮亦數百人。
	況家爲金穴。連騎、鳴鍾，已見西京賦。	況爲金穴。漢書食貨志曰：濁氏以賣脯而連騎。張里以馬醫而擊鍾。
	處女以爲然	處女相語
	貫魚，已見鮑昭出自薊北門行。	周易曰：貫以宫人寵，無不利。王弼曰：駢頭相次，似貫魚也。甘泉賦曰：貫倒景而歷飛梁。
	惟思致欵誠	遺思致欵誠
	寒谷，已見顏延年秋胡詩。	劉向別録曰：鄒衍在燕，有谷寒而不生五穀，鄒子吹律而温至生黍也。
	苦，猶急也。	苦，急也。
	弱冠，已見辯亡論。	禮記曰：人生二十曰弱冠。
	託驥之尾	託驥之旄
	過歸鴻於碣石也	過歸鴈於碣石也
	論語曾子曰：鳥之將死，其鳴也哀。	無此
	悲其所思者乎？詩谷風曰：將恐將懼，實予于懷。	悲其所鄉者乎？
	子胥仕吳	子胥往吳
	以伯嚭爲太宰	以伯喜爲太宰
	乃自剄	乃自到
	吾所學者	吾所以學
	楊氏爲我，拔一毛而利天下，不爲也	楊子爲我，拔一毛而利天下，不爲之也
	錙銖，已見任彥升彈曹景宗文。	鄭玄禮記注曰：八兩爲錙。漢書曰：二十曰銖爲兩也。
	東陵，盜跖也，已見任昉王儉集序。	莊子曰：伯夷死名於首陽之下，盜跖死利於東陵之上。司馬彪曰：東陵，陵名，今屬濟南也。

續表

卷目	尤袤本	贛州本
	破癰潰痤	破癰潰髰
	金膏，已見江賦。	穆天子傳何伯曰：示汝黃金之膏。郭璞曰：金膏其精汙也。
	又實幣帛	又實幣帛竿箇
	張，張安世。霍，霍光也。	無此
	非朝愛市	非朝愛
	盛衰，已見琴賦。	文中子曰：物盛則衰。
	古富而今貧	故富而今貧
	故知全之者	故知全者
	後復爲廷尉	後爲廷尉
	至城下然後知	王城下然後知
卷五十五（共75條）	饕餮，已見上。	左氏傳曰：縉雲氏有不才子貪于飲食，冒于貨賄天下之人，以此三凶謂之饕餮。
	家在中山	家在山中
	昌言，已見王元長策秀才文。	尚書曰：禹拜昌言。孔安國曰：昌，當也。
	罔象得珠	象罔得珠
	方駕，已見西京賦。	鄭玄儀禮注曰：方，併也。
	武將連衡	或將連衡
	班固述曰：莊之推賢，於茲爲德。	班固贊曰：鄭當時之推賢也。
	盱衡，已見魏都賦。扼腕，已見蜀都賦。	漢書曰：公盱衡厲色，振揚武怒。音義曰：眉上曰衡，謂舉眉揚目也。字林曰：盱，張目也。張儀傳曰：天下之士，莫不扼腕。
	升堂入隩，已見孔融薦禰衡表。	論語子曰：由也升堂矣，未入於室也。爾雅曰：西南隅謂之奧。
	長鳴，已見劉琨答盧諶詩。雲臺，已見辯命論。	東觀漢記曰：詔賈逵入講南宮，雲臺使出左氏大義。

續表

卷目	尤袤本	贛州本
卷五十五（共75條）	陽角哀	羊角哀
	負笈赴弔	赴弔萬里
	勳輪，范式也，已見上文。	范曄後漢書曰：范式，字巨卿……式遂留冢次，脩墳種樹，然後乃去。
	以導其氣也	以通氣也
	水火相殘	水火相踐
	左氏傳閔子騫曰：敬恭朝夕	左氏傳公鉏然之敬恭朝夕
	不可以相違	不可以相爲
	尋丈之形	尋尺之形
	其豐而致力	其豐而致功
	【李善注】毛萇詩傳曰：適，之也。陳敬仲曰……朱軒之使，鳳舉於龍堆之表。	【劉孝標注】毛萇詩傳曰：適，之也。毛詩曰……朱軒之使，鳳舉於龍堆之表。
	王譚、王商、王立、王根、王逢	王譚、王立、王根、王逢、王商
	陵夷，已見上文。	漢書張釋之曰：秦陵夷至于二世，天下土崩。
	【劉孝標注】言□至道均被	【李善注】至道均被
	玉帛之惠	玉帛之物
	冶容，已見陸機樂府詩。	周易曰：慢藏誨盜，冶容誨淫。
	陰，曀影之候也。	陰，曀影也。
	候明時以効績	願明時以效績
	是弗聽也	故不聽也
	淮南子曰：鴟鵂夜撮蚤、察毫末。	鴟鵂夜撮蚤、察毫永。
	可謂生以身諫	生以身諫
	烈士憂國不忘喪。元陷刑	烈士憂國不喪志。奚陷刑

續表

卷目	尤袤本	贛州本
卷五十五 （共 75 條）	【劉孝標注】言讒人在朝，君臣否隔……俊乂後時而屢歎，喻朗玉蒙垢而掩輝。	【李善注】言讒人在朝，君臣否隔……俊乂後時而屢歎，喻朗玉蒙垢而掩輝。
	【劉孝標注】香以燔質而發芳，絃以特絕而流響，喻貞女没身而譽立，烈士效節而名彰也。	【李善注】香以燔質而發芳，絃以特絕而流響，喻貞女没身而譽立，烈士效節而名彰也。
	盲臣不習也	盲成不習也
	伶倫，已見上文。	漢書曰：黃帝使伶倫自大夏之西、崑崙之陰，取竹嶰谷，斷兩節，間而吹之，以爲黃鍾之宫。
	【劉孝標注】言物雖貴賤殊流，高卑異級……陽燧取火於日，不加於火之輝也。	【李善注】言物雖貴賤殊流，高卑異級……陽燧取火於日，不加於火之輝也。
	【劉孝標注】日月發輝，既尋虚而捕影，欲藏形託闇……欲隱情而倚智，豈足自匿其事乎？	【李善注】日月發輝，既尋虚而捕影，欲藏形託闇……欲隱情而倚智，豈足自匿其事乎？
	王道洽也	王道洽也
	爾雅曰	小雅曰
	已見李蕭遠運命論。	左氏傳：沈尹戍言於子常曰：夫無極，楚之讒人也。去朝吳，出蔡侯朱，喪太子建，殺連尹太子而弗圖，將焉用之？子常曰：是瓦之罪也。乃殺費無極、鄢將師，盡滅其族，以説其國也。
	【劉孝標注】下愚由性，非假物所移……仲尼德冠生人，不救棲遑之辱。	【李善注】下愚由性，非假物所移……仲尼德冠生人，不救棲遑之辱。
	樹木甚茂	草木甚茂
	密令卓茂，已見孔德璋北山移文。	范曄後漢書曰：卓茂，字子康，南陽人也。遷密令，視人如子，吏人親愛而不忍欺。
	無此	張揖漢書注曰：武夫石之次玉者。
	夏至立丈	至夏立丈

續表

卷目	尤袤本	贛州本
	【劉孝標注】言爲政之道，恕己及物也……是以存乎物者，豈求其備哉？	【李善注】言爲政之恕己及物也。耳目在身……是以存乎物者，豈求其備哉？
	誅，猶痛責之甚也。	誅，責也。
	抑亦在鵬鷃	抑之在鵬鷃
	動止而爲静	動正而爲静
	無此	莊子：削曾史之行，鉗楊墨之口。
卷五十五（共75條）	【劉孝標注】言人居窮則志篤，處達則恩輕……少原流慟，誚輕薄之頹風。	【李善注】言人居窮則志篤，處達則恩輕……少原流慟，誚輕薄之頹風。
	彌，徧及之也。	彌，徧也。
	或者以詩序云	詩序云
	已見桓温薦譙元彦表。	莊子曰：舜以天下讓其友北人無擇。北人無擇曰：異哉后之爲人也，欲以其辱行漫我，吾羞見之。因自投清冷之淵。
	六位時乘。五絃，琴也。蔡邕琴操曰：伏羲氏作琴，絃有五，象五行。	六位時成。五絃，琴也。歸田賦曰：彈五絃於妙指。
	【劉孝標注】言勢有極也。虐暑、涸陰之隆，不能易火、冰之性。吞縱、漂鹵之威，不能移貞介之節。	【李善注】言勢有極也。虐暑、涸陰之隆，不能易火、冰之性。吞縱、漂鹵之威，不能移貞介之節。
	夏屋蚌幪	廈屋蚌幪
卷五十六（共86條）	人心不修善	人心不思善
	東之於逆旅，逆旅	東之於逆旅
	謂登用輔翼也	謂登輔翼也
	竇憲與南匈奴萬騎	憲與匈奴萬騎
	逐骨都侯	逐都侯
	碣與碣同	崛與碣同
	無此	論語曰：長沮、桀溺耦而耕，孔子使子路問津焉。桀溺曰：滔滔者天下皆是也，而誰與易也。

卷目	尤袤本	贛州本
卷五十六（共86條）	郭璞三蒼	王蒼
	孔安國曰：岷山、嶓冢，皆山名也。	無此
	美哉乎河山之固！此魏國之寶也。	美哉乎河山！此魏國之實也。
	羊腸在其北	穹腸在其北
	而用賢愛仁	而用賢愛人
	文王百里爲西伯，武王襲文王。	文王百里武王爲西伯，襲文王。
	尚書曰：有扈氏威侮五行，怠棄三正。	無此
	會諸侯於會稽之野。防風後至	會諸侯會稽之野。防風氏後至
	朱旗，已見上文。	李陵與蘇武書曰：雷鼓動天，朱旗翳日。
	王陵密欲立楚王彪	王淩密欲立楚王彪
	穆穆天子之容矣	穆穆天子之容貌矣
	謀謨帷幄	謨謀帷幄
	浹辰，十二日也。	浹日，十二辰也。
	又曰：有夏昏德。	尚書曰：夏有昏德
	升于中天	升中于天
	蠻夷反舌	蠻夷舌
	舌本在前	本在前
	鑿，開空通也。	鑿，開通也。
	五禮，吉、凶、軍、賓、嘉也。	五禮，吉、凶、賓、軍、嘉也。
	若樂六變	若樂六六變
	藏象魏	藏書象魏
	至程太姒夢見	太姒夢見
	其角一正東有壩城	一正東有壩城
	乃無窮冤	無乃窮冤
	布化懸法，已見上文。	周禮曰：正月之吉，始和布教于邦國都鄙。袁叔謝中丞章曰：懸法象闕。

卷目	尤袤本	贛州本
卷五十六 （共86條）	西都賦曰：樹中天之華闕，封冠山之朱堂。	西都賓曰：樹中天之華闕，豐冠山之朱堂。
	太簇位在於寅，正月也。	太簇位於寅在正月也。
	圓闕竦以造天	圓闕踈以造天
	崇闕百重	崇闕百里
	見下句。	周禮曰：正月乃懸治象之法于象魏，使萬人觀治象，浹日而歛之。
	布教，已見上文。周禮曰	周禮曰：正月之吉，始和布教于邦國。又曰
	鬱抗以雲起	鬱枕以雲起
	盤石鬱崑	磐石鬱崑
	衛宏漢舊儀	衛宏漢書儀
	鄭玄曰：以水守壺者，爲沃漏也。以火守壺者，夜視刻數也。分以日夜者，異晝夜漏也。	無此
	史官喪紀	史官忘紀
	謹呼備火	傳呼備火
	陸機、孫綽皆有漏刻銘。	無此
	新序固乘曰	新序曰
	東海之中有水赤，其中有棗	東海之中有棗
	作範垂訓，已見上文。	郯正釋機曰：創制作範，匪時不立。家語：南宮敬叔曰：孔子作春秋，垂訓後嗣。
	爾雅曰：太歲在戌曰閹茂。	太歲在戌曰閹茂。
	孟子夏諺曰	夏諺曰
	煉五色之石，以補其闕。斷鼇之足	練五色之石，以補其闕。割鼇之足
	則河潇海夷	則河海夷晏
	步天材而請猛獸	猛獸

續表

卷目	尤袤本	贛州本
卷五十六 （共86條）	周禮曰：雞人掌大祭祀，夜呼旦以叫百官。	無此
	無此	論語曰：裨諶草創之。
	無此	周禮：土圭之法，測土深、正日影，以求地中。
	唐都、巴郡落下	唐都、落下
	造化，已見上文。	淮南子曰：大丈夫恬然無爲，與造化逍遥。高誘曰：造化天地。
	孔甲有盤盂之戒	孔甲有盤盂之戒言也
	有陋洛邑之義	有漏洛邑之義
	奥矣不窮	焕矣不窮
	無此	尚書曰：有能奮庸熙帝之載。
	角斗桶	角升桶
	毛詩序曰	毛詩序曰：齊宣公之時
	水火，已見上文。	周禮：挈壺氏掌挈壺以令軍井，凡喪事懸壺以哭，皆以水火守之，分以日夜。鄭玄曰：以水守壺者爲沃漏也，以火守壺者夜視刻數也。
	受一斗	受一升
	田俅子曰：堯爲天子	田休子曰：堯爲天子
	遭家不造	少遭不造
	雖有夭壽	雖有壽夭
	銘，明旌也。雜帛爲物	銘，明也。旌雜帛爲物
	魏滅晉獻公以魏封大夫畢萬	晉獻公以魏封大夫畢萬
	魏志曰：粲曾祖父龔、祖父暢，皆爲漢公。毛詩曰：既見君子，爲龍爲光。	無此
	春華，已見上文。	答賓戲曰：摛藻如春華。
	宰臣，董卓也。	無此

續表

卷目	尤袤本	贛州本
卷五十六 （共86條）	濯纓清川	濯變清川
	斯言，謂琼降也。	無
	殞越于下	隕越于上
	楊肇，已見懷舊賦。	又曰：楊肇碑曰：肇字秀初，榮陽人，封東武伯，薨，謚曰戴。
	實左右商王	左右商王
	周禮曰：謚者行之迹	周書曰：謚者行之迹
	旐旗，已見上文。	楊雄元后誄曰：著德太常，注諸旐旗。
	楊氏或稱侯	楊氏或生侯
	臣亦擇君而事之	臣亦擇君而事也
	弱冠，已見上文。	禮記曰：人生二十日弱冠。
	乂弗克姦。怡怡，已見上文。	乂弗格姦。論語子曰：兄弟怡怡如也。
	洽聞強記，已見上文。	孔叢子葛弘曰：仲尼洽聞強記，博物不窮。
	而後入政	而後從政
	神亦往焉觀其苛慝	神人觀其苛慝
	琅邪有東莞	琅邪郡有東莞
	班固高紀述	班固高紀
	楊肇伐吳而敗，已見辨亡論。	吳志曰：西陵督步闡據城以叛，遣使降晉……抗遂陷西陵，誅夷闡族。
	並已見上文。	潘岳楊肇碑序曰：肇，驍騎府君之嫡孫，領軍肅侯之嗣子。賈弼之公山表注曰：楊恪，字仲義，驍騎將軍。生暨，字休先，領軍將軍。
	黙女適榮陽楊潭，潭生仲武。成侯或爲元侯	黙女適榮陽潭，潭生仲武。成或爲元侯
	巫咸保乂王家	巫咸乂王家
	將何以終，遂誓施氏。	無此

卷目	尤袤本	贛州本
卷五十六 （共 86 條）	彌留，已見上文。	尚書曰：王曰病日臻既彌留。
	往矣，已見上文。	莊子曰：往矣，吾將曳尾於塗中。
卷五十七 （共 72 條）	世祖，武皇帝也。	無此
	禮記曰：人生二十曰弱冠。	無此
	呂氏春秋田贊	呂氏春秋牛贊
	童蒙求我	童蒙來求我
	簡服生焉	簡服亡焉
	容體資質	容體姿質
	公父文伯卒	公文文伯卒
	誰爲	誰爲慟乎
	撫孤，羊舌氏叔向也，已見廣絶交論。	春秋外傳曰：叔向見司馬侯之子，撫而泣之曰：自此父之死也，吾蔑與比事君也。昔者，此其父始之，我終之。我始之，夫子終之。
	解系爲雍州刺史。又曰：朝廷以周處忠烈，欲遣討氏，乃拜爲建威將軍。又曰	無此
	高帝攻城	高帝功臣
	幕甖内并	宜於城内掘井以薄城
	潛氏，謂潛攻之氏也。	潛氏，攻之氏也。
	府因曰幕府	因曰幕府
	豐山而嘆曰：於斯致思，無不至戾。	豐山之上曰：於斯思致，無不至矣。
	甘茂謂楚王曰：魏氏聽	無此
	杜林説卜者	杜林説上
	散如流星。矢如雨，已見上文。	散如星。東觀漢記曰：上入昆陽，二公環昆陽城，積弩射城，矢如雨下。
	克壯其猷	克壯其猶

續表

卷目	尤袤本	贛州本
卷五十七 （共72條）	悒悒小息畏罹患禍者也	悒悒畏罹患禍者也
	不戢翼而少留也	若不戢翼而少留也
	琅琅，堅也。	硍硍，堅也。
	令聞不已	令問不已
	王景度出奔，景度司馬陽瓚堅守不動	王景度，司馬陽瓚堅守不動
	陽肇誄曰	楊肇誄曰
	無此	劇與摩音義同。
	左氏傳曰：晉蒐于夷，舍二軍。使狐射姑將中軍，趙盾佐之。陽處父至自溫，改蒐于董，易中軍……穀梁傳曰：晉將與狄戰，使狐夜姑爲中軍將，趙盾佐之。	穀梁傳曰：晉將與狄戰，使狐射姑將中軍，趙盾佐之。
	苦夷也。	苦越，苦夷也。
	戰國策鞠武曰：田光先生者，其知深，其慮沉。	戰國策鞠武曰：田光先生者，其勇沈也。
	服，服馬也。衡，車衡也。	無此
	而囚伯輴	而囚伯備
	攻廩丘之郛	攻稟丘之郛
	賁父、汧督，已見上文。	臧榮緒晉書曰：汧督馬敦，立功孤城爲州司所枉，死於囹圄。
	疏，分也。	無此
	好士之意也。何患無士乎？言人以衆爲賤也。	好士之意耳。何患無士乎？人以衆爲賤也。
	伯成子高棄	伯成子高辭
	豈樂于茲同。豈宴樓末景	愷樂于茲同。堂宴樓末景
	非君之禄	非吾之禄
	亦爲親也	以爲親也
	靈憲圖注曰	靈圖注曰

續表

卷目	尤袤本	贛州本
卷五十七 （共 72 條）	黃金百斤	黃金百兩
	懷植散羣	壞植散羣
	孟子曰：伯夷隘，柳下惠不恭。隘與不恭，君子不由也。	無此
	謂疾惡太甚	謂惡太甚
	或作赴	或皆作赴
	歛手足形	歛首足形
	蓬與國而卷舒	蓬與國而舒卷
	殷鑒不遠	殷監不遠
	淺爲尤悔	淺爲卸悔
	未必橛也	未必撅也
	食不充虛	食不充膚
	昔先君嘗欲授之國相	昔先生君嘗欲授之國相
	同塵，已見上文。	老子曰：和其光而同其塵。
	表之旐旌。國語晉悼公曰：昔克潞之役	表之旐旌。國語晉悼公曰：昔克路之役
	有娀氏之長女	有娀氏之長女
	光啓，已見上文。	左氏傳曰：光啓寡君。
	致其化焉	好其化焉
	鄭舒問於賈季	鄭舒門於賈季
	娀女簡狄	娥女簡狄
	會天淵池	會天淵也
	始平王王子鸞、晉陵王子雲。帝女，已見上文。	始平王三子鸞、晉陵王子雲及第二皇女。
	袿，衣衿也。	褑，衣衿也。
	無此	禁密奧又謂之巖奧

續表

卷目	尤袤本	贛州本
卷五十七 （共72條）	徇以離宮別寢	徇以離宮
	與善，已見上文。	老子曰：天道無親，常與善人。
	喪過，見上文。	周易曰：君子以行過乎恭，喪過乎哀，用過乎儉。
	潘岳妹哀辭	潘岳哀辭
	司馬彪漢書	司馬彪續漢書
	載霍光柩以轀車，以輬車爲倅也。	載霍光柩以轀車，以輬車爲倅也。
	王肆侈於漢庭	王肆侈於浩庭
	思而不止，故作此詩也。詩曰：誰謂河廣？	思而不能止，故作此詩也。誰謂河廣？
	祖及輴車，並已見上文。	儀禮曰：屬引徹奠乃祖。禮記注曰：輴，殯車也。
	以酒沃地曰酹	以酒沃地
	雲霏霏兮承宇	雲霏以承宇
	隧，已見上文。	無此
	撆摽，已見上文。	毛詩曰：寤辟有摽。鄭氏箋云：辟，拊心也。摽，拊心貌。
	於西壁下塗之曰寢	於西壁下塗之曰殯
	我獨而能無概	我獨何能無概
卷五十八 （共82條）	軸狀如轉鱗	狀如轉鱗
	劉熙釋名曰：容車，婦人所載小車也，其蓋施帷，所以隱蔽其形容。曹植宣后誄表曰：容車飾駕，以合北辰。	無此
	旌旗以銘功也。	無此
	毛詩：雜佩以贈之。	無此
	又：内司服	又曰：司服
	左氏傳曰：石言於晉魏榆。師曠曰：石不能言，或憑焉。	無此

卷目	尤袤本	贛州本
卷五十八 （共82條）	呂氏春秋曰：天道圓，地道方。何以說天道之圓也？	無此
	地道之方	地之方
	毛詩曰：于以采蘋。又曰：于以采藻。鄭玄毛詩箋云：蘋之言賓，藻之言澡。婦人之行，尚柔順，自潔清。故取名以爲戒。	鄭玄毛詩箋云：婦人之行，尚柔順，自潔清。
	論語曰子夏問曰	子夏曰
	何謂也？子曰：繪事後素。曰：禮後乎？	子曰：繪事後素。
	東都賦曰	東都主人曰
	天機，喻帝位也。	天璣，喻帝位也。
	八月自懷柔	八月自懷柔微
	綜理事也	綜理合事
	陳女圖以鏡鑒，顧女史而問詩。	陳列國史以鏡監也。
	成紀，見下注。	韓詩曰：淑女奉順坤德，成其紀綱。
	幽王三年	幽王二年
	側匿，猶縮懦	側匿，猶縮縮
	坤德尚沖	坤道尚沖
	禮記曰：冢宰制國用，必於歲之杪。	無此
	噭噭，已見上文。	噭噭，哭音也。
	潘岳祭庚新婦文曰：伏膺飲淚，感今惟昔。	悼，傷也。
	東昏侯寶卷	東昏
	祖，已見上文。	祖，謂將行之祭。
	徹，去也。	撤，去也。
	周禮内司服	周禮曰：司服
	已見上文	以椒塗壁也

卷目	尤袤本	贛州本
卷五十八 （共82條）	膺慶，已見上文。	幽通賦曰：王者膺慶於所感。
	又序曰：葛覃，后妃之本也。	又云：葛覃，后妃之德也。
	川流，已見上文。	蔡邕袁公夫人碑曰：義方之訓，如川之流
	遺吳主書曰：韜光福德，久勞于外。毛詩序曰：文王之道，被於南國。	貽吳主書曰：韜神光福德，久勞于外。
	顧女史而問詩	顧女史而陳詩
	貽我來牟	詒我來牟
	公宮、南國，並已見上文。	禮記曰：古者婦人先嫁三月，祖廟未毀，教于公宮。詩序曰：文王之道，被于南國。
	淮南子曰：軒轅者，帝妃之舍。高誘曰：軒轅，星也。	軒轅，星名。曜，星也。
	澹兮壽宮	詹予壽宮
	況家爲金穴	況爲金穴
	璋瓚，夫人所執。	無此
	褘褕，已見上文。	褘褕，皆后服也。
	東京賦曰	東宮賦曰
	并吞六國	并合六國
	蓋二妃不從	二妃不從
	分背迴塘	分背迴唐
	采蘋、采蘩，已見上文。	詩序云：采蘋，大夫妻能循法度也。又云：采蘩，夫人不失職也。
	可時瞻視以慰凱風	可視瞻以慰凱風
	史良娣合綵婉轉	史良娣合綵轉
	有子七人	有子一人
	由以告巢父焉，巢父責由	由以告巢父，責由
	敦詩、書，君其試之	敦詩、書

續表

卷目	尤袤本	贛州本
卷五十八 （共82條）	善誘，已見上文。	論語顏淵曰：夫子循循然善誘人。
	三事，已見上文。	三事，三公也。漢書曰：大司徒、大司馬、大司空，皆金印紫綬。
	周禮曰：三公自袞冕而下。	無此
	方言曰：躋，登也。	無此
	論語曰：臧文仲其竊位者歟？知柳下惠之賢而不與立也。	無此
	孝經援神契曰：五嶽之精雄聖，四瀆之精仁明。又	無此
	俾屏予一人	俾予一人
	不朽，已見上文。	左氏傳穆叔曰：太上有立德，此之謂不朽。
	微言，已見上文。	論語讖曰：子夏六十四人共撰仲尼微言。
	命氏，已見上文。	左氏傳衆仲曰：天子建德，因生以賜姓，胙之土而命之氏。
	先王制軒冕	先生制軒冕
	川嶽之靈，已見上文。	孝經援神契曰：五嶽之精雄聖，四瀆之精仁明。
	弱冠，已見上文。	禮記曰：二十曰弱冠。
	金聲玉振，已見上文。	孟子曰：孔子之謂集大成也者，金聲而玉振。
	桓譚新論	説文
	有識之士	有識之王
	爲上所盻遇	爲上盻遇
	霍諝奏記	崔諝奏記
	帷幄，已見上文。	東觀漢記世祖策曰：前將軍鄧禹與朕謀謨帷幄。

卷目	尤袤本	贛州本
	楚人鬼之，越人機之，可長有者惟此也。孫楚敖	楚人鬼而越人機，可長有者惟此也。孫叔敖
	左氏傳郤至之辭，已見上文。	左氏傳晉郤至謂子反曰：政以禮成，民是以息。
	太宗，明帝也。	無此
	貳公弘化	三公弘化
	盡規，已見上文。	國語曰：召康公曰：天子聽政，忠臣盡規。
	相與不肯	相與六者
	潘岳賈充誄	潘岳賈充課
	左氏傳劉子曰：國之大事，在祀與戎。祀有執膰，戎有受脹。	無此
卷五十八（共82條）	于彼牧矣	子彼牧矣
	寅亮，已見班孟堅封燕然山銘。	尚書曰：寅亮天地，弼予一人。
	百辟其刑之	百辟其形之
	周禮大司徒職曰：以八刑糾萬民：一曰不孝之刑，二曰不義之刑，三曰不媚之刑，四曰不悌之刑，五曰不任之刑，六曰不恤之刑，七曰造言之刑，八曰亂民之刑。	無此
	雖去列位而居東野。東野，未詳。又曰	在列位而居東野。東野，未詳。一曰
	晉書劉伶	劉劭
	吾以見之	吾子見之
	虎賁三十人	虎賁二十人
	公繁駬而馳	公擊駬而馳
	禮記衛孔悝	禮記衛孔埋

續表

卷目	尤袤本	贛州本
卷五十八 （共82條）	發祥，已見上文。	毛詩曰：長發其祥。
	因心則友，已見上文。	毛詩曰：因心則友。
	善誘，已見上文。	論語顏淵曰：夫子循循然善誘人也。
	帷幄，已見上文。	東觀漢記世祖策曰：前將軍鄧禹與朕謀謨帷幄。
	南都賦曰	南郊賦曰
	三以陽處陰	二以陽處陰
	并見上文。	禮記曰：孔子早作，負手曳杖，逍遥於門，歌曰：泰山其頹乎！
卷五十九 （共80條）	漢書枚乘上書	枚乘上書
	時維摩詰	時維摩
	謂，說也。	說，謂也。
	皆如舍利佛	皆如舍利弗
	宮、商、角、祉、羽也。	宮、商、角、徵、羽也。
	玄關幽捷	玄關幽鍵
	善捷易開	善鍵易開
	忽其離捷	忽其離鍵
	夫以明照物	天以明照物
	物所以機心應之	物斯以機心應之
	磨三千大千土	摩三千大千土
	一塵爲一劫	爲一劫
	陵夷，已見上文。	漢書張釋之曰：秦陵夷至于二世，天下土崩。
	今王知晉失計，而不自知	今知王晉之失計，不自知
	僧肇曰：真際，實際。	肇師曰：真際，實際。
	法華經曰：慧日大聖尊久，乃說是法。	無此
	樽俎之師，已見上文。	無此

續表

卷目	尤袤本	贛州本
	楊雄反离騷曰：恐日薄於西山。	楊雄□反騷曰：何恐日薄於西山。
	鮑叔永曰：德珪璧其行。	鮑永曰：衍珪璧其行。
	齡亦齒也。范曄後漢田邑報馮衍書曰	齒亦齡也。田邑報馮衍書曰
	薙氏，下士，二人。	薙草，下士，二人。
	用此	用此者也
	可長太息者	可太息者
	接三代統業	接三代絕業
	越裳氏重九譯	越常氏重九譯
	猶爲棄井也	猶棄井也
	長養不失時	養長不失時
	使華閱計右官	使華閱討右官
	百種千名	百品千名
卷五十九（共80條）	跂行喙息	蚑行喙息
	迦衛，已見上文。	瑞應經曰：菩薩下當世作佛，託生天竺迦維羅衛國。父王名曰静，夫人曰妙。迦維羅衛者，天地之中央。
	無爲，已見上文。	維摩經曰：夫出家者，爲無爲法。瑞應經曰：吾虚心樂静，無爲無欲。
	郲九折坂	㷷九折阪
	文殊，已見上文。	維摩經曰：佛在毗邪離菴羅樹園。內告文殊師利，汝行詣維摩詰問疾。
	象法、正法，已見上文。	曇無羅讖曰：釋迦佛正法住世百年，像法一千年，末法一萬年。
	即六度之一行也。	即六度之二行也。
	刻桓宮桷	刻桓宮桶
	五帝出，受圖錄	五帝出，受錄圖
	及文、武、成、康	及文、武、康
	謂日月星辰	況日月星辰
	昭昭若揭	昭招若揭

卷目	尤袤本	贛州本
	貢禹彈冠	貢公彈冠
	簡，略也。	略，簡也。
	緬封安陸侯	緬其安陸侯
	遂荒，已見上文。	毛詩曰：奄有龜蒙，遂荒大東。
	知人爲難	知之爲難
	及冠，就宮	及冠，就官
	如絲，已見上文。	禮記曰：王言如絲，其出如綸。
	吳王書閭廬	吳王書閭閭
	鄒陽上書	鄒陽漢書
	劉琨勸進奏	劉琨勸進表
	以自爲都邑	以自爲都也
	閫外，已見上文。	史記：馮唐曰：上古王者遣將也，閫以內，寡人制之。閫以外，將軍制之。
卷五十九（共 80 條）	邇可遠在兹	近可遠在已
	恩從祥風翱	恩從朔風翔
	羊琇，字雅舒	羊琇，字稚舒
	千金之賈者，利有所并也。	千金之貨者，剎有所并也。
	守京輔都尉	守京兆都尉
	猶治亂繩	猶治繩
	威令神行	趙令神行
	漢書曰：張敞守京兆尹，召見諸偷酋長數人，因貰罪，把其宿負，令致諸偷以自贖。偷長曰：今一旦召詣府，恐諸偷驚駭，願一切受署。敞皆以爲吏，遣歸休。置酒，小偷悉來賀，飲醉，偷長以赭汙其衣，吏坐里閭，閱出者汙赭，輒收縛之，一日捕得數百人，盡行法罰。尚書曰：殲厥渠魁。孔安國曰：渠，大也。	尚書曰：殲厥渠魁。孔安國曰：渠，大也。

續表

卷目	尤袤本	贛州本
	外無猛政	外行猛政
	哀矜，已見上文。	曾子曰：上失其道，民散久矣。如得其情，則哀矜而勿喜。
	其所居亦無赫赫名	其所居亦無異名
	恂從至潁川	恂從到潁川
	漢書廣武君謂韓信曰：不如桉甲休兵，百里之內，牛酒日至，以饗士大夫。孟子曰：葛伯不祀，湯征之。其君子實玄黄于篚，以迎君子。小人簞食壺漿，以迎小人	善同良注。
	羌戎豪帥感免恩德	破萬鞮豪帥感免恩
	免並受之	並受之
卷五十九（共80條）	使金如粟	金如粟
	島夷卉服	島夷卉夷
	囹圄寂寞	囹圄寂寥
	宋均，字叔庠	宋均，字叔平
	輒東西散去	四散去
	虜大奔	虜大破
	亦俱死耳。晉諸公讚曰：羊祜薨，贈太傅。南州以市日聞喪，即號哭罷市。	俱亦死耳
	泝沔水悲泣	緣沂水悲泣
	左氏傳曰：楚子囊還自吳，卒。將死，遺言謂子庚：必城郢。君子謂子囊忠：君薨，不忘增其名。將死，不忘衞社稷，可不謂忠乎！	無此
	賀循牋曰：日夜憂懷，慷慨發憤。寬譬，見下文。	賀修牋曰：日夜憂懷，慷慨發憤。
	牧，見上文。	周禮曰：建大麾以封藩國。又曰：八命作牧。

續表

卷目	尤袤本	贛州本
卷五十九 （共 80 條）	歷思河澤	廣思河澤
	幽關，已見上文。	戴逵棲林賦曰：幽關忽其離捷，玄風暖以雲頹。
	僑，子產也。左氏傳曰：產從政一年，輿人誦之曰：取我衣冠而褚之，取我田疇而伍之。孰殺子產，吾其與之！及三年，又誦之曰：我有子弟，子產誨之。我有田疇，子產殖之。子產而死，誰其嗣之？	無此
	命世，已見上文。	孟子曰：五百年必有王者興，其間必有名世者。廣雅曰：命，名也。
	朞月，已見上文。	論語子曰：苟有用我者，朞月而已可也，三年有成。
	哀矜，已見上文。論語曰	論語曾子曰：上失其道，民散久矣，如得其情，則哀矜而勿喜。又曰
	止簣，已見上文。	論語曰：譬如爲山，雖覆一簣，進，吾往也。
	逝川，已見上文。	論語：子在川上曰：逝者如斯。
	終身不改	終身不故
	左氏傳曰：初，臼季過冀，見冀缺耨，其妻饁之，敬，相待如賓。	無此
卷六十 （共 58 條）	應劭漢書注曰	應劭曰
	后倉作齊詩也	臣瓚曰：韓固作齊詩也。
	蹇艮下坎上	艮下坎上
	東平憲王蒼	東平獻王蒼
	豆在釜中泣	豆居釜中泣
	攸之帥武義	攸之師武義
	無畔換	無然畔援
	東夏，會稽也。尚書王曰	尚書王曰

續表

卷目	尤袤本	贛州本
卷六十 （共58條）	說禮樂而敦詩、書	閑禮樂而敦詩、書
	漢書韋玄成	西漢書韋玄成
	范曄後漢書	華嶠漢書
	范曄後漢書馮衍	馮衍
	幸逢寬明之日，將值危言之時	幸蒙危言之世，遭寬明之時
	風格儀刑	風格儀形
	師氏中大夫以三德教國子	師氏掌以媺，詔王以三德教國子
	禮記曰：事親有隱而無犯，事君有犯而無隱，有諫諍之義。	事親有隱而無犯，事君有犯而無隱，有諫諍之義。隱，謂不稱揚其過。犯，謂犯顏色而諫也。
	臣聞之，人生於三，事之如一。父母生之，師教之，君食之。非父不生，非食不長	成聞之，人生於三，事之如一。父母生之，師教之，君食之。生，非食不長
	地理書曰：崑崙東南，地萬五千里	地里書曰：崑崙東南，地方五千里
	羊祜詔曰：身歿讓存，遺操益屬。	羊祐詔曰：身歿讓存，遺言益屬。
	至長樂宮	長樂宮
	劉紹聖賢本紀曰：子產治鄭二十年，卒，國人哭于巷，商賈哭于市，農夫號于野。	無此
	並已見上文	並已見上注
	負圖，已見上文。	家語：孔子觀於明堂，覩四門之墉，有周公相成王，抱之，負斧扆，南面以朝諸侯之圖焉。
	愁遺，已見上文。	左氏傳曰：孔子卒，公誄之：旻天不弔，不愁遺一老。
	九錫，已見潘勗九錫文。	范曄後漢書曰：曹操自爲魏公，加九錫……八錫鈇鉞，九錫秬鬯，謂之九錫也。
	李斐曰：黃屋	李棐曰：黃屋

續表

卷目	尤袤本	贛州本
	人之有伎	人之有技
	實，致也。	無此
	東觀漢記郅鄆	東觀漢記郅惲
	舜與野人	舜與人野
	忠貞墓側	望之墓側
	劉蚪，字靈豫	劉蚪，字虛豫
	先帝徵君不至，驃騎辟而來	先帝徵君不奉，驃騎辟反來
	趙文子與叔向	趙文子與叔譽
	拾遺補闕藝	拾遺補闕
	黜殯，已見演連珠注。	韓詩外傳曰：昔衛大夫史魚……生以身諫，死以尸諫。
	不可順道而行也	不得順道而行也
卷六十 （共58條）	史記作值	史記音值
	離騷下音亂辭也	離騷下竟亂辭也
	麟鳳不逝	麟鳳翔逝
	貝獨坐。謂中宮左悺、貝瑗也。	唐獨坐。謂中宮左悺、唐衡也。
	而不畀余也	而不卑余也
	顧命，已見上文。	尚書曰：成王將崩，命召公、畢公相康王，作顧命。
	自任，已見上文。	孟子曰：伊尹其自任以天下之重也如此。
	三才，已見頭陀寺碑文。	周易曰：易有天道焉，有人道焉，有地道焉，兼三才而兩之故六。
	梁木，已見上文。	禮記曰：孔子蚤作，負手曳杖，逍遙於門，歌曰：太山其頹乎！梁木其壞乎！
	仲尼之駕稅矣	仲尼駕說者也
	陳思王述征賦	陳思王述行賦

卷目	尤袤本	贛州本
	東當鄭、衛	東向鄭、衛
	大漸，已見上文。	尚書曰：疾大漸，惟幾，病日臻，既彌留。
	嚬蹙而言。頻蹙	嚬蹙而言。頻蹙
	羌内顧之所觀	嗟内顧之所觀
	慼容稱其服	戚容稱其服
	宅殷土茫茫	殷土茫茫
	空貽塵謗	空遺塵謗
	高誘曰：棺題曰和。	無此
	而，助語也。	而，語助也。
卷六十 （共 58 條）	犀，已見上文。	爾雅曰：瓠，犀瓣。説文曰：瓣，瓜中實也。
	荃蓀，香草也。	無此
	機象，謂周易。	幾象，謂周易。
	鯀婞直以亡身兮	體婞直以亡身兮
	龜兹國王治延城	龜兹化王延城
	被于流沙	西被於流沙
	叔夜，嵇康字也。司馬彪續後漢書曰：陳蕃，字仲舉，汝南人也，出爲豫章太守。	司馬彪續後漢書曰：陳蕃，字仲舉。
	式號式謼	式乎式乎
	仰視浮雲馳，奄忽互相踰。	仰視驚雲逝，紛紛互相踰。